De vrouw die met vuur speelde

Van dezelfde auteur

Mannen die vrouwen haten
Gerechtigheid

STIEG LARSSON

DE VROUW DIE MET VUUR SPEELDE

Vertaald door
Tineke Jorissen-Wedzinga

2007
uitgeverij Signatuur / Utrecht

Oorspronkelijke titel: Flickan som lekte med elden
Vertaling: Tineke Jorissen-Wedzinga

Omslagontwerp: Wil Immink Design
Omslagfoto: Trevillion Images
Typografie: Pre Press B.V., Zeist
Druk- en bindwerk: Koninklijke Wöhrmann, Zutphen

ISBN 978 90 5672 177 0
NUR 305

Eerste druk, oktober 2008
Tweede druk, november 2008
Derde druk, december 2008
Vierde druk, januari 2009
Vijfde druk, maart 2009

PROLOOG

Ze lag met leren riemen vastgegespt op een smalle brits met een gehard stalen frame. Het tuig spande over haar borstkas. Ze lag op haar rug. Haar handen waren aan beide kanten van haar heupen aan het bed vastgebonden.

Ze had al lang geleden haar pogingen opgegeven om los te komen. Hoewel ze wakker was, lag ze met haar ogen gesloten. Als ze haar ogen open zou doen, zou het donker om haar heen zijn, de enige lichtbron was een zwak streepje licht dat boven de deur naar binnen sijpelde. Ze had een vieze smaak in haar mond en verlangde ernaar haar tanden te kunnen poetsen.

Een deel van haar bewustzijn luisterde naar het geluid van voetstappen, die aangaven dat hij zou komen. Ze had geen idee hoe laat in de avond het was, behalve dat ze het gevoel had dat het te laat werd, dat hij niet meer zou komen. Een plotselinge vibratie in het bed maakte dat ze haar ogen opendeed. Het leek alsof er ergens in het gebouw een of andere machine was aangezet. Na een paar seconden was ze er niet meer zeker van of ze het zich verbeeldde of dat het geluid echt was.

Ze streepte weer een dag in haar hoofd af.

Het was de drieënveertigste dag in gevangenschap.

Haar neus kriebelde en ze draaide haar hoofd zodat ze haar neus langs het kussen kon schuren. Ze transpireerde. Het was warm en benauwd in de kamer. Ze was slechts gekleed in een nachthemd, dat om haar heen gewikkeld zat. Als ze haar heupen optilde, kon ze de stof net met haar wijsvinger en middelvinger vastpakken en het nachthemd aan de ene kant een centimeter per keer naar beneden schuiven. Ze herhaalde de procedure met haar andere hand. Maar er bleef onder haar rug een plooi in het nachthemd zitten. De matras was bobbelig en ongemakkelijk. Door de totale isolering werden alle kleine indrukken, waar ze zich anders weinig druk om zou maken, danig versterkt. Het tuig zat los genoeg om van houding te kunnen veranderen en op haar zij te gaan liggen, maar dat was weinig comfortabel omdat ze dan haar ene hand op haar rug moest houden, waardoor haar arm voortdurend ging slapen.

Ze was niet bang, maar voelde daarentegen een steeds grotere opgekropte woede.

Tegelijkertijd werd ze gekweld door haar eigen gedachten die steeds weer overgingen in onaangename fantasieën over wat er met haar zou gebeuren. Ze haatte de gedwongen hulpeloosheid. Hoe ze ook probeerde om ergens anders aan te denken en zo de tijd te verdrijven en de feiten te verdringen, de angst sijpelde er altijd doorheen. Die hing als een gaswolk om haar heen en dreigde haar poriën binnen te dringen en het leven te vergiftigen. Ze had ontdekt dat de beste manier om haar angst de baas te blijven was om te fantaseren over iets wat haar een gevoel van kracht gaf. Ze sloot haar ogen en riep de geur van benzine op.

Hij zat in een auto, het zijraam stond open. Ze rende naar de auto toe, goot de benzine door het raam naar binnen en stak een lucifer aan. Het was secondewerk. De benzine vatte onmiddellijk vlam. Hij kronkelde van de pijn en ze hoorde hem schreeuwen van angst en pijn. Ze rook de lucht van verbrand vlees en een scherpe geur van gesmolten plastic en van het vulmateriaal dat onder de stoelzitting zat en verkoolde.

Ze was vermoedelijk even ingedommeld want ze had de stappen niet gehoord, maar was meteen klaarwakker toen de deur openging. Het licht dat door de deuropening naar binnen kwam, verblindde haar.

Hij was in elk geval gekomen.

Hij was lang. Ze wist niet hoe oud hij was, maar hij was volwassen. Hij had roodbruin samengeklit haar, een bril met een zwart montuur en een dun sikje. Hij rook naar aftershave.

Ze haatte zijn geur.

Hij stond haar een hele tijd zwijgend vanaf het voeteneinde van de brits aan te kijken.

Ze haatte zijn zwijgen.

Zijn gezicht bevond zich in de schaduw van het licht van de deuropening en ze zag alleen zijn silhouet. Hij zei opeens iets tegen haar. Hij had een donkere, duidelijke stem die elk woord laatdunkend benadrukte.

Ze haatte zijn stem.

Hij vertelde dat het haar verjaardag was en dat hij haar wilde feliciteren. Zijn stem was niet onvriendelijk of ironisch. Hij was neutraal. Ze nam aan dat hij glimlachte.

Ze haatte hem.

Hij kwam dichterbij en liep om de brits heen naar het hoofdeinde. Hij legde de buitenkant van een vochtige hand op haar voorhoofd en gleed met zijn vingers langs haar haargrens in een gebaar dat vermoedelijk vriendelijk bedoeld was. Dat was zijn verjaarscadeau aan haar.

Ze haatte zijn aanraking.

Hij sprak tegen haar. Ze zag zijn mond bewegen maar sloot het geluid van zijn stem buiten. Ze wilde niet luisteren. Ze wilde niet antwoorden. Ze hoorde dat hij harder ging praten. Er was een vleugje irritatie over haar gebrek aan respons in zijn stem gekomen. Hij had het over wederzijds vertrouwen. Na een paar minuten zweeg hij. Ze negeerde zijn blik. Vervolgens haalde hij zijn schouders op en begon hij de leren band bij te stellen. Hij trok het tuig over haar borst wat strakker aan en boog over haar heen.

Plotseling draaide ze zich naar links – van hem af – zo abrupt ze maar kon en zo ver de leren riemen haar toestonden. Ze trok haar knieën op naar haar kin en schopte hard in de richting van zijn hoofd. Ze richtte zich op zijn adamsappel en raakte hem met de punt van haar teen ergens onder zijn kin, maar hij was voorbereid en boog opzij, en het werd slechts een lichte, nauwelijks merkbare treffer. Ze probeerde nogmaals te trappen, maar hij was al buiten haar bereik.

Ze liet haar benen weer op de brits zakken.

Het laken hing op de grond over de rand van het bed. Haar nachthemd was ver boven haar heupen naar boven gegleden.

Hij stond een hele tijd stil zonder wat te zeggen. Daarna liep hij om de brits heen en maakte hij de voetenband vast. Ze probeerde haar benen naar zich toe te trekken, maar hij greep haar bij haar ene enkel en dwong haar knie met zijn andere hand omlaag, en vergrendelde haar voet met een leren riem. Hij liep om het bed heen en gespte haar andere voet ook vast.

Nu was ze totaal hulpeloos.

Hij viste het laken op van de grond en dekte haar toe. Hij stond twee minuten zwijgend naar haar te kijken. Ze kon zijn geilheid in het donker voelen, hoewel hij daar niets van liet blijken en er niets was wat daarop wees. Hij had vast een stijve. Ze wist dat hij zijn hand wilde uitsteken en haar aan wilde raken.

Daarna keerde hij zich om, ging naar buiten en deed de deur achter zich dicht. Ze hoorde dat de deur werd vergrendeld, wat volstrekt onnodig was omdat ze met geen mogelijkheid van het bed af zou kunnen komen.

Ze lag minutenlang naar de smalle strook licht boven de deur te staren. Vervolgens bewoog ze zich en probeerde ze te voelen hoe strak de riemen zaten. Ze kon haar knie een stukje optillen, maar het tuig en de voetriemen trokken onmiddellijk strak. Ze ontspande zich. Ze lag doodstil en staarde in het niets.

Ze wachtte en fantaseerde over een jerrycan benzine en een lucifer.

In gedachten zag ze *hem gedrenkt in benzine. Ze kon het doosje lucifers in haar hand zelfs voelen, schudde het heen en weer. Het rammelde. Ze deed het doosje open en koos een lucifer. Ze hoorde hem iets zeggen maar sloot haar oren en luisterde niet naar de woorden. Ze zag zijn gelaatsuitdrukking toen ze de lucifer naar het strijkvlak bracht. Ze hoorde het schrapende geluid van zwavel op het strijkvlak. Het klonk als een langgerekte donderslag. Ze zag de vlam oplichten.*

Ze glimlachte een ongenadig lachje en zette zich schrap.

Het was de nacht dat ze dertien werd.

DEEL 1

IRREGULIERE VERGELIJKINGEN

16 tot 20 december

De vergelijking wordt benoemd naar de hoogste macht (de waarde van de exponent) van de onbekende grootheden. Als deze één is, is het een vergelijking van de eerste graad. Als de macht twee is, is het een vergelijking van de tweede graad, enzovoort. Vergelijkingen van een hogere graad dan de eerste kunnen meerdere waarden voor de onbekende grootheden geven. Deze waarden worden oplossingen genoemd.

De vergelijking van de eerste graad (de lineaire vergelijking):
$3x-9=0$ (oplossing: $x=3$)

1
DONDERDAG 16 DECEMBER – VRIJDAG 17 DECEMBER

Lisbeth Salander schoof haar zonnebril naar het puntje van haar neus en kneep haar ogen onder de rand van haar zonnehoed tot spleetjes. Ze zag de vrouw van kamer 32 door de zij-ingang van het hotel naar buiten komen en naar een van de groenwitgestreepte ligstoelen bij het zwembad lopen. Ze keek geconcentreerd naar de grond voor zich en leek onvast op haar benen te staan.

Salander had haar eerder alleen van een afstand gezien. Ze schatte de leeftijd van de vrouw op ongeveer vijfendertig, maar ze had een uiterlijk waardoor ze tussen de vijfentwintig en vijftig kon zijn. Ze had bruin haar tot op haar schouders, een langwerpig gezicht en een rijp lichaam, dat uit een postordercatalogus van dameslingerie leek te zijn geknipt. De vrouw was gekleed in sandalen, een zwarte bikini en een paarsgetinte bril. Ze was Amerikaanse en sprak met een zuidelijk dialect. Ze had een gele zonnehoed, die ze op de grond naast de ligstoel liet vallen, voordat ze de barkeeper van Ella Carmichaels bar wenkte.

Lisbeth Salander legde haar boek op haar schoot en nam een slok uit haar beker koffie, voordat ze zich uitrekte naar haar pakje sigaretten. Zonder haar hoofd af te wenden verplaatste ze haar blik naar de horizon. Vanaf haar plaats op het terras bij het zwembad kon ze tussen een groep palmen en de rododendrons bij de muur voor het hotel door, een glimp opvangen van de Caribische zee. Een stukje verderop zeilde een boot met de wind mee in noordelijke richting, op weg naar Saint Lucia of Dominica. Nog verder weg kon je de contouren ontwaren van een grijze vrachtboot op weg naar het zuiden, naar Guyana of een van de buurlanden. Een zwak briesje bestreed de warmte van de ochtend, maar ze voelde desondanks een zweetdruppel langzaam naar haar wenkbrauw sijpelen. Lisbeth Salander hield niet van bakken in de zon. Ze bracht de dagen zo veel mogelijk in de schaduw door en zat daardoor haast permanent onder een parasol of zonnescherm. Toch was ze zo bruin als een kokosnoot. Ze was gekleed in een kakikleurige, korte broek en een zwart topje.

Ze luisterde naar de vreemde klanken van de steeldrums die uit de luidspreker bij de bar stroomden. Ze was niet het minst geïnteresseerd in muziek en kon geen onderscheid maken tussen een smartlap en een popsong, maar steeldrums fascineerden haar. Het leek onwaarschijnlijk dat iemand een olievat kon stemmen en nóg onwaarschijnlijker dat het vat zó bespeeld kon worden, dat het controleerbare geluiden afgaf die op niets anders leken. Ze ervoer de geluiden als magisch.

Plotseling voelde ze zich geïrriteerd en verplaatste ze haar blik terug naar de vrouw die net een glas met een sinaasappelkleurig drankje in ontvangst had genomen.

Dát was Lisbeth Salanders probleem niet. Ze kon alleen niet begrijpen waarom de vrouw daar bleef. Lisbeth Salander luisterde al vier nachten, sinds het stel was gearriveerd, naar de dof doorklinkende terreur die zich in de kamer van de buren afspeelde. Ze had horen huilen en zachte, opgewonden stemmen gehoord en een paar keer had ze het geluid van klappen opgevangen. De man die daarvoor verantwoordelijk was, Lisbeth vermoedde dat het haar man was, was in de veertig. Hij had donker, steil haar met een tijdloze scheiding in het midden en leek voor zaken op Grenada te zijn. Lisbeth Salander had geen idee wat hij voor beroep had, maar de man was elke ochtend netjes gekleed in een colbert en een stropdas en dronk koffie in de bar van het hotel, voordat hij zijn aktetas pakte en buiten een taxi nam.

Hij keerde laat in de middag terug naar het hotel, waarna hij ging zwemmen en met zijn vrouw bij het zwembad zat. Ze aten 's avonds altijd samen in wat een zeer discreet en liefdevol samenzijn leek. De vrouw dronk mogelijk een of twee glazen te veel, maar haar dronkenschap was niet storend of opzienbarend.

De ruzies in de kamer van de buren begonnen meestal tussen tien en elf uur 's avonds, ongeveer omstreeks de tijd dat Lisbeth in bed kroop met een boek over de geheimen van de wiskunde. Er was geen sprake van zware mishandeling. Voor zover Lisbeth door de muur heen kon opmaken, was het een slepende, zeurende ruzie. Afgelopen nacht had Lisbeth haar nieuwsgierigheid niet kunnen bedwingen en was ze op het balkon gaan staan om door de open balkondeur van het paar te horen waar het over ging. De man had meer dan een uur door de kamer heen en weer gelopen en erkend dat hij een klootzak was en dat hij haar niet waard was. Hij had keer op keer tegen haar gezegd dat zij hem vast een stiekemerd vond. En telkens had zij geantwoord dat dat niet zo was en had ze hem geprobeerd te kalmeren. Hij was steeds feller geworden en had haar uiteindelijk door elkaar gerammeld. Tot ze hem had geantwoord zoals hij wilde: 'Ja, je bent onbetrouwbaar.' Hij had haar afgedwongen bekentenis meteen benut als excuus om haar, haar handel en wandel en haar karakter eens flink te bekritiseren. Hij had haar een hoer genoemd, een woord waartegen Lisbeth Salander ongetwijfeld in actie was gekomen als de aanklacht tegen haar gericht was geweest. Nu was dat echter niet het geval en daardoor niet háár probleem, en dus vond ze het lastig om te beslissen of ze op de een of andere manier zou reageren.

Lisbeth had ontsteld naar zijn gezeur staan luisteren, dat plotseling was overgegaan in iets wat klonk als een oplawaai. Ze had net besloten de gang op te gaan om een trap tegen de deur van de buren te geven toen het stil was geworden.

Nu ze de vrouw bij het zwembad inspecteerde, zag ze een vage, blauwe plek op haar schouder en een schaafwond op haar heup, maar verder geen opzienbarende verwondingen.

Negen maanden eerder had Lisbeth een artikel gelezen in *Popular Science*, een tijdschrift dat iemand op de Romeinse luchthaven Leonardo da Vinci vergeten was, en plotseling had ze een onbestemde fantasie ontwikkeld voor een dergelijk obscuur onderwerp als sferische astronomie. Ze had volstrekt impulsief een bezoek gebracht aan de academische boekhandel van Rome en enkele van de belangrijkste proefschriften over dat onderwerp aangeschaft. Om sferische astronomie te begrijpen had ze zich echter wel moeten verdiepen in de complexe mysteriën van de wiskunde. Gedurende haar reizen van de laatste maanden had ze vaak academische boekhandels bezocht om nog meer boeken over dat onderwerp te zoeken.

De boeken hadden voornamelijk in haar koffer gelegen en haar studie was onsystematisch geweest en zonder eigenlijk doel, totdat ze de academische boekhandel van Miami was binnengelopen en weer naar buiten was gekomen met *Dimensions in Mathematics* van dr. L.C. Parnault, Harvard University, 1999. Ze had het boek gevonden vlak voordat ze naar de Florida Keys zou vertrekken om van daaruit te gaan eilandhoppen door de Cariben.

Daarna had ze Guadalope afgewerkt (twee dagen in een onbegrijpelijk gat), Dominica (gezellig en ontspannen, vijf dagen), Barbados (een etmaal in een Amerikaans hotel waar ze zich vreselijk onwelkom voelde) en Saint Lucia (negen dagen). Op Saint Lucia had ze wel langere tijd willen blijven, als ze geen ruzie had gekregen met een local van de jeugdliga, een knul die traag van begrip was en die tekeerging in de bar van het hotel in het achterafstraatje waar ze logeerde. Uiteindelijk had ze haar geduld verloren en een baksteen naar zijn hoofd gesmeten, uitgecheckt bij het hotel en een veerboot genomen met als bestemming Saint George's, de hoofdstad van Grenada, een land waar ze nog nooit van had gehoord voor ze aan boord ging.

Ze was 's morgens om tien uur op een ochtend in november tijdens een tropische regenbui op Grenada aan land gegaan. Uit *The Caribbean Traveller* had ze begrepen dat Grenada bekendstaat als *Spice Island*, kruideneiland, en dat het een van de grootste producenten van nootmuskaat ter wereld is. Het eiland had 120.000 inwoners, maar nog eens ruim 200.000 Grenadianen woonden in de VS, Canada of Engeland, wat een indruk gaf van de arbeidsmarkt in het vaderland. Het was een bergachtig landschap rondom een dode vulkaan, de Grand Etang.

Historisch gezien was Grenada een van vele onbeduidende, voormalige Britse koloniën. In 1795 had Grenada politiek opzien gebaard nadat een vrijgelaten voormalige slaaf genaamd Julian Fedon geïnspireerd was geraakt door de Franse Revolutie en een opstand was begonnen, waardoor de Kroon zich genoodzaakt had gezien troepen te sturen om een groot aantal rebellen in de pan te hakken, neer te schieten, op te hangen en te verminken. Wat het koloniale regime had geschokt, was dat ook een aantal arme blanken zich zonder enige etiquette of consideratie met de rassengrenzen bij de opstand van Fedon had aangesloten. De opstand was neergeslagen, maar Fedon was nooit gevangengenomen; hij was verdwenen in het bergmassief van de Grand Etang, waar hij was uitgegroeid tot een plaatselijke legende van Robin Hood-achtige proporties.

Ruim tweehonderd jaar later, in 1979, had advocaat Maurice Bishop een nieuwe revolutie teweeggebracht, die volgens de reisgids was geïnspireerd op *the communist dictatorships in Cuba and Nicaragua*, maar van wie Lisbeth Salander een heel ander beeld had gekregen toen ze Philip Campbell had ontmoet – leraar, bibliothecaris en baptistenprediker – in wiens gastenverblijf ze de eerste dagen had gelogeerd. De geschiedenis kon zo worden samengevat dat Bishop een zeer populaire volksleider was geweest die een gestoorde dictator ten

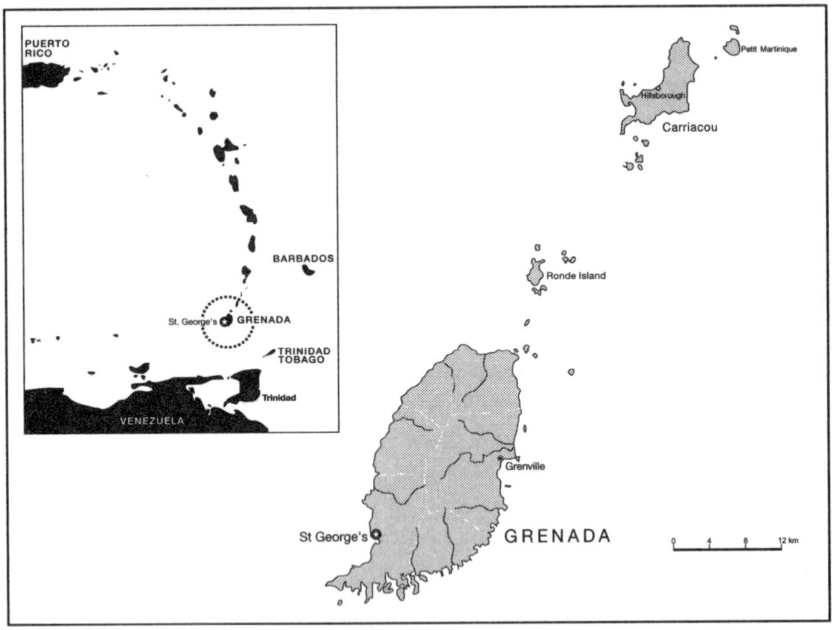

val had gebracht, die bovendien een ufo-fantast was die een deel van de magere rijksbegroting besteedde aan het jacht maken op vliegende schotels. Bishop had gepleit voor economische democratie en de eerste wetgeving van het land voor gelijke behandeling tussen de seksen ingevoerd, voordat hij in 1983 werd vermoord.

Na de moord, een slachting van ongeveer honderdtwintig mensen inclusief de minister van Buitenlandse Zaken, de minister van Emancipatiezaken en enkele belangrijke vakbondsleiders, waren de VS het land binnengevallen en hadden zij democratie ingevoerd. Voor Grenada betekende dat dat de werkloosheid toenam van ruim zes naar bijna vijftig procent en dat de cocaïnehandel weer verreweg de belangrijkste bron van inkomsten werd. Philip Campbell had zijn hoofd geschud over de beschrijving in Lisbeths reisgids en had haar goede tips gegeven over welke personen en wijken ze na het invallen van de duisternis moest vermijden.

In Lisbeth Salanders geval waren dergelijke adviezen vrij nutteloos. Maar ze had gewoon geen kennisgemaakt met de criminaliteit van Grenada doordat ze verliefd was geworden op de Grand Anse Beach meteen ten zuiden van Saint George's, een kilometerslang en dunbevolkt zandstrand waar ze uren kon wandelen zonder met iemand te hoeven praten of zelfs ook maar iemand tegen te komen. Ze was verhuisd naar het Keys, een van de weinige Amerikaanse hotels aan het strand. Daar had ze zeven weken gebivakkeerd en niet veel meer gedaan dan op het strand lopen en de lokale vrucht, *chinup*, eten, die qua smaak deed denken aan bittere Zweedse kruisbessen, en waarvan ze maar geen genoeg kon krijgen.

Het was laagseizoen en nog geen derde van de kamers bij het Keys was verhuurd. Het enige probleem was dat haar rust en haar versnipperde wiskundestudie plotseling werden verstoord door de gedempte terreur in de kamer naast haar.

Mikael Blomkvist zette zijn wijsvinger op de bel van Lisbeth Salanders appartement aan de Lundagatan. Hij verwachtte niet dat ze open zou doen, maar het was een gewoonte van hem geworden om eenmaal per maand bij haar langs te gaan om te zien of er een verandering had plaatsgevonden. Toen hij de brievenbus openpeuterde, zag hij de stapel reclame. Het was even na tienen 's avonds en het was te donker om te beoordelen in hoeverre de stapel sinds de vorige keer was gegroeid.

Even stond hij besluiteloos in het trappenhuis voordat hij gefrustreerd rechtsomkeert maakte en het pand verliet. Hij wandelde in een rustig tempo naar zijn flat aan de Bellmansgatan, zette het koffiezetapparaat aan en sloeg de avondkranten open nog vóór de late uitzending van het journaal. Hij was wat neerslachtig en vroeg zich af waar Lisbeth Salander zich bevond. Hij voelde een vage ongerustheid en ging voor de zoveelste keer in zijn gedachten na wat er eigenlijk was gebeurd.

Vorig jaar kerst had hij Lisbeth Salander uitgenodigd in zijn huisje in Sandhamn. Ze hadden lange wandelingen gemaakt en zachtjes de naweeën besproken van de dramatische gebeurtenissen waarbij ze dat jaar allebei betrokken waren geweest. Het jaar waarin Mikael iets had ervaren wat hij achteraf beoordeelde als een levenscrisis. Hij was veroordeeld voor laster en had een paar maanden in de gevangenis doorgebracht, zijn beroepsmatige carrière als journalist was danig verstoord en hij had met de staart tussen de benen zijn post als verantwoordelijk uitgever van het tijdschrift *Millennium* verlaten. Maar plotseling was alles anders geworden. Een opdracht om een biografie over de industrieel Henrik Vanger te schrijven, wat hij had beschouwd als een absurd goedbetaalde therapie, was plotseling veranderd in een wanhopige jacht op een doortrapte en onbekende seriemoordenaar.

Tijdens deze jacht had hij Lisbeth Salander leren kennen. Mikael voelde verstrooid aan het vage litteken dat de strop vlak onder zijn linkeroor had gevormd. Lisbeth had hem niet alleen geholpen bij de jacht op de moordenaar, ze had letterlijk zijn leven gered.

Telkens weer had ze hem overrompeld met haar opmerkelijke vaardigheden – een fotografisch geheugen en een fenomenale computerkennis. Mikael Blomkvist vond van zichzelf dat hij goed met computers kon omgaan, maar Lisbeth Salander hanteerde computers alsof ze een pact had gesloten met de duivel. Hij was langzaam gaan inzien dat ze een hacker van wereldklasse was, en binnen de exclusieve, internationale club die zich bezighield met computercriminaliteit op het hoogste niveau was ze een legende, zij het uitsluitend onder haar pseudoniem *Wasp*.

Haar vermogen om ongemerkt een kijkje te nemen in andermans computer had hem het materiaal verschaft dat hij nodig had om zijn journalistieke nederlaag om te zetten in de Wennerström-affaire, een scoop die een jaar later nog steeds het onderwerp was van internationaal politieonderzoek naar financieel-economische criminaliteit en Mikael aanleiding gaf om regelmatig in praatprogramma's op tv te verschijnen.

Een jaar eerder had hij met immense bevrediging tegen de scoop aangekeken – als vorm van wraak en als rehabilitatie uit de journalistieke goot. Maar de voldoening was al spoedig afgenomen. Na een paar weken was hij het spuugzat om telkens antwoord te moeten geven op dezelfde vragen van journalisten en mensen van de FIOD-ECD. *Het spijt me, ik kan mijn bronnen niet prijsgeven.* Toen een journalist van de Engelstalige *Azerbajdzjan Times* zich de moeite had getroost om helemaal naar Stockholm af te reizen om dezelfde onnozele vraag te stellen, was de maat vol geweest. Mikael had het aantal interviews beperkt tot een minimum en was de laatste maanden alleen nog maar bereid geweest op te draven als 'Zij van TV 4' belde, en dat gebeurde uitsluitend wanneer het onderzoek een nieuwe, duidelijke fase inging.

Mikaels samenwerking met 'Zij van TV 4' had bovendien een geheel andere dimensie gekregen. Zij was de eerste journaliste geweest die had toegehapt op de onthulling, en zonder haar inzet op de avond dat *Millennium* de primeur had prijsgegeven, was het maar de vraag geweest of het verhaal een dergelijke impact zou hebben gehad. Pas later had Mikael gehoord dat ze haar redactie uit alle macht had moeten bewegen om het verhaal ruimte te geven. Er was enorm veel weerstand geweest om die leugenaar van *Millennium* voor het voetlicht te plaatsen en tot het moment dat de uitzending begon, was het onzeker geweest of de batterij advocaten van de redactie het verhaal door zou laten. Diverse oudere collega's hadden hun afkeuring laten blijken en gemeend dat als ze het bij het verkeerde eind had, haar carrière voorbij was. Ze had voet bij stuk gehouden en het was het verhaal van het jaar geworden.

De eerste week had ze het verhaal zelf bewaakt, zij was immers de enige verslaggeefster die wat van het onderwerp af wist, maar ergens voor kerst had Mikael gemerkt dat alle commentaren en nieuwe wendingen in het verhaal afkomstig waren van mannelijke collega's. Met de jaarwisseling kreeg Mikael via via te horen dat zij gewoon van het onderwerp was afgehaald met de motivatie dat een dusdanig belangrijk verhaal door serieuze financieel verslaggevers moest worden behandeld en niet door een grietje uit Gotland of Bergslagen, of waar ze ook vandaan kwam. De volgende keer dat TV 4 belde en om commentaar vroeg, had Mikael gezegd dat hij zich alleen voor TV 4 uitsprak als 'Zij' de vragen stelde. Er verstreken een paar dagen van chagrijnig zwijgen voordat de jongens bij TV 4 capituleerden.

Mikaels verminderde interesse voor de Wennerström-affaire viel samen met het moment waarop Lisbeth Salander uit zijn leven verdween. Hij begreep nog steeds niet wat er was gebeurd.

Ze waren op tweede kerstdag uit elkaar gegaan en hij had haar tussen kerst en oud en nieuw niet gezien. Laat op de avond voor oudejaarsavond had hij haar gebeld, maar ze had niet opgenomen.

Op oudejaarsdag had hij twee keer bij haar aangebeld. De eerste keer had er licht gebrand in haar flat, maar ze had niet opengedaan. De tweede keer was het donker geweest. Op nieuwjaarsdag had hij nogmaals geprobeerd haar te bellen zonder dat er werd opgenomen. Daarna had hij alleen het bericht gekregen dat de abonnee niet bereikbaar was.

Hij had haar de daaropvolgende dagen twee keer gezien. Begin januari was hij, toen hij haar telefonisch niet te pakken kreeg, naar haar toe gegaan en had hij op het trapje bij haar voordeur in de portiek zitten wachten. Hij had een boek meegenomen en had vier uur gewacht voordat ze even voor elven 's avonds thuis was gekomen. Ze had een bruine doos bij zich gehad en was abrupt blijven staan toen ze hem had opgemerkt.

'Hoi, Lisbeth,' had hij gezegd en hij had het boek dichtgeslagen.

Ze had hem uitdrukkingsloos aangestaard, zonder warmte of vriendschap in haar blik. Vervolgens was ze langs hem heen gelopen en had ze de sleutel in het slot gestoken.

'Trakteer je me op een kop koffie?' had Mikael gevraagd.

Ze had zich naar hem toe gekeerd en zachtjes gezegd: 'Ga weg. Ik wil je niet meer zien.'

Daarna had ze de deur voor de neus van een hoogst verbaasde Mikael Blomkvist dichtgedaan en had hij haar de deur aan de binnenkant horen afsluiten.

De tweede keer dat hij haar zag, was maar drie dagen later. Hij was met de metro onderweg van Slussen naar T-centralen. Toen de trein op station Gamla Stan stilstond en hij naar buiten keek, zag hij haar op het perron staan, op minder dan 2 meter van hem vandaan. Hij zag haar op het moment dat de deuren dichtgingen. Ze keek vijf seconden dwars door hem heen alsof hij lucht was, voordat ze haar hielen lichtte en uit zijn gezichtsveld verdween terwijl de trein begon te rijden.

De boodschap was niet mis te verstaan geweest. Lisbeth Salander wilde niets meer met Mikael Blomkvist te maken hebben. Ze had hem net zo effectief uit haar leven gebannen als een bestand dat ze van haar computer had gewist. Zonder verdere verklaring. Ze had een ander mobiel nummer genomen en reageerde niet op e-mails.

Mikael zuchtte, zette de tv uit, liep naar het raam en keek naar het stadhuis.

Hij vroeg zich af of hij er fout aan deed om met regelmatige tussenpozen bij haar langs te gaan. Mikaels houding was altijd geweest dat als een vrouw zo duidelijk aangaf dat ze niets van hem moest hebben, hij zijn eigen weg ging. Het niet respecteren van een dergelijke boodschap was in zijn ogen hetzelfde als een gebrek aan respect voor de dame in kwestie.

Mikael en Lisbeth hadden met elkaar gevreeën. Maar dat was op haar initiatief geweest en de verhouding had een halfjaar geduurd. Als het haar beslissing was om dat verhaal net zo verrassend af te sluiten als ze het begonnen was, dan had Mikael daar geen probleem mee. Die beslissing lag bij haar. Mikael had er geen moeite mee om zichzelf te hervinden in de rol van 'ex-vriend', als hij dat al was, maar wat hem onthutste was Lisbeth Salanders totale afwijzing.

Hij was niet verliefd op haar; ze waren zo verschillend als twee personen maar zijn konden, maar hij mocht haar graag en hij miste dat lastige mens oprecht. Hij had gedacht dat hun vriendschap wederzijds was. Hij voelde zich kortom een idioot.

Hij bleef een hele tijd voor het raam staan kijken.

Uiteindelijk nam hij een definitief besluit.

Als Lisbeth Salander een zodanig grondige hekel aan hem had dat ze hem niet eens gedag wilde zeggen als ze elkaar in de metro tegenkwamen, was hun vriendschap vermoedelijk passé en de schade niet te repareren. Hij zou in het vervolg geen initiatieven meer ontplooien om weer met haar in contact te komen.

Lisbeth Salander keek op haar horloge en constateerde dat ze ondanks het stilzitten in de schaduw helemaal bezweet was. Het was halfelf 's morgens. Ze leerde een drie regels lange wiskundige formule uit haar hoofd en sloeg toen het boek *Dimensions in Mathematics* dicht. Daarna pakte ze haar kamersleutel en het pakje sigaretten van het tafeltje.

Haar kamer lag op de tweede verdieping, wat ook de bovenste verdieping van het hotel was. Ze trok haar kleren uit en liep naar de douche.

Een twee decimeter lange, groene hagedis keek haar vanaf de muur vlak onder het plafond aan. Lisbeth Salander keek terug, maar maakte geen aanstalten het beest weg te jagen. Hagedissen waren overal op het eiland. Ze slopen de kamer binnen door de jaloezieën voor het open raam, kropen onder de deur door of door het ventilatierooster in de badkamer. Ze vond gezelschap dat haar grotendeels met rust liet wel prettig. Het water was fris, maar niet ijskoud en ze bleef vijf minuten onder de douche staan om af te koelen.

Toen ze de kamer weer in kwam, bleef ze naakt voor de spiegel op de kast staan en keek ze verbaasd naar haar lichaam. Ze woog nog steeds maar veertig kilo en was iets meer dan één meter vijftig lang. Daar was weinig aan te doen. Ze had smalle ledematen als van een pop, kleine handen en weinig tot geen heupen.

Maar ze had tegenwoordig borsten.

Ze was haar hele leven zo plat als een dubbeltje geweest, net of ze nog niet in de puberteit was geweest. Het had er gewoon belachelijk uitgezien en ze had het altijd onbehaaglijk gevonden om zich naakt te moeten vertonen.

Plotseling had ze borsten. Er was geen sprake van ballonnen (dat had ze ook niet gewild en dat zou er nóg belachelijker uit hebben gezien op haar verder spichtige lichaam), maar het waren twee stevige ronde borsten van gemiddeld formaat. De verandering was voorzichtig uitgevoerd en de proporties waren volstrekt normaal. Maar het verschil was onmiskenbaar, zowel voor haar uiterlijk als voor haar hoogstpersoonlijke welbevinden.

Ze had vijf weken in een kliniek buiten Genua doorgebracht voor het verkrijgen van de implantaten die de basis vormden voor haar nieuwe borsten. Ze had de kliniek en de artsen gekozen die de absoluut beste en meest serieuze reputatie in Europa hadden. Haar arts, een charmante, stoïcijnse vrouw genaamd Allessandra Perrini, had geconstateerd dat haar borsten fysiek onderontwikkeld waren en dat een borstvergroting daardoor op medische gronden kon worden uitgevoerd.

De ingreep was niet pijnloos geweest, maar haar borsten zagen er heel natuurlijk uit en voelden ook zo aan, en de littekens waren nu bijna verdwenen. Ze had geen seconde spijt gehad van haar beslissing. Ze was tevreden. Nu, een halfjaar later, kon ze nog steeds niet met naakt bovenlijf langs een spiegel lopen zonder stil te blijven staan en met vreugde te constateren dat haar kwaliteit van leven was verhoogd.

Tijdens haar verblijf in de kliniek in Genua had ze ook een van haar negen tatoeages laten verwijderen, een twee centimeter lange wesp aan de rechterkant van haar hals. Ze vond haar tatoeages prachtig, vooral de grote draak die van haar schouderblad tot haar bil liep, maar ze had toch besloten om de wesp te laten verwijderen. De reden was dat hij zó zichtbaar en in het oog springend was dat ze gemakkelijk herkenbaar en te identificeren was. Lisbeth Salander wilde niet herkenbaar en niet te identificeren zijn. De tatoeage was met laserbehandeling verwijderd en als ze met haar wijsvinger over haar hals streek, kon ze vaag een litteken voelen. Bij nadere inspectie bleek dat haar zongebruinde huid iets lichter was op de plaats waar de tatoeage had gezeten, maar als je vluchtig keek, was er niets van te zien. In totaal had haar verblijf in Genua omgerekend ongeveer 190.000 kronen gekost.

En dat geld had ze.

Ze stopte met dromen voor de spiegel en trok een slipje en een bh aan. Twee dagen nadat ze de kliniek in Genua had verlaten, had ze voor het eerst in haar vijfentwintigjarige leven een zaak voor dameslingerie bezocht en het kledingstuk gekocht dat ze nooit eerder nodig had gehad. Nadien was ze zesentwintig geworden en droeg ze haar bh met een zeker genoegen.

Ze trok een spijkerbroek aan en een zwart T-shirt met de tekst CONSIDER THIS A FAIR WARNING. Ze vond haar sandalen en haar zonnehoed en hing een zwarte nylontas over haar schouder.

Op weg naar de uitgang hoorde ze gemompel van een groepje hotelgasten bij de receptie. Ze minderde vaart en spitste haar oren.

'*Just how dangerous is she?*' vroeg een donkere vrouw met een harde stem en een Europees accent. Lisbeth herkende haar van een chartergezelschap uit Londen dat tien dagen daarvoor was aangekomen.

Freddie McBain, de grijzende receptionist die Lisbeth Salander altijd met een vriendelijk lachje begroette, keek bezorgd. Hij verklaarde dat de instructies aan alle hotelgasten gegeven moesten worden en dat er geen reden tot ongerustheid was als de gasten alle instructies zorgvuldig opvolgden. Zijn antwoord leverde een stortvloed van vragen op.

Lisbeth Salander trok haar wenkbrauwen op en liep naar de bar, waar ze Ella Carmichael achter de toog aantrof.

'Waar gaat het over?' vroeg ze terwijl ze met haar duim naar het groepje bij de receptie wees.

'Mathilda dreigt ons met een bezoek te vereren.'

'Mathilda?'

'Mathilda is een orkaan die een paar weken geleden voor de kust van Brazilië is ontstaan en die vanochtend dwars door Paramaribo is getrokken, de hoofdstad van Suriname. Het is onduidelijk welke richting ze op gaat, vermoedelijk meer naar het noorden in de richting van de VS. Maar als ze de kust volgt in westelijke richting, liggen Trinidad en Grenada op de route. Dan kan het winderig worden.'

'Ik dacht dat het orkaanseizoen voorbij was.'

'Dat is het ook. We hebben altijd orkaanwaarschuwingen in september en oktober. Maar nu is het klimaat zo in de war door het broeikaseffect en zo, dat je nergens meer zeker van kunt zijn.'

'Oké. En wanneer wordt Mathilda verwacht?'

'Binnenkort.'

'Moet ik iets doen?'

'Lisbeth, orkanen zijn niet om mee te spotten. We hadden in de jaren zeventig van de vorige eeuw een orkaan die hier op Grenada een enorme ravage heeft aangericht. Ik was toen elf en woonde in een dorp bij de Grand Etang op de weg naar Grenville, en ik zal die nacht nooit vergeten.'

'Hm.'

'Maar je hoeft niet ongerust te zijn. Blijf zaterdag in de buurt van het hotel. Pak een tas met spullen die je niet kwijt wilt raken, zoals die computer waar je altijd mee zit te spelen, en neem die mee als het bevel komt om naar de stormkelder te gaan. Dat is alles.'

'Oké.'

'Wil je wat drinken?'

'Nee.'

Lisbeth Salander liep zonder wat te zeggen weg. Ella Carmichael schudde glimlachend haar hoofd. Het had een paar weken geduurd voordat ze aan dat wonderlijke meisje was gewend, maar ze had wel begrepen dat Lisbeth Salander niet verwaand was, ze was gewoon totaal anders. Maar ze betaalde haar drankjes zonder gemor, bleef redelijk nuchter, besteedde geen aandacht aan anderen en maakte nooit ruzie.

Het openbaar vervoer van Grenada bestond hoofdzakelijk uit fantasievol gedecoreerde minibusjes die af en aan reden zonder rekening te houden met vertrektijden en andere formaliteiten. Ze pendelden zolang het licht was. Maar na het invallen van de duisternis was het grotendeels onmogelijk om je zonder eigen auto te verplaatsen.

Lisbeth Salander hoefde maar een minuut langs de weg naar Saint George's te wachten voordat een van de busjes afremde. De chauffeur was een rasta en had keihard *No Woman No Cry* op staan. Ze sloot haar oren af, betaalde haar dollar en wurmde zich tussen een stevige dame met grijs haar en twee jongens in schooluniform.

Saint George's lag in een U-vormige baai die The Carenage, de binnenhaven, vormde. Rond de haven verhieven zich steile heuvels met woonhuizen, oude koloniale gebouwen en een vesting, Fort Rupert, die helemaal op de punt van een steile rots bij de landtong lag.

Saint George's was een extreem compacte en samengevoegde stad met smalle straatjes en talloze steegjes. De huizen klommen tegen de heuvels op en buiten een gecombineerd cricketveld en een renbaan aan de noordkant van de stad was er vrijwel geen horizontaal vlak.

Ze stapte halverwege de haven uit en wandelde naar MacIntyre's Electronics op de top van een korte, steile helling. Grotendeels alle producten die op Grenada werden verkocht, waren geïmporteerd uit de VS of Engeland en kostten daardoor twee keer zo veel als op andere plaatsen, maar daar stond tegenover dat de zaak airconditioning had.

De reservebatterijen die ze had besteld voor haar Apple PowerBook (G4 titanium met een 17'-scherm) waren eindelijk gearriveerd. In Miami had ze een Palm-handcomputer met inklapbaar toetsenbord aangeschaft waarop ze haar e-mail kon lezen en die ze gemakkelijk in haar nylontas mee kon nemen in plaats van haar PowerBook mee te slepen, maar het was een slechte vervanging van de 17'-monitor. De originele batterijen waren echter slecht geworden en gingen telkens maar een halfuur mee voordat ze weer moesten worden opgeladen, wat een ellende was als ze buiten op het terras bij het zwembad wilde zitten en ook omdat de stroomvoorziening op Grenada nogal wat te wensen overliet. Ze betaalde met een creditcard die op naam stond van Wasp Enterprises, stopte de batterijen in de nylontas en ging weer naar buiten, de middaghitte in.

Ze bracht een bezoek aan de Barclays Bank en nam 300 dollar op en ging vervolgens naar de markt, waar ze een bos wortelen, zes mango's en een anderhalve literfles mineraalwater kocht. Haar nylontas was aanzienlijk zwaarder geworden en toen ze weer bij de haven kwam, had ze honger en dorst. Ze wilde eerst naar The Nutmeg gaan, maar de ingang van het restaurant leek totaal verstopt met gasten. Ze liep verder naar het rustiger Turtleback, helemaal aan het eind van de haven, nam plaats op de veranda en bestelde een bord calamares met gebakken aardappels en een flesje Carib, het plaatselijke bier. Ze trok een achtergebleven exemplaar van de plaatselijke krant *Grenadian Voice* naar zich toe en keek dat in twee minuten door. Het enige artikel dat van belang was, was een pathetische waarschuwing voor de mogelijke komst van Mathilda. De tekst was geïllustreerd met een foto die een ingestort huis voorstelde en een herinnering was aan de ravage na de eerste grote orkaan die het land had geteisterd.

Ze vouwde de krant op, nam een slok Carib direct uit het flesje en leunde achterover, toen ze de man van kamer 32 vanuit de bar de veranda op zag komen. Hij had zijn bruine aktetas in zijn ene hand en een groot glas Coca-Cola in de andere. Zijn ogen gleden zonder blijk van herkenning over haar heen voordat hij aan de andere kant van de veranda ging zitten en zijn blik op het water voor het restaurant richtte.

Lisbeth Salander bekeek de man en profil. Hij leek totaal afwezig, zat eerst zeven minuten doodstil en tilde toen opeens zijn glas op en nam drie grote slokken. Hij zette het glas weer neer en hervatte zijn staren. Na een tijdje deed Lisbeth haar tas open en pakte ze *Dimensions in Mathematics*.

Lisbeth was haar hele leven al gek geweest op puzzels en raadsels. Toen ze negen was, had ze van haar moeder een Rubiks-kubus gekregen. Die had haar vermogen tot logisch denken bijna veertig frustrerende minuten op de proef gesteld voordat ze eindelijk had ingezien hoe het werkte. Daarna had ze geen problemen meer gehad om hem goed te draaien. Ze had nooit fouten gehad in vragen in intelligentietests van de kranten; vijf vreemdsoortig gevormde figuren en de vraag hoe de zesde in de serie eruit moest zien. Het antwoord was voor haar altijd zo klaar als een klontje.

Op de basisschool had ze optellen en aftrekken geleerd. Vermenigvuldigen, staartdelingen en meetkunde waren een natuurlijke aanvulling. Ze kon de rekening bij een restaurant optellen, een factuur opstellen en de baan berekenen van een artilleriegranaat die met een bepaalde snelheid in een bepaalde hoek werd afgevuurd. Dat waren vanzelfsprekendheden. Voordat ze het artikel in *Popular Science* had gelezen, was ze nooit ook maar één seconde gefascineerd door wiskunde of had ze ook maar bedacht dat de tafels van vermenigvuldiging mathematiek waren. De tafels van vermenigvuldiging, dat was iets wat ze in een middag op school uit haar hoofd had geleerd en ze had niet kunnen begrijpen waarom de meester daar een heel jaar over was blijven doorzeuren.

Plotseling had ze de onverbiddelijke logica vermoed die achter de gepresenteerde redeneringen en formules moest zitten, wat haar naar de planken met wiskundeboeken van de academische boekhandel had geleid. Maar pas toen ze *Dimensions in Mathematics* had opengeslagen, was er een heel nieuwe wereld voor haar opengegaan. Wiskunde was eigenlijk een logische puzzel met oneindige variaties; raadsels die konden worden opgelost. De truc was niet om rekenvoorbeelden op te lossen, want vijf maal vijf was altijd vijfentwintig. De truc was om de structuur te begrijpen van de verschillende regels die het mogelijk maakten om elk willekeurig wiskundig probleem op te lossen.

Dimensions in Mathematics was geen strikt leerboek in de mathematiek, maar een 1.200 pagina's dikke pil over de geschiedenis van de wiskunde, van de oude Grieken tot de huidige pogingen om sferische astronomie te beheersen. Het werd beschouwd als de Bijbel, in dezelfde klasse als wat Diophantos' *Arithmetica* ooit voor serieuze wiskundigen had betekend – en nog steeds betekent. Toen ze *Dimensions* voor de eerste keer op het terras van het hotel aan de Grand Anse Beach had opengeslagen, was ze plotseling beland in een betoverende wereld van cijfers. In een boek geschreven door een auteur die niet alleen pedagogisch was, maar er tevens in slaagde de lezer te vermaken met anekdotes en overrompelende problemen. Ze kon de mathematiek volgen van Archimedes tot aan het huidige Jet Propulsion Laboratory in Californië. Ze begreep de methodes waarmee de problemen werden opgelost.

De stelling van Pythagoras ($a^2+b^2=c^2$), ongeveer 500 jaar voor Christus geformuleerd, werd een aha-erlebnis. Ze begreep plotseling de inhoud van wat ze al in de bovenbouw, tijdens een van de weinige lessen die ze had bijgewoond, uit haar hoofd had geleerd. *In een rechthoekige driehoek is het kwadraat van de lengte van de hypotenusa gelijk aan de som van de kwadraten van de lengten van de rechthoekszijden.* Ze raakte gefascineerd door de ontdekking van Euclides, in 300 voor Christus, dat een perfect getal altijd *een veelvoud van twee getallen is, waarbij het ene getal een macht is van 2 en het andere wordt gevormd door het verschil tussen de volgende macht van 2 en 1.* Dat was een verfijning van de stelling van Pythagoras en ze zag in dat de combinaties oneindig waren.

$6=2^1x(2^2-1)$
$28=2^2x(2^3-1)$
$496=2^4x(2^5-1)$
$8.128=2^6x(2^7-1)$

Zo kon ze een hele tijd doorgaan zonder een getal te vinden dat met die regel brak. Dat was een logica die Lisbeth Salanders gevoel voor het absolute aansprak. Ze werkte vrolijk Archimedes, Newton, Martin Gardner en diverse andere klassieke mathematici door.

Daarna kwam ze bij het hoofdstuk over Pierre de Fermat, wiens mathematische raadsel, het theorema van Fermat, haar zeven weken lang verblufte. Wat op zich een beperkte tijdspanne was, aangezien Fermat de mathematici bijna vierhonderd jaar lang tot waanzin had gedreven, voordat een Engelsman met de naam Andrew Wiles er pas in 1993 in was geslaagd Fermats puzzel op te lossen.

Het theorema van Fermat was een verleidelijk eenvoudige opgave.

Pierre de Fermat werd in 1601 geboren in Beaumont-de-Lomage in het zuidwesten van Frankrijk. Opvallend genoeg was hij niet eens mathematicus, hij was een ambtenaar die zich in zijn vrije tijd bezighield met wiskunde, als een soort bizarre hobby. Toch wordt hij beschouwd als een van de meest begaafde, autodidactische wiskundigen ooit. Net als Lisbeth Salander was hij verzot op het oplossen van puzzels en raadsels. Hij had er vooral plezier in andere mathematici een hak te zetten door problemen te construeren maar de oplossing er niet bij te geven. De filosoof René Descartes gaf Fermat een reeks denigrerende epitheta terwijl zijn Engelse collega John Wallis hem 'die verdomde Fransman' noemde.

In 1630 verscheen een Franse vertaling van Diophantos' boek *Arithmetica*, dat een compleet overzicht bevatte van de getaltheorieën die Pythagoras, Euclides en andere klassieke wiskundigen hadden geformuleerd. Toen Fermat de stelling van Pythagoras bestudeerde, creëerde hij in een uitbraak van complete genialiteit zijn onsterfelijke probleem. Hij formuleerde een variant op de stelling van Pythagoras. In plaats van ($a^2+b^2=c^2$) zette Fermat het vierkant om in een kubus, ($x^3+y^3=z^3$).

Het probleem was dat de nieuwe vergelijking geen heeltallige oplossingen leek te hebben. Wat Fermat daarmee had gedaan, was dat hij door middel van een kleine academische verandering een formule die een oneindig aantal perfecte oplossingen had, veranderde in een doodlopende weg die helemaal geen oplossing had. En dat was juist zijn theorema: Fermat beweerde dat er nergens in het oneindige universum van de getallen een heel getal was waarbij een kubus kon worden uitgedrukt als de som van twee kubussen, en dat dat algemeen was voor alle getallen die een hogere macht hebben dan het cijfer 2, dus precies de stelling van Pythagoras.

Dat dat het geval was, daar waren andere mathematici het snel over eens. Door middel van trial-and-error konden ze constateren dat ze geen enkel getal konden vinden dat Fermats bewering kon weerleggen. Het probleem was alleen dat ze, ook al zouden ze tot in de eeuwigheid doorrekenen, niet alle bestaande getallen zouden kunnen testen, dat zijn er immers oneindig veel, en daardoor konden de wiskundigen er niet voor honderd procent zeker van zijn dat het volgende getal het theorema van Fermat niet omver zou gooien. Binnen de mathematica moeten beweringen namelijk mathematisch bewezen kunnen worden en met een algemeen geldende en wetenschappelijk correcte formule kunnen worden uitgedrukt. Wiskundigen moeten op een podium de woorden uit kunnen spreken: 'Het is zo omdat ...'

Fermat stak zoals gewoonlijk zijn middelvinger naar zijn collega's op. Het genie krabbelde de probleemstelling in de marge van zijn exemplaar van *Arithmetica* en beëindigde het geheel met een paar regels. *Cuius rei demonstrationem mirabilem sane detexi hanc marginis exiquitas non caperet.* Die regels werden onsterfelijk in de geschiedenis van de wiskunde: *Ik heb waarlijk een spectaculair bewijs voor deze stelling gevonden, maar deze marge is te smal om het te bevatten.*

Als het zijn bedoeling was geweest om zich de woede van zijn collega's op de hals te halen, dan was hij daar uitstekend in geslaagd. Sinds 1637 heeft zo goed als iedere zichzelf respecterende mathematicus er tijd aan besteed, regelmatig zelfs onafzienbare tijd, om te proberen bewijs te vinden voor de grote of laatste stelling van Fermat. Generaties denkers slaagden daar niet in, tot Andrew Wiles in 1993 met het verlossende bewijs kwam. Hij had toen vijfentwintig jaar over het raadsel nagedacht en de laatste tien jaar bijna fulltime.

Lisbeth Salander was totaal perplex.

Ze was eigenlijk helemaal niet geïnteresseerd in het antwoord. Het ging haar om het oplossen van het probleem. Als iemand haar een raadsel voorlegde, dan loste ze het op. Voordat ze de principes van de redeneringen begreep, duurde het een hele tijd voordat ze de getallenmysteriën had ontrafeld, maar ze kwam altijd tot het juiste antwoord voordat ze bij de uitkomsten keek.

Om die reden pakte ze een vel papier en begon ze cijfers neer te kalken toen ze Fermats theorema had gelezen. Maar ze slaagde er niet in bewijs te vinden voor het raadsel van Fermat.

Ze weigerde bij de oplossingen te kijken en sloeg daarom het hoofdstuk waarin Andrew Wiles' uitkomst werd gepresenteerd over. Ze las daarentegen *Dimensions* uit en constateerde dat geen van de andere problemen die in het boek werden gepresenteerd haar veel hoofdbrekens opleverden. Daarna keerde ze elke dag met toenemende irritatie terug naar het raadsel van Fermat en piekerde ze erover welk 'spectaculair bewijs' Fermat kon hebben bedoeld. Elke poging die ze deed, bleek een doodlopende weg.

Ze keek op toen de man van kamer 32 plotseling opstond en naar de uitgang liep. Ze spiekte op haar horloge en constateerde dat hij ruim twee uur en tien minuten onbeweeglijk had gezeten.

Ella Carmichael zette het glas op de bar voor Lisbeth Salander neer en constateerde dat roze drankjes met idiote parapluutjes niet aan haar besteed waren. Lisbeth Salander bestelde altijd hetzelfde: rum-cola. Behalve die ene avond toen Salander in een vreemd humeur was geweest en zich zó laveloos had gedronken dat Ella iemand om hulp had moeten vragen om haar naar haar kamer te dragen, bestond haar normale consumptiepatroon uit koffie verkeerd, af en toe een cocktail of het lokale bier Carib. Zoals altijd ging ze helemaal afgezonderd uiterst rechts aan de bar zitten en sloeg ze een boek met ingewikkelde wiskundige formules open, wat in Ella Carmichaels ogen een vreemde literatuurkeuze was voor een meid van haar leeftijd.

Ze constateerde ook dat Lisbeth Salander er absoluut niet in geïnteresseerd was om te worden versierd. De weinige eenzame mannen die toenaderingspogingen hadden gedaan, waren vriendelijk maar beslist afgewezen, en in één geval zelfs niet bepaald vriendelijk. Maar Chris MacAllen, de man die op bruuske wijze was afgewezen, was een lokale nietsnut die wel een pak slaag verdiend had. Ella was er daarom ook niet erg door geschokt geweest dat hij op de een of andere manier was gestruikeld en in het zwembad was beland nadat hij Lisbeth Salander een hele avond aan haar hoofd had gezeurd. MacAllen was gelukkig niet rancuneus. Hij was de volgende avond teruggekomen, in nuchtere toestand, en had Salander op een biertje getrakteerd, dat ze na een korte aarzeling had geaccepteerd. Daarna hadden ze elkaar beleefd gegroet als ze elkaar in de bar tegenkwamen.

'Alles oké?' vroeg Ella.

Lisbeth Salander knikte en pakte het glas aan.

'Nog nieuws over Mathilda?' vroeg ze.

'Ze is nog steeds op weg onze kant op. Het kan een zeer onaangenaam weekend worden.'

'Wanneer weten we wat?'

'Eigenlijk niet eerder dan wanneer het zover is. Ze kan recht op Grenada afstormen en zo gauw ze er is, besluiten om naar het noorden te draaien.'

'Hebben jullie vaak orkanen?'

'Ze komen en gaan. Meestal gaan ze langs ons heen, anders zou het eiland er niet meer zijn. Maar je hoeft je geen zorgen te maken.'

'Ik maak me geen zorgen.'

Ze hoorden plotseling een wat te hard lachje en draaiden hun hoofden naar de dame van kamer 32, die geamuseerd leek door iets wat haar man vertelde.

'Wie zijn dat?'

'Doctor Forbes? Dat zijn Amerikanen uit Austin, Texas.'

Ella Carmichael sprak het woord Amerikanen met een zekere afkeer uit.

'Ik weet dat het Amerikanen zijn. Wat doen ze hier? Is hij arts?'

'Nee, hij is geen doktér, hij is doctór. Hij is hier voor de Santa Maria-stichting.'

'Wat is dat?'

'Die bekostigen de opleiding van getalenteerde kinderen. Hij is een goed mens. Hij onderhandelt met het ministerie van Onderwijs over de bouw van een nieuwe school in Saint George's.'

'Hij is een goede man, die zijn vrouw slaat,' antwoordde Lisbeth Salander.

Ella Carmichael zweeg en keek Lisbeth scherp aan voordat ze naar de andere kant van de bar liep om enkele plaatselijke klanten Carib te serveren.

Lisbeth bleef nog tien minuten aan de bar zitten, met haar neus in *Dimensions*. Al voordat ze in de puberteit kwam, had ze gemerkt dat ze een fotografisch geheugen had waardoor ze zich op cruciale wijze van haar klasgenoten onderscheidde. Ze had haar eigenaardigheid nooit aan iemand verteld – behalve in een moment van zwakte aan Mikael Blomkvist. Ze kende de tekst van *Dimensions* al uit haar hoofd en sleepte het boek voornamelijk mee omdat het een visuele schakel vormde naar Fermat, alsof het boek een talisman was geworden.

Maar ze had deze avond geen puf om haar gedachten op Fermat of zijn theorema te richten. Ze zag daarentegen telkens voor zich hoe dr. Forbes onbeweeglijk met zijn blik op één punt in het water in The Carenage gericht had gezeten.

Ze kon niet verklaren waarom ze opeens het gevoel had dat er iets niet klopte.

Uiteindelijk sloeg ze haar boek dicht en ging ze naar haar kamer, waar ze haar PowerBook opstartte. Surfen op internet was geen optie. Het hotel had geen breedband, maar ze had een ingebouwd modem dat ze aan haar Panasonic mobieltje kon hangen en waarmee ze e-mail kon versturen en ontvangen. Ze typte snel een mailtje aan plague_xyz_666@hotmail.com:

> Heb geen breedband. Heb informatie nodig over een dr. Forbes van de Santa Maria-stichting, en zijn vrouw, woonachtig in Austin, Texas. Ik betaal 500 dollar aan degene die onderzoek doet. Wasp.

Ze voegde haar officiële PGP-sleutel toe, codeerde de mail met *Plagues* PGP-sleutel en drukte op verzenden. Daarna keek ze op haar horloge en constateerde dat het even na halfacht 's avonds was.

Ze zette haar computer uit, sloot haar kamer af en wandelde vierhonderd meter over het strand, stak de weg naar Saint George's over en klopte op de deur van een schuur achter The Coconut. George Bland was 16 jaar en student. Hij wilde arts of advocaat worden, of eventueel astronaut en hij was ongeveer net zo spichtig als Lisbeth Salander en bijna even klein.

Lisbeth had George Bland tijdens haar eerste week op Grenada op het strand ontmoet, de dag nadat ze naar Grand Anse was verhuisd. Ze had langs het strand gelopen en was in de schaduw onder een paar palmen gaan zitten en had naar de kinderen zitten kijken die verderop aan de waterkant aan het voetballen waren. Ze had *Dimensions* opengeslagen en had daarin begraven gezeten toen hij een paar meter voor haar was gaan zitten, ogenschijnlijk zonder haar aanwezigheid op te merken. Ze had hem zwijgend geobserveerd. Een magere donkere jongen op sandalen in een zwarte broek en een wit overhemd.

Net als zij, had hij een boek opengeslagen waarin hij zich had verdiept. Net als zij, had hij een wiskundeboek zitten bestuderen – *Basics 4*. Hij las geconcentreerd en begon in een rekenboek te kliederen. Pas toen Lisbeth na vijf minuten kuchte, had hij haar aanwezigheid opgemerkt en was hij als in paniek opgevlogen. Hij had zijn verontschuldigingen aangeboden voor het feit dat hij haar had gestoord en was al bezig op te stappen toen ze vroeg of het gecompliceerde getallen waren.

Algebra. Na twee minuten had ze een fundamentele fout in zijn berekening aangewezen. In dertig minuten hadden ze zijn huiswerk gemaakt. In een uur hadden ze het hele volgende hoofdstuk in zijn wiskundeboek doorgenomen en had ze pedagogisch de kneepjes achter de rekenopgaven uitgelegd. Hij had haar vol respect aangekeken. Na twee uur had hij verteld dat zijn moeder in Toronto, Canada, woonde en zijn vader in Grenville, aan de andere kant van het eiland, en dat hij zelf in een schuur woonde iets verderop op het strand. Hij was de jongste van het gezin en had drie oudere zussen.

Lisbeth Salander vond zijn gezelschap opmerkelijk ontspannend. De situatie was ongebruikelijk. Ze ging zelden of nooit gesprekken aan met andere mensen alleen maar om het praten. Het was geen kwestie van verlegenheid. Voor haar had conversatie een praktische functie; waar vind ik een apotheek of wat kost de hotelkamer? Conversatie had ook een beroepsmatige functie. Toen ze als onderzoekster voor Dragan Armanskij bij Milton Security werkte, had ze geen problemen gehad met het voeren van lange gesprekken om feiten te achterhalen.

Maar ze haatte persoonlijke gesprekken die altijd leidden tot een gewroet in wat zij privéaangelegenheden vond. *Hoe oud ben je? – Raad maar. Hou je van Britney Spears? – Van wie? Vind je schilderijen van Carl Larsson mooi? – Nooit over nagedacht. Ben je lesbisch? – Dat gaat je geen reet aan.*

George Bland was onhandig en zelfbewust, maar hij was beleefd en probeerde een intelligente conversatie te voeren zonder met haar te wedijveren en zonder in haar privéleven te wroeten. Net als zij, leek hij eenzaam. Opmerkelijk genoeg scheen hij te accepteren dat er een wiskundige godin op de Grand Anse Beach was neergestreken en leek hij er content mee te zijn dat ze hem gezelschap wilde houden. Na een paar uur op het strand waren ze opgestapt; de zon naderde de horizon. Ze waren samen terug gewandeld naar haar hotel en hij had de schuur aangewezen die dienstdeed als zijn studentenoptrekje. Hij had gegeneerd gevraagd of hij haar mocht uitnodigen voor de thee. Ze had ja gezegd, wat hem scheen te verbazen.

Zijn onderkomen was zeer eenvoudig: een schuur met daarin een gehavend tafeltje, twee stoelen, een bed en een kast voor kleren en linnengoed. De enige verlichting bestond uit een bureaulampje met een snoer dat naar The Coconut liep. Het fornuis bestond uit een campinggasje. Hij trakteerde op een maaltijd bestaande uit rijst en groente, die hij serveerde op plastic borden. Hij had haar ook dapper uitgenodigd om de lokale verboden substantie te roken, wat ze had geaccepteerd.

Lisbeth had geen moeite te zien dat haar aanwezigheid hem beïnvloedde en dat hij zich eigenlijk geen houding wist te geven. Ze had impulsief besloten zich door hem te laten verleiden. Dat had zich ontwikkeld tot een pijnlijk omslachtige procedure, waarbij hij ongetwijfeld haar signalen had begrepen, maar geen idee had hoe hij te werk moest gaan. Hij had als een kat om de hete brij heen gedraaid tot ze haar geduld verloren had en hem resoluut op het bed omlaag had geduwd en haar kleren had uitgetrokken.

Het was voor het eerst na de operatie in Genua dat ze zich naakt aan iemand had vertoond. Ze had de kliniek verlaten met een licht gevoel van paniek. Het had lang geduurd voordat ze had ingezien dat er niemand was die haar aanstaarde. Lisbeth Salander gaf gewoonlijk geen snars om wat andere mensen van haar dachten en had zich afgevraagd waarom ze zich plotseling zo onzeker voelde.

George Bland was een perfect debuut voor haar nieuwe ik geweest. Toen hij er, na enige aanmoediging, uiteindelijk in geslaagd was haar bh los te maken, had hij ogenblikkelijk het lampje uitgedaan voordat hij zijn eigen kleren begon uit te trekken. Lisbeth had ingezien dat hij verlegen was en had het licht weer aangedaan. Ze had zorgvuldig op zijn reacties gelet toen hij haar onbeholpen begon te strelen. Pas veel later die avond had ze kunnen ontspannen en had ze geconstateerd dat hij haar borsten als volkomen natuurlijk had ervaren. Anderzijds leek hij ook niet zo veel vergelijkingsmateriaal te hebben.

Ze was helemaal niet van plan geweest om op Grenada een tiener als minnaar te nemen. Het was een impuls geweest en toen ze laat die nacht bij hem wegging, was ze niet van plan geweest terug te komen.

Maar ze was hem al de volgende dag op het strand weer tegengekomen en had het gevoel gehad dat deze onbeholpen jongen aangenaam gezelschap was. In de zeven weken dat ze nu op Grenada verbleef, was George Bland een vast punt in haar bestaan geworden. Ze gingen overdag niet met elkaar om, maar hij bracht de middagen voor zonsondergang op het strand door en de avonden alleen in zijn schuur.

Ze constateerde dat als ze samen opliepen, ze eruitzagen als twee tieners. *Sweet sixteen.*

Hij meende vermoedelijk dat het leven interessanter was geworden. Hij had een vrouw ontmoet die hem onderwees in wiskunde en erotiek.

Hij deed de deur open en lachte haar verheugd toe.

'Heb je zin in gezelschap?' vroeg ze.

Lisbeth Salander verliet George Bland even na tweeën 's nachts. Ze had een warm gevoel in haar lijf en wandelde langs het strand in plaats van de weg naar het Keys Hotel te volgen. Ze liep daar alleen in het donker, zich ervan bewust dat George Bland op ruim honderd meter achter haar zou lopen.

Dat deed hij altijd. Ze was nooit bij hem blijven slapen en hij protesteerde vaak uitvoerig dat zij, een vrouw alleen, 's nachts naar haar hotel wilde wandelen, en hield bij hoog en bij laag vol dat het zijn plicht was om met haar mee te lopen naar het hotel. Vooral omdat het vaak heel laat werd. Lisbeth Salander luisterde altijd naar zijn verklaringen voordat ze de discussie met een simpel nee afkapte. *Ik loop waarheen ik wil wanneer ik dat wil. End of discussion. En nee, ik wil geen escorte hebben.* De eerste keer dat ze had gemerkt dat hij achter haar aan liep, was ze ontzettend kwaad geworden. Maar nu had zijn beschermerinstinct een zekere charme gekregen en daarom liet ze niet merken dat ze wist dat hij achter haar liep en dat hij pas naar huis terug zou keren als hij haar door de poort van het hotel naar binnen had zien gaan.

Ze vroeg zich af wat hij zou doen als ze plotseling zou worden overvallen.

Zelf zou ze dan gebruikmaken van de hamer die ze bij MacIntyre's ijzerhandel had gekocht en die in het buitenvak van haar schoudertas zat. Er waren weinig fysieke vijandbeelden opgewassen tegen het gebruik van een fraaie hamer, dacht Lisbeth Salander.

Het was helder, de sterren waren goed zichtbaar en het was volle maan. Lisbeth keek omhoog en kon Regulus herkennen, de helderste ster in het sterrenbeeld Leeuw, die vlak bij de horizon stond. Ze was bijna bij het hotel toen ze stokstijf bleef staan. Opeens zag ze een glimp van een mens even verderop op het strand bij de waterspiegel voor het hotel. Het was de eerste keer dat ze na het invallen van de duisternis een levende ziel op het strand had gezien. Ook al was de afstand bijna honderd meter, Lisbeth had geen enkele moeite om de man in het maanlicht te identificeren.

Het was de eerbiedwaardige doctor Forbes van kamer 32.

Ze deed snel een paar passen opzij en bleef in de bomenlijn stilstaan. Toen ze haar hoofd opzij draaide, was ook George Bland onzichtbaar. De gedaante bij het water liep langzaam heen en weer. Hij rookte een sigaret. Hij bleef regelmatig staan en boog zich voorover alsof hij het zand bestudeerde. De pantomime ging twintig minuten door voordat hij plotseling van richting veranderde en met rasse schreden naar de strandingang van het hotel liep en verdween.

Lisbeth wachtte een minuut voordat ze naar de plek liep waar Forbes had rondgewandeld. Ze maakte een langzame halve cirkel en inspecteerde de grond. Het enige wat ze zag was zand, een paar stenen en schelpen. Na twee minuten brak ze haar studie van de waterlinie af en liep ze naar het hotel.

Ze ging naar het balkon, boog over de reling en gluurde bij het balkon van de buren naar binnen. Het was er rustig en stil. De ruzie van die avond was blijkbaar al bijgelegd. Na een tijdje haalde ze haar schoudertas, pakte ze vloei en rolde ze een joint van de voorraad waar George Bland haar van had voorzien. Ze ging op een balkonstoel zitten en keek naar het donkere water van de Caribische zee terwijl ze al rokend nadacht.

Ze voelde zich als een radarinstallatie in opperste staat van paraatheid.

2
VRIJDAG 17 DECEMBER

Nils Erik Bjurman, advocaat, vierenvijftig jaar oud, zette zijn koffiekopje neer en keek naar de stroom mensen die het raam van Café Hedon bij het Stureplan passeerde. Hij zag iedereen die langskwam, maar observeerde niemand in het bijzonder.

Hij moest aan Lisbeth Salander denken. Hij dacht vaak aan Lisbeth Salander.

Die gedachten deden hem vanbinnen koken.

Lisbeth Salander had hem kapotgemaakt. Dat was een moment dat hij nooit zou vergeten. Zij had het commando overgenomen en hem vernederd. Ze had hem mishandeld op een wijze die letterlijk onuitwisbare sporen op zijn lichaam had achtergelaten. Om precies te zijn op een meer dan twee vierkante decimeter groot oppervlak op zijn buik, precies boven zijn geslachtsorgaan. Ze had hem vastgeketend aan zijn eigen bed, hem mishandeld en een niet mis te verstane boodschap op zijn buik getatoeëerd, die op geen enkele manier kon worden verwijderd: IK BEN EEN SADISTISCH VARKEN, EEN KLOOTZAK EN EEN VERKRACHTER.

Lisbeth Salander was door de Stockholmse rechtbank juridisch ontoerekeningsvatbaar verklaard. Hij had de taak gekregen op te treden als haar toezichthouder, wat haar in hoge mate in een direct afhankelijke positie van hem bracht. Al de eerste keer dat hij Lisbeth Salander had ontmoet, was hij over haar gaan fantaseren. Hij kon het niet uitleggen, maar ze nodigde daartoe uit.

Uit zuiver intellectueel oogpunt wist advocaat Nils Bjurman dat hij iets had gedaan wat sociaal onacceptabel was en al helemáál niet was toegestaan. Hij wist dat hij fouten had gemaakt. Hij wist ook dat hij in juridisch opzicht onverdedigbaar had gehandeld.

Uit emotioneel oogpunt speelde deze intellectuele kennis geen rol. Vanaf het moment dat hij Lisbeth Salander twee jaar geleden in december voor het eerst had ontmoet, had hij haar niet kunnen weerstaan. Wetten, regels, moraal en verantwoordelijkheid waren daarbij niet van belang.

Ze was een opmerkelijk meisje. Volwassen, maar met een uiterlijk dat maakte dat ze kon worden aangezien voor een minderjarig kind. Hij had de controle over haar leven, ze was van hem. Dat was onweerstaanbaar.

Ze was onmondig verklaard en haar levensloop maakte dat ze door niemand zou worden geloofd als ze zou protesteren. Er was evenmin sprake van verkrachting van een onschuldig kind; in haar dossier werd vastgesteld dat ze veel seksuele ervaring had en dat ze zelfs als promiscue kon worden beschouwd. Een maatschappelijk werker had een rapport geformuleerd dat wees op de mogelijkheid dat Lisbeth Salander op haar zeventiende tegen betaling seksuele diensten had verricht. Het rapport was er gekomen nadat een politiepatrouille een onbekende, oudere dronken man in gezelschap van een jong meisje op een bankje in het park in Tantolunden had waargenomen. De politiemensen hadden geparkeerd en het gezelschap gefouilleerd; het meisje had geweigerd antwoord te geven op hun vragen en de dronkenlap was te laveloos geweest om iets zinnigs uit te kunnen brengen.

In advocaat Bjurmans ogen was de conclusie glashelder: Lisbeth Salander was een hoer en stond onder aan de sociale ladder. In zijn macht. Dat was zonder risico. Ook als ze bij de Raad van Toezicht inzake Voogdijschap zou protesteren, zou hij haar krachtens zijn geloofwaardigheid en zijn verdiensten kunnen bestempelen als een leugenaar.

Ze was het perfecte speeltje; volwassen, promiscue, sociaal incompetent en overgeleverd aan zijn goeddunken.

Het was de eerste keer dat hij een van zijn eigen cliënten had misbruikt. Hij had nooit eerder ook maar overwogen om een vinger naar iemand uit te steken met wie hij een professionele relatie had. Om uiting te geven aan zijn speciale eisen ten aanzien van seksuele spelletjes had hij zich gewend tot prostituees. Hij was discreet en voorzichtig geweest en betaalde goed. Het probleem was echter dat prostituees niet echt waren, ze deden maar alsof. Het was een dienst die hij kocht van een vrouw die kreunde en steunde en een rol speelde, maar die net zo onecht was als goedkope kunst op een zomerse braderie.

Hij had geprobeerd zijn vrouw te domineren in de tijd dat hij nog getrouwd was, maar zij had ermee ingestemd en het was ook maar een spelletje geweest.

Lisbeth Salander was perfect geweest. Ze was weerloos. Ze had geen familie en vrienden. Ze was een echt slachtoffer geweest, totaal machteloos. De gelegenheid maakt de dief.

Toen opeens had ze hem kapotgemaakt.

Ze had teruggeslagen met een kracht en een besluitvaardigheid die hij nooit achter haar had gezocht. Ze had hem vernederd. Ze had hem pijn gedaan. Ze had hem bijkans geruïneerd.

In de twee jaren die verstreken waren, was Nils Bjurmans leven op drastische wijze veranderd. De eerste tijd na Lisbeth Salanders nachtelijke bezoek aan zijn flat was hij als verlamd, niet in staat te denken en te handelen. Hij had zich opgesloten in huis, nam de telefoon niet op en was niet in staat geweest contact te houden met zijn gewone cliënten. Pas na twee weken had hij zich ziek gemeld. Zijn secretaresse had de lopende correspondentie op kantoor afgehandeld, vergaderingen geannuleerd en getracht vragen te beantwoorden van geïrriteerde cliënten.

Iedere dag had hij zijn lichaam in de spiegel op de badkamerdeur moeten aanschouwen. Uiteindelijk had hij de spiegel verwijderd.

Pas tegen de zomer was hij teruggekeerd naar kantoor. Hij had zijn cliëntenbestand bekeken en het merendeel overgedragen aan enkele collega's. De enigen die hij hield, waren bedrijven waarvoor hij bepaalde zakelijk-juridische correspondentie verzorgde, maar waarbij hij zich niet betrokken hoefde te voelen. Zijn enige overgebleven actieve cliënte was Lisbeth Salander. Elke maand stelde hij een balans en een rapport voor de Raad van Toezicht samen. Hij deed precies wat ze had geëist – de rapporten waren vrije fantasieën die documenteerden dat zij absoluut geen curator nodig had.

Elk rapport schrijnde en herinnerde hem aan haar bestaan, maar hij had geen keus.

Bjurman had de zomer en het najaar piekerend doorgebracht en was niet tot handelen in staat geweest. In december had hij zich er uiteindelijk toe gezet een vakantiereis naar Frankrijk te boeken. Hij had een afspraak gemaakt bij een kliniek voor plastische chirurgie buiten Marseille, waar hij een arts had geconsulteerd over de beste manier om de tatoeage te laten verwijderen.

De arts had ontzet zijn verminkte buik onderzocht en uiteindelijk een behandeling voorgesteld. De eenvoudigste manier zouden herhaalde laserbehandelingen zijn, maar de tatoeage was zó groot en de naald had zó diep geprikt, dat de arts meende dat het enige realistische een serie huidtransplantaties zou zijn. Dat was duur en zou tijd kosten.

In de afgelopen twee jaar had hij Lisbeth Salander eenmaal gezien.

De nacht dat ze hem had overvallen en het commando over zijn leven had overgenomen, had ze ook zijn reservesleutels van kantoor en van zijn appartement meegenomen. Ze had gezegd dat ze hem in de gaten zou houden en dat ze op bezoek zou komen op het moment dat hij het het minst verwachtte. In de tien maanden die waren verstreken, was hij bijna gaan denken dat het een loze bedreiging was, maar hij had het slot niet durven vervangen. Haar dreiging was niet mis te verstaan geweest: als ze hem ooit met een vrouw in bed zou aantreffen, zou ze de negentig minuten lange film openbaar maken waarin te zien was hoe hij haar had verkracht.

Op een nacht medio januari bijna een jaar geleden was hij om drie uur 's nachts plotseling wakker geworden, niet wetende waarvan hij wakker werd. Hij had het licht op het nachtkastje aangedaan en had het bijna uitgeschreeuwd van schrik toen hij haar aan het voeteneinde van zijn bed had zien staan. Ze was als een spook dat opeens in zijn slaapkamer was gematerialiseerd. Haar gezicht was bleek en uitdrukkingsloos. Ze had dat verdomde elektrische pistool in haar hand gehad.

'Goedemorgen, advocaat Bjurman,' had ze uiteindelijk gezegd. 'Sorry dat ik je deze keer wakker heb gemaakt.'

Mijn hemel, is ze hier al eerder geweest? Terwijl ik sliep?

Hij kon niet uitmaken of ze blufte of niet. Nils Bjurman schraapte zijn keel en deed zijn mond open om wat te gaan zeggen. Ze brak zijn poging met een gebaar af.

'Ik heb je om maar één reden wakker gemaakt. Ik zal binnenkort voor langere tijd op reis gaan. Jij moet iedere maand je rapporten over mijn welbevinden blijven schrijven, maar in plaats van mij een kopie te sturen per post, stuur je een kopie naar een hotmailadres.'

Ze haalde een dubbelgevouwen papier uit haar jaszak en liet het op de rand van het bed vallen.

'Als de Raad van Toezicht contact met mij wil of wanneer er iets anders gebeurt wat mijn aanwezigheid vereist, dan stuur je een mailtje naar dit adres. Heb je dat begrepen?'

Hij knikte.

'Ik begrijp ...'

'Zwijg. Ik wil je stem niet horen.'

Hij klemde zijn tanden op elkaar. Hij had nooit contact met haar durven opnemen omdat ze had gedreigd de film dan naar de overheid te sturen. Hij had er daarentegen vele maanden over nagedacht wat hij tegen haar zou zeggen als ze contact met hem zou opnemen. Hij had ingezien dat hij niets ter verdediging kon aanvoeren. Het enige wat hij kon doen, was een beroep doen op haar generositeit. Als ze hem de kans maar gaf om te spreken, zou hij proberen haar ervan te overtuigen dat hij had gehandeld in een totale vlaag van verstandsverbijstering, dat hij er spijt van had en dat hij wilde boeten voor wat hij had gedaan. Hij was bereid door het stof te kruipen om haar te vermurwen en daardoor de dreiging die ze vormde onschadelijk te maken.

'Ik moet praten,' had hij met een nietig stemmetje geantwoord. 'Ik wil je om vergeving vragen ...'

Ze had afwachtend naar zijn verrassende smeekbede geluisterd. Ten slotte had ze zich voorovergebogen naar het bed en hem boosaardig aangekeken.

'Luister goed. Je bent een klootzak en ik zal je nooit vergeven. Maar als je je gedraagt, zal ik je laten gaan op de dag dat mijn ondertoezichtstelling wordt opgeheven.'

Ze wachtte tot hij zijn ogen neersloeg. *Ze dwingt me voor haar te kruipen.*

'Wat ik een jaar geleden heb gezegd, geldt nog steeds. Als je faalt, zal ik de film openbaar maken. Als je anderszins contact met me opneemt dan zoals ik heb vastgesteld, zal ik de film openbaar maken. En als ik zou omkomen bij een ongeluk, wordt de film openbaar gemaakt. Als je me weer aanraakt, zal ik je vermoorden.'

Hij geloofde haar. Er was geen ruimte voor twijfel of voor onderhandelingen.

'Nog één ding. De dag dat ik je laat gaan, mag je doen wat je wilt. Maar tot die tijd zet je geen voet meer in die kliniek in Marseille. Als je daar weer heen gaat en met een behandeling start, zal ik je weer tatoeëren. Maar dán op je voorhoofd.'

Verdomme. Hoe is ze erachter gekomen dat ...

Het volgende moment was ze verdwenen. Hij hoorde een zachte klik van de buitendeur toen ze de sleutel omdraaide. Het was net of hij bezoek had gehad van een spook.

Dat was het moment waarop hij Lisbeth Salander ging haten met een intensiteit die als roodgloeiend staal in zijn gemoed vlamde en die zijn bestaan veranderde in een bezeten honger om haar kapot te maken. Hij fantaseerde over haar dood. Hij verbeeldde zich dat hij haar op haar knieën dwong en om genade liet smeken. Hij zou meedogenloos zijn. Hij droomde ervan om zijn handen om haar hals te leggen en haar te wurgen tot ze naar adem snakte. Hij wilde haar ogen uit hun kassen en haar hart uit haar lichaam rukken. Hij wilde haar helemaal kapotmaken.

Paradoxaal genoeg was dat ook het moment waarop hij weer begon te functioneren en dat hij een opmerkelijke geestelijke balans vond. Hij was nog steeds bezeten van Lisbeth Salander en was iedere wakkere minuut gefocust op haar bestaan. Maar hij ontdekte dat hij ook weer rationeel was gaan denken. Als hij erin zou slagen haar kapot te maken, kon hij het commando over zijn intellect weer overnemen. Zijn leven kreeg een nieuw doel.

Dat was de dag waarop hij stopte met fantaseren over haar dood, en hij deze begon te plannen.

Mikael Blomkvist liep op minder dan 2 meter achter advocaat Nils Bjurman langs toen hij twee glazen gloeiend hete koffie verkeerd naar de tafel van hoofdredacteur Erika Berger in Café Hedon navigeerde. Erika en hij hadden nog nooit van advocaat Nils Bjurman gehoord en merkten hem dus ook niet op.

Erika trok haar neus op en zette de asbak opzij om plaats te maken voor de glazen. Mikael hing zijn jack over de rugleuning van de stoel, trok de asbak naar zijn kant van het tafeltje en stak een sigaret op. Erika had een hekel aan tabaksrook en keek hem met een getergde blik aan. Hij blies de rook verontschuldigend van haar af.

'Ik dacht dat je was gestopt.'

'Tijdelijke terugval.'

'Ik wil geen seks meer met mannen die naar rook stinken,' zei ze met een lieftallig lachje.

'*No problem.* Er zijn andere vrouwen die niet zo pietluttig zijn,' zei Mikael en hij glimlachte terug.

Erika Berger sloeg haar ogen ten hemel.

'Wat is het probleem? Ik heb over twintig minuten een afspraak met Charlie. We gaan naar het theater.'

Charlie was Charlotta Rosenberg, Erika's jeugdvriendin.

'Ik word niet goed van onze stagiaire. Ze is de dochter van een van jouw vriendinnen. Ze is nu twee weken bij ons op de redactie en blijft nog acht weken. Dat hou ik niet vol.'

'Ik heb gemerkt dat ze je smachtende blikken toewerpt. Ik verwacht uiteraard dat je je gedraagt als een gentleman.'

'Erika, die meid is zeventien en is geestelijk niet veel ouder dan tien, en dan ben ik nog royaal.'

'Ze is gewoon geïmponeerd door jou. Misschien een beetje idolaat.'

'Ze stond gisteravond om halfelf bij mij voor de deur en wilde bovenkomen met een fles wijn.'

'Oeps,' zei Erika Berger.

'Ja, oeps,' zei Mikael. 'Als ik twintig jaar jonger was, zou ik vermoedelijk geen seconde aarzelen. Maar ze is pas zeventien. En ik bijna vijfenveertig.'

'Daar hoef je me niet aan te herinneren. We zijn even oud.'

Mikael Blomkvist leunde achterover en tipte de as van zijn sigaret.

Het was Mikael Blomkvist niet ontgaan dat de Wennerström-affaire hem een opmerkelijke sterrenstatus had gegeven. Hij had gedurende het afgelopen jaar uit de meest onwaarschijnlijke hoeken uitnodigingen voor feesten en andere activiteiten ontvangen.

Het was duidelijk dat degenen die hem uitnodigden dat louter en alleen deden omdat ze hem graag in hun kennissenkring wilden opnemen; dat uitte zich in de welkomstkus op de wang van personen die hij vroeger amper de hand had geschud, maar die zich graag wilden profileren als zijn goede vriend en vertrouweling. Het waren niet in eerste instantie mediacollega's; die kende hij al en daar had hij een goede of een slechte relatie mee. Het waren meer de zogenaamde landelijke beroemdheden, acteurs, middelmatige, maatschappelijke debaters en halve sterren. Het was gewoon status om Mikael Blomkvist als gast op een releaseparty of op een dineetje voor intimi te hebben. Hij was het afgelopen jaar overspoeld met uitnodigingen en aanvragen voor diverse arrangementen. Het werd zo langzamerhand gewoonte om te reageren met 'ontzettend gezellig, maar ik ben dan helaas al bezet,' enzovoort.

Bij de negatieve kanten van de sterrenstatus hoorde ook een toenemende verspreiding van geruchten. Een kennis van hem had hem ongerust opgebeld nadat hij had horen beweren dat Mikael hulp had gezocht bij een afkickkliniek voor drugsverslaafden. De waarheid was dat Mikaels totale drugsmisbruik sinds zijn tienertijd bestond uit een paar joints en dat hij vijftien jaar geleden eens een keer cocaïne had gesnoven met een Nederlands meisje dat zong in een rockband. Zijn alcoholconsumptie was beter ontwikkeld, maar beperkte zich nog steeds tot enkele gevallen van dronkenschap tijdens een diner of feest. In een café dronk hij zelden meer dan één biertje en hij dronk net zo lief malt. Zijn bar thuis bevatte wodka en een paar flessen single malt die hij cadeau had gekregen en die maar heel zelden opengingen.

Dat Mikael single was en diverse tijdelijke relaties en liefdesaffaires had, was algemeen bekend, zowel binnen als buiten zijn kennissenkring, wat weer aanleiding gaf tot andere geruchten. Zijn inmiddels jarenlange affaire met Erika Berger was altijd onderwerp van diverse speculaties. Die waren het laatste jaar aangevuld met beweringen dat hij van bed naar bed ging, uitvoerig op de versiertoer was en zijn status als beroemdheid gebruikte om zich door de clientèle van de Stockholmse kroegen heen te neuken. Een vaag bekende journalist had hem zelfs een keer gevraagd of hij geen hulp moest zoeken voor zijn seksverslaving. Die opmerking was gevoed doordat een bekende Amerikaanse acteur voor dezelfde kwaal hulp had gezocht bij een kliniek.

Mikael had inderdaad veel korte verhoudingen en het gebeurde weleens dat die parallel liepen. Hij wist zelf niet precies hoe dat kwam. Hij wist dat hij er goed uitzag, maar hij had zichzelf nooit beschouwd als aantrekkelijk. Wel kreeg hij vaak te horen dat hij iets had waardoor vrouwen in hem geïnteresseerd raakten. Erika Berger had hem uitgelegd dat dat kwam doordat hij zelfvertrouwen én geborgenheid uitstraalde, en dat hij een vermogen bezat waardoor vrouwen zich ontspannen en ongedwongen voelden. Met hem naar bed gaan, was niet lastig, dreigend of gecompliceerd, maar prettig en erotisch genoeglijk. Wat – volgens Mikael – ook zo moest zijn.

In tegenstelling tot wat diverse kennissen dachten, had Mikael zich nooit beziggehouden met het versieren van vrouwen. Hij kon eventueel laten merken dat hij er was en dat hij genegen was, maar hij liet de vrouw altijd het initiatief nemen. Seks was vaak het natuurlijke gevolg. De vrouwen met wie hij in bed belandde, waren zelden anonieme onenightstands, dat kwam natuurlijk ook weleens voor, maar dat resulteerde meestal in vrij onbevredigende oefeningen. Mikaels beste relaties waren met personen geweest die hij had leren kennen en die hij zelf graag mocht. Het was daarom geen toeval dat hij twintig jaar geleden een affaire met Erika Berger was begonnen – ze waren vrienden en voelden zich tot elkaar aangetrokken.

Zijn roem van de laatste tijd had de belangstelling van vrouwen echter vergroot op een wijze die hij bizar en onbegrijpelijk vond. Het meest verrassend was dat jonge vrouwen op de meest onverwachte momenten impulsieve stappen konden ondernemen.

Mikaels fascinatie was echter gericht op een heel ander soort vrouwen dan enthousiaste tieners met korte minirokjes en goedgevormde lichamen. Toen hij jonger was, waren zijn vriendinnen vaak ouder dan hijzelf en in sommige gevallen zelfs aanzienlijk ouder en ervarener dan hij. Naarmate hij zelf ouder werd, was het leeftijdsverschil steeds kleiner geworden. Lisbeth Salander, die toen vijfentwintig was, was definitief de laatste stap op de leeftijdsladder geweest.

Wat de oorzaak was van de in alle haast bijeengeroepen ontmoeting met Erika.

Millennium had een stagiaire aangenomen van een mediaopleiding, een vriendelijk gebaar naar een kennis van Erika. Dat was op zich niets ongewoons, ze hadden elk jaar meerdere stagelopers. Mikael had het zeventienjarige meisje beleefd gegroet en al vrij snel geconstateerd dat ze een zeer vage belangstelling had voor journalistiek, behalve dat ze 'gezien wilde worden op tv' en – zo meende Mikael – dat het momenteel blijkbaar een soort status gaf als je bij *Millennium* stage had gelopen.

Hij was zich er snel van bewust geworden dat ze geen enkele gelegenheid voor een nader contact met hem onbenut liet. Hij had gedaan alsof hij haar tamelijk overduidelijke toenaderingspogingen niet had opgemerkt, wat er alleen maar toe had geleid dat ze haar inspanningen had verdubbeld. Het was gewoon lastig.

Erika Berger moest plotseling lachen.

'Hemeltje, dit is seksuele intimidatie op het werk.'

'Ricky, het is knap vervelend. Ik wil haar absoluut niet kwetsen of in verlegenheid brengen. Maar ze is ongeveer net zo subtiel als een bronstige merrie. Ik ben haast bang voor wat ze kan doen.'

'Mikael, ze is verliefd op je en is gewoon te jong om te weten hoe ze dat tot uitdrukking moet brengen.'

'Sorry, je zit ernaast. Ze is zich er prima van bewust hoe ze dat tot uitdrukking moet brengen. Er is iets mis met haar gedrag en ze raakt geïrriteerd omdat ik niet toehap. En ik heb geen zin in een nieuwe geruchtenstroom waarin ik word afgeschilderd als een oude, geile Mick Jagger op jacht naar een groen blaadje.'

'Oké. Ik begrijp het probleem. Ze stond dus gisteravond bij je voor de deur.'

'Met een fles wijn. Ze zei dat ze op een feest was geweest bij een 'kennis' in de buurt en wilde het doen voorkomen alsof het toeval was dat ze aanbelde.'

'Wat heb je tegen haar gezegd?'

'Ik heb haar niet binnengelaten. Ik heb gelogen en gezegd dat ze niet gelegen kwam en dat ik damesbezoek had.'

'En hoe vatte ze dat op?'

'Ze raakte ontzettend geïrriteerd, maar is afgedropen.'

'Wat wil je dat ik doe?'

'*Get her off my back*. Maandag ga ik met haar praten. Óf ze stopt ermee óf ik schop haar van de redactie.'

Erika Berger dacht even na.

'Nee,' zei ze. 'Zeg niets. Ik zal met haar praten.'

'Ik heb geen keus.'

'Ze zoekt een vriend en geen minnaar.'

'Ik weet niet wat ze zoekt, maar ...'

'Mikael. Ik heb ook op dat punt gestaan. Ik zal met haar praten.'

Nils Bjurman had evenals alle anderen die het laatste jaar tv hadden gekeken of een avondkrant hadden gelezen van Mikael Blomkvist gehoord. Maar hij herkende hem niet, en ook al zou hij dat hebben gedaan, dan nog zou hij niet hebben gereageerd. Hij was zich er niet van bewust dat er een verband bestond tussen de redactie van *Millennium* en Lisbeth Salander.

Bovendien was hij veel te veel met zichzelf bezig om zijn omgeving op te merken.

Nadat zijn intellectuele verlamming eindelijk was geweken, was hij zijn eigen toestand langzaam gaan analyseren en was hij gaan bedenken wat hij moest doen om Lisbeth Salander voorgoed uit de weg te ruimen.

Er was één groot struikelblok.

Lisbeth Salander beschikte over een negentig minuten lange film die ze met een verborgen camera had opgenomen en die gedetailleerd liet zien hoe hij zich aan haar had vergrepen. Hij had de film gezien. Die liet geen ruimte voor welwillende interpretaties. Als het Openbaar Ministerie er ooit lucht van zou krijgen, of nóg erger, als de film in de klauwen van de media zou komen, dan waren zijn leven, zijn carrière en zijn vrijheid passé. Met zijn kennis van de strafeisen voor brute verkrachting, misbruik van personen in een afhankelijke positie, mishandeling en zelfs mishandeling met verzwarende omstandigheden, schatte hij dat hij ongeveer zes jaar gevangenisstraf zou krijgen. Een volhardende officier van justitie zou zelfs een gedeelte van de film als bewijsmateriaal kunnen gebruiken voor poging tot moord.

Hij had haar tijdens de verkrachting bijna gewurgd toen hij verhit een kussen op haar gezicht had geduwd. Hij wilde dat hij die daad had voltooid.

Ze zouden niet begrijpen dat ze de hele tijd een spelletje had gespeeld. Ze had hem geprovoceerd, hem met haar lieve kinderoogjes aangekeken en hem verleid met een lichaam dat twaalf jaar had kunnen zijn. Ze had zich door hem laten verkrachten. Het was haar fout. Ze zouden nooit begrijpen dat ze feitelijk een theatervoorstelling had geregisseerd. Ze had alles gepland.

Wat hij ook deed, de voorwaarde was hoe dan ook dat hij persoonlijk in bezit zou komen van die film en dat hij zich ervan verzekerde dat er geen kopieën bestonden. Dat was de kern van het probleem.

Er bestond nauwelijks enige twijfel over het feit dat een heks als Lisbeth Salander in de loop der jaren een aantal vijanden had gekregen. Advocaat Bjurman had echter een groot voordeel. In tegenstelling tot alle anderen die zich om de een of andere reden aan haar ergerden, had hij onbeperkt toegang tot haar medische rapporten, sociale onderzoeken en uitlatingen over haar geestelijke gesteldheid. Hij was een van de weinige mensen in Zweden die haar diepste geheimen kende.

Het dossier waarvan de Raad van Toezicht inzake Voogdijschap hem had voorzien toen hij de opdracht had aangenomen om op te treden als haar toezichthouder, was kort en overzichtelijk geweest – ruim vijftien kantjes die voornamelijk een beeld schetsten van haar volwassen leven, een samenvatting van de diagnose die de gerechtspsychiater had gesteld, het besluit van de rechtbank om haar onder toezicht te stellen en de accountantsverklaring van het voorgaande jaar.

Hij had het overzicht diverse malen doorgelezen. Daarna was hij systematisch informatie over Lisbeth Salanders verleden gaan verzamelen.

Als advocaat was hij er goed van op de hoogte hoe hij te werk moest gaan voor het verkrijgen van informatie uit openbare overheidsregisters. In zijn hoedanigheid als haar toezichthouder had hij geen moeite om door de geheimhouding waarmee haar medische dossiers waren omgeven heen te komen. Hij was een van de weinige mensen die ieder papier dat hij aanwees te pakken kon krijgen als het over Lisbeth Salander ging.

Toch had het maanden gekost om haar leven samen te stellen, detail na detail, van de allereerste aantekeningen op de basisschool, via sociale onderzoeken naar politieonderzoeken en protocollen van de rechtbank. Hij had persoonlijk dr. Jesper H. Löderman bezocht, de psychiater die in verband met haar achttiende verjaardag had aanbevolen dat ze opgenomen moest worden, en Bjurman had haar toestand met hem besproken. Löderman had zijn redenering uitvoerig toegelicht. Iedereen was hem zeer behulpzaam. Een vrouw bij de gemeentelijke instelling voor maatschappelijk werk had hem zelfs gecomplimenteerd dat hij een dergelijk buitengewone betrokkenheid toonde en kennis wilde nemen van alle aspecten van Lisbeth Salanders leven.

De echte goudmijn aan informatie vond hij echter in de vorm van twee ingebonden notitieboeken in een doos die bij een contactpersoon bij de Raad van Toezicht inzake Voogdijschap stof stond te verzamelen. De notities waren gemaakt door Bjurmans voorganger, advocaat Holger Palmgren, die Lisbeth Salander blijkbaar beter had leren kennen dan wie dan ook. Palmgren had nauwgezet ieder jaar een kort rapport voor de Raad opgesteld, maar Bjurman nam aan dat Lisbeth Salander er geen weet van had gehad dat Palmgren ook ijverig zijn eigen gedachten had genoteerd in de vorm van dagboekaantekeningen. Het was blijkbaar Palmgrens eigen werkmateriaal dat, toen hij twee jaar daarvoor getroffen werd door een beroerte, bij de Raad van Toezicht was beland en wat niemand zelfs ook maar had geopend dan wel gelezen.

Dit was het origineel. Er bestond geen kopie.

Perfect.

Palmgren gaf een totaal ander beeld van Lisbeth Salander dan wat uit de onderzoeken van de sociale dienst kon worden opgemaakt. Hij had Lisbeth Salanders moeizame wandeling kunnen volgen van onhandelbare tiener tot jonge vrouw en medewerkster van beveiligingsbedrijf Milton Security, een baan die ze door Palmgrens contacten had gekregen. Bjurman had met stijgende verbazing ingezien dat Lisbeth Salander bepaald geen achterlijk manusje-van-alles was dat het kopieerapparaat bediende en koffiezette – ze had juist een gekwalificeerde baan waarin ze persoonsonderzoeken verrichtte voor de algemeen directeur van Milton, Dragan Armanskij. Het was duidelijk dat Armanskij en Palmgren elkaar kenden en dat ze af en toe informatie over hun beschermelinge uitwisselden.

Nils Bjurman had de naam Dragan Armanskij in zijn geheugen geprent. Van alle mensen die in het leven van Lisbeth Salander hadden gefigureerd, waren er maar twee die op de een of andere manier konden worden beschouwd als haar vrienden en die haar allebei leken te zien als hun beschermelinge. Palmgren was uit beeld verdwenen. Armanskij was de enige persoon die een potentiële bedreiging zou kunnen vormen. Bjurman besloot uit de buurt van Armanskij te blijven en hem niet op te zoeken.

De dossiers hadden veel opheldering gegeven. Bjurman had plotseling begrepen hoe Lisbeth Salander zoveel over hem te weten had kunnen komen. Hij kon echter nog steeds niet begrijpen hoe ze had geweten dat hij uiterst discreet een kliniek voor plastische chirurgie in Frankrijk had bezocht, maar een groot gedeelte van de mystiek om haar heen was verdwenen. Het was haar beroep om in andermans privéleven te snuffelen. Hij werd meteen voorzichtig in zijn eigen naspeuringen en zag in dat het, gezien het feit dat Lisbeth Salander toegang had tot zijn flat, absoluut niet slim was om papieren die op haar betrekking hadden daar te bewaren. Hij verzamelde alle documentatie en transporteerde een doos naar zijn zomerhuisje buiten Stallarholmen, waar hij steeds meer van zijn tijd doorbracht met eenzaam gepieker.

Hoe meer hij over Lisbeth Salander las, hoe meer hij ervan overtuigd raakte dat ze een pathologisch geval was. Hij huiverde bij de gedachte dat ze hem met handboeien had vastgeketend in zijn eigen bed. Hij was helemaal overgeleverd aan haar goeddunken en Bjurman twijfelde er niet aan dat ze haar dreiging om hem te doden ten uitvoer zou brengen als hij haar zou provoceren.

Ze kende geen sociale remmingen. Ze was een zieke, levensgevaarlijke, gestoorde gek. Een handgranaat waar de pin uit was. Een hoer.

De laatste sleutel kreeg hij mede door Holger Palmgrens dagboek. Palmgren had diverse malen hoogstpersoonlijke dagboekaantekeningen gemaakt van gesprekken die hij met Lisbeth Salander had gevoerd. Een seniele oude man. Bij twee van die gesprekken had hij verwezen naar de uitdrukking 'toen Al Het Slechte gebeurde'. Palmgren had die uitdrukking blijkbaar rechtstreeks van Lisbeth Salander geleend, maar het werd niet duidelijk wat ermee werd bedoeld.

Bjurman makeerde ontsteld de woorden 'Al Het Slechte'. De jaren in een pleeggezin? Misbruik? Alles zou in de omvangrijke documentatie moeten staan waar hij al toegang toe had.

Hij opende het onderzoek over Lisbeth Salander dat door de gerechtspsychiater was opgesteld toen ze achttien werd en las het voor de vijfde of zesde keer aandachtig door. Op dat moment zag hij in dat er een hiaat was in zijn kennis over Lisbeth Salander.

Hij had uittreksels uit aantekeningen van de basisschool, een verklaring die vaststelde dat Lisbeth Salanders moeder niet in staat was om voor haar te zorgen, rapporten van diverse pleeggezinnen uit haar tienertijd en het psychiatrisch onderzoek op haar achttiende.

Er moest rond haar twaalfde iets zijn gebeurd waardoor ze zo gestoord was geworden.

Er zaten ook andere hiaten in haar biografie.

Eerst ontdekte hij tot zijn grote verbijstering dat Lisbeth Salander een tweelingzus had, over wie nergens in het materiaal waarover hij beschikte, werd gesproken. Mijn hemel, er zijn er twee van. Maar hij kon geen aantekeningen vinden wat er met die zus was gebeurd.

Haar vader was onbekend en de verklaring waarom haar moeder niet langer voor haar had kunnen zorgen, ontbrak. Bjurman was er eerder van uitgegaan dat ze ziek was geworden en dat ze daardoor bij de kinderpsychiatrie was terechtgekomen. Nu raakte hij ervan overtuigd dat er iets met Lisbeth Salander moest zijn gebeurd toen ze twaalf, dertien jaar was. *Al Het Slechte.* Een of ander trauma. Maar nergens bleek waaruit Al Het Slechte bestond.

In het onderzoek door de gerechtspsychiater vond hij uiteindelijk een verwijzing naar een bijlage die ontbrak: het dossiernummer van een politieonderzoek gedateerd 12-02-1991. Het dossiernummer was er op de kopie die hij in de geheime bergplaats van de sociale overheid had gevonden met de hand in de marge bij geschreven. Maar toen hij de bijlage probeerde te bestellen, stootte hij zijn neus. Het onderzoek was door Zijne Majesteit als geheim bestempeld. Hij kon in beroep gaan bij de regering.

Nils Bjurman was perplex. Dat een politieonderzoek met betrekking tot een twaalfjarig meisje geheim was, was op zich niet bijzonder; dat was om redenen van integriteit normaal. Maar hij was Lisbeth Salanders toezichthouder en had het recht om elk papier over haar op te vragen. Hij kon niet begrijpen waarom een onderzoek dusdanig geheim was dat hij de regering om toestemming moest vragen er toegang tot te krijgen.

Hij diende automatisch een verzoek in. Het duurde twee maanden voor het in behandeling werd genomen. En tot zijn grote verbijstering werd het afgewezen. Hij kon niet begrijpen wat er zo dramatisch kon zijn in een bijna vijftien jaar oud politieonderzoek over een twaalfjarig meisje, dat het zo ongeveer als staatsgeheim werd bestempeld.

Hij keerde terug naar het dagboek van Holger Palmgren en herlas dat regel voor regel terwijl hij probeerde te begrijpen wat er met Al Het Slechte werd bedoeld. Maar de tekst gaf geen aanwijzingen. Het was blijkbaar een onderwerp dat tussen Holger Palmgren en Lisbeth

Salander was afgehandeld, maar wat Palmgren nooit op papier had gezet. De aantekeningen over Al Het Slechte kwamen ook aan het eind van het lange verslag terug. Het was mogelijk dat Palmgren gewoon geen fatsoenlijke aantekeningen meer had kunnen maken voordat hij door die hersenbloeding werd getroffen.

De gedachten van advocaat Bjurman werden in andere richtingen geleid. Holger Palmgren was vanaf haar dertiende Lisbeth Salanders voogd geweest en haar toezichthouder vanaf het moment waarop ze achttien werd. Palmgren was met andere woorden in beeld gekomen vlak nadat Al Het Slechte was gebeurd en toen Salander in de kinderpsychiatrische kliniek werd opgenomen. Het was dus zeer waarschijnlijk dat hij wist wat er was gebeurd.

Bjurman ging weer naar het archief van de Raad van Toezicht. Deze keer vroeg hij niet om documentatie over Lisbeth Salander, maar vroeg hij Palmgrens taakomschrijving te mogen inzien; een beslissing die door de gemeentelijke instelling voor maatschappelijk werk was genomen. Hij kreeg de documentatie, die op het eerste gezicht een teleurstelling was. Twee pagina's met beknopte informatie. De moeder van Lisbeth Salander was niet langer in staat om voor haar twee dochters te zorgen. Op basis van speciale omstandigheden moesten de dochters worden gescheiden. Camilla Salander werd in een pleeggezin geplaatst. Lisbeth Salander belandde in de kinderpsychiatrische kliniek St. Stefans. Over een alternatief werd niet gesproken.

Waarom? Alleen een cryptische formulering: *In verband met de gebeurtenissen op 12-03-1991 is besloten dat ...* Daarna weer een referentie naar het dossiernummer van het raadselachtige, geheime politieonderzoek. Maar deze keer was er nóg een detail: de naam van de politiefunctionaris die het onderzoek had uitgevoerd.

Advocaat Nils Bjurman staarde verbaasd naar de naam. Dat was een naam die hij kende. Maar al te goed.

Dat stelde de zaken in een totaal nieuw daglicht.

Het had hem nog twee maanden gekost om via een geheel andere weg het onderzoek in handen te krijgen – een kort en bondig politieonderzoek dat zevenenveertig A4'tjes besloeg alsmede een vervolg in de vorm van aantekeningen, in totaal zestig pagina's die gedurende een periode van zes jaar waren toegevoegd.

Eerst begreep hij het verband niet.

Vervolgens vond hij de gerechtelijk-geneeskundige foto's en controleerde hij de naam opnieuw.

Mijn god ... dat kan niet waar zijn.

Hij begreep plotseling waarom de zaak zo geheim was. Advocaat Nils Bjurman had een jackpot gekregen.

Toen hij vervolgens het onderzoek regel voor regel doorlas, zag hij in dat er nóg iemand in de wereld was die reden had om Lisbeth Salander te haten met dezelfde passie als hijzelf.

Bjurman was niet de enige.

Hij had een bondgenoot. De meest onwaarschijnlijke bondgenoot die hij zich maar kon indenken.

Hij begon langzaam een plan te formuleren.

Nils Bjurman werd uit zijn gedachten opgeschrikt toen er een schaduw over zijn tafel bij Café Hedon viel. Hij keek op en zag een blonde ... réús was het woord waar hij uiteindelijk op uitkwam. Een tiende van een seconde deinsde hij achteruit voordat hij zijn zelfbeheersing weer hervond.

De man die op hem neerkeek, was meer dan twee meter lang en stevig gebouwd. Exceptioneel stevig gebouwd. Ongetwijfeld een bodybuilder. Bjurman kon geen greintje vet of slapheid ontdekken. Over het geheel genomen gaf de man een beangstigend potente indruk.

De man was blond, had gemillimeterde slapen en een korte pony. Hij had een ovaal, merkwaardig week, haast kinderlijk gezicht. Zijn ijsblauwe ogen waren daarentegen niet week. Hij was gekleed in een kort, zwartleren jack, een blauw overhemd, een zwarte stropdas en een zwarte broek. Het laatste wat advocaat Bjurman registreerde, waren zijn handen. Was de man al groot van stuk, zijn handen waren enorm.

'Advocaat Bjurman?'

Hij sprak met een duidelijk accent, maar zijn stem was zo opvallend licht dat Bjurman bijna moest lachen. Hij knikte.

'We hebben uw brief ontvangen.'

'Wie bent u? Ik zou een ontmoeting hebben met ...'

De man met de enorme handen negeerde de vraag, ging tegenover Bjurman zitten en onderbrak hem.

'U hebt een ontmoeting met mij. Leg uit wat u wilt.'

Advocaat Nils Erik Bjurman aarzelde een seconde. Hij verafschuwde de gedachte om zich te moeten overleveren aan een volslagen vreemde. Maar het was noodzakelijk. Hij herinnerde zich eraan dat hij niet de enige was die Lisbeth Salander haatte. Het ging erom geallieerden te vinden. Hij begon op zachte toon zijn missie te verduidelijken.

3
VRIJDAG 17 DECEMBER – ZATERDAG 18 DECEMBER

Lisbeth Salander werd om zeven uur 's morgens wakker, douchte, liep naar beneden naar Freddy McBain bij de receptie en vroeg of er een Beach Buggy vrij was die ze die dag zou kunnen huren. Tien minuten later had ze de borgsom betaald, de zitting en achteruitkijkspiegel afgesteld, een proefstart gemaakt en gecontroleerd of er benzine in de tank zat. Ze liep naar de bar en bestelde een koffie verkeerd en een broodje kaas als ontbijt, en een fles mineraalwater om mee te nemen. Ze wijdde haar ontbijt aan het neerkliederen van cijfers op een servet terwijl ze piekerde over Pierre de Fermat: ($x^3+y^3=z^3$).

Even na achten kwam dr. Forbes de bar binnen. Hij was pas geschoren en gekleed in een donker pak, een wit overhemd en een blauwe stropdas. Hij bestelde eieren, toast, jus d'orange en zwarte koffie. Om halfnegen stond hij op en liep hij naar de wachtende taxi.

Lisbeth volgde op gepaste afstand. Forbes verliet de taxi onder aan Seascape aan het begin van The Carenage en wandelde langs het water. Ze reed langs hem heen, parkeerde in het midden van de havenpromenade en wachtte geduldig tot hij langsgelopen was voordat ze achter hem aan liep.

Om één uur was Lisbeth Salander drijfnat van het zweet en waren haar voeten opgezwollen. Vier uur lang was ze in Saint George's straat op en straat neer gewandeld. Het was een kalm wandeltempo geweest maar zonder pauze, en de vele steile heuvels begonnen haar spieren op de proef te stellen. Ze verbaasde zich over Forbes' energie terwijl ze de laatste druppels mineraalwater opdronk. Ze was net van plan om het hele project op te geven toen hij plotseling koers zette naar The Turtleback. Ze gaf hem tien minuten voordat ze het restaurant binnenging en op de veranda ging zitten. Ze zaten op exact dezelfde plaatsen als de dag ervoor en net als toen dronk hij Coca-

Cola terwijl hij naar het water in de haven staarde.

Forbes was een van de weinige mensen in Grenada die een stropdas en een colbert droeg. Lisbeth merkte op dat hij geen last leek te hebben van de warmte.

Om drie uur onderbrak hij Lisbeths gedachten door te betalen en het restaurant te verlaten. Hij liep langs The Carenage en sprong in een van de minibusjes op weg naar Grand Anse. Lisbeth parkeerde voor het Keys Hotel vijf minuten voordat het busje hem afzette. Ze ging naar haar kamer, liet de badkuip vollopen met koud water en strekte zich erin uit. Haar voeten deden pijn. Ze fronste haar voorhoofd.

De observaties van vandaag hadden een duidelijk antwoord gegeven. Dr. Forbes verliet iedere ochtend netjes gekleed en geschoren en met zijn aktetas onder zijn arm het hotel. Hij bracht de dag door met absoluut niets anders te doen dan het verdrijven van de dag. Wát hij ook op Grenada deed, het was niet het plannen van de bouw van een nieuwe school, maar om de een of andere reden wilde hij het doen voorkomen of hij voor zaken op het eiland was.

Waarom dat theater?

De enige persoon voor wie hij redelijkerwijs aanleiding zou kunnen hebben iets te verbergen, was zijn eigen vrouw. Zij moest het idee krijgen dat hij overdag druk bezet was. Maar waarom? Waren zijn zaken mislukt en was hij te trots om dat toe te geven? Had hij een heel ander doel met het bezoek aan Grenada? Wachtte hij op iets of iemand?

Lisbeth Salander had vier mailtjes ontvangen toen ze haar hotmail checkte. Het eerste was van Plague en was gestuurd ruim een uur nadat zij hem had gemaild. De mededeling was gecodeerd en bevatte drie woorden die laconiek de vraag stelden 'Leef je nog?' Plague had nooit veel opgehad met lange, gevoelige mails. Lisbeth trouwens ook niet.

De volgende twee mails waren allebei om twee uur 's ochtends verstuurd. Het ene was van Plague die gecodeerde informatie stuurde dat een internetkennis met de signatuur *Bilbo,* die in Texas scheen te wonen, op haar vraag had gereageerd. Plague voegde Bilbo's adres en PGP-sleutel toe. Een paar minuten later had Bilbo haar vanaf een hotmailadres gemaild. De mededeling was beknopt en bevatte uitsluitend de informatie dat Bilbo voornemens was het komende etmaal gegevens over doctor Forbes te versturen.

Het vierde mailtje was ook van Bilbo en was die middag verstuurd. Het bevatte een gecodeerd nummer van een bankrekening en een FTP-adres. Lisbeth opende het adres en vond een zipbestand van 390 kB, die ze opsloeg en uitpakte. Het was een map bestaande uit vier JPEG-plaatjes met een lage resolutie en vijf Word-bestanden.

Twee van de foto's waren portretten van dr. Forbes, de derde was genomen bij de première van een theatervoorstelling en stelde Forbes voor met zijn vrouw. De vierde foto toonde Forbes op een preekstoel in een kerk.

Het eerste document was een tekst van elf pagina's en vormde het rapport van Bilbo. Het tweede document bevatte een 84 pagina's lange tekst die was gedownload van internet. De volgende twee documenten waren OCR-gescande krantenknipsels uit de plaatselijke krant *Austin American-Statesman* en het laatste document was een overzicht van de geloofsgemeente van dr. Forbes, *The Presbyterian Church of Austin South.*

Afgezien van het feit dat Lisbeth Salander het Bijbelboek *Leviticus* uit haar hoofd kende – het jaar daarvoor had ze reden gehad om de Bijbelse strafwetten te bestuderen – had ze weinig kennis op het gebied van godsdienstgeschiedenis. Ze had een vaag idee waaruit het verschil tussen een joodse, een presbyteriaanse en een katholieke kerk bestond, buiten het feit dat de joodse kerk synagoge werd genoemd. Ze was even bang dat ze genoodzaakt zou zijn in theologische details te moeten duiken. Maar daarna bedacht ze dat het haar geen steek kon schelen tot welke geloofsrichting dr. Forbes behoorde.

Dr. Richard Forbes, zo nu en dan aangeduid als *Reverend* Richard Forbes, was tweeënveertig jaar oud. Uit de presentatie op de website van de Church of Austin South bleek dat de kerk zeven medewerkers had. Helemaal bovenaan stond Reverend Duncan Clegg, wat aangaf dat hij de belangrijkste persoon van de kerk was. Een foto toonde een stevige man met dik, grijs haar en een keurig getrimde, grijze baard.

Richard Forbes was de derde naam in het overzicht en hij was verantwoordelijk voor onderwijszaken. Bij zijn naam stond ook tussen haakjes *Holy Water Foundation.*

Lisbeth las de inleiding van de missie van de kerk.

Door gebed en dankzegging willen wij de bevolking van Austin South dienen door haar de stabiliteit, de theologie en de hoopvolle ideologie te bieden waarvoor de presbyteriaanse kerk van Amerika garant staat. Als dienaren van Christus bieden wij een toevluchtsoord aan mensen in nood en een belofte van verzoening door gebed en de baptistische zegen. Laten wij ons verheugen in de liefde van God. Het is onze plicht de muren tussen mensen weg te nemen en belemmeringen voor het begrip van de liefdesboodschap van God uit de weg te ruimen.

Direct onder de introductie stond het rekeningnummer van de kerk met een aansporing de liefde voor God om te zetten in daden.

Bilbo had een uitstekende, korte persoonsbeschrijving van Richard Forbes aangeleverd. Hieruit kon Lisbeth aflezen dat Forbes was geboren in Cedar's Bluff in Nevada en dat hij had gewerkt als agrariër, zakenman, conciërge op een school, de plaatselijke correspondent voor een krant in New Mexico en manager van een christelijke rockband voordat hij zich op eenendertigjarige leeftijd had aangesloten bij de Church of Austin South. Hij was afgestudeerd als accountant en had bovendien archeologie gestudeerd. Een formele doctorstitel had Bilbo echter niet kunnen vinden.

In de gemeenschap had Forbes Geraldine Knight ontmoet, de enige dochter van rancher William F. Knight, eveneens een toonaangevend lid van Austin South. Richard en Geraldine waren in 1997 getrouwd, waarna de carrière van Richard Forbes binnen de kerk een enorme vlucht had genomen. Hij was manager geworden van de Santa Maria-stichting, wier taak het was 'het geld van God te investeren in scholingsprojecten onder de noodlijdenden'.

Forbes was tweemaal gearresteerd. Op vijfentwintigjarige leeftijd, in 1987, was hij aangeklaagd voor het veroorzaken van ernstig lichamelijk letsel in verband met een auto-ongeluk. Hij werd tijdens het proces vrijgesproken. Voor zover Lisbeth uit de krantenknipsels kon opmaken, was hij ook echt onschuldig. In 1995 was hij gedagvaard voor het verduisteren van geld van de christelijke rockband waar hij manager van was. Ook toen werd hij vrijgesproken.

In Austin was hij een bekend gezicht geworden en lid van de stedelijke onderwijsraad. Hij was lid van de Democratische Partij, nam uitvoerig deel aan liefdadigheidsacties en zamelde geld in om de schoolgang te bekostigen van kinderen in minderbedeelde gezinnen. De Church of Austin South richtte een groot gedeelte van haar missie op Spaanstalige families.

In 2001 was Forbes beschuldigd van financiële onrechtmatigheden bij de Santa Maria-stichting. Volgens een krantenartikel werd Forbes ervan verdacht een groter aandeel van de activa in dividendfondsen te hebben belegd dan wat in de statuten was bedongen. De beschuldigingen werden door de kerk van de hand gewezen en pastor Clegg stond in het debat dat daarop volgde duidelijk aan Forbes' kant. Er was geen aanklacht ingediend en een accountantscontrole leverde geen aanmerkingen op.

Lisbeth besteedde peinzend aandacht aan het overzicht van Forbes' persoonlijke financiële situatie. Hij had een jaarinkomen van 60.000 dollar, wat kon worden beschouwd als een redelijk salaris, maar hij had geen eigen vermogen. Degene die zorg droeg voor de economische stabiliteit was Geraldine Forbes. In 2002 was haar vader overleden. De dochter was de enige erfgename van een vermogen van ruim 40 miljoen dollar. Het paar had geen kinderen.

Richard Forbes was dus afhankelijk van zijn vrouw. Lisbeth fronste haar wenkbrauwen. Dan was het niet slim om je bezig te houden met het mishandelen van je echtgenote.

Lisbeth logde in op internet en stuurde een korte, gecodeerde mededeling naar Bilbo waarin ze hem bedankte voor het rapport. Ook maakte ze 500 dollar over op het rekeningnummer dat Bilbo had aangegeven.

Ze ging naar het balkon en leunde over de reling. De zon verdween in de richting van de horizon. Een aanwakkerende wind schudde de palmkronen langs de muur naar het strand heen en weer. Grenada bevond zich aan de rand van Mathilda. Ze volgde Ella Carmichaels advies en pakte haar computer, *Dimensions in Mathematics*, enkele persoonlijke bezittingen en wat kleren in een nylontas en zette deze op de grond naast haar bed. Daarna ging ze naar de bar beneden en bestelde ze een diner van vis en een flesje Carib.

De enige gebeurtenis van belang was dat dr. Forbes, gekleed in gymschoenen, een licht poloshirt en een korte broek, Ella Carmichael bij de bar nieuwsgierige vragen over de activiteiten van Mathilda stelde. Hij leek niet ongerust te zijn. Hij droeg een kruis aan een gouden schakelketting om zijn hals en zag er opgewekt en aantrekkelijk uit.

Lisbeth Salander was afgepeigerd na de troosteloze rondwandeling in Saint George's van die dag. Ze maakte na het eten een korte wandeling, maar het waaide stevig en de temperatuur was aanmerkelijk gedaald. Ze trok zich daarom terug op haar kamer en kroop al rond negenen in bed. De wind gierde voor het raam. Ze was van plan geweest om een tijdje te gaan lezen, maar viel bijna onmiddellijk in slaap.

Lisbeth werd met een ruk wakker van een hevig gekletter. Ze wierp een blik op haar horloge. Kwart over elf 's avonds. Ze kwam wankelend uit bed en deed de balkondeur open. Door de windstoten die haar tegemoetkwamen, moest ze een stap naar achteren zetten. Ze hield zich vast aan de deurpost, ging voorzichtig het balkon op en keek om zich heen.

Een paar hanglampen rond het zwembad zwengelden heen en weer en creëerden in de tuin een dramatisch schaduwspel. Ze zag dat er meer hotelgasten wakker waren geworden en bij de opening in de muur naar het strand stonden te kijken. Anderen hielden zich op in de buurt van de bar. Toen ze naar het noorden keek, kon ze de lichten van Saint George's zien. De hemel was bedekt met wolken, maar het regende niet. Ze kon de zee in het donker niet zien, maar het geruis van de golven was aanzienlijk luider dan normaal. De temperatuur was nog verder gedaald. Voor het eerst sinds ze in het Caribisch gebied was, huiverde ze.

Terwijl ze op het balkon stond, werd er hard op de deur gebonkt. Ze sloeg een laken om zich heen en deed de deur open. Freddy McBain keek verbeten.

'Sorry dat ik stoor, maar er lijkt storm ophanden te zijn.'

'Mathilda.'

'Mathilda,' bevestigde McBain. 'Ze heeft eerder vanavond voor de kust van Tobago huisgehouden en we hebben rapporten ontvangen over een grote ravage.'

Lisbeth raadpleegde haar kennis van geografie en meteorologie. Trinidad en Tobago lagen ongeveer tweehonderd kilometer ten zuidoosten van Grenada. Een tropische storm kon zich zonder meer uitstrekken over een radius van honderd kilometer en zijn centrum verplaatsen met een snelheid van dertig, veertig kilometer per uur. Wat inhield dat Mathilda op dit moment de kust van Grenada bereikt kon hebben. Alles was afhankelijk van de richting die de orkaan nam.

'Er is geen onmiddellijk gevaar,' vervolgde McBain. 'Maar we nemen het zekere voor het onzekere. Ik wil dat je je spullen van waarde in een tas stopt en naar de receptie komt. Het hotel trakteert op koffie en broodjes.'

Lisbeth volgde zijn raad op. Ze waste haar gezicht met water om wakker te worden, trok haar spijkerbroek, hoge schoenen en een flanellen shirt aan en hing de nylontas over haar schouder. Vlak voordat ze de kamer verliet, ging ze terug en deed ze de badkamerdeur open en het licht aan. De groene hagedis was nergens te zien, die moest al in een of ander gat zijn gekropen. Slimme meid.

In de bar slenterde ze naar haar gebruikelijke plaats en keek ze toe hoe Ella Carmichael haar personeel opdracht gaf om thermosflessen te vullen met warme dranken. Na een tijdje kwam ze naar Lisbeths hoekje.

'Hoi. Je ziet eruit of je net wakker bent.'

'Ik lag te slapen. Wat gaat er nu gebeuren?'

'We wachten af. Op zee stormt het en we hebben orkaanalarm van Trinidad gekregen. Als het erger wordt en Mathilda deze kant op komt, gaan we naar de kelder. Zou je mee willen helpen?'

'Wat moet ik doen?'

'Er liggen 160 dekens bij de receptie die naar de kelder moeten. En we hebben een heleboel spullen die vastgezet moeten worden.'

Vervolgens hielp Lisbeth mee met het naar beneden brengen van dekens en het verzamelen van bloempotten, tafels, zonnestoelen en andere losse spullen die rond het zwembad slingerden. Toen Ella tevreden was en haar vrijaf gaf, slenterde ze naar de opening in de muur naar het strand en deed ze een paar passen in het donker. De zee donderde dreigend en de rukwind trok zo stevig aan haar dat ze zich met haar voeten schrap moest zetten om veilig te staan. De palmen langs de muur zwaaiden bedenkelijk heen en weer.

Ze ging terug naar de bar en bestelde een koffie verkeerd en ging aan de bar zitten. Het was even na middernacht. Er heerste een duidelijke stemming van ongerustheid onder de hotelgasten en het personeel. Aan de tafels vonden gedempte gesprekken plaats terwijl mensen met regelmatige tussenpozen naar de lucht keken. Er waren in totaal tweeëndertig gasten en een tiental personeelsleden in het Keys Hotel. Lisbeth zag opeens Geraldine Forbes aan een tafeltje bij de receptie zitten. Ze keek gespannen en had een cocktail in haar hand. Haar man was nergens te bekennen.

Lisbeth dronk koffie en was net weer gaan mediteren over het theorema van Fermat toen Freddy McBain uit zijn kantoor kwam en in het midden van de receptie ging staan.

'Mag ik even uw aandacht. Ik heb net te horen gekregen dat een storm met orkaankracht Petit Martinique heeft getroffen. Ik wil alle aanwezigen vragen onmiddellijk naar de kelder te gaan.'

Freddy McBain kapte alle pogingen tot vragen en gesprekken af en dirigeerde zijn gasten naar de keldertrap achter de receptie. Petit Martinique was een eilandje dat tot Grenada behoorde en dat een paar zeemijlen ten noorden van het hoofdeiland lag. Lisbeth gluurde naar Ella Carmichael en spitste haar oren toen ze naar Freddy McBain toe liep.

'Hoe ernstig is het?' vroeg Ella.

'Geen idee. De telefoon is uitgevallen,' antwoordde McBain zachtjes.

Lisbeth ging naar de kelder en zette haar tas op een deken in een hoek. Ze dacht even na en liep daarna tegen de stroom in weer terug naar boven, naar de receptie. Ze vroeg Ella Carmichael of ze nog ergens mee kon helpen. Ella schudde verbeten haar hoofd.

'We moeten maar kijken wat er gebeurt. Mathilda is een bitch.'

Lisbeth merkte een groepje van vijf volwassenen en een tiental kinderen op dat door de voordeur naar binnen vluchtte. Freddy McBain ving hen op en dirigeerde ze naar de keldertrap.

Lisbeth werd opeens ongerust.

'Ik neem aan dat iedereen momenteel naar een kelder gaat?' vroeg ze zachtjes.

Ella Carmichael keek het gezin bij de keldertrap na.

'Helaas is dit een van de weinige kelders langs Grand Anse. Er komen er nog wel meer die hier willen schuilen.'

Lisbeth keek Ella scherp aan.

'Wat doet de rest?'

'Die geen kelder hebben?' Ze lachte verbitterd. 'Die blijven binnen of zoeken bescherming in een of andere schuur. Ze moeten vertrouwen op God.'

Lisbeth maakte rechtsomkeert en rende door de receptie naar buiten.

George Bland.

Ze hoorde dat Ella haar nariep, maar bleef niet staan om het uit te leggen.

Hij woont in een bouwval die bij de eerste de beste windvlaag instort.

Zo gauw ze op de weg van Saint George's kwam, werd ze heen en weer geslingerd in de wind die aan haar lijf rukte. Ze begon eigenwijs te joggen. Ze had tegenwind met buien die haar deden wankelen. Het kostte haar bijna tien minuten om de ruim vierhonderd meter naar George Blands huis af te leggen. Ze kwam onderweg geen sterveling tegen.

De regen kwam nergens vandaan en overviel haar als een ijskoude douche van een waterslang op het moment dat ze naar de schuur van

George Bland afboog en het schijnsel van zijn petroleumlamp door een spleet in het gordijn opving. Ze was binnen een seconde doorweekt en haar zicht verminderde tot een paar meter. Ze bonkte op de deur. George Bland deed met witte, opengesperde ogen open.

'Wat doe jij hier?' schreeuwde hij om boven de wind uit te komen.

'Kom. Je moet naar het hotel. Daar is een kelder.'

George Bland keek onthutst. De wind sloeg plotseling de deur dicht en het duurde een paar seconden voordat hij hem weer open kon duwen. Lisbeth pakte hem bij zijn T-shirt en trok hem naar buiten. Ze streek het water uit haar gezicht, greep zijn hand en begon te rennen. Hij kwam achter haar aan.

Ze kozen de weg langs het strand, die was ruim honderd meter korter dan de weg over land, die een grote boog landinwaarts maakte. Toen ze halverwege waren, bedacht Lisbeth dat dat vermoedelijk geen goed idee was geweest. Op het strand hadden ze geen enkele beschutting. Wind en regen trokken zo heftig aan hen dat ze meerdere keren moesten blijven staan. Zand en takken vlogen door de lucht. Het bulderde vervaarlijk. Na wat een eeuwigheid leek, zag Lisbeth eindelijk de muur van het hotel opdoemen en versnelde ze haar pas. Net toen ze bij de poort en de belofte van veiligheid waren, keek ze over haar schouder naar het strand. Ze bleef stokstijf staan.

Dwars door de regen zag ze plotseling twee lichte gedaantes ruim vijftig meter verderop op het strand. George Bland trok aan haar arm om haar door de poort naar binnen te trekken. Ze liet zijn hand los en hield zich vast aan de muur terwijl ze haar blik probeerde te focussen. Ze verloor de gedaanten door de regen een paar seconden uit het oog, vervolgens werd de hele hemel door een bliksemflits verlicht.

Ze wist al dat het Richard en Geraldine Forbes waren. Ze bevonden zich ongeveer op de plaats waar ze de avond ervoor Richard Forbes heen en weer had zien lopen.

Toen de volgende bliksemschicht oplichtte, zag ze Richard Forbes met zijn vrouw slepen, die tegenstribbelde.

Plotseling vielen de puzzelstukjes op hun plaats. De economische afhankelijkheid. De aanklachten over gerommel met geld in Austin. Zijn onrustige gewandel en zijn gepieker bij The Turtleback.

Hij wil haar vermoorden. Veertig miljoen in de pot. De storm is zijn camouflage. Nu grijpt hij zijn kans.

Lisbeth Salander duwde George Bland door de poort naar binnen, keek om zich heen en zag de wiebelige stoel waar de nachtwacht altijd op zat en die niet vastgesjord was voor de storm. Ze greep het meubel beet, versplinterde het met volle kracht tegen de muur en bewapende zich met een stoelpoot. George Bland schreeuwde haar verbijsterd na toen ze vaart zette richting strand.

Ze werd bijna omver geblazen door de storm, maar beet haar tanden op elkaar en werkte zich stap voor stap naar de waterlijn. Ze was bijna bij het echtpaar Forbes toen de volgende bliksemflits het strand verlichtte en ze Geraldine Forbes op haar knieën aan de waterlijn zag zitten. Richard Forbes stond over haar heen gebogen, zijn arm slagvaardig omhoog met iets wat eruitzag als een ijzeren staaf in zijn hand. Ze zag zijn arm zich in een boog omlaag bewegen naar het hoofd van zijn vrouw. Geraldine Forbes hield op met spartelen.

Richard Forbes zag Lisbeth Salander niet aankomen.

Ze gaf hem met de stoelpoot een klap op zijn achterhoofd, zodat hij voorover viel.

Lisbeth Salander boog naar voren en greep Geraldine Forbes beet. Terwijl de regen over hen heen striemde, keerde ze Geraldines lichaam om. Lisbeths handen zaten plotseling onder het bloed. Geraldine Forbes had een gapende hoofdwond. Ze was loodzwaar en Lisbeth keek wanhopig om zich heen terwijl ze erover nadacht hoe ze het lichaam naar de hotelmuur zou kunnen transporteren. Op het volgende moment dook George Bland naast haar op. Hij schreeuwde iets wat Lisbeth door de storm niet kon verstaan.

Lisbeth gluurde naar Richard Forbes. Hij stond met zijn rug naar haar toe maar was inmiddels op handen en voeten overeind gekrabbeld. Ze pakte Geraldine Forbes' linkerarm en legde die om haar nek en gaf George Bland een teken Geraldines andere arm te pakken. Ze begonnen moeizaam het lichaam over het strand te slepen.

Halverwege de muur van het hotel voelde Lisbeth zich totaal uitgeput, alsof alle krachten uit haar lichaam waren verdwenen. Haar hart sloeg over toen ze plotseling een hand voelde die haar bij haar schouder greep. Ze verloor haar grip op Geraldine Forbes, draaide zich om en schopte Richard Forbes in zijn kruis. Hij struikelde en viel op zijn knieën. Ze nam een aanloop en schopte hem in zijn gezicht. Daarna zag ze George Blands verschrikte blik. Lisbeth besteedde een halve seconde aandacht aan hem voordat ze Geraldine Forbes weer vastgreep en begon te verslepen.

Na een paar seconden draaide ze haar hoofd weer om. Richard Forbes strompelde tien passen achter hen, maar hij zwaaide door de rukwinden heen en weer alsof hij dronken was.

Een nieuwe lichtflits spleet de hemel in tweeën en Lisbeth Salander sperde haar ogen wijd open.

Voor het eerst voelde ze een verlammende angst.

Achter Richard Forbes, honderd meter verder in het water, zag ze de vinger van God.

Een bevroren momentopname in het schijnsel van de bliksem, een koolzwarte pilaar die omhoog torende en uit haar blikveld verdween, de ruimte in.

Mathilda.

Dat kan niet.

Een orkaan, ja.

Een tornado – onmogelijk.

Grenada is geen tornadogebied.

Een freakstorm in een gebied waar tornado's niet zouden kunnen ontstaan.

Tornado's kunnen niet boven water worden gevormd.

Het is wetenschappelijk niet mogelijk.

Het is iets unieks.

Mathilda is gekomen om mij te halen.

George Bland had de tornado ook gezien. Ze schreeuwden door elkaar heen dat ze zich moesten haasten, zonder te kunnen horen wat de ander zei.

Nog twintig meter tot de muur. Tien. Lisbeth struikelde en viel op haar knieën. Vijf. Bij de poort wierp Lisbeth een laatste blik over haar schouder. Ze zag een glimp van Richard Forbes, net toen hij als door een onzichtbare hand het water werd ingetrokken en verdween. Samen met George Bland sleepte ze haar last door de poort naar binnen. Ze wankelden door de achtertuin en door de storm heen hoorde Lisbeth het geluid van ramen die versplinterden en een snerpend, klagend geluid van plaatijzer dat vervormde. Er vloog een plank door de lucht vlak voor Lisbeths neus. Het volgende moment voelde ze pijn toen er iets tegen haar rug vloog. De druk van de wind verminderde toen ze de receptie bereikten.

Lisbeth hield George Bland tegen en greep hem bij zijn kraag. Ze trok zijn hoofd naar haar mond en schreeuwde in zijn oor:

'We hebben haar op het strand gevonden. We hebben haar man niet gezien. Heb je dat begrepen?'

Hij knikte.

Ze sleepten Geraldine Forbes de trap af en Lisbeth schopte tegen de kelderdeur. Freddy McBain deed open en staarde hen aan. Vervolgens nam hij de last van hen over voordat hij de deur dichtsloeg.

Het lawaai van de storm daalde binnen een seconde van een ondraaglijk gedonder naar een gekraak en een gerommel op de achtergrond. Lisbeth haalde diep adem.

Ella Carmichael schonk warme koffie in een beker en gaf die aan Lisbeth Salander. Lisbeth was zo uitgeput, dat ze amper haar arm kon optillen. Ze zat volkomen passief op de grond tegen de muur geleund. Iemand had dekens om haar en George Bland heen geslagen. Ze was doorweekt en bloedde hevig uit een jaap net onder haar knieschijf. Ze had een decimeter lange scheur in haar spijkerbroek en kon zich niet herinneren hoe ze daaraan was gekomen. Ze keek ongeïnteresseerd hoe Freddy McBain en enkele hotelgasten bezig waren met Geraldine Forbes en een verband om haar hoofd legden. Ze ving half-en-half wat losse woorden op en begreep dat iemand in het gezelschap arts was. Ze merkte op dat de hele kelder vol was en dat de hotelgasten waren aangevuld met mensen van buiten die bescherming zochten.

Uiteindelijk kwam Freddy McBain naar haar toe, hij ging op zijn hurken zitten.

'Ze leeft.'

Lisbeth gaf geen antwoord.

'Wat is er gebeurd?'

'We zagen haar op het strand liggen, buiten de muur.'

'Ik miste drie personen toen ik de gasten hier in de kelder aan het tellen was. Jij en het echtpaar Forbes. Ella zei dat jij als een gek naar buiten was gerend net toen het zo ging stormen.'

'Ik ben mijn vriend George gaan halen.' Lisbeth knikte naar haar kameraad. 'Hij woont iets verderop in een schuur die er nu vermoedelijk niet meer staat.'

'Dat was niet verstandig, maar ontzettend moedig,' zei Freddy McBain terwijl hij naar George Bland keek. 'Hebben jullie haar man, Richard Forbes, ook gezien?'

'Nee,' antwoordde Lisbeth met een neutrale blik. George Bland gluurde naar Lisbeth en schudde zijn hoofd.

Ella Carmichael hield haar hoofd schuin en keek Lisbeth Salander scherp aan. Lisbeth keek met uitdrukkingsloze ogen terug.

Geraldine Forbes kwam om drie uur 's morgens weer tot leven. Lisbeth Salander was tegen die tijd met haar hoofd op George Blands schouder in slaap gevallen.

Grenada had op miraculeuze wijze de nacht overleefd. Toen het licht werd, was de storm gaan liggen en vervangen door de ergste stortregen die Lisbeth Salander ooit had meegemaakt. De gasten mochten van Freddy McBain de kelder verlaten.

Het Keys Hotel zou behoorlijk gerenoveerd moeten worden. De verwoesting van het hotel was omvangrijk, net als langs de hele verdere kust. Ella Carmichaels buitenbar bij het zwembad was totaal verdwenen en een van de veranda's was geheel vernield. Over de hele gevel waren de luiken van de ramen weggeslagen en het dak van een uitstekend gedeelte van het hotel was dubbelgevouwen. De receptie was één grote chaos van houten planken en allerlei andere zaken.

Lisbeth nam George Bland wankelend mee naar haar kamer. Ze hing provisorisch een deken voor het lege raamkozijn om de regen buiten te houden. Hun blikken ontmoetten elkaar.

'We hebben minder uit te leggen als we haar man níét hebben gezien,' zei Lisbeth voordat hij ook maar één vraag had kunnen stellen.

Hij knikte. Ze trok haar kleren uit en liet ze in een stapel op de grond vallen en klopte naast zich op de rand van het bed. Hij knikte weer, trok zijn kleren uit en kroop naast haar. Ze vielen bijna onmiddellijk in slaap.

Toen ze midden op de dag wakker werd, scheen de zon door een paar scheuren in het wolkendek. Alle spieren in haar lichaam deden pijn en haar knie was zó opgezwollen dat ze haar been maar met moeite kon buigen. Ze kroop zachtjes uit bed en ging onder de douche staan. Ze zag de groene hagedis weer op de muur zitten. Ze trok een korte broek en een hemdje aan, en hinkte de kamer uit zonder George Bland wakker te maken.

Ella Carmichael was nog steeds op de been. Ze zag er moe uit, maar had de bar bij de receptie weer in bedrijf gesteld. Lisbeth ging aan een tafeltje bij de bar zitten en bestelde koffie en een broodje. Ze keek door de weggeblazen ramen bij de ingang naar buiten en zag een politieauto staan. Ze had net haar koffie gekregen, toen Freddy McBain met een geüniformeerde politieman in zijn kielzog zijn kantoor bij de incheck balie uit kwam. McBain zag haar zitten en zei iets tegen de politieman voordat ze koers zetten richting Lisbeths tafeltje.

'Dit is agent Ferguson. Hij wil graag een paar vragen stellen.'

Lisbeth knikte beleefd. Agent Ferguson zag er moe uit. Hij pakte een schrijfblok en noteerde Lisbeths naam.

'Miss Salander, ik heb begrepen dat u en een vriend madame

Richard Forbes afgelopen nacht tijdens de orkaan hebben gevonden.'
Lisbeth knikte.
'Wáár hebt u haar gevonden?'
'Op het strand, net buiten de poort,' antwoordde Lisbeth. 'We struikelden praktisch over haar.'
Ferguson maakte aantekeningen.
'Heeft ze iets gezegd?'
Lisbeth schudde haar hoofd.
'Was ze buiten bewustzijn?'
Lisbeth knikte verstandig.
'Ze had een lelijke hoofdwond.'
Lisbeth knikte nogmaals.
'U weet niet hoe ze dat letsel heeft opgelopen?'
Lisbeth schudde haar hoofd. Ferguson keek wat geïrriteerd door haar gebrek aan antwoorden.
'Er vloog ontzettend veel hout door de lucht,' zei ze behulpzaam. 'Ik kreeg zelf bijna een plank tegen mijn hoofd.'
Ferguson knikte serieus.
'Bent u gewond aan uw been?'
Ferguson wees op het verband.
'Wat is er gebeurd?'
'Ik heb geen idee. Ik zag die wond pas toen ik in de kelder kwam.'
'U was samen met een jongeman.'
'George Bland.'
'Waar woont hij?'
'In een schuur achter The Coconut, een stuk verderop op de weg naar het vliegveld. Als die schuur er tenminste nog staat.'
Lisbeth vermeldde er niet bij dat George Bland op dit moment boven in haar bed lag te slapen.
'Hebt u haar man gezien, Richard Forbes?'
Lisbeth schudde haar hoofd.
Agent Ferguson kon op dat moment blijkbaar geen vragen meer verzinnen want hij sloeg zijn blok dicht.
'Dank u wel, miss Salander. Ik moet een rapport over het sterfgeval schrijven.'
'Is ze dan overleden?'
'Madame Forbes ... nee, ze bevindt zich in het ziekenhuis in Saint George's. Ze heeft het vermoedelijk aan u en uw vriend te danken dat ze nog leeft. Haar man is dood. Hij is twee uur geleden gevonden op een parkeerplaats op het vliegveld.'

Ruim 600 meter naar het zuiden.

'Hij was zeer ernstig toegetakeld,' verklaarde Ferguson.

'Vervelend,' zei Lisbeth Salander zonder enig blijk van een schok.

Toen McBain en agent Ferguson verdwenen waren, kwam Ella Carmichael naar Lisbeth toe en ging ze aan haar tafeltje zitten. Ze zette twee shotglazen rum neer. Lisbeth keek haar vragend aan.

'Na een dergelijke nacht heb je wel een hartversterkertje nodig. Ik trakteer. Ik trakteer op je hele ontbijt.'

De twee vrouwen keken elkaar aan. Vervolgens hieven ze hun glazen en proostten.

Mathilda zou gedurende lange tijd het onderwerp van wetenschappelijke studies en gesprek bij meteorologische instituten in het Caribisch gebied en de VS blijven. Tornado's van de omvang van Mathilda waren vrijwel onbekend in die regio. Het werd theoretisch als onmogelijk beschouwd dat ze überhaupt boven water konden worden gevormd. Op den duur werden de experts het erover eens dat een zeer eigenaardige constellatie van weerfronten had samengewerkt om een 'pseudo-tornado' te creëren – iets wat eigenlijk geen echte tornado was, maar zich wel zo gedroeg. Dissidenten kwamen met theorieën over het broeikaseffect en een verstoorde ecologische balans.

Lisbeth Salander maakte zich niet druk om de theoretische discussie. Ze wist wat ze gezien had en besloot om in de toekomst, indien mogelijk, bij een van Mathilda's broertjes of zusjes uit de buurt te blijven.

Er waren die nacht diverse mensen gewond geraakt. Wonderbaarlijk genoeg was er slechts één persoon omgekomen.

Niemand kon begrijpen wat Richard Forbes had bezield om tijdens een orkaan naar buiten te gaan, buiten mogelijk het onverstand dat alle Amerikaanse toeristen scheen te kenmerken. Geraldine Forbes kon al evenmin een verklaring geven. Ze had een zware hersenschudding en onsamenhangende herinneringen aan de gebeurtenissen van die nacht.

Ze was daarentegen ontroostbaar doordat ze weduwe was geworden.

DEEL 2

FROM RUSSIA WITH LOVE

10 januari tot 23 maart

Gewoonlijk bevat een vergelijking één of meer zogenaamde onbekenden, vaak aangeduid met x, y, z, enz. Er wordt gezegd dat de waarden van de onbekenden, die ervoor zorgen dat er daadwerkelijk een gelijkheid tussen beide leden van de vergelijking bestaat, de vergelijking doen uitkomen – kloppend maken – dan wel de oplossing ervan vormen.

Voorbeeld: $3x+4=6x-2$ ($x=2$)

4
MAANDAG 10 JANUARI – DINSDAG 11 JANUARI

Lisbeth Salander landde om halfzeven 's morgens op Arlanda. Ze was zesentwintig uur onderweg geweest, waarvan maar liefst negen uur op Grantly Adams Airport op Barbados. British Airways had het toestel pas willen laten gaan nadat een mogelijke terroristische dreiging was afgewend en een passagier met een Arabisch uiterlijk was meegenomen voor verhoor. Toen ze op Gatwick in Londen aankwam, had ze haar aansluiting voor de laatste vlucht naar Zweden gemist en moest ze uren wachten voor ze de volgende ochtend werd omgeboekt.

Lisbeth voelde zich als een zak bananen die te lang in de zon had gelegen. Ze had alleen handbagage en had haar PowerBook, *Dimensions* en een stel schone kleren in een tas gestouwd. Ze kwam zonder problemen door de groene zone van de douane. Toen ze buiten bij de luchthavenbussen kwam, werd ze verwelkomd door natte sneeuw en een temperatuur van nul graden.

Even aarzelde ze. Ze was haar hele leven genoodzaakt geweest het goedkoopste alternatief te kiezen en ze kon nog steeds maar moeilijk aan de gedachte wennen dat ze over iets minder dan 3 miljard kronen beschikte, die ze zich eigenhandig had toegeëigend door middel van een gecombineerde internetcoup en ouderwetse bedriegerij. Na een minuut hield ze haar gewoonten voor gezien en wenkte ze een taxi. Ze gaf het adres Lundagatan op en viel bijna onmiddellijk op de achterbank in slaap.

Pas toen de taxi op de Lundagatan stopte en de chauffeur haar in haar zij porde, zag ze in dat ze hem het verkeerde adres had gegeven. Ze corrigeerde zichzelf en vroeg de taxi door te rijden naar de Götgatsbacken. Ze gaf hem een behoorlijke fooi in Amerikaanse dollars en vloekte toen ze bij het uitstappen in een plas water stapte. Ze was gekleed in een spijkerbroek, een T-shirt en een dun, stoffen jack. Aan haar voeten droeg ze sandalen en dunne sokjes. Ze waggelde naar de 7-Eleven aan de overkant, waar ze shampoo, tandpasta, zeep, yoghurt, melk, kaas, eieren, brood, bevroren kaneelbroodjes, koffie, Lipton-theezakjes, augurken, appels, een grootverpakking Billys Pan Pizza en een slof Marlboro Light kocht. Ze betaalde met haar Visacard.

Toen ze weer op straat kwam, aarzelde ze welke weg ze zou nemen. Ze kon de Svartensgatan omhoog nemen of de Hökens gata een stukje omlaag naar Slussen. Het nadeel van de Hökens gata was dat ze dan onmiddellijk langs de redactie van *Millennium* zou komen en daarmee zou riskeren Mikael Blomkvist tegen het lijf te lopen. Uiteindelijk besloot ze geen omwegen te maken om hem te ontwijken. Ze liep daarom in de richting van Slussen, hoewel dat iets verder was, en sloeg bij de Hökens gata rechts af en liep een stukje omhoog naar het Mosebacke torg. Ze stak het plein schuin over bij het standbeeld *de Gezusters* dat voor het theater stond, en liep de trap op naar de Fiskargatan. Ze hield haar pas in en bekeek het pand nadenkend. Het voelde niet echt aan als 'thuis'.

Ze keek om zich heen. Het was een geïsoleerde uithoek van de wijk Södermalm. Er was geen doorgaand verkeer, wat haar goed uitkwam. Ze kon gemakkelijk observeren wie er zich in de omgeving ophielden. Het was in de zomer vermoedelijk een populaire wandelroute, maar in de winter kwamen er alleen mensen die iets in het blok te zoeken hadden. Er was geen mens te zien, en al helemaal niet iemand die ze kende en die haar daardoor ook zou kunnen kennen. Lisbeth zette de tas in de sneeuwbrij om haar sleutel op te graven. Ze nam de lift naar de bovenste verdieping en maakte de deur open met daarop het naambordje V.K. Bont.

Een van de eerste dingen die Lisbeth had gedaan toen ze plotseling in het bezit was gekomen van een grote som geld en daardoor de rest van haar leven financieel onafhankelijk zou zijn – of zo lang ze met bijna 3 miljard kronen zou doen – was omzien naar een nieuwe woning. Dat was iets nieuws voor haar. Ze had nooit eerder in haar leven geld geïnvesteerd in meer dan wat gebruiksvoorwerpen die ze contant of volgens een redelijk afbetalingsplan had kunnen betalen. De grootste individuele uitgaven in haar boekhouding waren voorheen verschillende soorten computers geweest en haar lichtgewicht Kawasaki. De laatstgenoemde had ze voor 7.000 kronen op de kop getikt – een echte dumpprijs. Ze had voor ongeveer evenveel aan reserveonderdelen gekocht en vele maanden besteed aan het eigenhandig in elkaar schroeven en afstellen van de motorfiets. Ze had eigenlijk een auto willen hebben, maar had geaarzeld er een te kopen omdat ze niet zeker wist of ze dat zou kunnen opbrengen.

Ze had ingezien dat het kopen van een appartement een aankoop in een heel andere orde van grootte zou zijn. Ze was begonnen met het lezen van de huizenadvertenties in de internetversie van *Dagens Nyheter*, wat een wetenschap op zich was, zo ontdekte ze al snel.

2k + eetk, fant. gel. bij Stn Zd. P: 2,7 mkr of hb. Servkn 5.510 mnd.

3k, uitz. & parkm Högalid. 2,9 mkr

2,5k, 47m², geren badk, waterl&riol in '98 vern. Gotlandsgat. 1,8 mkr. Servkn: 2.200.

Ze had zich op haar hoofd gekrabd en op de bonnefooi op een paar advertenties gereageerd, maar zonder te weten waar ze eigenlijk naar moest vragen. Al spoedig had ze zich zo belachelijk gevoeld, dat ze daarmee was gestopt. Wel had ze de eerste zondag in januari twee open huizen bezocht. Het ene appartement lag op de Vindragarvägen op Reimersholme en het andere op de Heleneborgsgatan vlak bij Hornstull. De flat op Reimersholme was een lichte vierkamerwoning in een woontoren met uitzicht op Långholmen en Essingen. Daar zou ze het naar haar zin kunnen hebben. De flat aan de Heleneborgsgatan was een krot met uitzicht op het huis van de overburen.

Het probleem was dat ze eigenlijk niet wist wáár ze wilde wonen, hoe haar huis eruit moest zien en welke eisen ze als koper aan haar woning moest stellen. Ze had nooit eerder nagedacht over een alternatief voor de 47 vierkante meter aan de Lundagatan, waar ze haar jeugd had doorgebracht en waarvan ze door toedoen van haar toenmalige curator Holger Palmgren na haar achttiende verjaardag het eigendomsrecht had gekregen. Ze ging op haar pluizige bank in haar gecombineerde werk- en woonkamer zitten piekeren.

Het appartement aan de Lundagatan lag aan een binnentuin en was krap en ongezellig. Het uitzicht vanuit de slaapkamer was een brandmuur. Vanuit de keuken keek je op de achterkant van een gebouw en op de ingang van een magazijn in de kelder. Vanuit de woonkamer kon ze een straatlantaarn zien en een paar takken van een berk.

Haar eerste eis was zodoende dat haar nieuwe woning enige vorm van uitzicht moest hebben.

Ze had geen balkon en was altijd jaloers geweest op de meer welgestelde buren op de hogere verdiepingen in het pand, die op warme zomerdagen met een koud biertje onder een luifel op hun balkon zaten. De tweede eis was dat haar nieuwe woning een balkon moest hebben.

Hoe moest de flat eruitzien? Ze dacht aan het appartement van Mikael Blomkvist: 65 vierkante meter, één grote ruimte op een verbouwde zolderverdieping aan de Bellmansgatan en met uitzicht op het stadhuis en Slussen. Ze had het daar naar haar zin gehad. Ze wilde een gezellig, gemakkelijk in te richten en onderhoudsvriendelijk appartement. Dat was het derde punt op haar prioriteitenlijstje.

Ze was jarenlang kleinbehuisd geweest. Haar keuken was 10 vierkante meter en er was slechts plaats voor een tafeltje en twee stoelen. De woonkamer was 20 vierkante meter. De slaapkamer 12. Haar vierde eis was dat het nieuwe huis voldoende ruimte moest hebben en ook voldoende kastruimte. Ze wilde een echte werkkamer en een grote slaapkamer waar ze zich kon uitstrekken.

Haar badkamer was een hok zonder raam, met vierkante, grijze cementtegels op de vloer, een lomp zitbad en kunststof behang dat nooit schoon werd, hoe goed ze ook boende. Ze wilde mooie tegels op de muur en een groot bad. Ze wilde een eigen wasmachine en niet een gemeenschappelijke machine in een bedompte kelder. Ze wilde dat de badkamer lekker fris zou ruiken en dat ze kon luchten.

Daarna was ze internet op gegaan en had ze het aanbod aan makelaars onderzocht. De volgende ochtend was ze vroeg opgestaan en had ze Nobelmakelaars bezocht, het bedrijf dat volgens sommigen het hoogste aanzien in Stockholm had. Ze was gekleed in een versleten zwarte spijkerbroek, hoge schoenen en haar zwarte leren jack. Ze was bij een balie gaan staan en had verstrooid naar een blonde vrouw van rond de vijfendertig gekeken die net op de website van Nobelmakelaars inlogde en er foto's van appartementen op begon te zetten. Uiteindelijk was een mollige man van in de veertig met dun rood haar naar Lisbeth toe gekomen. Ze had gevraagd welke appartementen hij in het assortiment had. Hij had haar even verbijsterd aangekeken en daarna een geamuseerde, vaderlijke toon aangeslagen.

'Zo, jongedame, weten je ouders wel dat je het huis uit wilt?'

Lisbeth Salander had hem zwijgend en met een kille blik aangekeken tot hij klaar was met grijnzen.

'Ik heb een appartement nodig,' had ze verduidelijkt.

Hij schraapte zijn keel en keek schuin naar zijn collega.

'Ik begrijp het. En wat had je in gedachten?'

'Ik wil een appartement op Södermalm. Het moet een balkon hebben en uitzicht op water, minstens vier kamers en een badkamer met een raam en plaats voor een wasmachine. En er moet een afsluitbare berging zijn waar ik een motorfiets kan stallen.'

De vrouw bij de computer had haar werkzaamheden onderbroken en haar hoofd nieuwsgierig omgedraaid. Ze staarde Lisbeth aan.

'Motorfiets?' had de dunharige man gevraagd.

Lisbeth Salander had geknikt.

'Mag ik vragen ... eh, hoe je heet?'

Lisbeth Salander had zich voorgesteld. Ze had gevraagd hoe hij heette en hij had zich voorgesteld als Joakim Persson.

'Nu is het zo dat een appartement hier in Stockholm wel een lieve duit kost ...'

Lisbeth had niet geantwoord. Ze had gevraagd welke appartementen hij in het aanbod had, en gezegd dat de informatie dat dat geld kostte overbodig en irrelevant was.

'Wat doe je voor werk?'

Lisbeth dacht even na. Formeel was ze zelfstandig ondernemer. In de praktijk werkte ze alleen voor Dragan Armanskij en Milton Security, maar dat was het afgelopen jaar zeer onregelmatig geweest en ze had al drie maanden niet voor hem gewerkt.

'Op dit moment doe ik eigenlijk niets,' had ze naar waarheid geantwoord.

'Aha ... je zit nog op school, neem ik aan?'

'Nee, ik zit niet op school.'

Joakim Persson was om de balie heen gelopen en had vriendelijk zijn arm om Lisbeths schouders gelegd en haar behoedzaam naar de buitendeur geleid.

'Tja, jongedame, je bent over een paar jaar van harte welkom, maar dan moet je toch iets meer geld meenemen dan wat er in je spaarvarken past. Je zakgeld is niet helemaal toereikend, begrijp je.' Hij had haar goeiig in haar wang geknepen. 'Dus kom gerust terug, dan zullen we ook voor jou wel een optrekje vinden.'

Lisbeth Salander was minutenlang voor het pand van Nobelmakelaars op straat blijven staan. Ze had zich afgevraagd wat Joakim Persson ervan zou vinden als hij een molotovcocktail door zijn etalage kreeg. Toen was ze naar huis gegaan en had ze haar PowerBook opgestart.

Het had haar tien minuten gekost om het interne computernetwerk van Nobelmakelaars te hacken met behulp van het password dat ze de vrouw achter de balie verstrooid had zien intoetsen toen zij de foto's op internet had gezet. Het duurde ruim drie minuten om in te zien dat de computer waaraan de vrouw had gewerkt ook de netwerkserver van het bedrijf was – *hoe stom kun je zijn?* – en nog drie minuten om zich toegang te verschaffen tot alle veertien computers die deel uitmaakten van het netwerk. Na ruim twee uur had ze de boekhouding van Joakim Persson doorgenomen en geconstateerd dat hij de belastingdienst de laatste jaren bijna 750.000 kronen had onthouden aan zwart geld.

Ze downloadde alle noodzakelijke bestanden en mailde ze vanaf een anoniem e-mailaccount op een server in de VS aan de belastingdienst. Daarna verjoeg ze Joakim Persson uit haar gedachten.

De rest van de dag besteedde ze aan het doornemen van het aanbod respectabele objecten van Nobelmakelaars. Het duurste object was een kasteeltje buiten Mariefred, waar ze absoluut niet wilde wonen. Uit pure balorigheid koos ze het op één na duurste object, een groots appartement bij het Mosebacke torg.

Ze besteedde veel tijd aan het bekijken van de foto's en plattegronden. Uiteindelijk constateerde ze dat het appartement bij Mosebacke meer dan voldoende voldeed aan alle eisen die ze op haar lijstje had. Het appartement was eigendom geweest van een directeur van ABB, die in de marge was verdwenen nadat hij zichzelf een in de media breed uitgemeten en bekritiseerde vertrekpremie van een paar miljard had toegeëigend.

's Avonds had ze de telefoon gepakt en Jeremy MacMillan gebeld, mede-eigenaar van advocatenkantoor MacMillan & Marks in Gibraltar. Ze had eerder zaken gedaan met MacMillan. Hij had tegen een royale vergoeding een aantal brievenbusfirma's opgericht, die als eigenaar vermeld stonden van de rekeningen die het vermogen beheerden dat ze een jaar eerder van financieel expert Hans-Erik Wennerström had gestolen.

Ze nam MacMillan opnieuw in de arm. Deze keer gaf ze hem instructies om voor rekening van haar bedrijf, Wasp Enterprises, onderhandelingen met Nobelmakelaars aan te gaan en het begerenswaardige appartement op de Fiskargatan bij Mosebacke te kopen. De onderhandelingen namen vier dagen in beslag en op de eindrekening stond een bedrag dat haar haar wenkbrauwen deed fronsen. Plus een commissie van vijf procent voor MacMillan. Voor het eind van de week had ze twee dozen kleren, beddengoed, een matras en wat keukenspullen verhuisd. Ze had drie weken op een matras op de grond geslapen en klinieken voor plastische chirurgie onderzocht, een aantal onopgehelderde bureaucratische zaken afgerond (waaronder een nachtelijk gesprek met een zekere advocaat Nils Bjurman) evenals voorschotten betaald aan huren, elektriciteitsrekeningen en andere lopende uitgaven.

Daarna had ze haar reis naar de kliniek in Italië geboekt. Toen de behandeling klaar was en ze was uitgeschreven bij de kliniek, had ze op een hotelkamer in Rome zitten bedenken wat ze nu zou gaan doen. Ze zou eigenlijk terug moeten keren naar Stockholm en haar leven weer moeten oppakken, maar om meerdere redenen stuitte het haar tegen de borst om überhaupt aan Stockholm te denken.

Ze had geen echt beroep. Ze zag geen toekomst bij Milton Security. Dat was niet Dragan Armanskij's fout. Hij wilde graag dat ze een vaste aanstelling zou krijgen en een effectief radertje in de machinerie van het bedrijf zou worden, maar ze was op dat moment vijfentwintig en had geen opleiding genoten. Ze had weinig zin om op haar vijftigste nog steeds bezig te zijn met persoonsonderzoeken naar allerlei eikels van directeuren. Dat was een amusante hobby, geen levenstaak.

Een andere oorzaak voor het feit dat ze geen zin had om terug te keren naar Stockholm, was Mikael Blomkvist. In Stockholm zou ze ongetwijfeld die *Verrekte Kalle Blomkvist* tegen het lijf lopen en dat was op dit moment het laatste waar ze zin in had. Hij had haar gekwetst. De eerlijkheid gebood haar toe te geven dat dat niet zijn bedoeling was geweest. Hij was aardig geweest. Het was haar eigen fout dat ze 'verliefd' op hem was geworden. Het woord alleen al was een tegenstrijdigheid als het om Lisbeth Salander ging.

Mikael Blomkvist was een charmeur, dat was bekend. Ze was, in het gunstigste geval, goedhartig vermaak geweest over wie hij zich had ontfermd op het moment dat hij haar nodig had en er niets beters binnen handbereik was, maar van wie hij snel méér onderhoudend gezelschap verlangde. Ze was kwaad op zichzelf dat ze hem überhaupt in haar leven had toegelaten.

Toen ze weer bij haar volle verstand was gekomen, had ze al het contact met hem verbroken. Dat was niet zo eenvoudig geweest, maar ze had zich gehard. De laatste keer dat ze hem had gezien, had zij op het perron van de metro in Gamla Stan gestaan en had hij in een wagon gezeten op weg naar het centrum. Ze had hem een minuut lang aangekeken en besloten dat ze geen enkel gevoel meer voor hem had omdat dat hetzelfde zou zijn als doodbloeden. *Fuck you.* Hij had haar ontdekt op het moment dat de deuren dichtsloegen en had haar onderzoekend aangekeken voordat ze zich had omgekeerd en was weggelopen, net toen de trein op gang kwam.

Ze begreep niet waarom hij zo volhardend had geprobeerd contact met haar te houden, net of ze een of ander sociaal project van zijn kant was. Het irriteerde haar dat hij zo naïef was, elke keer dat hij haar mailde, moest ze zich ertoe zetten het mailtje direct te wissen zonder het te lezen.

Stockholm was niet bepaald aantrekkelijk. Behalve het freelancen voor Milton Security, enkele afgedankte bedgenoten en de meiden van de voormalige rockband Evil Fingers kende ze bijna niemand in haar eigen stad.

De enige persoon voor wie ze een zeker respect had, was Dragan Armanskij. Ze had moeite om haar gevoelens voor hem te definiëren. Ze had zich er altijd over verbaasd dat ze zich zo gemakkelijk tot hem aangetrokken voelde. Als hij niet getrouwd, niet zo oud en niet zo conservatief was geweest in zijn visie op het bestaan, had ze zich kunnen voorstellen dat ze een toenaderingspoging had gedaan.

Uiteindelijk had ze haar agenda gepakt en het gedeelte met de wereldatlas opengeslagen. Ze was nooit in Australië of Afrika geweest. Ze had over de piramides en over de Angkor Vat tempel gelezen, maar ze nooit gezien. Ze was nooit met de Star Ferry tussen Kowloon en Victoria in Hongkong gereisd en had nooit gesnorkeld in het Caribisch gebied of op een strand in Thailand gezeten. Behalve een paar korte zakenreizen, toen ze enkele keren in de Baltische staten en de Scandinavische buurlanden was geweest, en uiteraard Zürich en Londen, was ze bijna nooit buiten Zweden geweest. Ze had zelfs bijna nooit Stockholm verlaten.

Ze had nooit geld gehad.

Ze was bij het raam van haar hotelkamer in Rome gaan staan en had uitgekeken over de Via Garibaldi. Rome was een stad die eruitzag als een ruïne. Toen had ze een beslissing genomen. Ze had haar jack aangetrokken en was naar beneden gegaan naar de receptie en had gevraagd of er een reisbureau in de buurt was. Ze boekte een enkeltje naar Tel Aviv en had de volgende dagen doorgebracht in Jeruzalem. Ze wandelde rond in de oude stad en bekeek de Al Aqsa-moskee en de klaagmuur. Ze had argwanend naar de gewapende soldaten gekeken die op elke hoek van de straat stonden en was daarna naar Bangkok gevlogen, en had de rest van het jaar rondgereisd.

Er was maar één ding dat ze had moeten doen. Ze was twee keer naar Gibraltar gevlogen. De eerste keer om een diepgaande studie te doen naar de man die ze had aangewezen als beheerder van haar vermogen. De tweede keer om te kijken of hij zich goed van zijn taak kweet.

Het voelde vreemd aan om na zo'n tijd de sleutel van haar eigen appartement aan de Fiskargatan om te draaien.

Ze zette de boodschappentas en haar weekendtas in de hal en toetste de viercijferige code in die het elektronische alarm uitschakelde. Daarna trok ze al haar natte kleren uit en liet ze op een hoop in de hal vallen. Ze liep naakt naar de keuken en schakelde de koelkast in en zette de etenswaren erin voordat ze de badkamer opzocht en de volgende tien minuten onder de douche doorbracht. Ze at een maaltijd bestaande uit een geschilde appel en een Billys Pan Pizza, die ze opwarmde in de magnetron. Ze deed een verhuisdoos open en vond een kussen, een laken en een deken, die wat verdacht roken nadat ze een jaar ingepakt hadden gelegen. Ze maakte een matras op op de vloer in een kamer naast de keuken.

Binnen tien seconden nadat ze haar hoofd op het kussen had gelegd, viel ze in slaap en ze sliep bijna twaalf uur tot even voor middernacht. Ze stond op, zette het koffiezetapparaat aan, sloeg een deken om zich heen en ging met haar kussen en een sigaret in een nis van het raam zitten vanwaar ze uitzicht had op het eiland Djurgården en het water van het Saltsjön. Ze was gefascineerd door het licht. Ze dacht in het donker na over haar bestaan.

De dag na haar thuiskomst had Lisbeth Salander een volle agenda. Ze sloot de deur van haar woning om zeven uur 's morgens af. Voordat ze haar verdieping verliet, deed ze een klein raampje in het trappenhuis open en bevestigde ze een reservesleutel aan een dun koperdraadje dat ze aan de achterkant van een regenpijp vastmaakte. Uit ervaring wist ze dat het erg praktisch was om een reservesleutel binnen handbereik te hebben.

De lucht was ijzig koud. Lisbeth was gekleed in een oude, versleten spijkerbroek met een scheur onder haar ene achterzak waardoor je haar blauwe onderbroek erdoorheen zag. Ze droeg verder een T-shirt en een warmere coltrui met een naadje dat bij de hals los was. Bovendien had ze haar oude, versleten leren jack met de klinknagels op de schouders opgezocht. Ze had geconstateerd dat ze het naar een kleermaker moest brengen om de kapotte en bijna onvindbare voering van de zakken te laten repareren. Ze had dikke sokken en hoge schoenen aan haar voeten. Over het geheel genomen had ze het lekker warm.

Ze liep via de St. Paulsgatan naar Zinkensdamm en verder door naar haar oude adres op de Lundagatan, waar ze allereerst controleerde of haar Kawasaki nog in de kelder stond. Ze gaf een klap op het zadel voordat ze naar boven naar haar oude woning ging en over een monumentale stapel reclame heen moest stappen.

Ze had niet helemaal geweten wat ze met de flat zou doen, en voordat ze Zweden een jaar eerder had verlaten, was de eenvoudigste oplossing geweest automatische afschrijvingen te regelen om de lopende rekeningen te betalen. Er stonden daar nog steeds meubels, moeizaam bij elkaar gescharreld uit diverse vuilcontainers, afgesplinterde theemokken, twee oude computers en een heleboel papieren. Maar niets van waarde.

Ze haalde een zwarte vuilniszak uit de keuken en besteedde vijf minuten aan het scheiden van reclame en post. Het merendeel van de papieren verdween linea recta in de vuilniszak. Ze had een klein aantal persoonlijke brieven ontvangen, voornamelijk bankafschriften, belastingcontrolegegevens van Milton Security en gecamoufleerde reclame. Een voordeel van ondertoezichtstelling was dat ze zich nooit bezig had hoeven houden met belastingzaken, die brieven schitterden door afwezigheid. Verder had ze in een heel jaar slechts drie écht persoonlijke zendingen ontvangen.

De eerste brief was van een advocaat, Greta Molander, die curator was geweest van Lisbeth Salanders moeder. De brief bevatte beknopte informatie dat de boedelbeschrijving na het overlijden van haar moeder was afgerond en dat Lisbeth Salander en haar zus Camilla Salander beiden 9.312 kronen hadden geërfd. Dit bedrag was overgemaakt op het rekeningnummer van juffrouw Salander; of ze de ontvangst kon bevestigen. Lisbeth stopte de brief in de binnenzak van haar leren jack.

De andere brief was van directeur Mikaelsson van het verpleeghuis van Äppelvik, die haar er vriendelijk aan herinnerde dat daar nog een doos met bezittingen van haar moeder stond – of ze zo vriendelijk wilde zijn contact op te nemen met het verpleeghuis om te laten weten wat ze met de spullen wilde. De directeur eindigde de brief met de constatering dat als ze voor het eind van het jaar niets van Lisbeth of van haar zus (van wie ze geen adres hadden) hadden gehoord, ze de voorwerpen zouden vernietigen. Ze keek naar het briefhoofd dat in juni was gedateerd en pakte haar mobiele telefoon. Na twee minuten wist ze dat de doos nog niet was vernietigd. Ze verontschuldigde zich voor het feit dat ze niet eerder van zich had laten horen en beloofde de bezittingen de volgende dag te komen halen.

De laatste persoonlijke brief was van Mikael Blomkvist. Ze aarzelde een tijdje maar besloot hem niet te openen en gooide hem in de vuilniszak.

Ze pakte een verhuisdoos met een paar voorwerpen en spulletjes die ze wilde houden en nam een taxi terug naar Mosebacke. Ze maakte zich op, zette een zonnebril op en een blonde pruik met schouderlang haar en stopte een Noorse pas op naam van Irene Nesser in haar tas. Ze bekeek zichzelf in de spiegel en constateerde dat Irene Nesser op Lisbeth Salander leek, maar toch een heel ander iemand was.

Na een snelle lunch bestaande uit een baguette brie en een koffie verkeerd bij Café Eden op de Götgatan wandelde ze naar de autoverhuur aan de Ringweg, waar Irene Nesser een Nissan Micra huurde. Ze reed naar IKEA op de Kungens Kurva en bracht drie uur door met het bekijken van het assortiment van het woonwarenhuis en het noteren van de artikelnummers die ze nodig had. Ze nam een aantal snelle beslissingen.

Ze kocht twee zitbanken model KARLANDA met zandkleurige stoffen bekleding, vijf verende fauteuils van het model POÄNG, twee ronde cafétafels van blankgelakt berken, een salontafel SVANSBO en een paar kleine LACK tafeltjes. Op de afdeling boekenkasten en opbergmeubels bestelde ze twee IVAR stellingkastcombinaties en twee BONDE boekenkasten, een tv-meubel en een MAGIKER wandmeubel met deuren. Ze complementeerde het geheel met een PAX NEXUS driedeurs garderobekast en twee kleine ladekasten van het model MALM.

Ze besteedde veel tijd aan het uitzoeken van een bed en kwam uiteindelijk uit op een HEMNES bedframe met een matras en accessoires. Voor de zekerheid kocht ze ook een LILLEHAMMER bed voor in de logeerkamer. Ze ging er helemaal niet van uit dat ze ooit logés zou krijgen, maar omdat ze toch een logeerkamer had, kon ze die net zo goed inrichten.

De badkamer in haar nieuwe appartement was al volledig ingericht met badkamerkasten, handdoekenrekken en een achtergelaten wasmachine. Ze kocht alleen een goedkope wasmand.

Wat ze daarentegen wél nodig had, waren meubels voor de keuken. Na enige aarzeling koos ze voor een ROSFORS keukentafel van massief beuken met een tafelblad van gehard glas en vier kleurrijke keukenstoelen.

Ze had meubels voor haar werkkamer nodig en bekeek verbaasd

enkele onwaarschijnlijke 'werksituaties' met ingenieuze kasten voor het opbergen van computers en toetsenborden. Uiteindelijk schudde ze haar hoofd en bestelde ze een doodgewoon bureau, GALANT van beukenfineer met een gekanteld werkblad en afgeronde hoeken, evenals een grote opbergkast. Ze koos met zorg een bureaustoel; ze zou daar vermoedelijk diverse uurtjes op doorbrengen. Uiteindelijk werd het een van de duurste alternatieven, een stoel van het model VERKSAM.

Ten slotte maakte ze nog een rondje door de winkel en kocht ze een aanzienlijke hoeveelheid lakens, slopen, handdoeken, dekbedden, dekens, kussens, een startpakket met bestek, servies en pannen, snijplanken, drie grote vloerkleden, diverse lampen en een grote hoeveelheid kantoorbenodigdheden in de vorm van mappen, een prullenmand, opbergdozen en dergelijke.

Toen ze het rondje had gemaakt, ging ze met haar spullen en haar lijst naar de kassa. Ze betaalde met de creditcard die op naam stond van Wasp Enterprises en legitimeerde zich als Irene Nesser. Ze betaalde ook om alle spullen naar huis te laten vervoeren en ze te laten monteren. De rekening bedroeg ruim 90.000 kronen.

Tegen vijven 's middags was ze terug op Södermalm, waar ze snel Axelssons Elektronica bezocht en een 18'-tv en een radio kocht. Vlak voor sluitingstijd wipte ze bij een witgoedzaak op de Hornsgatan naar binnen en kocht een stofzuiger. In de Mariahal kocht ze een mop, groene zeep, een emmer, waspoeder, zeep, tandenborstels en een grootverpakking toiletpapier.

Ze was afgepeigerd maar content na haar koopwoede. Ze stouwde alle spullen in de gehuurde Nissan Micra en stortte op de bovenverdieping van Café Java op de Hornsgatan in. Ze leende een avondkrant van het tafeltje naast haar en constateerde dat de sociaaldemocraten nog steeds de regeringspartij waren en dat er tijdens haar afwezigheid in Zweden zo te zien geen belangrijke dingen waren gebeurd.

Tegen achten 's avonds was ze weer thuis. Ze laadde de auto gedekt door de duisternis uit en transporteerde alles naar het appartement van V.K. Bont. Ze zette de spullen in de hal en was vervolgens een halfuur bezig met het vinden van een parkeerplaats voor de huurauto in een van de zijstraten. Daarna liet ze de jacuzzi vollopen. Die was zo groot dat er minstens drie personen in pasten en dan zaten ze nog niet krap. Ze moest even aan Mikael Blomkvist denken. Voordat ze die ochtend zijn brief had gevonden, had ze al een paar maanden niet aan hem gedacht. Ze vroeg zich af of hij thuis zou zijn en of Erika Berger bij hem was.

Na een tijdje haalde ze diep adem en verdween ze met haar gezicht naar beneden onder water. Ze legde haar handen op haar borsten, kneep hard in haar tepels en hield haar adem drie minuten in totdat haar longen pijn begonnen te doen.

Redacteur Erika Berger gluurde op haar horloge toen Mikael Blomkvist bijna vijftien minuten te laat op de heilige planningsbespreking kwam, die elke tweede dinsdag van de maand om tien uur werd gehouden. Tijdens deze bijeenkomsten werd de grove planning van het volgende nummer gemaakt en werden langetermijnbeslissingen over de inhoud van het magazine *Millennium* genomen.

Mikael Blomkvist verontschuldigde zich voor zijn late komst en mompelde een verklaring die niemand hoorde of in elk geval niet onthield. De deelnemers aan de bespreking bestonden buiten Erika uit redactiesecretaris Malin Eriksson, mede-eigenaar en hoofd beeldredactie Christer Malm, verslaggeefster Monika Nilsson en de parttimers Lottie Karim en Henry Cortez. Mikael Blomkvist constateerde onmiddellijk dat de zeventienjarige stagiaire ontbrak, maar dat het gezelschap was uitgebreid en er een onbekend gezicht aan de kleine vergadertafel op de kamer van Erika Berger zat. Het was zeer ongebruikelijk dat Erika een buitenstaander tot de toekomstplanning van *Millennium* toeliet.

'Dit is Dag Svensson,' zei Erika Berger. 'Freelancer. We gaan een tekst van hem inkopen.'

Mikael Blomkvist knikte en schudde de man de hand. Dag Svensson was blond, had blauwe ogen, gemillimeterd haar en baardstoppels van drie dagen. Hij was in de dertig en zag er schaamteloos goedgetraind uit.

'We hebben meestal een of twee themanummers per jaar,' vervolgde Erika. 'Deze story wil ik in het meinummer hebben. De drukker is gereserveerd voor 27 april. Dat geeft ons ruim drie maanden voor het produceren van teksten.'

'Thema waarover?' vroeg Mikael terwijl hij koffie inschonk uit de thermoskan die op tafel stond.

'Dag Svensson kwam vorige week bij me met een concept voor een story. Ik heb hem gevraagd op deze redactievergadering aanwezig te zijn. Vertel zelf maar,' zei Erika tegen Dag Svensson.

'*Trafficking*,' zei Dag Svensson. 'Dus sekshandel met meisjes. In dit geval voornamelijk uit de Baltische staten en Oost-Europa. Gedwongen prostitutie. Om bij het begin te beginnen, ik schrijf een boek over dit onderwerp en dat is de reden dat ik contact heb opgenomen met Erika; jullie uitgeverij heeft immers een beperkt assortiment.'

Iedereen keek geamuseerd. Uitgeverij Millennium had tot nu toe pas één boek uitgegeven, Mikael Blomkvists pil over het imperium van de miljardair Wennerström van het jaar ervoor. Het boek was in Zweden al toe aan zijn zesde oplage en was bovendien al verschenen in het Noors, Duits en Engels, en werd momenteel vertaald in het Frans. Het verkoopsucces was onbegrijpelijk omdat de story in alle opzichten inmiddels al bekend was en in ontelbare kranten en bladen was gepubliceerd.

'Ons assortiment is niet erg groot,' zei Mikael voorzichtig. Ook Dag Svensson grijnsde.

'Dat heb ik begrepen. Maar jullie hebben een uitgeverij.'

'Er zijn grotere uitgeverijen,' constateerde Mikael.

'Ongetwijfeld,' zei Erika Berger. 'Maar we hebben het er nu al een jaar over dat we een specifiek soort boeken willen uitgeven naast de gewone werkzaamheden, boeken waarvoor een gat in de markt is. We hebben het al op twee bestuursvergaderingen besproken en iedereen is positief. Het gaat om een zeer beperkt aantal publicaties, drie, vier boeken per jaar, die grotendeels bestaan uit reportages over verschillende onderwerpen. Met andere woorden, typisch journalistieke producten. Dit is een goed boek om mee te beginnen.'

'Trafficking,' zei Mikael Blomkvist. 'Vertel.'

'Ik ben al vier jaar bezig met trafficking. Ik ben met dat onderwerp in aanraking gekomen door mijn vriendin, Mia Bergman. Zij is criminologe en houdt zich bezig met genderonderzoek. Ze heeft bij de Raad ter Voorkoming van Misdrijven gewerkt en een onderzoek gedaan naar de "sekskoopwet"; zoals jullie weten is betalen voor seks hier in Zweden strafbaar.'

'Haar heb ik ontmoet,' zei Malin Eriksson spontaan. 'Ik heb haar twee jaar geleden geïnterviewd toen ze met een rapport was gekomen waarin werd vergeleken hoe mannen en vrouwen door rechtbanken werden behandeld.'

Dag Svensson knikte glimlachend.

'Dat heeft een hoop tumult veroorzaakt,' zei hij. 'Maar ze doet al vijf, zes jaar onderzoek naar trafficking. Zo hebben we elkaar ook ontmoet. Ik was bezig met een story over sekshandel op internet en werd getipt dat zij daar wat over wist. En dat was ook zo. Om een lang verhaal kort te maken: we zijn gaan samenwerken, ik als journalist en zij als onderzoeker, in de loop der tijd kregen we wat met elkaar en een jaar geleden zijn we gaan samenwonen. Zij is bezig met haar proefschrift en gaat komend voorjaar promoveren.'

'Dus zij schrijft een dissertatie en jij ...'

'Ik schrijf een populaire versie van dat proefschrift plus mijn eigen onderzoek. En een verkorte versie in de vorm van het artikel dat Erika heeft gekregen.'

'Oké, jullie werken als team. Wat is de story?'

'We hebben een fraaie regering die een sekskoopwet heeft ingevoerd, we hebben politie die ervoor moet zorgen dat de wet wordt nageleefd, rechtbanken die seksdelinquenten moeten veroordelen – we noemen de hoerenlopers seksdelinquenten omdat het verboden is seksuele diensten te kopen – en we hebben de media die moreel verontwaardigde teksten over het onderwerp schrijven, enzovoort. Maar tegelijkertijd is Zweden een van de landen die de meeste hoeren per hoofd van de bevolking uit Rusland en de Baltische staten koopt.'

'En dat kun jij bewijzen?'

'Dat is geen geheim. Het is zelfs geen nieuws. Wat nieuw is, is dat wij een tiental *Lilja 4-ever*-meisjes hebben ontmoet en gesproken. Je weet wel, *Lilja 4-ever*, naar die film van Lukas Moodysson. De meeste meisjes zijn tussen de vijftien en twintig jaar oud, zijn afkomstig uit de sociale misère in het Oostblok en worden naar Zweden gelokt met mooie praatjes over een of ander baantje, maar daarna belanden ze in de klauwen van een volkomen gewetenloze seksmaffia. Als je de persoonlijke ervaringen van deze meisjes hoort, komt *Lilja 4-ever* haast over als een familiefilm. Ik bedoel, wat die meisjes hebben meegemaakt, valt niet eens te filmen.'

'Oké.'

'Dat is zogezegd de focus in Mia's proefschrift. Maar niet in het boek.'

Iedereen zat verwachtingsvol te luisteren.

'Mia heeft die meisjes geïnterviewd. Wat ik heb gedaan, is het in kaart brengen van de leveranciers en de klantenkring.'

Mikael moest glimlachen. Hij had Dag Svensson nooit eerder ontmoet, maar hij ervoer opeens dat Dag het type journalist was, dat hij graag mocht. Een journalist die zich richtte op de essentie van het verhaal. Voor Mikael was het een gouden journalistieke regel dat er altijd mensen voor dingen verantwoordelijk waren. *The bad guys.*

'En je hebt interessante feiten gevonden?'

'Ik kan bijvoorbeeld documenteren dat een ambtenaar bij het ministerie van Justitie, die bij de vormgeving van de sekskoopwet betrokken is geweest, ten minste twee meisjes – die door toedoen van de seksmaffia hierheen zijn gekomen – heeft misbruikt. Eén van die meisjes was 15 jaar.'

'Jezus.'

'Ik ben hier al drie jaar parttime mee bezig. Het boek zal voorbeeldstudies bevatten van de hoerenlopers. Er zijn drie politiemannen, van wie er eentje bij de Säkerhetspolisen, de Zweedse veiligheidsdienst, werkt en eentje bij de jeugd- en zedenpolitie. Er zijn vijf advocaten, een officier van justitie en een rechter. Er zijn ook drie journalisten, van wie er één diverse artikelen over sekshandel heeft geschreven. In zijn privéleven fantaseert hij over het verkrachten van een tienerhoertje uit Tallinn ... en in dit geval is er nauwelijks sprake van een wederzijds seksspel. Ik ben van plan ze met naam en toenaam te noemen. Ik heb waterdichte documentatie.'

Mikael Blomkvist floot. Daarna verdween de glimlach van zijn gezicht.

'Omdat ik weer verantwoordelijk uitgever ben, wil ik de documentatie nauwkeurig onder de loep nemen,' zei Mikael Blomkvist. 'De keer dat ik mijn bronnen niet goed had gecheckt, kreeg ik drie maanden gevangenisstraf.'

'Als jullie de story willen uitgeven, kun je alle documentatie krijgen die je hebben wilt. Maar ik heb één voorwaarde om mijn verhaal aan *Millennium* te verkopen.'

'Dag wil dat we het bóék ook gaan uitgeven,' zei Erika Berger.

'Exact. Ik wil dat het een bominslag veroorzaakt, en op dit moment is *Millennium* het geloofwaardigste en brutaalste blad van het land. Ik denk niet dat er veel andere uitgevers zijn die een dergelijk boek zouden willen uitgeven.'

'Dus zonder boek geen artikel,' vatte Mikael samen.

'Ik vind het heel goed klinken,' zei Malin Eriksson. Henry Cortez mompelde instemmend.

'Artikel en boek zijn twee aparte dingen,' zei Erika Berger. 'In het eerste geval is Mikael verantwoordelijk uitgever. Voor wat betreft het boek is de auteur verantwoordelijk uitgever.'

'Dat weet ik,' zei Dag Svensson. 'Daar ben ik niet bang voor. Op het moment dat het boek wordt gepubliceerd, doet Mia aangifte bij de politie tegen alle personen die ik bij name noem.'

'Dan breekt de hel los,' zei Henry Cortez.

'Dit is nog maar de helft van het verhaal,' zei Dag Svensson. 'Ik ben ook bezig geweest met het uitspitten van een aantal van die netwerken die geld verdienen aan de sekshandel. Het gaat dus om georganiseerde misdaad.'

'En wie ben je daar tegengekomen?'

'Dat is juist het tragische. De seksmaffia is een laaghartig stelletje nullen. Ik weet niet precies wat ik had verwacht toen ik met die research begon, maar op de een of andere manier zijn we, althans ik, ertoe verleid te geloven dat "de maffia" een stelletje dure jongens aan de bovenkant van de samenleving is dat rondrijdt in chique auto's. Ik neem aan dat een aantal Amerikaanse films over dat onderwerp tot die beeldvorming heeft bijgedragen. Jouw verhaal over Wennerström,' Dag Svensson keek naar Mikael, 'toonde immers ook aan dat dat het geval kan zijn. Maar Wennerström hoorde op de een of andere manier bij de uitzonderingen. Wat ik tegenkom, is een aantal nietsontziende en sadistische nietsnutten die amper kunnen lezen en schrijven en die volstrekte idioten zijn als het om organisatietalent en strategisch denken gaat. Er zijn verbanden met bikers en wat beter georganiseerde kringen, maar over het geheel genomen zijn degenen die zich bezighouden met slavenhandel een stelletje ezels.'

'Dat blijkt overduidelijk uit jouw artikel,' zei Erika Berger. 'We hebben een wetgeving, een politiekorps en het rechtswezen dat we elk jaar met miljoenen belastingkronen financieren om deze sekshandel aan te pakken ... en ze slagen er niet in een stelletje totale idioten aan te pakken.'

'Het is één grote schending van de mensenrechten, en de meisjes om wie het gaat, staan zó laag op de maatschappelijke ladder dat ze juridisch oninteressant zijn. Ze stemmen niet. Ze spreken nauwelijks Zweeds, met uitzondering van de woordenschat die ze nodig hebben om tot een overeenkomst te komen. In negenennegentig komma negenennegentig procent van alle gevallen van sekshandel wordt nooit aangifte gedaan bij de politie en het leidt al bijna helemaal nooit tot een aanklacht. Dit moet zo'n beetje de grootste ijsberg binnen de Zweedse criminaliteit zijn. Stel dat er net zo nonchalant zou worden omgesprongen met bankroven, zoiets is ondenkbaar. Mijn conclusie is helaas dat deze praktijken geen dag langer zouden worden getolereerd als het rechtswezen er wat aan zou willen doen. Maar misbruikte tieners uit Tallinn en Riga hebben helemaal geen prioriteit. Een hoer is een hoer. Dat hoort nu eenmaal bij het systeem.'

'En dat weet iedere klootzak,' zei Monika Nilsson.

'Dus, wat vinden jullie ervan?' vroeg Erika Berger.

'Mij spreekt het idee wel aan,' zei Mikael Blomkvist. 'We steken met dit verhaal onze nek uit en dat is precies de reden waarom we ooit met *Millennium* zijn begonnen.'

'En dat is waarom ik er nog steeds werk. De verantwoordelijk uitgever moet af en toe een salto maken,' zei Monika Nilsson.

Iedereen behalve Mikael begon te lachen.

'Hij was de enige die dom genoeg was om verantwoordelijk uitgever te worden,' zei Erika Berger. 'We publiceren dit in mei. En je boek komt gelijktijdig uit.'

'Is het boek klaar?' vroeg Mikael.

'Nee. Ik heb de synopsis, maar pas iets meer dan de helft is geschreven. Als jullie ermee akkoord gaan om het boek uit te geven en ik een voorschot krijg, kan ik er fulltime aan werken. Bijna alle research is gedaan. Wat resteert, zijn wat aanvullende dingen in de marge, eigenlijk alleen het bevestigen van zaken die ik al weet, en de confrontaties met de hoerenlopers die ik bekendmaak.'

'We doen het net als met het Wennerström-boek. Het duurt een week om de lay-out te maken' – Christer Malm knikte – 'en twee weken om te drukken. De confrontaties doen we in maart en april en vatten we samen in vijftien pagina's tekst die als laatste worden geschreven. We willen het manuscript dus op 15 april helemaal klaar hebben, zodat we alle bronnen nog kunnen checken.'

'Hoe doen we dat met het contract en dergelijke?'

'Ik heb nog nooit een boekencontract opgesteld, dus ik moet met onze advocaat babbelen.' Erika Berger fronste haar wenkbrauwen. 'Maar ik stel een proefaanstelling voor van vier maanden van februari tot mei. We betalen geen overuren.'

'Dat is prima. Ik heb een basissalaris nodig, zodat ik me fulltime op de tekst kan richten.'

'Verder is de vuistregel fiftyfifty voor wat betreft de inkomsten voor het boek na aftrek van de kosten. Hoe klinkt dat?'

'Dat klinkt helemaal geweldig,' zei Dag Svensson.

'Taakverdeling' zei Erika Berger. 'Malin, ik wil dat jij redacteur wordt voor de planning van het themanummer. Dat wordt jouw hoofdtaak vanaf begin volgende maand; jij werkt samen met Dag Svensson en redigeert het manuscript. Lottie, dat betekent dat ik jou gedurende de periode maart tot en met mei als tijdelijke redactiesecretaris voor het magazine wil hebben. Je mag fulltime werken en Malin of Mikael springen bij als ze tijd overhebben.'

Malin Eriksson knikte.

'Mikael, ik wil dat jij redacteur voor het boek wordt.' Ze keek naar

Dag Svensson. 'Mikael laat het niet merken, maar hij is een kei in redigeren en bovendien is hij heel goed in het doen van research. Hij zal elke lettergreep in je boek onder de microscoop leggen. Hij zal als een havik op elk detail duiken. Ik ben gevleid dat je je boek bij ons wilt uitgeven, maar we kennen specifieke problemen bij *Millennium*. We hebben een aantal vijanden die niets liever willen dan dat we onszelf belachelijk maken. Als we onze nek uitsteken en iets publiceren, moet het honderd procent juist zijn. Iets anders kunnen we ons niet veroorloven.'

'En ik zou het ook niet anders willen.'

'Mooi. Maar kun je ertegen dat er constant iemand over je schouder meekijkt en je het hele voorjaar gaat lopen bekritiseren?'

Dag Svensson keek Mikael grijnzend aan.

'Begin maar.'

Mikael knikte.

'Als het een themanummer moet worden, moeten we meer artikelen hebben. Mikael, ik wil dat jij over de financiële kant van de sekshandel schrijft. Om hoeveel geld gaat het eigenlijk op jaarbasis? Wie verdienen er aan de sekshandel en waar blijft dat geld? Is er bewijs te vinden dat een deel van het geld in de staatskas vloeit? Monika, ik wil dat jij gaat kijken naar seksuele intimidatie in het algemeen. Praat met blijf-van-mijn-lijfhuizen en onderzoekers en artsen en overheidsinstanties. Jullie twee plus Dag schrijven de dragende teksten. Henry, ik wil dat jij een interview houdt met Dags vriendin, Mia Bergman, dat kan Dag zelf niet doen. Portret: wie is ze, wat onderzoekt ze en wat zijn haar conclusies? Verder wil ik dat je casestudies maakt van politieonderzoeken. Christer, plaatjes. Ik weet niet hoe dit geïllustreerd moet worden. Denk daarover na.'

'Dit is vermoedelijk het eenvoudigste thema om te illustreren dat er bestaat. *Arty*. Geen probleem.'

'Mag ik nog iets zeggen?' vroeg Dag Svensson. 'Er is een klein aantal politiemensen dat ontzettend goed werk verricht. Misschien is het een goed idee om een van hen te interviewen.'

'Heb je namen?' vroeg Henry Cortez.

'En telefoonnummers,' knikte Dag Svensson.

'Goed,' zei Erika Berger. 'Het thema voor het meinummer wordt sekshandel. Wat duidelijk moet worden, is dat trafficking in strijd is met de mensenrechten en dat deze criminelen met de billen bloot moeten en moeten worden behandeld als welke oorlogsmisdadiger, welk doodseskader of welke martelaar dan ook. Aan de slag.'

5
WOENSDAG 12 JANUARI – VRIJDAG 14 JANUARI

Het verpleeghuis van Äppelvik kwam haar vreemd en onbekend voor toen Lisbeth voor het eerst sinds achttien maanden met haar gehuurde Nissan Micra de oprit in reed. Sinds haar vijftiende had ze het verpleeghuis, waar haar moeder was opgenomen nadat Al Het Slechte was gebeurd, een paar keer per jaar bezocht. Ondanks haar zeldzame bezoeken had Äppelvik toch een permanent vast punt in Lisbeths bestaan gevormd. Het was de plaats waar haar moeder haar laatste tien jaar had doorgebracht en waar ze uiteindelijk na een laatste, vernietigende hersenbloeding was overleden, slechts drieënveertig jaar oud.

De naam van haar moeder was Agneta Sofia Salander geweest. De laatste veertien jaar van haar leven waren gekenmerkt door herhaaldelijke hersenbloedinkjes, waardoor ze niet langer in staat was voor zichzelf te zorgen en haar dagelijkse routine af te werken. Haar moeder was bij tijd en wijle niet aanspreekbaar geweest en had Lisbeth soms niet eens herkend.

De gedachten aan haar moeder leidden bij Lisbeth Salander altijd tot een gevoel van hulpeloosheid en gitzwart duister. In haar tienertijd had ze lang een fantasie gehad dat haar moeder weer gezond zou worden en dat ze een zekere relatie zouden kunnen opbouwen. Maar haar verstand zei haar dat dat nooit zou gebeuren.

Haar moeder was slank en klein van stuk geweest, maar lang niet zo anorectisch als Lisbeth. Haar moeder was juist mooi en goedgeproportioneerd geweest. Net als Lisbeths zus.

Camilla.

Lisbeth wilde liever niet aan haar zus denken.

Voor Lisbeth was het de ironie van het lot dat haar zus en zij zo verschillend waren als maar kon. Ze waren een tweeling, binnen twintig minuten na elkaar geboren.

Lisbeth was de oudste. Camilla de mooiste.

Ze leken zo weinig op elkaar dat het onwaarschijnlijk was dat ze in dezelfde baarmoeder waren gegroeid. Als er geen defect was geweest in de genetische code van Lisbeth Salander, zou ze net zo stralend mooi zijn geweest als haar zus.

En vermoedelijk net zo stom.

Vanaf dat ze heel klein waren, was Camilla extrovert, populair en succesvol geweest op school. Lisbeth was stil en introvert, en had zelden antwoord gegeven op vragen van de leraren, wat zich uitte in uiterst uiteenlopende rapportcijfers. Al in de lagere klassen had Camilla zich dusdanig van Lisbeth gedistantieerd dat ze niet eens dezelfde weg naar school liepen. Docenten en vrienden merkten op dat de twee meisjes nooit met elkaar omgingen en nooit bij elkaar in de buurt zaten. Vanaf groep drie hadden ze in parallelklassen gezeten. Sinds hun twaalfde en nadat Al Het Slechte was gebeurd, waren ze opgegroeid in verschillende pleeggezinnen. Ze hadden elkaar sinds hun zeventiende niet meer gezien, en die keer was hun ontmoeting erin geëindigd dat Lisbeth een blauw oog had en Camilla een tand door haar lip. Lisbeth wist niet waar Camilla zich bevond en had ook geen pogingen gedaan om daarachter te komen.

Er was geen liefde tussen de gezusters Salander.

In Lisbeths ogen was Camilla vals, verdorven en manipulatief. Maar Lisbeth was degene die door de rechtbank als niet helemaal toerekeningsvatbaar was bestempeld.

Ze parkeerde op de bezoekersparkeerplaats en knoopte haar versleten leren jack dicht voordat ze door de regen naar de hoofdingang liep. Ze bleef bij een bankje staan en keek om zich heen. Juist op deze plaats, bij dit bankje, had ze haar moeder achttien maanden geleden voor het laatst gezien. Ze had een spontaan bezoek aan het verpleeghuis gebracht toen ze op weg was naar het noorden om Mikael Blomkvist bij te staan in de jacht op een georganiseerde, maar gestoorde seriemoordenaar. Haar moeder was onrustig geweest en had Lisbeth niet echt herkend, maar had haar toch ook niet echt willen laten gaan. Ze had haar hand vastgehouden en haar dochter met verwarde ogen aangekeken. Lisbeth had haast gehad. Ze had zich losgemaakt uit haar moeders greep, haar omhelsd en was op haar motorfiets vertrokken.

De directeur van Äppelvik, Agnes Mikaelsson, leek blij Lisbeth te zien. Ze begroette haar vriendelijk en liep met haar mee naar een magazijn waar ze een verhuisdoos haalden. Lisbeth tilde hem op. Hij woog een paar kilo en bevatte niet veel bijzonders na een heel leven.

'Ik wist niet wat ik met je moeders spullen moest doen,' zei Mikaelsson. 'Maar ik heb altijd het gevoel gehad dat je op een dag terug zou komen.'

'Ik ben op reis geweest,' antwoordde Lisbeth.

Ze bedankte haar dat ze de doos hadden bewaard, sleepte hem naar de auto en verliet Äppelvik voor de laatste keer.

Lisbeth was even na twaalven weer terug op Mosebacke en droeg de doos van haar moeder naar haar flat. Ze zette hem ongeopend in een berging in de hal en ging weer naar buiten.

Toen ze de deur opendeed, reed een politieauto in een rustig tempo langs. Lisbeth bleef staan en bekeek de dienders voor de deur waakzaam, maar omdat de smerissen geen aanstalten maakten om in de aanval te gaan, liet ze hen lopen.

's Middags bezocht ze H&M en KappAhl en kocht ze een nieuwe garderobe. Ze schafte een grote hoeveelheid basiskleding aan in de vorm van gewone lange broeken, spijkerbroeken, truien en kousen. Ze was niet geïnteresseerd in dure merkkleding, maar voelde een zeker genoegen in het kunnen kopen van zes spijkerbroeken tegelijk zonder met haar ogen te hoeven knipperen. Haar meest extravagante aankoop was bij Twilfit, waar ze een groot aantal slipjes en bh's kocht. Het waren opnieuw basisstukken, maar na een halfuur gegeneerd zoeken, trok ze ook een setje naar zich toe dat ze ervoer als 'sexy' of mogelijkerwijs 'licht pornografisch', en wat ze vroeger nooit zou hebben gekocht. Toen ze het setje 's avonds aanpaste, voelde ze zich enorm belachelijk. Wat ze in de spiegel zag, was een spichtig, getatoeëerd meisje in een groteske outfit. Ze trok het setje uit en gooide het bij het vuil. Ze kocht fatsoenlijke winterschoenen bij Din Sko en twee paar lichtere schoenen voor binnen. Daarna kocht ze in een impuls een paar zwarte laarzen met een hoge hak, die haar een paar centimeter langer maakten. Bovendien kocht ze een goede winterjas van bruine suède.

Ze vervoerde haar aankopen naar huis, zette koffie en smeerde een paar boterhammen voordat ze de huurauto weer terugbracht naar het verhuurbedrijf aan de Ringweg. Ze liep naar huis en zat de rest van de avond in het donker in de nis voor het raam naar het water van het Saltsjön te kijken.

Mia Bergman, promovendus in de criminologie, sneed de *cheesecake* aan en versierde deze met een bolletje frambozenijs. Ze serveerde eerst Erika Berger en Mikael Blomkvist voordat ze de dessertschaaltjes voor Dag Svensson en zichzelf neerzette. Malin Eriksson had resoluut een nagerecht geweigerd en nam genoegen met een zwarte koffie in een opmerkelijk, ouderwets gebloemd porseleinen kopje.

'Dat was het servies van mijn oma,' zei Mia Bergman toen ze zag dat Malin het kopje bekeek.

'Ze is doodsbenauwd dat er een kopje breekt,' zei Dag Svensson. 'Het komt alleen op tafel als we hele speciale gasten hebben.'

Mia Bergman glimlachte. 'Ik heb jarenlang bij mijn oma gewoond en het servies is vrijwel het enige wat ik nog van haar heb.'

'Ze zijn prachtig,' zei Malin. 'Zelf heb ik honderd procent IKEA in de keuken.'

Mikael Blomkvist had geen oog voor gebloemde koffiekopjes. Hij bekeek zijn schaaltje cheesecake met kritische ogen. Hij dacht erover zijn riem een gaatje losser te doen. Erika Berger deelde blijkbaar zijn gedachten.

'Hemeltjelief, ik had ook moeten bedanken voor een toetje,' zei ze, terwijl ze verontschuldigend naar Malin keek voordat ze haar lepeltje met een ferme greep in de aanslag nam.

Het had eigenlijk een eenvoudig zakendineetje moeten worden, aan de ene kant om de samenwerking te bekrachtigen en aan de andere kant om de opzet van het themanummer van *Millennium* verder te bespreken. Dag Svensson had voorgesteld dat ze bij hem zouden komen eten en Mia Bergman had de meest verrukkelijke kip in zoetzure saus geserveerd die Mikael ooit had geproefd. Ze hadden bij het eten twee flessen robuuste Spaanse rode wijn soldaat gemaakt en bij het nagerecht vroeg Dag Svensson of er iemand geïnteresseerd was in een glas Tullamore Dew; Ierse whiskey. Alleen Erika Berger was dom genoeg om nee te zeggen en Svensson pakte glazen.

Dag Svensson en Mia Bergman woonden in een tweekamerappartement in Enskede, in Zuid-Stockholm. Ze hadden al een paar jaar een relatie, maar waren een jaar geleden gaan samenwonen.

Ze hadden om zes uur afgesproken en toen het nagerecht om halfnegen werd geserveerd, was er eigenlijk nog niets gezegd over het eigenlijke doel van het etentje. Mikael had daarentegen ontdekt dat hij Dag Svensson en Mia Bergman graag mocht en het in hun gezelschap goed kon vinden.

Erika Berger stuurde het gesprek uiteindelijk toch in de richting van het onderwerp waarvoor ze gekomen waren. Mia Bergman haalde een geprinte kopie van haar proefschrift en legde deze voor Erika op tafel.

Het had een verrassend ironische titel – *From Russia with Love*, wat natuurlijk sloeg op Ian Flemings 007-klassieker. De ondertitel was *Trafficking, georganiseerde misdaad en de tegenmaatregelen van de samenleving.*

'Jullie moeten onderscheid maken tussen mijn proefschrift en het boek dat Dag schrijft,' zei ze. 'Het boek van Dag is een opruiende versie die zich richt op degenen die profiteren van trafficking. Mijn proefschrift bestaat uit statistieken, veldstudies, wetsteksten en een analyse van hoe de maatschappij en de rechtbanken de slachtoffers behandelen.'

'De meisjes dus.'

'Jonge meisjes, meestal tussen de vijftien en de twintig jaar oud, arbeidersklasse, slechte opleiding. Meisjes die veelal uit erbarmelijke huiselijke omstandigheden komen en die niet zelden in hun jeugd al zijn blootgesteld aan een vorm van misbruik. Een reden dat ze naar Zweden worden gelokt, is natuurlijk dat iemand ze een heleboel leugens op de mouw heeft gespeld.'

'De sekshandelaren.'

'In die zin zit er een soort genderperspectief in mijn proefschrift. Een onderzoeker kan maar zelden het rollenpatroon, de seksegrenzen zo duidelijk vaststellen. Meisjes: slachtoffers, jongens: veroveraars. Met uitzondering van een paar vrouwen die zelf van de sekshandel profiteren, is er geen andere vorm van criminaliteit waarbij de rol der geslachten een voorwaarde is voor het delict. Er is ook geen andere vorm van misdaad waarbij de sociale acceptatie zo groot is en waarbij de maatschappij zo weinig doet om de criminaliteit aan banden te leggen.'

'Maar als ik het goed begrijp, heeft Zweden ondanks alles toch een vrij strenge wetgeving tegen trafficking en sekshandel,' zei Erika.

'Laat me niet lachen. Er worden jaarlijks honderden meisjes – er is geen exacte statistiek – naar Zweden getransporteerd om de hoer te spelen, wat in dit geval moet worden vertaald met: hun lichaam bloot te stellen aan systematische verkrachtingen. Sinds de wet met betrekking tot trafficking is ingevoerd, is deze een paar keer door de rechtbank getoetst. De eerste keer was in april 2003 tegen die gestoorde, omgebouwde hoerenmadam. En zij ging natuurlijk vrijuit.'

'Wacht even, ik dacht dat ze was veroordeeld?'

'Voor bordeelwerkzaamheden, ja. Maar ze werd vrijgesproken van de aanklacht voor trafficking. Het was namelijk zo dat de meisjes die slachtoffer waren ook tegen haar zouden moeten getuigen. Die waren echter allang weer terug naar de Baltische staten. De overheidsinstanties hebben nog geprobeerd om ze naar de rechtszaak te laten komen, ze werden onder andere gezocht door Interpol. Na maanden van naspeuringen werd geconstateerd dat ze onvindbaar waren.'

'Wat is er met ze gebeurd?'

'Niets. Het tv-programma *Insider* heeft een follow-up gedaan en is naar Tallinn afgereisd. Het kostte de verslaggevers ongeveer een middag om twee van de meisjes op te sporen die nog bij hun ouders woonden. Het derde meisje was naar Italië vertrokken.'

'De politie in Tallinn was met andere woorden niet erg effectief.'

'Sindsdien zijn er wel een paar veroordelingen geweest, maar het ging telkens om personen die waren opgepakt voor andere misdrijven of die zo ontzettend stom waren dat ze wel gepakt móésten worden. De wet is puur schijn. Maar hij wordt niet toegepast.'

'Oké.'

'Het probleem is dat de vergrijpen in dit geval brute verkrachting zijn, vaak in combinatie met mishandeling, mishandeling met verzwarende omstandigheden en bedreiging met de dood, in sommige gevallen aangevuld met wederrechtelijke vrijheidsberoving,' voegde Dag Svensson eraan toe. 'Dat is de realiteit voor veel van die meisjes die in minirok en uitvoerig opgemaakt naar een of andere villa in een voorstad worden getransporteerd. Feit is dat die meisjes geen keus hebben. Óf ze gaan mee en neuken vieze mannetjes óf ze riskeren door hun pooier te worden mishandeld en te worden gefolterd. Ze kunnen niet vluchten; ze spreken de taal niet, kennen de wetten en regels niet, en weten niet tot wie ze zich moeten wenden. Ze kunnen niet naar huis. Een van de eerste maatregelen is dat hun paspoort wordt ingenomen en in het geval van die bordeelhoudster waren ze bovendien opgesloten in een appartement.'

'Dat klinkt als slavenkampen. Verdienen die meisjes er ook nog wat aan?'

'Jawel,' antwoordde Mia Bergman. 'Als pleister op de wonde delen ze ook een beetje in de opbrengst. Ze werken gemiddeld een paar maanden voordat ze weer naar huis mogen. Dan kunnen ze best een behoorlijke som geld bij zich hebben: 20.000 tot 30.000 kronen, wat in Russische valuta een klein vermogen is. Helaas hebben ze inmiddels ook vaak een zware alcohol- of drugsverslaving en een levensstijl die maakt dat het geld vrij snel weer op is. Daarmee wordt het systeem zelfvoorzienend; na een tijdje zijn ze terug om weer te werken en keren ze zogezegd vrijwillig naar hun folteraar terug.'

'Hoeveel geld gaat er jaarlijks om in die branche?' vroeg Mikael.

Mia Bergman keek naar Dag Svensson en dacht even na voor ze antwoord gaf.

'Het is moeilijk om een correct antwoord te geven op die vraag. Wij hebben zelf al veel heen en weer zitten rekenen, maar veel van onze cijfers zijn eigenlijk schattingen.'

'Zo bij benadering.'

'Goed, we weten bijvoorbeeld dat die hoerenmadam toen ze werd veroordeeld voor koppelarij maar werd vrijgesproken voor trafficking, in een periode van twee jaar vijfendertig vrouwen uit het Oostblok hierheen heeft gehaald. Die waren hier variërend van een paar weken tot een paar maanden. Tijdens de rechtszaak bleek dat ze bij elkaar ruim 2 miljoen kronen hadden verdiend. Ik heb uitgerekend dat een meisje naar schatting ruim 60.000 kronen per maand binnenhaalt. Hiervan moet ruim 15.000 worden afgetrokken voor uitgaven als reiskosten, kleding, woonruimte en dergelijke. Het is geen luxe leventje, ze zitten vaak met zijn allen in een flatje dat door de organisatie wordt verhuurd. Van de resterende 45.000 eigent de bende zich tussen de 20.000 en 30.000 kronen toe. De bendeleider stopt hiervan de helft in eigen zak, zeg 15.000 en verdeelt de rest onder zijn werknemers – chauffeurs, informanten en anderen. Het meisje krijgt 10.000 tot 12.000 kronen.'

'En wat verdient die bende per maand?'

'Zeg dat een bende twee of drie meisjes heeft die voor ze werken. Dat betekent dat ze bijna 200.000 per maand vangen. Iedere bende bestaat uit gemiddeld twee tot drie personen die hun inkomsten hieruit moeten genereren. Zo ziet de financiële opbrengst van de verkrachting er ongeveer uit.'

'En om hoeveel meisjes gaat het ... ik bedoel, als je ze optelt.'

'Je kunt ervan uitgaan dat er permanent ongeveer honderd meisjes zijn die op de een of andere manier het slachtoffer zijn van trafficking. Dat betekent dat de totale omzet in heel Zweden elke maand ruim 6 miljoen kronen bedraagt en per jaar dus ergens rond de 70 miljoen kronen ligt. Het gaat hierbij dus alleen om meisjes die worden blootgesteld aan trafficking.'

'Dat zijn geen immense bedragen.'

'Nee. Maar om deze tamelijk geringe inkomsten te genereren, moeten dus ruim honderd meisjes worden verkracht. Dat maakt mij razend.'

'Je klinkt niet als een objectieve onderzoekster. Maar als er drie knullen tegenover één meisje staan, betekent het dus dat ongeveer vijf- à zeshonderd mannen hiervan kunnen leven.'

'Waarschijnlijk minder. Ik denk iets meer dan driehonderd.'

'Dat klinkt niet als een onoverkomelijk probleem,' zei Erika.

'We maken wetten en staan op onze achterste benen in de media, maar er is bijna niemand die ooit met een prostituee uit het Oostblok heeft gesproken of ook maar enig idee heeft van haar leven.'

'Hoe werkt het? Ik bedoel in de praktijk? Het moet toch niet zo gemakkelijk zijn om een zestienjarig meisje uit Tallinn te halen zonder dat het opvalt. Hoe gaat dat als ze hier komen?' vroeg Mikael.

'Toen ik daar onderzoek naar ging doen, dacht ik dat het om zeer goed georganiseerde activiteiten ging met een soort professionele maffia die meisjes op min of meer elegante wijze over de grens hielp.'

'Maar dat is niet zo?' vroeg Malin Eriksson.

'De activiteiten zijn georganiseerd, maar gaandeweg ontdekte ik dat het feitelijk om veel kleine en vrij slecht georganiseerde liga's gaat. Vergeet de loverboy met zijn Armani-kostuum en sportauto maar, de gemiddelde liga heeft twee of drie leden, de helft Russen of Balten, de andere helft Zweden. Stel je de bendeleider voor: hij is veertig jaar, zit in zijn hemd bier te drinken en in zijn navel te pulken. Hij heeft geen opleiding, kan in sommige gevallen worden beschouwd als sociaal minder ontwikkeld en heeft zijn hele leven al problemen.'

'Romantisch.'

'Hij heeft een vrouwbeeld uit de steentijd. Hij is notoir gewelddadig, dikwijls dronken en geeft degene die een grote bek heeft ervanlangs. Er heerst een duidelijke pikorde in de bende en zijn medewerkers zijn meestal bang voor hem.'

Lisbeths IKEA meubels werden drie dagen later om halftien 's morgens afgeleverd. Twee stevige knullen gaven de blonde Irene Nesser, die een opgewekt Noors accent had, een hand. Daarna pendelden ze op en neer met de veel te kleine lift en waren ze de rest van de dag bezig met het monteren van tafels, kasten en bedden. Ze waren ongelooflijk effectief en leken het eerder te hebben gedaan. Irene Nesser ging naar de overdekte markthal op de Medborgarplatsen en kocht een Griekse afhaalmaaltijd en trakteerde de heren op een lunch.

De knullen van IKEA waren om vijf uur 's middags klaar. Toen ze waren vertrokken, trok Lisbeth Salander haar pruik af, liep ze door haar flat en vroeg ze zich af of ze het in haar nieuwe thuis naar haar zin zou hebben. De keukentafel zag er wat te elegant uit en was niet helemaal haar stijl. In de kamer naast de keuken, waar je zowel vanuit de hal als vanuit de keuken kon komen, had ze haar nieuwe woonkamer ingericht, met moderne banken en een groep fauteuils rond een cafétafel vlak bij het raam. Ze was content met de slaapkamer en ging voorzichtig op het HEMNES-bed zitten en voelde aan de matras.

Ze keek in de werkkamer die uitzicht had op het Saltsjön. *Yes, dit is effectief. Hier kan ik werken.*

Wát ze precies zou gaan doen, wist ze nog niet, maar tegenover de rest van de inrichting stond ze erg kritisch.

Oké, we zien wel wat het wordt.

Lisbeth bracht de rest van de avond door met het uitpakken en sorteren van haar bezittingen. Ze maakte het bed op en legde handdoeken, lakens en slopen in de linnenkast. Ze maakte de tassen met nieuwe kleren open en hing alles in de garderobekast. Ondanks haar uitvoerige geshop, was slechts een klein gedeelte van de ruimte gevuld. Ze zette lampen op hun plaats en sorteerde pannen, serviesgoed en bestek in de keukenkasten.

Ze bekeek kritisch de lege muren en zag in dat ze posters of schilderijen of zoiets had moeten kopen. Dat waren dingen die normale mensen aan de muur hadden. Een plantje hier en daar zou ook niet hebben misstaan.

Daarna maakte ze haar verhuisdozen van de Lundagatan open en sorteerde boeken, tijdschriften, knipsels en oude researchpapieren die ze vermoedelijk weg zou moeten gooien. Ze dumpte vrijmoedig oude, versleten T-shirts en sokken met gaten erin. Plotseling vond ze een dildo die nog steeds in de originele verpakking zat. Ze lachte een scheef lachje. Dat was zo'n gestoord verjaardagscadeau van Mimmi geweest en ze was het bestaan ervan volledig vergeten. Ze had hem zelfs nooit geprobeerd. Ze besloot daar wat aan te veranderen en zette de dildo rechtop op het ladekastje naast het bed.

Toen werd ze serieus. *Mimmi.* Ze had even last van een slecht geweten. Ze was een jaar vrij regelmatig met Mimmi omgegaan en had haar daarna zonder enige verklaring in de steek gelaten voor Mikael Blomkvist. Ze had niet eens gedag gezegd of verteld dat ze van plan was Zweden te verlaten. Ze had ook geen afscheid genomen van Dragan Armanskij en de meiden van Evil Fingers of iets tegen ze gezegd. Ze moesten denken dat ze dood was. Misschien waren ze haar wel vergeten; ze was nooit een centrale persoon in de groep geweest. Het was net of ze alles en iedereen de rug had toegekeerd. Ze zag plotseling in dat ze George Bland op Grenada niet eens gedag had gezegd en vroeg zich af of hij nu op het strand naar haar zou lopen speuren. Ze dacht aan wat Mikael Blomkvist tegen haar had gezegd, dat vriendschap was gebaseerd op respect en vertrouwen. *Ik laat mijn vrienden gewoon in de steek.* Ze vroeg zich af waar Mimmi was en of ze wat van zich moest laten horen.

Het grootste deel van de avond en een behoorlijk stuk van de nacht besteedde ze aan het sorteren van papieren in de werkkamer, het installeren van haar computers en het surfen op internet. Ze maakte een overzicht van hoe haar investeringen ervoor stonden en ontdekte dat ze rijker was dan een jaar geleden.

Ze voerde een routinecontrole uit op advocaat Nils Bjurmans computer, maar vond niets van belang in zijn correspondentie en trok de conclusie dat hij zich koest hield.

Ze vond geen aanwijzingen dat hij weer contact had gehad met de kliniek in Marseille. Bjurman leek zijn beroepsmatige en particuliere activiteiten te hebben afgebouwd tot een vegeterende nulstand. Hij gebruikte zelden zijn mail en als hij surfte op internet, bezocht hij voornamelijk pornosites.

Pas om twee uur logde ze uit. Ze ging naar de slaapkamer, kleedde zich uit en gooide haar kleren over een stoel. Toen ging ze naar de badkamer om zich te wassen. De hoek van de badkamer het dichtst bij de ingang had haakse spiegels van vloer tot plafond. Ze stond een hele tijd naar zichzelf te kijken. Ze aanschouwde haar hoekige, scheve gezicht, haar nieuwe borsten en de grote tatoeage op haar rug. Hij was mooi, een lange, slingerende draak in rood, groen en zwart. Hij begon op haar schouder en zijn smalle staart liep helemaal door tot over haar rechterbil en eindigde op haar dij. In het jaar dat ze op reis was geweest, had ze haar haar laten groeien tot op schouderlengte, maar de laatste week op Grenada had ze op een dag een schaar gepakt en haar haar kort geknipt. Het piekte nog steeds naar alle kanten.

Ze voelde plotseling dat er een fundamentele verandering in haar leven had plaatsgevonden of bezig was plaats te vinden. Misschien was dat het risico van het kunnen beschikken over miljarden en niet meer in enkele kronen te hoeven denken. Misschien was het de volwassen wereld, die zich ten langen leste opdrong. Misschien was het het inzicht dat met de dood van haar moeder definitief een punt achter haar jeugd was gezet.

Gedurende haar reis van het afgelopen jaar had ze diverse piercings weggehaald. In de kliniek in Genua had een ring door haar tepel om zuiver medische redenen – in verband met de operatie – verwijderd moeten worden. Daarna had ze een ring uit haar onderlip gehaald en op Grenada had ze een ring verwijderd die ze in haar linkerschaamlip had gehad; hij had geschuurd en ze had niet meer geweten waarom ze zich daar ooit had laten piercen.

Ze deed haar mond open en schroefde het staafje los dat ze al zeven jaar door haar tong had. Ze legde het in een schaaltje op het planchet naast de wastafel. Het voelde plotseling leeg aan in haar mond. Behalve een paar ringetjes in haar oorlellen had ze nu nog maar twee piercings over: een ring in haar linkerwenkbrauw en een sieraad in haar navel.

Uiteindelijk ging ze naar de slaapkamer en kroop ze onder haar nieuwe dekbed. Ze ontdekte dat het bed dat ze gekocht had gigantisch was en dat ze slechts een fractie van het oppervlak in beslag nam. Ze had het gevoel of ze aan de rand van een voetbalveld lag. Ze trok het dekbed om zich heen en lag nog een hele tijd te denken.

6
ZONDAG 23 JANUARI – ZATERDAG 29 JANUARI

Lisbeth Salander nam de lift van de garage naar de vijfde verdieping, de bovenste van de drie verdiepingen in het kantoorpand bij Slussen waar Milton Security was gevestigd. Ze opende de liftdeur met een illegale kopie van de hoofdsleutel, die ze een paar jaar daarvoor had weten te bemachtigen. Ze keek automatisch op haar horloge toen ze de donkere gang in liep. 03.10 uur op zondagmorgen. De nachtwacht zat op de alarmcentrale op de derde verdieping en ze wist dat ze deze verdieping hoogstwaarschijnlijk helemaal voor zichzelf zou hebben.

Ze verbaasde zich er zoals altijd over dat een professioneel beveiligingsbedrijf zulke duidelijke tekortkomingen in zijn eigen veiligheid had.

In de gang op de vijfde verdieping was in het afgelopen jaar niet veel veranderd. Ze bezocht eerst haar eigen werkkamer, een kleine kubus achter een glazen wand in de gang, waar Dragan Armanskij haar had neergepoot. De deur zat niet op slot. Het kostte Lisbeth maar een paar seconden om te constateren dat er helemaal niets op haar kantoor was veranderd, behalve dat iemand een kartonnen doos met papierrommel om de hoek had gezet. De kamer bevatte een bureau, een kantoorstoel, een prullenmand en een lege boekenkast. De kantoorapparatuur bestond uit een eenvoudige Toshiba pc uit 1997 met een belachelijk kleine harde schijf.

Lisbeth vond geen aanwijzingen dat Dragan de kamer aan iemand anders had toebedeeld. Ze zag dat als een goed teken, maar wist ook dat dat niet veel betekende. De kamer was een loze ruimte van nog geen 4 vierkante meter, die voor niets zinnigs kon worden gebruikt.

Lisbeth deed de deur dicht en liep geluidloos de hele gang door, en controleerde of er nergens een nachtbraker op een kamer zat te werken. Ze was alleen. Ze bleef bij de koffieautomaat staan en trok een plastic bekertje met cappuccino voordat ze naar de kamer van Dragan Armanskij ging en de deur met haar valse loper openmaakte.

Armanskij's kantoor was zoals altijd irritant netjes opgeruimd. Ze maakte een korte rondgang door de kamer en keek in de boekenkast voordat ze aan zijn bureau ging zitten en de computer aanzette.

Ze haalde een cd uit de binnenzak van haar nieuwe suède jas en stopte deze in de cd-romspeler. Ze startte een programma dat *Asphyxia 1.3* heette. Ze had het programma zelf geschreven en de enige functie ervan was om Internet Explorer op Armanskij's harde schijf te upgraden naar een modernere versie. De procedure nam ongeveer vijf minuten in beslag.

Toen ze klaar was, haalde ze de cd uit de computer en startte ze de computer met de nieuwe versie van Internet Explorer opnieuw op. Het programma zag er net zo uit als de oorspronkelijke versie en gedroeg zich net zo, maar was iets groter en een microseconde langzamer. Alle installaties waren identiek aan het origineel, inclusief de installatiedatum. Van het nieuwe bestand was geen spoor te zien.

Ze typte het FTP-adres van een server in Nederland in en er verscheen een commandoveld. Ze klikte in een vakje met de tekst *copy*, typte de naam *Armanskij/MiltSec* en klikte op OK. De computer begon onmiddellijk de harde schijf van Dragan Armanskij naar de server in Nederland te kopiëren. Een klok gaf aan dat het proces vierendertig minuten zou duren.

Terwijl het kopiëren plaatsvond, haalde ze de reservesleutel van Armanskij's bureau tevoorschijn, die hij in een siervaas in de boekenkast bewaarde. Ze besteedde het volgende halfuur aan het actualiseren van haar eigen informatie met behulp van de mappen die Armanskij in de rechterbovenlade van het bureau bewaarde, en waar hij altijd actuele en dringende zaken opborg. Toen de computer een signaal gaf dat het overbrengen was afgerond, legde ze de mappen in exact dezelfde volgorde waarin ze ze had gepakt weer terug.

Daarna sloot ze de computer af, deed de bureauverlichting uit en nam het lege bekertje van de cappuccino weer mee. Ze verliet Milton Security via dezelfde weg als ze gekomen was. Het was 04.12 uur toen ze in de lift stapte.

Ze wandelde terug naar Mosebacke, ging achter haar PowerBook zitten en logde in op de server in Nederland waar ze een kopie van Asphyxia 1.3 startte. Toen het programma was opgestart, verscheen er een venster in beeld waarin naar de harde schijf werd gevraagd. Ze had een veertigtal alternatieven om uit te kiezen en scrolde naar beneden op het scherm. Ze kwam langs de harde schijf van *NilsEBjurman*, die ze ongeveer eenmaal per twee maanden doorliep. Ze bleef een seconde staan bij *MikBlom/laptop* en *MikBlom/office*. Ze had die iconen al meer dan een jaar niet geopend en dacht er vaag over ze te wissen. Om principiële redenen besloot ze echter om ze te houden; omdat ze die computers al een keer had gekraakt, zou het dom zijn die informatie te wissen en de procedure misschien ooit eens te moeten herhalen. Hetzelfde gold voor een icoontje genaamd *Wennerstrom*, dat ze al heel lang niet had geopend. De eigenaar was dood. Het icoon *Armanskij/MiltSec* was het meest recent aangemaakt en stond helemaal onder aan de lijst.

Ze had zijn harde schijf eerder kunnen klonen, maar had nooit aanleiding gehad om dat te doen, omdat ze bij Milton werkte en toch wel beslag had kunnen leggen op de informatie die Armanskij voor de buitenwereld verborgen wilde houden. Het doel van de inbreuk in zijn computer was niet kwaadwillig. Ze wilde alleen weten waar het bedrijf mee bezig was en hoe het land ervoor stond. Ze klikte en er werd direct een map geopend met een nieuw icoontje met de naam *Armanskij* HD. Ze testte of ze de harde schijf kon openen en constateerde dat alle bestanden aanwezig waren.

Ze zat tot zeven uur 's morgens achter haar computer Armanskij's rapporten, financiële verslagen en e-mails te lezen. Uiteindelijk knikte ze nadenkend en zette ze de computer uit. Ze ging naar de badkamer om haar tanden te poetsen en ging daarna naar de slaapkamer, waar ze zich uitkleedde en haar kleren in een hoop op de grond liet vallen. Ze kroop in bed en sliep tot halfeen 's middags.

De laatste vrijdag van januari hield het bestuur van *Millennium* zijn jaarvergadering. Aan die jaarvergadering namen de volgende personen deel: de boekhouder van het bedrijf, een onafhankelijke accountant, de vier mede-eigenaren: Erika Berger (dertig procent), Mikael Blomkvist (twintig procent), Christer Malm (twintig procent) en Harriët Vanger (dertig procent). Ook redactiesecretaris Malin Eriksson was uitgenodigd als vertegenwoordiger van de medewerkers en als voorzitter van de lokale vakorganisatie van het blad. Die laatstgenoemde club bestond uit haarzelf, Lottie Karim, Henry Cortez, Monika Nilsson en marketingmanager Sonny Magnusson. Het was Malins eerste bestuursvergadering.

De vergadering begon om 16.00 uur en was na iets meer dan een uur afgelopen. Een groot gedeelte van de vergadering werd besteed aan de presentatie van het financiële verslag en de accountantsverklaring. De vergadering kon constateren dat *Millennium* vergeleken met de crisis die het bedrijf twee jaar geleden had gekenmerkt, nu een stabiele economische basis had. De accountantsverklaring toonde aan dat het bedrijf zelfs winst had gemaakt: 2,1 miljoen kronen, waarvan ruim 1 miljoen was gegenereerd door de inkomsten van Mikael Blomkvists boek over de Wennerström-affaire.

Op voorstel van Erika werd besloten dat 1 miljoen zou worden gereserveerd als buffer voor toekomstige crises, dat 250.000 kronen zou worden gereserveerd voor noodzakelijke investeringen, zoals reparaties op de redactie evenals de inkoop van nieuwe computers en andere technische apparatuur, en dat 300.000 kronen opzij zou worden gezet voor algemene loonstijgingen en de mogelijkheid om medewerker Henry Cortez een fulltimebaan aan te bieden. Van het resterende bedrag werd voorgesteld de mede-eigenaren ieder 50.000 kronen uit te keren en een salarisbonus van in totaal 100.000 kronen gelijkelijk te verdelen onder de vier vaste medewerkers, ongeacht of ze full- of parttime werkten. Marketingmanager Sonny Magnusson kreeg geen bonus. Hij had een contract waarbij hij een percentage kreeg van de advertenties die hij verkocht, wat hem af en toe tot best betaalde medewerker van allemaal maakte. Het voorstel werd unaniem aangenomen.

Een voorstel van Mikael Blomkvist om het freelancersbudget te verminderen ten gunste van nóg een toekomstige verslaggever op parttimebasis leidde tot een korte discussie. Mikael had Dag Svensson in gedachten, die daardoor *Millennium* ook zou kunnen gebruiken als basis voor zijn freelance-activiteiten en later wellicht een fulltimebaan zou kunnen krijgen.

Het voorstel stuitte op weerstand van Erika Berger, die meende dat het magazine zich niet zou kunnen redden zonder de beschikking over een relatief groot aantal teksten van freelancers. Erika kreeg steun van Harriët Vanger, terwijl Christer Malm blanco stemde. Er werd besloten dat het freelancersbudget niet zou worden aangetast, maar dat zou worden onderzocht of andere uitgavenposten wellicht konden worden aangesproken. Iedereen wilde Dag Svensson heel graag als medewerker, in elk geval parttime.

Na een korte discussie over de toekomstige koers en de ontwikkelingsplannen werd Erika Berger voor het komende financiële jaar herkozen als bestuursvoorzitter. Daarna werd de vergadering voor gesloten verklaard.

Malin Eriksson had tijdens de bestuursvergadering geen woord gezegd. Ze maakte een berekening in haar hoofd en constateerde dat de medewerkers een winstbonus van 25.000 kronen zouden krijgen, dus meer dan een extra maandsalaris. Ze zag geen reden om tegen het besluit te protesteren.

Onmiddellijk na het beëindigen van de jaarvergadering riep Erika Berger een extra partnervergadering bijeen. Dat betekende dat Erika, Mikael, Christer en Harriët bleven zitten terwijl de anderen de vergaderkamer verlieten. Zo gauw de deur dicht was, verklaarde Erika de vergadering voor geopend.

'We hebben maar één punt op de agenda. Harriët, volgens de overeenkomst die we met Henrik Vanger hadden gesloten, zou zijn mede-eigenaarschap twee jaar duren. We zijn nu op het punt gekomen dat dat contract afloopt. We moeten dus besluiten wat er met jouw, of liever gezegd Henriks, mede-eigenaarschap moet gebeuren.'

Harriët knikte.

'We weten allemaal dat Henriks partnerschap vanuit een impuls is voortgekomen en vanuit een zeer speciale situatie,' zei Harriët. 'Die situatie bestaat niet meer. Wat stellen jullie voor?'

Christer Malm zat geïrriteerd te draaien op zijn stoel. Hij was de enige in de kamer die niet precies wist waaruit die speciale situatie bestond. Hij wist dat Mikael en Erika een geschiedenis voor hem verborgen hielden, maar Erika had verklaard dat het om iets ging wat Mikael hoogstpersoonlijk betrof, wat hij onder geen enkel beding wilde bespreken. Christer had wel begrepen dat Mikaels zwijgen met Hedestad en met Harriët Vanger vandoen had. Hij zag ook in dat hij het niet hoefde te weten om een beslissing over die principekwestie te kunnen nemen, en hij had genoeg respect voor Mikael om er geen groot punt van te maken.

'We hebben het onderling besproken en zijn tot een gemeenschappelijk standpunt gekomen,' zei Erika. Ze pauzeerde even en keek Harriët in de ogen. 'Voordat we daarmee komen, willen we graag jouw mening weten.'

Harriët Vanger keek op haar beurt Erika, Mikael en Christer afzonderlijk aan. Haar blik bleef bij Mikael hangen, maar ze kon niets van hun gezichten aflezen.

'Als jullie mij uit willen kopen, kost dat ruim 3 miljoen kronen plus rente, dat is wat de familie Vanger in *Millennium* heeft geïnvesteerd. Hebben jullie het geld om ons uit te kopen?' vroeg Harriët mild.

'Ja, dat hebben we,' zei Mikael glimlachend.

Hij had 5 miljoen kronen van Henrik Vanger ontvangen voor het werk dat hij voor de oude industrieel had verricht. De werkzaamheden hadden onder andere bestaan uit een zoektocht naar Harriët Vanger.

'In dat geval is de beslissing aan jullie,' zei Harriët. 'Het contract bedingt dat jullie vanaf vandaag van het partnerschap met de familie Vanger af kunnen. Zelf zou ik nooit een dergelijk slordig contract als dat van Henrik hebben opgesteld.'

'We kunnen je indien nodig vrijkopen,' zei Erika. 'De vraag is dus wat jíj wilt. Jij leidt een industrieel concern, twee concerns zelfs. Ons hele jaarbudget komt overeen met wat jullie tijdens een koffiepauze omzetten. Wat heb jij er voor belang bij om tijd te steken in zoiets marginaals als *Millennium*? We hebben eenmaal per kwartaal een bestuursvergadering. Je hebt daar tijd in geïnvesteerd en bent stipt op tijd op elke vergadering verschenen sinds je als Henriks vervanger bent aangeschoven.'

Harriët Vanger keek haar bestuursvoorzitter met een milde blik aan. Ze zweeg geruime tijd. Toen keek ze naar Mikael en antwoordde: 'Ik ben sinds mijn geboorte al eigenaar van iets geweest. En ik breng mijn dagen door met het leiden van een concern waar zich meer intriges afspelen dan in een vierhonderd pagina's dikke roman. Toen ik in jullie bestuur kwam, was dat om te voldoen aan verplichtingen waar ik niet onderuit kon. Maar eerlijk gezegd heb ik in de afgelopen achttien maanden ontdekt dat ik het meer naar mijn zin heb in dit bestuur dan in al die andere besturen bij elkaar.'

Mikael knikte bedachtzaam. Harriët verplaatste haar blik naar Christer.

'*Millennium* is net een speelgoedbestuur. De problemen hier zijn klein, begrijpelijk en overzichtelijk. Het bedrijf wil natuurlijk winst maken en geld verdienen, dat is een voorwaarde. Maar jullie hebben een heel ander doel voor ogen; jullie willen iets beréíken.'

Ze nam een slok uit haar glas mineraalwater en keek Erika strak aan.

'Wát dat precies is, kan ik niet zeggen. De doelstelling is een beetje vaag. Jullie zijn geen politieke partij of een belangenorganisatie. Jullie hoeven niet met andere loyaliteiten rekening te houden dan met elkaar. Maar jullie stellen tekortkomingen in de maatschappij aan de kaak en maken graag ruzie met publieke personen die jullie niet mogen. Jullie willen veelal veranderen en beïnvloeden. Ook al doen jullie allemaal of jullie cynici en nihilisten zijn, het blad wordt alleen maar gestuurd door jullie eigen moraal, en ik heb diverse malen ervaren dat dat een vrij specifieke moraal is. Ik weet niet hoe ik het moet uitdrukken, maar *Millennium* heeft een zíél. Dit is het enige bestuur waarvan ik trots ben dat ik erin zit.'

Ze zweeg en was zo lang stil dat Erika in lachen uitbarstte.

'Dat klinkt goed. Maar je hebt nog steeds geen antwoord gegeven op mijn vraag.'

'Ik heb het naar mijn zin in jullie gezelschap en ik voel me er goed bij. Het is een van de meest geschifte en absurde dingen die ik heb meegemaakt. Als jullie mij willen houden, wil ik graag blijven.'

'Oké,' zei Christer. 'We hebben het er lang en breed over gehad en we zijn het er helemaal over eens. We verbreken het contract per vandaag en kopen je uit.'

Harriëts ogen verwijdden zich enigszins.

'Jullie willen van me af?'

'Toen we het contract ondertekenden, lagen we met ons hoofd op het hakblok te wachten op de bijl. We hadden geen keus. We zijn toen al de dagen gaan tellen tot we Henrik Vanger konden uitkopen.'

Erika deed een map open en legde een papier op tafel dat ze naar Harriët Vanger toe schoof in combinatie met een cheque met daarop exact het bedrag dat Harriët had genoemd. Harriët keek het contract door. Zonder wat te zeggen pakte ze een pen van tafel en zette ze haar handtekening.

'Goed,' zei Erika. 'Dat ging vlotjes. Ik wil Henrik Vanger bedanken voor de afgelopen tijd en voor de dingen die hij voor *Millennium* heeft gedaan. Ik hoop dat je dat aan hem wilt overbrengen.'

'Dat zal ik doen,' antwoordde Harriët Vanger neutraal. Ze liet op geen enkele manier blijken wat ze voelde, maar ze was gekwetst en diep teleurgesteld dat ze haar hadden laten zeggen dat ze in het bestuur wilde blijven om haar er daarna lichtzinnig uit te werken. *Dat was toch niet nodig geweest?*

'En tegelijkertijd wil ik je proberen te interesseren in een heel ander contract,' zei Erika Berger.

Ze pakte een nieuw setje papieren en schoof dat over tafel.

'We vragen ons af of je zin hebt om mede-eigenaar van *Millennium* te worden. De prijs is exact het bedrag dat je net hebt ontvangen. Het verschil in het contract is dat er geen tijdlimiet of uitzonderingsclausules zijn. Je wordt volwaardig partner van het bedrijf met dezelfde verantwoordelijkheden en verplichtingen als wij.'

Harriët fronste haar wenkbrauwen.

'Waarom dit omslachtige proces?'

'Omdat dat vroeg of laat toch moest,' zei Christer Malm. 'We zouden het oude contract telkens met een jaar hebben kunnen verlengen tot de volgende partnervergadering of tot we een grote ruzie in het bestuur zouden krijgen en je eruit zouden hebben geschopt. Maar we hadden de hele tijd rekening moeten houden met dat contract.'

Harriët steunde op haar ellebogen en keek hem onderzoekend aan. Ze verplaatste haar blik naar Mikael en vervolgens naar Erika.

'Feit is dat we het contract met Henrik hebben ondertekend onder economische dwang,' zei Erika. 'We sluiten een contract met jóú omdat we dat wíllen. En in tegenstelling tot het oude contract kunnen we je er in de toekomst niet zo gemakkelijk uit schoppen.'

'Dat is een ontzettend groot verschil voor ons,' zei Mikael zacht.

Dat was zijn enige bijdrage aan de discussie.

'Het is gewoon zo dat wij vinden dat jij iets aan *Millennium* toevoegt, buiten de financiële garanties die de naam Vanger inhoudt,' zei Erika Berger. 'Je bent slim en verstandig, en komt met constructieve oplossingen. Tot nu toe heb je je vrij rustig gehouden, ongeveer zoals een gast die op bezoek is. Maar jij geeft dit bestuur een standvastigheid en een stabiliteit die we nooit eerder hebben gehad. Je bent een zakenvrouw. Je vroeg mij een keer of je op mij kon vertrouwen en ik vroeg me van jou ongeveer hetzelfde af. We weten nu allebei het antwoord. Ik mag je graag en vertrouw je volledig, wij allemaal. We willen je niet buitenspel zetten door een of andere bespottelijke constructie. We willen je als partner hebben en als volwaardige mede-eigenaar.'

Harriët trok het contract naar zich toe en las het regel voor regel door. Na vijf minuten keek ze op.

'En hier zijn jullie het alle drie over eens?' vroeg ze.

Drie hoofden knikten. Harriët pakte de pen op en ondertekende het contract. Ze schoof de cheque over tafel terug. Mikael scheurde hem doormidden.

De mede-eigenaren van Millennium dineerden bij Samirs Stoofpot op de Tavastgatan. Dat was een rustige bijeenkomst met een goede wijn en couscous met lam om het nieuwe partnerschap te vieren. De conversatie was ontspannen, maar Harriët Vanger was behoorlijk in de war. Het voelde een beetje als een onhandig eerste afspraakje waarbij beide partijen weten dat er iets gaat gebeuren, maar niet precies wát.

Al om halfacht brak Harriët Vanger op. Ze verontschuldigde zich en zei dat ze moe was en naar haar hotel wilde. Erika Berger zou naar huis gaan, naar haar man en hield haar even gezelschap. Ze gingen bij Slussen uit elkaar. Mikael en Christer bleven nog even zitten, waarna Christer zich ook verontschuldigde met de mededeling dat hij naar huis moest.

Harriët Vanger nam een taxi naar Hotel Sheraton en ging naar haar kamer op de zevende verdieping. Ze kleedde zich uit, nam een bad en trok daarna de ochtendjas van het hotel aan. Daarna ging ze bij het raam zitten en keek ze uit over het eiland Riddarholmen. Ze maakte een pakje Dunhill open en stak een sigaret op. Ze rookte ongeveer drie à vier sigaretten per dag, waardoor ze zich bijna rookvrij voelde en het vermogen bezat om te genieten van een ondeugend sigaretje zonder een slecht geweten te krijgen.

Om negen uur werd er geklopt. Ze deed open en liet Mikael Blomkvist binnen.

'Schurk,' zei ze.

Mikael glimlachte en gaf haar een kus op haar wang.

'Ik dacht even dat jullie me er écht uit wilden schoppen.'

'Dat zouden we nooit op die manier hebben gedaan. Begrijp je waarom we het contract wilden herformuleren?'

'Ja. Dat is redelijk.'

Mikael knoopte haar ochtendjas los, legde een hand op een borst en kneep voorzichtig.

'Schurk,' zei ze opnieuw.

Lisbeth Salander bleef voor de deur met de naam Wu staan. Er had licht gebrand toen ze op straat stond en ze hoorde muziek vanaf de andere kant van de deur. De naam was correct. Dus trok Lisbeth Salander de conclusie dat Miriam Wu nog in haar eenkamerflat op de Tomtebogatan bij het St. Eriksplan woonde. Het was vrijdagavond en Lisbeth had half-en-half gehoopt dat Mimmi uit zou zijn en dat er geen licht zou branden. De enige vragen die nog resteerden, waren of Mimmi nog steeds wat van haar wilde weten en of ze alleen en ontvankelijk was.

Ze belde aan.

Mimmi deed open en trok verbaasd haar wenkbrauwen op. Vervolgens leunde ze tegen de deurpost, haar hand op haar heup.

'Salander. Ik dacht dat je dood was of iets dergelijks.'

'Iets dergelijks,' zei Lisbeth.

'Wat wil je?'
'Er zijn een heleboel antwoorden op die vraag.'
Miriam Wu keek in het trappenhuis om zich heen voordat ze haar blik weer op Lisbeth richtte.
'Probeer er eens één.'
'Tja, zien te achterhalen of je nog steeds single bent en vannacht gezelschap wilt hebben.'
Mimmi keek een paar seconden hoogst verbaasd en begon toen te schateren.
'Ik ken maar één iemand die op de gedachte zou komen om na anderhalf jaar stilzwijgen aan te bellen met de vraag of ik wil neuken.'
'Wil je dat ik wegga?'
Mimmi stopte met lachen. Ze was even stil.
'Lisbeth ... jeetje, je meent het écht.'
Lisbeth wachtte af.
Uiteindelijk deed Mimmi zuchtend de deur open.
'Kom binnen. Ik kan je in elk geval een kop koffie aanbieden.'
Lisbeth liep mee naar binnen en ging op een van de twee krukjes bij de eettafel zitten die in de hal stond, vlak bij de buitendeur. Het flatje was 24 vierkante meter en bestond uit een krappe kamer en een enigszins te meubileren hal. In een hoek van de hal bevond zich een kitchenette, waar Mimmi via een slang uit de badkamer water naartoe had getrokken.
Terwijl Mimmi koffiewater opgoot, zat Lisbeth naar haar te gluren. Miriam Wu's moeder kwam uit Hongkong en haar vader uit Boden in Noord-Zweden. Lisbeth wist dat haar ouders nog steeds getrouwd waren en in Parijs woonden. Mimmi studeerde sociologie in Stockholm. Ze had een oudere zus die antropologie studeerde in de VS. De genen van haar moeder tekenden zich af in de vorm van ravenzwart, steil, kortgeknipt haar en licht oosterse trekken. Haar vader had bijgedragen met helderblauwe ogen, die haar een specifiek uiterlijk gaven. Ze had een brede mond en kuiltjes in haar wangen, die niet van haar ouders afkomstig waren.
Mimmi was eenendertig jaar oud. Ze hield ervan zich in lakkleding te hullen en naar clubs te gaan waar performanceshows werden gegeven, en soms deed ze ook mee aan dergelijke shows. Lisbeth was sinds haar zestiende niet in een club geweest.
Naast haar studie verdiende Mimmi een dag per week bij als verkoopster bij Domino Fashion in een dwarsstraat van de Sveavägen. Daar kwamen klanten die grote behoefte hadden aan kleren als een

rubberen verpleegstersuniform of een heksenoutfit van zwart leer. Domino was een zaak die zowel kleding ontwierp als maakte. Mimmi was samen met een paar vriendinnen mede-eigenaar, wat maandelijks een bescheiden aanvulling van een paar duizend kronen op haar studiebeurs betekende. Lisbeth Salander had Mimmi een paar jaar geleden voor het eerst ontmoet, toen ze deelnam aan een eigenaardige show op de Gay Pride en had haar later die nacht weer gezien in een biertent. Mimmi was gekleed geweest in een opmerkelijke, citroenkleurige kunststof jurk die meer liet zien dan hij verhulde. Lisbeth had moeite gehad om ook maar enige erotische nuance in die uitdossing te ontdekken, maar ze was dronken genoeg geweest om opeens zin te hebben een meisje te versieren dat als citrusvrucht was verkleed. Tot Lisbeths grote verbazing had de citrusvrucht een blik op haar geworpen, gelachen, haar ongegeneerd gekust en gezegd: 'Jou wil ik hebben.' Ze waren naar Lisbeths huis gegaan en hadden de hele nacht gevreeën.

'Ik ben zoals ik ben,' zei Lisbeth. 'Ik ben vertrokken, omdat ik alles en iedereen zat was. Ik had gedag moeten zeggen.'

'Ik dacht dat er iets met je was gebeurd. Maar we hadden toch al niet veel contact de laatste tijd dat je hier was.'

'Ik had het druk.'

'Je bent zo raadselachtig. Je vertelt nooit iets over jezelf en ik weet niet eens waar je werkt. Ik wist ook niet wie ik kon bellen toen je je mobieltje niet opnam.'

'Momenteel werk ik nergens en bovendien ben jij net als ik. Je wilde seks, maar was niet erg geïnteresseerd in een verhouding. Toch?'

Mimmi keek Lisbeth aan.

'Dat is waar,' zei ze uiteindelijk.

'En met mij was het precies hetzelfde. Ik heb je nooit iets beloofd.'

'Je bent veranderd,' zei Mimmi.

'Niet veel.'

'Je ziet er ouder uit. Rijper. Je hebt andere kleren. En je hebt je bh opgevuld.'

Lisbeth zei niets. Ze zat onrustig te draaien. Mimmi had zojuist datgene aangeroerd wat ze zo pijnlijk vond en waarvan ze niet goed wist hoe ze het moest uitleggen. Mimmi had haar naakt gezien en zou natuurlijk meteen zien dat er een verandering had plaatsgevonden. Ten slotte keek ze mompelend omlaag.

'Ik heb borsten genomen.'

'Wat zei je?'
Lisbeth keek op en begon harder te praten, zich er niet van bewust dat haar stem een opstandige toon kreeg.

'Ik ben naar een kliniek in Italië geweest en heb me echte borsten laten aanmeten. Dat was de reden dat ik was verdwenen. Daarna ben ik verder gaan reizen. Nu ben ik terug.'

'Maak je een geintje?'

Lisbeth keek Mimmi met uitdrukkingsloze ogen aan.

'Wat ben ik toch een sukkel. Jij maakt nooit geintjes, dr. Spock.'

'Ik ben niet van plan om me te verontschuldigen. Ik ben eerlijk tegen je. Als je wilt dat ik ga, hoef je het maar te zeggen.'

'Heb je echt nieuwe borsten genomen?'

Lisbeth knikte. Mimmi Wu barstte plotseling in lachen uit. Lisbeths gezicht betrok.

'Ik wil in elk geval niet dat je weggaat zonder dat ik ze heb gezien. Dus, *please*.'

'Mimmi, ik heb het altijd heerlijk gevonden om met je te vrijen. Het kon je geen reet schelen wat voor werk ik deed en als ik bezet was, vond je wel een ander. En het kan je ook geen bal schelen wat mensen van je vinden.'

Mimmi knikte. Ze was er in de bovenbouw van de basisschool al achter gekomen dat ze lesbisch was en was na een aantal pijnlijke, aarzelende pogingen uiteindelijk in de geheimen van de erotiek ingewijd toen ze zeventien was en bij toeval met een kennis was meegegaan naar een feest dat het RFSL, de Zweedse vereniging voor seksuele emancipatie, in Göteborg had georganiseerd. Ze had daarna nooit meer een andere levensstijl overwogen. Ze had slechts één keer, op haar drieëntwintigste, een poging gedaan seks te hebben met een man. Ze had met hem geneukt en mechanisch alles gedaan wat er van haar verwacht werd. Maar er was niets aan geweest. Ze behoorde ook tot de minderheid binnen de minderheid die absoluut niet was geïnteresseerd in een huwelijk, trouw en gezellige avondjes thuis.

'Ik ben pas een paar weken terug in Zweden en wilde weten of ik op de versiertoer moest gaan of dat je nog steeds geïnteresseerd bent.'

Mimmi stond op en liep naar Lisbeth toe. Ze boog zich voorover en kuste haar licht op haar mond.

'Ik had vanavond willen studeren.'

Ze knoopte het bovenste knoopje van Lisbeths blouse open.

'Jezus ...'

Ze kuste haar nogmaals en maakte nog een knoopje los.

'Dit móét ik gewoon zien.'
Ze kuste haar weer.
'Welkom terug.'

Harriët Vanger viel om twee uur 's nachts in slaap terwijl Mikael Blomkvist wakker was en naar haar ademhaling lag te luisteren. Ten slotte stond hij op en nam hij een Dunhill uit het pakje in haar tas. Hij ging naakt op een stoel naast het bed naar haar zitten kijken.

Mikael was helemaal niet van plan geweest Harriët Vangers minnaar te worden. Integendeel, na zijn tijd in Hedestad had hij eerder de behoefte gevoeld om zich op enige afstand van de familie Vanger te houden. Hij had Harriët van het voorjaar bij een paar bestuursvergaderingen gezien en een beleefde afstand bewaard; ze kenden elkaars geheimen en stonden bij elkaar in het krijt, maar buiten haar verplichtingen in het bestuur van *Millennium* waren hun niet vereffende rekeningen in de praktische zin van het woord verleden tijd.

Met Pinksteren het jaar ervoor was Mikael voor het eerst in maanden naar zijn huisje in Sandhamn afgereisd om alleen te kunnen zijn en met een detective op de steiger te kunnen gaan zitten. Op vrijdagmiddag, een paar uur nadat hij was aangekomen, had hij een wandelingetje naar de kiosk gemaakt om sigaretten te kopen en daar was hij Harriët plotseling tegen het lijf gelopen. Zij had de behoefte gehad om even weg te komen uit Hedestad en had een weekendje geboekt in het hotel in Sandhamn, een plaats waar ze niet meer was geweest sinds ze een kind was. Ze was zestien jaar geweest toen ze uit Zweden was vertrokken en drieënvijftig toen ze terugkwam. Mikael was degene die haar had opgespoord.

Na een paar inleidende begroetingsfrasen had Harriët verlegen gezwegen. Mikael kende haar geschiedenis. En zij wist dat hij afbreuk had gedaan aan zijn eigen principes door de afschuwelijke geheimen van de familie Vanger in de doofpot te stoppen. Dat had hij onder meer gedaan voor haar.

Na een tijdje had Mikael haar uitgenodigd om zijn huisje te komen inspecteren. Hij had koffie gezet en ze hadden urenlang buiten op de steiger zitten praten. Het was de eerste keer dat ze echt met elkaar spraken sinds Harriët naar Zweden was teruggekeerd. Mikael had het wel móéten vragen:

'Wat heb je gedaan met die spullen in Martin Vangers kelder?'

'Wil je dat echt weten?'

Hij knikte.

'Ik heb de boel zelf opgeruimd. Ik heb alles verbrand wat je maar kon verbranden. Toen heb ik het huis laten slopen. Ik kon daar zelf niet wonen en ik kon het ook niet verkopen en er andere mensen laten wonen. Ik kon het huis alleen maar in verband brengen met het kwaad. Ik ben van plan om een nieuw huis op die grond te laten bouwen, een kleiner huis.'

'Keken de mensen niet raar op toen je het huis liet afbreken? Het was immers een mooi, uiterst modern huis.'

Ze glimlachte.

'Dirch Frode heeft het gerucht verspreid dat het huis ernstig was aangetast door schimmel en dat het duurder zou zijn om de boel te saneren dan om het te slopen.'

Dirch Frode was de advocaat van de familie Vanger.

'Hoe is het met Frode?'

'Hij wordt bijna zeventig. Maar ik hou hem aan het werk.'

Ze dineerden samen en Mikael bemerkte opeens dat Harriët hem de meest intieme dingen uit haar leven zat te vertellen. Toen hij haar onderbrak en vroeg waarom, moest ze even nadenken en antwoordde ze dat hij de enige in de hele wereld was waarvoor ze helemaal niets hoefde te verbergen. Bovendien was het moeilijk om zich te verdedigen tegenover een klein ventje op wie ze ruim veertig jaar geleden had gepast.

Ze had met drie mannen in haar leven seks gehad. Eerst met haar vader en daarna met haar broer. Ze had haar vader gedood en was van haar broer weggevlucht. Op de een of andere manier had ze het overleefd, een man ontmoet en een nieuw leven opgebouwd.

'Hij was teder en liefdevol. Geborgen en eerlijk. Ik was gelukkig met hem. We hebben iets meer dan twintig jaar samen gehad voordat hij ziek werd.'

'Je bent nooit hertrouwd. Waarom niet?'

Ze haalde haar schouders op.

'Ik had drie kinderen en was in Australië eigenaar van een groot landbouwbedrijf. Ik kon er niet zomaar een romantisch weekendje tussenuit knijpen. Ik heb de seks nooit gemist.'

Ze zwegen allebei een tijdje.

'Het is laat. Ik zou terug moeten gaan naar mijn hotel.'

Mikael knikte.

'Wil je me verleiden?'

'Ja,' antwoordde hij.

Mikael stond op, pakte haar bij de hand en nam haar mee naar binnen naar de slaapzolder. Ze hield hem plotseling tegen.

'Ik weet niet precies hoe ik me moet gedragen,' zei ze. 'Dit doe ik niet elke dag.'

Ze hadden het weekend samen doorgebracht en elkaar daarna in verband met de bestuursvergaderingen van *Millennium* elke drie maanden een nacht gezien. Het was geen praktische of duurzame relatie. Harriët Vanger werkte de klok rond en was meestal op reis. Ze was elke twee maanden een maand in Australië. Maar ze was de onregelmatige en tijdelijke ontmoetingen met Mikael klaarblijkelijk gaan waarderen.

Twee uur later zette Mimmi koffie terwijl Lisbeth naakt en bezweet op bed lag. Ze rookte een sigaret terwijl ze door de deuropening naar Mimmi keek. Ze was jaloers op Mimmi's lichaam. Ze had imposante spieren. Ze was drie avonden in de week in de sportschool te vinden, waarvan ze één avond aan thaiboksen of ander karategedoe deed, wat haar een schaamteloos goedgetraind lijf gaf.

Ze was gewoon lekker. Geen fotomodel, maar echt aantrekkelijk. Ze hield van provoceren. Als ze zich had opgedoft voor een feest kon ze iedereen voor zich winnen. Lisbeth begreep niet waarom Mimmi zich überhaupt interesseerde voor een scharminkel als zij.

Maar ze was blij met de interesse van Mimmi. Seks met Mimmi was zo ontzettend bevrijdend dat Lisbeth zich volledig overgaf en ervan genoot. Ze nam en gaf.

Mimmi kwam terug met twee bekers die ze op een krukje naast het bed zette. Ze kroop weer in bed, boog zich voorover en begon in een van Lisbeths tepels te bijten.

'Oké, ze zijn goedgekeurd,' zei ze.

Lisbeth zei niets. Ze keek naar Mimmi's borsten, die voor haar ogen heen en weer bewogen. Mimmi had ook vrij kleine borsten, maar die pasten op natuurlijke wijze bij haar lichaam.

'Echt waar, Lisbeth, je ziet er geweldig uit.'

'Het is gestoord. Borsten maken in feite geen reet uit, maar ik heb er nu in elk geval een paar.'

'Je bent zo gefixeerd op je lichaam.'

'Dat moet jij zeggen, jij traint als een gek.'

'Ik train als een gek, omdat ik daarvan geniet. Het is een kick, bijna net zo heftig als seks. Je zou het moeten proberen.'

'Ik doe aan boksen,' zei ze.

'Gelul. Jij bokste hoogstens eens per twee maanden en dat deed je alleen maar omdat je het lekker vond om die snotjongens een pak slaag te geven. Dat is geen trainen om je goed te voelen.'

Lisbeth haalde haar schouders op. Mimmi ging schrijlings over haar heen zitten.

'Lisbeth, jij bent zo ontzettend met jezelf bezig en zo gefixeerd op je lichaam. Begrijp je nou niet dat ik het lekker vind om je in bed te hebben, niet om hoe je eruitziet, maar om hoe je je gedraagt? Ik vind je verdomde sexy.'

'Ik jou ook. Daarom ben ik teruggekomen.'

'Geen liefde?' vroeg Mimmi met een gespeeld, gekwetst stemmetje.

Lisbeth schudde haar hoofd.

'Heb je momenteel iemand?'

Mimmi aarzelde een tijdje voor ze knikte.

'Misschien. Enigszins. Mogelijk. Het is wat gecompliceerd.'

'Ik wil niet nieuwsgierig zijn.'

'Dat weet ik. Maar ik heb er niets op tegen om het te vertellen. Het is een vrouw op de universiteit die iets ouder is dan ik. Ze is al twintig jaar getrouwd en we zien elkaar dus achter de rug van haar man om. Mooie villa in een van de voorsteden, je kent dat wel. Ze is een in-de-kast-lesbo.'

Lisbeth knikte.

'Haar man is vrij veel op reis, dus we zien elkaar af en toe. Het is al sinds het najaar aan de gang en begint een beetje saai te worden. Maar ze is echt lekker. En ik ga natuurlijk met de gewone club om.'

'Wat ik me eigenlijk afvroeg, is of ik weer bij je langs kan komen?'

Mimmi knikte.

'Ik zou heel graag willen dat je af en toe wat van je laat horen.'

'Ook als ik weer een halfjaar weg ben?'

'Hou contact. Ik wil weten of je nog leeft. En ik onthou in elk geval je verjaardag.'

'Geen eisen?'

Mimmi zuchtte lachend.

'Weet je, jij bent een lesbo met wie ik samen zou kunnen wonen. Je zou mij met rust laten als ik dat zou willen.'

Lisbeth zei niets.

'Afgezien van het feit dat je eigenlijk niet lesbisch bent. Niet echt. Je bent misschien biseksueel. Je bent voornamelijk seksueel – je houdt van seks en het geslacht maakt je eigenlijk niet zoveel uit. Je bent een entropische chaosfactor.'

'Ik weet niet wat ik ben,' zei Lisbeth Salander. 'Maar ik ben terug in

Stockholm en ben vrij slecht in relaties. Eerlijk gezegd ken ik hier niemand. Jij bent de eerste met wie ik praat sinds ik terug ben.'

Mimmi keek haar ernstig aan.

'Wil jij echt mensen leren kennen? Jij bent de meest anonieme en ontoegankelijke persoon die ik ken.'

Ze zwegen allebei.

'Maar je nieuwe borsten zijn echt verrukkelijk.'

Ze legde haar vingers onder een van Lisbeths tepels en rekte de huid op.

'Ze passen bij je. Niet te groot en niet te klein.'

Lisbeth slaakte een zucht van verlichting dat de recensies in elk geval naar tevredenheid waren.

'En ze voelen aan als borsten.'

Ze kneep zo hard in Lisbeths ene borst dat ze naar adem snakte en haar mond opendeed. Ze keken elkaar aan. Toen boog Mimmi zich voorover en gaf ze Lisbeth een innige kus. Lisbeth beantwoordde deze en sloeg haar armen om Mimmi heen. De koffie stond onaangeroerd koud te worden.

7
ZATERDAG 29 JANUARI – ZONDAG 13 FEBRUARI

Op zaterdagmorgen om elf uur reed een blonde reus het dorp Svavelsjö – tussen Järna en Vagnhärad – binnen. Het dorp bestond uit ongeveer vijftien huizen. Hij stopte bij het laatste gebouw, ongeveer 150 meter buiten het eigenlijke dorp. Het was een vervallen, voormalig bedrijfspand dat vroeger een drukkerij was geweest, maar waarop nu met trotse letters te lezen stond dat de Svavelsjö MC erin was ondergebracht. Hoewel er geen verkeer was, keek hij goed uit voordat hij het portier opendeed en uitstapte. De lucht was fris. Hij trok een paar bruine, leren handschoenen aan en haalde een zwarte sporttas uit de achterbak.

Hij was er niet erg bang voor om te worden opgemerkt. De oude drukkerij lag zó dat het bijna onmogelijk was om een auto in de buurt te parkeren zonder te worden gezien. Als een overheidsinstantie het pand wilde bewaken, zouden ze hun medewerkers moeten voorzien van militaire camouflagekleding en ze met een telescoop in een greppel aan de andere kant van de velden moeten zetten. Wat vrij snel door de mensen in het dorp zou worden opgemerkt en doorverteld, en omdat drie huizen in het dorp eveneens eigendom waren van leden van de Svavelsjö MC zou dat ook binnen de club snel bekend zijn.

Hij wilde daarentegen het gebouw niet binnengaan. De politie had een paar keer huiszoeking in het clubhuis gedaan en niemand kon er zeker van zijn dat er geen discrete afluisterapparatuur was geïnstalleerd. Dat betekende dat de dagelijkse conversatie in het clubhuis vooral over auto's, meiden en bier ging, en af en toe welke aandelen het investeren waard waren, maar zelden over geheimen van dramatische betekenis.

De blonde reus wachtte daarom geduldig tot Carl-Magnus Lundin het erf op kwam. Magge Lundin, zesendertig jaar oud, was voorzitter van de club. Hij had eigenlijk een vrij dun skelet, maar was in een paar jaar zodanig uitgedijd dat hij nu pronkte met een opvallende bierbuik. Hij had lichtblond haar dat in een paardenstaart zat en was gekleed in boots, een zwarte spijkerbroek en een dik winterjack. Hij had vijf veroordelingen op zijn cv staan. Twee daarvan voor kleinere narcoticavergrijpen, één voor heling en één voor autodiefstal en rijden onder invloed. De vijfde veroordeling, de ernstigste, had hem een jaar gevangenisstraf opgeleverd wegens zware mishandeling, toen hij jaren daarvoor in een dronken bui had huisgehouden in een kroeg in Stockholm.

Magge Lundin en de reus schudden elkaar de hand en wandelden langzaam langs de afrastering van het erf.

'Dat is alweer een paar maanden geleden,' zei Magge.

De blonde reus knikte.

'We zijn met een deal bezig. 3.060 gram metamfetamine.'

'Dezelfde afspraak als de vorige keer?'

'Fiftyfifty.'

Magge Lundin groef een pakje sigaretten op uit zijn borstzak. Hij knikte. Het was prettig zakendoen met de blonde reus. Metamfetamine had een straatwaarde van 160 tot 230 kronen per gram, een beetje afhankelijk van het aanbod. 3.060 gram kwam overeen met een gemiddelde waarde van ruim 600.000 kronen. De Svavelsjö MC zou de drie kilo in porties van circa 250 gram distribueren onder vaste dealers. Op dat traject zou de prijs dalen tot circa 120 tot 130 kronen per gram, wat de totale inkomsten zou verminderen.

Maar het waren uitzonderlijk voordelige zaken voor de Svavelsjö MC. In tegenstelling tot andere leveranciers was er nooit gezeur over voorschotten of vaste prijzen. De blonde reus leverde de spullen en vroeg vijftig procent, een zeer redelijk aandeel van de inkomsten. Ze wisten zo bij benadering wat een kilo metamfetamine zou doen; het exacte aandeel was afhankelijk van de verkoop die Magge Lundin zou weten te bewerkstelligen. Het kon een paar duizend kronen meer of minder zijn dan de verwachte prijs, maar als alles klaar was, zou de blonde reus een bedrag komen incasseren van ongeveer 190.000 kronen terwijl de Svavelsjö MC eenzelfde bedrag zou kunnen houden.

Ze hadden door de jaren heen vaak zaken gedaan, altijd volgens hetzelfde systeem. Magge Lundin wist dat de blonde reus zijn inkomsten zou kunnen verdubbelen door de distributie zelf ter hand te nemen. Hij wist ook waarom de blonde reus een lagere winst accepteerde; hij kon op de achtergrond blijven terwijl de Svavelsjö MC alle risico's nam. De blonde reus kreeg minder, maar wel relatief veilige inkomsten. En in tegenstelling tot alle andere leveranciers waar hij ooit van had gehoord, was het een relatie die was gebaseerd op zakelijke principes, krediet en welwillendheid. Geen harde woorden, geen gezeur en geen bedreigingen.

De blonde reus had bij een mislukte wapentransactie zelfs een verlies van bijna 100.000 kronen geïncasseerd. Magge Lundin kende niemand in de branche die een dergelijk verlies zou slikken. Hij was zelf doodsbang geweest toen hij moest verantwoorden wat er was gebeurd. Hij had tot in detail uitgelegd waarom de zaak was misgelopen en hoe het had kunnen gebeuren dat een politieman van het Centrum ter Voorkoming van Misdrijven een grote inval bij een lid van de Arische Broederschap in de provincie Värmland had gedaan. Maar de reus had niet eens zijn wenkbrauwen gefronst. Hij was eerder medelevend geweest. Zulke dingen konden gebeuren. Magge Lundin had geen winst gemaakt en vijftig procent van niets was nul. Dat moest worden afgeschreven.

Magge Lundin was niet stom. Hij begreep dat minder, maar toch een tamelijk risicovrije winst, gewoon een goed zakelijk concept was.

Hij had er nooit over gepiekerd de blonde reus te belazeren. Dat zou geen stijl zijn. De blonde reus en zijn compagnons accepteerden een lagere winst zolang de verantwoording eerlijk was. Als hij de reus beduvelde, zou de kolos op bezoek komen en Magge Lundin was ervan overtuigd dat hij dat bezoek niet zou overleven. Dus dat zou geen goed plan zijn.

'Wanneer kun je leveren?'

De blonde reus liet de sporttas op de grond vallen.

'Het is geleverd.'

Magge Lundin maakte de tas niet open om de inhoud te controleren. Hij stak daarentegen zijn hand uit als teken dat ze een deal hadden die hij zonder te protesteren van plan was na te komen.

'En dan nog wat,' zei de reus.

'Wat dan?'

'We zouden jou in de arm willen nemen voor een speciale klus.'

'Laat horen.'

De blonde reus haalde een envelop uit de binnenzak van zijn jack. Magge Lundin deed hem open en haalde er een pasfoto en een vel papier met persoonsgegevens uit. Hij fronste vragend zijn wenkbrauwen.

'Ze heet Lisbeth Salander en woont op de Lundagatan op Södermalm in Stockholm.'

'Oké.'

'Ze bevindt zich momenteel vermoedelijk in het buitenland, maar vroeg of laat komt ze weer terug.'

'Oké.'

'Mijn opdrachtgever wil een ongestoord gesprek met haar onder vier ogen. Ze moet dus levend worden geleverd. Bijvoorbeeld in dat magazijn bij het meer Yngern. En na afloop van dat gesprek hebben we iemand nodig die de boel opruimt. Ze moet spoorloos verdwijnen.'

'Dat moeten we wel kunnen regelen. Hoe weten we wanneer ze weer thuiskomt?'

'Ik zal het je laten weten als het actueel wordt.'

'Wat levert het op?'

'Wat zeg je van tien ruggen in totaal? Het is een vrij eenvoudig klusje. Naar Stockholm rijden, haar ophalen en haar aan mij leveren.'

Ze schudden elkaar opnieuw de hand.

Bij het tweede bezoek aan de Lundagatan ging Lisbeth op haar pluizige bank zitten om na te denken. Ze moest een aantal strategische beslissingen nemen en een daarvan was te besluiten of ze de flat zou houden of niet.

Ze stak een sigaret op, blies de rook naar het plafond en tipte de as af in een leeg Coca-Colablikje.

Ze had geen redenen om de flat te houden. Ze was er met haar moeder en haar zusje ingetrokken toen ze vier was. Haar moeder had in de woonkamer gewoond terwijl Camilla en zij de kleine slaapkamer hadden gedeeld. Toen ze twaalf was en Al Het Slechte was gebeurd, was ze eerst overgeplaatst naar een kinderkliniek en daarna, toen ze vijftien was, naar verschillende pleeggezinnen. De flat was door haar voogd, Holger Palmgren, onderverhuurd, en hij had er ook op toegezien dat ze er weer de beschikking over kreeg toen ze achttien werd en een dak boven haar hoofd nodig had.

Het appartement was gedurende het grootste gedeelte van haar leven een vast punt geweest. Hoewel ze de flat niet langer nodig had, vond ze het een onplezierig idee om hem van de hand te doen. Dat zou betekenen dat er vreemde mensen op haar vloer zouden rondstampen.

Het logistieke probleem was dat al haar officiële post – voor zover ze post kreeg – naar het adres op de Lundagatan ging. Als ze de flat zou opzeggen, zou ze een ander postadres moeten regelen. Lisbeth Salander wilde geen publieke persoon zijn die in verschillende bestanden te boek stond. Ze had de gevoelsindex van een paranoïcus en eigenlijk geen redenen om overheidsinstanties of wie dan ook te vertrouwen.

Ze keek naar buiten en zag de brandmuur in de binnentuin die ze haar hele leven al had gezien. Ze voelde zich plotseling opgelucht over het besluit om de flat te verlaten. Ze had zich daar nooit veilig gevoeld. Elke keer dat ze de straat in was gekomen en de portiek was genaderd – of ze nu nuchter of in zeer beschonken staat was – had ze de omgeving, de geparkeerde auto's en voorbijgangers altijd nauwlettend in de gaten gehouden. Ze was er om gegronde redenen van overtuigd dat er mensen waren die haar kwaad wilden doen, en het was het meest waarschijnlijk dat mensen die haar kwaad wilden doen haar zouden pakken als ze thuiskwam of van huis wegging.

Die aanvallen waren echter uitgebleven. Dat betekende niet dat ze kon ontspannen. Het adres aan de Lundagatan was in elk officieel bestand bekend en in al die jaren had ze nooit de middelen gehad om haar veiligheid te verhogen tot meer dan voortdurend waakzaam te zijn. Nu was de situatie anders. Ze wilde absoluut niet dat iemand haar nieuwe adres bij Mosebacke te weten zou komen. Haar instinct spoorde haar aan zo anoniem mogelijk te zijn.

Maar dat loste het probleem wat ze met het appartement zou doen niet op. Ze zat even te piekeren en pakte toen haar mobiele telefoon en belde Mimmi.

'Hoi, met mij.'

'Hé, Lisbeth. Je wil toch niet zeggen dat je deze keer al na een week weer wat van je laat horen?'

'Ik ben op de Lundagatan.'

'Oké.'

'Ik vroeg me af of je zin had om de flat over te nemen?'

'Overnemen?'

'Jij woont in een schoenendoos.'

'Het bevalt me hier. Ga je verhuizen?'

'Ik ben al verhuisd. Het staat leeg.'

Mimmi aarzelde aan de andere kant van de lijn.

'En nu vraag je je af of ik die flat wil overnemen? Lisbeth, ik heb geen geld.'

'Het is een appartement dat helemaal is afbetaald. De kosten aan de vereniging zijn 1.480 kronen per maand, wat vermoedelijk minder is dan je voor die schoenendoos betaalt. En de kosten zijn al voor een jaar vooruit betaald.'

'Maar wil je dat appartement verkopen? Ik bedoel, het moet meer dan een miljoen waard zijn.'

'Ruim anderhalf als ik de huizenadvertenties moet geloven.'

'Ik heb geen geld.'

'Ik ben niet van plan om het te verkopen. Je kunt er vanavond al intrekken, je kunt hier zo lang wonen als je wilt en je hoeft een jaar geen huur te betalen. Ik mag het niet onderverhuren maar ik kan jou in het contract opnemen als mijn partner, dan krijg je geen gezeur met de vereniging.'

'Maar Lisbeth, doe je me een aanzoek?' lachte Mimmi.

Lisbeth was bloedserieus.

'Ik doe niets meer met die flat, maar ik wil hem niet verkopen.'

'Je bedoelt dat ik daar gratis kan wonen. Meen je dat serieus?'

'Ja.'

'Hoe lang dan?'

'Zo lang je maar wilt. Heb je belangstelling?'

'Uiteraard. Ik krijg niet elke dag een gratis appartement midden op Södermalm aangeboden!'

'Er is één maar.'

'Dat dacht ik al.'

'Je mag er zo lang wonen als je wilt, maar ik blijf hier wel ingeschreven en hou dit ook als postadres. Alles wat je hoeft te doen, is mijn post verzorgen en me te laten weten als er iets belangrijks komt.'

'Lisbeth, je bent de gekste griet die ik ken. Wat doe je eigenlijk voor de kost? Waar ga je wonen?'

'Daar hebben we het nog wel over,' antwoordde Lisbeth ontwijkend.

Ze spraken af voor later die middag, zodat Mimmi de flat even goed kon bekijken. Toen ze het gesprek had afgerond, voelde Lisbeth zich al meteen een stuk beter. Ze keek op haar horloge en constateerde dat ze voldoende tijd had voordat Mimmi zou komen. Ze verliet de flat en liep naar de Handelsbank op de Hornsgatan, waar ze een nummertje trok en geduldig op haar beurt wachtte,

Ze legitimeerde zich en verklaarde dat ze een tijd in het buitenland was geweest en dat ze graag de balans op haar spaarrekening wilde bekijken. Haar officiële, opgegeven spaarkapitaal bestond uit 82.670 kronen. De rekening was al meer dan een jaar niet gebruikt, op een storting van 9.312 kronen in het najaar na. Dat was de erfenis van haar moeder.

Lisbeth nam een bedrag ter grootte van de erfenis contant op. Ze dacht even na. Ze wilde het geld gebruiken voor iets wat haar moeder plezier zou hebben gedaan. Iets passends. Ze liep naar het postkantoor op de Rosenlundsgatan en stortte het bedrag anoniem op rekening van een van de Stockholmse opvanghuizen voor vrouwen. Ze wist niet precies waarom ze dat deed.

Het was vrijdagavond acht uur toen Erika de computer uitzette en zich uitrekte. Ze had de laatste negen uur besteed aan de finishing touch van het maartnummer van *Millennium*, en omdat Malin Eriksson fulltime bezig was met het themanummer van Dag Svensson had ze een groot gedeelte van het redigeerwerk zelf moeten doen. Henry Cortez en Lottie Karim waren ingesprongen, maar zij waren hoofdzakelijk scribenten en researchers, en niet echt ervaren redigeerders.

Erika Berger was moe en had een pijnlijk zitvlak, maar ze was over het geheel genomen tevreden met de dag en het leven in het algemeen. De financiën van het blad waren stabiel, de curven wezen de goede kant op, de teksten kwamen binnen op de deadline of in elk geval niet dramatisch te laat, de medewerkers waren content en, na meer dan een jaar, nog steeds high van de adrenalinekick die de Wennerström-affaire met zich mee had gebracht.

Na een tijdje haar nek te hebben gemasseerd, constateerde ze dat ze een douche nodig had en dacht ze er even over de kleine doucheruimte in de pantry te gebruiken. Maar ze voelde zich te lui en legde in plaats daarvan haar voeten op het bureau. Over drie maanden werd ze vijfenveertig en de veelbesproken toekomst kwam steeds meer achter haar te liggen. Ze had een fijnmazig net van rimpeltjes en kraaienpootjes rond haar ogen en mond ontwikkeld, maar wist dat ze er nog steeds goed uitzag. Ze trainde elke week twee keer keihard in de sportschool, maar had ontdekt dat het steeds lastiger werd om tijdens de lange zeiltochten met haar man in de mast te klimmen. Maar zij was degene die indien nodig moest klimmen, want Greger had enorm veel last van duizeligheid.

Erika constateerde ook dat haar eerste vijfenveertig jaren ondanks een aantal ups en downs over het geheel genomen geslaagd waren. Ze had geld, status, een geweldig huis en een baan die ze leuk vond. Ze had een lieve man die van haar hield en op wie ze na vijftien jaar huwelijk nog steeds verliefd was. En bovendien had ze een aangename en ogenschijnlijk onverslijtbare minnaar, die niet zozeer haar geest bevredigde als wel haar lichaam, als ze dat nodig had.

Er verscheen een glimlach op haar gezicht toen ze aan Mikael Blomkvist dacht. Ze vroeg zich af wanneer hij moed zou verzamelen om haar in te wijden in het geheim dat hij iets met Harriët Vanger had. Mikael en Harriët hadden allebei met geen woord gerept over die verhouding, maar Erika was ook niet gek. Dat er iets gaande was, had ze ingezien tijdens een bestuursvergadering in augustus toen ze een blik had opgevangen die Mikael en Harriët elkaar hadden toegeworpen. Uit pure balorigheid had ze later die avond geprobeerd Harriët en Mikael op hun mobiele telefoon te bereiken en was ze er niet erg verbaasd over geweest dat ze hun telefoons niet aan hadden staan. Dat was natuurlijk geen doorslaggevend bewijs, maar ook bij de bestuursvergaderingen daarna had ze gemerkt dat Mikael 's avonds onbereikbaar was. Het was bijna vermakelijk geweest om te zien hoe snel Harriët was vertrokken na het etentje na de jaarvergadering, met een vage smoes dat ze moe was en naar haar hotel wilde. Erika was niet nieuwsgierig en ook niet jaloers. Maar ze was wel van plan ze er op een geschikt moment mee te plagen.

Ze bemoeide zich absoluut niet met Mikaels vrouwenaangelegenheden, al hoopte ze niet dat zijn relatie met Harriët in de toekomst zou resulteren in problemen binnen het bestuur. Maar ze was niet echt ongerust. Mikael had veel affaires achter de rug waarbij hij nog steeds goed bevriend was met de dame in kwestie, slechts in een paar uitzonderlijke gevallen was hij in verlegenheid gebracht.

Erika Berger was er ontzettend blij mee Mikaels vriendin en vertrouwelinge te zijn. Hij was in sommige opzichten naïef en in andere opzichten zo verstandig dat hij bijna overkwam als een orakel. Maar Mikael had haar liefde voor haar man nooit begrepen. Hij had gewoon nooit ingezien waarom ze Greger als een fascinerend mens beschouwde, warm, spannend en royaal, en vooral zonder veel van de gedragingen die ze bij veel andere mannen zo mateloos verafschuwde. Greger was de man met wie ze samen oud wilde worden. Ze had kinderen met hem willen hebben, maar dat was niet gelukt en nu was het te laat. Maar qua keuze van levenspartner kon ze zich geen beter en stabieler alternatief voorstellen; iemand op wie ze volkomen en zonder voorbehoud kon vertrouwen en die er altijd voor haar was als dat nodig was.

Mikael was anders. Hij was een man met zulke wisselende karaktertrekken dat hij af en toe iemand leek met meervoudige persoonlijkheden. Als vakman was hij eigenwijs en bijna pathologisch gefocust op zijn taak. Hij beet zich vast in een story en werkte toe naar het punt waarop het zijn perfectie naderde en hij alle losse eindjes aan elkaar had geknoopt. Als hij op zijn best was, was hij briljant en als hij op zijn slechtst was, was hij in elk geval veel beter dan de middenmoot. Hij leek een haast intuïtief talent te hebben om te weten onder welke story een addertje schuilging en wat een oninteressant dertien-in-een-dozijnverhaal zou worden. Erika Berger had er nooit spijt van gehad dat ze met Mikael was gaan samenwerken.

Ze had er ook nooit spijt van gehad dat ze zijn minnares was geworden.

De enige die Erika Bergers passie voor seks met Mikael Blomkvist begreep, was haar man, en hij begreep het omdat ze haar behoeften met hem durfde te delen. Het was geen kwestie van ontrouw, maar van begeerte. Seks met Mikael Blomkvist gaf haar een kick die geen enkele andere man haar kon geven, ook Greger niet.

Seks was belangrijk voor Erika Berger. Ze had haar maagdelijkheid verloren op haar veertiende en had een groot deel van haar tienerjaren besteed aan het gefrustreerd zoeken naar bevrediging. Als tiener had ze alles geprobeerd, van uitvoerig gerommel met klasgenoten en een ingewikkelde affaire met een oudere leraar tot telefoonseks en veloursseks met een neuroticus. Ze had het meeste wat haar op het gebied van erotiek interesseerde, uitgeprobeerd. Ze had geëxperimenteerd met sm en was lid geweest van de Club Xtreme, die feesten organiseerde van een soort dat niet helemaal sociaal geaccepteerd was. Ze had meerdere malen seks uitgeprobeerd met andere vrouwen en had teleurgesteld geconstateerd dat dat niet haar ding was en dat vrouwen haar niet een fractie konden opwinden van de manier waarop een man dat kon. Of twee. Samen met Greger had ze seks met twee mannen onderzocht – een van hen was een vooraanstaande galeriehouder – en ze had ontdekt dat haar man een sterke biseksuele geaardheid had en dat ze zelf bijna verlamd raakte van genot als ze voelde hoe twee mannen haar tegelijkertijd streelden en bevredigden, maar ook dat ze een lastig te interpreteren lustgevoel beleefde als ze zag dat haar man door een andere man werd gestreeld. Die kick hadden Greger en zij met hetzelfde succes met een paar regelmatig terugkerende partners herhaald.

Haar seksleven met Greger was dus niet saai of onbevredigend. Het was meer dat Mikael Blomkvist haar een hele andere ervaring gaf.

Hij had talent. Hij bood gewoon VGS. Verdomd Goede Seks.

Zo goed dat ze het gevoel had dat ze de optimale balans had gevonden met Greger als echtgenoot en Mikael als minnaar-naar-behoefte. Ze kon niet zonder een van hen en was ook niet van plan om te kiezen.

En dát had haar man begrepen, dat ze een behoefte had die buiten datgene lag wat hij zelf aan de weinig ingenieuze acrobatische toeren in het bubbelbad kon bieden.

Wat Erika het fijnst aan haar relatie met Mikael vond, was dat hij nauwelijks de behoefte had haar te controleren. Hij was absoluut niet jaloers en ook al had ze zelf diverse aanvallen van jaloezie gekend toen ze twintig jaar geleden wat met elkaar kregen, ze had ontdekt dat ze in zijn geval niet jaloers hoefde te zijn. Hun relatie was gebaseerd op vriendschap en hij was grenzeloos loyaal op dat gebied. Het was een verhouding die de zwaarste beproevingen kon doorstaan.

Erika Berger was zich ervan bewust dat ze tot een kring mensen behoorde wier levensstijl bij de Christelijke Vereniging van Plattelandsvrouwen vermoedelijk niet op prijs zou worden gesteld. Dat baarde haar geen zorgen. Ze had als tiener al besloten dat wat zij in bed deed en de manier waarop zij haar leven wilde leven, niemand anders wat aanging dan haarzelf. Maar het irriteerde haar dat zo veel kennissen achter haar rug om over haar relatie met Mikael Blomkvist smoesden.

Mikael was een man. Hij kon van het ene bed naar het andere gaan zonder dat iemand een spier vertrok. Zij was een vrouw en het feit dat ze één minnaar had en dat nog wel met toestemming van haar man, en dat ze haar minnaar al twintig jaar trouw was, resulteerde in de meest interessante conversaties tijdens etentjes.

Fuck you all. Ze dacht even na en pakte daarna haar telefoon om haar man te bellen.

'Dag schat, wat ben je aan het doen?'

'Schrijven.'

Greger Backman was niet alleen kunstenaar, hij was vooral docent kunstgeschiedenis en had al diverse boeken op dat gebied op zijn naam staan. Hij nam vaak deel aan het publieke debat en werd door grote architectenbureaus in de arm genomen. Het laatste jaar was hij bezig geweest aan een boek over het belang van kunstzinnige versieringen aan een gebouw en de vraag waarom mensen het in sommige gebouwen naar hun zin hebben en in andere niet. Het boek had zich ontwikkeld tot een rancuneus geschrift over het functionalisme dat, vermoedde Erika, een zekere onrust binnen het esthetische debat teweeg zou brengen.

'Hoe gaat het?'

'Goed, het loopt gesmeerd. En jij?'

'Ik ben net klaar met het laatste nummer. Dat moet donderdag naar de drukker.'

'Gefeliciteerd.'

'Ik ben helemaal leeg.'

'Dat klinkt alsof je iets in gedachten hebt.'

'Heb je vanavond wat omhanden of zou je erg ontevreden zijn als ik vannacht niet thuiskwam?'

'Zeg maar tegen Blomkvist dat hij het lot tart,' zei Greger.

'Ik geloof niet dat hem dat zoveel uitmaakt.'

'Oké. Zeg hem dan maar dat je een heks bent die niet tevreden te stellen is en dat hij vroeg oud zal worden.'

'Dat weet hij al.'

'In dat geval rest mij niets anders dan zelfmoord te plegen. Ik schrijf door tot ik in slaap val. Veel plezier.'

Ze zeiden gedag en daarna belde Erika Mikael. Hij was bij Dag Svensson en Mia Bergman in Enskede en was net bezig een discussie af te ronden over een paar delicate details in Dags boek. Ze vroeg of hij die nacht bezet was of dat hij eventueel een pijnlijke rug kon masseren.

'Je hebt sleutels,' zei Mikael. 'Doe of je thuis bent.'

'Doe ik,' zei ze. 'Tot straks.'

Het kostte haar tien minuten om naar de Bellmansgatan te wandelen. Ze kleedde zich uit, nam een douche en maakte een espresso in het apparaat. Vervolgens kroop ze in Mikaels bed, waar ze naakt en vol verwachting op hem ging liggen wachten.

De optimale bevrediging voor haar zou vermoedelijk een driehoeksverhouding met haar man en Mikael Blomkvist zijn, iets wat met een aan zekerheid grenzende waarschijnlijkheid nooit zou worden verwezenlijkt. Het probleem was namelijk dat Mikael zo straight was dat ze hem er weleens plagerig van beschuldigde dat hij homofoob was. Hij was totaal niet geïnteresseerd in mannen. Je kon blijkbaar niet alles hebben.

De blonde reus fronste geïrriteerd zijn wenkbrauwen terwijl hij de auto voorzichtig met 15 kilometer per uur over een slecht onderhouden bosweg stuurde. Hij had even gedacht dat hij de routebeschrijving verkeerd had begrepen. Het begon net te schemeren toen de weg zich verbreedde en hij eindelijk het huisje zag. Hij parkeerde, zette de motor af en keek om zich heen. Er was nog ruim 50 meter te overbruggen.

Hij bevond zich in de buurt van Stallarholmen, niet ver van Mariefred. Het was een eenvoudig huisje uit de jaren vijftig, dat midden in het bos lag. Tussen een paar bomen door zag hij een lichtere strook ijs op het Mälaren.

Waarom iemand zijn vrije tijd in een geïsoleerd stuk bos wilde doorbrengen, was voor hem onbegrijpelijk. Hij voelde zich plotseling ongemakkelijk toen hij het portier achter zich dichtdeed. Het bos voelde dreigend en opdringerig. Hij voelde zich bekeken. Toen hij naar het erf liep, hoorde hij plotseling een ritselend geluid en hij bleef stokstijf staan.

Hij staarde het bos in. Het was stil en de wind was bij het vallen van de avond gaan liggen. Het duurde twee minuten met zijn zenuwen op scherp voordat hij vanuit zijn ooghoeken een gedaante ontwaarde die zich voorzichtig tussen de bomen heen en weer bewoog. Toen hij zijn blik focuste, stond de gedaante hem ongeveer 30 meter verderop in het bos doodstil aan te kijken.

De blonde reus voelde een lichte paniek. Hij probeerde details te onderscheiden. Hij zag een donker, knokig gezicht. Het wezen leek een dwerg, ongeveer 1 meter hoog, en was gekleed in camouflagekleding, iets wat deed denken aan een pak van takken en mos. Een Beierse boskabouter? Een Ierse *leprechaun*? Hoe gevaarlijk waren die?

De blonde reus hield zijn adem in. Hij voelde dat zijn nekharen overeind gingen staan.

Vervolgens knipperde hij uitvoerig met zijn ogen en schudde hij zijn hoofd. Toen hij weer keek, had het wezen zich ongeveer 10 meter naar rechts verplaatst. *Er was daar niets.* Hij wist dat hij het zich inbeeldde. Toch kon hij het wezen duidelijk onderscheiden tussen de bomen. Het bewoog zich plotseling en kwam dichterbij. Het leek zich snel en schokkerig in een halve cirkel te bewegen om in de aanvalspositie te komen.

De blonde reus haastte zich het laatste stuk naar het huisje. Hij klopte wat te hard en te enthousiast op de deur. Zo gauw hij het geluid van menselijke bewegingen in het huisje hoorde, was de paniek verdwenen. Hij keek schuin over zijn schouder. *Er was daar niets.*

Maar pas toen de deur open werd gedaan, ademde hij uit. Advocaat Nils Bjurman groette beleefd en vroeg hem binnen te komen.

Miriam Wu kwam hijgend boven nadat ze de laatste vuilniszak met overgebleven spullen van Lisbeth Salander naar de grofvuilcontainer in de kelder had gesleept. De flat was klinisch schoon en rook naar groene zeep, verf en versgezette koffie. Dat laatste was Lisbeths verdienste. Ze zat peinzend op een kruk de naakte flat te bekijken, waar gordijnen, vloerkleden, kortingsbonnen op de koelkast en haar gebruikelijke rommel in de hal op magische wijze waren verdwenen. Ze verbaasde zich erover hoe groot de flat leek.

Miriam Wu en Lisbeth Salander hadden een totaal andere smaak, of het nu om kleren, inrichting of intellectuele stimulans ging. Correctie: Miriam Wu had smaak en wist precies hoe haar woning eruit moest komen te zien, welke meubels ze wilde hebben en welke kleren gangbaar waren. Lisbeth Salander had überhaupt geen smaak, meende Mimmi.

Nadat ze was langsgekomen en Lisbeths flat aan de Lundagatan door de ogen van een speculant had geïnspecteerd, hadden zij en Lisbeth een beetje heen en weer gepraat. Mimmi had geconstateerd dat het meeste eruit moest. Vooral die ellendige, vaalbruine bank in de woonkamer. Wilde Lisbeth iets houden? *Nee.* Daarna had Mimmi gedurende twee weken een paar hele dagen en elke avond een paar uur besteed aan het weggooien van oude containermeubels, het uitsoppen van kasten, het schrobben van de badkuip, het schilderen van de muren in de keuken, woonkamer, slaapkamer en hal, en het lakken van het parket in de woonkamer.

Lisbeth was niet geïnteresseerd in dergelijke oefeningen, maar was een paar keer langsgekomen en had Mimmi gefascineerd zitten aanschouwen. Toen alles klaar was, was het appartement leeg op een kleine, beschadigde, massief houten keukentafel na die Mimmi wilde schuren en overlakken, twee stevige krukken, waar Lisbeth beslag op had gelegd bij de opruiming van de berging van de flat en een robuuste stellingkast in de woonkamer, waarvan Mimmi meende dat ze er nog wat van kon maken.

'Ik ga dit weekend over. Weet je zeker dat je je niet hebt bedacht?'

'Ik heb die flat niet nodig.'

'Maar hij is geweldig. Ik bedoel, er zijn grotere en betere flats, maar deze ligt midden op Södermalm en de huur is te verwaarlozen. Lisbeth, je loopt een vermogen mis als je hem niet verkoopt.'

'Ik heb geld, ik red me wel.'

Mimmi zweeg, ze wist niet precies hoe ze Lisbeths summiere opmerkingen moest interpreteren.

'Waar ga je wonen?'

Lisbeth gaf geen antwoord.

'Mag ik een keer langskomen?'

'Nu even niet.'

Lisbeth deed haar schoudertas open en pakte wat papieren, die ze naar Mimmi toe schoof.

'Ik heb een contract in orde gemaakt met de Vereniging van Eigenaren. Het is het eenvoudigst om jou in te schrijven als mijn partner en het halve appartement aan jou te verkopen. De koopsom is een kroon. Je moet het contract ondertekenen.'

Mimmi pakte een pen en zette haar handtekening en haar persoonsnummer op het contract.

'Is dat alles?'

'Dat is alles.'

'Lisbeth, ik heb je altijd een beetje geschift gevonden, maar begrijp je wel dat je net de helft van deze flat aan mij hebt gegeven? Ik wil de flat graag hebben, maar ik wil niet in een situatie komen waarin jij je plotseling bedenkt en dat er gezeur tussen ons komt.'

'Er komt geen gezeur. Ik wil dat jij hier woont. Dat voelt goed.'

'Maar gratis? Zonder vergoeding? Je bent niet goed bij je hoofd.'

'Jij regelt mijn post. Dat is de voorwaarde.'

'Dat kost mij zeker vier seconden per week. Ben je van plan af en toe langs te komen voor seks?'

Lisbeth fixeerde Mimmi met haar blik. Ze zweeg even.

'Dat wil ik graag, maar dat is geen onderdeel van het contract. Je kunt me afpoeieren als je dat wilt.'

'En ik begon het net leuk te vinden om me een *kept woman* te voelen. Je weet wel, een vrouw met iemand die haar een flat aanbiedt die de huur betaalt en die af en toe langskomt om wat te rollebollen in bed.'

Ze zeiden allebei even niets. Vervolgens stond Mimmi besluitvaardig op, liep naar de woonkamer en doofde het kale peertje aan het plafond.

'Kom hier.'

Lisbeth liep naar haar toe.

'Ik heb nog nooit gevreeën op de vloer van een pas geverfd appartement waar nog geen enkel meubel in stond. Ik heb een keer een film met Marlon Brando gezien over een stel dat dat deed.'

Lisbeth keek naar de grond.

'Ik wil een spelletje doen. Heb je zin?'

'Ik heb bijna altijd zin.'

'Vanavond ben ik een dominante bitch. Je moet doen wat ik zeg. Kleed je uit.'

Lisbeth lachte een scheef lachje. Ze kleedde zich uit. Dat duurde minstens tien seconden.

'Ga op de grond liggen. Op je buik.'

Lisbeth deed wat Mimmi zei. Het parket voelde kil aan en ze kreeg onmiddellijk kippenvel. Mimmi gebruikte Lisbeths T-shirt met de tekst YOU HAVE THE RIGHT TO REMAIN SILENT om Lisbeths handen op haar rug te binden.

Lisbeth moest even denken aan die keer twee jaar geleden dat Nils Gore Klootzak Bjurman haar had vastgebonden.

Maar daar hielden alle vergelijkingen op.

Als ze met Mimmi was, voelde Lisbeth alleen een wellustig verlangen. Ze was willig en volgzaam toen Mimmi haar op haar rug draaide en haar benen spreidde. Lisbeth keek Mimmi in het donker aan toen zij haar eigen T-shirt uittrok en ze raakte gefascineerd door Mimmi's zachte borsten. Daarna knoopte Mimmi haar eigen T-shirt als blinddoek over Lisbeths gezicht. Ze hoorde het ritselen van kleren. Een paar seconden later voelde ze Mimmi's tong op haar buik en haar vingers aan de binnenkant van haar dijen. Ze was in tijden niet zo opgewonden geweest. Ze kneep haar ogen stijf dicht onder de blinddoek en liet Mimmi het tempo bepalen.

8
MAANDAG 14 FEBRUARI – ZATERDAG 19 FEBRUARI

Dragan Armanskij keek op toen hij het zachte tikje tegen de deurpost hoorde en hij zag Lisbeth Salander in de deuropening staan. Ze balanceerde met twee bekers uit de koffieautomaat. Hij legde langzaam zijn pen neer en schoof het rapport van zich af.

'Hoi,' zei ze.

'Hoi,' antwoordde Armanskij.

'Dit is een vriendschappelijk bezoek,' zei ze. 'Mag ik binnenkomen?'

Dragan Armanskij sloot even zijn ogen. Toen wees hij op de bezoekersstoel. Hij keek hoe laat het was. Het was halfzeven 's avonds. Lisbeth Salander gaf hem de ene beker en ging zitten. Ze zaten elkaar een tijdje op te nemen.

'Meer dan een jaar,' zei Dragan.

Lisbeth knikte.

'Ben je boos?'

'Zou ik boos moeten zijn?'

'Ik heb geen afscheid genomen.'

Dragan tuitte zijn lippen. Hij was geschokt, maar ook opgelucht over het feit dat Lisbeth Salander in elk geval nog leefde. Hij voelde plotseling ook een enorme irritatie en vermoeidheid.

'Ik weet niet wat ik moet zeggen,' antwoordde hij. 'Je bent niet verplicht om aan mij te rapporteren waar je mee bezig bent. Wat wil je?'

Zijn stem klonk killer dan zijn bedoeling was.

'Dat weet ik eigenlijk niet. Ik wilde je vooral even gedag komen zeggen.'

'Zoek je werk? Ik ben niet van plan om je nog in de arm te nemen.'

Ze schudde haar hoofd.

'Werk je ergens anders?'

Ze schudde nogmaals haar hoofd. Ze probeerde de woorden te formuleren. Dragan wachtte.

'Ik heb gereisd,' zei ze uiteindelijk. 'Ik ben pas terug in Zweden.'

Armanskij knikte en nam haar nadenkend op. Lisbeth Salander was veranderd. Er was een nieuwe soort ... rijping in haar kledingkeuze en haar manier van doen. En ze had haar bh ergens mee opgevuld.

'Je bent veranderd. Waar ben je geweest?'

'Zo'n beetje overal ...' antwoordde ze ontwijkend, maar ze ging door toen ze zijn geïrriteerde blik zag.

'Ik ben in Italië begonnen en ben toen verder gegaan naar het Midden-Oosten en daarna via Bangkok naar Hongkong. Ik ben een tijdje in Australië en Nieuw-Zeeland geweest en heb aan *islandhopping* gedaan tussen de eilanden in de Stille Zuidzee. Vervolgens ben ik een maand op Tahiti geweest. Toen heb ik door de VS gereisd en de laatste maanden heb ik in het Caribisch gebied doorgebracht.'

Hij knikte.

'Ik weet niet waarom ik geen gedag heb gezegd.'

'Omdat je gewoon geen steek om andere mensen geeft,' zei Dragan Armanskij zakelijk.

Lisbeth Salander beet op haar onderlip. Ze dacht even na. Wat hij zei, was misschien wel waar, maar ze ervoer de aanklacht toch als onrechtvaardig.

'Het is meestal zo dat mensen geen ruk om mij geven.'

'Gelul,' zei Armanskij. 'Je hebt een attitudeprobleem en je behandelt mensen die proberen je vrienden te zijn als oud vuil. Zo simpel is het.'

Stilte.

'Wil je dat ik wegga?'

'Doe wat je wilt. Dat heb je altijd gedaan. Maar als je nu gaat, wil ik je nooit meer zien.'

Lisbeth Salander was opeens bang. Een van de weinige mensen voor wie ze respect had, was bezig haar af te wijzen. Ze wist niet wat ze moest zeggen.

'Het is nu twee jaar geleden dat Holger Palmgren zijn beroerte kreeg. Je hebt hem niet één keer opgezocht,' vervolgde Armanskij onbewogen.

Lisbeth staarde Armanskij geschokt aan.

'Leeft Palmgren nog?'

'Je weet dus niet eens of hij nog leeft of dat hij dood is.'

'De artsen zeiden dat hij ...'

'De artsen hebben zo veel over hem gezegd,' onderbrak Armanskij haar. 'Hij was er heel slecht aan toe en kon niet met de omgeving communiceren. Maar hij heeft zich het laatste jaar aanzienlijk hersteld. Hij heeft moeite met praten en je moet heel goed luisteren om te begrijpen wat hij zegt. Hij heeft met veel dingen hulp nodig, maar hij kan zelfstandig naar het toilet. Mensen die om hem geven, gaan bij hem op bezoek.'

Lisbeth zat als verstomd. Zij was degene die Palmgren had gevonden toen hij twee jaar geleden een beroerte had gekregen. Ze had een ambulance gebeld, maar de artsen hadden hun hoofd geschud en geconstateerd dat de prognose niet bemoedigend was. Ze had de eerste week haar intrek in het ziekenhuis genomen totdat een arts had gezegd dat Palmgren in coma lag en dat het hoogst onwaarschijnlijk was dat hij daar ooit nog uit zou ontwaken. Op dat moment was ze gestopt zich ongerust te maken en had ze hem uit haar leven geband. Ze was opgestaan en had het ziekenhuis verlaten zonder om te kijken. En blijkbaar zonder de feiten te controleren.

Ze fronste haar wenkbrauwen. Ze had op datzelfde moment advocaat Nils Bjurman op haar dak gekregen en hij had een groot deel van haar aandacht opgeëist. Maar niemand, zelfs Armanskij niet, had haar verteld dat Palmgren nog leefde, en al helemaal niet dat hij wellicht aan de beterende hand was. Zelf had ze niet eens aan die mogelijkheid gedacht.

Ze voelde plotseling tranen in haar ogen opkomen. Nog nooit in haar leven had ze zich zo'n egoïst gevoeld. En nooit eerder had ze op zo'n zachte toon de volle laag gekregen. Ze liet haar hoofd zakken.

Ze zwegen een tijdje. Toen doorbrak Armanskij de stilte.

'Hoe gaat het met je?'

Lisbeth haalde haar schouders op.

'Waar leef je van? Heb je werk?'

'Nee, ik heb geen werk en ik weet niet wat ik voor werk wil doen. Maar ik heb geld, dus ik red me wel.'

Armanskij keek haar onderzoekend aan.

'Ik kwam alleen maar even langs ... ik ben niet op zoek naar werk. Ik weet het niet ... ik zou misschien wel een klus voor je willen doen als je me ooit nodig zou hebben, maar dan moet het iets zijn wat me interesseert.'

'Ik neem aan dat je niet wilt vertellen wat er vorig jaar in Hedestad is gebeurd?'

Lisbeth zweeg.

'Er ís iets gebeurd. Martin Vanger heeft zichzelf te pletter gereden nadat jij hier bewakingsapparatuur had geleend en iemand jullie had bedreigd. En zijn zus is uit de dood opgestaan. Dat was op zijn zachtst gezegd een sensatie.'

'Ik heb beloofd om het niet te vertellen.'

Armanskij knikte.

'En ik neem aan dat je me ook niet wilt vertellen welke rol jij in de Wennerström-affaire hebt gespeeld?'

'Ik heb Kalle Blomkvist geholpen met research.' Haar stem was plotseling aanzienlijk killer. 'Dat was alles. Ik wil er niet bij worden betrokken.'

'Mikael Blomkvist heeft je op alle manieren geprobeerd te vinden. Hij belt minstens eenmaal per maand om te vragen of ik iets van je heb gehoord. Het kan hem óók wat schelen.'

Lisbeth bleef zwijgen, maar Armanskij merkte op dat haar mond een gespannen streep werd.

'Ik weet niet of ik hem mag,' vervolgde Armanskij. 'Maar hij is ook bezorgd om jou. Ik heb hem van het najaar eenmaal ontmoet. Hij wil ook niet over Hedestad praten.'

Lisbeth Salander had geen zin om over Mikael Blomkvist te praten.

'Ik ben alleen maar langsgekomen om je even gedag te zeggen en om te vertellen dat ik terug ben. Ik weet niet of ik blijf. Dit zijn mijn mobiele nummer en mijn nieuwe e-mailadres voor het geval je me nodig hebt.'

Ze gaf Armanskij een papiertje en stond op. Hij pakte het aan. Ze was al bij de deur toen hij haar achterna riep.

'Wacht even. Wat ga je doen?'

'Holger Palmgren opzoeken.'

'Oké. Maar ik bedoel ... wat ga je voor werk doen?'

Ze keek hem nadenkend aan.

'Ik weet het niet.'

'Je moet je toch kunnen bedruipen?'

'Ik heb je toch al gezegd dat ik geld heb en dat ik me wel red.'

Armanskij leunde achterover en dacht na. Als het Lisbeth Salander betrof, wist hij nooit precies hoe hij haar woorden moest interpreteren.

'Ik was zo geïrriteerd over je verdwijning dat ik bijna besloten had om je niet weer in de arm te nemen.' Hij trok een grimas. 'Je bent zo onbetrouwbaar. Maar je bent een verdomd goede researcher. Misschien heb ik een klus die wel wat voor je is.'

Ze schudde haar hoofd, maar liep terug naar het bureau.

'Ik wil geen werk van je. Ik bedoel, ik heb geen geld nodig. Ik meen het serieus. Ik ben financieel onafhankelijk.'

Dragan Armanskij fronste vertwijfeld zijn wenkbrauwen. Uiteindelijk knikte hij.

'Goed, je bent financieel onafhankelijk, wat dat dan ook moge betekenen. Ik geloof je. Maar als je werk nodig hebt ...'

'Dragan, jij bent de enige die ik heb opgezocht sinds ik terug ben. Ik heb je geld niet nodig. Maar je bent al jarenlang een van de weinige personen die ik respecteer.'

'Oké. Maar iedereen moet in zijn onderhoud voorzien.'

'Het spijt me, maar ik ben niet langer geïnteresseerd in het verrichten van persoonsonderzoeken. Laat wat van je horen als je écht een probleem hebt.'

'Zoals wat?'

'Problemen van het soort waar je geen chocola van kunt maken. Als je vastloopt en niet weet wat je moet doen. Als ik voor je ga werken, moet je met iets komen wat mij boeit. Misschien aan de operationele kant.'

'De operationele kant? Jij? Die spoorloos verdwijnt als dat jou uitkomt?'

'Gelul. Ik heb alle klussen afgemaakt waar ik ja tegen had gezegd.'

Dragan Armanskij keek haar hulpeloos aan. Het begrip 'operationele eenheid' was jargon, maar het ging om veldwerk. Dat kon alles zijn van het leveren van lijfwachten tot speciale bewakingsopdrachten bij kunsttentoonstellingen. Zijn operationele personeelsleden waren betrouwbare en stabiele veteranen, vaak met een achtergrond bij de politie. Bovendien was negentig procent van hen man. Lisbeth Salander was de diametrale tegenstelling van alle criteria die hij voor het personeel van de operationele eenheden bij Milton Security had geformuleerd.

'Tja ...' zei hij aarzelend.

'Doe geen moeite. Ik neem alleen klussen aan die me boeien, dus de kans dat ik nee zeg, is groot. Laat wat van je horen als je een écht probleem hebt. Ik ben goed in raadsels oplossen.'

Ze keerde zich om en liep de deur uit. Dragan Armanskij schudde zijn hoofd. *Ze is gestoord. Ze is echt gestoord.*

Het volgende moment was Lisbeth Salander weer terug in de deuropening.

'Trouwens ... Je hebt twee knullen die al een maand bezig zijn die actrice Christine Ruterford te beschermen tegen die idioot die anonieme dreigbrieven schrijft. Jullie denken dat het werk van insiders is, omdat de brievenschrijver zo veel details uit haar leven kent.'

Dragan Armanskij staarde Lisbeth Salander aan. Er ging een elektrische schok door hem heen. *Ze heeft het weer geflikt.* Ze heeft het over iets waar ze absoluut niets van kan weten. *Ze kán het niet weten.*

'Ja ...?'

'*Forget it.* Het is fake. Zij en haar vriend schrijven die brieven zelf om aandacht te trekken. Ze krijgt een dezer dagen een nieuwe brief en ze gaan volgende week lekken naar de media. De kans is groot dat ze Milton beschuldigt van het lekken. Streep haar van de lijst met cliënten.'

Voordat Dragan Armanskij iets had kunnen zeggen, was ze verdwenen. Hij staarde naar de lege deuropening. Ze kon redelijkerwijs niets van die zaak af weten. Ze moest een insider bij Milton hebben die uit de school had geklapt en haar up-to-date hield. Maar er waren slechts vier of vijf personen bij Milton die van de zaak af wisten: Armanskij zelf, de chef operations en de weinige personen die de bedreigingen onderzochten ... en dat waren gevestigde en stabiele profs. Armanskij wreef over zijn kin.

Hij keek omlaag naar zijn bureau. De map over de zaak Ruterford lag veilig achter slot en grendel in zijn bureaula. Het kantoor was beveiligd. Hij keek weer hoe laat het was en constateerde dat Harry Fransson, het hoofd van de technische afdeling, al naar huis was. Hij startte zijn mailprogramma en verstuurde een bericht waarin hij Fransson vroeg de volgende dag naar zijn kantoor te komen om een verborgen bewakingscamera te installeren.

Lisbeth Salander wandelde rechtstreeks naar huis, naar Mosebacke. Ze versnelde haar pas met een gevoel dat er haast bij was.

Ze belde het Zuiderziekenhuis en slaagde er na een tijdje doorverbinden naar verschillende centrales in om Holger Palmgren te lokaliseren. Die bevond zich sinds veertien maanden in de revalidatiekliniek van Erstaviken in Älta, 15 kilometer buiten Stockholm. Ze zag plotseling Äppelvik voor zich. Toen ze belde, kreeg ze te horen dat hij sliep maar dat ze de volgende dag gerust langs mocht komen.

Lisbeth bracht de avond ijsberend in haar flat door. Ze voelde zich ongemakkelijk. Ze ging vroeg naar bed en viel bijna onmiddellijk in slaap. Ze werd om zeven uur wakker, douchte en ontbeet bij de 7-Eleven. Tegen achten liep ze naar het autoverhuurbedrijf aan de Ringweg. *Ik moet een eigen auto kopen.* Ze huurde dezelfde Nissan Micra als waarmee ze een paar weken daarvoor naar Äppelvik was gereden.

Ze voelde een plotselinge nervositeit toen ze bij de kliniek parkeerde, maar vatte moed en ging naar de receptie, waar ze vroeg Holger Palmgren te mogen zien.

Een vrouw bij de receptie, Margit, raadpleegde haar papieren en verklaarde dat hij momenteel bij fysiotherapie was en na elf uur weer beschikbaar was. Lisbeth mocht in de wachtkamer plaatsnemen of later terugkomen. Ze ging terug naar de parkeerplaats, ging in de auto zitten en rookte drie sigaretten terwijl ze wachtte. Om elf uur ging ze weer naar de receptie. Ze werd naar de eetzaal verwezen; de gang door naar rechts en daarna naar links.

Ze bleef in de deuropening staan en zag Holger Palmgren in een halflege eetzaal zitten. Hij zat met zijn gezicht naar haar toe, maar had al zijn aandacht gericht op een bord eten. Hij hield zijn vork met zijn hele hand in een lompe greep en stuurde het eten geconcentreerd naar zijn mond. Een op de drie keer mislukte dat en verloor hij de lading.

Hij zat in elkaar gezakt en leek wel honderd. Zijn gezicht was opmerkelijk star. Hij zat in een rolstoel. Pas op dat moment begreep Lisbeth Salander dat hij inderdaad nog leefde en dat Armanskij haar niet had voorgelogen.

Holger Palmgren vloekte binnensmonds terwijl hij voor de derde keer een portie macaronipudding aan zijn vork probeerde te prikken. Hij accepteerde dat hij niet fatsoenlijk kon lopen en dat er veel was wat hij niet kon. Maar hij haatte het dat hij niet goed kon eten en dat hij soms als een klein kind zat te kwijlen.

Met zijn verstand wist hij precies wat hij moest doen. De vork in de goede hoek zetten, naar voren schuiven, optillen en naar zijn mond sturen. Maar hij had een probleem met de motoriek. Zijn hand leek een eigen leven te leiden. Als hij hem op wilde tillen, schoof zijn hand langzaam naar opzij. En als hij de vork naar zijn mond stuurde, veranderde zijn hand op het laatste moment van richting en stuurde deze de vork naar zijn wang of kin.

Maar hij wist ook dat de revalidatie resultaat opleverde. Zes maanden geleden had zijn hand nog zo hevig getrild dat hij geen enkele hap naar binnen had kunnen krijgen. Nu gingen de maaltijden weliswaar langzaam, maar hij at in elk geval zelf. Hij was niet van plan het op te geven voor hij weer de volledige controle over zijn ledematen had.

Hij deed zijn vork omlaag om een nieuwe hap te nemen toen een hand hem schuin van achteren te hulp schoot en voorzichtig het bestek uit zijn hand pakte. Hij zag de hand een portie macaronipudding op zijn vork schuiven en de vork optillen. Hij herkende de smalle, popperige vuist onmiddellijk, draaide zijn hoofd om en keek in Lisbeth Salanders ogen, die op minder dan een decimeter van zijn gezicht rustten. Haar blik was afwachtend. Ze leek angstig.

Palmgren zat een hele tijd onbeweeglijk naar haar gezicht te staren. Zijn hart bonsde opeens op volstrekt onredelijke wijze. Toen deed hij zijn mond open en nam hij het eten in ontvangst.

Ze voerde hem hapje voor hapje. Gewoonlijk had Palmgren er een hekel aan om hulp te krijgen bij het eten, maar hij begreep Lisbeth Salanders behoefte. Het was niet zo dat hij een hulpeloos kasplantje was. Ze voerde hem als gebaar van bescheidenheid, in haar geval een bijzonder ongebruikelijke eigenschap. Ze maakte porties van de juiste grootte en wachtte tot hij uitgekauwd was. Toen hij op het glas melk met het rietje wees, hield ze dat rustig omhoog zodat hij kon drinken.

Ze wisselden gedurende de maaltijd geen woord met elkaar. Toen hij de laatste hap had doorgeslikt, legde ze de vork neer en keek ze hem vragend aan. Hij schudde zijn hoofd. *Nee, ik hoef geen tweede portie.*

Holger Palmgren leunde achterover in zijn rolstoel en haalde diep adem. Lisbeth tilde zijn servet op en veegde zijn mond af. Hij voelde zich plotseling als een maffiabaas in een Amerikaanse film, waarbij een *capo di tutti capi* zijn eerbied betuigde. Hij zag voor zich hoe ze zijn hand zou kussen en glimlachte om die absurde fantasie.

'Denk je dat we hier een kop koffie kunnen krijgen?' vroeg ze.

Hij sliste. Zijn lippen en tong wilden de geluiden niet correct vormen.

'Zefbdien om doek.' *Zelfbediening om de hoek.*

'Wat wil jij? Melk maar geen suiker, zoals vroeger?'

Hij knikte. Ze bracht het blad met zijn bord en zijn glas weg en kwam na een minuutje terug met twee koppen koffie. Hij zag dat zij zwarte koffie dronk, wat ongebruikelijk was. Hij glimlachte toen hij zag dat ze het rietje van de melk bewaard had voor zijn koffie. Ze zwegen. Holger Palmgren had wel duizend dingen willen zeggen, maar kreeg geen lettergreep geformuleerd. Maar hun ogen ontmoetten elkaar keer op keer. Lisbeth Salander zag er ontzettend schuldbewust uit. Ten slotte doorbrak ze de stilte.

'Ik dacht dat je dood was,' zei ze. 'Ik wist niet dat je nog leefde. Als ik dat had geweten, zou ik nooit ... dan zou ik je veel eerder hebben opgezocht.'

Hij knikte.

'Het spijt me.'

Hij knikte nogmaals. Hij glimlachte. Zijn lach was scheef, een kromming van zijn lippen.

'Je lag in coma en de artsen zeiden dat je zou sterven. Ze dachten dat je binnen een paar dagen zou komen te overlijden en ik ben weggegaan. Het spijt me enorm. Sorry.'

Hij tilde zijn hand op en legde die op haar knuistje. Ze pakte zijn hand in een stevige greep en ademde uit.

'Je was vwene.' *Je was verdwenen.*

'Heb je met Dragan Armanskij gesproken?'

Hij knikte.

'Ik ben op reis geweest. Ik moest weg. Ik heb niemand gedag gezegd en ben zo vertrokken. Was je ongerust?'

Hij schudde zijn hoofd.

'Je hoeft nooit ongerust over mij te zijn.'

'Ik bn nooi ngru wst. Jij re... redtje ltijd. MarArmans wasngru.' *Ik ben nooit ongerust geweest. Jij redt je altijd. Maar Armanskij was ongerust.*

Ze glimlachte voor het eerst en Holger Palmgren ontspande zich. Dat was haar gewone scheve lachje. Hij nam haar in zich op, vergeleek het beeld van haar dat hij in zijn herinnering had met de vrouw die hij voor zich zag. Ze was veranderd. Ze was ongeschonden, schoon en goed gekleed. Ze had die ring door haar lip weggehaald en ... hm ... die wespentatoeage in haar hals was ook weg. Ze zag er volwassen uit. Hij moest voor het eerst in weken lachen. Het klonk als een hoestaanval.

Lisbeth lachte nóg schever en voelde plotseling een warmte in haar hart die ze lang niet had gevoeld.

'Je hebje goegered.' *Je hebt je goed gered.* Hij wees op haar kleren. Ze knikte.

'Ik red me prima.'

'Oe isd nwe crator?' *Hoe is de nieuwe curator?*

Holger Palmgren zag Lisbeths gezicht betrekken. Haar mond vertrok plotseling een beetje. Ze keek hem met trouwhartige ogen aan.

'Hij is oké ... ik kan hem wel hanteren.'

Palmgrens wenkbrauwen vertrokken zich tot een vraagteken. Lisbeth keek om zich heen in de eetzaal en schakelde over op een ander onderwerp.

'Hoe lang ben je hier al?'

Maar Palmgren was niet gek. Hij had een beroerte gehad en had moeite met praten en met het coördineren van zijn bewegingen, maar zijn verstand was intact en zijn radar noteerde onmiddellijk een valse toon in Lisbeth Salanders stem. In de jaren dat hij haar had gekend, was hij tot het inzicht gekomen dat ze hem nooit direct voorloog, maar dat ze niet altijd helemaal openhartig was. Haar manier van liegen bestond uit zijn aandacht afleiden. Er was blijkbaar een probleem met haar nieuwe curator. Wat Holger Palmgren niet verbaasde.

Plotseling voelde hij diepe spijt. Hoe vaak was hij niet van plan geweest om contact op te nemen met zijn collega Nils Bjurman om te horen hoe het met Lisbeth Salander ging, maar had hij daarvan afgezien? En waarom had hij haar ondertoezichtstelling niet ter hand genomen toen hij de kracht nog had? Hij wist waarom: hij had zijn contact met haar heel graag levend willen houden, maar had dat erg egoïstisch gevonden. Hij was gek op dat lastige wicht, alsof ze de dochter was die hij nooit had gekregen en hij een reden wilde hebben om de relatie te behouden. Maar het was te lastig en te zwaar voor een kasplantje in een verpleeghuis om weer aan het werk te gaan als hij zelfs moeite had om zijn gulp open te krijgen als hij eindelijk naar het toilet was gestrompeld. Het voelde of hij degene was die Lisbeth Salander in de steek had gelaten. *Maar zij overleeft het altijd ... Ze is de meest capabele persoon die ik ooit heb ontmoet.*

'Reba.'

'Sorry, wat zeg je?'

'Rechba.'

'De rechtbank? Wat bedoel je?'

'Moedje odetoeziste obheve...'

Holger Palmgren kreeg een rood, verwrongen hoofd toen hij de woorden niet kon formuleren. Lisbeth legde een hand op zijn arm en drukte deze voorzichtig.

'Holger ... je hoeft je geen zorgen te maken om mij. Ik heb plannen om binnenkort met mijn ondertoezichtstelling aan de gang te gaan. Het is jouw werk niet meer om je zorgen om mij te maken, maar het is niet onwaarschijnlijk dat ik je hulp nodig heb. Is dat goed? Kun je mijn advocaat zijn als ik je nodig heb?'

Hij schudde zijn hoofd.

'Toud.' Hij tikte met een knokkel op tafel. 'Dom ouman.'

'Ja, je bent een ontzettend domme, oude man als je die houding aanneemt. Ik heb een advocaat nodig. Ik wil jou. Je kunt misschien geen slotpleidooi houden voor de rechtbank, maar je kunt me advies geven als het zover is. Goed?'

Hij schudde nogmaals zijn hoofd. Toen knikte hij.

'Wek?'

'Ik begrijp je niet.'

'Wavo wek? Nie Mansk.' *Wat doe je voor werk? Niet Armanskij.*

Lisbeth aarzelde een minuutje terwijl ze nadacht hoe ze haar levenssituatie zou kunnen uitleggen. Het werd gecompliceerd.

'Holger, ik werk niet meer voor Armanskij. Ik hoef niet langer voor hem te werken om in mijn levensonderhoud te voorzien. Ik heb eigen geld en het gaat goed met me.'

Palmgrens wenkbrauwen vertrokken zich opnieuw.

'Ik zal je vanaf nu vaak komen opzoeken. Ik zal het je allemaal wel een keer vertellen, maar laten we niet te hard van stapel lopen. Nu wil ik iets anders doen.'

Ze boog zich voorover en zette een tas op tafel waar ze een schaakbord uit haalde.

'Ik heb al twee jaar de vloer niet met je aangeveegd.'

Hij schikte zich. Ze was iets van plan, maar wilde niet vertellen wát. Hij was ervan overtuigd dat hij zijn bedenkingen zou hebben, maar hij vertrouwde haar genoeg om te weten dat waar ze zich ook mee bezighield, dit mogelijk Juridisch Twijfelachtig was, maar geen misdaad tegen de Wetten van God. In tegenstelling tot de meeste anderen was Holger Palmgren er namelijk van overtuigd dat Lisbeth Salander een moreel oprecht iemand was. Het probleem was alleen dat haar moraal niet altijd overeenkwam met wat de wet voorschreef.

Ze zette de schaakstukken voor hem neer en hij zag met een schok dat het zijn eigen schaakbord was. *Ze moest het uit zijn appartement hebben meegenomen nadat hij was afgevoerd. Als herinnering?* Ze gaf hem wit. Hij was opeens zo gelukkig als een kind.

Lisbeth Salander bleef twee uur bij Holger Palmgren. Ze had hem drie keer verslagen toen een verpleegkundige hun gekissebis aan het schaakbord onderbrak en zei dat het tijd was voor de middagfysio. Lisbeth deed de schaakstukken in de doos en vouwde het bord dubbel.

'Kunt u mij vertellen waaruit die fysiotherapie bestaat?' vroeg ze aan de zuster.

'Het is krachttraining en coördinatietraining. En we maken vorderingen, nietwaar?'

Die laatste vraag was gericht aan Holger Palmgren. Hij knikte.

'Je kunt nu al een paar meter lopen. Van de zomer kun je zelf in het park wandelen. Is dit je dochter?'

Lisbeth en Holger Palmgren keken elkaar aan.

'Leedodr.' *Pleegdochter.*

'Leuk dat je op bezoek komt.' *Vertaling: waar was je in godsnaam al die tijd?* Lisbeth negeerde de stilzwijgende kritiek. Ze boog zich voorover en kuste Palmgren op zijn wang.

'Ik kom vrijdag weer.'

Holger Palmgren kwam moeizaam uit zijn rolstoel overeind. Ze wandelde met hem naar een lift, waar hun wegen zich scheidden. Zo gauw de liftdeuren dicht waren, ging ze naar de receptie en vroeg ze of ze met iemand zou kunnen spreken die verantwoordelijk was voor de patiënten. Ze werd verwezen naar een dr. A. Sivarnandan, die ze op een kantoor iets verder op de gang vond. Ze stelde zich voor en verklaarde dat ze Holger Palmgrens pleegdochter was.

'Ik wil weten hoe het met hem is en wat er met hem gaat gebeuren.'

Dr. A. Sivarnandan sloeg Holger Palmgrens dossier open en las de inleidende pagina's. Hij had een koperkleurige huid en een dun snorretje, dat Lisbeth irriteerde. Uiteindelijk keek hij op. Tot haar verbazing sprak hij met een duidelijk Fins accent.

'Ik heb geen aantekeningen dat de heer Palmgren een dochter of pleegdochter heeft. Zijn naaste familielid is een zesentachtigjarige nicht die in Jämtland woont.'

'Hij heeft voor mij gezorgd van mijn dertiende tot hij die beroerte kreeg. Toen was ik vierentwintig.'

Ze groef in de binnenzak van haar jack en gooide een pen voor dr. A. Sivarnandan op tafel.

'Mijn naam is Lisbeth Salander. Noteer mijn naam in zijn dossier. Ik ben het meest naaste familielid dat hij heeft.'

'Dat is mogelijk,' antwoordde A. Sivarnandan standvastig. 'Maar als jij zijn naaste familie bent, dan heeft het wel lang geduurd voordat je wat van je liet horen. Hij heeft voor zover ik weet alleen een paar keer bezoek gehad van een persoon die geen familie van hem is, maar die we moeten berichten wanneer Palmgrens gezondheidstoestand verslechtert of wanneer hij zou komen te overlijden.'

'Dat zou Dragan Armanskij moeten zijn.'

Dr. A. Sivarnandan trok zijn wenkbrauwen op en knikte nadenkend.

'Dat klopt. Je kent hem.'

'U kunt hem bellen en verifiëren wie ik ben.'

'Dat is niet nodig. Ik geloof je. Ik heb gehoord dat je twee uur met meneer Palmgren hebt zitten schaken. Maar ik kan zijn gezondheidstoestand niet zonder zijn toestemming met je bespreken.'

‘En die toestemming zult u van die koppige oude baas nooit krijgen. Hij leeft namelijk in de waan dat hij mij niet mag belasten met zijn kwalen en dat hij nog steeds een bepaalde verantwoordelijkheid voor mij heeft en niet andersom. Het zit zo: ik heb twee jaar gemeend dat Palmgren dood was. Ik heb gisteren gehoord dat hij nog leefde. Als ik had geweten dat ... het is gecompliceerd om uit te leggen, maar ik wil weten wat zijn prognose is en of het weer goed met hem komt.’

Dr. A. Sivarnandan pakte de pen en schreef Lisbeth Salanders naam netjes in Holger Palmgrens dossier. Hij vroeg om haar persoonlijk identificatienummer en haar telefoonnummer.

‘Goed, nu ben je formeel zijn pleegdochter. Het is misschien niet helemaal volgens de regels, maar omdat je de eerste bent die hem bezoekt sinds de kerst, toen de heer Armanskij op visite is geweest ... Je hebt hem vandaag gezien en hebt zelf kunnen constateren dat hij problemen heeft met de coördinatie en met spreken. Hij heeft een beroerte gehad.’

‘Dat weet ik. Ik ben degene die hem heeft gevonden en de ambulance heeft gebeld.’

‘Aha. Dan moet je weten dat hij drie maanden op de intensive care heeft gelegen. Hij is langdurig buiten bewustzijn geweest. Meestal komen patiënten niet meer bij uit een dergelijke coma, maar soms gebeurt het. Hij was blijkbaar nog niet bereid om te sterven. Hij is eerst overgeplaatst naar een afdeling voor chronisch zieke demente bejaarden die totaal niet voor zichzelf konden zorgen. Tegen alle verwachtingen in vertoonde hij tekenen van herstel en is hij negen maanden geleden naar de revalidatieafdeling overgebracht.’

‘Hoe ziet zijn toekomst eruit?’

Dr. A. Sivarnandan sloeg zijn handen uiteen.

‘Heb jij een kristallen bol die beter is dan die van mij? De waarheid is ... ik heb geen idee. Hij kan vannacht overlijden aan een hersenbloeding. Maar hij kan ook nog twintig jaar een relatief normaal leven leiden. Ik weet het niet. Je zou kunnen zeggen: God beslist.’

‘En als hij nog twintig jaar leeft?’

‘De revalidatie verloopt moeizaam. En we zien pas de laatste maanden duidelijke verbeteringen. Zes maanden geleden kon hij nog niet zonder hulp eten. Een maand geleden kon hij nog amper overeind komen uit zijn stoel, wat onder andere komt doordat zijn spieren zijn geatrofieerd door al dat in bed liggen. Nu kan hij in elk geval redelijk korte stukjes lopen.’

‘Wordt het nog beter?’

'Ja, zelfs aanzienlijk beter. De eerste drempel is het lastigst, maar we zien nu elke dag vooruitgang. Hij heeft bijna twee jaar van zijn leven verloren. Over een paar maanden, van de zomer, hoop ik dat hij hier buiten in het park kan wandelen.'

'En zijn spraakvermogen?'

'Het probleem is dat zowel zijn spraakcentrum als zijn motoriek is aangetast. Hij is echt heel lang een kasplantje geweest. Sindsdien heeft hij moeten leren zijn lichaam weer onder controle te krijgen en weer te praten. Hij heeft moeite zich te herinneren welke woorden hij moet gebruiken en hij moet de woorden weer opnieuw leren. Maar tegelijkertijd is het niet hetzelfde als een kind leren praten; hij begrijpt de betekenis van het woord, maar kan het niet formuleren. Geef hem nog een paar maanden de tijd, dan zul je zien dat zijn spraak is verbeterd vergeleken met vandaag. Hetzelfde geldt voor zijn oriëntatievermogen. Negen maanden geleden had hij moeite met het verschil tussen links en rechts, en met naar boven en naar beneden in de lift.'

Lisbeth Salander knikte nadenkend. Ze dacht twee minuten na. Ze ontdekte dat ze dr. A. Sivarnandan met het Indische uiterlijk en het Finse accent wel mocht.

'Waar staat die A voor?' vroeg ze plotseling.

Hij keek haar geamuseerd aan.

'Anders.'

'Anders?'

'Ik ben geboren op Sri Lanka, maar werd geadopteerd door ouders in Turku toen ik een paar maanden oud was.'

'Goed Anders, hoe kan ik hem helpen?'

'Bezoek hem. Geef hem intellectuele prikkels.'

'Ik kan elke dag komen.'

'Ik wil niet dat je hier elke dag komt. Als hij je graag mag, wil ik dat hij naar je bezoeken zal uitkijken en niet dat ze hem zullen gaan vervelen.'

'Kan enige vorm van specialistische hulp zijn toestand verbeteren? Ik betaal de kosten.'

Hij glimlachte opeens naar Lisbeth Salander, maar werd meteen serieus.

'Ik ben bang dat wij die specialistische hulp zijn. Ik zou graag willen dat we betere middelen hadden en dat we niet zo veel te maken hadden met bezuinigingen, maar ik kan je verzekeren dat hij bij ons in goede handen is.'

'En als je je niet druk zou hoeven maken om bezuinigingen, wat had je hem dan kunnen bieden?'

'Het optimale voor patiënten als Holger Palmgren zou natuurlijk zijn dat ik hem een fulltime persoonlijke trainer zou kunnen bieden. Maar het is lang geleden dat we die middelen in Zweden hadden.'

'Neem iemand aan.'

'Pardon?'

'Neem een persoonlijke trainer voor Holger Palmgren aan. Zoek de beste die je kunt vinden. Doe het morgen al. En zorg dat alles wat hij aan technische apparatuur en dergelijke nodig heeft, beschikbaar is. Ik zal erop toezien dat er al eind deze week geld is overgemaakt om salariskosten en de benodigde apparatuur van te betalen.'

'Maak je een grapje?'

Lisbeth keek doctor Anders Sivarnandan met haar harde, rechte blik aan.

Mia Bergman remde af en stuurde haar Fiat naar de stoeprand bij het metrostation van Gamla Stan. Dag Svensson deed de deur open en nam snel plaats op de passagiersstoel. Hij boog zich voorover en gaf haar een kus op haar wang, terwijl ze de auto achter een bus langs manoeuvreerde.

'Hoi,' zei ze zonder haar blik van het verkeer af te wenden. 'Je kijkt zo ernstig, is er iets gebeurd?'

Dag Svensson zuchtte en maakte zijn gordel vast.

'Nee, niks ernstigs. Een beetje gezeur met de tekst.'

'Wat dan?'

'De deadline is over een maand. Ik heb negen van de tweeëntwintig geplande confrontaties gedaan. Ik heb problemen met Björck van de veiligheidsdienst. Die klootzak is langdurig ziek en neemt thuis zijn telefoon niet op.'

'Ligt hij in het ziekenhuis?'

'Geen idee. Heb jij weleens geprobeerd informatie te verkrijgen van de Zweedse veiligheidsdienst? Ze geven niet eens toe dat hij daar überhaupt werkt.'

'Heb je zijn ouders geprobeerd?'

'Allebei overleden. Hij is ongehuwd. Hij heeft een broer die in Spanje woont. Ik weet gewoon niet hoe ik hem te pakken kan krijgen.'

Mia Bergman keek haar vriend met een schuine blik aan terwijl ze via Slussen naar de tunnel naar de Nynäsvägen navigeerde.

'In het ergste geval moeten we het hoofdstuk over Björck skippen.

Blomkvist eist dat iedereen die we aanklagen een kans moet krijgen om commentaar te leveren voordat we hem of haar aan de schandpaal nagelen.'

'Maar het zou zonde zijn om een vertegenwoordiger van de geheime politie die naar de hoeren gaat, niet mee te nemen. Wat ben je van plan te doen?'

'Hem opzoeken natuurlijk. En hoe gaat het met jou? Niet zenuwachtig?'

Hij prikte haar voorzichtig in haar zij.

'Nee. Volgende maand ga ik promoveren en word ik doctor, maar ik voel me doodkalm.'

'Je weet waar je het over hebt. Dus waarom zou je ook nerveus zijn?'

'Kijk eens op de achterbank.'

Dag Svensson keerde zich om en zag een tas.

'Mia, het is terug van de drukker!' riep hij uit.

Hij hield een gedrukt proefschrift omhoog.

From Russia with Love
Trafficking, georganiseerde misdaad en de tegenmaatregelen van de samenleving
Door Mia Bergman

'Ik dacht dat het pas volgende week zou komen. Shit ... we gaan een fles wijn openmaken als we thuis zijn. Gefeliciteerd doctor!'

Hij boog zich voorover en kuste haar nogmaals op haar wang.

'Rustig aan, ik ben over drie weken pas doctor. En hou je handen thuis als ik rijd.'

Dag Svensson lachte. Toen werd hij weer serieus.

'Trouwens, even wat anders ... jij hebt een paar jaar geleden een meisje geïnterviewd dat Irina P. heet.'

'Irina P., 22 jaar, uit Sint-Petersburg. Ze kwam in 1999 voor het eerst hiernaartoe en is een paar keer terug geweest. Hoezo?'

'Ik kwam Gulbrandsen vandaag tegen. Die politieman die dat bordeelonderzoek in Södertälje heeft geleid. Heb je vorige week niet gelezen dat ze een meisje hadden gevonden dat in het Södertäljekanaal dreef? Het stond breed uitgemeten in de avondkranten. Dat was Irina P.'

'Dat meen je niet, wat vreselijk!'

Ze reden zwijgend langs Skanstull.

'Ze komt voor in mijn proefschrift,' zei Mia Bergman uiteindelijk. 'Onder het pseudoniem Tamara.'

Dag Svensson zocht het hoofdstuk met de interviews op in *From Russia with Love* en bladerde tot hij bij Tamara kwam. Hij las geconcentreerd terwijl Mia het Gullmarsplan en Globen passeerde.

'Ze was hierheen gehaald door iemand die je Anton noemt.'

'Ik kan geen echte namen noemen. Ik ben gewaarschuwd dat ik daar tijdens de promotie kritiek op kan krijgen, maar ik kan die meisjes niet bij name noemen. Dan zouden ze het risico lopen te worden vermoord. En ik kan die hoerenlopers om diezelfde reden ook niet bij naam en toenaam noemen, omdat die dan zouden kunnen uitvissen met welke vrouwen ik heb gesproken. Ik gebruik in alle casestudies dus alleen maar pseudoniemen en niet te identificeren personen, zodat er geen specifieke details zijn.'

'Wie is Anton?'

'Hij heet vermoedelijk Zala. Ik heb hem nooit echt kunnen identificeren, maar ik denk dat hij een Pool of een Joegoslaaf is en eigenlijk anders heet. Ik heb vier of vijf keer met Irina P. gesproken en pas tijdens de laatste ontmoeting heeft ze hem bij name genoemd. Ze was bezig haar leven op orde te brengen en wilde ermee stoppen, maar ze was doodsbenauwd voor hem.'

'Hm ...' zei Dag Svensson.

'Wat is er?'

'Ik vraag me af ... Ik ben de naam Zala een week geleden tegengekomen.'

'Waar dan?'

'Ik had een confrontatie met Sandström, die klotejournalist. Jezus, dat is echt een lul.'

'Hoezo?'

'Hij is eigenlijk geen echte journalist. Hij maakt reclameblaadjes voor bedrijven. Maar hij heeft echt gestoorde fantasieën over verkrachtingen, die hij met dat meisje heeft verwezenlijkt ...'

'Ik weet het. Ik heb haar geïnterviewd.'

'Maar wist je dat hij de lay-out heeft ontworpen voor een informatiefolder over seksueel overdraagbare aandoeningen voor het Instituut voor de Volksgezondheid?'

'Nee, dat wist ik niet.'

'Ik heb hem daar vorige week mee geconfronteerd. Hij brak natuurlijk helemaal toen ik alle documentatie op tafel legde en vroeg waarom hij zijn verkrachtingsfantasieën uitleeft op tienerhoertjes uit het

Oostblok. Op een gegeven moment kreeg ik een soort verklaring van hem.'

'O, ja?'

'Sandström was in een situatie verzeild geraakt waarin hij niet alleen klant was, maar ook boodschappenjongen voor de seksmaffia. Hij gaf mij de namen die hij kende, waaronder Zala. Hij heeft niets specifieks over hem gezegd, maar het is een vrij ongebruikelijke naam.'

Mia Bergman keek hem van opzij aan.

'Jij weet niet wie hij is?' vroeg Dag.

'Nee. Ik heb hem nooit kunnen identificeren. Hij is slechts een naam die af en toe opduikt. De meisjes lijken doodsbang voor hem en niemand heeft meer willen vertellen.'

9
ZONDAG 6 MAART – VRIJDAG 11 MAART

Dr. A. Sivarnandan bleef op weg naar de eetzaal even staan toen hij Holger Palmgren en Lisbeth Salander zag zitten. Ze zaten over een schaakbord gebogen. Lisbeth Salander kwam meestal eenmaal per week, over het algemeen op zondag. Ze kwam altijd rond drieën en zat vervolgens een paar uur met Holger Palmgren te schaken. Ze ging tegen achten 's avonds bij hem weg, als het bedtijd voor hem was. Sivarnandan had opgemerkt dat ze Palmgren absoluut niet als een zielige, ontoerekeningsvatbare, oude patiënt behandelde. Integendeel, ze leken voortdurend te harrewarren en ze liet zich graag door hem verwennen door hem koffie te laten halen.

Dr. A. Sivarnandan fronste zijn wenkbrauwen. Hij kreeg geen hoogte van dat merkwaardige meisje dat zich als Holger Palmgrens pleegdochter beschouwde. Ze had een opmerkelijk uiterlijk en leek haar omgeving met de grootst mogelijke scepsis in de gaten te houden. Het was onmogelijk om een grapje met haar te maken.

Het leek ook bijna onmogelijk om een gewoon gesprek met haar te voeren. Toen hij eens een keer had gevraagd wat voor werk ze deed, had ze ontwijkend geantwoord.

Een paar dagen na haar eerste bezoek was ze teruggekomen met een stapel papieren waaruit bleek dat er een ideële stichting was opgericht met het uitgesproken doel het verpleeghuis bij te staan bij de revalidatie van Holger Palmgren. De voorzitter van de stichting was een advocaat met een adres in Gibraltar. Het bestuur bestond uit een lid, ook een advocaat met een adres in Gibraltar, en een accountant genaamd Hugo Svensson met een adres in Stockholm. De stichting had 2,5 miljoen Zweedse kronen in een fonds gestort, waarover dr. A. Sivarnandan naar eigen goeddunken kon beschikken, maar met het uitgesproken doel dat het geld zou worden gebruikt om Holger Palmgren alle denkbare zorg te geven. Om gebruik te kunnen maken van geld uit het fonds moest Sivarnandan geld vragen aan de accountant, die vervolgens de betalingen verzorgde.

Het was een op zijn zachtst gezegd ongebruikelijk, om niet te zeggen uniek arrangement.

Sivarnandan had er een paar dagen over nagedacht of dit niet onethisch was. Maar hij kon niet direct bezwaren bedenken en besloot daarom Johanna Karolina Oskarsson, 39 jaar, aan te stellen als Holger Palmgrens persoonlijke assistente en trainster. Ze was fysiotherapeute met een aanvullende opleiding op het gebied van psychologie en had een ruime ervaring binnen de revalidatiezorg. Ze was formeel aangesteld door de stichting en tot Sivarnandans grote verbazing werd het eerste maandsalaris bij voorschot uitbetaald zo gauw het arbeidscontract was ondertekend. Tot die tijd had hij zich nog steeds afgevraagd of het niet een soort absurde bluf was.

Het leek ook resultaat te geven. In de afgelopen maand waren Holger Palmgrens coördinatievermogen en algemene toestand aanzienlijk verbeterd, wat kon worden afgelezen in de tests die hij elke week onderging. Sivarnandan vroeg zich af in welke mate de verbetering te maken had met de training, en in hoeverre dit te danken was aan Lisbeth Salander. Er was geen twijfel over mogelijk dat Holger Palmgren zich tot het uiterste inspande en als een dolenthousiast kind uitkeek naar haar bezoek. Hij leek het leuk te vinden om regelmatig met schaken te worden ingemaakt.

Dr. Sivarnandan had hen een keer gezelschap gehouden. Welke lichamelijke handicaps er na de beroerte ook waren ontstaan, er was niets mis met Palmgrens intellectuele scherpte.

Lisbeth Salander had een boek zitten lezen over een vreemd onderwerp als frequentiekalibrering van radiotelescopen in gewichtloze toestand. Ze zat op een kussen, zodat ze beter bij de tafel kon. Toen Palmgren zijn zet had gedaan, had ze opgekeken en een schaakstuk verzet, ogenschijnlijk zonder erbij na te denken, waarna ze weer was teruggekeerd naar haar boek. Palmgren had na de zevenentwintigste zet gecapituleerd. Salander had opgekeken en het bord een paar seconden met een gefronst voorhoofd aanschouwd.

‘Nee,’ had ze gezegd. ‘Je kunt remise maken.’

Palmgren had gezucht en vijf minuten naar het schaakbord zitten staren. Met een priemende blik op Lisbeth Salander zei hij uiteindelijk: ‘Bewijs maar.’

Ze draaide het bord en nam zijn stukken over. Bij de negenendertigste zet was het remise.

'Ongelooflijk,' zei Sivarnandan.

'Zo is ze gewoon. Speel nooit met haar om geld,' zei Palmgren.

Sivarnandan schaakte al van kindsbeen af en had als tiener meegedaan aan de schoolkampioenschappen in Turku, waar hij tweede was geworden. Hij beschouwde zichzelf als een goede amateur. Hij zag in dat Lisbeth Salander een onbarmhartige schaakster was. Ze had blijkbaar nooit bij een club gespeeld, en toen hij zei dat de partij een variant leek op een klassieke partij van Lasker, had ze totaal nietbegrijpend gekeken. Ze leek nooit van Emanuel Lasker te hebben gehoord. Hij kon de verleiding niet weerstaan om zich af te vragen of haar talent aangeboren was en of ze in dat geval andere talenten had die een psycholoog konden interesseren.

Maar hij vroeg niets. Hij constateerde dat Holger Palmgren zich beter dan ooit scheen te voelen sinds zij bij Ersta was gearriveerd.

Advocaat Nils Bjurman kwam 's avonds laat thuis. Hij had vier weken op rij in zijn zomerhuisje buiten Stallarholmen doorgebracht. Hij was terneergeslagen. Er was niets gebeurd wat zijn miserabele levenssituatie had veranderd. Behalve dan dat de blonde reus had laten weten dat ze geïnteresseerd waren in zijn voorstel; het zou hem 100.000 kronen kosten.

Er had zich een grote stapel post onder de brievenbus verzameld. Hij pakte hem op en legde de post op de keukentafel. Hij had een desinteresse ontwikkeld voor alles wat met werk en zijn omgeving te maken had, en zijn oog viel pas later die avond weer op de stapel post. Hij bladerde hem verstrooid door.

Een van de brieven kwam van de Handelsbank. Hij sneed de envelop open en kreeg bijna een schok toen hij ontdekte dat het een kopie was van een rekeningafschrift van een opname van 9.312 kronen van Lisbeth Salanders rekening.

Ze is terug.

Hij ging naar zijn werkkamer en legde het document op zijn bureau. Hij keek er gedurende een minuut naar met van haat vervulde ogen terwijl hij zijn gedachten ordende. Hij moest het telefoonnummer opzoeken. Toen nam hij de hoorn van de haak en toetste het nummer van een mobiele telefoon met prepaidkaart. De blonde reus nam op. Hij had een licht accent.

'Ja?'

'Met Nils Bjurman.'

'Ja?'

'Ze is terug in Zweden.'

Er viel een korte stilte aan de andere kant.

'Mooi. Bel niet meer op dit nummer.'

'Maar ...'

'Je krijgt binnenkort bericht.'

Tot zijn grote irritatie werd het gesprek afgebroken. Bjurman vloekte binnensmonds. Hij ging naar het barmeubel en schonk ongeveer een deciliter Kentucky bourbon in. Hij sloeg de whiskey in twee teugen achterover. *Ik moet niet zo veel drinken,* dacht hij. Daarna schonk hij nog twee centiliter in en nam het glas mee terug naar het bureau, waar hij nogmaals naar het bericht van de Handelsbank keek.

Miriam Wu masseerde Lisbeth Salanders rug en nek. Ze had twintig minuten intensief gekneed, terwijl Lisbeth eigenlijk alleen maar een paar keer had gezucht van genot. Massage van Mimmi krijgen was iets verrukkelijks en ze voelde zich als een jong katje dat alleen maar wilde spinnen en met haar pootjes wilde zwaaien.

Ze slikte een zucht van teleurstelling in toen Mimmi haar een klap op haar billen gaf en zei dat het genoeg was. Ze bleef nog even stilliggen in de ijdele hoop dat Mimmi door zou gaan, maar toen ze hoorde dat Mimmi haar glas wijn pakte ging ze op haar rug liggen.

'Bedankt,' zei ze.

'Volgens mij zit jij de hele dag stil achter de computer. Daarom krijg je last van je rug.'

'Ik heb alleen maar een spier verrekt.'

Ze lagen allebei naakt op Mimmi's bed aan de Lundagatan. Ze dronken rode wijn en waren erg giechelig. Sinds Lisbeth de kennismaking met Mimmi had hernieuwd, was het alsof ze niet genoeg van haar kon krijgen. Het was een onhebbelijke gewoonte van haar geworden haar vrijwel elke dag te bellen, veel te vaak. Ze keek naar Mimmi en herinnerde zich dat ze zich niet weer te veel aan iemand mocht hechten. Dan zou er iemand gekwetst kunnen raken.

Miriam Wu leunde plotseling achterover over de rand van het bed en deed de la van het nachtkastje open. Ze pakte een klein, plat pakje dat was ingepakt in gebloemd cadeaupapier met een strik van goudkleurig band, en gooide dat in Lisbeths armen.

'Wat is dit?'

'Je verjaarscadeau.'

'Ik ben pas over een maand jarig.'

‘Je verjaarscadeau van vorig jaar. Toen kon ik je niet te pakken krijgen. Ik kwam het tegen bij het inpakken van de verhuisdozen.’

Lisbeth zweeg even.

‘Mag ik het openmaken?’

‘Tja, als je daar zin in hebt.’

Ze zette haar wijnglas neer, schudde aan het pakje en maakte het voorzichtig open. Ze haalde er een mooie sigarettenkoker uit met een deksel van zwart en blauw email en wat Chinese tekentjes ter decoratie.

‘Je zou moeten stoppen met roken,’ zei Miriam Wu. ‘Maar als je nou toch door wilt gaan, kun je je sigaretten in elk geval in een esthetische verpakking doen.’

‘Dank je wel,’ zei Lisbeth. ‘Jij bent de enige die mij ooit verjaarscadeautjes geeft. Wat betekenen die karakters?’

‘Hoe moet ik dat weten? Ik ken geen Chinees. Het is een prulletje dat ik op een rommelmarkt tegenkwam.’

‘Het is een mooie koker.’

‘Het is een goedkoop gevalletje. Maar het leek alsof hij voor jou was gemaakt. Zeg, de wijn is op, maar we kunnen wel een biertje gaan halen.’

‘Betekent dat dat we op moeten staan en ons aan moeten kleden?’

‘Ik ben bang van wel. Maar wat is er voor lol aan als je op Södermalm woont en nooit naar de kroeg gaat?’

Lisbeth zuchtte.

‘Kom op,’ zei Miriam Wu terwijl ze aan het sieraad in Lisbeths navel peuterde. ‘We kunnen daarna toch weer teruggaan.’

Lisbeth zuchtte nogmaals, zette haar ene voet op de vloer en strekte zich uit naar haar slipje.

Dag Svensson zat aan zijn geleende bureau in een hoek van de redactie van *Millennium* toen hij opeens gerammel in het slot van de buitendeur hoorde. Hij keek op zijn horloge en ontdekte dat het al negen uur ’s avonds was. Mikael Blomkvist leek ook verbaasd dat er nog iemand op de redactie was.

‘Hoi Micke. Ik was nog bezig met mijn boek en ben helemaal de tijd vergeten. Wat doe jij hier?’

‘Ik kom alleen maar een boek halen dat ik vergeten ben. Gaat het goed?’

‘Ja, nou ja, nee ... Ik ben al drie weken bezig om die stomme Björck van de veiligheidsdienst op te sporen. Het lijkt wel of hij door een buitenlandse inlichtingendienst is gekidnapt. Hij is van de aardbodem verdwenen.'

Dag vertelde over zijn beproevingen. Mikael pakte een stoel en zat even na te denken.

'Heb je de loterijtruc al geprobeerd?'

'Hè?'

'Verzin een naam, schrijf een brief waarin wordt meegedeeld dat hij een mobiele telefoon met GPS-navigatiesysteem heeft gewonnen of wat dan ook. Print het zo uit dat het er heel officieel uitziet en stuur het naar zijn adres, in dit geval naar zijn postbusadres. Hij heeft de mobiele telefoon al gewonnen. Bovendien is hij een van de twintig personen die 100.000 kronen kan winnen. Alles wat hij hoeft te doen, is meewerken aan een marktonderzoek voor verschillende producten. Het onderzoek duurt een uur en zal worden afgenomen door een professionele interviewer. En dan ... tja.'

Dag Svensson staarde Mikael met open mond aan.

'Meen je dat echt?'

'Waarom niet? Je hebt alles geprobeerd en zelfs een vooraanstaand, maar niet in de publiciteit tredend persoon bij de veiligheidsdienst moet kunnen uitrekenen dat de kans om een ton te winnen vrij groot is als hij een van de twintig uitverkorenen is.'

Dag Svensson schaterde het uit.

'Je bent niet lekker. Is dat wettig?'

'Ik kan me niet voorstellen dat het onwettig is om een mobiele telefoon weg te geven.'

'Je bent echt niet goed wijs.'

Dag Svensson bleef lachen. Mikael aarzelde even. Hij was eigenlijk op weg naar huis en ging zelden naar het café, maar hij vond Dag Svensson prettig gezelschap.

'Heb je zin om mee te gaan, een biertje drinken?' vroeg hij spontaan.

Dag Svensson keek hoe laat het was.

'Ja,' zei hij. 'Leuk. Eentje. Ik bel Mia even. Zij is met een paar meiden op stap en zou mij op weg naar huis oppikken.'

Ze gingen naar Kvarnen, voornamelijk omdat dat gemakkelijk en dichtbij was. Dag Svensson moest nog steeds lachen terwijl hij in zijn hoofd de brief naar Björck bij de veiligheidsdienst opstelde. Mikael keek wat aarzelend naar zijn geamuseerde medewerker. Er was een tafeltje vlak bij de ingang vrij en ze bestelden allebei een biertje. Met hun hoofden bijeen dronken ze hun pilsje en spraken ze over het onderwerp dat momenteel al Dag Svenssons tijd opslokte.

Mikael zag niet dat Lisbeth Salander samen met Miriam Wu aan de bar stond. Lisbeth deed een stap naar achteren zodat Mimmi tussen Mikael Blomkvist en haar in kwam te staan. Ze gluurde naar Mikael achter Mimmi's schouder langs.

Het was de eerste keer sinds haar thuiskomst dat ze naar de kroeg ging en natuurlijk moest ze meteen over hem struikelen. Die *Verrekte Kalle Blomkvist.*

Het was meer dan een jaar geleden dat ze hem voor het laatst had gezien.

'Wat is er?' vroeg Mimmi.

'Niets,' zei Lisbeth Salander.

Ze praatten verder. Of liever gezegd, Mimmi ging verder met haar relaas over een lesbo die ze een paar jaar terug op een reisje naar Londen had ontmoet. Het ging over een bezoek aan een kunsthal en een steeds lastiger situatie die was ontstaan toen Mimmi had geprobeerd haar te versieren. Lisbeth knikte af en toe en miste zoals gewoonlijk de hele plot van het verhaal.

Mikael Blomkvist was niet noemenswaardig veranderd, constateerde ze. Hij zag er schaamteloos goed uit; ongedwongen en ontspannen, maar met een serieuze uitdrukking op zijn gezicht. Hij luisterde naar wat zijn tafelgenoot zei en knikte zo nu en dan. Het leek een ernstig gesprek.

Lisbeth verplaatste haar blik naar Mikaels gezelschap. Een blonde, gemillimeterde knul, een paar jaar jonger dan Mikael, die met een gefocuste gelaatsuitdrukking sprak en iets leek uit te leggen. Ze had hem nooit eerder gezien en had geen idee wie hij was.

Plotseling kwam een heel gezelschap naar het tafeltje van Mikael toe. Ze schudden elkaar de hand. Mikael kreeg een klopje op zijn kin van een vrouw die iets zei waar het gezelschap om moest lachen. Mikael keek opgelaten, maar lachte ook.

Lisbeth Salander fronste haar wenkbrauwen.

'Je luistert niet naar wat ik zeg,' zei Mimmi.

'Jawel.'

'Je bent slecht gezelschap voor in de kroeg. Ik geef het op. Zullen we naar huis gaan om te neuken?'

'Zo meteen,' zei Lisbeth.

Ze ging iets dichter bij Mimmi staan en legde een hand op haar heup. Mimmi keek omlaag naar haar partner.

'Ik heb zin om je op je mond te kussen.'
'Niet doen.'
'Ben je bang dat mensen denken dat je een pot bent?'
'Ik wil nu even niet de aandacht trekken.'
'Laten we dan naar huis gaan.'
'Nog niet. Even wachten.'

Ze hoefden niet lang te wachten. Twintig minuten nadat ze waren gekomen, kreeg de man met wie Mikael samen was al telefoon. Ze leegden hun glas en stonden tegelijkertijd op.

'Kijk,' zei Mimmi. 'Dat is Mikael Blomkvist. Hij is na de Wennerström-affaire nog bekender geworden dan een rockster.'

'O,' zei Lisbeth.

'Heb je dat gemist? Dat was ongeveer toen jij naar het buitenland vertrok.'

'Ik heb erover gehoord.'

Lisbeth wachtte nog vijf minuten voordat ze Mimmi aankeek.

'Je wilde mij op mijn mond kussen.'

Mimmi keek haar verbaasd aan.

'Ik plaagde je alleen maar.'

Lisbeth ging op haar tenen staan, trok Mimmi's gezicht naar zich toe en gaf haar een lange tongzoen. Toen ze klaar waren, kregen ze applaus.

'Je bent gestoord,' zei Mimmi.

Lisbeth Salander was de volgende ochtend pas om zeven uur thuis. Ze trok aan de hals van haar T-shirt en rook eraan. Ze wilde eerst een douche nemen, maar zag daarvan af en liet haar kleren op een hoop op de grond liggen en kroop in bed. Ze sliep tot vier uur 's middags, stond toen op en liep naar de overdekte markthal op de Medborgarplatsen om te ontbijten.

Ze dacht aan Mikael Blomkvist en aan haar eigen reactie op het feit dat ze zich plotseling in dezelfde ruimte had bevonden als hij. Ze had zich geërgerd aan zijn aanwezigheid, maar constateerde tevens dat het geen pijn meer deed om hem te zien. Hij was veranderd in een kleine stoorzender in het bestaan.

Er waren aanzienlijk ergere stoorzenders in haar leven.

Maar ze wenste plotseling dat ze de moed had gehad om naar hem toe te lopen en hem gedag te zeggen.

Of mogelijk om zijn benen te breken. Ze wist niet precies welke van de twee haar voorkeur had.

Hoe dan ook, ze was opeens nieuwsgierig naar waar hij mee bezig was.

Ze deed die middag een paar boodschappen en kwam tegen zevenen thuis. Ze startte haar PowerBook op en startte Asphyxia 1.3. Het icoontje *MikBlom/laptop* stond nog steeds op de server in Nederland. Ze dubbelklikte en opende een identieke kopie van Mikael Blomkvists harde schijf. Het was haar eerste bezoek aan zijn computer sinds ze Zweden meer dan een jaar daarvoor had verlaten. Ze merkte tot haar tevredenheid op dat hij zijn computer nog niet had geüpgraded naar het laatste MacOS, wat zou hebben betekend dat Asphyxia eruit zou zijn gegooid en het 'afluisteren' zou zijn afgebroken. Ze bedacht meteen dat ze de software moest herschrijven, zodat een upgrade geen storing zou veroorzaken.

Het volume op zijn harde schijf was sinds de vorige keer met maar liefst 6,9 gigabyte toegenomen. Een groot deel van die toename bestond uit PDF-bestanden en Quark-documenten. De documenten namen niet veel plaats in, maar de fotomappen wel, hoewel de foto's gecomprimeerd waren. Sinds hij was teruggekeerd als verantwoordelijk uitgever, was hij blijkbaar van elk nummer van *Millennium* een kopie gaan archiveren.

Ze sorteerde de harde schijf op volgorde van data, met de oudste documenten bovenaan en noteerde dat Mikael zich de laatste maanden hoofdzakelijk had beziggehouden met een map getiteld 'Dag Svensson', die blijkbaar een boekenproject vormde. Daarna opende ze Mikaels mail en las ze zorgvuldig de adressenlijst in zijn correspondentie door.

Van één adres schrok Lisbeth even. Op 26 januari had Mikael een e-mail ontvangen van die trut van een Harriët Vanger. Ze klikte op het mailtje en las een paar korte regels over een komende jaarvergadering van *Millennium*. De mail werd afgesloten met de informatie dat Harriët dezelfde hotelkamer had geboekt als de vorige keer.

Lisbeth liet de informatie even op zich inwerken. Vervolgens haalde ze haar schouders op en downloadde ze Mikael Blomkvists mail en Dag Svenssons boekenmanuscript, dat de werktitel *De bloedzuigers* en de ondertitel *De maatschappelijke dragers van de hoerenindustrie* droeg. Ze vond ook een kopie van een proefschrift getiteld *From Russia with Love*, geschreven door een vrouw genaamd Mia Bergman.

Ze logde uit en ging naar de keuken om koffie te zetten. Daarna ging ze met haar PowerBook op de nieuwe bank in de woonkamer zitten.

Ze deed de sigarettenkoker open die ze van Mimmi had gekregen en stak een Marlboro Light op. De rest van de avond bracht ze lezend door.

Tegen negenen had ze Mia Bergmans proefschrift uit. Ze beet nadenkend op haar onderlip.

Om halfelf was ze klaar met Dag Svenssons boek. Ze zag in dat *Millennium* binnenkort weer veel aandacht zou trekken.

Om halftwaalf had ze bijna al Mikael Blomkvists e-mails doorgewerkt, toen ze plotseling rechtop ging zitten en haar ogen wijd opensperde.

Ze voelde een koude rilling over haar rug lopen.

Het was een mail van Dag Svensson aan Mikael Blomkvist.

In een bijzin noemde Svensson dat hij bedenkingen had ten aanzien van een Oost-Europese gangster genaamd Zala, die eventueel een eigen hoofdstuk zou kunnen vormen. Maar Svensson constateerde dat er weinig tijd was vóór de deadline. Mikael had het mailtje niet beantwoord.

Zala.

Lisbeth Salander zat zo lang onbeweeglijk na te denken dat de screensaver aanging.

Dag Svensson legde zijn notitieblok neer en krabde zich op zijn hoofd. Hij keek nadenkend naar het enige woord dat boven aan de opengeslagen pagina van zijn blok stond. Vier letters.

Zala.

Hij zat drie minuten lang verward een aantal labyrintische ringen om die naam te tekenen. Toen stond hij op en haalde hij een kop koffie uit de pantry. Hij keek op zijn horloge en constateerde dat hij naar huis zou moeten gaan om te slapen, maar hij had ook ontdekt dat hij het prettig vond om 's nachts op de redactie van *Millennium* te zitten werken, wanneer het overal lekker rustig was. De deadline voor zijn bijdrage kwam onbarmhartig snel naderbij. Hij had grip op het manuscript, maar hij voelde voor het eerst sinds het begin van het project een zekere twijfel. Hij vroeg zich af of hij mogelijk een belangrijk detail over het hoofd had gezien.

Zala.

Tot nu toe had hij niet kunnen wachten tot het manuscript af was en het boek gepubliceerd. Nu wenste hij plotseling dat hij meer tijd had.

Hij dacht na over het autopsieverslag dat rechercheur Gulbrandsen hem had laten lezen. Irina P. was in het Södertälje-kanaal gevonden.

Ze was het slachtoffer geweest van grof geweld en had kneuzingen in haar gezicht en op haar borstkas. De doodsoorzaak was een gebroken nek, maar ten minste twee van haar overige verwondingen waren beoordeeld als dodelijk. Er waren zes ribben gebroken en haar linkerlong was doorboord. Ze had een gescheurde milt ten gevolge van ernstige mishandeling. Het letsel was lastig te interpreteren. De patholoog had een theorie opgeworpen dat er eventueel een met stof omwikkelde houten knuppel was gebruikt. Waarom een moordenaar een moordwapen in stof zou wikkelen, kon niet worden verklaard, maar de kneuzingen bevatten geen kenmerken van gangbare wapens.

De moord was nog steeds onopgehelderd en Gulbrandsen had geconstateerd dat de vooruitzichten om de zaak op te lossen niet bijster groot waren.

De naam Zala was viermaal voorgekomen in het materiaal dat Mia Bergman de laatste jaren had samengesteld, maar altijd in de periferie, altijd haast spookachtig ontwijkend. Niemand wist wie hij was en of hij überhaupt bestond. Een paar meisjes hadden over hem gesproken als 'een ondefinieerbare dreiging die een gevaar vormde voor ongehoorzamen'. Svensson had er een week aan besteed meer te weten te komen over Zala en had vragen gesteld aan politie, journalisten en diverse bronnen die hij in verband met de sekshandel had aangeboord.

Hij had opnieuw contact opgenomen met de journalist Per-Åke Sandström, die hij in zijn boek ongenadig aan de schandpaal wilde nagelen. Sandström was nu eindelijk de ernst van de situatie gaan inzien. Hij had gebeden en gesmeekt dat Svensson mededogen moest hebben. Hij had hem geld geboden. Maar Dag Svensson was absoluut niet van plan Sandström te sparen. Hij gebruikte juist zijn macht om Sandström onder druk te zetten om hem informatie over Zala te geven.

Het resultaat was ontmoedigend. Sandström was een corrupte klootzak die boodschappenjongen was geweest voor de seksmaffia. Hij had Zala nooit ontmoet, maar had hem gesproken door de telefoon en wist dat hij bestond. Misschien. Nee, hij had geen telefoonnummer. Nee, hij kon niet vertellen wie het contact had gelegd.

Dag Svensson was getroffen door het inzicht dat Per-Åke Sandström bang was. Achter de dreiging van de schandpaal ging een angst schuil. Hij was doodsbang. *Waarom?*

10
MAANDAG 14 MAART – ZONDAG 20 MAART

Het reizen naar het revalidatiecentrum bij Erstaviken, waar Holger Palmgren verbleef, was met het openbaar vervoer een tijdrovende procedure en het was bijna net zo lastig om bij elk bezoek een auto te huren. Medio maart besloot Lisbeth Salander daarom een auto aan te schaffen en ze begon met het kopen van een parkeerplaats. Wat een veel groter probleem was dan de auto op zich.

Ze had een parkeerplaats in de garage onder het pand bij Mosebacke, maar wilde niet dat de auto in verband zou kunnen worden gebracht met het appartement aan de Fiskargatan. Ze had zich daarentegen jaren daarvoor op de wachtlijst laten plaatsen voor een parkeerplaats in de garage van haar oude Vereniging van Eigenaren aan de Lundagatan. Ze belde om te horen hoe ver ze was gekomen op de wachtlijst en kreeg te horen dat ze bovenaan stond. En dat niet alleen, vanaf komende maand zou er een plaats vrijkomen vanwege een verhuizing. Ze belde Mimmi en vroeg haar onmiddellijk een contract met de Vereniging af te sluiten. De dag daarna ging ze op jacht naar een auto.

Ze had geld genoeg om een exclusieve, mandarijnkleurige Rolls Royce of Ferrari te kunnen kopen als ze dat wilde, maar ze was totaal niet geïnteresseerd in iets buitensporigs. Ze bezocht twee autohandelaren in Nacka en zette haar zinnen op een vier jaar oude, bordeauxrode Honda met automatische versnellingsbak. Ze wilde elk detail in de motor doornemen, wat de wanhopige verkoper een uur kostte. Uit principe dong ze een paar duizend kronen af op de prijs en ze betaalde contant.

Daarna reed ze de Honda naar de Lundagatan, waar ze aanbelde bij Mimmi en de reservesleutels achterliet. Natuurlijk, Mimmi mocht de auto best gebruiken, als ze het van tevoren maar even vroeg. Omdat de garageplaats pas eind van de maand vrij zou komen, parkeerden ze voorlopig buiten op straat.

Mimmi zou naar de bioscoop gaan met een vriendin van wie Lisbeth nog nooit had gehoord. Omdat ze enorm was opgemaakt, gekleed was in een extravagant kledingstuk en iets om haar nek droeg wat deed denken aan een hondenriem, nam Lisbeth aan dat het een van Mimmi's vlammen was, en toen Mimmi vroeg of ze zin had om mee te gaan, bedankte ze toch beslist. Ze had absoluut geen zin om in een triootje terecht te komen met een van Mimmi's langbenige vriendinnen, die zeker bodemloos sexy was, maar bij wie ze zich een volstrekte idioot zou voelen. Bovendien had Lisbeth nog wat te doen in de stad. Ze hielden elkaar gezelschap tot de metro bij het Hötorget, waar ze uiteengingen.

Lisbeth wandelde naar OnOff op de Sveavägen en presteerde het om twee minuten voor sluitingstijd binnen te komen. Ze kocht een tonercassette voor haar laserprinter en nam hem zonder doos mee, zodat hij in haar rugzak paste.

Toen ze weer buiten kwam, had ze trek in iets te eten en te drinken. Ze liep naar het Stureplan, waar ze bij toeval voor Café Hedon koos, een gelegenheid die ze nooit eerder had bezocht of waar ze ook maar van had gehoord. Ze herkende advocaat Nils Bjurman onmiddellijk toen ze hem schuin van achteren ontdekte en maakte in de deuropening rechtsomkeert. Ze ging bij het panoramaraam naar het trottoir staan en stak haar nek uit, zodat ze haar curator in de schaduw van de toonbank kon waarnemen.

De aanblik van Bjurman wekte geen heftige gevoelens bij Lisbeth Salander; geen woede, haat of angst. Voor wat Lisbeth betrof, zou de wereld zónder hem ongetwijfeld een betere plaats zijn, maar hij leefde omdat zij had besloten dat hij op die manier bruikbaarder was. Ze verplaatste haar blik naar de man tegenover Bjurman en sperde haar ogen open toen hij opstond. *Klik.*

Het was een uit de kluiten gewassen man, zeker 2 meter lang en goedgebouwd. Zelfs uitzonderlijk goedgebouwd. Hij had een blotebillengezicht met korte, lichtblonde stekeltjes, maar gaf over het geheel genomen een zeer potente indruk.

Lisbeth zag de blonde reus zich vooroverbuigen en op zachte toon een paar woorden tegen Bjurman zeggen, die knikte. Ze schudden elkaar de hand en Lisbeth zag dat Bjurman zijn hand snel terugtrok.

Wat ben jij voor figuur en wat heb jij met Bjurman van doen?

Lisbeth Salander liep snel een stukje verder en ging bij de ingang van een tabakszaak staan. Ze stond naar een affiche te kijken toen de blonde man bij Hedon naar buiten kwam en zonder om zich heen te kijken links afsloeg. Hij passeerde Lisbeth op minder dan dertig centimeter. Ze gaf hem 15 meter voorsprong en liep toen achter hem aan.

Het werd geen lange wandeling. De blonde reus dook meteen het metrostation aan de Birger Jarlsgatan in en kocht een kaartje bij het loket. Hij ging op het perron staan van de metro die in zuidelijke richting ging, wat de richting was die Lisbeth ook uit moest, en stapte in de metro naar Norsborg. Hij stapte uit op Slussen en stapte over op de groene lijn naar Farsta, maar stapte al bij Skanstull uit en liep naar Blombergs konditori op de Götgatan.

Lisbeth bleef buiten staan. Ze nam nadenkend de man in zich op bij wie de blonde reus aan tafel ging zitten. *Klik.* Lisbeth constateerde al snel dat er iets niet in de haak was. Hij had een mager gezicht en een enorme bierbuik. Zijn haar zat in een paardenstaart en hij had een blonde snor. Hij was gekleed in een zwarte spijkerbroek, een spijkerjasje en laarzen met een hoge hak. Op zijn rechterhand zat een tatoeage, maar Lisbeth kon het motief niet onderscheiden. Hij had een gouden schakelarmband om zijn pols en rookte Lucky Strike. Hij had de opgefokte blik van iemand die vrij vaak onder invloed is. Lisbeth merkte ook op dat hij een vest onder zijn spijkerjasje droeg. Ze kon niet het hele vest zien, maar ze begreep dat hij een biker was.

De blonde reus bestelde niets. Hij leek iets uit te leggen. De man met het spijkerjack knikte af en toe, maar leek geen deel te nemen aan de conversatie. Lisbeth bedacht dat ze een keer een afstandsmicrofoon moest kopen.

Al na vijf minuten stond de blonde reus weer op en verliet hij Blombergs konditori. Lisbeth deed een paar stappen naar achteren, maar hij keek niet eens haar kant op. Hij liep 40 meter en ging toen de trap op naar de Allhelgonagatan, waar hij naar een witte Volvo liep en het portier opendeed. Hij startte en reed voorzichtig de straat op. Lisbeth kon nog net het kenteken zien voordat hij bij de volgende kruising de hoek om reed en verdween.

Lisbeth keerde spoorslags terug naar Blombergs. Ze was minder dan drie minuten weg geweest, maar het tafeltje was al leeg. Ze speurde links en rechts het trottoir af zonder de man met de paardenstaart te ontdekken. Maar toen ze schuin naar de overkant keek, zag ze hem nog net bij McDonald's naar binnen gaan.

Ze moest het fastfoodrestaurant wel in lopen om hem te kunnen zien. Hij zat langs de muur aan de andere kant in gezelschap van een man die net zo was gekleed als hij. Die man droeg zijn vest óver zijn spijkerjack. Lisbeth las de woorden. SVAVELSJÖ MC. De versiering was een gestileerd wiel van een motorfiets, dat eruitzag als een Keltisch kruis met een bijl.

Lisbeth verliet het restaurant en stond nog een minuut lang besluiteloos op de Götgatan voordat ze in noordelijke richting liep. Ze had het gevoel dat haar inwendige waarschuwingssysteem opeens de hoogste alarmfase had bereikt.

Lisbeth bleef bij de 7-Eleven staan en deed haar boodschappen voor de komende week: een familiepak Billys Pan Pizza, drie diepvriesvisschotels, drie hartige taarten met bacon, een kilo appels, twee broden, een pond kaas, melk, koffie, een slof Marlboro Light en de avondkranten. Ze liep via de Svartensgatan naar Mosebacke en keek goed om zich heen voordat ze de portiekcode van het appartement aan de Fiskargatan intoetste. Ze zette een van de hartige bacontaarten in de magnetron en dronk melk direct uit de verpakking. Ze zette het koffiezetapparaat aan en ging daarna achter haar computer zitten waar ze Asphyxia 1.3 opstartte en inlogde op de gespiegelde kopie van advocaat Bjurmans harde schijf. Het halfuur daarna besteedde ze aan het zorgvuldig screenen van de inhoud van zijn computer.

Ze vond absoluut niets van interesse. Bjurman leek zijn e-mail zelden te gebruiken en ze vond slechts een handjevol korte persoonlijke mailtjes aan of van kennissen. Geen van de mails hield enig verband met Lisbeth Salander.

Ze vond een nieuwe map met hardpornofoto's, die aangaven dat hij nog steeds belangstelling had voor vrouwen die in sadistisch verband werden vernederd. Technisch gezien waren ze geen overtreding van haar regel dat hij niet met vrouwen mocht omgaan.

Ze opende de map met documenten met betrekking tot Bjurmans opdracht als haar toezichthouder en las alle maandrapporten zorgvuldig door. Ze correspondeerden zonder afwijkingen met de kopieën die hij volgens haar instructies telkens naar een van haar vele hotmailadressen mailde.

Alles was volkomen normaal.

Mogelijk een kleine afwijking ... Toen ze in Word de bestandseigenschappen van de verschillende maandrapporten bekeek, kon ze constateren dat hij de documenten altijd op een van de eerste dagen van de maand aanmaakte, dat hij gemiddeld per document vier uur besteedde aan het redigeren ervan en dat hij ze stipt de twintigste van de maand aan de Raad van Toezicht inzake Voogdijschap stuurde. Het was nu medio maart en hij was nog niet begonnen met het rapport van de huidige maand. *Slordigheid? Laat? Bezig met wat anders? Was er iets vreemds aan de gang?* Er vormde zich een rimpel op Lisbeth Salanders voorhoofd.

Ze zette haar computer uit, ging in de nis van het raam zitten en opende de sigarettenkoker die ze van Mimmi had gekregen. Ze stak een sigaret op en staarde in het donker naar buiten. Ze had Bjurman niet voldoende in de gaten gehouden. *Hij is zo glad als een aal.*

Ze was buitengewoon ongerust. *Eerst die Verrekte Kalle Blomkvist, dan de naam Zala en nu Nils Gore Klootzak Bjurman samen met een door anabolen opgefokte alfahaan met contacten in een outlawclub.* Binnen een paar dagen waren er diverse stoorzenders ontstaan in het geordende bestaan dat Lisbeth Salander om zich heen had proberen op te bouwen.

Om halfdrie diezelfde nacht stak Lisbeth Salander de sleutel in het slot van de portiek van het pand aan de Upplandsgatan bij het Odenplan, waar advocaat Nils Bjurman woonde. Ze bleef voor zijn deur staan, opende voorzichtig de brievenbus en duwde een extreem geluidgevoelige microfoon naar binnen, die ze gekocht had bij de Counterspy Shop in Mayfair in Londen. Ze had nooit van Ebbe Carlsson gehoord, maar het was dezelfde winkel als waar hij zijn befaamde afluisterapparatuur had gekocht waardoor eind jaren tachtig de Zweedse minister van Justitie spoorslags had moeten aftreden. Lisbeth deed het oortelefoontje in en stelde het volume af.

Ze hoorde een dof gebrom van een koelkast en het scherpe tikken van minstens twee klokken, waarvan de ene een wandklok was die in de woonkamer hing links van de voordeur. Ze stelde het volume nogmaals af en luisterde zonder adem te halen. Ze hoorde allerlei gekraak en geruis uit het pand, maar geen geluid van menselijke activiteit. Het duurde even voordat ze het zwakke geluid van een zware, regelmatige ademhaling kon onderscheiden.

Nils Bjurman sliep.

Ze trok de microfoon weer op en stopte hem in de binnenzak van haar leren jack. Ze was gekleed in een donkere spijkerbroek en droeg gymschoenen met een rubberzool. Ze stak geluidloos de sleutel in het slot en schoof de deur een stukje open. Voordat ze hem helemaal opendeed, haalde ze een elektrisch pistool uit de buitenzak van haar jack. Ze had geen ander wapen meegenomen. Ze meende geen verdere versterking nodig te hebben om Bjurman aan te kunnen.

Ze stapte de hal binnen, sloot de buitendeur en liep geruisloos naar zijn slaapkamer. Ze bleef stokstijf staan toen ze het licht van een lamp zag, maar op dat moment kon ze zijn gesnurk al horen. Ze sloop zijn slaapkamer in. Er brandde een lampje bij het raam. *Wat is er mis, Bjurman? Ben je bang in het donker?*

Ze ging naast zijn bed staan en keek hem minutenlang aan. Hij was ouder geworden en zag er onverzorgd uit. De geur in de kamer gaf aan dat het met zijn persoonlijke hygiëne niet best gesteld was.

Ze voelde totaal geen medelijden. Even vlamde de meedogenloze haat op in haar ogen. Er stond een glas op het nachtkastje. Ze boog zich voorover en rook eraan. Drank.

Ten slotte verliet ze de slaapkamer. Ze maakte een kort rondje door de keuken, vond niets opvallends, ging verder door de woonkamer en bleef bij de deur van de werkkamer staan. Ze stopte haar hand in de zak van haar jack en viste een handvol stukjes knäckebröd op, die ze voorzichtig in het donker op de parketvloer legde. Als er iemand door de woonkamer zou sluipen, zou het geknars haar waarschuwen.

Ze ging achter advocaat Nils Bjurmans bureau zitten en legde het elektrische pistool binnen handbereik voor zich. Ze begon methodisch de lades te doorzoeken en nam de correspondentie van Bjurmans particuliere banktegoeden en financiële overzichten door. Ze merkte op dat zijn updates slordiger en sporadischer waren geworden, maar vond niets van belang.

De onderste bureaulade zat op slot. Lisbeth Salander fronste haar wenkbrauwen. Bij haar bezoek een jaar eerder waren alle lades open geweest. Haar blik werd troebel terwijl ze het beeld van de inhoud van de lade visualiseerde. Die had bestaan uit een camera, een telelens, een kleine Olympus zakcassetterecorder, een in leer gebonden fotoalbum en een doosje met kettingen, andere sieraden en een gouden ring met de inscriptie TILDA EN JACOB BJURMAN • 23 APRIL 1951. Lisbeth wist dat dat de namen van zijn ouders waren en dat ze allebei waren overleden. Ze nam aan dat het een trouwring was, die hij bewaarde als herinnering.

Dus, hij bewaart dingen die hij waardevol vindt achter slot en grendel.

Ze inspecteerde vervolgens de rolluikkast achter het bureau en pakte de twee ordners eruit die betrekking hadden op zijn opdracht als haar curator. Gedurende vijftien minuten bladerde ze papier voor papier zorgvuldig door. De rapporten waren onberispelijk en gaven aan dat Lisbeth Salander een lief en fatsoenlijk meisje was. Vier maanden eerder had hij aangegeven dat ze in zijn ogen zo rationeel en competent overkwam dat er reden was om bij de herziening van volgend jaar de discussie aan te gaan of er echt geldige redenen voor de curatele bestonden. Het was elegant geformuleerd en vormde de eerste bouwsteen in het opheffen van haar ondertoezichtstelling.

De ordner bevatte ook handgeschreven aantekeningen waaruit bleek dat Bjurman was benaderd door ene Ulrika von Liebenstaahl van de Raad van Toezicht inzake Voogdijschap voor een algemeen gesprek over Lisbeths algehele toestand. De woorden 'psychiatrisch onderzoek noodzakelijk' waren onderstreept.

Lisbeth tuitte haar lippen, zette de ordners terug en keek om zich heen.

Zo op het oog kon ze niets vinden waar ze aanmerkingen op kon maken. Bjurman leek zich volledig te houden aan haar instructies. Ze beet op haar onderlip. Toch had ze het idee dat er iets mis was.

Ze was opgestaan en wilde de bureaulamp uitdoen toen ze zich bedacht. Ze pakte de ordners nogmaals en keek ze opnieuw door. Onthutst.

Er zou meer in de ordners moeten zitten. Een jaar geleden had er een samenvatting van de Raad van Toezicht in gezeten van haar ontwikkeling vanaf haar jeugd. Die ontbrak. *Waarom zou Bjurman papieren uit de lopende documentatie halen?* Ze trok haar wenkbrauwen op. Ze kon geen goede reden bedenken. Voor zover hij geen verdere documentatie elders bewaarde. Ze liet haar blik over de rolluikkast en de onderste bureaulade glijden.

Ze had geen loper bij zich en liep daarom zachtjes terug naar Bjurmans slaapkamer en viste zijn sleutelbos uit het colbert dat over een houten kledingstandaard hing. De lade bevatte dezelfde voorwerpen als een jaar eerder. Maar de verzameling was uitgebreid met een platte doos met op de omslag de afbeelding van een Colt 45 Magnum.

Ze nam in gedachten het onderzoek over Bjurman door dat ze bijna twee jaar daarvoor had gedaan. Hij hield zich bezig met schieten en was lid van een schietclub. Volgens het openbare wapenregister had hij een licentie voor een Colt 45 Magnum.

Ze kwam met tegenzin tot de conclusie dat het niet onnatuurlijk was dat de lade op slot zat.

Ze vond de situatie onprettig maar kon geen onmiddellijk excuus vinden om Bjurman wakker te maken en hem de oren te wassen.

Mia Bergman werd om halfzeven wakker. Ze hoorde de ontbijt-tv vanuit de woonkamer op laag volume en rook de geur van verse koffie. Ze hoorde ook het rammelen van de toetsen van Dag Svenssons iBook. Ze glimlachte.

Ze had Dag nog nooit eerder zo hard aan een verhaal zien werken. *Millennium* was een goede zet geweest. Hij was nogal overtuigd van zijn eigen kunnen en de omgang met Blomkvist, Berger en de anderen hadden een heilzaam effect op hem. Hij was regelmatig down thuisgekomen als Blomkvist hem had gewezen op manco's of als iemand een redenering de grond in had geboord. Daarna was hij twee keer zo hard gaan werken.

Ze vroeg zich af of dit het juiste ogenblik was om zijn concentratie te verstoren. Ze was drie weken over tijd. Maar ze wist het nog niet zeker en had ook nog geen zwangerschapstest gedaan.

Ze vroeg zich af of de tijd daar was.

Ze werd bijna dertig. Over minder dan een maand zou ze promoveren. Doctor Bergman. Ze glimlachte nogmaals en besloot niets tegen Dag te zeggen voordat ze het zelf zeker wist en mogelijk te wachten tot hij klaar was met zijn boek en zij op het promotiefeest zat.

Ze bleef nog tien minuten liggen voordat ze opstond en met een laken om zich heen de woonkamer in liep. Hij keek op.

'Het is nog geen zeven uur,' zei ze.

'Blomkvist had weer commentaar,' antwoordde hij.

'Is hij gemeen tegen je geweest? Net goed! Je mag hem wel, hè?'

Dag Svensson leunde achterover op de bank en beantwoordde haar blik. Na een tijdje knikte hij.

'*Millennium* is een goede plek om te werken. Ik heb met Mikael gesproken toen we bij Kvarnen waren, vlak voordat je me kwam ophalen. Hij vroeg wat ik wilde gaan doen als dit project klaar was.'

'En, wat heb je gezegd?'

'Dat ik dat niet wist. Ik werk nu al jaren als freelancer. Ik zou wel iets vasters willen.'

'*Millennium*?'

Hij knikte.

'Micke heeft het terrein verkend en vroeg of ik belangstelling zou hebben voor een parttimebaan. Net zo'n contract als Henry Cortez en Lottie Karim. Ik zou een eigen bureau en een basissalaris van *Millennium* krijgen, en kan de rest zelf bij elkaar scharrelen.'

'Wil je dat?'

'Als ze met een concreet aanbod komen, zeg ik ja.'
'Oké, maar het is nog niet eens zeven uur en het is zaterdag.'
'Ach, ik was alleen maar een beetje aan het pielen met de tekst.'
'Ik vind dat je terug naar bed moet komen om met wat anders te pielen.'

Ze grijnsde naar hem en sloeg het laken een stukje open. Hij zette de computer in de spaarstand.

Lisbeth Salander besteedde de volgende dagen een groot deel van haar tijd aan het doen van research achter haar PowerBook. Het onderzoek richtte zich op diverse facetten. Soms wist ze niet eens precies waarnaar ze zocht.

Sommige onderdelen van het vergaren van feiten waren eenvoudig. Uit het Media-archief stelde ze een overzicht samen van de geschiedenis van de Svavelsjö MC. De club dook in 1991 voor het eerst in de kranten op onder de naam Tälje Hog Riders. De politie had een inval gedaan in hun clubhuis, dat op dat moment was gevestigd in een oud schoolgebouw buiten Södertälje. De inval was uitgevoerd nadat ongeruste buren melding hadden gemaakt van een schotenwisseling bij de oude school; de politie was met groot materieel uitgerukt en had een eind gemaakt aan een uit de hand gelopen feest waarbij buitengewoon veel bier had gevloeid en dat was ontaard in een schietwedstrijd met een AK4, die vervolgens begin jaren tachtig bleek te zijn gestolen uit het opgedoekte regiment I 20 in de noordelijke provincie Västerbotten.

De Svavelsjö MC had volgens een avondkrant zes of zeven leden en een stuk of tien *hangarounds*. Alle volwaardige leden waren ooit in contact geweest met justitie, voornamelijk voor geweldsdelicten; hoofdzakelijk op amateuristisch, maar af en toe ook op gewelddadig niveau. Twee personen in de club staken er met kop en schouders boven uit. De leider van de Svavelsjö MC was ene Carl-Magnus 'Magge' Lundin, die in de interneteditie van *Aftonbladet* werd geportretteerd nadat de politie in 2001 een inval in het clublokaal had gedaan. Lundin was eind jaren tachtig, begin jaren negentig vijf keer veroordeeld. Drie keer voor diefstal, heling en overtreding van de opiumwet. Een van de veroordelingen was voor ernstiger misdrijven, onder andere een zware mishandeling waarvoor hij twaalf maanden had gezeten. Lundin was in 1995 vrijgekomen en was kort daarna bevorderd tot *president* van de Tälje Hog Riders, die zich tegenwoordig dus de Svavelsjö MC noemden.

Nummer twee van de club was volgens de politie ene Sonny Nieminen, zevenendertig jaar, die in niet minder dan drieëntwintig hoofdstukken van het strafregister voorkwam. Hij was zijn carrière op zestienjarige leeftijd begonnen, toen hij door de rechter wegens mishandeling en diefstal volgens het jeugdstrafrecht was veroordeeld tot ondertoezichtstelling en jeugd-TBS, en onder Bureau Jeugdzorg kwam te vallen. In de tien jaar daarop was Sonny Nieminen vijf keer veroordeeld voor diefstal, eenmaal voor diefstal met braak, tweemaal voor bedreiging, tweemaal voor drugsdelicten, voor afpersing, geweld tegen een ambtenaar, twee gevallen van illegaal wapenbezit en een geval van illegaal wapenbezit met verzwarende omstandigheden, rijden onder invloed en niet minder dan zes gevallen van mishandeling. Hij was volgens een voor Lisbeth Salander onbegrijpelijke maatstaf veroordeeld tot ondertoezichtstelling, boetes en een terugkerend verblijf in de gevangenis van telkens een of twee maanden, tot hij in 1989 plotseling was veroordeeld tot tien maanden cel wegens zware mishandeling en beroving. Hij stond een paar maanden later weer buiten en hield zich koest tot oktober 1990, toen hij tijdens een cafébezoek in Södertälje betrokken raakte bij een vechtpartij die eindigde in doodslag en een gevangenisstraf van zes jaar. Nieminen was in 1995 weer vrijgekomen, nu als Magge Lundins beste vriend.

In 1996 was hij opgepakt voor betrokkenheid bij een gewapende overval op een waardetransport. Hij had zelf niet meegedaan aan de roofoverval, maar had drie jongemannen voorzien van de wapens die nodig waren voor de klus. Dat werd het tweede langere verblijf achter de tralies. Hij werd veroordeeld tot vier jaar gevangenisstraf en kwam in 1999 weer op vrije voeten. Daarna had Nieminen op wonderbaarlijke wijze uit handen van de politie weten te blijven. Volgens een krantenartikel uit 2001, waarin Nieminen niet bij name werd genoemd, maar waarbij de achtergrond zo gedetailleerd was dat het niet moeilijk was om uit te vogelen wie er bedoeld werd, werd hij verdacht van betrokkenheid bij zeker één moord op een lid van een concurrerende motorbende.

Lisbeth bestelde de pasfoto's van Nieminen en Lundin. Nieminen had een beeldschoon gezicht met donker, krullend haar en gevaarlijke ogen. Magge Lundin zag eruit als een complete idioot. Ze had geen moeite om Lundin te herkennen als de man die de blonde reus bij Blombergs konditori had ontmoet en Nieminen als de man die bij McDonald's had zitten wachten.

Via de Rijksdienst voor het Wegverkeer spoorde ze de eigenaar op van de witte Volvo waarin de blonde reus was weggereden. Dat bleek autoverhuurbedrijf Auto-Expert in Eskilstuna te zijn. Ze pakte haar telefoon en kreeg ene Refik Alba bij het bedrijf in kwestie aan de lijn.

'Mijn naam is Gunilla Hansson. Mijn hond is gisteren aangereden door iemand die is doorgereden. Die klootzak reed in een auto die bij u is gehuurd. Het was een witte Volvo.'

'Het spijt me.'

'Dat is niet voldoende. Ik wil de naam van die zakkenwasser hebben zodat ik hem een schadeclaim kan toesturen.'

'Hebt u aangifte gedaan bij de politie?'

'Nee, ik wil dit onderling regelen.'

'Het spijt me, maar ik kan geen namen van klanten geven als er geen aangifte is gedaan.'

Lisbeth Salanders stem werd somber. Ze vroeg of het een goede gewoonte van het bedrijf was om haar te dwingen aangifte van hun klanten te doen bij de politie in plaats van de zaak in der minne te schikken. Refik Alba zei nogmaals dat het hem speet, maar dat hij verder helaas niets kon doen. Ze argumenteerde nog een paar minuten, maar kreeg de naam van de blonde reus niet.

De naam Zala was nog zo'n doodlopende weg. Met twee onderbrekingen voor een Billys Pan Pizza bracht Lisbeth Salander het grootste deel van de dag door achter de computer. Haar enige gezelschap was een anderhalve literfles Coca-Cola.

Ze vond honderden mensen met de naam Zala – alles van een Italiaanse topsporter tot een componist in Argentinië. Maar ze vond niet wat ze zocht.

Ze testte de naam Zalachenko, maar vond niets van waarde.

Gefrustreerd wankelde ze vervolgens naar haar slaapkamer en sliep twaalf uur achtereen. Toen ze wakker werd, was het elf uur 's morgens. Ze zette het koffiezetapparaat aan en liet de jacuzzi vollopen. Ze goot er badschuim in, haalde koffie en broodjes uit de keuken en ontbeet in bad. Ze wenste plotseling dat ze gezelschap had van Mimmi. Maar ze had nog niet eens onthuld waar ze woonde.

Tegen twaalven klom ze weer uit bad, droogde zich af en trok een ochtendjas aan. Ze startte de computer weer op.

De namen Dag Svensson en Mia Bergman leverden meer op. Via Google kon ze snel een korte samenvatting van hun bezigheden van de voorgaande jaren maken. Ze downloadde kopieën van enkele artikelen van Dag en vond een foto van hem. Ze was niet verbaasd te ontdekken dat hij de man was die ze een paar avonden geleden in gezelschap van Mikael Blomkvist bij Kvarnen had gezien. De naam had een gezicht gekregen en vice versa.

Ze vond meerdere teksten over of van Mia Bergman. Een paar jaar terug had ze de aandacht getrokken met een rapport over de ongelijke behandeling van mannen en vrouwen door de rechtbanken. Dat had een aantal korte, redactionele artikelen opgeleverd, evenals bijdragen op de debatpagina's van diverse vrouwenorganisaties. Mia Bergman had hier zelf ook diverse bijdragen aan geleverd. Lisbeth Salander las aandachtig. Sommige feministen waren van mening dat Bergmans conclusies belangrijk waren terwijl anderen haar bekritiseerden voor het 'verspreiden van burgerlijke illusies'. Waaruit die burgerlijke illusies precies bestonden, werd echter niet duidelijk.

Tegen tweeën 's middags logde ze in op Asphyxia 1.3, maar in plaats van naar *MikBlom/laptop* te gaan, koos ze voor *MikBlom/office*, Mikael Blomkvists pc op de redactie van *Millennium*. Ze wist uit ervaring dat Mikaels kantoorcomputer nauwelijks iets van waarde bevatte. Afgezien van het feit dat hij de pc weleens gebruikte voor het surfen op internet, werkte hij bijna uitsluitend op zijn iBook. Daarentegen had Mikael als moderator toegang tot alle computers van de *Millennium*-redactie. Ze vond snel de noodzakelijke informatie met het password voor het interne netwerk van *Millennium*.

Om in te kunnen breken op andere computers van *Millennium* was de gespiegelde harde schijf op de server in Nederland niet voldoende; ook het origineel van *MikBlom/office* moest aanstaan en zijn ingelogd op het interne netwerk. Ze had geluk. Mikael Blomkvist bevond zich blijkbaar op zijn werkplek en had zijn pc aanstaan. Ze wachtte tien minuten maar zag geen enkel teken van activiteit. Ze nam aan dat Mikael zijn computer had opgestart toen hij op kantoor kwam, hem mogelijk had gebruikt om te surfen op internet en hem daarna aan had laten staan terwijl hij wat anders aan het doen was of op zijn laptop werkte.

Dit moest voorzichtig gebeuren. Het komende uur hackte Lisbeth Salander voorzichtig van computer naar computer en downloadde ze e-mails van Erika Berger, Christer Malm en een voor haar onbekende medewerkster genaamd Malin Eriksson. Ten slotte vond ze Dag Svenssons pc, volgens de systeeminformatie een oudere Macintosh PowerPC met een harde schijf van slechts 750 megabyte, dus een overgebleven museumstuk dat hoogstwaarschijnlijk alleen door tijdelijke medewerkers als tekstverwerker werd gebruikt. Hij was ingelogd, wat betekende dat Dag Svensson op dat moment op de redactie van *Millennium* zat. Ze downloadde zijn e-mail en zocht zijn harde schijf af. Ze vond een map die kortweg 'Zala' heette.

De blonde reus was ontevreden en voelde zich ongemakkelijk. Hij had zojuist 203.000 kronen aan contanten geïnd, wat onverwacht veel geld was voor de drie kilo metamfetamine die hij Magge Lundin eind januari had geleverd. Het was ook een goede verdienste voor een paar uur praktisch werk; het halen van de amfetamine bij de koerier, de tijdelijk opslag en het leveren aan Magge Lundin, waarna hij vijftig procent van de winst kon incasseren. Er was geen twijfel over mogelijk dat de Svavelsjö MC elke maand een dergelijk bedrag kon omzetten, en de bende van Magge Lundin was maar een van de drie bendes – de overige zaten in het gebied rond Göteborg respectievelijk Malmö. Samen konden de gangs elke maand een pure winst scoren van meer dan een half miljoen kronen.

Toch voelde hij zich zó ongemakkelijk dat hij naar de berm reed, parkeerde en de motor uitzette. Hij had al ruim dertig uur niet geslapen en voelde zich wazig. Hij deed het portier open, strekte zijn benen en urineerde langs de kant van weg. Het was fris en helder, je kon de sterren zien. Hij stond bij een veld niet ver van Järna.

Het conflict was haast ideologisch. Het aanbod van metamfetamine was oneindig veel kleiner dan 400 kilometer van Stockholm, in Estland. De vraag op de Zweedse markt was onmiskenbaar groot. De rest was een kwestie van logistiek: hoe het gevraagde product te transporteren van punt A naar punt B, of liever gezegd van een kelderkantoor in Tallinn naar Frihamnen, de vrijhaven van Stockholm.

Het steeds terugkerende probleem was: wat te doen om een regelmatig transport van Estland naar Zweden te garanderen? Dat was de kern van de zaak en tevens de zwakke schakel aangezien ze het na al die jaren van inspanningen nog steeds moesten hebben van voortdurende improvisaties en tijdelijke oplossingen.

Het probleem was dat er de laatste tijd steeds vaker strubbelingen ontstonden. De blonde reus was trots op zijn organisatietalent. In de loop van een paar jaar had hij een goedlopend netwerk opgebouwd, dat de ene keer met een pak slaag, de andere keer met schouderklopjes was gekweekt. Hij had al het voetenwerk gedaan, partners gezocht, onderhandelingen over overeenkomsten gevoerd en ervoor gezorgd dat de leveringen op de juiste plaats kwamen.

De schouderklopjes waren de prikkel die onderleveranciers als Magge Lundin werd geboden; een goede en redelijk risicovrije winst. Het systeem was perfect. Magge Lundin hoefde geen poot uit te steken om de spullen geleverd te krijgen; geen ingewikkelde reisjes of afgedwongen onderhandelingen met personen die van alles konden zijn, van de narcoticabrigade tot de Russische maffia en die hem net zo goed konden besodemieteren. Lundin wist dat de blonde reus leverde en daarna zijn vijftig procent kwam incasseren.

Het pak slaag was nodig omdat er de laatste tijd steeds vaker complicaties ontstonden. Een loslippige straatdealer, die een veel te groot inzicht in de goederenketen had gekregen, had de Svavelsjö MC er bijna bij gelapt. De blonde had in moeten grijpen en straffen moeten uitdelen.

De blonde reus was goed in het uitdelen van straffen.

Hij zuchtte.

Hij voelde dat de hele zaak steeds lastiger te overzien was. De activiteiten waren gewoon te veelomvattend.

Hij stak een sigaret op en strekte zijn benen langs de kant van de weg.

De metamfetamine was een uitstekende, discrete en hanteerbare bron van inkomsten – een grote winst en weinig risico. Wapentransacties waren in zekere mate gerechtvaardigd als de onverstandige zijsporen geïdentificeerd en vermeden konden worden. Gezien het risico was het gewoon niet rendabel om voor een paar ruggen twee handvuurwapens te leveren aan een paar snotjongens die de kiosk in het naastgelegen pand wilden beroven.

Individuele gevallen van bedrijfsspionage of smokkel van elektronische componenten naar het oosten waren in zekere zin gerechtvaardigd, ook al was de markt de laatste jaren aanzienlijk kleiner geworden.

Daarentegen waren hoeren uit de Baltische staten uit financieel oogpunt totaal onrendabel. Die hoeren waren kleingeld en eigenlijk alleen maar een complicatie, die op elk moment aanleiding kon zijn voor schijnheilige bijdragen in de media en debatten in die eigenaardige politieke eenheid die het Zweedse parlement werd genoemd, en wier spelregels in de ogen van de blonde reus in het gunstigste geval onduidelijk waren. Het voordeel van de hoeren was dat ze juridisch bijna zonder risico waren. Iedereen was gek op de hoertjes, officieren van justitie, rechters, smerissen en sommige parlementsleden. Niemand zou erg diep graven om dergelijke activiteiten een halt toe te roepen.

Zelfs een dode hoer zou niet noodzakelijkerwijs politieke verwikkelingen veroorzaken. Als de politie binnen een paar uur een verdachte kon oppakken en diegene nog steeds bloed aan zijn kleren had, zou dat natuurlijk resulteren in een veroordeling en een paar jaar gevangenisstraf of behandeling in een of andere obscure inrichting. Maar als er binnen achtenveertig uur geen verdachte was gevonden, wist de blonde uit ervaring dat de politie al spoedig belangrijker dingen te onderzoeken zou hebben.

Maar de blonde reus was niet dol op die hoerenroute. Hij mocht die hoeren niet, met hun geplamuurde gezichten en hun schelle, drankzuchtige lachjes. Ze waren onrein. Ze waren menselijk kapitaal van het soort dat net zo veel kostte als het opleverde. En omdat het om menselijk kapitaal ging, bestond altijd het risico dat een van de hoertjes gek zou worden en meende dat ze eruit kon stappen of ging klikken tegen de politie, journalisten of andere buitenstaanders. En dan zou hij moeten inspringen en straffen uitdelen. En als de onthulling duidelijk genoeg was, zou de schakel van officieren en politiemensen moeten reageren, anders zou er een enorm tumult in dat verdomde parlement ontstaan. Die hoerenroute was gedoe.

De broers Atho en Harry Ranta waren schoolvoorbeelden van gedoe. Ze waren twee nutteloze parasieten die veel te veel inzicht hadden gekregen in de activiteiten. Hij zou ze het liefst van alles in een ketting willen wikkelen en ze in de haven willen dumpen. Maar in plaats daarvan had hij ze naar de veerboot naar Estland gereden en geduldig gewacht tot ze waren ingescheept. Dat vakantietripje was een gevolg van het feit dat een of andere verdomde journalist in hun zaakjes was gaan snuffelen en daarom was besloten dat ze onzichtbaar zouden blijven totdat de zaak was overgewaaid.

Hij zuchtte opnieuw.

De blonde reus had vooral een hekel aan zijsporen als Lisbeth Salander. Ze was wat hem betreft totaal oninteressant. Ze leverde helemaal geen winst op.

Hij mocht die advocaat Nils Bjurman niet en kon niet begrijpen waarom men besloten had hem ter wille te zijn. Maar het balletje was aan het rollen. De order was gegeven, de opdracht was aanbesteed aan de Svavelsjö MC.

Maar hij vond de situatie niet prettig. Hij had bange vermoedens.

Hij keek op over het donkere veld en gooide zijn sigarettenpeuk in de sloot. Plotseling zag hij in zijn ooghoek een beweging en hij verstijfde. Hij focuste zijn blik. Er was geen verlichting, alleen een zwakke sikkel van de maan, maar hij kon in elk geval duidelijk de contouren van een zwarte gedaante onderscheiden die ongeveer 30 meter van de weg naar hem toe kroop. Het wezen bewoog zich langzaam en hield korte pauzes.

De blonde reus voelde plotseling het koude zweet op zijn voorhoofd staan.

Hij haatte het wezen in het veld.

Meer dan een minuut stond hij haast als verlamd, betoverd naar het langzame, maar doelbewuste oprukken van het wezen te kijken. Toen het wezen zo dichtbij was dat hij zijn ogen kon zien glimmen in het donker, keerde hij zich abrupt om en rende hij terug naar de auto. Hij rukte het portier open en frunnikte wat met de sleutels. Hij voelde de paniek toenemen tot hij eindelijk de motor had weten te starten en het grote licht aandeed. Het wezen was de weg op gelopen en de blonde reus kon in het schijnsel van de autolampen duidelijk de details onderscheiden. Het zag eruit als een enorme pijlstaartrog die zich voortbewoog. Het had een gifstekel als van een schorpioen.

Eén ding was duidelijk. Het wezen was niet afkomstig uit deze wereld. Het was een monster dat uit de onderwereld omhoog was gekomen.

Hij schakelde en spoot weg. Toen de auto passeerde, zag hij dat het wezen uitviel, maar het kon de auto niet bereiken. Pas een paar kilometer later hield hij op met beven.

Lisbeth besteedde de nacht aan het analyseren van het onderzoek dat Dag Svensson en *Millennium* hadden gedaan naar trafficking. Ze had zo langzamerhand een vrij goed overzicht, hoewel dat gebaseerd was op cryptische brokstukken die ze door de inhoud in de e-mails in elkaar puzzelde.

Erika Berger had een vraag naar Mikael Blomkvist gestuurd over het verloop van de confrontaties; hij had kort geantwoord dat ze problemen hadden om de man van de Tsjeka te vinden. Ze interpreteerde dat alsof een van de personen die ze in de reportage zouden ontmaskeren bij de veiligheidsdienst werkte. Malin Eriksson had een samenvatting van een zijdelings onderzoek naar Dag Svensson gestuurd met een cc'tje naar Mikael Blomkvist en Erika Berger. Zowel Svensson als Blomkvist had gereageerd met opmerkingen en voorstellen voor aanvullingen. Mikael en Dag mailden elke dag een paar keer met elkaar. Dag Svensson deed verslag van een confrontatie die hij had gehad met een journalist genaamd Per-Åke Sandström.

Uit Dag Svenssons e-mail kon ze ook opmaken dat hij met een persoon met de naam Gulbrandsen communiceerde op een yahoo-adres. Het duurde even voor ze doorhad dat Gulbrandsen een politieman was en dat het uitwisselen van gegevens off the record was, via een onofficieel adres in plaats van via Gulbrandsens adres bij de politie. Gulbrandsen was dus een bron.

De map met de naam 'Zala' was frustrerend klein en bevatte slechts drie Word-documenten. Het grootste van deze documenten, 128 kB, had de documentnaam 'Irina P.' en bevatte een fragmentarische beschrijving van het leven van een prostituee. Uit het verhaal bleek dat ze dood was. Lisbeth las Dag Svenssons samenvatting van het autopsieverslag aandachtig door.

Voor zover Lisbeth kon begrijpen, was Irina P. onderworpen aan zulk exceptioneel grof geweld dat drie van de verwondingen die ze had opgelopen elk op zich al dodelijk waren.

Lisbeth herkende een formulering in de tekst als een letterlijk citaat uit het proefschrift van Mia Bergman. In het proefschrift ging het om een vrouw met de naam Tamara. Lisbeth ging ervan uit dat Irina P. en Tamara dezelfde persoon waren en ze las het interviewgedeelte in het proefschrift geconcentreerd door.

Het tweede document had de naam 'Sandström' en was aanzienlijk korter. Het bevatte dezelfde samenvatting die Dag Svensson naar Blomkvist had gemaild en die aantoonde dat een journalist genaamd Per-Åke Sandström een van de hoerenlopers was die een meisje uit de Baltische staten had misbruikt, maar dat hij ook boodschappenjongen was geweest voor de seksmaffia, en dat hij vergoedingen had ontvangen in de vorm van drugs of seks. Lisbeth raakte erdoor gefascineerd dat Sandström naast zijn productie van bedrijfsmagazines ook diverse freelance-artikelen in een dagblad had geschreven waarin hij de sekshandel verontwaardigd had veroordeeld en onder andere had onthuld dat een niet bij name genoemde Zweedse zakenman een bezoek had gebracht aan een bordeel in Tallinn.

De naam Zala kwam in het document 'Sandström' en in het document 'Irina P.' niet voor, maar Lisbeth trok de conclusie dat, omdat beide documenten in een map met de documentnaam 'Zala' zaten, er een verband moest bestaan. Het derde en laatste document in de map heette echter 'Zala'. Het was kort en puntsgewijs opgesteld.

Volgens Dag Svensson was de naam Zala sinds medio jaren negentig negen keer voorgekomen in verband met narcotica, wapens of prostitutie. Niemand leek te weten wie Zala was, maar verschillende bronnen hadden hem aangemerkt als Joegoslaaf, Pool of eventueel Tsjech. Alle gegevens waren bronnen uit de tweede hand; geen van de personen met wie Dag Svensson had gesproken, leek Zala ooit te hebben ontmoet.

Dag Svensson had Zala uitvoerig besproken met *bron G* (Gulbrandsen?) en de theorie opgeworpen dat Zala achter de moord op Irina P. kon zitten. Het was niet duidelijk wat *bron G* van die theorie vond, maar wel dat Zala een jaar eerder het onderwerp van discussie was geweest tijdens een bijeenkomst met het 'speciale onderzoeksteam voor de georganiseerde misdaad'. De naam was zo vaak voorgekomen, dat de politie vragen was gaan stellen en had geprobeerd zich een idee te vormen over de vraag in hoeverre Zala bestond of niet.

Voor zover Dag Svensson had kunnen vaststellen, was de naam Zala voor het eerst opgedoken in verband met de beroving van een waardetransport in Örkelljunga in 1996. De dieven hadden 3,3 miljoen kronen buit gemaakt, maar hadden zich zo ongelooflijk vergaloppeerd dat de politie de liga al na een etmaal had kunnen identificeren en had kunnen oppakken. Na weer een etmaal was er nóg een persoon opgepakt. Dat was draaideurcrimineel Sonny Nieminen, lid van de Svavelsjö MC, die volgens opgave de wapens had verstrekt die bij de overval waren gebruikt, en die hiervoor later werd veroordeeld tot vier jaar gevangenisstraf.

Binnen een week na de overval op het waardetransport in 1996 waren nog drie personen gearresteerd wegens betrokkenheid. De liga omvatte daarmee dus acht personen, van wie zeven hardnekkig hadden geweigerd te praten met de politie. De achtste, een pas negentienjarige knul genaamd Birger Nordman, was ingestort en had zich door de politieverhoren heen gekletst. De rechtszaak was een gemakkelijke overwinning voor de officier van justitie, wat erin had geresulteerd – meende Dag Svenssons politiebron – dat Birger Nordman twee jaar later dood werd aangetroffen in een zandafgraving in de provincie Värmland, nadat hij de wijk had genomen tijdens een verlof.

Volgens *bron G* meende de politie dat Sonny Nieminen de grote man achter de hele liga was geweest. Men dacht ook dat Nordman in opdracht van Sonny Nieminen was vermoord, maar daarvoor bestond geen bewijs. Nieminen werd echter als extreem gevaarlijk en meedogenloos beschouwd. In de nor had Nieminen van zich doen spreken in verband met de Arische Broederschap, een nazistische gevangenenorganisatie die op zijn beurt weer verband hield met de Broederschap Wolfpack en verder met zowel outlawclubs in de MCwereld als diverse gewelddadige nazistische organisaties van onbenullen, zoals de Zweedse Verzetsbeweging en dergelijke.

Wat Lisbeth Salander interesseerde, was echter iets heel anders. Een van de gegevens die wijlen de bandiet Birger Nordman tijdens de politieverhoren had verstrekt, was de bewering dat de wapens die bij de overval waren gebruikt afkomstig waren van Nieminen, die ze op zijn beurt weer had gekregen van een voor Nordman onbekende Joegoslaaf genaamd 'Sala'.

Dag Svensson had de conclusie getrokken dat het om een vooraanstaand, maar niet in de publiciteit tredend persoon binnen het criminele circuit ging. Omdat er niemand in het bevolkingsregister voorkwam die overeenkwam met deze Zala, nam Dag aan dat de naam een koosnaam was, maar dat het ook om een zeer doortrapte boef kon gaan die bewust optrad onder een valse naam.

Het laatste punt bevatte een kort overzicht van journalist Sandströms gegevens met betrekking tot Zala. Wat niet veel was. Volgens Dag Svensson had Sandström eenmaal telefonisch contact gehad met een persoon met die naam. Uit de aantekeningen bleek niet waarover dat gesprek was gegaan.

Om vier uur 's morgens zette Salander haar PowerBook uit en ging ze in de nis zitten uitkijken over het Saltsjön. Ze zat twee uur lang stil en rookte nadenkend de ene sigaret na de andere. Ze moest een aantal strategische beslissingen nemen en een consequentieanalyse maken.

Ze zag in dat ze Zala moest opsporen en voor eens en voor altijd hun rekening moest vereffenen.

Op zaterdagavond de week voor Pasen bezocht Mikael Blomkvist een oude vriendin op de Slipgatan bij Hornstull. Hij had voor de verandering ja gezegd op een uitnodiging voor een feest. De vriendin in kwestie was inmiddels getrouwd en helemaal niet geïnteresseerd in iets intiems met Mikael, maar ze werkte binnen de media en ze zeiden elkaar altijd gedag als ze elkaar af en toe tegenkwamen. Ze had net een boek afgerond waar ze minstens tien jaar mee bezig was geweest en dat over zoiets curieus ging als de visie op vrouwen in de media. Mikael had een keer materiaal aangeleverd voor het boek, wat de reden was dat hij was uitgenodigd.

Het enige wat Mikael had gedaan, was het doen van bepaalde research. Hij had de emancipatieplannen waar het Zweedse persbureau, *Dagens Nyheter*, het journaal en een aantal andere media altijd prat op gingen uit de kast gehaald, en had daarna afgevinkt hoeveel mannen respectievelijk vrouwen er een leidinggevende functie hadden binnen het bedrijf, dus boven het niveau van redactiesecretaris. Het resultaat was pijnlijk. Algemeen directeur – man. Bestuursvoorzitter – man. Hoofdredacteur – man. Chef buitenland – man. Hoofd redactie – man ... enzovoort, totdat de eerste vrouw opdook, meestal een uitzondering in de vorm van een Christina Jutterström, algemeen directeur van de Zweedse televisie, of een Amelia Adamo, bladenmaakster en befaamd journaliste.

Het feest was besloten en de gasten waren voornamelijk personen die haar op de een of andere manier hadden geholpen met haar boek.

Het was een uitgelaten avond geweest met lekker eten en ontspannen gepraat. Mikael was van plan geweest relatief vroeg naar huis te gaan, maar de meeste gasten waren oude bekenden die hij zelden zag. Bovendien was er niemand in het gezelschap die uitgebreid over de Wennerström-affaire begon. Het feest liep uit en pas op zondagmorgen tegen tweeën gingen de meeste gasten weg. Ze hielden elkaar gezelschap over de Långholmsgatan en gingen toen uiteen.

Mikael zag de nachtbus langsrijden voordat hij bij de halte was, maar het was niet koud en hij besloot naar huis te lopen in plaats van op de volgende bus te wachten. Hij volgde de Högalidsgatan tot aan de kerk en liep toen de Lundagatan in, wat onmiddellijk herinneringen opriep.

Mikael had zijn belofte van december gehouden en was gestopt met de Lundagatan te bezoeken in de ijdele hoop dat Lisbeth Salander weer aan de horizon zou verschijnen. Deze nacht bleef hij aan de andere kant van de straat voor haar portiek staan. Hij kreeg een impuls om over te steken en aan te bellen, maar hij zag in dat het onwaarschijnlijk was dat ze opeens weer zou opduiken en dat het nog minder waarschijnlijk was dat ze weer met hem zou willen praten.

Ten slotte haalde hij zijn schouders op en vervolgde hij zijn wandeling naar Zinkensdamm. Hij was bijna 60 meter verder toen hij een geluid hoorde. Hij draaide zijn hoofd om en zijn hart sloeg bijna over. Het was moeilijk om zich in dat spichtige lichaam te vergissen. Lisbeth Salander kwam net de straat in lopen en ging de andere kant op. Ze bleef bij een geparkeerde auto staan.

Mikael deed zijn mond open om haar te roepen toen zijn stem bleef steken in zijn keel. Plotseling zag hij een gedaante zich van een van de auto's die langs de stoep stonden geparkeerd losmaken. Het was een man, die Lisbeth Salander van achteren benaderde. Mikael ervoer hem als lang, met een behoorlijke buik. Hij had een paardenstaart.

Lisbeth Salander hoorde een geluid en zag op het moment dat ze de sleutel in het portier van de bordeauxrode Honda wilde steken in haar ooghoek een beweging. Een man benaderde haar van achteren en ze draaide een seconde rond voordat hij bij haar was. Ze herkende hem onmiddellijk als Carl-Magnus 'Magge' Lundin, zesendertig jaar, Svavelsjö MC, die een paar dagen daarvoor bij Blombergs konditori een ontmoeting had gehad met de blonde reus. Ze schatte Magge Lundin op honderdtwintig kilo en agressief. Ze gebruikte haar sleutels als boksbeugel en aarzelde geen microseconde voordat ze met een razendsnelle beweging een diepe snijwond in zijn wang had gemaakt, van zijn neuswortel tot aan zijn oor. Hij hapte naar adem toen Lisbeth Salander daarna door de grond leek te zakken.

Mikael Blomkvist zag Lisbeth Salander met haar vuist slaan. Op hetzelfde moment dat ze haar aanvaller raakte, dook ze omlaag en rolde ze tussen de wielen door onder de auto.

Lisbeth kroop een paar seconden later aan de andere kant onder de auto vandaan, bereid tot strijd of vlucht. Ze zag de blik van haar vijand over de motorkap en besloot onmiddellijk tot het laatste. Zijn wang bloedde. Voordat hij haar met zijn blik had kunnen vangen, was ze al op weg over de Lundagatan in de richting van de Högalidskerk.

Mikael stond als verlamd en met open mond toen de aanvaller plotseling vaart zette en achter Lisbeth Salander aan rende. Het zag eruit als een pantserwagen die een Dinky Toy achternazat.

Lisbeth nam de trappen naar het hoger gelegen gedeelte van de Lundagatan met twee treden per keer. Boven aan de trap wierp ze een blik over haar schouder en zag ze haar achtervolger zijn voet op de eerste traptrede zetten. *Hij is snel.* Ze struikelde bijna, maar zag op het laatste moment de afzettingen en de zandhopen op de plaats waar de straat was opgebroken.

Magge Lundin was bijna boven toen Lisbeth Salander weer in zijn gezichtsveld kwam. Hij had tijd om te registreren dat ze iets gooide, maar kon niet reageren voordat de vierkante straatsteen de zijkant van zijn voorhoofd raakte. Het was geen goede worp, maar de steen had een aanzienlijke kracht en maakte een tweede wond in zijn gezicht. Hij voelde dat hij zijn houvast verloor en dat de wereld op zijn kop stond toen hij achterover de trap af rolde. Hij slaagde erin zijn val te breken door met zijn hand de leuning vast te grijpen, maar hij had toch enkele seconden verloren.

Mikaels verlamming verdween toen de man de trap op spurtte. Hij riep hem achterna daar onmiddellijk mee te stoppen.

Lisbeth was halverwege de binnenplaats toen ze Mikael Blomkvists stem hoorde. *Wat deed die hier in jezusnaam?* Ze veranderde van richting en keek schuin over de reling bij het bordes. Ze zag Mikael Blomkvist 3 meter onder zich iets verderop op de straat. Ze aarzelde een tiende van een seconde voordat ze weer vaart zette.

Terwijl Mikael naar de trap rende, registreerde hij dat er een Dodge Van voor Lisbeth Salanders deur startte, vlak bij de auto waarnaar ze op weg was geweest. Het voertuig reed van de stoeprand weg en passeerde Mikael in de richting van Zinkensdamm. Hij zag een vaag gezicht toen het voertuig langsreed. De nummerplaat was door het donker onleesbaar.

Mikael keek het voertuig even besluiteloos na, maar rende toen weer verder, Lisbeths achtervolger achterna. Hij haalde hem boven aan de trap in. De man was met zijn rug naar Mikael blijven staan en stond onbeweeglijk om zich heen te kijken.

Net toen Mikael bij hem was, keerde hij zich om en gaf hij Mikael een harde backhand op zijn gezicht. Mikael was totaal onvoorbereid. Hij rolde met zijn hoofd naar voren de trap af.

Lisbeth hoorde Mikaels halfonderdrukte schreeuw en bleef bijna staan. *Wat gebeurt er in godsnaam?* Vervolgens wierp ze een blik over haar schouder en zag ze Magge Lundin ongeveer 40 meter achter haar op zich afkomen. *Hij is sneller. Hij haalt me in.*

Ze aarzelde geen seconde meer en sloeg links af. Ze rende vliegensvlug een paar trappen op naar een binnentuin tussen de huizen. Ze kwam op een binnenplaats die geen enkele schuilplaats bood en werkte het stuk naar de volgende hoek af in een tijd die atlete Carolina Klüft zou hebben geïmponeerd. Ze sloeg rechts af, zag in dat dat een doodlopende steeg was en maakte 180 graden rechtsomkeert. Net toen ze bij de gevel van het volgende huis kwam, ontwaarde ze Magge Lundin boven aan de trap van de binnentuin. Ze rende nog een paar meter verder tot ze uit zijn zicht was en dook voorover een struikgewas van rododendron in, dat in een perk langs de hele gevel groeide.

Ze hoorde Magge Lundins zware voetstappen, maar kon hem niet zien. Ze lag doodstil in de struiken en drukte zich tegen de muur van de gevel.

Lundin passeerde haar schuilplaats en bleef minder dan 5 meter verder staan. Hij wachtte tien seconden voordat hij verder langs de binnentuin rende. Na een minuut kwam hij terug. Hij bleef op dezelfde plaats staan als voorheen. Deze keer stond hij dertig seconden stil. Lisbeth spande haar spieren, bereid om onmiddellijk te vluchten als ze zou worden ontdekt. Vervolgens bewoog hij zich weer. Hij passeerde op minder dan 2 meter van haar vandaan. Ze hoorde zijn voetstappen in de binnentuin verdwijnen.

Mikael had pijn in zijn nek en zijn kaak toen hij moeizaam en duizelig weer op de been kwam. Hij proefde de bloedsmaak van een gebarsten lip. Hij probeerde een paar stappen te zetten, maar struikelde.

Hij kwam weer boven aan de trap en keek om zich heen. Hij zag zijn aanvaller 100 meter verder op straat rennen. De man met de paardenstaart stopte en speurde tussen de huizen, en vervolgde daarna rennend zijn weg. Mikael ging naar de rand en keek hem na. Hij rende over de Lundagatan en stapte in de Dodge Van die bij Lisbeths portiek was gestart. De auto verdween onmiddellijk de hoek om in de richting van Zinkensdamm.

Mikael wandelde langzaam langs het hoger gelegen gedeelte van de Lundagatan en probeerde een glimp op te vangen van Lisbeth Salander. Hij zag haar nergens. Hij zag überhaupt geen levende ziel en verbaasde zich erover hoe doods een Stockholmse straat om drie uur 's morgens op een zondag in maart plotseling kon zijn. Na een tijdje ging hij terug naar Lisbeths portiek op de Lundagatan. Toen hij langs de auto kwam waar de overval had plaatsgevonden, trapte hij ergens op. Het was Lisbeths sleutelbos. Toen hij zich vooroverboog om hem op te pakken, zag hij haar schoudertas onder de auto liggen.

Mikael bleef een hele tijd staan wachten, niet wetende wat hij moest doen. Uiteindelijk ging hij naar de portiek en probeerde hij de sleutels uit. Ze pasten niet.

Lisbeth Salander bleef vijftien minuten roerloos in de bosjes liggen, ze keek alleen even voorzichtig op haar horloge. Even na drieën hoorde ze een voordeur open- en dichtgaan en stappen in de richting van het fietsenrek in de binnentuin.

Toen de geluiden waren weggeëbd, ging ze langzaam op haar knieën zitten en stak ze haar hoofd uit de bosjes omhoog. Ze keek naar alle hoeken en gaten van de binnentuin, maar kon Magge Lundin niet ontwaren. Zo stil als ze kon liep ze terug naar de straat, voortdurend bereid om rechtsomkeert te maken en te vluchten. Ze bleef bij de kap van de muur staan en keek uit over de Lundagatan, toen ze Mikael Blomkvist voor haar portiek zag staan. Hij hield haar tas in zijn hand.

Ze stond doodstil, verscholen achter een lantaarnpaal toen Mikael Blomkvists blik over de muur gleed. Hij zag haar niet.

Mikael Blomkvist bleef bijna dertig minuten voor de deur staan. Ze nam hem geduldig en onbeweeglijk op tot hij het opgaf en in de richting van Zinkensdamm liep. Toen hij uit het zicht was, wachtte ze nog even voordat ze bedacht wat er was gebeurd.

Mikael Blomkvist.

Ze kon absoluut niet begrijpen hoe hij opeens vanuit het niets ten tonele had kunnen verschijnen. Verder gaf de aanval weinig ruimte voor veel interpretaties.

Die klootzak van een Carl-Magnus Lundin.

Magge Lundin had de blonde reus ontmoet die ze heel even samen met advocaat Nils Bjurman had gezien.

Nils Gore Klootzak Bjurman.

Die verdomde boerenlul heeft een of andere alfahaan ingehuurd om mij wat aan te doen. Hoewel ik hem heel duidelijk heb gemaakt wat de consequentie kan zijn.

Lisbeth Salander kookte plotseling vanbinnen. Ze was zó razend dat ze een bloedsmaak in haar mond proefde. Nu zou ze hem moeten bestraffen.

DEEL 3

ABSURDE VERGELIJKINGEN

23 maart tot 2 april

De zinloze vergelijkingen, die eigenlijk geen waarde hebben, worden absurditeiten genoemd.

(a+b)(a-b)=a2-b2+1

11
WOENSDAG 23 MAART – DONDERDAG 24 MAART

Mikael Blomkvist zette de rode pen in de kantlijn van Dag Svenssons manuscript en plaatste een uitroepteken met een cirkel eromheen, en schreef het woord 'voetnoot'. Hij wilde een bronverwijzing naar een bewering.

Het was woensdag, de avond voor Witte Donderdag, en *Millennium* had de hele week rond Pasen min of meer vrij. Monika Nilsson was in het buitenland. Lottie Karim was met haar man naar de bergen vertrokken. Henry Cortez had een paar uur achter de telefoon gezeten, maar Mikael had hem naar huis gestuurd omdat er niemand belde en hij zelf sowieso op de redactie zou blijven. Henry was gelukzalig glimlachend verdwenen naar zijn nieuwste vriendin.

Dag Svensson had zich niet vertoond. Mikael was alleen en zat aan diens manuscript te prutsen. Het boek zou twaalf hoofdstukken tellen en tweehonderdnegentig pagina's omvatten, zo hadden ze ten langen leste besloten. Dag Svensson had de eindversie van negen van de twaalf hoofdstukken geleverd en Mikael Blomkvist had elk woord gewikt en gewogen en de teksten geretourneerd met eisen voor verduidelijkingen of voorstellen voor herformuleringen.

Dag Svensson was volgens Mikael echter een zeer kundige scribent en zijn redigeren beperkte zich voornamelijk tot kleine aanmerkingen. Hij moest zich inspannen om iets te vinden waar hij echt commentaar op kon leveren. In de weken dat de stapel papieren op Mikaels bureau was gegroeid, waren ze het alleen volstrekt oneens geweest over een hoofdstuk van ongeveer een pagina, dat Mikael wilde schrappen en dat Dag absoluut wilde behouden. Maar dat waren futiliteiten.

Millennium had kortom binnen afzienbare tijd een fantastisch goed boek bij de drukker liggen. Dat het boek dramatische koppen in de media zou veroorzaken, daar hoefde Mikael niet aan te twijfelen. Dag

Svensson was zo meedogenloos in het buiten hangen van de vuile was van de hoerenlopers en het aan elkaar breien van de story, dat het niemand zou kunnen ontgaan dat er iets mis was met het eigenlijke systeem. Voor een deel was het te danken aan zijn schrijverschap, maar vooral aan de feiten die Dag Svensson presenteerde en die de eigenlijke basis van het boek vormden. Dat was journalistieke research van het soort dat op de werelderfgoedlijst zou moeten staan.

In de afgelopen maanden had Mikael een aantal dingen over Dag geleerd. Hij was een journalist die zorgvuldig te werk ging en niet veel losse draden overhield. En hij miste de zwaarmoedige retoriek die zo veel andere sociale reportages kenmerkte en ze in te hoogdravende literaire teksten veranderde. Het boek was meer dan een reportage; het was een oorlogsverklaring. Mikael lachte een sereen lachje. Dag Svensson was ongeveer vijftien jaar jonger dan hij, maar Mikael herkende de passie die hijzelf ook ooit had gehad, toen hij ten strijde was getrokken tegen slechte financieel verslaggevers en een schandaalboek in elkaar had gedraaid, wat hem op sommige redacties nog niet was vergeven.

Het probleem was dat het boek van Dag Svensson over de hele linie goed moest zijn. Een verslaggever die op die manier zijn nek uitsteekt, moet óf honderd procent zeker zijn van zijn zaak óf afzien van publicatie. Dag Svensson lag op achtennegentig procent. Er waren zwakke punten die nog verder uitgevlooid moesten worden en beweringen die hij niet had gedocumenteerd op een manier waar Mikael tevreden mee was.

Tegen halfzes deed hij zijn bureaulade open en pakte hij een sigaret. Erika Berger had een totaal rookverbod op de redactie ingevoerd, maar hij was alleen en het weekend zou hier niemand komen. Hij werkte nog veertig minuten door tot hij de papieren verzamelde en het hoofdstuk op Erika Bergers bureau legde zodat zij het kon doorlezen. Dag Svensson had beloofd de volgende ochtend een eindversie van de laatste drie hoofdstukken te mailen, wat Mikael de mogelijkheid zou geven om het materiaal tijdens het weekend door te kijken. De dinsdag na Pasen was er een vergadering gepland met Dag, Erika, Mikael en redactiesecretaris Malin Eriksson om de eindversie van het boek én van de artikelen in *Millennium* vast te stellen. Daarna resteerden alleen nog de lay-out, wat Christer Malms hoofdpijn was, en het naar de drukker sturen. Mikael had niet eens offertes van andere drukkerijen gevraagd, hij had besloten nogmaals in zee te gaan met Hallvigs Reklam in Morgongåva; zij hadden zijn boek over de Wennerström-affaire gedrukt en boden een prijs en een service waarmee weinig andere drukkerijen konden concurreren.

Mikael keek op zijn horloge en rookte stiekem nog een sigaretje. Hij ging bij het raam zitten en keek uit over de Götgatan. Hij peuterde nadenkend met zijn tong tegen de wond aan de binnenkant van zijn lip. Die was aan het genezen. Hij vroeg zich voor de duizendste keer af wat er nou eigenlijk voor Lisbeth Salanders portiek aan de Lundagatan was gebeurd.

Het enige wat hij met zekerheid wist, was dat Lisbeth Salander nog in leven was en dat ze weer terug was in de stad.

Hij had de afgelopen dagen dagelijks geprobeerd contact met haar te krijgen. Hij had mailtjes gestuurd naar het adres dat ze meer dan een jaar geleden had gebruikt, maar had geen antwoord gekregen. Hij was naar de Lundagatan gewandeld. Hij begon de moed op te geven.

Het naambordje op de deur was gewijzigd in Salander-Wu. Er waren tweehonderddertig personen met de achternaam Wu in het bevolkingsregister, waarvan er ruim honderdveertig woonachtig waren in de provincie Stockholm. Maar geen van hen op de Lundagatan. Mikael had geen idee wie van deze Wu's bij Salander was ingetrokken, of ze een vriend had of dat de flat was onderverhuurd. Er had niemand opengedaan toen hij had aangebeld.

Uiteindelijk was hij ervoor gaan zitten en had hij haar een gewone, ouderwetse brief geschreven.

Hoi Sally,
Ik weet niet wat er een jaar geleden is gebeurd, maar zo langzamerhand heeft zelfs een traagdenkend iemand als ik begrepen dat je al het contact met mij hebt verbroken. Dat is je goed recht, jij beslist met wie je wilt omgaan en je hoort mij niet zeuren. Ik constateer alleen dat ik je nog steeds als vriendin beschouw, dat ik je gezelschap mis en dat ik graag een kop koffie met je wil drinken als je daar zin in hebt.
Ik weet niet waarin je verwikkeld bent geraakt, maar het tumult op de Lundagatan was zorgbarend. Als je hulp nodig hebt, kun je altijd bellen. Ik sta zoals je weet diep bij jou in het krijt. Bovendien heb ik je tas. Als je die terug wilt, hoef je het maar aan te geven. Als je mij niet wilt zien, geef me dan een adres waar ik hem naartoe kan sturen. Ik zal je niet opzoeken, omdat je zo duidelijk hebt laten merken dat je niets met mij te maken wilt hebben.
Mikael

Hij had natuurlijk niets van haar gehoord.

Toen hij de ochtend na de overval op de Lundagatan was thuisgekomen, had hij haar tas opengemaakt en de inhoud op de keukentafel gelegd. Die bestond uit een portefeuille met een legitimatiebewijs van de post en ongeveer 600 Zweedse kronen in contanten en 200 Amerikaanse dollars, en een maandkaart van het Stockholmse gemeentevervoerbedrijf. Er zaten een open pakje Marlboro Light in, drie BIC-aanstekers, een doosje keelpastilles, een aangebroken pakje papieren zakdoekjes, een tandenborstel, tandpasta en drie tampons in een zijvak, een ongeopend pakje condooms met een plastic etiket waaruit bleek dat ze waren aangeschaft op Gatwick Airport in Londen, een ingebonden notitieblok op A5-formaat met een harde, zwarte kaft, vijf ballpoints, een traangaspatroon, een zakje met lippenstift en make-up, een FM-radio met oortelefoontje maar zonder batterijen en een *Aftonbladet* van gisteren.

Het meest fascinerende voorwerp in de tas was een hamer die binnen handbereik in een buitenvak zat. De aanval was echter zo onverwacht gekomen dat Lisbeth de hamer en het traangaspatroon niet had kunnen gebruiken. Ze had die sleutels blijkbaar als boksbeugel gebruikt; er zaten bloed- en huidsporen op.

Haar sleutelbos bestond uit zes sleutels. Drie ervan waren typische appartementsleutels: van de portiekdeur, van de flat zelf en een sleutel van een veiligheidsslot. Ze pasten echter niet op de deur van de Lundagatan.

Mikael had het notitieblok opengeslagen en het bladzij voor bladzij doorgebladerd. Hij herkende haar keurige, pietepeuterige handschrift en kon vrij snel constateren dat het niet bepaald het geheime dagboek van een meisje was. Ongeveer driekwart van het blok was gevuld met wat eruitzag als wiskundig gekladder. Helemaal bovenaan op de eerste pagina stond een vergelijking die Mikael zelfs herkende.

$(x^3+y^3=z^3)$

Mikael Blomkvist had nooit moeite gehad met rekenen. Hij had de middelbare school afgerond met een tien voor wiskunde, wat op zich niet betekende dat hij een goede wiskundige was, maar dat hij de lesstof van het schoolonderwijs in zich kon opnemen. Maar de pagina's in Lisbeth Salanders blok bevatten gekladder van het soort dat Mikael niet begreep en ook niet probeerde te begrijpen. Eén vergelijking besloeg een dubbele pagina en eindigde met doorhalingen en veranderingen. Hij had moeite om te beoordelen of het wel serieuze wiskundige formules en berekeningen waren, maar omdat hij Lisbeth Salanders eigenaardigheden kende, nam hij aan dat de vergelijkingen juist waren en vast een esoterische betekenis hadden.

Hij bladerde een hele tijd heen en weer. De vergelijkingen waren net zo begrijpelijk als wanneer hij een schrift met Chinese karakters voorgeschoteld had gekregen. Maar hij begreep wat ze probeerde te doen. ($x^3+y^3=z^3$). Ze was gefascineerd geraakt door het raadsel van Fermat, een klassieker waarvan Mikael Blomkvist zelfs had gehoord. Hij zuchtte diep.

De allerlaatste pagina in het blok bevatte zeer summiere en cryptische aantekeningen die absoluut niet met wiskunde te maken hadden, maar er toch uitzagen als een formule.

(Blondie + Magge) = NEB

Ze waren onderstreept en omcirkeld, en verklaarden absoluut niets. Helemaal onder aan de pagina stond het telefoonnummer van autoverhuurbedrijf Auto-Expert in Eskilstuna.

Mikael deed geen pogingen de aantekeningen te begrijpen. Hij trok de conclusie dat de aantekeningen geklieder waren, ontstaan terwijl ze ergens over had nagedacht.

Mikael Blomkvist maakte zijn peuk uit, trok zijn colbert aan, schakelde het alarm op de redactie in en wandelde naar de terminal bij Slussen, waar hij de bus nam naar het yuppiereservaat bij Stäket in Lännersta. Hij was uitgenodigd voor het eten bij zijn zus Annika Giannini, geboren Blomkvist, die tweeënveertig werd.

Erika Berger begon haar vrije weekend met een 3 kilometer lange, woeste joggingronde, die eindigde bij de steiger van de stoomboot in Saltsjöbaden. Ze was de laatste maanden maar weinig in de sportschool geweest en voelde zich stijf en niet in vorm. Ze liep terug. Haar man hield een lezing bij een tentoonstelling in het Museum voor Moderne Kunst en zou niet voor achten terug zijn, waarna Erika een lekkere fles wijn wilde opentrekken, de sauna wilde opstoken en haar man wilde verleiden. Dat zou in elk geval de gedachten afleiden van het actuele probleem waar ze mee zat.

Vier dagen geleden was ze mee uit lunchen gevraagd door de algemeen directeur van een van de grootste mediabedrijven van Zweden.

Boven de salade had hij met serieuze stem zijn intentie verklaard om haar te rekruteren als hoofdredacteur van het grootste dagblad van het bedrijf. *Het bestuur heeft diverse namen besproken en we zijn het erover eens dat jij een grote aanwinst voor de krant zou zijn. Ik wil jou.* Met het aanbod voor de baan volgde een salaris waarmee vergeleken haar inkomen bij *Millennium* een lachertje was.

Het aanbod was als een donderslag bij heldere hemel gekomen en had haar sprakeloos gemaakt. *Waarom ik?*

Hij was nogal vaag geweest, maar uiteindelijk had hij gezegd dat ze bekend, gerespecteerd en een goede chef was. De manier waarop ze *Millennium* uit het drijfzand had getrokken waarin het blad zich twee jaar geleden had bevonden, was imponerend. Het was ook zo dat De Grote Draak moest worden vernieuwd. De krant had nu een ouwelijk imago en een patina dat weinig jonge abonnees meer aantrok. Erika stond bekend als een brutale journaliste. Ze had haar op haar tanden. Het aanstellen van een vrouw en feministe als hoofdredacteur van het meest conservatieve instituut van Het Mannelijke Zweden was uitdagend en gewaagd. Daar was iedereen het over eens. Nou ja, bijna iedereen. Degenen die meetelden, waren het eens.

'Maar ik sta niet achter de politieke kleur van de krant.'

'Wat maakt dat uit. Je staat ook niet bekend als tegenstander. Je bent chef, geen propagandist, en de opiniepagina redt zichzelf.'

Hij had het niet gezegd, maar het was ook een klassenkwestie. Erika had de juiste achtergrond en kwam uit een goed nest.

Ze had geantwoord dat ze het voorstel aantrekkelijk vond maar dat ze niet onmiddellijk antwoord kon geven. Ze moest de zaak goed overdenken en ze hadden afgesproken dat ze op korte termijn uitsluitsel zou geven. De algemeen directeur had gezegd dat als het salaris aanleiding was voor haar twijfel, ze zich in een positie bevond waarin ze de cijfers nog wel wat verder kon opschroeven. Bovendien was er een exceptioneel goede vertrekpremie bij gedwongen ontslag. *Je moet ook een beetje aan je pensioenvoorwaarden gaan denken.*

Bijna vijfenveertig. Ze had moeilijke jaren gekend als beginner en invaller. Ze had *Millennium* opgezet en was door eigen verdiensten hoofdredacteur geworden. Het ogenblik waarop ze de telefoon moest pakken en ja of nee moest zeggen, kwam onverbiddelijk dichterbij en ze wist niet wat ze moest antwoorden. Ze had de zaak de afgelopen week telkens met Mikael Blomkvist willen bespreken, maar was daar niet toe gekomen. Ze had juist het gevoel dat ze zich voor hem terugtrok, wat haar een slecht geweten bezorgde.

Er waren duidelijk nadelen. Een ja zou inhouden dat het partnerschap met Mikael werd beëindigd. Hij zou nooit met haar meegaan naar De Grote Draak, hoe gesuikerd het aanbod dat ze hem zou doen ook zou zijn. Hij had het geld niet nodig en had het prima naar zijn zin met het in rustig tempo prutsen aan zijn eigen teksten.

Erika was content met haar rol als hoofdredacteur bij *Millennium*. Het had haar een status binnen de journalistiek gegeven die ze volgens zichzelf bijna niet had verdiend. Ze was redacteur geweest maar geen producent van het nieuws. Dat was niet haar ding, ze beschouwde zichzelf als een middelmatig schrijvende journalist. Ze was daarentegen een goede prater op radio en tv, en ze was vooral een stralende redacteur. Bovendien hield ze van het hands on-werk met het redigeren, wat het hoofdredacteurschap bij *Millennium* veronderstelde.

Maar Erika Berger was gevleid. Niet zozeer door het riante salaris als wel door het feit dat het werk inhield dat ze definitief een van de belangrijkste medespelers in de mediabranche van het land zou worden. *Zo'n aanbod krijg je maar één keer*, had de directeur gezegd.

Ergens in de buurt van het Grand Hotel in Saltsjöbaden zag ze tot haar vertwijfeling in dat ze geen nee kon zeggen. En ze vreesde voor het ogenblik dat ze het nieuws aan Mikael Blomkvist zou moeten vertellen.

Zoals altijd verliep het diner bij de familie Giannini vrij chaotisch. Annika had twee kinderen, Monica van dertien en Jennie van tien. Haar man Enrico Giannini, die chef Scandinavië was bij een internationaal biotechniekbedrijf, had de voogdij over Antonio van zestien uit een eerder huwelijk. De overige gasten waren Enrico's moeder, Antonia, zijn broer Pietro, diens vrouw Eva-Lotta en hun kinderen Peter en Nicola. Bovendien woonde Enrico's zus Marcella met haar vier kinderen in dezelfde wijk. Ook Enrico's tante Angelina en haar nieuwe vriend waren uitgenodigd. Angelina werd door de familie als volledig gestoord beschouwd, of in elk geval als enorm excentriek.

De chaosfactor aan de ruim bemeten eettafel was dus vrij hoog. De conversatie vond plaats in een schetterende mengelmoes van Zweeds en Italiaans, soms tegelijkertijd, en de situatie werd er niet minder pijnlijk door doordat Angelina zich de hele avond bezighield met de vraag waarom Mikael nog vrijgezel was. Ze stelde een aantal geschikte kandidaten voor, onder wie de dochters in haar kennissenkring. Uiteindelijk zei Mikael dat hij best wilde trouwen, maar dat zijn minnares al getrouwd was. Daarmee werd Angelina kort tot zwijgen gebracht.

Om halfacht ging Mikaels mobiele telefoon. Hij had gedacht dat hij zijn telefoon had uitgezet en liep het gesprek bijna mis omdat het even duurde voordat hij de telefoon uit de binnenzak van zijn colbert had gevist, dat iemand aan de kapstok in de gang had gehangen. Het was Dag Svensson.

'Stoor ik?'

'Niet echt. Ik zit aan tafel bij mijn zus en een peloton familieleden van haar man. Wat is er?'

'Twee dingen. Ik heb geprobeerd Christer Malm te pakken te krijgen, maar hij neemt zijn telefoon niet op.'

'Hij is vanavond met zijn vriend naar het theater.'

'Shit. Ik had beloofd om hem morgenochtend op de redactie te ontmoeten met de foto's en illustraties die we in het boek willen hebben. Christer zou er tijdens Pasen naar kijken. Maar nu heeft Mia plotseling bedacht dat ze met Pasen naar haar ouders in Dalarna wil om haar proefschrift te laten zien. In dat geval vertrekken we morgenochtend vroeg.'

'Oké.'

'Het zijn foto's op papier, dus ik kan ze niet mailen. Zou ik die foto's vanavond nog naar jou kunnen brengen?'

'Ja, maar luister eens, ik ben in Lännersta. Ik blijf hier nog even en ga dan terug naar de stad. Enskede ligt op de route. Ik kan wel even uitstappen en langskomen om die foto's op te pikken. Is het goed als ik tegen elven kom?'

Daar had Dag Svensson niets op tegen.

'Het tweede ... ik denk niet dat je dat leuk zult vinden.'

'*Shoot.*'

'Ik ben over iets gestruikeld wat ik zou willen checken voordat het boek naar de drukker gaat.'

'Oké, waar gaat het om?'

'Zala, dat schrijf je met een Z.'

'Wat is een Zala?'

'Zala is een gangster, vermoedelijk uit het Oostblok, mogelijk uit Polen. Ik heb hem vorige week in een mailtje naar jou genoemd.'

'Sorry, dat ben ik vergeten.'

'Hij komt af en toe voor in het materiaal. Mensen lijken doodsbenauwd voor hem en niemand wil over hem praten.'

'Aha.'

'Een paar dagen geleden ben ik weer over hem gestruikeld. Ik denk dat hij in Zweden is en dat hij op de lijst van hoerenlopers in hoofdstuk zeven thuishoort.'

'Dag, je kunt niet drie weken voordat het boek naar de drukker gaat nieuw materiaal gaan opgraven.'

'Dat weet ik. Maar dit is iets aparts. Ik heb met een politieman gesproken die ook van Zala had gehoord en ... ik denk dat het nuttig kan zijn om er volgende week een paar dagen aan te besteden om hem na te trekken.'

'Waarom? Je hebt genoeg smeerlappen in de tekst.'

'Dit lijkt een speciale smeerlap te zijn. Niemand weet precies wie hij is. Ik heb een onderbuikgevoel dat het lonend is om nog even te spitten.'

'Je moet een onderbuikgevoel nooit negeren,' zei Mikael. 'Maar eerlijk gezegd ... we kunnen de deadline in dit stadium niet meer opschuiven. De drukkerij is gereserveerd en het boek moet gelijktijdig verschijnen met *Millennium*.'

'Ik weet het,' antwoordde Dag Svensson terneergeslagen.

Mia Bergman had net een pot koffie gezet en deze in de thermoskan gedaan toen er werd gebeld. Het was even voor negenen. Dag Svensson was het dichtst bij de deur en omdat hij dacht dat het Mikael Blomkvist was die eerder kwam dan hij had aangekondigd, deed hij open zonder eerst door het spionnetje te kijken. In plaats van Mikael Blomkvist stond daar een klein, popperig meisje dat eruitzag als een tiener.

'Ik ben op zoek naar Dag Svensson en Mia Bergman,' zei het meisje.

'Dag Svensson, dat ben ik,' zei hij.

'Ik wil met jullie praten.'

Dag keek automatisch op zijn horloge. Mia Bergman kwam naar de hal en ging nieuwsgierig achter haar vriend staan.

'Is het niet een beetje laat voor een bezoekje?' vroeg Dag.

Het meisje keek hem geduldig zwijgend aan.

'Waar wil je over praten?' vroeg hij.

'Over het boek dat je bij *Millennium* gaat publiceren.'

Dag en Mia keken elkaar aan.

'En wie ben jij?'

'Ik ben geïnteresseerd in het onderwerp. Mag ik binnenkomen of blijven we hier in het trappenhuis staan praten?'

Dag Svensson aarzelde even. Het meisje was weliswaar een volstrekt vreemde en het tijdstip voor het bezoek was wat apart, maar ze leek ongevaarlijk genoeg om de deur voor haar open te doen. Hij verwees haar naar de eettafel in de woonkamer.

'Wil je koffie?' vroeg Mia.

Dag keek geïrriteerd naar zijn vriendin.

'Wat zou je ervan zeggen om antwoord te geven op mijn vraag wie je bent.'

'Ja, graag. Koffie dus. Mijn naam is Lisbeth Salander.'

Mia trok haar schouders op en deed de thermoskan open. Ze had al kopjes klaargezet in afwachting van Mikael Blomkvists bezoek.

'En wat maakt dat je denkt dat ik een boek ga publiceren bij *Millennium*?' vroeg Dag Svensson.

Hij was opeens zeer achterdochtig, maar het meisje negeerde hem en keek naar Mia Bergman. Ze trok een grimas die kon worden gezien als een scheef lachje.

'Interessant proefschrift,' zei ze.

Mia Bergman keek verbaasd.

'Hoe kun jij iets weten over mijn proefschrift?'

'Ik heb een kopie in handen gekregen,' antwoordde het meisje cryptisch.

Dag Svenssons irritatie nam toe.

'Nu moet je maar eens uitleggen wat je wil,' drong hij aan.

Het meisje keek hem aan. Hij merkte plotseling op dat haar irissen zo donkerbruin waren dat haar ogen ravenzwart werden in het licht. Hij zag in dat hij haar leeftijd verkeerd had ingeschat. Ze was ouder dan hij eerst had gedacht.

'Ik wil weten waarom je overal vragen stelt over Zala, Alexander Zala,' zei Lisbeth Salander. 'En ik wil vooral exact weten wat je over hem weet.'

Alexander Zala, dacht Dag Svensson geschokt. Hij had nooit eerder een voornaam gehoord.

Dag Svensson nam het meisje voor hem op. Ze pakte haar koffiekopje en nam een slok zonder hem los te laten met haar blik. Haar ogen misten alle warmte. Hij voelde plotseling een vaag ongenoegen.

In tegenstelling tot Mikael en de overige volwassenen in het gezelschap – en hoewel zij het feestvarken was – had Annika Giannini alleen maltbier gedronken en bedankt voor de wijn bij het eten en voor de borrel vooraf. Tegen halfelf 's avonds was ze dus nuchter en omdat ze haar grote broer in sommige opzichten beschouwde als een complete idioot waar je af en toe voor moest zorgen, bood ze aan om hem via Enskede naar huis te brengen. Ze was toch al van plan geweest om hem naar de bushalte op de Värmdövägen te brengen en het zou niet zo veel verder zijn om naar de stad te rijden.

'Waarom koop je zelf geen auto?' klaagde ze in elk geval toen Mikael zijn gordel omdeed.

'Omdat ik in tegenstelling tot jou op loopafstand van mijn werk woon en maar ongeveer eenmaal per jaar een auto nodig heb. Bovendien had ik toch niet kunnen rijden omdat die kerel van je op Skånse brandewijn heeft getrakteerd.'

'Hij begint te verzweedsen. Tien jaar geleden zou hij iets Italiaans hebben geschonken.'

Ze benutten de autorit voor broer-en-zus-praatjes. Afgezien van een volhardende tante van vaders kant, twee minder volhardende tantes van moeders kant, een paar neven en nichten en wat achterneven en -nichten waren Mikael en Annika helemaal alleen. Door hun leeftijdsverschil van drie jaar hadden ze in hun tienertijd niet veel gemeenschappelijk gehad, maar hadden ze dat op volwassen leeftijd ruimschoots ingehaald.

Annika had rechten gestudeerd en Mikael beschouwde haar als de absoluut meest begaafde van de twee. Ze was door haar studie heen gefietst, had een paar jaar bij de rechtbank gewerkt en was daarna plaatsvervangster geweest van een van Zwedens bekendste advocaten voordat ze ontslag had genomen en voor zichzelf was begonnen. Annika had zich gespecialiseerd in familierecht, wat na verloop van tijd een emancipatieproject was geworden. Ze had zich ontpopt als advocaat voor mishandelde vrouwen, had een boek geschreven over dat onderwerp en had een respectabele reputatie opgebouwd. Tot overmaat van ramp was ze zich politiek gaan inzetten voor de sociaaldemocraten. Mikael zei weleens plagerig dat ze een propagandist was. Zelf had Mikael al op vroege leeftijd besloten dat het lidmaatschap van een partij niet verenigbaar was met het behoud van journalistieke geloofwaardigheid. Hij ging zelfs niet eens stemmen en de keren dat hij dat wél had gedaan, had hij altijd geweigerd te vertellen waar hij op had gestemd, zelfs aan Erika Berger.

'Hoe gaat het met je?' vroeg Annika toen ze Skurubrug waren gepasseerd.

'Uitstekend.'

'Wat is het probleem?'

'Het probleem?'

'Ik ken je langer dan vandaag, Micke. Je was de hele avond in gedachten verzonken.'

Mikael zweeg een tijdje.

'Het is een gecompliceerd verhaal. Ik heb op dit moment twee problemen. Het ene gaat over een meisje dat ik twee jaar geleden heb leren kennen, dat mij heeft geholpen in verband met de Wennerström-affaire en dat daarna zonder enige verklaring gewoon uit mijn leven is verdwenen. Ik heb meer dan een jaar niets van haar gezien tot vorige week.'

Mikael vertelde over de overval op de Lundagatan.

'Heb je aangifte gedaan?' vroeg Annika onmiddellijk.

'Nee.'

'Waarom niet?'

'Die meid is enorm op zichzelf. Zij werd overvallen, dus zij mag aangifte doen.'

Wat volgens Mikael niet iets was wat boven aan Lisbeth Salanders prioriteitenlijstje zou staan.

'Stijfkop,' zei Annika, en ze gaf Mikael een klopje op zijn wang. 'Iedereen moet altijd alles zelf doen. Wat is het andere probleem?'

'We zijn bij *Millennium* bezig met een story die enorm veel stof zal doen opwaaien. Ik heb me de hele avond zitten afvragen of ik jou zou consulteren. Als advocaat, bedoel ik.'

Annika keek haar broer van opzij verbaasd aan.

'Mij consulteren,' riep ze uit. 'Dat is iets nieuws.'

'Het verhaal gaat over trafficking en geweld tegen vrouwen. Jij houdt je bezig met geweld tegen vrouwen en jij bent advocaat. Je werkt weliswaar niet aan zaken die te maken hebben met persvrijheid, maar ik zou heel graag willen dat jij de tekst doorlas voordat hij naar de drukker gaat. Het zijn artikelen voor het magazine én een boek, dus het is vrij omvangrijk.'

Annika zei niets terwijl ze de Hammarby fabriksväg opreed en de sluis bij Sickla passeerde. Ze manoeuvreerde over de kleine weggetjes die parallel aan de Nynäsvägen liepen, voordat ze bij de oprit naar de Enskedevägen kwam.

'Weet je, Mikael, ik ben maar één keer in mijn hele leven echt kwaad op je geweest.'

'O, ja?' vroeg Mikael.

'Dat was toen je door Wennerström werd aangeklaagd en wegens laster werd veroordeeld tot drie maanden gevangenisstraf. Ik was zó woest op je dat ik bijna ontplofte.'

'Waarom? Ik had een blunder begaan.'

'Je had wel vaker blunders begaan. Maar die keer had je een advocaat nodig en de enige tot wie je je niet richtte, was ik. Er werd alleen maar shit over je uitgestrooid, zowel in de media als in de rechtszaak. Je hebt het niet eens gevraagd. Ik ging bijna dood van ellende.'

'Dat waren speciale omstandigheden. Je had niets kunnen doen.'

'Ja, maar dat begreep ik pas een jaar later toen *Millennium* terugkwam en de vloer aanveegde met Wennerström. Tot die tijd was ik vreselijk teleurgesteld in je.'

'Je had echt niets kunnen doen om die rechtszaak te winnen.'

'Dat is niet het punt, grote broer. Ik begrijp ook wel dat het een hopeloos geval was. Ik heb het vonnis gelezen. Maar het punt was dat je niet eens naar mij toe gekomen was en me om hulp had gevraagd. Zo van, hé zusje, ik heb een advocaat nodig. Daarom ben ik ook nooit naar de rechtbank gekomen.'

Mikael dacht even na.

'Sorry, dat had ik wel moeten doen, neem ik aan.'

'Ja.'

'Ik zat dat jaar niet goed in mijn vel. Ik was niet in staat om met wie dan ook te praten. Ik wilde alleen maar dood.'

'Dat is je dan niet best gelukt.'

'Het spijt me.'

Annika Giannini glimlachte opeens.

'Fraai. Een excuus twee jaar later. Oké. Ik zal die tekst doorlezen. Is er haast bij?'

'Ja, hij moet bijna naar de drukker. Hier moet je naar links.'

Annika Giannini parkeerde schuin aan de overkant van de portiek aan de Björneborgsvägen waar Dag Svensson en Mia Bergman woonden.

'Ik ben over een minuutje terug,' zei Mikael. Hij spurtte de straat over en toetste de portiekcode in. Zo gauw hij binnen was, merkte hij dat er iets niet in de haak was. Hij hoorde opgewonden stemmen echoën in het trappenhuis en nam snel de drie trappen naar Dag Svensson en Mia Bergman. Pas toen hij op de derde verdieping kwam, zag hij in dat het tumult hun flat betrof. Er stonden vijf buren in het trappenhuis. De deur naar Dag en Mia stond op een kier.

'Wat is er aan de hand?' vroeg Mikael meer uit nieuwsgierigheid dan uit ongerustheid.

De stemmen verstomden. Vijf paar ogen keken hem aan. Drie vrouwen en twee mannen, allen in de pensioengerechtigde leeftijd. Een van de vrouwen was gekleed in een nachthemd.

'Het klonk alsof er geschoten werd.' De man die antwoord gaf, was in de zeventig en droeg een bruine ochtendjas.

'Geschoten?' vroeg Mikael met een schaapachtige blik.

'Net. Er is een minuut geleden hierbinnen geschoten. De deur stond open.'

Mikael drong naar voren, belde aan terwijl hij de flat in rende.

'Dag? Mia?' riep hij.

Hij kreeg geen antwoord.

Plotseling voelde hij een ijzige kou langs zijn ruggengraat omhoog trekken. Hij rook de geur van zwavel. Toen liep hij naar de deur van de woonkamer. Het eerste wat hij zag, was Dag Svensson die voorover in een enorme, metersbrede plas bloed voor de eettafel lag waaraan Erika en hij een paar maanden daarvoor nog hadden gegeten.

Mikael haastte zich naar Dag toe terwijl hij zijn mobieltje tevoorschijn griste en 112 intoetste. Hij kreeg onmiddellijk verbinding.

'Mijn naam is Mikael Blomkvist. Ik heb een ambulance en de politie nodig.'

Hij noemde het adres.

'Waar gaat het om?'

'Een man. Hij lijkt in zijn hoofd geschoten en is levenloos.'

Mikael boog zich voorover en probeerde de hartslag te voelen in Dags hals. Vervolgens zag hij de enorme krater in diens achterhoofd en zag hij in dat hij stond in wat een belangrijk deel van Dag Svenssons hersensubstantie was. Hij trok zijn hand langzaam terug.

Geen ambulancetransport ter wereld zou Dag Svensson kunnen redden.

Plotseling ontdekte hij de scherven van een van de koffiekopjes die Mia Bergman van haar oma had geërfd en waar ze zo voorzichtig mee was. Hij stond snel op en keek om zich heen.

'Mia?' schreeuwde hij.

De buurman in de bruine ochtendjas was achter hem aan de hal in gelopen. Mikael keerde zich om en wees naar de buurman.

'Blijf daar staan,' brulde hij. 'Loop achteruit terug naar het trappenhuis.'

De buurman keek eerst alsof hij van plan was te protesteren, maar gehoorzaamde het bevel. Mikael stond vijftien seconden onbeweeglijk. Vervolgens liep hij om de plas bloed heen en schuifelde hij voorzichtig langs Dag Svensson naar de slaapkamerdeur.

Mia Bergman lag op haar rug op de grond voor het voeteneinde van het bed. *Nee, in godsnaam, niet Mia óók!* Ze was dwars door haar gezicht geschoten. De kogel was er aan de onderkant van haar kaak onder haar linkeroor in gegaan. Het gat in haar slaap waar de kogel er weer uit was gekomen, was zo groot als een sinaasappel en haar rechteroogkas gaapte hem leeg aan. De bloedstroom was zo mogelijk nog krachtiger dan die van haar vriend. De kracht van de kogel was zó gewelddadig geweest dat de muur bij het hoofdeinde van het bed, een paar meter bij Mia Bergman vandaan, vol bloedspatten zat.

Mikael werd zich ervan bewust dat hij zijn mobieltje in een krampachtige greep hield, met de lijn naar de alarmcentrale nog steeds open en dat hij zijn adem had ingehouden. Hij zoog zijn longen vol met lucht en hield de telefoon voor zijn oor.

'We hebben politie nodig. Er zijn twee personen neergeschoten. Ik denk dat ze dood zijn. Vlug.'

Hij hoorde de stem van de centralist op de sos Alarmcentrale iets zeggen, maar was niet in staat de woorden te begrijpen. Hij had opeens het idee dat er wat mis was met zijn gehoor. Het was doodstil om hem heen. Hij hoorde het geluid van zijn eigen stem niet toen hij probeerde wat te zeggen. Hij liet zijn gsm zakken en liep achteruit de flat uit. Toen hij in het trappenhuis kwam, merkte hij dat hij over zijn hele lichaam trilde en dat zijn hart op abnormale wijze tekeerging. Zonder wat te zeggen, drong hij door de versteende schare buren heen en ging hij op de trap zitten. Hij hoorde afwezig de buren vragen stellen. *Wat is er gebeurd? Zijn ze gewond? Is er iets gebeurd?* De geluiden van hun stemmen klonken alsof ze door een tunnel kwamen.

Mikael zat als verdoofd. Hij zag in dat hij zich in een shocktoestand bevond. Hij boog zijn hoofd voorover tussen zijn knieën. Toen begon hij te denken. *Jezus christus, ze zijn vermoord. Ze zijn kortgeleden neergeschoten. De moordenaar kan nog in de flat zijn ... nee, dan zou ik hem gezien moeten hebben. Die flat is maar 55 vierkante meter groot.* Hij kon niet ophouden met trillen. Dag had voorover gelegen en hij had diens gezicht niet gezien, maar het beeld van Mia's kapotgeschoten gezicht bleef op zijn netvlies hangen.

Plotseling kwam zijn gehoor terug, alsof iemand de volumeknop had omgedraaid. Hij stond snel op en keek naar de buurman in de bruine ochtendjas.

'U daar,' zei hij. 'Ga hier staan en zorg dat er niemand naar binnen gaat. Politie en ambulance zijn onderweg. Ik ga naar beneden en laat ze de portiek binnen.'

Mikael rende met drie treden tegelijk de trap af. Op de begane grond zag hij opeens de keldertrap en bleef hij stokstijf staan. Hij deed een stap in de richting van de kelder. Halverwege de trap lag een revolver, volledig in het zicht. Mikael constateerde dat het een Colt 45 Magnum leek, eenzelfde wapen als waarmee Olof Palme was vermoord.

Hij bedwong de impuls om het wapen op te pakken en liet het liggen. Hij liep naar de portiekdeur en zette deze open. Hij ging buiten staan. Pas toen hij het korte geclaxonneer hoorde, herinnerde hij zich dat zijn zus op hem zat te wachten. Hij liep schuin de straat over.

Annika Giannini wilde haar mond opendoen om iets hatelijks over haar broers traagheid te zeggen, toen ze de uitdrukking op zijn gezicht zag.

'Heb jij iemand gezien terwijl je hier zat te wachten?' vroeg Mikael. Zijn stem klonk hees en onnatuurlijk.

'Nee. Wie zou dat moeten zijn? Wat is er gebeurd?'

Mikael zweeg even terwijl hij de omgeving afspeurde. Het was doodstil op straat. Hij groef in de zak van zijn colbert en vond een verkreukeld pakje met een overgebleven sigaret. Toen hij hem aanstak, hoorde hij op afstand het geluid van sirenes die dichterbij kwamen. Hij keek op zijn horloge. Het was 23.17 uur.

'Annika, dit wordt een lange nacht,' zei hij zonder haar aan te kijken terwijl de politieauto de straat in reed.

De agenten Magnusson en Ohlsson waren als eersten ter plaatse. Ze waren op de Nynäsvägen geweest, nadat ze op een alarm waren afgegaan dat vals was gebleken. Magnusson en Ohlsson werden gevolgd door de auto van de commissaris van de buitendienst, Oswald Mårtensson, die bij Skanstull was toen de oproep van de centrale was binnengekomen. Ze kwamen bijna tegelijkertijd aan, ieder van een andere kant, en zagen midden op straat een man in een spijkerbroek en een donker colbert staan die zijn hand ophief als stopteken. Een vrouw stapte gelijktijdig uit een geparkeerde auto op een paar meter van de man vandaan.

Alle drie de politiemensen wachtten een paar seconden af. De alarmcentrale had gerapporteerd dat er twee mensen waren neergeschoten en de man hield een donker voorwerp in zijn linkerhand. Het duurde even voordat ze zagen dat het een mobiele telefoon was. Ze stapten tegelijkertijd uit hun auto's, deden hun koppel goed en namen de personen beter in zich op. Mårtensson nam onmiddellijk het bevel.

'Bent u degene die alarm heeft geslagen in verband met een schotenwisseling?'

De man knikte. Hij leek behoorlijk van streek. Hij rookte een sigaret en zijn hand trilde toen hij de sigaret naar zijn mond bracht.

'Hoe is uw naam?'

'Mikael Blomkvist. Een paar minuten geleden zijn in die flat twee personen neergeschoten. Het zijn Dag Svensson en Mia Bergman. Ze wonen op de derde verdieping. Er staan een paar buren voor de deur.'

'Godallemachtig,' zei de vrouw.

'Wie bent u?' vroeg Mårtensson.

'Mijn naam is Annika Giannini.'

'Woont u hier?'

'Nee,' antwoordde Mikael Blomkvist. 'Ik zou even langsgaan bij het paar dat is neergeschoten. Dit is mijn zus, ze had me een lift gegeven na een etentje.'

'U beweert dus dat er twee personen zijn neergeschoten. Hebt u gezien wat er is gebeurd?'

'Nee. Ik heb ze gevonden.'

'We gaan kijken,' zei Mårtensson.

'Wacht,' zei Mikael. 'Volgens de buren was er geschoten kort voordat ik kwam. Ik heb binnen een minuut nadat ik was gearriveerd alarm geslagen. Sindsdien zijn er minder dan vijf minuten verstreken. Dat betekent dat de moordenaar nog in de buurt is.'

'Maar u hebt geen signalement?'

'Wij hebben niemand gezien. Misschien dat een van de buren iets heeft gezien.'

Mårtensson gaf Magnusson een teken. Die pakte zijn mobilofoon en begon op zachte toon aan de centrale te rapporteren. Mårtensson wendde zich tot Mikael.

'Kunt u de weg wijzen?' vroeg hij.

Toen ze de portiek binnenkwamen, bleef Mikael staan en wees hij zwijgend op de keldertrap. Mårtensson boog zich voorover en bekeek het wapen. Hij liep de trap naar de kelder helemaal af en voelde aan de kelderdeur. Die zat op slot.

'Ohlsson, blijf hier en hou daar een oogje op,' zei Mårtensson.

Voor de deur van de flat van Dag en Mia was de verzameling buren uitgedund. Twee buren waren naar hun eigen flat gegaan, maar de man in de bruine ochtendjas stond nog steeds op zijn post. Hij leek opgelucht toen hij de uniformen zag.

'Ik heb niemand binnengelaten.'

'Dat is mooi,' zeiden Mikael en Mårtensson tegelijk.

'Er lijken bloedsporen op de trap te zitten,' zei agent Magnusson.

Allen keken naar de sporen van voetstappen. Mikael keek naar zijn Italiaanse loafers.

'Dat zijn vermoedelijk mijn schoenen,' zei Mikael. 'Ik ben binnen geweest. Er is ontzettend veel bloed.'

Mårtensson keek Mikael onderzoekend aan. Hij gebruikte een pen om de deur open te duwen en constateerde nog meer bloedsporen in de hal.

'Rechtsaf. Dag Svensson ligt in de woonkamer en Mia Bergman in de slaapkamer.'

Mårtensson inspecteerde snel de flat en kwam na een paar seconden alweer terug. Hij sprak in de mobilofoon en vroeg versterking van de recherche. Terwijl hij praatte, arriveerde het ambulancepersoneel. Mårtensson hield hen tegen terwijl hij op hetzelfde moment het gesprek beëindigde.

'Twee personen. Voor zover ik kan zien, kan er geen hulp meer worden geboden. Kan een van jullie naar binnen gaan? Probeer zo min mogelijk verdere rommel te maken op de plaats delict.'

Het duurde niet lang om te constateren dat het ambulancepersoneel overbodig was. Een dienstdoende arts besloot dat de lichamen niet voor reanimatiepogingen naar het ziekenhuis hoefden te worden getransporteerd. Alle hoop was vervlogen. Mikael voelde zich plotseling misselijk worden en wendde zich tot Mårtensson.

'Ik ga naar buiten. Ik moet frisse lucht hebben.'

'Ik kan u helaas niet zomaar laten gaan.'

'Rustig maar,' zei Mikael. 'Ik ga buiten voor de deur zitten.'

'Mag ik uw legitimatie zien?'

Mikael pakte zijn portefeuille en legde deze in Mårtenssons hand. Toen keerde hij zich zonder wat te zeggen om, liep naar beneden en ging buiten op de stoep zitten, waar Annika en agent Ohlsson ook waren. Annika ging naast hem zitten.

'Micke, wat is er gebeurd?' vroeg Annika.

'Twee mensen waar ik ontzettend veel om gaf, zijn vermoord. Dag Svensson en Mia Bergman. Het was zijn manuscript dat je moest lezen.'

Annika Giannini zag in dat dit niet het juiste moment was om Mikael te overstelpen met vragen. Ze legde haar arm om de schouders van haar broer en hield hem vast terwijl er nog meer politieauto's arriveerden. Er had zich al een handjevol nachtbrakers op het trottoir aan de overkant van de straat verzameld. Mikael keek ze stom aan terwijl de politie de zaak begon af te zetten. Dit was het begin van een moordonderzoek.

Het was even na drieën 's morgens toen Mikael en Annika eindelijk het hoofdbureau van politie mochten verlaten. Ze hadden een uur in Annika's auto voor het pand in Enskede doorgebracht in afwachting van het moment dat de dienstdoende officier van justitie zou arriveren om het vooronderzoek in te leiden. Daarna, omdat Mikael een goede vriend van de twee slachtoffers was en omdat hij ze had gevonden en alarm had geslagen, was ze gevraagd mee te gaan naar Kungsholmen om, zoals het zo mooi werd genoemd, het onderzoek bij te staan.

Daar hadden ze een hele tijd moeten wachten voordat ze werden verhoord door een dienstdoende inspecteur, Anita Nyberg. Ze had stroblond haar en zag eruit als een tiener.

Ik begin oud te worden, dacht Mikael.

Om halfdrie 's morgens had hij zoveel koppen niet al te verse koffie gedronken dat hij nuchter en misselijk was. Hij had plotseling het verhoor moeten afbreken en een toilet moeten opzoeken, waar hij onstuitbaar had overgegeven. Hij had voortdurend het beeld van Mia Bergmans uiteengereten gezicht op zijn netvlies. Hij had diverse bekers water gedronken en zijn gezicht keer op keer afgespoeld voor hij naar het verhoor was teruggekeerd. Hij probeerde zich te concentreren en zo uitvoerig mogelijk antwoord te geven op Anita Nybergs vragen.

Hadden Dag Svensson en Mia Bergman vijanden?

Nee, niet dat ik weet.

Werden ze bedreigd?

Niet dat ik weet.

Hoe was hun relatie?

Ze leken gek op elkaar. Dag vertelde een keer dat ze aan kinderen wilden beginnen als Mia was gepromoveerd.

Gebruikten ze narcotica?

Ik heb geen idee. Ik geloof het niet en als het wel zo was misschien een feestjoint bij speciale gelegenheden.

Hoe kwam het dat u 's avonds zo laat nog naar hen toe ging?

Mikael legde het verband uit.

Was het niet ongebruikelijk om 's avonds zo laat nog naar ze toe te gaan?

Ja. Op zich wel. Dit was de eerste keer dat dat gebeurde.

Waar kende u ze van?

Door mijn werk. Mikael verklaarde een en ander tot in het oneindige.

En keer op keer kwamen er vragen om het eigenaardige tijdschema te preciseren.

De schoten waren in het hele pand te horen geweest. Ze waren minder dan vijf seconden na elkaar afgevuurd. De zeventigjarige man in de bruine ochtendjas was de naaste buurman en was een gepensioneerde majoor van de kustartillerie. Hij was na het tweede schot opgestaan van de bank voor de tv, waar hij op dat moment had gezeten, en had zich naar het trappenhuis gehaast. Na aftrek van het feit dat hij problemen had met zijn heupen en moeite had met opstaan, schatte hij zelf in dat het misschien dertig seconden had geduurd voordat hij zijn flatdeur had opengedaan. Hij had geen dader gezien en zijn andere buren al evenmin.

Volgens alle inschattingen van de buren was Mikael minder dan twee minuten nadat de schoten waren gelost bij de appartementsdeur gearriveerd.

Als je meetelde dat Annika en hij de straat zeker dertig seconden in de gaten hadden gehouden terwijl Annika naar de juiste portiek reed, had geparkeerd en een paar woorden met Mikael had gewisseld voordat deze overstak en de trap opliep, was er een gat van ongeveer dertig à veertig seconden. In die tijd had een dubbelmoordenaar het appartement kunnen verlaten, de trap af kunnen lopen, het wapen op de begane grond kunnen dumpen, het pand kunnen verlaten en uit het zicht kunnen verdwijnen voordat Annika had afgeremd. En dat alles zonder dat ook maar iemand een glimp van de dader had opgevangen.

Iedereen constateerde dat Mikael en Annika de moordenaar op een paar seconden na hadden gemist.

Even zag Mikael in dat inspecteur Anita Nyberg met de gedachte speelde dat Mikael de dader zou kunnen zijn; dat hij slechts een verdieping naar beneden was gelopen en had gedaan alsof hij net was aangekomen toen de buren zich hadden verzameld. Maar Mikael had een alibi in de vorm van zijn zus en een redelijk tijdschema. Zijn activiteiten inclusief het telefoongesprek met Dag Svensson konden worden bevestigd door een groot aantal leden van de familie Giannini.

Uiteindelijk zei Annika er wat van. Mikael had alle redelijke en mogelijke hulp geboden. Hij was duidelijk moe en voelde zich niet lekker. Het was tijd om het verhoor af te breken en hem naar huis te laten gaan. Ze herinnerde de inspecteur eraan dat zij haar broers advocaat was en dat hij bepaalde door God of in elk geval door het parlement vastgestelde rechten had.

Toen ze op straat kwamen, stonden ze een hele tijd bij Annika's auto.

'Ga naar huis, probeer wat te slapen,' zei ze.

Mikael schudde zijn hoofd.

'Ik moet naar Erika,' zei hij. 'Zij kende ze ook. Ik kan haar niet zomaar bellen om het te vertellen en ik wil ook niet dat ze het op het nieuws hoort als ze wakker wordt.'

Annika Giannini aarzelde even, maar zag in dat haar broer gelijk had.

'Saltsjöbaden dus,' zei ze.

'Red je dat nog?'

'Waar heb je anders een zus voor?'

'Als je me een lift naar Nacka centrum geeft, kan ik daar een taxi nemen of op een bus wachten.'

'Lul niet. Stap in, dan breng ik je.'

12
WITTE DONDERDAG 24 MAART

Annika Giannini was duidelijk ook moe en Mikael slaagde erin haar de lange omweg om de zeestraat van Lännersta uit het hoofd te praten en hem in het centrum van Nacka af te zetten. Hij kuste haar op haar wang, bedankte voor alle hulp van die nacht en wachtte tot ze was gekeerd en uit het zicht was verdwenen voordat hij een taxi belde.

Het was meer dan twee jaar geleden dat Mikael Blomkvist voor het laatst in Saltsjöbaden was geweest. Hij was maar een paar keer bij Erika en haar man op bezoek geweest. Hij nam aan dat dat een teken van onvolwassenheid was.

Mikael had geen idee hoe het huwelijk van Erika en Greger precies werkte. Hij kende Erika al sinds het begin van de jaren tachtig. En hij was van plan om zijn relatie met haar in stand te houden tot hij te oud was om nog uit zijn rolstoel overeind te komen. De verhouding was eind jaren tachtig een korte tijd verbroken geweest, toen ze allebei waren getrouwd, zij het niet met elkaar. De pauze had meer dan een jaar geduurd; toen waren ze hun wederhelft allebei ontrouw geweest.

Voor Mikael had dat geresulteerd in een echtscheiding. Voor Erika resulteerde het erin dat Greger Backman constateerde dat een dergelijk langdurige seksuele passie vermoedelijk zo sterk was dat het onredelijk was om te geloven dat conventies of algemene maatschappelijke zeden hen van elkaars bed zouden kunnen weghouden. Hij verklaarde ook dat hij niet het risico wilde lopen om Erika Berger te verliezen op dezelfde manier als waarop Mikael zijn vrouw was kwijtgeraakt.

Toen Erika haar ontrouw had bekend, had Greger Backman bij Mikael Blomkvist aangebeld. Mikael had zijn bezoek verwacht en gevreesd – hij had zichzelf een ongelooflijke lul gevoeld. Maar in plaats van Mikael op zijn bek te timmeren, had Greger Backman voorgesteld om naar de kroeg te gaan. Ze hadden drie cafés op Södermalm afgewerkt voordat ze voldoende aangeschoten waren geweest voor een serieus gesprek, dat rond zonsopgang had plaatsgevonden op een bankje in het park bij het Mariatorget.

Mikael had moeite gehad om Greger Backman te geloven toen hij eerlijk had gezegd dat als Mikael van plan was zijn huwelijk met Erika Berger te saboteren, hij in nuchtere toestand en met een knuppel zou terugkomen, maar dat als het alleen ging om de vleselijke lusten en het onvermogen van de geest tot verzadiging en bezinning, het wat hem betreft oké was.

Mikael en Erika hadden hun relatie met Greger Backmans goedkeuring voortgezet en zonder iets voor hem verborgen te houden. Voor zover Mikael wist, waren Greger en Erika nog steeds gelukkig getrouwd. Hij accepteerde dat Greger hun verhouding zonder protesten aanvaardde. Erika kon op elk gewenst moment de telefoon pakken en zeggen dat ze de nacht bij Mikael zou doorbrengen, wat regelmatig voorkwam.

Greger Backman had Mikael nooit op enige wijze bekritiseerd. Hij leek juist van mening dat de verhouding van Erika en Mikael nuttig was en dat zijn eigen liefde voor Erika werd verdiept doordat hij haar nooit als vanzelfsprekend kon beschouwen.

Mikael had zich daarentegen in Gregers gezelschap nooit prettig gevoeld, wat een teken was dat zelfs zulke vrijzinnige relaties een prijs hadden. En om die reden was hij alleen maar in Saltsjöbaden geweest als Erika een feest had gegeven en zijn afwezigheid als demonstratief zou zijn opgevat.

Nu stond hij voor hun 250 vierkante meter grote villa. Hoewel hij het vreselijk vond met zulk slecht nieuws te komen, drukte hij resoluut op de bel en hield deze bijna veertig seconden ingedrukt tot hij stappen hoorde. Greger Backman deed open, een handdoek om zijn middel en een slaapdronken, kwade blik, die overging in verbazing toen hij de minnaar van zijn vrouw op de stoep zag staan.

'Dag Greger,' zei Mikael.

'Môge Blomkvist. Jezus, hoe laat is het?'

Greger Backman was blond en mager. Hij had ontzettend veel haar op zijn borst en bijna niets op zijn hoofd. Hij had baardstoppels van een week oud en een markant litteken boven zijn rechterwenkbrauw, dat was ontstaan tijdens een ernstig zeilongeluk een paar jaar terug.

'Even na vijven,' zei Mikael. 'Kun je Erika wakker maken? Ik moet met haar praten.'

Greger Backman nam aan dat als Mikael Blomkvist zijn schroom had overwonnen om naar Saltsjöbaden te komen en hem te ontmoeten, er iets bijzonders moest zijn gebeurd. Bovendien zag Mikael eruit alsof hij hard aan een borrel toe was, of toch ten minste aan een bed om in uit te slapen. Dus deed hij de deur open en liet Mikael binnen.

'Wat is er gebeurd?' vroeg hij.

Voordat Mikael kon antwoorden, kwam Erika Berger de trap af, ze knoopte ondertussen de ceintuur van een witte ochtendjas dicht. Ze stopte halverwege toen ze Mikael in de hal zag staan.

'Hè?'

'Dag Svensson en Mia Bergman,' zei Mikael.

Zijn gezicht onthulde onmiddellijk met welk bericht hij kwam.

'Nee!' Ze legde een hand op haar mond.

'Ik kom net van de politie. Dag en Mia zijn vannacht vermoord.'

'Vermoord?' riepen Erika en Greger in koor.

Erika keek Mikael aarzelend aan.

'Echt waar?'

Mikael knikte zwaarmoedig.

'Iemand heeft ze in hun appartement in Enskede doodgeschoten. Ik ben degene die ze gevonden heeft.'

Erika ging op de trap zitten.

'Ik wilde niet dat je het straks op het nieuws zou horen,' zei Mikael.

Het was één minuut voor zeven op de ochtend van Witte Donderdag toen Mikael en Erika de redactie van *Millennium* binnenkwamen. Erika had Christer Malm en redactiesecretaris Malin Eriksson uit bed gebeld met het bericht dat Dag en Mia die nacht waren vermoord. Zij woonden aanzienlijk dichterbij en waren al gearriveerd en hadden het koffiezetapparaat in de pantry aangezet.

'Wat gebeurt er in godsnaam?' vroeg Christer Malm.

Malin Eriksson maande tot stilte en zette de volumeknop hoger voor het nieuws van zeven uur.

> 'Twee personen, een man en een vrouw, zijn gisteravond laat in een appartement in Enskede doodgeschoten. De politie geeft aan dat het om een dubbele moord gaat. De overledenen waren geen van beiden bekenden van de politie. Wie achter het misdrijf zit, is niet bekend. Onze verslaggever Hanna Olofsson is ter plaatse.
> "De politie kreeg even voor middernacht een melding van een schietincident in een pand aan de Björneborgsvägen hier in

Enskede. Volgens een buurman zijn er in de flat meerdere schoten gelost. De politie tast nog in het duister over een motief en er is tot nu toe nog niemand opgepakt. De politie heeft het appartement afgezet en is bezig met een technisch onderzoek." '

'Dat was kort maar krachtig,' zei Malin terwijl ze het geluid zachter zette. Daarna begon ze te huilen. Erika liep naar haar toe en legde haar arm om haar schouders.

'Verdomme,' zei Christer Malm niet tegen iemand in het bijzonder.

'Ga zitten,' zei Erika Berger resoluut. 'Mikael ...'

Mikael vertelde opnieuw wat er die nacht was gebeurd. Hij sprak monotoon en gebruikte zakelijk journalistenproza toen hij beschreef hoe hij Dag en Mia had aangetroffen.

'Verdomme,' zei Christer Malm opnieuw. 'Dat is toch gestoord.'

Malin werd opnieuw overmand door gevoelens. Ze begon weer te huilen en deed geen pogingen haar tranen te verbergen.

'Sorry,' zei ze.

'Ik voel precies hetzelfde,' zei Christer.

Mikael vroeg zich af waarom hijzelf niet huilde. Hij voelde alleen een grote leegte, bijna alsof hij verdoofd was.

'Wat we nu weten, is dus niet zo heel veel,' zei Erika Berger. 'We moeten twee dingen bespreken. Ten eerste zou het materiaal van Dag Svensson over drie weken naar de drukker. Gaan we nog steeds publiceren? Kunnen we publiceren? Dat is het ene. Het andere is een kwestie die Mikael en ik hebben besproken op weg naar de stad.'

'We weten niet waarom die moorden hebben plaatsgevonden,' zei Mikael. 'Het kan een privéaangelegenheid in het leven van Dag en Mia zijn of het kan een daad uit pure waanzin zijn. Maar we kunnen niet uitsluiten dat het iets met hun werk te maken heeft.'

Er viel een stilte. Uiteindelijk schraapte Mikael zijn keel.

'We staan zoals gezegd aan de vooravond van de publicatie van een ongelooflijk heftige story waarin we namen noemen van personen die in dat verband absoluut de aandacht niet willen trekken. Dag is twee weken geleden begonnen met die confrontaties. Ik dacht, misschien heeft een van hen ...'

'Wacht even,' zei Malin Eriksson. 'Er komen drie politiemensen in voor, waarvan eentje bij de veiligheidsdienst werkt en eentje bij de jeugd- en zedenpolitie, meerdere advocaten, een officier van justitie, een rechter en een paar viezeriken van journalisten. Zou een van hen een dubbele moord hebben gepleegd om de publicatie tegen te houden?'

'Tja, ik weet het niet,' zei Mikael nadenkend. 'Ze hebben een heleboel te verliezen, maar eerlijk gezegd vind ik dat ze ontzettend stom zijn als ze denken dat ze een dergelijke story de kop in kunnen drukken door een journalist te vermoorden. Maar er gaan ook een aantal pooiers met de billen bloot, en ook al gebruiken we gefingeerde namen, het is niet zo moeilijk uit te zoeken wie het zijn. Sommigen van hen zijn eerder veroordeeld voor gewelddelicten.'

'Goed,' zei Christer. 'Maar jij beschrijft die moorden als pure afrekeningen. Uit Dag Svenssons story heb ik begrepen dat het niet om van die bijster snuggere figuren gaat. Zijn die in staat om een dubbele moord te plegen en er ongezien vandoor te gaan?'

'Hoe capabel moet je zijn om twee schoten af te vuren?' vroeg Malin.

'We zitten op dit moment te speculeren over dingen waar we niets vanaf weten,' onderbrak Erika Berger. 'Maar we moeten de vraag wel stellen. Als de artikelen van Dag – of het proefschrift van Mia – de reden van de moorden waren, moeten we de veiligheid hier op de redactie verhogen.'

'En een derde vraag,' zei Malin. 'Moeten we met die namen naar de politie gaan? Wat heb je vannacht tegen de politie gezegd?'

'Ik heb antwoord gegeven op alle vragen die ze stelden. Ik heb verteld met wat voor story Dag bezig was, maar ik heb geen vragen gekregen over details en ik heb geen namen genoemd.'

'Dat moeten we vermoedelijk wel doen,' zei Erika Berger.

'Dat is niet zo vanzelfsprekend,' antwoordde Mikael. 'We zouden ze een namenlijst kunnen geven, maar wat doen we als de politie vragen gaat stellen over hoe we aan die namen zijn gekomen? We mogen de bronnen die anoniem willen blijven niet vrijgeven. Dat geldt voor een heleboel meisjes met wie Mia heeft gesproken.'

'Wat een toestand,' zei Erika. 'We zijn terug bij vraag één: gaan we publiceren?'

Mikael stak zijn hand op.

'Wacht. We kunnen erover stemmen, maar ik ben uiteindelijk verantwoordelijk uitgever en ik ga voor het eerst zelf een beslissing nemen. Het antwoord is nee. We kunnen niet in het volgende nummer publiceren. Het is onredelijk om gewoon volgens plan verder te gaan.'

Het werd weer doodstil aan tafel.

'Ik wil ontzettend graag publiceren, maar we moeten vermoedelijk een heleboel herformuleren. Dag en Mia hadden de documentatie, en de story was er ook op gebaseerd dat Mia aangifte bij de politie zou doen van de personen die we bij name zouden noemen. Zij had die expertise. Hebben wij die kennis?'

De buitendeur vloog open en Henry Cortez stond plotseling in de deuropening.

'Zijn het Dag en Mia?' vroeg hij buiten adem.

Allen knikten.

'Verdomme. Dat is toch niet normaal?'

'Hoe heb je het gehoord?' vroeg Mikael.

'Ik was uit met dat meisje en we waren op weg naar huis toen we het op de radio in de taxi hoorden. De politie was op zoek naar taxiritten naar die straat. Ik herkende het adres. Ik moest gewoon even langskomen.'

Henry Cortez keek zó geschokt dat Erika opstond en hem even een knuffel gaf voordat ze hem vroeg te gaan zitten. Ze pakte de draad van de discussie weer op.

'Ik denk dat Dag graag zou willen dat we zijn story publiceerden.'

'En dat vind ik ook. Het boek zeker. Maar we moeten de publicatie uitstellen.'

'Dus wat doen we nu?' vroeg Malin. 'Het is niet alleen een artikel dat vervangen moet worden – het is een themanummer en het hele blad moet worden overgemaakt.'

Erika zweeg even. Vervolgens glimlachte ze het eerste uitgeputte lachje van die dag.

'Had je gedacht vrij te zijn met Pasen, Malin?' vroeg ze. '*Forget it.* We doen het als volgt ... Malin, jij, Christer en ik gaan een heel nieuw nummer plannen zonder Dag Svensson. We moeten kijken of we wat teksten kunnen lospeuteren die we voor het juninummer hadden gepland. Mikael, hoeveel materiaal had je van Dag Svensson gekregen?'

'Ik heb de eindversie van negen van de twaalf hoofdstukken. Ik heb de op een na laatste versie van hoofdstuk tien en elf. Dag zou de eindversie mailen, ik zal mijn mail even checken, maar ik heb pas een fractie van het afsluitende hoofdstuk twaalf waarin hij de boel zou samenvatten en conclusies zou trekken.'

'Maar Dag en jij hadden alle hoofdstukken doorgesproken?'

'Ik weet wat hij wilde gaan schrijven, als dat is wat je bedoelt.'

'Goed, jij gaat met die teksten aan de slag, zowel het boek als het artikel. Ik wil weten hoeveel er ontbreekt en of we dingen kunnen reconstrueren die Dag niet meer heeft kunnen aanleveren. Kun je vandaag al een objectieve inschatting maken?'

Mikael knikte.

'Ik wil ook dat je erover nadenkt wat we tegen de politie gaan zeggen. Wat is ongevaarlijk en waarmee riskeren we schending van het recht op bronbescherming? Niemand bij het blad mag iets zeggen voordat jij het hebt goedgekeurd.'

'Dat klinkt goed,' zei Mikael.

'Denk je echt dat de story van Dag de reden van die moorden kan zijn?'

'Of Mia's proefschrift ... ik weet het niet. Maar we kunnen die mogelijkheid niet uitsluiten.'

Erika Berger dacht even na.

'Nee, zeker niet. Jij houdt je daarmee bezig.'

'Met wat?'

'Het onderzoek.'

'Welk onderzoek?'

'Óns onderzoek, verdomme.' Erika Berger sprak opeens met stemverheffing. 'Dag Svensson was journalist en werkte voor *Millennium*. Als hij vermoord is vanwege zijn werk, wil ik dat weten. We moeten dus gaan graven in wat er is gebeurd. Daar ga jij je mee bezighouden. Begin met het materiaal dat Dag Svensson ons heeft gegeven en ga na of dat het motief voor de moorden kan zijn.'

Ze keek naar Malin Eriksson.

'Malin, als jij me vandaag helpt met het schetsen van een geheel nieuw nummer dan doen Christer en ik het grove werk. Maar jij hebt ontzettend veel werk verricht met Dag Svensson en andere teksten in het themanummer. Ik wil dat jij de ontwikkeling van het moordonderzoek samen met Mikael gaat bewaken.'

Malin Eriksson knikte.

'Henry, kun jij vandaag werken?'

'Uiteraard.'

'Bel allereerst de overige medewerkers van *Millennium* om het te vertellen. Daarna bel je rond bij de politie om na te gaan wat er gebeurt. Zoek uit of er een persconferentie komt en dergelijke. We moeten op de hoogte blijven.'

'Goed. Ik bel eerst de medewerkers en daarna ga ik even naar huis om te douchen en te ontbijten. Ik ben binnen drie kwartier terug, als ik niet meteen doorga naar het hoofdbureau.'

'We houden vandaag contact.'

Er ontstond een korte stilte aan tafel.

'Oké,' zei Mikael. 'Zijn we klaar?'

'Dat neem ik aan,' zei Erika. 'Heb je haast?'

'Ja, ik moet even bellen.'

Harriët Vanger zat op de met glas omheinde veranda van Henrik Vangers huis in Hedeby aan het ontbijt, bestaande uit koffie en geroosterd brood met kaas en sinaasappelmarmelade, toen haar mobiele telefoon ging. Ze nam op zonder op het display te kijken.

'Goeiemorgen, Harriët,' zei Mikael Blomkvist.

'Goeie hemel. Ik dacht dat jij nooit voor achten opstond.'

'Dat doe ik ook niet als ik inderdaad naar bed ben gegaan. Maar dat is er vannacht niet van gekomen.'

'Is er iets gebeurd?'

'Heb je het nieuws gehoord?'

Mikael deed kort verslag van de gebeurtenissen van die nacht.

'Wat afschuwelijk,' zei Harriët Vanger. 'Hoe voel je je?'

'Lief dat je dat vraagt. Ik heb me weleens beter gevoeld. Maar de reden dat ik je bel, is dat je in het bestuur van *Millennium* zit en geïnformeerd hoort te zijn. Ik schat in dat een of andere journalist binnenkort wel zal ontdekken dat ik Dag en Mia heb gevonden, wat tot bepaalde speculaties zal leiden, en als uitlekt dat Dag bezig was met een gigantische onthulling voor onze rekening zullen er vragen worden gesteld.'

'En jij bedoelt dat ik voorbereid moet zijn. Oké. Wat mag ik wel en niet zeggen?'

'Zeg zoals het is. Jij bent geïnformeerd over wat er is gebeurd. Je bent uiteraard geschokt over die brute moorden, maar je bent niet betrokken bij het redactionele werk en kunt daardoor geen commentaar geven op eventuele speculaties. Het is de zaak van de politie om de moorden te onderzoeken, niet die van *Millennium*.'

'Bedankt voor de waarschuwing vooraf. Is er iets wat ik kan doen?'

'Op dit moment niet. Maar als ik nog iets bedenk, laat ik van me horen.'

'Goed. Enne, Mikael ... hou me op de hoogte, *please*.'

13
WITTE DONDERDAG 24 MAART

Al om zeven uur op de ochtend van Witte Donderdag was de formele verantwoordelijkheid als leider van het vooronderzoek naar de dubbele moord in Enskede op het bureau van officier van justitie Richard Ekström beland. De dienstdoende officier van die nacht, een relatief jonge en onervaren jurist, had ingezien dat de Enskede-moorden niet bepaald dagelijkse kost waren. Hij had de plaatsvervangende provinciale officier van justitie uit bed gebeld, die op zijn beurt de plaatsvervangende regiochef van de politie had gebeld. Samen hadden ze besloten het werk af te schuiven op een ijverige en ervaren officier van justitie. Hun keuze was gevallen op Richard Ekström, tweeënveertig jaar oud.

Ekström was een slanke, energieke man van 1 meter 67 met dun blond haar en een sikje. Hij was altijd onberispelijk gekleed en had vanwege zijn geringe lengte schoenen met verhoogde hakken. Hij was zijn carrière begonnen als plaatsvervangend officier van justitie in Uppsala, vanwaar hij was gerekruteerd als onderzoeker bij het ministerie van Justitie. Daar had hij zich beziggehouden met het aanpassen van de Zweedse wetgeving aan die van de EU. Hij had zijn werk zo goed gedaan, dat hij een tijdje afdelingschef was geweest. Hij had de aandacht getrokken met een onderzoek naar organisatorische tekortkomingen in de rechtszekerheid, waarin hij had gepleit voor meer effectiviteit, in plaats van de eisen voor meer geld die bepaalde politie-eenheden stelden. Na vier jaar bij Justitie was hij verder gegaan naar het Openbaar Ministerie in Stockholm, waar hij diverse zaken had behandeld waarbij sprake was van opvallende berovingen of geweldsdelicten.

Binnen het openbaar bestuur werd aangenomen dat hij sociaaldemocraat was, maar in werkelijkheid was Ekström totaal ongeïnteresseerd in partijpolitiek. Hij begon een zekere aandacht te krijgen in de media, en in de wandelgangen van de macht was hij een man die door de hoge jongens in de gaten werd gehouden. Hij werd definitief als een potentiële kandidaat gezien voor hogere functies en dankzij zijn vermeende ideologische ader had hij een breed netwerk in zowel politieke als politiële kringen. Onder politiemensen waren de meningen over Ekströms capaciteiten verdeeld. Zijn onderzoeken bij Justitie waren niet bevorderlijk geweest voor de gelederen binnen de politie die stelden dat de beste manier om de rechtszekerheid te waarborgen was om meer politiemensen aan te nemen. Maar Ekström had zich aan de andere kant onderscheiden door geen consideratie te hebben als hij van een zaak een rechtszaak maakte.

Toen Ekström snel door de dienstdoende rechercheur van de nachtelijke gebeurtenissen in Enskede op de hoogte was gebracht, constateerde hij al spoedig dat dit een zaak was met een groot kinetisch energiepotentieel, die ongetwijfeld turbulentie in de media teweeg zou brengen. Dit was geen moord waarvan er dertien in een dozijn gingen. De twee slachtoffers waren een promovendus in de criminologie en een journalist; dat laatste was een woord dat hij, afhankelijk van de situatie, haatte of liefhad.

Even na zevenen had Ekström kort telefonisch overleg met de chef van de provinciale recherche. Om kwart over zeven nam Ekström de hoorn van de haak en belde hij inspecteur Jan Bublanski uit bed, onder collega's beter bekend onder de bijnaam agent Bubbel. Bublanski was de week van Pasen eigenlijk vrij, om de overuren te compenseren die zich het jaar ervoor hadden opgehoopt, maar werd nu verzocht zijn verlof per onmiddellijk af te breken en zich naar het hoofdbureau te spoeden om opsporingsleider in het onderzoek naar de moorden in Enskede te worden.

Bublanski was tweeënvijftig en had meer dan de helft van zijn leven bij de politie gewerkt, sinds zijn drieëntwintigste. Hij had zes jaar in een surveillancewagen doorgebracht en de afdelingen Wapens en Diefstal afgewerkt voordat hij vervolgcursussen was gaan doen en was opgeklommen tot de afdeling Geweld bij de provinciale recherche. Hij was de laatste tien jaar betrokken geweest bij, om precies te zijn, drieëndertig onderzoeken met betrekking tot moord of doodslag. Bij zeventien daarvan was hij opsporingsleider geweest, veertien van deze zaken waren opgelost en twee werden als politieel opgelost beschouwd, wat inhield dat de politie wist wie de moordenaar was, maar te weinig bewijs had om de persoon in kwestie voor de rechter te slepen. In één geval, nu zes jaar geleden, hadden Bublanski en zijn medewerkers gefaald. Dat ging om een bekende alcoholist en herrieschopper die in zijn woning in Bergshamra met een mes om het leven was gebracht. De plaats delict was een nachtmerrie geweest van vingerafdrukken en DNA-sporen van tientallen personen die in de loop der jaren in die flat hadden gezopen en gevochten. Bublanski en zijn collega's waren ervan overtuigd dat de moordenaar binnen de dubieuze kennissenkring van alcoholisten en verslaafden van de man te vinden was, maar de moordenaar had ondanks intensief speurwerk uit handen van de politie weten te blijven. Het onderzoek was in principe gesloten.

Over het geheel genomen had Bublanski een goede ophelderingsstatistiek en werd hij door zijn collega's als uiterst gekwalificeerd beschouwd.

Maar Bublanski werd onder zijn collega's ook als een beetje vreemd gezien, wat gedeeltelijk kwam doordat hij van joodse afkomst was en bij bepaalde hoogtijdagen in de gangen van het hoofdbureau was waargenomen met een keppeltje. Dat had een keer geleid tot een opmerking van een inmiddels afgetreden hoofdcommissaris, die van mening was dat het niet passend was om in het hoofdbureau met een keppeltje rond te lopen, zoals hij het evenmin passend vond dat politiemensen met een tulband op hun hoofd liepen. Daar was het bij gebleven. Een journalist had lucht gekregen van het commentaar en was vragen gaan stellen, waarna de hoofdcommissaris zich snel op zijn kamer had teruggetrokken.

Bublanski behoorde tot de joodse gemeente Södermalm en bestelde vegetarisch eten als er geen koosjere maaltijd te krijgen was. Hij was echter niet zo orthodox dat hij niet op sabbat werkte. Ook Bublanski zag al vroeg in dat de betreffende dubbele moord in Enskede geen routineonderzoek was. Zo gauw Richard Ekström even na achten was binnengekomen, had hij Bublanski apart genomen.

'Dit is een ellendige geschiedenis,' begroette Ekström hem. 'Het paar dat is neergeschoten is een journalist en een criminologe. En dat niet alleen. Ze zijn gevonden door een andere journalist.'

Bublanski knikte. Dat stond er bijna voor garant dat de zaak uitgebreid door de media zou worden bewaakt en uitgevlooid.

'En om nog meer zout in de wonde te strooien – de journalist die het stel heeft gevonden, is Mikael Blomkvist van *Millennium*.'

'Oeps,' zei Bublanski.

'Bekend van het circus rond de Wennerström-affaire.'

'Weten we iets over het motief?'

'Op dit moment nog niets. De overledenen zijn geen van beiden bekenden van ons. Het lijkt een fatsoenlijk stel. De vrouw zou over een paar weken promoveren. Deze zaak moet de hoogste prioriteit krijgen.'

Bublanski knikte. Voor hem had moord altijd hoge prioriteit.

'We stellen een team samen. Je moet zo snel werken als je kunt en ik zal ervoor zorgen dat je alle middelen krijgt die je nodig hebt. Je krijgt hulp van Hans Faste en Curt Svensson. Je krijgt Jerker Holmberg ook. Hij is bezig met die doodslag in Rinkeby, maar het lijkt erop dat de dader naar het buitenland is vertrokken. Holmberg is een perfecte onderzoeker van de plaats delict. Je kunt indien nodig ook gebruikmaken van Opsporing van de rijksrecherche.

'Ik wil Sonja Modig hebben.'

'Is die niet een beetje jong?'

Bublanski trok zijn wenkbrauwen op en keek Ekström verbaasd aan.

'Ze is negenendertig, dus maar een paar jaar jonger dan jij. Bovendien is ze zeer scherp.'

'Oké, jij beslist wie je in de groep wilt hebben, als je maar voortmaakt. De hoge bonzen hijgen al in onze nek.'

Wat Bublanski nogal overdreven leek. De hoge bonzen hadden om deze tijd van de dag misschien net hun ontbijt achter de kiezen.

Het politieonderzoek begon pas echt met de briefing even voor negenen, toen inspecteur Bublanski zijn team in een conferentiekamer bij de provinciale recherche bij elkaar had. Bublanski keek de verzamelde menigte aan. Hij was niet helemaal tevreden met de samenstelling van de groep.

Sonja Modig was de persoon in de kamer in wie hij het grootste vertrouwen had. Ze werkte al twaalf jaar bij de politie, waarvan vier jaar bij Geweld, waar ze had deelgenomen aan diverse onderzoeken onder leiding van Bublanski. Ze was zorgvuldig en methodisch, maar Bublanski had al vroeg opgemerkt dat ze ook de eigenschappen had die hij persoonlijk als meest waardevol beschouwde in lastige onderzoeken. Ze had fantasie en bezat het vermogen tot associëren. Bij zeker twee gecompliceerde onderzoeken had Sonja Modig opmerkelijke en vergezochte verbanden gevonden die anderen hadden gemist en die hadden geresulteerd in doorbraken in het speurwerk. Bovendien bezat Sonja Modig een koele, intellectuele humor die Bublanski wel kon waarderen.

Bublanski was ook blij dat hij Jerker Holmberg binnen zijn team had. Holmberg was vijfenvijftig jaar oud en kwam oorspronkelijk uit de provincie Ångermanland. Hij was een bonkige, saaie man die geen fractie bezat van de fantasie die Sonja Modig van zo onschatbare waarde maakte. Daarentegen was Holmberg volgens Bublanski misschien wel de beste onderzoeker van een plaats delict van het hele Zweedse politiekorps. Ze hadden in de loop der jaren bij diverse onderzoeken samengewerkt en Bublanski was ervan overtuigd dat als er íéts te vinden was op de plaats van het misdrijf, Holmberg het zou vinden. Zijn primaire taak was dus de leiding te nemen over de werkzaamheden in de flat in Enskede.

Collega Curt Svensson was bij Bublanski relatief onbekend. Hij was een zwijgzame, stevig gebouwde man met zulk stekelig blond haar dat hij op afstand vrijwel kaal leek. Svensson was achtendertig jaar oud en werkte nog maar kort bij Geweld. Hij was afkomstig van de politie in Huddinge, waar hij zich jarenlang had beziggehouden met onderzoek naar groepscriminaliteit. Hij stond bekend om zijn heftige humeur en zijn hardhandigheid, wat een omschrijving was van het feit dat hij mogelijkerwijs methodes hanteerde ten aanzien van zijn clientèle die niet helemaal in overeenstemming waren met het politiereglement. Tien jaar geleden was Curt Svensson een keer aangeklaagd voor mishandeling. Er was een onderzoek ingesteld, maar hij was op alle punten vrijgesproken.

Curt Svenssons reputatie was echter gebaseerd op een heel andere gebeurtenis. In oktober 1999 was Curt Svensson samen met een collega naar Alby afgereisd om een kwajongen op te halen voor verhoor. De plaatselijke herrieschopper was geen onbekende van de politie. Hij was al jaren een schrik voor zijn buren en er liepen diverse klachten tegen hem doordat hij zich voortdurend dreigend opstelde tegenover zijn omgeving. Nu werd hij, na tips aan de politie, verdacht van het beroven van een videotheek in Norsborg. Het was een routineklus geweest die enorm uit de hand was gelopen toen de vlegel in plaats van braaf mee te gaan met de politie een mes had getrokken. Zijn collega had tijdens zijn verweer diverse verwondingen aan zijn handen opgelopen en ook was zijn linkerduim afgesneden, toen de geweldpleger opeens zijn aandacht op Curt Svensson richtte, die voor het eerst in zijn carrière zijn dienstwapen had moeten gebruiken. Curt Svensson had drie schoten afgevuurd. Het eerste was een waarschuwingsschot. Het tweede schot was gericht geweest, maar had de dader gemist, wat op zich een prestatie was omdat de afstand minder dan 3 meter betrof. Het derde schot had de man centraal in zijn lichaam getroffen en had de grote lichaamsslagader geraakt, waardoor de man binnen een paar minuten was doodgebloed. Het daaropvolgende onderzoek had Curt Svensson uiteindelijk vrijgesproken van strafvervolging, iets wat aanleiding gaf tot een debat in de media, waarin het staatsmonopolie op geweld onder de loep werd genomen en waarbij Curt Svensson in één adem werd genoemd met de twee agenten die in 1995 verantwoordelijk waren geweest voor de dood van Osmo Vallo in Karlstad.

Bublanski had aanvankelijk bedenkingen gehad over Curt Svensson maar had na een halfjaar niets ontdekt waarop hij kritiek kon hebben of waarover hij zich kwaad moest maken. Hij had juist respect gekregen voor Curt Svenssons zwijgzame competentie.

Het laatste lid in Bublanski's team was Hans Faste, zevenenveertig jaar oud en inmiddels een veteraan na vijftien jaar bij Geweld. Faste was er de directe oorzaak van dat Bublanski niet helemaal content was met de samenstelling van de groep. Faste had een positieve en een negatieve kant. Het positieve was dat hij een brede ervaring en veel routine had als het om gecompliceerde onderzoeken ging. Een minpunt was dat Bublanski van mening was dat Faste egocentrisch was en een schreeuwerige humor had waaraan ieder normaal denkend mens zich kon ergeren en die Bublanski in hoge mate irriteerde. Faste had persoonlijke trekjes en eigenschappen die Bublanski gewoon niet mocht. Maar goed, als de teugels strak werden gehouden, was hij een bekwaam onderzoeker. Faste was bovendien een soort mentor geworden van Curt Svensson, die geen bezwaar leek te hebben tegen diens luidruchtigheid. Tijdens de onderzoeken waren ze meestal twee handen op één buik.

Bij de bijeenkomst waren ook uitgenodigd dienstdoend inspecteur Anita Nyberg, om het gezelschap te informeren over het verhoor dat ze die nacht met Mikael Blomkvist had gehouden, evenals commissaris Oswald Mårtensson om uiteen te zetten wat er naar aanleiding van de melding in Enskede had plaatsgevonden. Beiden waren uitgeput en wilden zo gauw mogelijk naar huis om te gaan slapen, maar Anita Nyberg was er al wel in geslaagd foto's van de plaats delict te krijgen, die in de groep werden rondgestuurd.

Na dertig minuten hadden ze de gebeurtenissen duidelijk voor ogen. Bublanski vatte samen: 'Onder voorbehoud van het feit dat het technisch onderzoek ter plaatse nog bezig is, lijkt het dus als volgt te zijn gegaan ... Een onbekend iemand, die door geen van de buren of andere getuigen is opgemerkt, is een appartement in Enskede binnengegaan en heeft het paar Svensson en Bergman om het leven gebracht.'

'We weten nog niet of het wapen dat is gevonden identiek is aan het moordwapen, maar het is al naar het gerechtelijk laboratorium gestuurd,' voegde Anita Nyberg eraan toe. 'Het heeft de hoogste prioriteit. We hebben in de muur naar de slaapkamer ook een relatief intact fragment van een kogel gevonden, de kogel die Dag Svensson heeft geraakt. De kogel die Mia Bergman heeft getroffen, was daarentegen zo gefragmenteerd dat ik betwijfel of deze bruikbaar is.'

'Bedankt. Een Colt Magnum is een cowboypistool dat ze zouden moeten verbieden. Hebben we een serienummer?'

'Nog niet,' zei Oswald Mårtensson. 'Ik heb het wapen en het kogelfragment direct vanuit Enskede met een koerier naar het lab gestuurd. Het leek me beter dat zij ermee aan de slag gingen dan dat ik eraan ging zitten friemelen.'

'Mooi. Ik heb nog geen tijd gehad om ter plekke een kijkje te gaan te nemen, maar jullie tweeën zijn daar geweest. Wat zijn jullie conclusies?'

Anita Nyberg en Oswald Mårtensson keken elkaar aan. Nyberg liet haar oudere collega namens hen het woord voeren.

'Ten eerste denken we dat de moordenaar alleen was. Het was een pure liquidatie. Ik heb het gevoel dat het iemand is die veel reden had om Svensson en Bergman uit de weg te ruimen en dat hij zeer besluitvaardig te werk is gegaan.'

'En waar baseer je dat gevoel op?' vroeg Hans Faste.

'De flat was keurig netjes. Er was geen sprake van beroving of mishandeling en dergelijke. Ten eerste zijn er slechts twee schoten afgevuurd. Beide schoten hebben het betreffende doel met grote precisie in het hoofd geraakt. Het is dus iemand die met wapens kan omgaan.'

'Oké.'

'Als we naar de schets kijken ... we hebben het zo gereconstrueerd dat de man, Dag Svensson, van zeer dichtbij is neergeschoten, vermoedelijk van zo dichtbij dat de monding van de revolver tegen zijn hoofd werd gedrukt. Er zijn duidelijke brandwonden rondom het gat waar de kogel erin is gegaan. Hij is vermoedelijk als eerste neergeschoten. Svensson werd tegen de eettafel geslingerd. De moordenaar stond vermoedelijk op de drempel van de gang of net in de woonkamer.'

'Oké.'

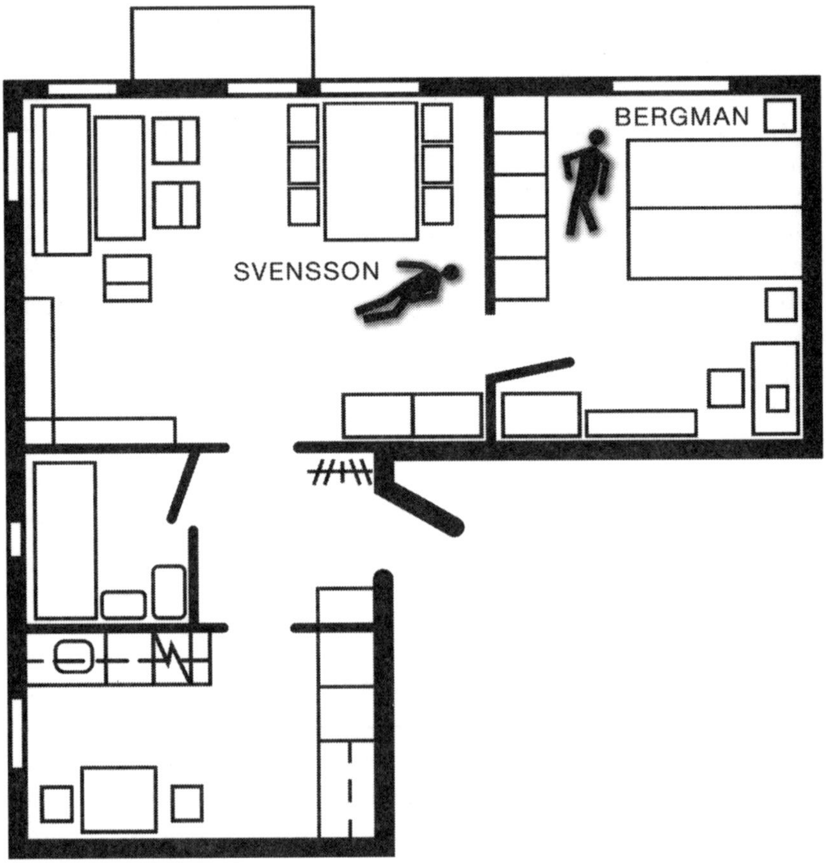

'De schoten zijn volgens de getuigen binnen een paar seconden afgevuurd. Mia Bergman is van afstand beschoten. Zij bevond zich vermoedelijk in de deuropening van de slaapkamer en probeerde zich af te wenden. De kogel heeft haar getroffen onder haar linkeroor en is er boven haar rechteroog weer uit gekomen. Door de kracht is ze de slaapkamer in geworpen, waar ze is gevonden. Ze is tegen het bedeinde aan gekomen en is toen op de grond gegleden.'

'Een schutter die gewend is met wapens om te gaan,' stemde Faste in.

'En dat niet alleen. Er zijn geen voetsporen die erop duiden dat de moordenaar de slaapkamer in is gegaan om te kijken of ze dood was. Hij wist dat hij haar had geraakt en heeft zich omgekeerd en zich uit de voeten gemaakt. Dus twee schoten, twee doden en daarna wegwezen. Bovendien ...'

'Ja?'

'Zonder vooruit te lopen op het technisch onderzoek denk ik dat de moordenaar jachtmunitie heeft gebruikt. De dood is onmiddellijk ingetreden. Beide slachtoffers hadden onaangename verwondingen.'

Er ontstond een korte stilte rond de tafel. Dit was een debat waaraan niemand in het gezelschap wilde worden herinnerd. Er bestaan twee soorten munitie – harde, geheel ommantelde kogels die recht door het lichaam gaan en verhoudingsgewijs weinig schade aanrichten, en zachte munitie, dumdumkogels, die in het lichaam expanderen en ontzettend veel schade veroorzaken. Er is enorm veel verschil tussen een persoon die is getroffen door een kogel van negen millimeter doorsnee of een kogel die expandeert tot twee, misschien drie centimeter doorsnee. Het laatstgenoemde type wordt jachtmunitie genoemd en heeft volledig doodbloeden tot doel, wat als humaan wordt beschouwd bij de elandenjacht, omdat het doel daarbij is om een buit zo snel en zo pijnloos mogelijk om te leggen. Daarentegen is jachtmunitie volgens de internationale wetgeving in oorlogssituaties verboden omdat de stakker die door een expanderende kogel wordt getroffen bijna zonder uitzondering komt te overlijden, waar diegene ook in het lichaam wordt geraakt.

In haar wijsheid had de Zweedse politie echter twee jaar daarvoor dumdumkogels aan het politiearsenaal toegevoegd. Waarom deze munitie was toegevoegd, was niet helemaal duidelijk, maar wat wél duidelijk was, was dat als bijvoorbeeld de landelijk bekende demonstrant Hannes Westberg, die in 2001 tijdens de ongeregeldheden in Göteborg in zijn buik was geschoten, was beschoten met jachtmunitie, hij het niet had overleefd.

'Dus het doel was met andere woorden om te doden,' zei Curt Svensson.

Hij doelde op Enskede, maar bekende daarmee meteen zijn standpunt in het zwijgende debat dat aan tafel plaatsvond.

Anita Nyberg en Oswald Mårtensson knikten allebei.

'En dan hebben we nog dat onwaarschijnlijke tijdschema,' zei Bublanski.

'Exact. Na de schoten heeft de moordenaar de flat onmiddellijk verlaten. Hij is de trap afgelopen, heeft het wapen laten vallen en is vertrokken. Kort daarna, het moet een kwestie van seconden zijn, kwamen Blomkvist en zijn zus per auto aan.'

'Hm,' zei Bublanski.

'Een mogelijkheid is dat de moordenaar via de kelder is verdwenen. Er is een zijingang die hij kan hebben gebruikt, je kunt dan via de binnentuin en een grasveld naar de straat die er parallel aan loopt. Maar dat veronderstelt dat hij een sleutel van de kelderdeur had.'

'Is er iets wat erop duidt dat de moordenaar via die weg is verdwenen?'

'Nee.'

'Dus we hebben geen enkele beschrijving om op af te gaan,' zei Sonja Modig. 'Maar waarom heeft hij het wapen weggegooid? Als hij het had meegenomen, of als hij het een stukje verderop had laten vallen, zou het even hebben geduurd voordat we het hadden gevonden.'

Ze trokken allemaal hun schouders op. Dat was een vraag die niemand kon beantwoorden.

'Wat moeten we van Blomkvist denken?' vroeg Hans Faste.

'Hij was duidelijk aangedaan,' zei Mårtensson. 'Maar hij reageerde correct en helder, en maakte een betrouwbare indruk. Zijn zus heeft het telefoongesprek en de autorit bevestigd. Ik geloof niet dat hij erbij betrokken was.'

'Hij is een bekende journalist,' zei Sonja Modig.

'Het zal zeker een mediacircus worden,' stemde Bublanski in. 'Des te meer reden om de zaak zo snel mogelijk op te lossen. Oké ... Jerker, jij gaat natuurlijk aan de gang met de flat en de buren. Faste, Curt en jij gaan aan de slag met de slachtoffers. Wie ze waren, waar ze mee bezig waren, wat ze voor kennissenkring hadden, wie een motief kon hebben om ze te vermoorden. Sonja, jij en ik nemen de getuigenverklaringen van vannacht door. Daarna mag je een tijdschema opstellen van de bezigheden van Dag Svensson en Mia Bergman gedurende het laatste etmaal voordat ze werden vermoord. Laten we om 14.30 uur weer bij elkaar komen.'

Mikael Blomkvist begon zijn werkzaamheden door plaats te nemen achter het bureau op de redactie, dat Dag Svensson dit voorjaar ter beschikking had gestaan. Hij zat eerst een hele tijd stil, alsof hij niet helemaal in staat was om met zijn taak te beginnen. Vervolgens zette hij de computer aan.

Dag Svensson had een eigen laptop en had grotendeels vanuit huis gewerkt, maar hij had ook ongeveer twee dagen per week op de redactie gezeten, de laatste tijd aanzienlijk vaker. Bij *Millennium* had hij de beschikking gehad over een oudere PowerMac G3, een desktopcomputer die tijdelijke medewerkers konden gebruiken. Mikael logde in op de oude G3. In de computer zat een heleboel materiaal waarmee Dag Svensson had gewerkt. Hij had de G3 voornamelijk gebruikt om te zoeken op internet, maar er waren ook een aantal mappen die hij van zijn laptop had gekopieerd. Daarentegen had Dag Svensson een complete back-up in de vorm van twee zipschijven in zijn afgesloten bureaula. Hij maakte dagelijks een kopie van nieuw en geüpdatet materiaal. Maar omdat hij de afgelopen dagen niet op de redactie was geweest, dateerde de laatste veiligheidskopie van zondagavond. Er ontbraken drie dagen.

Mikael maakte een kopie van de zipschijven en stopte deze in de kluis op zijn eigen kamer. Daarna besteedde hij vijfenveertig minuten aan het snel doornemen van de inhoud op de originele harde schijf. De harde schijf bevatte een dertigtal mappen en ontelbare submappen. Er stond vier jaar verzameld onderzoek voor Dag Svenssons project over trafficking op. Hij las de documentnamen en zocht naar dingen die gekwalificeerd geheim materiaal konden bevatten, namen van Dag Svenssons beschermde bronnen. Hij noteerde dat Dag Svensson zorgvuldig was geweest met zijn bronnen; al dit materiaal zat in een map die 'Bronnen/geheim' heette. De map bevatte honderdvierendertig documenten van verschillende grootte, de meeste vrij klein. Mikael markeerde alle documenten en wiste ze. Hij verplaatste de documenten niet naar de prullenbak maar sleepte ze naar een icoon van het programma Burn, dat de documenten niet alleen weggooide maar ze byte voor byte wiste.

Daarna pakte hij Dag Svenssons mail aan. Dag had een eigen, tijdelijk e-mailadres gekregen op millennium.se, dat hij op de redactie en in zijn draagbare computer gebruikte. Hij had ook een eigen password, wat echter niet tot problemen leidde omdat Mikael de moderator van het computersysteem was en op de hele mailserver kon komen. Hij downloadde een kopie van Dag Svenssons e-mail en brandde een cd.

Ten slotte ging hij aan de slag met de berg papier in de vorm van referentiemateriaal, aantekeningen, krantenknipsels, vonnissen en correspondentie die Dag Svensson gedurende de reis had verzameld. Hij nam het zekere voor het onzekere en liep naar het kopieerapparaat en maakte een kopie van alles wat belangrijk leek. De procedure omvatte bijna tweeduizend pagina's en nam drie uur in beslag.

Hij ordende al het materiaal dat op een of andere manier met een geheime bron in verband kon worden gebracht. Uiteindelijk had hij een bundel van ruim veertig pagina's, hoofdzakelijk in de vorm van aantekeningen van twee A4-blokken die Dag Svensson achter slot en grendel in zijn bureau had gehad. Dat materiaal stopte Mikael in een envelop die hij naar zijn eigen kamer bracht. Daarna legde hij al het overige materiaal dat bij Dag Svenssons project hoorde op zijn plaats op diens bureau terug.

Pas daarna ademde hij uit en ging hij naar beneden naar de 7-Eleven waar hij koffie dronk en een pizza slice at. Hij nam abusievelijk aan dat de politie elk moment kon komen om Dag Svenssons bureau door te kijken.

Bublanski kreeg al even na tienen 's morgens een onverwachte doorbraak in het onderzoek toen dr. Lennart Granlund van het gerechtelijk laboratorium in Linköping belde.

'Het betreft die dubbele moord in Enskede.'

'Nu al?'

'We hebben het wapen vanochtend vroeg binnengekregen en ik ben nog niet helemaal klaar met de analyse, maar ik heb informatie die je wellicht zal interesseren.'

'Mooi. Vertel op,' spoorde agent Bubbel hem ongeduldig aan.

'Het wapen is een Colt 45 Magnum, in 1981 gemaakt in de VS.'

'Ja?'

'We hebben vingerafdrukken vastgesteld en mogelijk DNA, maar die analyse duurt nog wel even. We hebben ook gekeken naar de kogels waarmee het paar is beschoten. De kogels zijn – niet geheel onverwacht – afkomstig uit dat wapen. Dat is meestal zo als we een wapen vinden in een trappenhuis van een plaats waar een moord is gepleegd. De kogels zijn enorm gefragmenteerd, maar we hebben een stukje om mee te vergelijken. Het is waarschijnlijk dat dit het moordwapen is.'

'Een illegaal wapen, neem ik aan. Heb je een serienummer?'

'Het wapen is volstrekt legaal. Het is eigendom van een advocaat Nils Erik Bjurman en is in 1983 aangeschaft. Hij is lid van de schietclub van de politie. Hij heeft een adres op de Upplandsgatan bij het Odenplan.'

'Wat zeg je me nou?'

'We hebben zoals gezegd ook vingerafdrukken op het wapen gevonden. Die zijn van minstens twee personen.'

'Aha.'

'We kunnen wel veronderstellen dat de ene serie van Bjurman is, voor zover het wapen niet is gestolen of verkocht, maar daar heb ik geen informatie over.'

'Aha. We hebben met andere woorden een leidraad, zoals we dat in politietermen zeggen.'

'We hebben een hit in het register van de andere persoon. Een afdruk van de rechterduim en wijsvinger.'

'Wie?'

'Een vrouw, geboren op 30-04-1978. Ze is in 1995 opgepakt voor mishandeling in Gamla Stan en toen zijn die vingerafdrukken genomen.'

'Heeft ze ook een naam?'

'Ja. Ze heet Lisbeth Salander.'

Agent Bubbel trok zijn wenkbrauwen op en noteerde de naam en de geboortedatum op een blok op zijn bureau.

Toen Mikael Blomkvist na zijn late lunch weer terugkwam op de redactie ging hij direct naar zijn werkkamer en deed hij de deur dicht, een teken dat hij niet gestoord wilde worden. Hij had nog geen tijd om aan de gang te gaan met alle zijdelingse informatie die in Dag Svenssons mail en aantekeningen zat. Hij moest gaan zitten om het boek en de artikelen met geheel nieuwe ogen door te nemen, nu in gedachten houdend dat de auteur was overleden en daardoor geen antwoord kon geven op lastige vragen.

Hij moest beslissen of het boek in de toekomst überhaupt kon worden uitgegeven. Hij moest ook bepalen of er iets in het materiaal was wat een motief zou kunnen zijn voor moord. Hij zette zijn computer aan en begon te werken.

Jan Bublanski had een kort gesprek met de leider van het vooronderzoek Richard Ekström om hem te informeren over wat er van het gerechtelijk lab was gekomen. Ze besloten dat Bublanski en collega Sonja Modig advocaat Bjurman zouden bezoeken voor een gesprek dat kon worden omgezet in een verhoor of zelfs een aanhouding als dat nodig zou blijken, terwijl de collega's Hans Faste en Curt Svensson zich zouden concentreren op Lisbeth Salander om haar te vragen uit te leggen hoe haar vingerafdrukken op een moordwapen hadden kunnen komen.

Het zoeken naar advocaat Bjurman leidde aanvankelijk niet tot grote problemen. Zijn adres stond in het belastingregister, in het wapenregister en in het bestand van de Zweedse Rijksdienst voor het Wegverkeer, en stond bovendien gewoon in de publieke telefoongids. Bublanski en Modig reden naar het Odenplan en slaagden erin de portiekdeur van het pand aan de Upplandsgatan binnen te komen doordat een jongeman net naar buiten liep op het moment dat zij arriveerden.

Daarna werd het lastiger. Toen ze aanbelden, deed er niemand open. Daarom reden ze verder naar Bjurmans kantoor aan het St. Eriksplan en herhaalden ze de procedure met hetzelfde negatieve resultaat.

'Misschien is hij op de rechtbank,' zei inspecteur Sonja Modig.

'Misschien is hij wel naar Brazilië gevlucht nadat hij een dubbele moord heeft gepleegd,' zei Bublanski.

Sonja Modig knikte en keek haar collega van opzij aan. Ze voelde zich prettig in zijn gezelschap. Ze zou er niets op tegen hebben om met hem te flirten als ze geen twee kinderen had gehad en ze allebei niet gelukkig getrouwd waren geweest. Ze keek naar de messing naambordjes op de andere deuren op de verdieping en constateerde dat de naaste buren een tandarts Norman, een bedrijf dat N-Consulting heette en een advocaat Rune Håkansson waren.

Ze belden aan bij Håkansson.

'Dag, mijn naam is Modig en dit is inspecteur Bublanski. Wij zijn van de recherche en zijn op zoek naar uw collega advocaat Bjurman van hiernaast. Hebt u toevallig enig idee waar we hem zouden kunnen aantreffen?'

Håkansson schudde zijn hoofd.

'Ik zie hem de laatste tijd maar zelden. Hij is twee jaar geleden ernstig ziek geworden en heeft zijn activiteiten bijna geheel afgebouwd. Het bordje hangt nog wel op de deur, maar hij is hier maar eenmaal per twee maanden.'

'Ernstig ziek?' vroeg Bublanski.

'Ik weet het niet precies. Hij was altijd druk bezig en toen werd hij ziek. Kanker of zo, denk ik. Ik ken hem slechts oppervlakkig.'

'Dénkt u of wéét u dat hij kanker kreeg?' vroeg Sonja Modig.

'Tja ... ik weet het niet. Hij had een secretaresse, Britt Karlsson of Nilsson of zoiets. Een wat oudere vrouw. Ze werd ontslagen en zij vertelde dat hij ziek was geworden, maar ik weet niet op welke manier. Dat was in het voorjaar van 2003. Ik zag hem pas eind van het jaar en toen leek hij tien jaar ouder, uitgemergeld en helemaal grijs ... toen heb ik mijn conclusies getrokken. Hoezo? Heeft hij iets misdaan?'

'Niet dat wij weten,' antwoordde Bublanski. 'Maar we zijn wel dringend naar hem op zoek.'

Ze keerden terug naar het appartement aan het Odenplan en belden nogmaals bij Bjurman aan. Nog steeds geen gehoor. Bublanski pakte zijn mobiele telefoon en toetste Bjurmans gsm-nummer in. Hij kreeg het bericht dat *de abonnee naar wie u op zoek bent momenteel niet bereikbaar is, probeert u het later nog eens.*

Hij belde naar de vaste aansluiting in de flat. In het trappenhuis konden ze zwakke belsignalen aan de andere kant van de deur horen voordat er een antwoordapparaat aansloeg en de beller verzocht werd een bericht achter te laten. Ze keken elkaar aan en trokken hun schouders op.

Het was één uur 's middags.

'Koffie?'

'Liever een hamburger.'

Ze liepen naar de Burger King op het Odenplan. Sonja Modig at een Whopper en Bublanski nam een vegetarische burger voordat ze naar het hoofdbureau terugkeerden.

Officier van justitie Ekström had 's middags om twee uur een vergadering belegd aan de tafel in zijn werkkamer. Bublanski en Modig namen naast elkaar plaats tegen de muur bij het raam. Curt Svensson arriveerde twee minuten later en ging ertegenover zitten. Jerker Holmberg kwam aan met een blad met koffie in papieren bekertjes. Hij had een kort bezoek gebracht aan Enskede en was van plan later die middag terug te keren als de technici klaar waren.

'Waar is Faste?' vroeg Ekström.

'Hij is bij de gemeentelijke instelling voor maatschappelijk werk, hij belde vijf minuten geleden dat hij iets later zou komen,' antwoordde Curt Ekström.

'Oké, dan beginnen we alvast. Wat hebben we?' begon Ekström zonder ceremonieel vertoon. Hij wees eerst naar Bublanski.

'Wij zijn op zoek geweest naar advocaat Nils Bjurman. Hij is niet thuis en niet op zijn kantoor. Volgens een collega-advocaat is hij twee jaar geleden ziek geworden en heeft hij zijn activiteiten praktisch afgebouwd.'

Sonja Modig vervolgde.

'Bjurman is vijfenvijftig jaar oud en komt niet voor in het strafregister. Hij is hoofdzakelijk bedrijfsjurist. Ik heb zijn achtergrond nog niet verder kunnen bekijken.'

'Maar hij is dus eigenaar van het wapen dat in Enskede is gebruikt?'

'Dat klopt. Hij heeft een wapenvergunning en is lid van de schietclub van de politie,' zei Bublanski. 'Ik heb met Gunnarsson bij Wapens gesproken; hij is voorzitter van de schietclub en kent Bjurman vrij goed. Bjurman is in 1978 lid geworden en zat tussen 1984 en 1992 als penningmeester in het bestuur. Gunnarsson beschrijft Bjurman als een uitstekende schutter, rustig en beheerst, zonder fratsen.'

'Geïnteresseerd in wapens?'

'Gunnarsson zei dat hij het idee had dat Bjurman meer belangstelling had voor het verenigingsleven dan voor het schieten zelf. Hij vond wedstrijden wel leuk, maar hij stond niet bekend als wapenfetisjist. In 1983 heeft hij meegedaan aan het NK en kwam hij op de dertiende plaats. De laatste tien jaar schiet hij bijna nooit meer, hij komt alleen nog op jaarvergaderingen en zo.'

'Heeft hij meer wapens?'

'Hij heeft sinds hij lid werd van de schietclub een licentie gehad voor vier handvuurwapens. Behalve de Colt een Beretta, een Smith & Wesson en een wedstrijdpistool van het merk Rapid. Maar die drie zijn tien jaar geleden binnen de club verkocht en die licenties zijn overgegaan op andere leden. Niets bijzonders.'

'Maar we weten dus niet waar hij is.'

'Dat is correct. Maar we hebben hem pas sinds tien uur vanochtend gezocht, misschien maakt hij een wandeling op Djurgården of ligt hij in het ziekenhuis of zoiets.'

Op dat moment kwam Hans Faste binnen. Hij leek buiten adem.

'Sorry dat ik laat ben. Mag ik meteen beginnen?'

Ekström maakte een uitnodigend gebaar met zijn hand.

'Lisbeth Salander is een interessante naam. Ik heb de halve dag doorgebracht bij maatschappelijk werk en bij de Raad van Toezicht inzake Voogdijschap.' Hij trok zijn leren jack uit en hing het over de rugleuning van zijn stoel voordat hij ging zitten en zijn notitieblok opensloeg.

'De Raad van Toezicht inzake Voogdijschap?' vroeg Ekström met opgetrokken wenkbrauwen.

'Het is een heftige tante,' zei Hans Faste. 'Ze is ontoerekeningsvatbaar verklaard en staat onder curatele. Raad eens wie haar toezichthouder is?' Hij laste een kunstmatige pauze in. 'Advocaat Nils Bjurman, die dus eigenaar is van het wapen dat in Enskede is gebruikt.'

Alle aanwezigen fronsten hun wenkbrauwen.

Na vijftien minuten had Hans Faste alles verteld wat hij over Lisbeth Salander te weten was gekomen.

'Samenvattend,' zei Ekström toen Faste klaar was, 'hebben we op het moordwapen dus vingerafdrukken van een vrouw die in haar tienertijd een abonnement had op de psychiatrie, die vermoedelijk in haar levensonderhoud voorziet als hoer, die door de rechtbank ontoerekeningsvatbaar is verklaard en die een gewelddadig karakter heeft. Wat doet zo iemand op straat?'

'Ze heeft al gewelddadige neigingen sinds de basisschool,' zei Faste. 'Ze lijkt echt een psychiatrisch geval.'

'Maar we hebben nog niets wat haar in direct verband brengt met het paar in Enskede.' Ekström trommelde met zijn vingertoppen op tafel. 'Oké, deze dubbele moord is in elk geval misschien toch niet zo lastig op te lossen. Hebben we een adres van die Salander?'

'Ze staat ingeschreven op de Lundagatan op Södermalm. De belastingdienst zegt dat ze af en toe salaris heeft ontvangen van Milton Security, dat beveiligingsbedrijf.'

'En wat deed ze dan voor Milton?'

'Geen idee. Maar het waren vrij geringe inkomsten gedurende een paar jaar. Misschien werkte ze als schoonmaakster of zo.'

'Hm,' zei Ekström. 'Daar kunnen we wel achter komen. Maar op dit moment heb ik het gevoel dat we Salander snel moeten vinden.'

'Ik ook,' zei Bublanski. 'Op de details gaan we later in. We zijn nu zo ver dat we een verdachte hebben. Faste, Curt en jij gaan naar de Lundagatan en proberen die Salander te pakken te krijgen. Wees voorzichtig, misschien heeft ze meer wapens en we weten niet hoe gestoord ze is.'

'Oké.'

'Bubbel,' onderbrak Ekström hem. 'De chef van Milton Security heet Dragan Armanskij. Ik heb hem een paar jaar geleden ontmoet in verband met een onderzoek. Hij is betrouwbaar. Ga naar hem toe voor een persoonlijk gesprek over Salander. Dat red je wel voordat hij naar huis gaat.'

Bublanski keek geïrriteerd, wat aan de ene kant kwam doordat Ekström Bublanski's bijnaam had gebruikt, maar ook omdat hij zijn voorstel als bevel had geformuleerd. Vervolgens knikte hij kort en verplaatste hij zijn blik naar Sonja Modig.

'Modig, jij gaat verder met het opsporen van advocaat Bjurman. Bel aan bij de buren. Ik geloof dat er ook haast bij is om hem te vinden.'

'Goed.'

'We moeten het verband zien te vinden tussen Salander en het stel in Enskede. En we moeten Salander in Enskede plaatsen ten tijde van de moord. Jerker, probeer foto's van haar te krijgen en check met de buren. Vanavond buurtonderzoek. Regel uniformen om je te helpen.'

Bublanski hield een pauze en krabde in zijn nek.

'Ja, met een beetje geluk hebben we deze ellende vanavond al opgelost. En ik dacht nog wel dat dit een langdurige geschiedenis zou worden.'

'Nog één ding,' zei Ekström. 'De media. Ik heb om drie uur een persconferentie toegezegd. Die kan ik voor mijn rekening nemen als ik iemand van de persafdeling als bijzitter krijg. Ik denk dat een aantal journalisten jullie ook direct zal bellen. Dat met Salander en Bjurman proberen we zo lang mogelijk stil te houden.'

Allen knikten.

Dragan Armanskij was van plan geweest om vroeg naar huis te gaan. Het was Witte Donderdag en zijn vrouw en hij waren van plan om het paasweekend naar hun huisje op Blidö te gaan. Hij had net zijn aktetas dichtgedaan en zijn jas aangetrokken toen de receptie belde en liet weten dat inspecteur Jan Bublanski van de recherche naar hem op zoek was. Armanskij kende Bublanski niet, maar het feit dat er iemand van de politie naar hem op zoek was, was voldoende om zijn jas weer zuchtend op het hangertje aan de kapstok te hangen. Hij had geen zin in dat bezoek, maar Milton Security was niet in de positie om de politie te negeren. Hij ontmoette Bublanski bij de lift op de gang.

'Dank u wel voor uw tijd,' groette Bublanski. 'Ik moet u de groeten doen van mijn chef, officier van justitie Richard Ekström.'

Ze schudden elkaar de hand.

'Ekström, ja, daar heb ik een paar keer mee te maken gehad. Een paar jaar geleden voor het laatst. Wilt u koffie?'

Armanskij bleef bij de koffieautomaat staan en trok twee bekertjes voordat hij de deur naar zijn kamer opendeed en Bublanski een plaats in de comfortabele bezoekersstoel bij de tafel aan het raam aanbood.

'Armanskij ... Duits?' vroeg Bublanski nieuwsgierig. 'Ik heb ook een naam op -ski.'

'Mijn familie komt uit Armenië. En de uwe?'

'Polen.'

'Waarmee kan ik u van dienst zijn?'

Bublanski pakte een notitieblok en sloeg het open.

'Ik werk aan het onderzoek rond de moorden in Enskede. Ik neem aan dat u vandaag het nieuws hebt gehoord?'

Armanskij knikte kort.

'Ekström zei dat u niet loslippig bent.'

'In mijn positie is het niet verstandig om in onmin te raken met de politie. Ik kan zwijgen, als dat is wat u bedoelt.'

'Mooi. We zijn op dit moment op zoek naar iemand die vroeger voor u heeft gewerkt. Haar naam is Lisbeth Salander. Kent u haar?'

Armanskij voelde dat er zich een blok cement in zijn maag vormde. Hij vertrok geen spier.

'In welk verband zoekt u juffrouw Salander?'

'Laten we zeggen dat we reden hebben om haar als interessant te beschouwen in het onderzoek.'

Het blok cement in Armanskij's maag expandeerde. Het deed zowat pijn. Al sinds de dag dat hij Lisbeth Salander voor het eerst had ontmoet, had hij sterk het gevoel gehad dat haar leven in een catastrofe zou eindigen. Maar hij had zich haar altijd voorgesteld als slachtoffer, niet als dader.

Hij vertrok nog steeds geen spier.

'U verdenkt Lisbeth Salander dus van de dubbele moord in Enskede. Begrijp ik dat goed?'

Bublanski aarzelde even voordat hij knikte.

'Wat kunt u over Salander vertellen?'

'Wat wilt u weten?'

'Allereerst ... hoe kunnen we haar te pakken krijgen?'

'Ze woont op de Lundagatan. Ik moet het exacte adres even opzoeken. Ik heb een mobiel nummer van haar.'

'Het adres hebben we. Dat mobiele nummer is interessant.'

Armanskij ging naar zijn bureau en zocht het nummer op. Hij las het hardop voor terwijl Bublanski het noteerde.

'Ze werkt voor u?'

'Ze heeft een eigen bedrijf. Ik heb haar vanaf 1998 tot ongeveer anderhalf jaar geleden af en toe klussen gegeven.'

'Wat voor soort werk deed ze?'

'Research.'

Bublanski keek op van zijn notitieblok en fronste verbaasd zijn wenkbrauwen.

'Research,' herhaalde hij.

'Persoonsonderzoeken, om precies te zijn.'

'Eén moment ... hebben we het over hetzelfde meisje?' vroeg Bublanski. 'De Lisbeth Salander naar wie we op zoek zijn, heeft haar basisschool niet afgemaakt en is onmondig verklaard.'

'Dat heet niet langer zo,' benadrukte Armanskij mild.

'Hoe het ook heet, degene naar wie wij op zoek zijn, komt uit de documentatie naar voren als een ernstig gestoord en gewelddadig iemand. Bovendien hebben we een rapport van de dienst voor maatschappelijk werk waaruit blijkt dat ze eind jaren negentig als prostituee werkzaam was. Er is niets in haar papieren waaruit blijkt dat ze gekwalificeerd werk zou kunnen doen.'

'Papieren zijn één ding, mensen zijn iets heel anders.'

'U bedoelt dat ze gekwalificeerd is om persoonsonderzoeken voor Milton Security te doen?'

'Dat niet alleen. Ze is de absoluut beste onderzoekster die ik ooit heb ontmoet.'

Bublanski liet langzaam zijn pen zakken en fronste zijn voorhoofd.

'Dat klinkt alsof u ... respect voor haar hebt.'

Armanskij keek omlaag naar zijn handen. Deze vraag markeerde een tweesprong. Hij had altijd geweten dat Lisbeth Salander vroeg of laat behoorlijk in de problemen zou komen. Hij kon absoluut niet begrijpen waardoor ze betrokken zou kunnen zijn bij een dubbele moord in Enskede – als dader of op andere wijze –, maar hij besefte ook dat hij niet bijster veel over haar privéleven wist. *Waarin is ze verzeild geraakt?* Armanskij herinnerde zich haar plotselinge bezoek op zijn kantoor toen ze cryptisch had verklaard dat ze geld had zodat ze zich kon redden en geen baan nodig had.

Het zou op dit moment het verstandigst en het best zijn om zichzelf en vooral Milton Security te distantiëren van alles wat met Lisbeth Salander te maken had. Armanskij dacht bij zichzelf dat Lisbeth Salander de eenzaamste persoon was die hij kende.

'Ik heb respect voor haar bekwaamheid. Die vindt u niet in haar diploma's en haar cv.'

'U kent haar achtergrond dus.'

'Dat ze onder toezicht staat en dat ze een moeilijke jeugd heeft gehad, ja.'

'En toch hebt u haar in de arm genomen.'

'Juist daarom.'

'Kunt u dat uitleggen?'

'Haar vorige voogd, Holger Palmgren, was de advocaat van de oude J.F. Milton. Hij trok zich haar lot aan toen ze tiener was en hij haalde mij over om haar werk te geven. Ik had haar in eerste instantie aangenomen om post te sorteren en het kopieerapparaat te bedienen en dergelijke. Toen bleek dat ze ongekende talenten had. En dat sociale rapport over dat ze zich eventueel zou prostitueren, kunt u vergeten. Dat is onzin. Lisbeth Salander heeft een roerige tienertijd gehad en had ongetwijfeld wat wilde haren, maar dat kun je moeilijk beschouwen als wetsovertreding. Prostitutie is het laatste waarmee ze zich bezig zou houden.'

'Haar nieuwe toezichthouder heet Nils Bjurman.'

'Hem heb ik nooit ontmoet. Palmgren werd een paar jaar geleden getroffen door een hersenbloeding. Kort daarna is Lisbeth Salander minder voor mij gaan werken. De laatste klus die ze voor mij heeft gedaan, was in oktober anderhalf jaar terug.'

'Waarom bent u gestopt haar werk te geven?'

'Dat was niet mijn keuze. Zij was degene die de verbintenis verbrak en zonder enige verklaring naar het buitenland vertrok.'

'Naar het buitenland?'

'Ze is ruim een jaar weg geweest.'

'Dat kan niet kloppen. Advocaat Bjurman heeft afgelopen jaar elke maand een rapport over haar gestuurd. We hebben kopieën op het hoofdbureau.'

Armanskij trok zijn schouders op en glimlachte mild.

'Wanneer hebt u haar voor het laatst ontmoet?'

'Ongeveer twee maanden geleden, begin februari. Ze dook uit het niets op voor een vriendschappelijk bezoek. Toen had ik een jaar niets van haar vernomen. Ze was heel vorig jaar in het buitenland en reisde rond in Azië en in het Caribisch gebied.'

'Sorry, maar ik ben een beetje van mijn à propos. Toen ik hiernaartoe kwam, had ik de indruk dat Lisbeth Salander een geestesziek meisje was dat niet eens de basisschool had afgemaakt en dat onder curatele stond. Nu vertelt u dat u haar hebt ingehuurd als hooggekwalificeerde researcher, dat ze een eigen bedrijf had en dat ze voldoende geld had om een jaar vrij te nemen en een wereldreis te maken, en dat zonder dat haar toezichthouder alarm slaat. Er klopt hier iets niet.'

'Er klopt wel meer niet als het om Lisbeth Salander gaat.'

'Mag ik vragen ... hoe beoordeelt u haar?'

Armanskij dacht even na.

'Ze is een van de meest irritante, onverstoorbare mensen die ik ooit heb ontmoet,' zei hij uiteindelijk.

'Onverstoorbaar.'

'Ze doet pertinent niets waar ze geen zin in heeft. Ze geeft geen steek om wat andere mensen van haar vinden. Ze is ongelooflijk competent. En ze is absoluut niet zoals andere mensen.'

'Gestoord?'

'Hoe definieert u gestoord?'

'Is ze in staat twee mensen met voorbedachten rade om het leven te brengen?'

Armanskij zweeg geruime tijd.

'Het spijt me,' zei hij ten slotte. 'Ik kan die vraag niet beantwoorden. Ik ben een cynicus. Ik geloof dat alle mensen een aangeboren kracht hebben om andere mensen te doden. Uit wanhoop of uit haat, of in elk geval om zichzelf te beschermen.'

'Dat betekent dat u het niet uitgesloten acht.'

'Lisbeth Salander doet niets zonder reden. Als ze iemand vermoordt, zal ze menen goede redenen te hebben om dat te doen. Mag ik u vragen ... op welke gronden verdenkt u haar ervan betrokken te zijn bij de moorden in Enskede?'

Bublanski aarzelde even. Hij ontmoette Armanskij's blik.

'Volkomen vertrouwelijk?'

'Absoluut.'

'Het moordwapen is eigendom van haar toezichthouder. Haar vingerafdrukken zitten erop.'

Armanskij beet zijn tanden op elkaar. Dat was een verzwarende omstandigheid.

'Ik heb alleen op het nieuws over de moorden gehoord. Waar ging het om? Drugs?'

'Is ze betrokken bij drugs?'

'Niet dat ik weet. Maar ze had zoals gezegd een problematische jeugd en is als tiener een paar keer opgepakt voor openbare dronkenschap. Ik neem aan dat haar dossier informatie kan verschaffen of er narcotica in het spel was.'

'Het probleem is dat we niets weten over het motief voor de moorden. Het was een degelijk stel. Zij was criminologe en zou binnenkort promoveren. Hij was journalist. Dag Svensson en Mia Bergman. Gaat er geen belletje rinkelen?'

Armanskij schudde zijn hoofd.

'We proberen het verband tussen hen en Lisbeth Salander te begrijpen.'

'Ik heb nooit van ze gehoord.'

Bublanski stond op. 'Hartelijk dank voor uw tijd. Het was een fascinerend gesprek. Ik weet niet of ik er zoveel wijzer van ben geworden, maar ik hoop dat dit onder ons kan blijven.'

'Geen probleem.'

'Ik neem contact met u op als dat nodig is. En mocht Lisbeth Salander wat van zich laten horen, dan ...'

'Uiteraard,' zei Dragan Armanskij.

Ze schudden elkaar de hand. Bublanski was al bij de deur toen hij zich bedacht en zich weer omdraaide.

'U weet niet met wie Lisbeth Salander omgaat? Vrienden, kennissen ...'

'Ik weet helemaal niets over haar privéleven. Een van de weinige personen die iets voor haar betekenen, is Holger Palmgren. Ze zal waarschijnlijk contact met hem hebben gezocht. Hij zit in een verpleeghuis in Ersta.'

'Ze kreeg nooit bezoek toen ze hier werkte?'

'Nee. Ze werkte voornamelijk vanuit huis en was hier eigenlijk alleen om verslag uit te brengen. Ze zag haar cliënten bij grote uitzondering. Maar misschien ...'

Armanskij kreeg opeens een ingeving.

'Wat?'

'Er is mogelijk nog iemand met wie ze contact heeft gezocht. Een journalist met wie ze twee jaar geleden omging en die naar haar op zoek was in de tijd dat ze in het buitenland was.'

'Journalist?'

'Zijn naam is Mikael Blomkvist. Herinnert u zich de Wennerström-affaire nog?'

Bublanski liet de deurknop los en liep langzaam terug naar Dragan Armanskij.

'Mikael Blomkvist was degene die het stel in Enskede heeft gevonden. U hebt zojuist het verband gelegd tussen Salander en de slachtoffers.'

Armanskij voelde het blok cement in zijn maag loodzwaar worden.

14
WITTE DONDERDAG 24 MAART

Sonja Modig probeerde drie keer binnen een halfuur om advocaat Nils Bjurman te pakken te krijgen. Telkens kreeg ze het bericht te horen dat de abonnee niet bereikbaar was.

Om halfvier stapte ze in haar auto, reed naar het Odenplan en belde bij hem aan. Het resultaat was net zo deprimerend als de keer daarvoor. Ze belde de daarop volgende twintig minuten aan bij buren in het flatgebouw om erachter te komen of een van de buren wist waar Bjurman zich bevond.

Bij elf van de negentien appartementen waar ze aanbelde, was niemand thuis. Ze keek op haar horloge. Het was natuurlijk de verkeerde tijd van de dag voor een buurtonderzoek. En dat zou er tijdens de paasdagen waarschijnlijk niet beter op worden. Bij de acht flats waar wél werd opengedaan, was iedereen behulpzaam. Bij vijf wist men wie Bjurman was: een vriendelijke, beleefde man van de vierde verdieping. Niemand kon zeggen waar hij was. Ze kwam er op een gegeven moment wel achter dat Bjurman eventueel weleens om zou kunnen gaan met een van zijn naaste buren, een zakenman genaamd Sjöman. Maar bij Sjöman deed niemand open toen ze aanbelde.

Gefrustreerd pakte Sonja Modig nogmaals haar telefoon en belde ze opnieuw Bjurmans antwoordapparaat. Ze stelde zich voor, liet haar mobiele nummer achter en vroeg Bjurman haar per omgaande te bellen.

Ze liep terug naar Bjurmans deur, pakte haar notitieboekje, scheurde er een pagina uit en schreef een briefje voor Bjurman waarin ze hem vroeg haar te bellen. Ze deed haar visitekaartje erbij en gooide het door de brievenbus. Op hetzelfde moment dat ze de brievenbus dicht wilde doen, hoorde ze binnen een telefoon rinkelen. Ze boog zich voorover en luisterde aandachtig terwijl er vier signalen overgingen. Ze hoorde de telefoonbeantwoorder aanslaan maar kon geen mededeling horen.

Ze sloot de brievenbus en staarde naar de deur. Ze kon niet zeggen door welke impuls ze haar hand uitstak en aan de deurknop voelde, maar tot haar grote verbazing ontdekte ze dat de deur niet op slot was. Ze schoof de deur open en keek de hal in.

'Hallo,' riep ze voorzichtig terwijl ze luisterde. Ze hoorde geen geluid.

Ze deed een stap de hal in en bleef aarzelend staan. Wat ze zojuist had gedaan, kon worden gezien als huisvredebreuk. Ze had geen toestemming voor een huiszoeking en al evenmin het recht om zich in de flat van advocaat Bjurman te bevinden, ook al was de deur niet op slot. Ze gluurde naar links en zag een deel van een woonkamer en had net besloten achteruit het appartement uit te lopen toen haar oog op de ladekast in de hal viel. Ze zag een kartonnen doos van een revolver van het merk Colt Magnum.

Plotseling voelde Sonja Modig zich erg ongemakkelijk. Ze deed haar jack open en trok haar dienstwapen, wat ze bijna nooit eerder had gedaan.

Ze ontgrendelde het wapen, hield de loop van de revolver op de vloer gericht en liep naar de woonkamer, waar ze naar binnen keek. Ze zag niets opmerkelijks maar haar gevoel van onbehagen nam toe. Ze liep achteruit en keek de keuken in. Leeg. Ze liep een halletje in en duwde de slaapkamerdeur open.

Advocaat Nils Bjurman lag voorover op het bed. Zijn knieën rustten op de vloer. Het zag eruit of hij op zijn knieën was gaan zitten voor zijn avondgebed. Hij was naakt.

Ze zag hem van opzij. Al vanaf haar positie bij de deur kon Sonja Modig zien dat hij niet in leven was. Zijn halve voorhoofd was weggeblazen door een schot in zijn achterhoofd.

Sonja Modig liep achteruit het appartement uit. Ze had haar dienstwapen nog steeds in haar hand toen ze in het trappenhuis haar mobieltje opendeed en inspecteur Bublanski belde. Ze kon hem niet te pakken krijgen. Daarom belde ze officier van justitie Ekström. Ze noteerde de tijd. Het was achttien minuten over vier.

Hans Faste bekeek de portiekdeur van het adres op de Lundagatan waar Lisbeth Salander stond ingeschreven en vermoedelijk woonachtig was. Hij gluurde naar opzij naar Curt Svensson en keek daarna op zijn horloge. Tien over vier.

Na de portiekcode te hebben opgevraagd bij de eigenaar van het pand waren ze al in het gebouw geweest en hadden ze aan de deur van het appartement met het naambordje Salander-Wu geluisterd. Ze hadden geen geluiden gehoord vanuit de flat en er had niemand opengedaan toen ze hadden aangebeld. Ze waren naar de auto teruggekeerd en hadden zich zo geposteerd dat ze de voordeur goed in de gaten konden houden.

Vanuit de auto waren ze telefonisch te weten gekomen dat de persoon die onlangs in het contract van het appartementsrecht aan de Lundagatan in Stockholm was bijgeschreven ene Miriam Wu was, geboren in 1974 en eerder woonachtig aan het St. Eriksplan.

Ze hadden een pasfoto van Lisbeth Salander boven de autoradio geplakt. Faste vond dat ze eruitzag als een feeks.

'Jezus, die hoeren zien er steeds erger uit. De nood moet wel heel hoog zijn, wil je haar oppikken.'

Curt Svensson zei niets.

Om tien voor halfvijf werden ze gebeld door Bublanski, die liet weten dat hij onderweg was van Armanskij naar *Millennium*. Hij vroeg Faste en Svensson de wacht te houden op de Lundagatan. Lisbeth Salander moest worden meegenomen voor verhoor, maar de officier van justitie was nog niet van mening dat ze konden aannemen dat Salander met de moorden in Enskede in verband kon worden gebracht.

'Aha,' zei Faste. 'Volgens Bubbel wil de officier eerst een bekentenis voordat ze iemand aanhouden.'

Curt Svensson zei niets. Ze bekeken sloom de personen die in de omgeving rondliepen.

Om tien over halfvijf belde officier van justitie Ekström op Hans Fastes mobiel.

'Er zijn dingen gebeurd. We hebben advocaat Bjurman doodgeschoten aangetroffen in zijn flat. Hij is al minstens vierentwintig uur dood.'

Hans Faste ging rechtop zitten.

'Begrepen. Wat moeten wij doen?'

'Ik heb besloten dat Lisbeth Salander wordt gezocht. Ze is bij verstek aangehouden op verdenking van het plegen van drie moorden. Er gaat een landelijk opsporingsbericht uit. Ze moet worden opgepakt. We moeten haar beschouwen als gevaarlijk. Wellicht is ze gewapend.'

'Begrepen.'

'Ik stuur een arrestatieteam naar de Lundagatan. Die mogen naar binnen gaan om de flat te vergrendelen.'

'Dat is begrepen.'

'Hebben jullie contact gehad met Bublanski?'

'Hij is bij *Millennium*.'

'En hij heeft blijkbaar zijn mobiel uitgezet. Kunnen jullie proberen hem te bellen om hem te informeren?'

Faste en Svensson keken elkaar aan.

'De vraag is alleen wat we doen als ze op komt dagen,' zei Curt Svensson.

'Als ze alleen is en het er goed uitziet, pakken we haar op. Als ze de flat in weet te komen, mag het arrestatieteam inrukken. Die meid is stapelgek en blijkbaar op moordenaarspad. Ze kan meer wapens in de flat hebben.'

Mikael Blomkvist was doodop toen hij het manuscript op Erika Bergers bureau dumpte en moeizaam op haar bezoekersstoel voor het raam naar de Götgatan plaatsnam. Hij was de hele middag bezig geweest te onderzoeken wat er met Dag Svenssons onvoltooide boek zou moeten gebeuren.

Het onderwerp was gevoelig. Dag Svensson was pas een paar uur dood en nu zat zijn werkgever er al over te denken hoe er met zijn journalistieke nalatenschap moest worden omgegaan. Mikael was zich ervan bewust dat een buitenstaander dit als cynisch en ongevoelig kon opvatten. Zelf vatte hij het niet zo op. Hij had het gevoel dat hij zich in een bijna gewichtloze toestand bevond. Dat was een speciaal syndroom dat iedere nieuwsverslaggever kende en dat op crisismomenten toesloeg.

Wanneer anderen rouwen, wordt de nieuwsverslaggever effectief. En ondanks de verdovende shock die de aanwezige redactieleden van *Millennium* op de ochtend van Witte Donderdag had gekenmerkt, nam de beroepsrol het over en werd een en ander gekanaliseerd in hard werken.

Voor Mikael was dat vanzelfsprekend. Dag Svensson was uit hetzelfde hout gesneden en zou exact hetzelfde hebben gedaan als de rollen omgekeerd waren geweest. Hij zou zich hebben afgevraagd wat hij voor Mikael had kunnen doen. Dag Svensson had een erfenis achtergelaten in de vorm van een manuscript voor een boek met een explosieve story. Dag Svensson had jaren besteed aan het verzamelen van materiaal en het sorteren van feiten, een taak waar hij zijn hele ziel en zaligheid in had gelegd en die hij nu nooit zou kunnen voltooien.

Maar hij had vooral bij *Millennium* gewerkt.

De moord op Dag Svensson en Mia Bergman was geen nationaal trauma zoals de moord op Olof Palme en er zou geen landelijke rouw volgen. Maar voor de medewerkers van *Millennium* was de schok vermoedelijk groter, zij waren persoonlijk betrokken, en Dag Svensson had zeer veel contacten onder journalisten die een antwoord zouden eisen op hun vragen.

Het was nu de taak van Mikael en Erika om het werk van Dag Svensson met het boek af te ronden en vragen over het wie en waarom te beantwoorden.

'Ik kan de tekst reconstrueren,' zei Mikael. 'Malin en ik moeten het boek regel voor regel doornemen en aanvullen met research zodat we antwoord kunnen geven op vragen. We hoeven grotendeels alleen Dags eigen aantekeningen te volgen, maar we hebben problemen in hoofdstuk vier en vijf, die voornamelijk zijn gebaseerd op de interviews van Mia en waarbij wij gewoon niet weten wie de bronnen zijn. Maar op een paar uitzonderingen na denk ik dat we de referenties in haar proefschrift als primaire bron kunnen gebruiken.'

'Het laatste hoofdstuk ontbreekt.'

'Dat klopt. Maar ik heb Dags concept en we hebben het zo vaak doorgesproken dat ik precies weet wat hij wilde zeggen. Ik stel voor dat we de samenvatting er gewoon uithalen en daar een nawoord van maken, waarin ik ook uitleg geef over hoe Dag redeneerde.'

'Goed. Ik wil het zien voordat ik iets goedkeur. We kunnen hem geen woorden in de mond leggen.'

'Wees maar niet bang. Ik schrijf het hoofdstuk als een persoonlijke beschouwing met mijn naam eronder. Het zal duidelijk blijken dat ík het heb geschreven en niet hij. Ik vertel hoe hij met het boek is begonnen en wat voor iemand hij was. En ik eindig met een weergave van wat hij tijdens zeker een twaalftal gesprekken gedurende de laatste maanden heeft gezegd. Er is veel in zijn concept dat ik kan citeren. Ik geloof dat het waardig kan worden.'

'Shit ... ik wil dit boek meer dan ooit publiceren,' zei Erika.

Mikael knikte. Hij begreep precies wat ze bedoelde.

'Heb je nog wat nieuws gehoord?' vroeg hij.

Erika Berger legde haar leesbril op tafel en schudde haar hoofd. Ze stond op en schonk twee koppen koffie uit de thermoskan in en ging tegenover Mikael zitten.

'Christer en ik hebben een ontwerp voor het volgende nummer gemaakt. We nemen twee artikelen die we hadden gedacht voor het nummer daarna en we hebben ook teksten van freelancers gebruikt.

Het wordt een beetje een hapsnap-nummer, zonder een echte koers.'

Ze zeiden allebei even niets.

'Heb je het nieuws gehoord?'

Mikael schudde zijn hoofd.

'Nee. Ik weet wat ze gaan zeggen.'

'Die moord is momenteel het belangrijkste nieuws. Het andere nieuws is een of andere bekendmaking van de Centrumpartij.'

'Wat inhoudt dat er in het hele land dus absoluut niets anders is gebeurd.'

'De politie heeft Dag en Mia nog niet bij name genoemd. Ze worden omschreven als een 'deugdzaam stel'. Er zijn ook nog geen verwijzingen naar het feit dat jij ze hebt gevonden.'

'Ik geef je op een briefje dat de politie alles zal doen om dat te verbergen. Dat is in elk geval in ons voordeel.'

'Waarom zou de politie dat verbergen?'

'Omdat de politie uit principe niet gek is op een mediacircus. Ik heb een zekere nieuwswaarde en daarom vindt de politie het perfect als niemand weet dat ik ze heb gevonden. Ik gok erop dat het vannacht of morgenochtend uitlekt.'

'Zo jong en zo cynisch.'

'We zijn niet meer zo jong, Ricky. Daar moest ik aan denken toen ik vannacht door die politievrouw werd verhoord. Ze zag eruit alsof ze net op de middelbare school zat.'

Erika lachte zwakjes. Ze had vannacht weliswaar een paar uur geslapen, maar begon de vermoeidheid ook te voelen. Binnenkort zou ze verrassend naar voren treden als hoofdredacteur van een van de grootste kranten van het land. *Nee, dit was niet het juiste moment om Mikael daarmee te overvallen.*

'Henry Cortez heeft net gebeld. Een vooronderzoeksleider genaamd Ekström heeft om drie uur een soort persconferentie gehouden,' zei ze.

'Richard Ekström?'

'Ja. Ken je hem?'

'Politiek figuur. Mediacircus gegarandeerd. Het zijn niet twee marktkooplui uit Rinkeby die zijn vermoord. Dit krijgt veel publiciteit.'

'Hij beweert in elk geval dat de politie bepaalde sporen volgt en hoopt de zaak snel op te lossen. Maar over het geheel genomen heeft hij niets gezegd. Het zat daarentegen vol met journalisten op die persconferentie.'

Mikael trok zijn schouders op. Hij wreef in zijn ogen.

'Ik kan dat beeld van Mia's lichaam maar niet uit mijn hoofd zetten. Kut, ik had ze net leren kennen.'

Erika knikte somber.

'We moeten afwachten. Een of andere gek ...'

'Ik weet het niet. Ik heb er de hele dag aan moeten denken.'

'Hoe bedoel je?'

'Mia was van opzij beschoten. Ik zag dat de kogel er aan de zijkant van haar hals was in gegaan en er op haar voorhoofd was uit gekomen. Dag was van voren door zijn voorhoofd geschoten en de kogel was er in zijn achterhoofd weer uit gekomen. Voor zover ik kon zien waren er slechts twee schoten gelost. Dat lijkt niet op dollemanswerk.'

Erika keek haar partner nadenkend aan.

'Wat probeer je te zeggen?'

'Als het geen dollemanswerk is, moet er een motief zijn. En hoe meer ik erover nadenk, hoe meer ik het idee heb dat dat manuscript een ontzettend goed motief is.'

Mikael wees op de stapel papieren op Erika's bureau. Erika volgde zijn blik. Toen keken ze elkaar aan.

'Het hoeft niet met het boek op zich te maken te hebben. Misschien hadden ze te veel gesnuffeld en waren ze erin geslaagd ... ik weet niet. Iemand voelde zich wellicht bedreigd.'

'En heeft een hitman ingehuurd. Micke, dat gebeurt in Amerikaanse films. Dit boek gaat over hoerenlopers. Het noemt politiemannen, politici en journalisten bij naam ... Dus een van hen zou Dag en Mia hebben vermoord?'

'Ik weet het niet, Ricky. Maar we zouden over drie weken naar de drukker gaan met het heftigste rapport over trafficking dat ooit in Zweden is verschenen.'

Op dat moment stak Malin Eriksson haar hoofd om de deur en zei dat een inspecteur Jan Bublanski met Mikael Blomkvist wilde spreken.

Bublanski gaf Erika Berger en Mikael Blomkvist een hand en ging in de derde stoel bij het tafeltje aan het raam zitten. Hij nam Mikael Blomkvist in zich op en zag een hologige man met een baard van een dag oud.

'Is er al nieuws?' vroeg Mikael Blomkvist.

'Misschien. Ik heb begrepen dat u degene bent die het paar in Enskede vannacht heeft gevonden en de politie heeft gealarmeerd?'

Mikael knikte vermoeid.

'Ik weet dat u de dienstdoende rechercheur vannacht al veel hebt verteld, maar zou u enkele details voor mij kunnen verduidelijken?'

'Wat wilt u weten?'

'Hoe kwam het dat u zo laat op de avond naar Svensson en Bergman ging?'

'Dat is geen detail maar een hele roman,' glimlachte Mikael vermoeid. 'Ik had gegeten bij mijn zus, zij woont in dat nieuwbouwgetto bij Stäket. Dag Svensson belde me op mijn mobiel en legde uit dat hij op Witte Donderdag, vandaag dus, niet naar de redactie kon komen, zoals eerder was afgesproken. Hij zou beeldmateriaal aan Christer Malm overhandigen. De reden dat hij niet kon komen, was dat Mia en hij hadden besloten om met Pasen naar haar ouders te gaan en dat ze 's morgens niet te laat wilden vertrekken. Hij vroeg of het goed was dat hij de volgende ochtend vroeg bij mij langskwam. Ik zei dat ik wel even bij hém langs kon komen om die foto's op te halen als ik bij mijn zus wegging, omdat ik toch niet zo ver bij hem vandaan was.'

'Dus u bent naar Enskede gegaan om foto's te halen.'

Mikael knikte.

'Kunt u een motief bedenken om het paar Svensson en Bergman te vermoorden?'

Mikael en Erika keken elkaar aan. Ze zwegen allebei.

'Welnu?'

'We hebben het daar vandaag uiteraard over gehad en zijn het er niet helemaal over eens. Of liever gezegd, we zijn onzeker. We willen niet speculeren.'

'Vertel.'

Mikael gaf uitleg over de inhoud van Dag Svenssons komende boek en vertelde hoe Erika en hij erover hadden zitten denken of dat enig verband zou kunnen houden met de moorden. Bublanski zweeg even en liet de informatie op zich inwerken.

'Dag Svensson stond dus op het punt de vuile was van politiemensen buiten te hangen?'

Hij vond deze koerswijziging in het gesprek helemaal niet prettig en zag al helemaal voor zich hoe de media zich de komende tijd in allerlei conspiratieve verbanden van de term 'politiespoor' zouden bedienen.

'Nee,' antwoordde Mikael. 'Dag Svensson stond op het punt criminelen bij naam en toenaam te noemen, waaronder ook enkele politiemensen. Er zitten ook een paar personen bij die tot mijn eigen beroepsgroep behoren, namelijk journalisten.'

'En met die informatie gaan jullie nu naar buiten?'

'Nee,' antwoordde Erika Berger. 'We hebben de hele dag besteed aan het afbreken van de werkzaamheden voor het volgende nummer van het magazine. We zullen Dag Svenssons boek met grote waarschijnlijkheid publiceren, maar dat gebeurt pas als we weten wat er is gebeurd, en op dit moment moet het boek aanzienlijk worden bewerkt. We zullen het politieonderzoek naar de moord op onze twee vrienden niet saboteren, als dat is waar u bang voor bent.'

'Ik moet een kijkje nemen op het bureau van Dag Svensson, en omdat dit een krantenredactie is, kan het gevoelig zijn om huiszoeking te doen.'

'U kunt al het materiaal vinden in Dag Svenssons laptop,' zei Erika.

'Aha,' zei Bublanski.

'Ik heb het bureau van Dag Svensson doorgenomen,' zei Mikael. 'Ik heb enkele aantekeningen verwijderd die kunnen leiden tot het identificeren van bronnen die anoniem willen blijven. De rest staat tot uw beschikking en ik heb een briefje op het bureau gelegd dat er niets mag worden verplaatst of aangeraakt. Het probleem hierbij is echter dat de inhoud van Dag Svenssons boek geheim is tot het wordt gepubliceerd. We willen dus absoluut niet dat het manuscript wordt verspreid onder de politie, zeker niet als we met onthullingen over een paar politiemensen willen komen.'

Shit, dacht Bublanski. Waarom heb ik hier vanochtend niet direct iemand naartoe gestuurd? Daarna knikte hij en liet hij het onderwerp varen.

'Goed. We hebben iemand die we willen verhoren in verband met de moorden. Ik heb reden om aan te nemen dat u deze persoon kent. Ik wil weten wat u weet over een vrouw genaamd Lisbeth Salander.'

Mikael Blomkvist zag er even uit als een levend vraagteken. Bublanski merkte op dat Erika Berger Mikael scherp aankeek.

'Nu begrijp ik het even niet.'

'U kent Lisbeth Salander?'

'Ja, ik ken Lisbeth Salander.'

'Hoe kent u haar?'

'Waarom wilt u dat weten?'

Bublanski maakte een geïrriteerd gebaar met zijn hand.

'Zoals ik al zei, ik wil haar ondervragen in verband met die moorden. Hoe kent u haar?'

'Maar ... dat is absurd. Er is geen enkel verband tussen Lisbeth Salander en Dag Svensson of Mia Bergman.'

'Dat willen we dan in alle rust kunnen vaststellen,' antwoordde Bublanski geduldig. 'Maar mijn vraag blijft. Hoe kent u Lisbeth Salander?'

Mikael streek over zijn baardstoppels en wreef in zijn ogen terwijl de gedachten duizelden in zijn hoofd. Uiteindelijk keek hij Bublanski aan.

'Ik heb Lisbeth Salander twee jaar geleden in de arm genomen om research voor mij te doen in een heel ander verband.'

'Waar ging dat om?'

'Het spijt me, maar nu komen we bij zaken die te maken hebben met de grondwet en het recht op bronbescherming en dergelijke. Gelooft u mij op mijn woord dat dat geen steek met Dag Svensson en Mia Bergman te maken had. Dat was een heel andere kwestie die inmiddels is afgerond.'

Bublanski overwoog zijn woorden. Hij vond het nooit prettig als iemand beweerde dat er geheimen waren die zelfs bij een moordonderzoek niet konden worden verteld, maar hij koos ervoor de zaak voorlopig te laten rusten.

'Wanneer hebt u Lisbeth Salander voor het laatst gezien?'

Mikael overwoog het antwoord.

'Het zit zo: ik heb twee jaar geleden in het najaar wat met Lisbeth Salander gehad. Daar kwam met kerst dat jaar een eind aan. Daarna is ze uit de stad verdwenen. Ik had meer dan een jaar niets van haar vernomen tot vorige week.'

Erika Berger fronste haar wenkbrauwen. Bublanski nam aan dat dat ook voor haar nieuw was.

'Vertel over die ontmoeting.'

Mikael haalde diep adem en beschreef daarna kort de gebeurtenissen buiten Lisbeths portiek aan de Lundagatan. Bublanski luisterde met stijgende verbazing. Hij probeerde uit te vissen of Blomkvist het uit zijn duim zoog of dat hij de waarheid sprak.

'Dus u hebt niet met haar gesproken?'

'Nee, ze is tussen de huizen verdwenen. Ik heb een hele tijd staan wachten, maar ze is niet teruggekomen. Ik heb haar een brief geschreven en haar gevraagd contact op te nemen.'

'En u kent geen enkel verband tussen haar en het paar in Enskede.'

'Nee.'

'Oké ... kunt u de persoon beschrijven die haar volgens u heeft overvallen?'

'Dat geloof ik niet. Hij viel haar aan en zij verdedigde zich en vluchtte. Ik heb hem op ongeveer 40 of 45 meter afstand gezien. Het was midden in de nacht en het was donker.'

'Was u aangeschoten?'

'Ik had wel het een en ander gedronken, maar ik was niet ladderzat. Hij was blond en had een paardenstaart. Hij was gekleed in een kort, donker jack en had een flinke bierbuik. Toen ik de trap bij de Lundagatan opkwam, zag ik hem alleen van achteren, maar hij keerde zich om toen hij mij een mep verkocht. Ik kreeg de indruk dat hij een mager gezicht had en lichte, dicht bij elkaar zittende ogen.'

'Waarom heb je mij dat niet eerder verteld?' vroeg Erika Berger.

Mikael Blomkvist haalde zijn schouders op.

'Er zat een weekend tussen en jij was naar Göteborg voor dat stomme debatprogramma. Jij was afgelopen maandag weg en dinsdag hebben we elkaar alleen even vluchtig gezien. Het is er niet van gekomen.'

'Maar ... naar aanleiding van wat er in Enskede is gebeurd ... u hebt het niet aan de politie verteld,' constateerde Bublanski.

'Waarom zou ik dat aan de politie vertellen? Ik had net zo goed kunnen vertellen dat ik een maand geleden een zakkenroller heb betrapt die mij in de metro op het Centraal Station probeerde te beroven. Er is geen enkele relevante koppeling tussen de Lundagatan en wat er in Enskede is gebeurd.'

'Maar u hebt geen aangifte gedaan van die overval?'

'Nee.' Mikael aarzelde even. 'Lisbeth Salander is zeer op zichzelf. Ik heb overwogen om naar de politie te gaan, maar besloot dat het háár zaak was om aangifte te doen. Ik wilde in elk geval eerst met haar praten.'

'En dat is niet gebeurd?'

'Ik heb Lisbeth Salander niet gesproken sinds tweede kerstdag een jaar geleden.'

'Waarom is uw ... als verhouding het juiste woord is, waarom is uw verhouding geëindigd?'

Mikael kreeg een wat duistere blik. Hij wikte zijn woorden even voordat hij uiteindelijk antwoord gaf.

'Dat weet ik niet. Ze heeft het contact met mij van de ene op de andere dag verbroken.'

'Was er iets gebeurd?'

'Nee. Niet als u een ruzie of zo bedoelt. De ene dag waren we goede vrienden. De dag daarna nam ze de telefoon niet meer op. En daarna is ze uit mijn leven verdwenen.'

Bublanski overwoog Mikaels verklaring. Die klonk oprecht en werd gesterkt door het feit dat Dragan Armanskij haar verdwijning bij Milton Security in eenzelfde bewoording had beschreven. Er was blijkbaar een jaar geleden tijdens de winter iets met Lisbeth Salander gebeurd. Hij wendde zich tot Erika Berger.

'Kent u Lisbeth Salander ook?'

'Ik heb haar eenmaal ontmoet. Kunt u mij uitleggen waarom u vragen over Lisbeth Salander stelt in verband met Enskede?' vroeg Erika Berger.

Bublanski schudde zijn hoofd.

'Ze wordt in verband gebracht met de plek van de moord. Dat is alles wat ik kan zeggen. Daarentegen moet ik toegeven dat hoe meer ik over Lisbeth Salander hoor, hoe verbaasder ik raak. Hoe was ze als persoon?'

'In welk opzicht?' vroeg Mikael.

'Hoe zou u haar beschrijven?'

'Beroepsmatig ... een van de beste onderzoeksters die ik ooit heb ontmoet.'

Erika Berger gluurde naar Mikael Blomkvist en beet op haar onderlip. Bublanski was ervan overtuigd dat er een puzzelstukje ontbrak en dat zij iets wisten wat ze niet wilden vertellen.

'En als persoon?'

Mikael zweeg geruime tijd.

'Ze is een zeer eenzaam en apart iemand. Introvert. Spreekt beslist niet graag over zichzelf. Ze is tegelijkertijd iemand met een sterke eigen wil. Ze heeft moraal.'

'Moraal?'

'Ja. Een volstrekt eigen moraal. U kunt haar niet iets tegen haar wil laten doen. In haar wereld zijn de dingen óf "goed" óf "fout", om het zo maar te zeggen.'

Bublanski bedacht dat Mikael Blomkvist haar opnieuw op dezelfde wijze beschreef als Dragan Armanskij. Twee mannen die haar hadden gekend, hadden haar op identieke wijze beoordeeld.

'Kent u Dragan Armanskij?' vroeg Bublanski.

'We hebben elkaar een paar keer ontmoet. Ik ben vorig jaar een keer een biertje met hem wezen drinken toen ik erachter probeerde te komen waar Lisbeth uithing.'

'En u zegt dat ze een competente researcher was,' herhaalde Bublanski.

'De beste die ik ooit heb ontmoet,' herhaalde Mikael.

Bublanski zat even met zijn vingers te trommelen en keek door het raam naar buiten naar de stroom mensen beneden op de Götgatan. Hij voelde zich opmerkelijk gespleten. In de forensisch-psychiatrische documentatie die Hans Faste bij de Raad van Toezicht inzake Voogdijschap had opgevraagd, werd beweerd dat Lisbeth Salander een geestelijk gestoord, gewelddadig en bijna zwakzinnig iemand was. De antwoorden die hij van Armanskij en Blomkvist had gekregen, weken sterk af van het beeld dat de psychiatrische experts tijdens jarenlange studie hadden vastgesteld. Beiden beschreven haar als een apart iemand, maar beiden hadden ook een tikje bewondering in hun stem.

Blomkvist had bovendien gezegd dat hij een tijdje wat met haar had gehad, wat duidde op een of andere seksrelatie. Bublanski vroeg zich af welke regels er golden voor personen die onmondig waren verklaard. Kon Blomkvist zich schuldig hebben gemaakt aan enige vorm van ongewenste intimiteiten ten aanzien van een persoon in een afhankelijke situatie?

'En hoe hebt u haar sociale handicap opgevat?' vroeg hij.

'Handicap?' vroeg Mikael.

'Haar curatele en haar psychische problemen.'

'Curatele?' echode Mikael.

'Psychische problemen?' vroeg Erika Berger.

Bublanski keek onthutst van de een naar de ander. *Ze wisten het niet. Ze wisten nergens van.* Bublanski werd plotseling kwaad op Armanskij en Blomkvist. En vooral op Erika Berger, met haar elegante kleren en haar mondaine kantoor met uitzicht op de Götgatan. *Dat zit hier maar andere mensen te vertellen wat ze moeten vinden.* Maar hij richtte zijn ergernis op Mikael.

'Ik begrijp niet wat er met u en met Armanskij mis is,' zei hij.

'Pardon?'

'Lisbeth Salander heeft sinds haar tienertijd regelmatig in een psychiatrische inrichting vertoefd,' zei Bublanski uiteindelijk. 'Een forensisch-psychiatrisch onderzoek en een vonnis van de rechtbank hebben vastgesteld dat ze niet in staat is haar eigen zaken te regelen. Ze is onmondig verklaard. Ze is bewezen gewelddadig en heeft haar hele leven al problemen met de overheid. En nu is ze in hoge mate verdacht van eh ... betrokkenheid bij een dubbele moord. Maar Armanskij en u praten over haar alsof ze een soort prinses is.'

Mikael Blomkvist verroerde zich niet. Hij staarde Bublanski aan.

'Laat ik het zo uitdrukken,' vervolgde Bublanski. 'We waren op zoek naar een verband tussen Lisbeth Salander en het paar in Enskede. Het bleek dat u, degene die de slachtoffers had gevonden, dat verband was.

Wilt u daar op de een of andere manier iets over zeggen?'

Mikael leunde achterover. Hij sloot zijn ogen en probeerde de situatie onder controle te krijgen. Lisbeth Salander verdacht van de moord op Dag en Mia. *Dat klopt niet. Dat is absurd.* Was ze in staat een moord te plegen? Mikael zag opeens haar gelaatsuitdrukking voor zich toen ze zich twee jaar geleden met een golfclub op Martin Vanger had uitgeleefd. *Ze zou hem ongetwijfeld hebben gedood, maar deed dat niet omdat ze mijn leven wilde redden.* Hij voelde automatisch aan zijn hals, waar Martin Vangers strop had gezeten. Maar Dag en Mia ... *dat is onlogisch.*

Hij was zich ervan bewust dat Bublanski hem scherp aankeek. Net als Dragan Armanskij moest hij een keuze maken. Vroeg of laat zou hij moeten beslissen in welke hoek van de boksring hij moest gaan staan als Lisbeth Salander werd beschuldigd van moord. *Schuldig of onschuldig?*

Voordat hij iets kon zeggen, ging de telefoon op Erika's bureau. Ze nam op en gaf de hoorn aan Bublanski.

'Ene Hans Faste voor u.'

Bublanski pakte de hoorn aan en luisterde aandachtig. Mikael en Erika zagen allebei zijn gezichtsuitdrukking veranderen.

'Wanneer gaan ze naar binnen?'

Stilte.

'Wat is het adres ook alweer ...? Lundagatan ... goed, ik ben in de buurt en ga er nu naartoe.'

Bublanski stond haastig op.

'Sorry, ik moet het gesprek afbreken. Salanders huidige toezichthouder is zojuist dood aangetroffen en er is nu een arrestatiebevel voor Salander uitgegaan. Ze is bij verstek aangehouden op verdenking van moord.'

Erika Bergers mond viel open van verbazing. Mikael Blomkvist keek alsof hij het in Keulen hoorde donderen.

De bezetting van het appartement aan de Lundagatan was een tactisch gezien relatief ongecompliceerde procedure. Hans Faste en Curt Svensson leunden op de motorkap van hun auto en wachtten af terwijl het arrestatieteam zwaarbewapend het trappenhuis bezette en het achterhuis in bezit nam.

Na tien minuten had het arrestatieteam geconstateerd wat Faste en Svensson al wisten. Dat er niemand opendeed als er werd aangebeld.

Hans Faste keek over de Lundagatan, die tot grote ergernis van de passagiers van bus 66 vanaf Zinkensdamm tot aan de Högalidskerk was afgezet. Er was een bus binnen de afzetting blijven steken en die kon niet voor- of achteruit. Uiteindelijk ging Faste erop af en beval een diender een stap opzij te doen om de bus erdoor te laten. Een groot aantal nieuwsgierige toeschouwers stond het tumult op de Lundagatan vanaf het hoger gelegen gedeelte van de straat te aanschouwen.

'Er moet toch een eenvoudiger manier zijn,' zei Faste.

'Eenvoudiger dan wat?' vroeg Svensson.

'Eenvoudiger dan elke keer dat er iemand moet worden opgepakt de stormtroepen in te zetten.'

Curt Svensson onthield zich van commentaar.

'Het gaat tenslotte om een griet van 1 meter 50 en wel veertig kilo,' zei Faste.

Er was besloten dat het niet noodzakelijk was om de deur met een stormram in te slaan. Bublanski sloot zich aan terwijl ze wachtten tot de slotenmaker het slot had opengeboord en een stap opzij deed zodat de troepen het appartement in konden nemen. Het duurde ongeveer acht seconden om de 47 vierkante meter met de ogen te inspecteren en te constateren dat Lisbeth Salander zich niet schuilhield onder het bed, in de badkamer of in een kast. Daarna kreeg Bublanski groen licht om naar binnen te gaan.

De drie politiemannen keken nieuwsgierig in het onberispelijk schone en smaakvol ingerichte appartement om zich heen. De meubels waren eenvoudig. De keukenstoelen waren geschilderd in verschillende, lichte pasteltinten. Aan de muren in de kamers hingen ingelijste, kunstzinnige zwart-witfoto's. Er stond een stereomeubel met een cd-speler en een grote verzameling cd's. Bublanski constateerde dat deze bestond uit alles van hardrock tot opera. Alles zag er artistiek uit. Decoratief. Smaakvol.

Curt Svensson onderzocht de keuken en vond niets opmerkelijks. Hij bladerde door een stapel kranten en tijdschriften en controleerde het aanrecht, de keukenkastjes en het vriesvak in de koelkast.

Faste maakte garderobekasten en lades in de slaapkamer open. Hij floot toen hij handboeien en een hoeveelheid sexspeeltjes zag liggen. In een kast vond hij een stel latex kleren van het soort waar zijn moeder niet eens naar zou durven kijken.

'Hier wordt gefeest,' zei hij hardop terwijl hij een lakjurk omhooghield, die volgens het etiket was ontworpen door 'Domino Fashion', wat dat ook mocht wezen.

Bublanski keek op de ladekast in de hal, waar hij een stapeltje ongeopende brieven vond, geadresseerd aan Lisbeth Salander. Hij nam het door en constateerde dat het rekeningen en bankafschriften waren, en één persoonlijke brief. Van Mikael Blomkvist. Dus tot zover klopte zijn verhaal. Daarna boog hij zich voorover en pakte hij de post met daarop de voetafdrukken van het arrestatieteam onder de brievenbus vandaan. De post bestond uit het blad *Thai Pro Boxing*, het gratis krantje *Södermalmsnytt* en drie enveloppen, allemaal geadresseerd aan Miriam Wu.

Bublanski kreeg een onaangenaam vermoeden. Hij liep naar de badkamer en deed het badkamerkastje open. Hij vond een doosje Alvedon en een halfvol buisje Paracod. Paracod was alleen op recept verkrijgbaar en het middel was voorgeschreven aan Miriam Wu. Er stond één tandenborstel in het kastje.

'Faste, waarom staat er Salander-Wu op de deur?' vroeg hij.

'Geen idee,' antwoordde Faste.

'Goed, dan vraag ik het zo: waarom ligt er post op de mat geadresseerd aan ene Miriam Wu en waarom ligt er een buisje Paracod in de badkamerkast voorgeschreven aan Miriam Wu? Waarom is er maar één tandenborstel? En waarom, als je bedenkt dat Lisbeth Salander volgens de gegevens maar drie turven hoog is, lijkt die leren broek die je net omhooghield meer geschikt voor iemand die minstens 1 meter 75 lang is?'

Er ontstond een gênante stilte in de flat. Curt Svensson doorbrak de stilte.

'Shit,' zei hij.

15
WITTE DONDERDAG 24 MAART

Christer Malm was doodop en voelde zich miserabel toen hij na de ongeplande werkdag eindelijk thuiskwam. Het rook lekker kruidig vanuit de keuken en hij liep erheen om zijn vriend te begroeten.

'Hoe voel je je?' vroeg Arnold Magnusson.

'Als een zoutzak,' zei Christer.

'Ik heb er de hele dag op het nieuws over gehoord. Ze hebben de identiteit van de slachtoffers niet vrijgegeven. Maar het klinkt vreselijk.'

'Het ís vreselijk. Dag werkte voor ons. Hij was een vriend en ik mocht hem erg graag. Ik kende zijn vriendin Mia niet, maar Micke en Erika wel.'

Christer keek om zich heen. Ze hadden het appartement aan de Allhelgonagatan pas drie maanden. Plotseling voelde het alsof hij in een wildvreemde omgeving stond.

De telefoon ging. Christer en Arnold keken elkaar aan en besloten het gesprek te negeren. Daarna sloeg de telefoonbeantwoorder aan en hoorden ze een welbekende stem.

'Christer. Ben je daar? Neem even op.'

Het was Erika Berger die belde om Christer op de hoogte te stellen van het feit dat de politie voor de moord op Dag en Mia nu op jacht was naar Mikael Blomkvists vroegere researcher.

Christer ontving het nieuws met een gevoel van onwerkelijkheid.

Henry Cortez had het tumult op de Lundagatan gemist om de doodeenvoudige reden dat hij de hele tijd voor het perscentrum van de politie op Kungsholmen had gestaan en daarmee in de praktijk in de luwte van de informatie. Er was sinds de in alle haast in het leven geroepen persconferentie eerder die middag geen nieuws naar voren gekomen. Hij was moe, had trek en was ontstemd doordat hij de hele dag werd afgewezen door de personen met wie hij in contact probeerde te komen. Pas tegen zessen, toen de verrassingsaanval op het appartement van Lisbeth Salander allang voorbij was, ving hij een gerucht op dat de politie een verdachte had. Smadelijk genoeg kwam de informatie van een collega bij de avondkrant, die een nauwer contact had met zijn redactie. Kort daarna slaagde Henry er eindelijk in het mobiele nummer van officier van justitie Richard Ekström te achterhalen. Hij presenteerde zich en stelde de relevante vragen over het wie, hoe en waarom.

'Van welk tijdschrift zei u dat u was?' was Richard Ekströms wedervraag.

'Het tijdschrift *Millennium*. Ik ben een bekende van een van de slachtoffers. Volgens een bron is de politie op zoek naar iemand specifiek. Wat gebeurt er allemaal?'

'Daar kan ik op dit moment niets over vertellen.'

'Wanneer dan wél?'

'Misschien komt er later vanavond nog een persconferentie.'

Officier van justitie Richard Ekström klonk ontwijkend. Henry Cortez trok aan het gouden ringetje in zijn oorlel.

'Persconferenties zijn er voor nieuwsverslaggevers die er onmiddellijk mee naar de persen moeten. Ik werk bij een maandblad en wij hebben er persoonlijk belang bij te weten wat er gebeurt.'

'Ik kan u niet helpen. U moet net zoveel geduld hebben als de rest.'

'Volgens mijn bronnen bent u op zoek naar een vrouw? Wie is zij?'

'Daar kan ik momenteel niets over zeggen.'

'Kunt u ontkennen dat er een vrouw wordt gezocht?'

'Nee, ik bedoel, ik kan mij daar niet over uitspreken ...'

Inspecteur Jerker Holmberg stond op de drempel van de slaapkamer en keek nadenkend naar de enorme plas bloed op de grond waar Mia Bergman was aangetroffen. Toen hij zijn hoofd omdraaide, kon hij vanuit de deuropening eenzelfde plas bloed zien waar Dag Svensson in had gelegen. Hij dacht na over het omvangrijke bloedvergieten. Het was aanzienlijk meer bloed dan bij schotwonden meestal vrijkwam, wat aangaf dat de munitie die gebruikt was verschrikkelijke schade had aangericht, wat er dan ook weer op duidde dat commissaris Mårtensson het bij het juiste eind had gehad in zijn veronderstelling dat de moordenaar jachtmunitie had gebruikt. Het bloed was samengeklonterd in een zwarte, roestbruine massa die zulke grote delen van het vloeroppervlak bedekte dat het ambulancepersoneel en de TR er onvermijdelijk doorheen hadden moeten lopen en daardoor sporen door het appartement hadden verspreid. Holmberg droeg gymschoenen met blauwe kunststof beschermhoesjes.

Dit was het moment waarop het daadwerkelijke onderzoek van de plaats delict wat hem betrof begon. De stoffelijke overschotten van de twee slachtoffers waren uit het appartement weggedragen. Jerker Holmberg was nog alleen, nadat de twee overgebleven technisch rechercheurs goedenavond hadden gezegd en waren vertrokken. Ze hadden de slachtoffers gefotografeerd, bloedspatten op de muren opgemeten en gesproken over *splatter distribution areas* en *droplet velocity*. Holmberg wist wat de termen betekenden, maar had slechts verstrooid aandacht aan het technische onderzoek besteed. Het werk van de technisch rechercheurs zou uitmonden in een omvangrijk rapport dat tot in detail zou weergeven waar de moordenaar had gestaan in verhouding tot zijn slachtoffers, op welke afstand hij zich had bevonden, in welke volgorde de schoten waren afgelost en welke vingerafdrukken van belang konden zijn. Maar voor Jerker Holmberg was dat oninteressant. Het technische onderzoek zou met geen woord reppen over wie de moordenaar was of welk motief hij of zij – nu was immers een vrouw de hoofdverdachte – had gehad om de moorden te plegen. Dat waren de vragen die hij moest proberen te beantwoorden.

Jerker Holmberg liep de slaapkamer in. Hij zette een versleten aktetas op een stoel en haalde er een zakcassetterecorder, een digitale camera en een notitieblok uit.

Hij begon met het openmaken van de lades in een ladekast achter de slaapkamerdeur. De twee bovenste lades bevatten ondergoed, jumpers en een bijouteriedoos, die klaarblijkelijk van Mia Bergman was geweest. Hij sorteerde elk voorwerp op het bed en onderzocht het sieradendoosje zorgvuldig, maar kon constateren dat dit niets van grote waarde bevatte. In de onderste lade vond hij twee fotoalbums en twee ordners met de huishoudfinanciën. Hij zette zijn cassetterecorder aan.

'Protocol van beslaglegging Björneborgsvägen 8B. Slaapkamer, onderste lade ladekast. Twee ingebonden fotoalbums A4-formaat. Een ordner met een zwarte rug gemerkt huishouden en een ordner met een blauwe rug gemerkt koopakte, met daarin gegevens over de hypotheek en afbetalingen van het appartement. Een klein doosje met handgeschreven brieven, ansichten en persoonlijke voorwerpen.'

Hij bracht de objecten naar de hal en deed ze in een koffer. Daarna ging hij verder met de lades in de nachttafeltjes aan beide kanten van het tweepersoonsbed, maar vond niets van belang. Hij deed de garderobekasten open en sorteerde kleren en voelde in elke zak en in de schoenen of er vergeten of verstopte voorwerpen waren, en richtte daarna zijn aandacht op de planken boven in de kast. Hij deed dozen en doosjes open. Af en toe vond hij papieren of voorwerpen die hij om verschillende redenen in het protocol opnam.

In de ene hoek van de slaapkamer stond een bureau ingeklemd. Het was een kleine thuiswerkplek met een computer van het merk Compaq en een oud beeldscherm. Onder het bureau stond een roltafel en aan de zijkant van het bureau was een open kastje. Jerker Holmberg wist dat hij bij de werkplek vermoedelijk de belangrijkste vondsten zou doen, voor zover die er te vinden waren, en bewaarde het bureau tot het laatst. Hij ging in plaats daarvan naar de woonkamer en vervolgde daar zijn onderzoek. Hij opende de vitrinekast en bekeek alle planken en voorwerpen zorgvuldig. Daarna richtte hij zijn blik op de grote boekenkast die in een hoek tegen de buitenmuur en de muur naar de badkamer stond. Hij pakte een stoel en begon bovenaan. Hij onderzocht eerst of er iets op de boekenkast lag. Daarna nam hij de planken een voor een door; hij pakte telkens een stapeltje boeken, nam ze door en onderzocht bovendien of er iets achter de boeken verstopt zat. Na drie kwartier zette hij het laatste boek in de boekenkast terug. Op de tafel in de woonkamer lag een kleine stapel boeken waarop hij op de een of andere manier had gereageerd. Hij zette de cassetterecorder aan en begon te praten.

'Uit de boekenkast in de woonkamer. Een boek van Mikael Blomkvist, *De bankier van de maffia*. Een Duits boek getiteld *Der Staat und die Autonomen*, een boek getiteld *Revolutionair terrorisme* en het Engelse boek *Islamic Jihad*.'

Het boek van Mikael Blomkvist noemde hij automatisch omdat de auteur iemand was die al eerder in het vooronderzoek was voorgekomen. De drie laatstgenoemde werken waren wat meer obscuur. Jerker Holmberg had geen idee in hoeverre de moorden op de een of andere manier waren gerelateerd aan politieke activiteiten; hij had geen gegevens die erop duidden dat Dag Svensson en Mia Bergman überhaupt politiek geëngageerd waren geweest, of dat de boeken slechts een uitdrukking waren van algemene politieke interesse of wellicht in de boekenkast waren beland als bijproduct van journalistieke werkzaamheden. Hij constateerde daarentegen dat als er zich twee dode mensen in een appartement bevonden samen met literatuur over politiek terrorisme, er een reden was om de zaak in elk geval te noteren. Om die reden werden de boeken in de koffer met in beslag genomen voorwerpen gelegd.

Daarna besteedde hij een paar minuten aan het doornemen van de lades in een zeer versleten antieke ladekast. Boven op de ladekast stond een cd-speler en de lades bevatten een grote verzameling cd's. Jerker Holmberg besteedde dertig minuten aan het openen van elk cd-hoesje en het vaststellen of de inhoud al dan niet overeenkwam met de omslag. Hij vond een tiental cd's zonder opdruk die vermoedelijk thuis waren gebrand of illegale kopieën waren; hij deed de zelfgebrande cd's om de beurt in de cd-speler en constateerde dat ze niets anders bevatten dan muziek. Hij richtte zich vervolgens een hele tijd op het tv-meubel het dichtst bij de slaapkamerdeur, dat een grote verzameling videobanden bevatte. Hij stopte diverse videocassettes in de recorder en constateerde dat het van alles was, van opgenomen actiefilms tot een verzameling van opgenomen nieuwsuitzendingen en reportages van diverse actualiteitenprogramma's. Hij legde zesendertig videobanden in de koffer. Daarna ging hij naar de keuken, maakte zijn thermosfles koffie open en hield een korte pauze voordat hij verderging met het onderzoek.

Van een plank in een keukenkastje verzamelde hij een aantal potjes en flesjes die blijkbaar de medicijnvoorraad vormden. Hij deed ze allemaal in een plastic zak die in de koffer belandde. Hij haalde etenswaren uit de voorraadkast en de koelkast en opende elk potje, elke bus koffie en elke reeds aangebroken fles. In een bloempot op de vensterbank vond hij 1.220 kronen en bonnetjes. Hij nam aan dat dat een soort potje was voor de boodschappen. Hij vond niets van wezenlijk belang. In de badkamer nam hij niets in beslag. Hij constateerde daarentegen dat de wasmand overvol was en sorteerde alle kledingstukken. In de halkast bekeek hij alle jassen en controleerde hij elke zak.

Hij vond Dag Svenssons portefeuille in de binnenzak van een colbert en voegde deze toe aan het protocol. Dag had een jaarkaart voor de sportschool, een creditcard van de Handelsbank en bijna 400 kronen aan contanten. Hij vond Mia Bergmans handtas en besteedde een paar minuten aan het sorteren van de inhoud. Zij had ook een jaarkaart bij de sportschool, een giromaatpas, een bonuskaart van de Konsum en van iets wat Club Horisont heette en een aardbol als logo had. Bovendien had ze ruim 2.500 kronen aan contanten, wat op zich een vrij groot bedrag was, maar niet onredelijk aangezien ze het weekend weg zouden gaan. Dat het geld nog in haar portefeuille zat, maakte het minder waarschijnlijk dat het om roofmoord ging.

'Uit Mia Bergmans handtas op de kapstok in de hal. Een zakagenda van het merk ProPlan, een apart adresboekje en een ingebonden, zwart notitieboekje.'

Holmberg hield nogmaals een koffiepauze en constateerde dat hij voor de verandering – tot nu toe – niets pikants of intiems in het huis van het paar Svensson-Bergman had gevonden. Geen verstopte seksspeeltjes, geen gewaagde lingerie of een lade met pornofilms. Hij vond geen weggeborgen stickies of iets wat duidde op criminele activiteiten. Het leek een heel normaal stel uit een voorstad te zijn, mogelijk – uit politieel oogpunt – wat saaier dan gemiddeld.

Ten slotte keerde hij terug naar de slaapkamer en ging hij aan het bureau zitten. Hij deed de bovenste bureaulade open. Tijdens het uur dat daarop volgde, zat hij papieren te sorteren. Hij constateerde al snel dat het bureau en het kastje een omvangrijke hoeveelheid bronnen- en referentiemateriaal voor Mia Bergmans proefschrift *From Russia with Love* bevatte. Het materiaal was netjes geordend, net als bij een goed politieonderzoek en hij verzonk enige tijd in bepaalde hoofdstukken van de tekst. *Mia Bergman had uitstekend bij ons op de afdeling gepast*, constateerde hij bij zichzelf. Een gedeelte van de boekenkast was halfleeg en wat er lag, was kennelijk materiaal van Dag Svensson. Het waren voornamelijk krantenknipsels van eigen artikelen en knipsels over onderwerpen die hem hadden geïnteresseerd.

Hij besteedde een tijdje aan het doornemen van de computer en constateerde dat deze bijna vijf gigabyte bevatte, alles van software tot brieven, opgeslagen artikelen en PDF-bestanden. Het was met andere woorden niet iets wat hij die avond door ging nemen. Hij nam de hele computer en de aanwezige cd's en een zipdrive in beslag.

Daarna zat hij een tijdje te piekeren. De computer bevatte voor zover hij kon zien materiaal van Mia Bergman. Dag Svensson was journalist en zou een computer als belangrijkste gereedschap moeten hebben, maar er zaten zelfs geen mails van Svensson in de desktop. Vermoedelijk had Dag Svensson ergens een eigen computer. Jerker Holmberg stond op en liep nadenkend door de flat. In de hal stond een zwarte rugzak met een leeg vak voor een computer en met enkele notitieblokken van Dag Svensson. Hij kon nergens een laptop vinden. Hij pakte de sleutels en liep naar de binnentuin, waar hij Mia Bergmans auto onderzocht, en daarna een kelderbox inspecteerde. Ook hier geen computer.

Het opmerkelijke van de hond was dat hij niet blafte, mijn beste Watson.

Hij constateerde dat er tot nu toe een computer in het beslagprotocol leek te ontbreken.

Bublanski en Faste ontmoetten officier Ekström om halfzeven op diens werkkamer, onmiddellijk nadat ze van de Lundagatan waren teruggekeerd. Curt Svensson was na telefonisch contact naar de Universiteit van Stockholm gestuurd om Mia Bergmans promotor te ondervragen, Jerker Holmberg was nog in Enskede en Sonja Modig was verantwoordelijk voor het onderzoek van de plaats delict bij het Odenplan. Er waren ruim tien uur verstreken sinds Bublanski was aangesteld als onderzoeksleider en zeven uur sinds de jacht op Lisbeth Salander was geopend. Bublanski vatte samen wat er zich op de Lundagatan had afgespeeld.

'En wie is Miriam Wu?' vroeg Ekström.

'We weten nog niet zoveel over haar. Ze komt niet voor in het strafregister. Hans Faste heeft morgenochtend als taak haar op te sporen.'

'Maar Salander is niet op de Lundagatan?'

'Voor zover we kunnen zien, is er niets wat erop wijst dat ze daar woont. Zo zijn bijvoorbeeld de kleren in de garderobe veel te groot voor haar.'

'En wát voor kleren,' zei Hans Faste.

'Hoezo?' vroeg Ekström.

'Geen kleren die je met moederdag cadeau geeft.'

'We weten momenteel niets over Miriam Wu,' zei Bublanski.

'Jezus, hoeveel moeten we weten? Ze had een garderobe vol hoerenuniformen.'

'Hoerenuniformen?' vroeg Ekström.

'Leer, lak, corsetten, fetisjspullen en seksspeeltjes in een lade. En geen goedkope shit.'

'Je bedoelt dat Miriam Wu prostituee is?'

'We weten momenteel niets over Miriam Wu,' herhaalde Bublanski iets duidelijker.

'In dat onderzoek van de dienst voor maatschappelijk werk van een paar jaar terug stond dat Lisbeth Salander de hoer speelde,' zei Ekström.

'Die lui weten altijd wel waar ze het over hebben.'

'Dat rapport is niet gebaseerd op aanhoudingen of onderzoeken,' zei Bublanski. 'Salander werd gevisiteerd in Tantolunden toen ze zestien, zeventien jaar was en zich in gezelschap van een aanzienlijk oudere man bevond. Hetzelfde jaar werd ze opgepakt voor openbare dronkenschap. Ook toen in gezelschap van een aanzienlijk oudere man.'

'Je bedoelt dat we niet te snel conclusies moeten trekken,' zei Ekström. 'Goed. Maar ik bedenk opeens dat Mia Bergmans proefschrift over trafficking en prostitutie gaat. De mogelijkheid bestaat dus dat ze in haar werk contact heeft gehad met Salander en die Miriam Wu, en ze hen op de een of andere manier heeft geprovoceerd, en dat dat wellicht een motief kan vormen voor moord.'

'Bergman heeft misschien contact opgenomen met Salanders curator en een carrousel in beweging gezet,' zei Faste.

'Dat is mogelijk,' zei Bublanski. 'Maar dat moet uit het onderzoek blijken. Het belangrijkste is nu dat we Lisbeth Salander vinden. Ze woont blijkbaar niet op de Lundagatan. Dat betekent dat we ook Miriam Wu moeten vinden en haar moeten vragen hoe ze in die flat is beland en wat haar relatie met Salander is.'

'En hoe vinden we Salander?'

'Ze moet érgens zijn. Het probleem is dat het enige adres waar ze ooit heeft gewoond de Lundagatan is. Er is geen adreswijziging.'

'Je vergeet dat ze ook in St. Stefans heeft gezeten en bij verschillende pleeggezinnen heeft gewoond.'

'Dat vergeet ik helemaal niet.' Bublanski controleerde zijn papieren. 'Ze had toen ze vijftien was drie verschillende pleeggezinnen. Dat ging niet zo best. Van haar zestiende tot haar achttiende woonde ze bij een echtpaar in Hägersten. Fredrik en Monika Gullberg. Curt Svensson gaat daar vanavond heen als hij klaar is met die promotor op de universiteit.'

'Wat doen we met die persconferentie?' vroeg Faste.

Om zeven uur 's avonds heerste er een duistere stemming op de kamer van Erika Berger. Mikael Blomkvist had vrijwel niets gezegd en zich amper bewogen sinds Bublanski was vertrokken. Malin Eriksson was naar de Lundagatan gefietst en had de inval van het arrestatieteam in de gaten gehouden. Ze was teruggekeerd met een rapport dat er niemand leek te zijn opgepakt en dat het verkeer er weer door mocht. Henry Cortez had gebeld en verteld dat hij had opgevangen dat de politie nu op zoek was naar een nog niet bij name genoemde vrouw. Erika had hem verteld om welke vrouw het ging.

Erika en Malin hadden geprobeerd te bespreken wat er moest worden gedaan, maar waren niet tot iets zinnigs gekomen. De situatie werd gecompliceerd door het feit dat Mikael en Erika wisten welke rol Lisbeth Salander in de Wennerström-affaire had gespeeld; ze was in de hoedanigheid als hacker op topniveau Mikaels geheime bron geweest. Malin Eriksson wist hier niets van en had de naam Lisbeth Salander zelfs nog nooit eerder gehoord, waardoor in het gesprek soms cryptische stiltes vielen.

'Ik ga naar huis,' zei Mikael Blomkvist terwijl hij abrupt opstond. 'Ik ben zo moe dat ik niet meer kan denken. Ik moet slapen.'

Hij keek naar Malin.

'We hebben veel te doen. Morgen is het Goede Vrijdag en dan ga ik alleen maar slapen en papieren uitzoeken. Malin, kun jij met Pasen werken?'

'Heb ik enige keus?'

'Nee. We beginnen zaterdag om twaalf uur. Wat zeg je ervan om naar mij toe te komen in plaats van naar de redactie?'

'Goed.'

'Ik ben van plan om de taakomschrijving waarover we vanochtend beslissingen hebben genomen te herformuleren. Het gaat er nu niet langer om te proberen uit te zoeken of de onthullingen van Dag Svensson iets met de moord te maken hadden. Het gaat er nu om te achterhalen wie Dag en Mia heeft vermoord.'

Malin vroeg zich af of ze dat voor elkaar zouden krijgen, maar hield haar mond. Mikael zwaaide Malin en Erika gedag en vertrok zonder verder commentaar.

Om kwart over zeven liep opsporingsleider Bublanski met tegenzin achter de leider van het vooronderzoek, Ekström, aan het podium in het perscentrum van de politie op. De persconferentie was aangekondigd voor zeven uur maar begon ruim een kwartier te laat. In tegenstelling tot Ekström vond Bublanski het helemaal niet leuk om voor een tiental tv-camera's in de schijnwerpers te staan. Hij voelde zich eerder door paniek bevangen als hij in het centrum van dergelijke belangstelling stond en hij zou er nooit aan wennen of het leuk vinden zichzelf op tv te zien.

Ekström voelde zich daarentegen als een vis in het water, hij zette zijn bril goed en trok een flatteuze, serieuze blik. Hij liet de persfotografen een tijdje knippen voordat hij zijn hand opstak en om stilte in de zaal vroeg. Hij sprak alsof hij een manuscript had.

'Hartelijk welkom op deze op korte termijn in het leven geroepen persconferentie naar aanleiding van de moorden in Enskede gisteravond laat en vanwege het feit dat we meer informatie voor u hebben. Mijn naam is officier van justitie Richard Ekström en dit is inspecteur

Jan Bublanski van de provinciale recherche, die het onderzoek leidt. Ik heb een mededeling die ik zal voorlezen en daarna bestaat de mogelijkheid tot het stellen van vragen.'

Ekström zweeg en bekeek de schare persmuskieten, die erin geslaagd was binnen dertig minuten ter plaatse te zijn. De moorden in Enskede waren groot nieuws en werden nog groter. Hij constateerde vergenoegd dat zowel *Aktuellt* als *Rapport* en TV 4 aanwezig waren, en hij herkende de verslaggevers van het Zweedse persbureau en van de avond- en ochtendkranten. Bovendien zag hij een groot aantal verslaggevers die hij niet kende. In totaal waren er minstens vijfentwintig journalisten in de zaal.

'Zoals u weet zijn er gisteravond even voor middernacht in Enskede twee personen op gewelddadige wijze om het leven gebracht. Bij het onderzoek op de plaats van het misdrijf is tevens een wapen aangetroffen, een Colt 45 Magnum. Het gerechtelijk laboratorium heeft vandaag vastgesteld dat dit het moordwapen is. De eigenaar van het wapen is bekend en werd vandaag gezocht.'

Ekström laste een kunstmatige pauze in.

'Rond 17 uur is de eigenaar van het wapen dood aangetroffen in zijn woning in de buurt van het Odenplan. Hij is neergeschoten en was ten tijde van de dubbele moord in Enskede vermoedelijk al overleden. De politie,' Ekström wees in de richting van Bublanski, 'meent een goede reden te hebben om ervan uit te gaan dat het om dezelfde dader gaat, die dientengevolge wordt gezocht voor het plegen van drie moorden.'

Er brak een gemompel uit onder de aanwezige verslaggevers toen meerderen van hen op zachte toon in hun mobiele telefoon gingen praten. Ekström sprak wat luider.

'Is er een verdachte?' riep een interviewer van de radio.

'Wanneer u mij niet onderbreekt, komt dit nu aan de orde. Er is inmiddels een persoon die de politie in verband met deze drie moorden graag zou willen ondervragen.'

'Wie is hij?'

'Het is geen hij, maar een zij. De politie is op zoek naar een zesentwintigjarige vrouw die in verband kan worden gebracht met de eigenaar van het wapen en van wie we weten dat ze zich op de plaats van de moord in Enskede heeft bevonden.'

Bublanski fronste zijn wenkbrauwen en keek verbeten. Ze waren nu bij het punt op de agenda gekomen waarover Ekström en hij het oneens waren geweest, namelijk de vraag in hoeverre de persoon die ze van de drievoudige moord verdachten bij naam en toenaam moest worden genoemd. Bublanski had willen afwachten. Ekström was van mening dat dat niet verantwoord was.

Ekströms argumenten waren onweerlegbaar. De politie was op zoek naar een geesteszieke vrouw, die met gegronde redenen werd verdacht van het plegen van drie moorden. Er was die dag eerst een provinciaal en later een landelijk opsporingsbericht uitgegaan. Ekström beweerde dat Lisbeth Salander als gevaarlijk moest worden beschouwd en dat het daarom in het algemeen belang was dat ze zo snel mogelijk zou worden opgepakt.

Bublanski's argumenten waren vager. Hij vond dat er reden was om het technisch onderzoek in advocaat Bjurmans appartement af te wachten voordat de politie op één paard ging inzetten.

Ekströms argument was dat Lisbeth Salander op basis van alle beschikbare informatie een gestoorde en gewelddadige vrouw was en dat er blijkbaar iets was wat een moord teweeg had gebracht. Er waren geen garanties dat de gewelddadigheden zouden ophouden.

'Wat doen we als ze morgen een andere flat binnengaat en nog een paar personen neerknalt?' had Ekström retorisch gevraagd.

Daarop had Bublanski geen goed antwoord gehad en Ekström had geconstateerd dat er voldoende precedenten waren. Toen de drievoudige moordenaar Juha Valjakkala uit Åmsele het hele land door was gejaagd, was de politie juist omdat hij als gevaar voor het publiek werd beschouwd, met een landelijk opsporingsbericht en zijn naam en foto gekomen. Hetzelfde argument kon voor Lisbeth Salander worden aangevoerd en daarom had Ekström besloten dat ze bij name zou worden genoemd.

Ekström stak zijn hand op om het geroezemoes onder de aanwezige reporters de kop in te drukken. De onthulling dat er een vróúw werd gezocht voor de drievoudige moord zou inslaan als een bom. Hij gaf aan dat Bublanski wat moest gaan zeggen. Bublanski schraapte tweemaal zijn keel, zette zijn bril goed en staarde strak naar het papier met de overeengekomen formulering.

'De politie is op zoek naar een zesentwintigjarige vrouw genaamd Lisbeth Salander. Er zal een foto uit het paspoortenregister worden gedistribueerd. We weten op dit moment niet waar ze zich bevindt, maar we denken dat ze in of rond Stockholm kan zijn. De politie roept de hulp in van het publiek om deze vrouw zo snel mogelijk te vinden. Lisbeth Salander is 1 meter 50 lang en heeft een slank postuur.'

Hij haalde diep en zenuwachtig adem. Hij transpireerde en voelde dat hij zweetplekken onder zijn armen had.

'Lisbeth Salander is eerder verpleegd in een psychiatrische inrichting en kan een gevaar vormen voor zichzelf en voor anderen. We willen onderstrepen dat we op dit moment niet eenduidig kunnen vaststellen dat zij de moordenaar is, maar dat er omstandigheden aanwezig zijn waardoor we haar onmiddellijk willen ondervragen over haar kennis omtrent de moorden in Enskede en bij het Odenplan.'

'Hallo, dat kan toch niet,' riep een verslaggever van een avondkrant. 'Of ze wordt verdacht van de moorden óf niet.'

Bublanski keek officier Ekström hulpeloos aan.

'Het onderzoek van de politie is zeer breed en we kijken natuurlijk naar verschillende scenario's. Maar op dit moment is er een zekere verdenking van de zojuist genoemde vrouw en zijn we van mening dat het essentieel is dat de politie haar zo snel mogelijk kan verhoren. De verdenkingen tegen haar zijn gebaseerd op technisch bewijs dat bij het onderzoek van de plaats delict is vrijgekomen.'

'Wat voor soort bewijs is dat?' kwam het onmiddellijk uit de zaal.

'We kunnen op dit moment niet op het technische bewijs ingaan.'

Er spraken diverse journalisten door elkaar. Ekström hief zijn hand op en wees vervolgens op een verslaggever van *Dagens Eko*, met wie hij eerder te maken had gehad en die hij als evenwichtig beschouwde.

'Inspecteur Bublanski zei dat ze was verpleegd in een psychiatrische inrichting. Voor wat?'

'Deze vrouw heeft een eh ... problematische jeugd gehad en heeft door de jaren heen ook het nodige meegemaakt. Ze staat onder curatele en de persoon die het wapen bezat, was haar toezichthouder.'

'Wie is dat?'

'Dat is de persoon die in zijn woning bij het Odenplan is doodgeschoten. Op dit moment kunnen we zijn identiteit nog niet vrijgeven aangezien zijn nabestaanden nog niet zijn ingelicht.'

'Welke motieven had ze voor de moorden?'

Bublanski pakte de microfoon.

'Op dit moment willen we niet ingaan op motieven.'

'Komt ze voor in het politieregister?'

'Ja.'

Daarna kwam een vraag van een mannelijke journalist met een zware, karakteristieke stem, die overal doorheen te horen was.

'Vormt ze een gevaar voor haar omgeving?'

Ekström aarzelde even. Toen knikte hij.

'We beschikken over achtergrondinformatie dat ze gewelddadig kan worden als ze zich in het nauw gedreven voelt. We komen met dit opsporingsbericht omdat we heel snel met haar in contact willen komen.'

Bublanski beet op zijn onderlip.

Inspecteur Sonja Modig was om negen uur 's avonds nog steeds in het appartement van advocaat Bjurman. Ze had haar man gebeld. Na elf jaar huwelijk had hij geaccepteerd dat het werk van zijn vrouw nooit een negen-tot-vijfroutine zou worden. Ze zat achter Bjurmans bureau in diens werkkamer papieren te sorteren die ze in de bureaulades had gevonden, toen ze op de deur hoorde kloppen en ze agent Bubbel in de deuropening zag staan, balancerend met twee koppen koffie en een blauwe zak met kaneelbroodjes van de kiosk. Ze wenkte vermoeid dat hij binnen mocht komen.

'Wat mag ik niet aanraken?' vroeg Bublanski automatisch.

'De technische recherche is hierbinnen klaar. Ze zijn nog bezig met de slaapkamer en de keuken. Het stoffelijk overschot is er natuurlijk nog.'

Bublanski trok een stoel bij en ging tegenover zijn collega zitten. Modig deed de zak open en nam een kaneelbroodje.

'Bedankt. Ik had ontzettende trek in koffie.'

Ze zaten zwijgend te smullen.

'Ik heb gehoord dat het op de Lundagatan niet zo goed is gegaan,' zei Modig toen ze de laatste resten van haar broodje had doorgeslikt en haar vingers had afgelikt.

'Er was niemand thuis. Er is ongeopende post voor Salander maar er woont ene Miriam Wu. Haar hebben we nog niet gevonden.'

'Wie is zij?'

'Dat weten we niet precies. Faste is bezig met haar achtergrond. Ze is ruim een maand geleden in het contract bijgeschreven, maar er lijkt maar één iemand in die flat te wonen. Ik denk dat Salander verhuisd is zonder haar adres door te geven.'

'Misschien heeft ze het gepland.'

'Wat? Die drievoudige moord?' Bublanski schudde gelaten zijn hoofd. 'Het is een ontzettende puinhoop aan het worden. Ekström wilde per se een persconferentie geven en we zullen de komende tijd onze handen vol hebben aan de media. Heb je wat gevonden?'

'Buiten Bjurman in de slaapkamer ... We hebben een lege verpakking van een Magnum gevonden. Die wordt op vingerafdrukken gecontroleerd. Bjurman had een ordner met kopieën van maandrapporten over Salander, die hij naar de voogdijinstelling stuurde. Als je die rapporten moet geloven, is Salander een voorbeeldig meisje.'

'Niet hij ook al!' riep Bublanski uit.

'Niet hij ook wát?'

'Nog een bewonderaar van Lisbeth Salander.'

Bublanski vatte samen wat hij van Dragan Armanskij en Mikael Blomkvist te weten was gekomen. Sonja Modig luisterde zonder hem te onderbreken. Toen hij was uitgepraat, streek ze met haar vingers door haar haar en wreef zich in de ogen.

'Dat klinkt absurd,' zei ze.

Bublanski knikte nadenkend en trok aan zijn onderlip. Sonja Modig keek hem van opzij aan en onderdrukte een grijns. Hij had grove gelaatstrekken en zag er bijna barbaars uit. Maar als hij in verwarring was gebracht of ergens onzeker over was, kreeg hij chagrijnige trekken. Op zulke momenten dacht ze aan hem als agent Bubbel. Ze had die naam nooit gebruikt en wist niet precies hoe hij was ontstaan. Maar hij paste ontzettend goed bij hem.

'Goed,' zei ze. 'Hoe zeker zijn we van onze zaak?'

'De officier lijkt zeker. Er is vanavond een landelijk opsporingsbericht voor Salander uitgegaan,' zei Bublanski. 'Ze heeft het laatste jaar in het buitenland vertoefd en het is mogelijk dat ze het land probeert uit te komen.'

'Hoe zeker zijn we?'

Hij haalde zijn schouders op.

'We hebben mensen opgepakt met aanzienlijk minder bewijs,' zei hij.

'Haar vingerafdrukken staan op het moordwapen in Enskede. Haar curator is ook vermoord. Zonder op de gebeurtenissen vooruit te lopen, denk ik dat daarbinnen hetzelfde wapen is gebruikt. Dat weten we morgen. De technisch rechercheurs hebben in de bedbodem een vrij goed bewaard kogelfragment gevonden.'

'Mooi.'

'Er liggen een paar patronen voor die revolver in de onderste lade van het bureau. Kogels met een uraniumkern en een gouden punt.'

'Oké.'

'We hebben een vrij omvangrijke documentatie van het feit dat Salander gestoord is. Bjurman was haar toezichthouder en was eigenaar van het wapen.'

'Mmm ...' zei agent Bubbel nors.

'We hebben een connectie tussen Salander en het stel in Enskede via Mikael Blomkvist.'

'Mmm ...' herhaalde hij.

'Je klinkt aarzelend.'

'Ik krijg het plaatje van Salander niet compleet. De documentatie zegt één ding en Armanskij en Blomkvist zeggen allebei iets heel anders. Volgens de documentatie is ze een haast verstandelijk gehandicapte psychopate. Maar volgens hen is ze een competente researcher. Er zit een enorme discrepantie tussen die versies. We hebben geen motief voor wat Bjurman betreft en we weten zelfs niet eens of ze dat paar in Enskede kende.'

'Hoeveel motief heeft een psychotische gek nodig?'

'Ik ben nog niet in de slaapkamer geweest. Hoe ziet het eruit?'

'Ik heb Bjurman vooroverliggend op het bed aangetroffen, met zijn knieën op de vloer alsof hij was gaan zitten voor zijn avondgebed. Hij is naakt. In zijn nek geschoten.'

'Eén schot? Net als in Enskede?'

'Voor zover ik kon zien, was er maar één schot. Maar het lijkt of Salander, als zij het heeft gedaan, hem op zijn knieën voor het bed heeft gedwongen voordat ze het schot loste. De kogel is schuin vanboven bij het achterhoofd erin gegaan en er door het gezicht weer uit gekomen.'

'Nekschot. Een soort executie, dus.'

'Inderdaad.'

'Ik dacht ... iemand zou dat schot toch gehoord moeten hebben.'

'Zijn slaapkamer grenst aan de achtertuin en de buren boven en onder zijn allebei met Pasen weg. Het raam was dicht. Bovendien heeft ze een kussen gebruikt als geluiddemper.'

'Bijzonder uitgekookt.'

Op datzelfde moment stak Gunnar Samuelsson van de forensisch-technische recherche zijn hoofd om de hoek.

'Hoi Bubbel,' groette hij, waarna hij zich tot diens collega wendde. 'Modig, we wilden het lichaam verplaatsen en hebben hem omgekeerd. Er is iets waar je naar moet kijken.'

Ze volgden hem naar de slaapkamer. Het stoffelijk overschot van Nils Bjurman was op zijn rug op een rolbrancard gelegd, de eerste halte op weg naar de patholoog. Niemand betwijfelde wat de doodsoorzaak was. Bjurmans voorhoofd was een enorme, decimeterbrede vleeswond en een groot deel van het voorhoofdsbeen hing in een huidplooi. Het spatpatroon boven het bed en op de muur sprak duidelijke taal.

Bublanski tuitte misnoegd zijn lippen.

'Waar moeten we naar kijken?' vroeg Modig.

Gunnar Samuelsson tilde het laken op en ontblootte Bjurmans onderlijf. Bublanski zette zijn bril op toen hij en Modig dichterbij kwamen en de getatoeëerde tekst op Bjurmans buik lazen. De letters waren log en ongelijkmatig, het was duidelijk dat degene die de tekst had aangebracht geen ervaren tatoeëerder was. Maar de boodschap was overduidelijk: IK BEN EEN SADISTISCH VARKEN, EEN KLOOTZAK EN EEN VERKRACHTER.

Modig en Bublanski keken elkaar ontzet aan.

'Zien we hier mogelijk een aanwijzing voor een motief?' vroeg Modig uiteindelijk.

Mikael Blomkvist kocht op weg naar huis bij de 7-Eleven 400 gram pasta en zette de kartonnen verpakking in de magnetron terwijl hij zich uitkleedde en drie minuten onder de douche stond. Hij haalde een vork en at staand, direct uit het bakje. Hij had trek, maar had helemaal geen zin in eten en wilde het zo snel mogelijk naar binnen werken. Toen hij klaar was, maakte hij een Vestfyn alcoholarm biertje open, dat hij direct uit het flesje dronk.

Zonder eerst het licht aan te doen, ging hij bij het raam staan en keek uit over de oude stad. Zo bleef hij twintig minuten roerloos staan, terwijl hij probeerde niet na te denken.

Exact vierentwintig uur geleden was hij op een feest bij zijn zus geweest toen Dag Svensson hem op zijn mobiel had gebeld. Toen waren Dag en Mia allebei nog in leven.

Hij had zesendertig uur niet geslapen en de tijd dat hij ongestraft een nacht kon doorhalen, was voorbij. Hij wist ook dat hij niet zou kunnen slapen zonder te denken aan wat hij had gezien. Hij had het gevoel of de beelden van Enskede voor altijd op zijn netvlies gebrand zouden staan.

Uiteindelijk zette hij zijn mobiel uit en kroop hij onder het dekbed. Om elf uur sliep hij nog niet. Hij stond op en zette koffie. Hij zette de cd-speler aan en luisterde naar Debbie Harry die over Maria zong. Hij wikkelde zich in een plaid en ging op de bank in de kamer zitten terwijl hij koffie dronk en aan Lisbeth Salander dacht.

Wat wist hij eigenlijk van haar? Bijna niets.

Hij wist dat ze een fotografisch geheugen had en dat ze een verduiveld goede hacker was. Hij wist dat ze een aparte, introverte vrouw was die niet graag over zichzelf sprak en dat ze geen enkel vertrouwen in overheidsinstanties had.

Hij wist dat ze zeer gewelddadig kon zijn. Dat was de reden dat hij nog in leven was.

Maar hij had er geen idee van gehad dat ze onmondig was verklaard en onder toezicht stond, en een deel van haar jeugd in een psychiatrische kliniek had doorgebracht.

Hij moest kiezen.

Ergens na middernacht besloot hij dat hij de conclusie van de politie, dat zij Dag en Mia had vermoord, gewoon niet wilde geloven. Hij moest haar in elk geval een kans geven om tekst en uitleg te geven voor hij haar veroordeelde. Dat was hij haar verplicht.

Hij had geen idee wanneer hij eindelijk in slaap was gevallen, maar om halfvijf 's morgens werd hij wakker op de bank. Hij wankelde naar zijn bed en sliep onmiddellijk weer in.

16
GOEDE VRIJDAG 25 MAART – STILLE ZATERDAG 26 MAART

Malin Eriksson zat bij Mikael Blomkvist op de bank en leunde achterover. Ze legde onbedachtzaam haar voeten op de salontafel, net zoals ze thuis zou hebben gedaan, en trok ze onmiddellijk weer terug. Mikael Blomkvist glimlachte vriendelijk.

'Dat mag best,' zei hij. 'Relax en doe of je thuis bent.'

Ze glimlachte naar hem en legde haar voeten weer terug.

Op Goede Vrijdag had Mikael alle kopieën van Dag Svenssons nalatenschap van de redactie van *Millennium* naar zijn huis gebracht. Hij had het materiaal op de vloer in de woonkamer gesorteerd. Op paaszaterdag hadden Malin en hij acht uur besteed aan het uitvlooien van e-mails, aantekeningen, geklieder in notitieblokken en vooral de teksten voor het komende boek.

's Morgens had Mikael bezoek gehad van zijn zus, Annika Giannini. Ze had de avondkranten bij zich met daarin grote koppen en Lisbeth Salanders pasfoto in maxiformaat op de omslag. De ene krant beperkte zich tot de inhoudelijke kwestie.

GEZOCHT WEGENS DRIEVOUDIGE MOORD

De andere krant had de kop aangedikt.

POLITIE MAAKT JACHT OP PSYCHOTISCHE MASSAMOORDENAAR

Ze hadden een uur met elkaar gesproken terwijl Mikael zijn relatie tot Lisbeth Salander had uitgelegd en had verteld waarom hij eraan twijfelde dat ze schuldig was. Als laatste had hij zijn zus gevraagd of ze eventueel Lisbeth Salander zou willen vertegenwoordigen mocht Lisbeth worden opgepakt.

'Ik heb vrouwen vertegenwoordigd in verschillende verkrachtings- en mishandelingszaken, maar ik ben niet in de eerste plaats strafpleiter,' had Annika geantwoord.

'Jij bent de slimste advocaat die ik ken en Lisbeth zal iemand nodig hebben op wie ze kan vertrouwen. Ik denk dat ze je zal accepteren.'

Annika Giannini dacht even na voordat ze aarzelend zei dat ze wel met Lisbeth Salander wilde praten, mocht dat nodig zijn.

Om één uur 's middags had inspecteur Sonja Modig gebeld en gevraagd of ze per omgaande langs kon komen om Lisbeth Salanders schoudertas op te halen. De politie had blijkbaar zijn brief aan Lisbeths adres op de Lundagatan opengemaakt en gelezen.

Modig kwam twintig minuten later en Mikael vroeg haar even naast Malin Eriksson aan de eettafel in de woonkamer plaats te nemen. Hij ging naar de keuken en haalde Lisbeths tas, die hij op de magnetron had gezet. Hij aarzelde even, maakte vervolgens de tas open en haalde de hamer en het traangaspatroon eruit. *Verduisteren van bewijsmateriaal.* Het traangaspatroon viel onder de categorie verboden wapenbezit en zou een straf opleveren. De hamer zou ongetwijfeld aanleiding geven tot bepaalde associaties over Lisbeths gewelddadige inborst. Dat was niet nodig, meende Mikael.

Hij bood Sonja Modig koffie aan.

'Mag ik een paar vragen stellen?' vroeg de inspecteur.

'Ga uw gang.'

'In uw brief aan Salander, die we op de Lundagatan hebben aangetroffen, hebt u geschreven dat u bij haar in het krijt staat. Wat bedoelt u daarmee?'

'Dat Lisbeth mij ooit een grote dienst heeft bewezen.'

'Waar ging dat om?'

'Iets zeer persoonlijks dat ik niet van plan ben te vertellen.'

Sonja Modig keek hem aandachtig aan.

'We zijn bezig met een moordonderzoek.'

'En ik hoop dat jullie dat varken dat Dag en Mia heeft vermoord zo snel mogelijk pakken.'

'U meent dat Salander onschuldig is?'

'Ja.'

'Wie verdenkt u er dan van uw vrienden te hebben doodgeschoten?'

'Ik weet het niet. Maar Dag Svensson was van plan dingen bekend te maken over diverse mensen, die ontzettend veel te verliezen hadden. Een van hen kan de schuldige zijn.'

'En waarom zou zo iemand advocaat Nils Bjurman vermoorden?'

'Dat weet ik niet. Nog niet.'

Zijn blik was overtuigd. Sonja Modig moest plotseling lachen. Ze wist dat hij de bijnaam *Kalle Blomkvist* had. Ze begreep opeens waarom.

'Maar u bent wel van plan om daarachter te komen?'

'Als dat lukt. Zeg dat maar tegen Bublanski.'

'Dat zal ik doen. En als Lisbeth Salander wat van zich laat horen, hoop ik dat u ons daarvan op de hoogte stelt.'

'Ik ga er niet van uit dat ze wat van zich laat horen en bekent dat ze die moorden heeft gepleegd, maar mocht ze dat wél doen dan zal ik alles in het werk stellen om haar over te halen haar strijd op te geven en naar de politie te gaan. Ik zal in dat geval eveneens op alle manieren proberen haar bij te staan, ze zal een vriend nodig hebben.'

'En als ze zegt dat ze onschuldig is?'

'Dan hoop ik dat zij licht kan werpen op wat er is gebeurd.'

'Meneer Blomkvist, even onder ons en zonder de zaak op te blazen, ik hoop wel dat u inziet dat Lisbeth Salander moet worden opgepakt en dat u niets doms doet als ze wat van zich laat horen. Als u het mis hebt en ze schuldig is, kunt u in levensgevaar verkeren als u de situatie niet serieus neemt.'

Mikael knikte.

'Ik hoop dat we u niet hoeven te bewaken. U bent zich er hopelijk van bewust dat het strafbaar is om iemand die wordt gezocht te helpen. In dat geval riskeert u een straf voor het in bescherming nemen van een misdadiger.'

'En ik hoop dat u een paar minuten besteedt aan het nadenken over alternatieve daders.'

'Dat zullen we doen. Volgende vraag. Hebt u enig idee op wat voor computer Dag Svensson werkte?'

'Hij had een tweedehands Mac IBook 500, wit met een 14' beeldscherm. Hetzelfde uiterlijk als mijn laptop, maar met een grotere monitor.'

Mikael wees op zijn laptop, die op de salontafel stond.

'Hebt u enig idee waar hij die laptop meestal bewaarde?'

'Dag vervoerde hem altijd in een zwarte rugzak. Ik ga ervan uit dat die laptop bij hem thuis staat.'

'Nee, dat is niet het geval. Kan hij op zijn werkplek staan?'

'Nee. Ik heb Dags bureau doorgenomen en daar was hij niet.'

Ze zwegen even.

'Moet ik de conclusie trekken dat Dag Svenssons laptop weg is?' vroeg Mikael uiteindelijk.

Mikael en Malin hadden een aanzienlijk aantal personen geïdentificeerd die theoretisch een motief konden hebben om Dag Svensson te vermoorden. Ze hadden alle namen op een paar grote vellen papier gezet, die Mikael op de muur van de woonkamer had geplakt. De namenlijst bestond uit mannen, hoerenlopers of pooiers, die in het boek figureerden. Om acht uur 's avonds hadden ze een lijst met zevenendertig namen, waarvan negenentwintig konden worden geïdentificeerd en waarvan acht in Dag Svenssons beschrijving slechts figureerden onder pseudoniem. Twintig van de geïdentificeerde mannen waren hoerenlopers die bij verschillende gelegenheden een van de meisjes hadden misbruikt.

Ze hadden er ook over gesproken of ze Dag Svenssons boek zouden kunnen uitbrengen. Het praktische probleem bestond eruit dat een groot aantal beweringen was gebaseerd op de kennis die Dag of Mia persoonlijk had gehad en die zij hadden kunnen formuleren, maar die een scribent met minder kennis van zaken wilde verifiëren of waar hij of zij zich meer in zou willen verdiepen.

Ze constateerden dat ongeveer tachtig procent van het bestaande manuscript zonder veel problemen zou kunnen worden gepubliceerd, maar dat er behoorlijk wat research nodig zou zijn wilde *Millennium* de resterende twintig procent publiceren. Hun aarzeling had er niet mee te maken dat ze eraan twijfelden of de inhoud correct was, maar werd uitsluitend veroorzaakt door het feit dat ze onvoldoende kennis van zaken hadden over het onderwerp. Als Dag Svensson had geleefd, zouden ze het boek zonder voorbehoud hebben kunnen publiceren – dan hadden Dag en Mia eventuele bedenkingen of kritiek in ontvangst kunnen nemen en kunnen weerleggen.

Mikael keek naar buiten. Het was donker geworden en het regende. Hij vroeg of Malin nog koffie wilde. Dat wilde ze niet.

'Oké,' zei Malin. 'We hebben het manuscript onder controle. Maar we hebben geen enkel spoor van de moordenaar van Dag en Mia gevonden.'

'Het kan een van de namen op de muur zijn,' zei Mikael.

'Het kan iemand zijn die niets met het boek te maken heeft. Of het kan je vriendin zijn.'

'Lisbeth,' zei Mikael.

Malin keek hem met een steelse blik aan. Ze werkte nu achttien maanden bij *Millennium* en was tijdens de ergste chaos in verband met de Wennerström-affaire begonnen. Na jaren van invalwerk en tijdelijke contracten was haar baan bij *Millennium* haar eerste vaste aanstelling. Ze had het prima naar haar zin. Werken bij *Millennium* had status. Ze had een goede verstandhouding met Erika Berger en de overige medewerkers, maar voelde zich altijd wat ongemakkelijk in gezelschap van Mikael Blomkvist. Daar was geen duidelijke reden voor, maar van alle medewerkers ervoer ze Mikael als de meest geslotene en ontoegankelijke.

Hij was in het afgelopen jaar altijd laat gearriveerd en had veel op zijn kamer of bij Erika Berger gezeten. Hij was vaak afwezig geweest en de eerste maanden had Malin het idee gehad dat ze hem meer in een of ander praatprogramma op tv zag dan in levenden lijve op de redactie. Hij was regelmatig op reis of was schijnbaar elders bezig. Hij nodigde niet uit tot een gezellig samenzijn en uit de commentaren die ze van andere medewerkers had opgevangen, was Mikael veranderd. Hij was zwijgzamer en het was minder makkelijk dan voorheen om hem te leren kennen.

'Als ik erachter moet zien te komen waarom Dag en Mia zijn vermoord, moet ik meer weten over Salander. Ik weet niet precies waar ik moet beginnen, als ik niet ...'

Ze liet de zin in de lucht hangen. Mikael keek haar van opzij aan. Ten slotte ging hij in de gemakkelijke stoel zitten die in een hoek van negentig graden op die van haar stond en legde zijn voeten naast de hare op tafel.

'Bevalt het je bij *Millennium*?' vroeg hij onverwacht. 'Ik bedoel, je werkt al anderhalf jaar bij ons, maar ik heb zo veel rondgerend dat we elkaar eigenlijk nog niet goed hebben leren kennen.'

'Ik heb het ontzettend naar mijn zin,' zei Malin. 'Zijn jullie tevreden over mij?'

Mikael glimlachte.

'Erika en ik constateren telkens weer dat we nog nooit zo'n goede redactiesecretaris hebben gehad. Je bent voor ons een lot uit de loterij. En het spijt me dat ik dat niet eerder heb gezegd.'

Malin lachte vergenoegd. Complimenten van de grote Mikael Blomkvist waren in hoge mate welkom.

'Maar dat was eigenlijk niet wat ik bedoelde,' zei ze.

'Je hebt vragen over Lisbeth Salanders relatie tot *Millennium*.'

'Erika en jij zijn erg terughoudend met informatie.'

Mikael knikte en beantwoordde haar blik. Erika en hij vertrouwden

Malin Eriksson volkomen, maar er waren dingen die hij niet met haar kon bespreken.

'Ik ben het met je eens,' zei hij. 'Als we in de moord op Dag en Mia gaan graven, heb je meer informatie nodig. Ik ben de voornaamste bron en bovendien de schakel tussen haar en Dag en Mia. Kom maar op met je vragen, dan zal ik ze zo goed mogelijk proberen te beantwoorden. En als ik geen antwoord kan geven, zeg ik dat ook.'

'Waarom al die geheimzinnigheid? Wie is Lisbeth Salander en wat heeft ze met *Millennium* te maken?'

'Het zit zo. Ik heb Lisbeth Salander twee jaar geleden in de arm genomen als researcher voor een extreem gecompliceerde klus. En dat is het probleem. Ik kan niet vertellen wat Lisbeth voor werk voor mij heeft gedaan. Erika weet waar het over gaat en heeft geheimhoudingsplicht.'

'Twee jaar geleden ... dat was voordat je Wennerström ontmaskerde. Moet ik ervan uitgaan dat ze in dat verband onderzoek heeft gedaan?'

'Nee, daar moet je niet van uitgaan. Ik zal dat niet bevestigen, maar evenmin ontkennen. Maar ik kan je wel zeggen dat ik Lisbeth voor iets heel anders in de arm had genomen en dat ze fantastisch werk heeft verricht.'

'Goed, je woonde toen in Hedestad en leefde naar wat ik heb gehoord als een kluizenaar. En Hedestad bleef die zomer niet onopgemerkt door de media. Harriët Vanger was uit de dood opgestaan, bijvoorbeeld. Vreemd genoeg hebben wij bij *Millennium* met geen woord gerept over Harriëts herrijzenis.'

'Zoals gezegd, ik zeg niets. Je mag gokken zoveel je wilt maar de waarschijnlijkheid dat je goed gokt, acht ik nagenoeg nihil.' Hij glimlachte. 'En dat we niet over Harriët hebben geschreven, komt doordat ze in ons bestuur zit. We laten andere media haar screenen. En voor wat betreft Lisbeth: je kunt me op mijn woord geloven als ik zeg dat wat ze voor mij heeft gedaan absoluut niets te maken heeft met wat er in Enskede is gebeurd. Er is gewoon geen enkel verband.'

'Oké.'

'Laat me je één advies geven. Gok niet. Trek geen conclusies. Constateer alleen dat ze voor mij heeft gewerkt en dat ik niet kan vertellen waar het over ging. Laat me ook zeggen dat ze iets anders voor me heeft gedaan. Ze heeft mijn leven gered. Letterlijk. Ik sta diep bij haar in de schuld.'

Malin fronste verbaasd haar wenkbrauwen. Daar had ze bij *Millennium* niets over gehoord.

'Dat betekent dat je haar dus goed kent, als ik het goed begrijp.'

'Voor zover je iemand als Lisbeth Salander überhaupt kunt kennen, denk ik wel,' antwoordde Mikael. 'Ze is vermoedelijk de meest gesloten persoon die ik ooit heb ontmoet.'

Mikael stond plotseling op en keek naar buiten, de donkere nacht in.

'Ik weet niet of jij ook wilt, maar ik ga een wodka-lime voor mezelf inschenken,' zei hij uiteindelijk.

Malin glimlachte.

'Oké. Liever dat dan nog meer koffie.'

Dragan Armanskij besteedde het paasweekend in zijn huisje op Blidö aan nadenken over Lisbeth Salander. Zijn kinderen waren groot en hadden ervoor gekozen het weekend niet met hun ouders door te brengen. Zijn vrouw Ritva, met wie hij al vijfentwintig jaar was getrouwd, had weinig moeite om te merken dat hij bij tijd en wijle ver weg was. Hij was verzonken in een zwijgend gepeins en gaf afwezig antwoord als hem wat werd gevraagd. Elke dag nam hij de auto en reed hij naar de kruidenierswinkel om de kranten te kopen. Hij zat voor het raam bij de veranda de artikelen over de jacht op Lisbeth Salander te lezen.

Dragan Armanskij was teleurgesteld in zichzelf. Hij was teleurgesteld dat hij Lisbeth Salander zo ontzettend verkeerd had ingeschat. Dat ze psychische problemen had, wist hij al jaren. De gedachte dat ze gewelddadig kon worden en iemand die haar bedreigde kon verwonden, was hem niet vreemd. Dat ze haar toezichthouder had aangevallen, die ze ongetwijfeld had gezien als iemand die haar op de huid zat en zich te veel met haar bemoeide, was op zeker intellectueel niveau begrijpelijk. Pogingen om haar leven te sturen, vatte ze immers op als provocerend en mogelijk als vijandelijke aanvallen.

Maar hij kon niet begrijpen waarom ze naar Enskede was afgereisd en twee personen had doodgeschoten die volgens alle beschikbare bronnen volslagen vreemden voor haar waren.

Dragan Armanskij verwachtte voortdurend dat er een link tussen Salander en het stel in Enskede bekend zou worden; dat een van hen met haar van doen had gehad of dat een van hen op dusdanige wijze had geageerd dat ze woedend was geworden. Maar over een dergelijke link werd in de kranten niet gerept, daar werd alleen gespeculeerd dat de geesteszieke Lisbeth Salander een inzinking moest hebben gehad.

Hij belde twee keer naar inspecteur Bublanski om te horen of er vorderingen waren, maar ook de onderzoeksleider kon geen ander verband tussen Salander en Enskede leggen dan Mikael Blomkvist. Daar liep het onderzoek vast. Mikael Blomkvist kende Salander en het paar in Enskede, maar er was geen enkel bewijs dat Lisbeth op haar beurt Dag Svensson en Mia Bergman had gekend of ook maar van hen had gehoord. Het onderzoek verliep daardoor moeizaam. Als het moordwapen met haar vingerafdrukken niet was gevonden en er geen onweerlegbare link naar haar eerste slachtoffer, advocaat Bjurman was geweest, zou de politie in het duister tasten.

Malin Eriksson maakte even een sanitaire stop en keerde weer terug naar de kamer.

'Laten we de boel samenvatten,' zei ze. 'Onze taak is te bepalen of Lisbeth Salander Dag en Mia heeft vermoord, zoals de politie beweert. Ik heb geen idee waar we moeten beginnen.'

'Zie het als graafwerk. We gaan geen politieonderzoek doen, maar we moeten het politieonderzoek wel goed in de gaten houden en erachter zien te komen wat zij weten. Net als welke andere klus dan ook, met dat verschil dat we niet noodzakelijkerwijs alles wat we te weten komen, gaan publiceren.'

'Maar als Salander de moordenaar is, moet er een verband zijn tussen haar en Dag en Mia. En de enige schakel ben jij.'

'En ik ben in dit geval helemaal geen schakel. Ik heb Lisbeth al meer dan een jaar niet ontmoet. Ik weet niet eens hoe ze van hun bestaan zou moeten af weten.'

Mikael zweeg opeens. In tegenstelling tot alle anderen, wist hij dat Lisbeth Salander een hacker van wereldklasse was. Hij bedacht opeens dat zijn iBook vol zat met correspondentie tussen Dag Svensson en hem en verschillende versies van Dags boek, en dat er bovendien een elektronische kopie van Mia Bergmans proefschrift in zat. Hij wist niet of Lisbeth Salander zijn computer checkte of niet, maar door zijn computer had ze erachter kunnen komen dat hij Dag Svensson kende.

Het probleem was echter dat Mikael zich geen enkel motief kon voorstellen waarom Lisbeth naar Enskede zou afreizen en Dag en Mia zou doodschieten. Integendeel, Dag en Mia werkten aan een reportage over geweld tegen vrouwen, en dat was iets wat Lisbeth Salander op alle manieren zou hebben aangemoedigd, als Mikael haar een beetje kende.

'Je kijkt alsof je ergens op bent gekomen,' zei Malin.

Mikael was niet van plan om iets over Lisbeths talenten in de computerbranche te zeggen.

'Nee, het duizelt me gewoon een beetje.'

'Nu wordt ze niet alleen verdacht van de moord op Dag en Mia, maar ook op die van haar curator, en daar is het verband overduidelijk. Wat weet jij over hem?'

'Helemaal niets. Ik heb nooit van advocaat Bjurman gehoord en wist niet eens dat ze een toezichthouder had.'

'Maar het is onwaarschijnlijk dat iemand anders ze alle drie zou hebben vermoord. Ook al zou iemand Dag en Mia op basis van hun story hebben vermoord, dan is er geen enkele reden te bedenken om Lisbeth Salanders curator te doden.'

'Ik weet het en ik pieker me suf. Maar ik zou me één scenario kunnen voorstellen waarbij een buitenstaander Dag en Mia én Lisbeths curator zou kunnen vermoorden.'

'Welk dan?'

'Laten we zeggen dat Dag en Mia werden vermoord omdat ze in de sekshandel hadden gewroet en dat Lisbeth daar op de een of andere manier als derde partij bij betrokken was geraakt. Als Bjurman Lisbeths toezichthouder was, kan het zo zijn dat ze hem in vertrouwen had genomen en dat hij daardoor getuige was geworden of ergens kennis van had gekregen wat ertoe heeft geleid dat hij ook is vermoord.'

Malin dacht even na.

'Ik begrijp wat je bedoelt,' zei ze aarzelend. 'Maar je kunt die theorie op geen enkele wijze onderbouwen.'

'Nee, helemaal niet.'

'Wat denk je zelf. Is ze schuldig of niet?'

Mikael dacht een hele tijd over het antwoord na.

'Als ik het zo zeg – is ze in staat om te moorden? – dan is het antwoord: ja. Lisbeth Salander heeft een gewelddadig karakter. Ik heb haar in actie gezien toen ...'

'Toen ze jou het leven redde?'

Mikael knikte.

'Ik kan niet vertellen waar het over ging. Maar er was een man die mij wilde vermoorden. Hij was daar bijna in geslaagd. Zij kwam tussenbeide en heeft hem enorm toegetakeld met een golfclub.'

'En daarvan heb je niets aan de politie verteld?'

'Absoluut niet. Dit is onder ons.'

'Oké.'

Hij keek haar scherp aan.

'Malin, ik moet je in dit verband kunnen vertrouwen.'

'Ik zal niemand iets vertellen over wat we bespreken. Zelfs Anton niet. Je bent niet alleen mijn chef, ik mag je ook graag en ik wil je absoluut niet benadelen.'

Mikael knikte.

'Sorry,' zei hij.

'Hou op met je te verontschuldigen.'

Hij lachte en werd toen weer serieus.

'Ik ben ervan overtuigd dat, als het nodig was geweest, ze hem had vermoord om mij te verdedigen.'

'Oké.'

'Maar ik zie haar ook als volkomen rationeel. Ze is wat vreemd, ja, maar volstrekt rationeel, althans volgens haar eigen beweegredenen. Ze gebruikte geweld omdat dat noodzakelijk was, niet omdat ze daar zin in had. Om te doden, moet ze een reden hebben, ze moet extreem worden bedreigd en geprovoceerd.'

Hij dacht nog even na. Malin keek hem geduldig aan.

'Ik kan me niet uitspreken over haar toezichthouder. Ik weet geen reet van hem af. Maar ik zie haar Dag en Mia gewoon niet doodschieten. Dat geloof ik domweg niet.'

Ze zaten een hele tijd zonder wat te zeggen. Malin keek op haar horloge en constateerde dat het al halftien was.

'Het is laat. Ik moet naar huis,' zei ze.

Mikael knikte.

'We zijn de hele dag bezig geweest. Morgen kunnen we verder piekeren. Nee, laat de afwas maar staan, dat doe ik wel.'

De nacht van zaterdag op zondag, eerste paasdag, lag Armanskij naar Ritva's zachte gesnurk te luisteren. Hij kon de slaap niet vatten. Hij kon evenmin wijs worden uit het drama. Uiteindelijk stond hij op, trok zijn pantoffels en ochtendjas aan en ging naar de woonkamer. Het was kil en hij stopte een paar houtblokken in de speksteenkachel, maakte een maltbiertje open en ging naar buiten zitten kijken, over de donkere Furusundsleden.

Wat weet ik?

Dragan Armanskij kon met zekerheid bevestigen dat Lisbeth Salander gestoord en onberekenbaar was. Daar was geen twijfel over mogelijk.

Hij wist dat er in de winter van 2003 iets was gebeurd. Ze was opeens gestopt voor hem te werken en was naar het buitenland vertrokken voor haar sabbatical. Hij was ervan overtuigd dat Mikael Blomkvist op de een of andere manier bij haar afwezigheid was betrokken, maar Mikael wist ook niet wat er was gebeurd.

Ze was teruggekomen en had hem opgezocht. Ze had beweerd dat ze 'financieel onafhankelijk' was, wat Armanskij had opgevat als het hebben van genoeg geld om zich voorlopig te kunnen redden.

Ze had het voorjaar doorgebracht met het bezoeken van Holger Palmgren. Ze had geen contact gezocht met Blomkvist.

Ze had drie mensen doodgeschoten, waarvan twee ogenschijnlijk volstrekt onbekenden voor haar waren.

Dat klopt niet. De logica ontbreekt.

Armanskij nam een slok bier direct uit het flesje en stak een cigarillo op. Hij had ook een slecht geweten, wat had bijgedragen aan zijn gevoelens van onbehagen tijdens het weekend.

Toen Bublanski hem had bezocht, had hij zonder erbij na te denken zo veel mogelijk informatie verstrekt, zodat Lisbeth Salander kon worden opgepakt. Dát ze moest worden opgepakt, was voor hem vanzelfsprekend, hoe eerder hoe beter. Maar hij had zo'n slecht geweten omdat hij zo'n lage dunk van haar had dat hij zonder enige twijfel de boodschap over haar schuld had geaccepteerd. Armanskij was een realist. Als de politie kwam en beweerde dat iemand werd verdacht van moord, dan was het zeer waarschijnlijk dat dat het geval was. Dus was Lisbeth Salander schuldig.

Waar de politie echter geen rekening mee hield, was of ze wellicht een reden had voor haar daad; of er geen verzachtende omstandigheden waren of toch ten minste een redelijke verklaring voor haar dollemansdaad. Het was de taak van de politie om haar op te pakken en te bewijzen dat ze die schoten had afgevuurd, niet om in haar psyche te graven en exact te verklaren waarom. Ze waren tevreden als ze een enigszins redelijk motief voor de daden konden vinden, maar waren bij gebrek aan verklaringen bereid het geheel te bestempelen als een onbezonnen daad. Hij schudde zijn hoofd.

Die verklaring beviel Dragan Armanskij niet.

Lisbeth Salander deed nooit iets tegen haar wil en ook nooit zonder de consequenties te overdenken.

Speciaal – ja. Waanzinnig – nee.

Er moest dus een verklaring zijn, hoe obscuur en onbereikbaar deze voor een buitenstaander ook maar kon lijken.

Tegen tweeën 's morgens nam hij een besluit.

17
EERSTE PAASDAG 27 MAART – DINSDAG 29 MAART

Dragan Armanskij stond zondagmorgen na een nacht van onrustig gepieker vroeg op. Hij ging voorzichtig naar beneden zonder zijn vrouw wakker te maken, zette koffie en maakte brood. Daarna pakte hij zijn laptop en begon hij te schrijven.

Hij gebruikte hetzelfde rapportenformulier dat Milton Security voor persoonsonderzoeken gebruikte. Hij vulde het rapport in met zoveel essentiële basisgegevens als hij maar over Lisbeth Salanders persoonlijkheid kon bedenken.

Tegen negenen kwam Ritva naar beneden en nam een kop koffie. Ze vroeg wat hij aan het doen was. Hij gaf ontwijkend antwoord en ging hardnekkig door met schrijven. Ze kende haar man goed genoeg om in te zien dat hij voor die dag verloren zou zijn.

Mikael had het bij het verkeerde eind gehad, wat vermoedelijk kwam doordat het Pasen was en het hoofdbureau van politie verhoudingsgewijs onbevolkt was. Het duurde tot de morgen van eerste paasdag tot de media ontdekten dat hij degene was die Dag en Mia had gevonden. De eerste die belde, was een verslaggever van *Aftonbladet*, een oude bekende van Mikael.

'Hoi Blomkvist. Met Nicklasson.'

'Hoi Nicklasson,' zei Mikael.

'Jij hebt dat stel in Enskede gevonden, hè?'

Mikael bevestigde dat dat het geval was.

'Ik heb een bron die beweert dat ze voor *Millennium* werkten.'

'Jouw bron heeft gedeeltelijk gelijk. Dag Svensson was als freelancer bezig met een reportage voor *Millennium*. Mia Bergman niet.'

'Jezus. Dat is een prachtig verhaal.'

'Dat zal wel,' zei Mikael vermoeid.

'Waarom zijn jullie niet met iets naar buiten gekomen?'

'Dag Svensson was een goede vriend en collega. We vinden het wel zo netjes om zijn familie en die van Mia te laten weten wat er is gebeurd voordat we ergens mee naar buiten treden.'

Mikael wist dat hij op dat punt zou worden geciteerd.

'Oké. Waar was Dag mee bezig?'

'Een verhaal voor rekening van *Millennium*.'

'Waar ging dat over?'

'Wat gaan jullie bij *Aftonbladet* morgen voor scoop publiceren?'

'Het was dus een scoop.'

'Nicklasson, zak in de stront.'

'Kom op, Blomman. Denk je dat die moorden iets te maken hadden met die story waar Dag Svensson mee bezig was?'

'Als je me nog één keer Blomman noemt, hang ik op en praat ik dit jaar niet meer met je.'

'Sorry. Denk je dat Dag Svensson is vermoord vanwege zijn werk als onderzoeksjournalist?'

'Ik heb geen idee waarom Dag is vermoord.'

'Had de story waar hij aan werkte met Lisbeth Salander te maken?'

'Nee, niet in het minst.'

'Weet jij of Dag die gestoorde Salander kende?'

'Nee.'

'Dag heeft vroeger ontzettend veel teksten geschreven over computercriminaliteit. Was hij met zoiets voor *Millennium* bezig?'

Je geeft het niet op, dacht Mikael. Hij stond op het punt Nicklasson te vragen naar de hel te lopen toen hij zich plotseling bedacht en rechtop in bed ging zitten. Hij kreeg twee parallelle ingevingen. Nicklasson zei nog iets.

'Wacht even, Nicklasson. Blijf hangen. Ik ben zo terug.'

Mikael stond op en hield zijn hand op de microfoon. Hij bevond zich plotseling op een heel andere planeet.

Sinds de moorden had Mikael zijn hersenen gepijnigd met de vraag hoe hij een manier kon vinden om met Lisbeth Salander in contact te komen. Het was zeer waarschijnlijk dat ze zou lezen wat hij zei, waar ze zich ook bevond. Als hij ontkende dat hij haar kende, zou ze dat kunnen interpreteren alsof hij haar in de steek had gelaten of had afgeschreven. Als hij haar verdedigde, zouden anderen dat zien alsof hij meer over de moorden wist dan hij had verteld. Maar als hij zich op de juiste wijze zou uitspreken, kon dat betekenen dat Lisbeth een prikkel kreeg om contact met hem op te nemen. Die gelegenheid was te goed om hem onbenut te laten. Hij moest iets zeggen. *Maar wat?*

'Sorry, daar ben ik weer. Wat zei je?'

'Ik vroeg of Dag Svensson over computercriminaliteit schreef.'

'Als je iets wilt om me te citeren, dan kan dat.'

'Ga je gang.'

'Maar dan moet je me exact citeren.'

'Hoe moet ik je anders citeren?'

'Die vraag wil ik liever niet beantwoorden.'

'Wat wil je gezegd hebben?'

'Ik mail het je over een kwartier.'

'Hè?'

'Kijk over een kwartier in je mail,' zei Mikael en hij brak het gesprek af.

Hij ging naar zijn bureau en startte zijn iBook en Word op. Daarna dacht hij twee minuten geconcentreerd na voordat hij begon te schrijven.

> Hoofdredacteur Erika Berger van Millennium is diep geschokt door de moord op freelancejournalist en medewerker Dag Svensson. Ze hoopt dat de moorden snel worden opgelost.
> Mikael Blomkvist, verantwoordelijk uitgever van Millennium, was degene die zijn collega en diens vriendin in de nacht van woensdag op donderdag jl. heeft gevonden.
> 'Dag Svensson was een ontzettend goede journalist en iemand die ik erg graag mocht. Hij had diverse ideeën voor reportages. Hij werkte onder andere aan een grote reportage over computercriminaliteit', zegt Mikael Blomkvist tegen Aftonbladet.
> Mikael Blomkvist en Erika Berger willen niet speculeren over wie er schuldig is aan de moorden en wat het achterliggende motief zou kunnen zijn.

Daarna pakte Mikael zijn telefoon en belde hij Erika Berger.

'Hé, Ricky, je bent net geïnterviewd door *Aftonbladet*.'

'O.'

Hij las snel de korte citaten voor.

'Waarom?' vroeg Erika.

'Omdat elk woord waar is. Dag werkt al tien jaar als freelancer en een van zijn specialiteiten was computerveiligheid. Ik heb het er diverse malen met hem over gehad en we hebben ook overwogen om een tekst van hem te publiceren als we klaar waren met dat verhaal over trafficking.'

Hij zweeg vijf seconden.

'Ken jij nóg iemand die is geïnteresseerd in vragen over het ongeoorloofd binnendringen in computersystemen?' vroeg hij.

Erika Berger zweeg tien seconden. Toen zag ze in wat Mikael probeerde te doen.

'Slim, Micke. Ontzettend slim. Oké. *Go for it.*'

Nicklasson belde een minuut nadat hij Mikaels e-mail had ontvangen terug.

'Dat is niet echt een citaat.'

'Dat is alles wat je krijgt, en dat is meer dan enige andere krant. Of je plaatst het hele citaat, óf je plaatst helemaal niets.'

Zo gauw Mikael zijn mail naar Nicklasson had gestuurd, ging hij weer achter zijn bureau zitten. Hij dacht even na en schreef vervolgens een brief aan Lisbeth.

Lieve Lisbeth,
Ik schrijf deze brief en laat hem op mijn harde schijf staan in de wetenschap dat je hem vroeg of laat zult lezen. Ik herinner me nog goed hoe je twee jaar geleden Wennerströms harde schijf hebt gekraakt en verdenk je ervan dat je de mijne toen ook meteen hebt meegenomen. Het is inmiddels duidelijk dat je niets met mij te maken wilt hebben. Helaas weet ik nog steeds niet waarom je met mij hebt gebroken, maar ik ben niet van plan het te vragen en je hoeft ook geen tekst en uitleg te geven.
Helaas, of je het nu wilt of niet, hebben de gebeurtenissen van de afgelopen dagen ons weer samengebracht. De politie beweert dat jij in koelen bloede twee mensen hebt vermoord die me erg dierbaar waren. Dat deze mensen bloedig zijn afgeslacht, weet ik helaas maar al te goed, want ik was degene die Dag en Mia een paar minuten nadat ze waren neergeschoten heb gevonden. Het probleem is dat ik niet geloof dat jij degene was, die ze heeft vermoord. Dat hoop ik althans. Als jij, zoals de politie beweert, een psychotische moordenaar bent, dan betekent dat dat ik je óf totaal verkeerd heb beoordeeld óf dat je het afgelopen jaar dramatisch bent veranderd. En als jij niet de moordenaar bent, betekent dat dat de politie achter de verkeerde persoon aan zit.
In deze situatie zou ik je vermoedelijk moeten aansporen de zaak op te geven en je aan te geven bij de politie. Ik denk echter dat ik tegen dovemansoren spreek. Maar de realiteit is dat jouw situatie onhoudbaar is en dat je vroeg of laat zult worden gepakt. Als je wordt opgepakt, heb je een vriend nodig. Als je niets met mij te maken wilt hebben, heb ik een zus.

Ze heet Annika Giannini en is advocaat. Ik heb met haar gesproken en ze is bereid jou te vertegenwoordigen als je contact met haar opneemt. Je kunt haar vertrouwen.
Van de kant van Millennium *zijn we begonnen met een eigen onderzoek waarom Dag en Mia zijn vermoord. Wat ik nu aan het doen ben, is een lijst samenstellen van personen die goede redenen hadden om Dag Svensson de mond te snoeren. Ik weet niet of ik op het juiste spoor zit, maar ik zal die lijst één voor één afwerken.*
Mijn probleem is dat ik niet begrijp hoe advocaat Nils Bjurman in beeld komt. Hij komt nergens in Dags materiaal voor en ik zie geen enkele link tussen hem en Dag en Mia.
Help me alsjeblieft. Wat is het verband?
Mikael
PS Je moet een andere pasfoto laten maken. Deze is weinig flatteus.

Hij dacht even na en noemde het document vervolgens 'Aan Sally'. Daarna maakte hij een map aan die hij 'Lisbeth Salander' noemde en die hij volledig zichtbaar op het bureaublad van zijn iBook liet staan.

Op dinsdagmorgen riep Dragan Armanskij aan de ronde vergadertafel op zijn kantoor bij Milton Security een vergadering bijeen. Hij nodigde drie personen uit.

Johan Fräklund, 62, en voormalig inspecteur bij de recherche van Solna, was hoofd van de operationele eenheid bij Milton. Fräklund had de overkoepelende verantwoordelijkheid voor de planning en analyse. Armanskij had hem tien jaar geleden uit de overheidsdienst gerekruteerd en was Fräklund gaan beschouwen als een van de absoluut meest geslepen krachten van het bedrijf.

Armanskij riep ook Sonny Bohman, 48, en Niklas Eriksson, 29, bij zich. Ook Bohman was een voormalig politieman. Hij was in de jaren tachtig opgevoed bij de ME van Norrmalm en was overgeplaatst naar Geweld, waar hij tientallen schokkende onderzoeken had geleid. Ten tijde van de Laserman, begin jaren negentig, was Bohman een van de vele sleutelfiguren geweest, en in 1997 was hij na enige overreding en de belofte van een aanzienlijk hoger salaris naar Milton overgestapt.

Niklas Eriksson werd gezien als een *rookie*. Hij was opgeleid aan de politieacademie, maar had vlak voordat hij examen zou doen te horen gekregen dat hij een aangeboren hartafwijking had, die niet alleen een vrij grote operatie vergde, maar die ook inhield dat Erikssons toekomstige politiecarrière de grond in werd geboord.

Fräklund, die een collega was geweest van Erikssons vader, was naar Armanskij toe gekomen met het voorstel om hem een kans te geven. Omdat er op de analyse-eenheid een functie vacant was, had Armanskij de rekrutering goedgekeurd. Hij had geen spijt gehad. Eriksson werkte nu al vijf jaar bij Milton. In tegenstelling tot diverse andere medewerkers op de operationele afdeling had Eriksson geen praktijkervaring, hij was daarentegen een scherpzinnige, intellectuele kracht.

'Goedemorgen allemaal, ga zitten en lees dit door,' zei Armanskij.

Hij deelde drie mappen uit met daarin een vijftigtal pagina's gekopieerde krantenartikelen over de jacht op Lisbeth Salander en een drie pagina's lange samenvatting van haar achtergrond. Armanskij had tweede paasdag doorgebracht met het samenstellen van het dossier. Eriksson was als eerste klaar met lezen en legde de map terzijde. Armanskij wachtte tot Bohman en Fräklund ook klaar waren.

'Ik neem aan dat geen van de heren de koppen in de avondkranten het afgelopen weekend heeft gemist,' zei Dragan Armanskij.

'Lisbeth Salander,' zei Fräklund somber.

Sonny Bohman schudde zijn hoofd.

Niklas Eriksson keek met een ondoorgrondelijke blik en een enigszins bezorgde glimlach de ruimte in.

Dragan Armanskij keek het trio met een onderzoekende blik aan.

'Een van onze werkneemsters,' zei hij. 'Hoe goed hebben jullie haar leren kennen in de jaren dat ze hier heeft gewerkt?'

'Ik heb een keer geprobeerd een geintje met haar uit te halen,' zei Niklas Eriksson, terwijl hij moest lachen. 'Dat was geen succes. Ik dacht dat ze mijn hoofd eraf zou bijten. Ze was een extreme chagrijn met wie ik ten hoogste tien woorden heb gewisseld.'

'Ze was vrij introvert,' moest Fräklund toegeven.

Bohman haalde zijn schouders op. 'Ze spoorde niet en was bijzonder vervelend om mee van doen te hebben. Ik wist wel dat ze gek was, maar niet dat ze zó gestoord was.'

Dragan Armanskij knikte.

'Ze ging haar eigen weg,' zei hij. 'Ze was niet zo gemakkelijk in de omgang. Maar ik heb haar in de arm genomen omdat ze de beste researcher was die ik ooit ben tegengekomen. Haar prestaties waren altijd boven verwachting hoog.'

'Dat heb ik nooit begrepen,' zei Fräklund. 'Ik kon niet begrijpen hoe ze zo ontzettend competent kon zijn en tegelijkertijd zo hopeloos asociaal.'

Ze knikten alle drie.

‘De verklaring is natuurlijk te vinden in haar psychische gesteldheid,’ zei Armanskij en hij wees op een van de mappen. ‘Ze stond onder toezicht.’

‘Daar had ik geen idee van,’ zei Eriksson. ‘Ik bedoel, ze had geen bordje op haar rug waarop stond dat ze niet toerekeningsvatbaar was. En jij hebt nooit wat gezegd.’

‘Nee,’ moest Armanskij toegeven. ‘Omdat ik vond dat ze niet nog verder gestigmatiseerd hoefde te worden dan ze al was. Alle mensen moeten een kans krijgen.’

‘Het resultaat van dat experiment hebben we gezien in Enskede,’ zei Bohman.

‘Wellicht,’ zei Armanskij.

Armanskij aarzelde even. Hij wilde zijn zwak voor Lisbeth niet toegeven tegenover de drie experts die hem nu met een verwachtingsvolle blik aankeken. Ze hadden tijdens het gesprek een vrij neutrale toon aangeslagen, maar Armanskij wist ook dat ze alle drie een gruwelijke hekel aan Lisbeth Salander hadden, evenals de andere medewerkers bij Milton Security. Hij mocht niet als zwak of verward overkomen. Het was dus zaak de kwestie uit de doeken te doen op een manier die een zeker enthousiasme en een zekere professionaliteit opriep.

‘Ik heb voor het eerst besloten een deel van de middelen van Milton te benutten voor een puur interne aangelegenheid,’ zei hij. ‘Het mag geen onredelijke uitgavenpost in het budget worden, maar ik wil jullie, Bohman en Eriksson, vrijmaken van jullie gewone taken. Jullie opdracht wordt, als ik me in algemene bewoordingen uitdruk, “de waarheid over Lisbeth Salander aan het licht brengen”.’

Bohman en Eriksson keken Armanskij aarzelend aan.

‘Ik wil dat jij, Fräklund, het onderzoek leidt. Ik wil weten wat er is gebeurd en wat Lisbeth Salander ertoe heeft aangezet haar toezichthouder en het paar in Enskede om het leven te brengen. Er moet een redelijke verklaring zijn.’

‘Sorry, maar dit klinkt als een zuiver politiële opdracht,’ bracht Fräklund ertegen in.

‘Zeer zeker,’ antwoordde Armanskij onmiddellijk. ‘Maar wij hebben een zeker voordeel in verhouding tot de politie. Wij kenden Lisbeth Salander en hebben inzicht in hoe ze functioneert.’

‘Tja,’ zei Bohman met aarzeling in zijn stem. ‘Ik geloof niet dat iemand hier bij de firma Salander kende of ook maar enig idee had wat er in dat hoofdje van haar omging.’

'Dat doet er niet toe,' antwoordde Armanskij. 'Salander heeft voor Milton Security gewerkt. Ik vind dat wij een zekere verantwoordelijkheid hebben om de waarheid boven tafel te krijgen.'

'Salander heeft al, wat is het ... bijna twee jaar niet voor ons gewerkt,' zei Fräklund. 'Wat zij allemaal verzint, is toch eigenlijk onze zaak helemaal niet? En ik geloof ook niet dat de politie het op prijs stelt als we ons met een politieonderzoek gaan bemoeien.'

'Juist wel,' zei Armanskij. Dit was zijn troef en het was zaak deze goed uit te spelen.

'Hoe bedoel je?' vroeg Bohman.

'Ik heb gisteren een paar lange gesprekken met de leider van het vooronderzoek gevoerd, officier van justitie Ekström, en met inspecteur Bublanski, die het onderzoek leidt. Ekström staat door de situatie onder druk. Dit is geen doorsnee-afrekening in het criminele circuit maar een gebeurtenis met een enorm mediapotentieel, waarbij een advocaat, een criminologe en een journalist zijn geëxecuteerd. Ik heb gezegd dat, omdat de hoofdverdachte een voormalige medewerkster van Milton Security is, wij ook besloten hebben om een onderzoek naar deze zaak in te stellen.'

Armanskij laste een pauze in voor hij verderging.

'Ekström en ik zijn het erover eens dat het op dit moment het belangrijkst is dat Lisbeth Salander zo snel mogelijk wordt opgepakt voordat ze zichzelf of anderen nog meer leed berokkent,' zei hij. 'Omdat wij een betere persoonskennis van haar hebben dan de politie, kunnen wij een bijdrage leveren aan het onderzoek. Ekström en ik hebben dus afgesproken dat jullie twee, hij wees op Bohman en Eriksson, naar Kungsholmen gaan en je aansluiten bij het team van Bublanski.'

Ze keken Armanskij alle drie verbaasd aan.

'Sorry voor de domme vraag, maar wij zijn tegenwoordig burgers,' zei Bohman. 'Laat de politie ons echt zonder meer tot een moordonderzoek toe?'

'Jullie werken onder Bublanski, maar rapporteren ook aan mij. Jullie krijgen volledig inzicht in het onderzoek. Al het materiaal dat wij hebben en alles wat jullie vinden gaat naar hem. Voor de politie betekent het alleen dat het team van Bublanski gratis versterking krijgt. En jullie zijn geen gewone burgers. Jullie, Fräklund en Bohman, hebben jarenlang bij de politie gewerkt voordat jullie hier kwamen en zelfs jij, Eriksson, hebt de politieacademie gedaan.'

'Maar dat is tegen de principes ...'

'Helemaal niet. De politie schakelt bij onderzoeken vaak civiele consultants in. Bij een lustmoord kunnen dat psychologen zijn, bij onderzoeken waar buitenlanders bij zijn betrokken, tolken. Jullie worden toegevoegd als burgerconsultants met speciale kennis over de hoofdverdachte.'

Fräklund knikte langzaam.

'Oké. Milton sluit zich aan bij het onderzoek van de politie en probeert ertoe bij te dragen dat Salander wordt opgepakt. Nog meer?'

'Eén ding: jullie opdracht van de kant van Milton is het vaststellen van de waarheid. Niets anders. Ik wil weten of Salander deze drie mensen heeft doodgeschoten, en in dat geval: waarom?'

'Is er dan twijfel over mogelijk dat ze schuldig is?' vroeg Eriksson.

'De aanwijzingen die de politie heeft, zijn zeer belastend voor haar. Maar ik wil weten of het verhaal nog een andere dimensie heeft. Of er een medeplichtige is die we niet kennen en die het wapen wellicht heeft vastgehouden, of dat er andere omstandigheden zijn.'

'Ik denk dat het lastig zal zijn om bij een drievoudige moord verzachtende omstandigheden te vinden,' zei Fräklund. 'In dat geval moeten we ervan uitgaan dat de mogelijkheid bestaat dat ze volkomen onschuldig is. En dat geloof ik niet.'

'Ik ook niet,' moest Armanskij toegeven. 'Maar het is jullie taak om de politie op alle manieren bij te staan en ertoe bij te dragen dat ze zo snel mogelijk wordt gepakt.'

'Budget?' vroeg Fräklund.

'Lopend. Ik wil voortdurend op de hoogte worden gehouden van wat dit kost en wordt het onredelijk dan stoppen we ermee. Maar we kunnen ervan uitgaan dat jullie hier ten minste een week fulltime aan werken.'

Hij aarzelde weer even.

'Ik ben degene die Salander het best kent. Dat betekent dat jullie mij kunnen beschouwen als een van de figuranten en dat ik een van de personen zou moeten zijn die jullie gaan verhoren,' zei hij ten slotte.

Sonja Modig liep gestrest door de gang en kwam net op het moment dat er niet meer met de stoelen geschoven werd de verhoorkamer binnen. Ze ging naast Bublanski zitten, die het hele onderzoeksteam inclusief de leider van het vooronderzoek bijeen had geroepen. Hans Faste keek haar geïrriteerd aan en ging daarna over op de introductie; hij was degene die de bijeenkomst had georganiseerd.

Hij was verder gaan graven in het jarenlange gesteggel tussen de bureaucratische jungle van de sociale zorginstellingen en Lisbeth Salander, het zogenaamde 'psychopaatspoor', zoals hij het zelf uitdrukte, en had een omvangrijke hoeveelheid materiaal weten te vergaren. Hij schraapte zijn keel.

'Dit is doctor Peter Teleborian, afdelingshoofd van de kinderpsychiatrische kliniek St. Stefans in Uppsala. Hij is zo vriendelijk geweest om naar Stockholm te komen om het onderzoek bij te staan met zijn kennis over Lisbeth Salander.'

Sonja Modig verplaatste haar blik naar Peter Teleborian. Hij was klein van stuk, had bruin, krullend haar, een bril met een stalen montuur en een sikje. Hij droeg vrijetijdskleding; een beige ribjasje, een spijkerbroek en een licht, gestreept overhemd met de bovenste knoopjes los. Hij had een scherp gezicht en een jongensachtig uiterlijk. Sonja had Peter Teleborian weleens eerder gezien maar nog nooit met hem gesproken. Toen ze in het laatste jaar van de politieacademie zat, had hij een lezing gegeven over psychische stoornissen en ook had hij een keer gesproken over psychopaten en psychopathisch gedrag onder jongeren. Dat was tijdens een bijscholingscursus geweest. Ze had hem ook een keer gehoord toen ze als toehoorder bij een rechtszaak tegen een serieverkrachter had gezeten, waarbij hij was opgeroepen als getuige deskundige. Na jarenlang te hebben deelgenomen aan het openbare debat, was hij een van de bekendste psychiaters van het land. Hij had zich geprofileerd met een felle kritiek op de bezuinigingen in de geestelijke gezondheidszorg, die ertoe hadden geleid dat psychiatrische ziekenhuizen werden gesloten en dat mensen die onmiskenbaar in geestelijke nood verkeerden gewoon aan hun lot werden overgelaten, voorbestemd om te eindigen als daklozen en bijstandstrekkers. Na de moord op minister van Buitenlandse Zaken Anna Lindh, had Teleborian deel uitgemaakt van de commissie die onderzoek deed naar het verval van de geestelijke gezondheidszorg.

Peter Teleborian knikte de aanwezigen toe en schonk Ramlösa in een plastic bekertje.

'Maar eens kijken waarmee ik u kan helpen,' zei hij voorzichtig. 'Ik heb er een hekel aan om in dergelijk verband voorspellingen te doen die later uit blijken te komen.'

'Voorspellingen?' vroeg Bublanski.

'Ja. Dat is ironisch. Dezelfde avond dat de moorden in Enskede werden gepleegd, zat ik in een debatprogramma op tv en hadden we het over de tijdbom die ergens in onze samenleving tikt. Het is verschrikkelijk. Het was niet zo dat ik Lisbeth Salander toen in gedachten had, maar ik gaf een aantal voorbeelden, geanonimiseerd natuurlijk, van patiënten die in een inrichting zouden moeten zitten in plaats van vrij rond te lopen. Ik schat in dat de politie alleen al dit jaar zeker een half dozijn moorden of doodslagen zal moeten onderzoeken waarbij de dader tot deze – qua aantal vrij beperkte – groep patiënten behoort.'

'En u meent dat Lisbeth Salander een van deze gekken is?' vroeg Hans Faste.

'De woordkeus "gek" is niet helemaal correct. Maar, ja, zij behoort tot de clientèle die door de maatschappij in de steek is gelaten. Zij is zonder twijfel een van deze beschadigde individuen die ik niet in de maatschappij had losgelaten, als ik had mogen beslissen.'

'U bedoelt dat ze had moeten worden opgesloten voordat ze een misdrijf zou begaan?' vroeg Sonja Modig. 'Dat is niet helemaal verenigbaar met de principes van de rechtsstaat.'

Hans Faste fronste zijn wenkbrauwen en wierp haar een geïrriteerde blik toe. Sonja Modig vroeg zich af waarom Faste voortdurend zijn stekels naar haar leek op te zetten.

'U hebt volkomen gelijk,' zei Teleborian en schoot haar daarmee indirect te hulp. 'Het is niet verenigbaar met de rechtsstaat zoals die er op dit moment uitziet. Het is een voortdurend balanceren tussen het respect voor het individu en het respect voor de potentiële slachtoffers die een geestesziek iemand kan maken. Het ene geval is het andere niet en iedere patiënt moet van geval tot geval worden bekeken. Er worden binnen de geestelijke gezondheidszorg ook fouten gemaakt en er worden mensen losgelaten die eigenlijk niet op straat thuishoren.'

'Nu hoeven we ons in dit verband misschien niet te verdiepen in de sociale politiek,' zei Bublanski voorzichtig.

'U hebt gelijk,' zei Teleborian. 'Het gaat hier om een specifiek geval. Maar laat mij wel zeggen dat het belangrijk is dat u begrijpt dat Lisbeth Salander een ziek iemand is met behoefte aan gezondheidszorg, net als een patiënt met kiespijn of een hartkwaal. Ze kan beter worden en ze had beter kunnen zijn als ze de zorg had gekregen die ze nodig had toen ze nog behandelbaar was.'

'U was dus haar arts,' zei Hans Faste.

'Ik ben een van de vele personen die met Lisbeth Salander te maken heeft gehad. Ze was in haar vroege tienertijd mijn patiënte en ik was een van de artsen die haar heeft beoordeeld in verband met het besluit om haar op haar achttiende onder curatele te stellen.'

'Wat kunt u over haar vertellen?' vroeg Bublanski. 'Wat kan haar ertoe hebben aangezet naar Enskede af te reizen en twee voor haar volstrekt onbekende mensen te vermoorden en wat kan ertoe hebben geleid dat ze haar toezichthouder heeft vermoord?'

Peter Teleborian moest lachen.

'Nee, dat kan ik u niet vertellen. Ik heb haar ontwikkeling al jaren niet gevolgd en ik weet niet in welke graad van psychose ze zich momenteel bevindt. Maar ik kan u wel zeggen dat ik eraan twijfel of het paar in Enskede onbekenden voor haar waren.'

'Waarom denkt u dat?' vroeg Hans Faste.

'Een van de zwakke punten in de behandeling van Lisbeth Salander is dat er nooit een volledige diagnose van haar is gesteld. Dat komt doordat ze niet ontvankelijk was voor behandeling. Ze heeft altijd geweigerd antwoord te geven op vragen of deel te nemen aan enige vorm van therapeutische behandeling.'

'Dus u weet in feite niet of ze ziek is of niet?' vroeg Sonja Modig. 'Ik bedoel dat er geen diagnose is.'

'Zie het als volgt,' zei Peter Teleborian. 'Ik kreeg Lisbeth Salander vlak voor ze dertien werd. Ze was psychotisch, had dwanggedachten en leed duidelijk aan achtervolgingswaanzin. Ik had haar twee jaar als patiënte tijdens haar gedwongen opname bij St. Stefans. De oorzaak voor deze gedwongen opname was dat ze gedurende haar hele jeugd een bijzonder gewelddadig karakter tegenover haar klasgenoten, leraren en kennissen had vertoond. Ze was diverse malen op het matje geroepen voor mishandeling. Maar het geweld was in alle bekende gevallen gericht tegen personen in haar kennissenkring, dat wil zeggen tegen iemand die iets had gezegd of gedaan wat zij als persoonlijke schending beschouwde. Er is geen voorbeeld bekend dat ze ooit een volstrekt onbekende heeft aangevallen. Daarom denk ik dat er een verband is tussen haar en het paar in Enskede.'

'Behalve de aanval in de metro toen ze zeventien was,' zei Hans Faste.

'In dat geval is wel duidelijk geworden dat zij degene was die werd aangevallen en dat het zelfverdediging was,' zei Teleborian. 'De persoon om wie het toen ging, was een bekende zedendelinquent. Maar het is ook een goed voorbeeld van haar manier van handelen. Ze had weg kunnen lopen of bescherming bij andere passagiers in de wagon kunnen zoeken. Maar ze koos ervoor diegene ernstig te mishandelen. Als ze zich bedreigd voelt, reageert ze met geweld.'

'Wat is er eigenlijk mis met haar?' vroeg Bublanski.

'Zoals gezegd, hebben we geen echte diagnose van haar. Ik zou zeggen dat ze leidt aan schizofrenie en voortdurend op de rand van een psychose balanceert. Ze heeft geen empathie en kan in veel gevallen worden beschreven als een sociopaat. Ik moet zeggen dat het verrassend is dat ze zich sinds haar achttiende zo goed heeft weten te handhaven. Ze heeft acht jaar in de maatschappij vertoefd, zij het onder een toezichthouder, zonder in contact te zijn gekomen met de politie. Maar haar prognose ...'

'Haar prognose?'

'Ze heeft de afgelopen jaren geen behandeling gehad. Ik denk dat de ziekte die we tien jaar geleden wellicht hadden kunnen behandelen en genezen nu een vast deel van haar persoonlijkheid vormt. Ik voorspel dat als ze wordt opgepakt, ze niet tot gevangenisstraf zal worden veroordeeld. Ze heeft hulp nodig.'

'Hoe hééft de rechtbank kunnen beslissen om haar een vrijkaartje voor de maatschappij te geven?' mompelde Hans Faste.

'Dat moet worden gezien als een combinatie van twee factoren: ze had een advocaat die goed van de tongriem gesneden was en het was een resultaat van de voortdurende liberalisatie en bezuinigingen. Het was hoe dan ook een beslissing waartegen ik me heb verzet toen ik door de gerechtelijke arts werd geconsulteerd. Maar ik had niets in te brengen.'

'Maar een dergelijke prognose als waarover u spreekt, moet een gissing zijn,' zei Sonja Modig. 'Ik bedoel ... u weet eigenlijk niet wat er sinds haar achttiende met haar is gebeurd.'

'Het is meer dan een gissing. Het is mijn ervaring.'

'Heeft ze suïcidale neigingen?' vroeg Sonja Modig.

'U bedoelt of ze zelfmoord zou kunnen plegen? Nee, dat betwijfel ik. Ze is eerder een egomanische psychopate. Het draait allemaal om haar. Alle andere mensen in haar omgeving doen er niet toe.'

'U hebt gezegd dat ze kan reageren met geweld,' zei Hans Faste. 'Ze kan met andere woorden als gevaarlijk worden beschouwd?'

Peter Teleborian keek hem lange tijd aan. Vervolgens boog hij zijn hoofd en wreef hij over zijn voorhoofd voordat hij antwoord gaf.

'U kunt zich niet voorstellen hoe moeilijk het is om exact te voorspellen hoe een mens zal reageren. Ik wil niet dat het slecht voor Lisbeth Salander afloopt als jullie haar oppakken ... maar tja, in haar geval zou ik ervoor proberen te zorgen dat een aanhouding zo voorzichtig mogelijk plaatsvindt. Als ze gewapend is, is de kans groot dat ze niet zal aarzelen om dat wapen te gebruiken.'

18
DINSDAG 29 MAART – WOENSDAG 30 MAART

De drie parallelle onderzoeken naar de moorden in Enskede schreden voort. Het onderzoek van agent Bubbel had de voordelen van de rijksoverheid. Op het eerste gezicht leek de oplossing binnen handbereik te liggen; ze hadden een verdachte en een moordwapen dat aan de verdachte was gelinkt. Ze hadden een onbetwistbare koppeling aan het eerste slachtoffer en een mogelijke connectie via Mikael Blomkvist met de twee andere slachtoffers. Voor Bublanski was het nu eigenlijk alleen maar zaak Lisbeth Salander te vinden en haar in een van de taartpuntjes in de gevangenis van Kronoberg te zetten.

Het onderzoek van Dragan Armanskij stond formeel onder het officiële politieonderzoek, maar Armanskij had ook een eigen agenda. Zijn persoonlijke doel was de belangen van Lisbeth Salander op de een of andere manier te bewaken, om de waarheid te vinden en het liefst een waarheid in de vorm van een verzachtende omstandigheid.

Het onderzoek van *Millennium* was het lastigst. Het magazine beschikte niet over de middelen waarover de politie en de organisatie van Armanskij konden beschikken. In tegenstelling tot de politie was Mikael Blomkvist niet erg geïnteresseerd in het vinden van een redelijk motief waarom Lisbeth Salander naar Enskede was gegaan en twee van zijn vrienden had vermoord. Ergens tijdens het paasweekend had hij besloten dat hij dat verhaal gewoon niet geloofde. Als Lisbeth Salander op de een of andere manier bij de moorden betrokken was, moesten er totaal andere redenen zijn dan die in het officiële onderzoek werden aangegeven; dat iemand anders het wapen had vastgehouden of dat er iets was gebeurd wat buiten Lisbeth Salanders macht lag.

Niklas Eriksson was zwijgzaam tijdens de taxirit van Slussen naar Kungsholmen. Hij was van zijn stuk gebracht doordat hij nu eindelijk, en zonder waarschuwing vooraf, in een echt politieonderzoek was beland. Hij gluurde naar Sonny Bohman, die het overzicht van Armanskij nogmaals door zat te lezen. Toen glimlachte hij bij zichzelf.

De opdracht had hem een volkomen onverwachte mogelijkheid geboden om een ambitie te verwezenlijken waar Armanskij en Sonny Bohman geen enkele weet van hadden. Plotseling was hij in een positie gekomen Lisbeth Salander terug te pakken. Hij hoopte dat hij ertoe kon bijdragen dat ze werd opgepakt. Hij hoopte dat ze zou worden veroordeeld tot levenslange gevangenisstraf.

Dat Lisbeth Salander niet erg populair was bij Milton Security was algemeen bekend. De meeste medewerkers die ooit met haar te maken hadden gehad, hadden haar ervaren als een plaag. Maar Bohman en Armanskij hadden er geen idee van hoe een ontzettende hekel Niklas Eriksson aan Lisbeth Salander had.

Het leven was onrechtvaardig geweest voor Niklas Eriksson. Hij zag er goed uit. Hij was een man in zijn beste jaren. Hij was bovendien intellectueel begaafd. Toch was hij voor eeuwig uitgesloten van alle mogelijkheden om dát te worden wat hij altijd had gewild, namelijk politieman. Zijn probleem was een microscopisch klein gaatje in zijn hartzakje dat een ruis veroorzaakte en inhield dat de wand in een van de kamers was verzwakt. Hij was geopereerd en de zaak was verholpen, maar met een hartafwijking was hij voor eens en voor altijd een tweederangs burger geworden.

Toen hij de mogelijkheid had gehad om bij Milton Security te beginnen, had hij ja gezegd, maar zonder enig enthousiasme. Hij beschouwde Milton als een afvoerputje voor ex-politiemensen die bijvoorbeeld te oud waren geworden en het tempo niet meer konden bijbenen. Hij was een van degenen die was afgewezen, in zijn geval buiten zijn eigen toedoen.

Toen hij bij Milton begon, was een van zijn eerste taken de operationele eenheid bij te staan met een veiligheidsanalyse voor de beveiliging van een internationaal bekende, oudere zangeres die werd bedreigd door een wat al te enthousiaste bewonderaar die tevens een ontsnapte psychiatrische patiënt was. De klus was een deel van zijn inwerkperiode bij Milton Security geweest. De zangeres woonde helemaal alleen in een villa in Södertörn, in het zuiden van de provincie Stockholm, en Milton had bewakingsapparatuur en een alarm geïnstalleerd, en er was een tijdje een lijfwacht aanwezig geweest. De enthousiaste bewonderaar had op een avond laat geprobeerd binnen te komen. De lijfwacht had de persoon in kwestie snel tegen de grond gewerkt en de indringer was vervolgens veroordeeld voor bedreiging en insluiping, en naar het gekkenhuis teruggebracht.

Niklas Eriksson was gedurende twee weken diverse malen in de villa in Södertörn geweest, samen met andere medewerkers van Milton. Hij ervoer de oudere zangeres als een snobistisch en afstandelijk mens dat hem slechts verbaasd had aangekeken toen hij zijn charmes had getoond. Ze zou dankbaar moeten zijn dat een bewonderaar zich haar überhaupt nog kon herinneren!

Hij verachtte de manier waarop het personeel van Milton voor haar kroop. Maar hij had natuurlijk niets gezegd over zijn gevoelens.

Op een middag vlak voordat de bewonderaar werd gepakt, hadden de zangeres en twee medewerkers van Milton zich bij een klein zwembad aan de achterkant van het huis bevonden, terwijl hijzelf binnen was om foto's te maken van ramen en deuren die eventueel moesten worden versterkt. Hij was van kamer naar kamer gegaan en was bij haar slaapkamer gekomen. Plotseling had hij de verleiding niet kunnen weerstaan om een ladekast open te maken. Hij had een tiental fotoalbums gevonden uit haar bloeiperiode in de jaren zeventig en tachtig, toen ze met haar band op wereldtournee was geweest. Hij had ook een doos gevonden met zeer persoonlijke foto's van de zangeres. De foto's waren relatief onschuldig, maar konden met wat fantasie worden bestempeld als 'erotische studies'. *Jezus, wat een lelijk wijf.* Hij had vijf van de meest gewaagde foto's ontvreemd; ze waren blijkbaar genomen door een of andere minnaar en om privéredenen bewaard.

Hij had afdrukken van de foto's gemaakt en de originelen teruggelegd. Daarna had hij maanden gewacht voordat hij ze aan een Engelse tabloid had verkocht. Hij had er 9.000 pond voor gekregen. De foto's hadden sensationele krantenkoppen opgeleverd.

Hij wist nog steeds niet hoe Lisbeth Salander het voor elkaar had gekregen. Maar kort nadat de foto's waren gepubliceerd, had ze hem opgezocht. Zij wist dat hij de foto's had verkocht. Ze had gedreigd het tegen Dragan Armanskij te zeggen als hij ooit nog eens zoiets zou doen. Ze zou hem hebben ontmaskerd als ze haar beweringen had kunnen documenteren, maar dat kon ze blijkbaar niet. Maar vanaf die dag had hij het gevoel gehad dat ze hem in de gaten hield. Hij zag haar varkensoogjes overal zo gauw hij zich omdraaide.

Hij had zich in het nauw gedreven en gefrustreerd gevoeld. De enige manier om terug te slaan, was haar geloofwaardigheid te ondermijnen door bij te dragen aan het geroddel in de koffiekamer. Maar zelfs dat was niet erg succesvol geweest. Hij durfde zich niet te onderscheiden omdat ze om de een of andere onbegrijpelijke reden onder bescherming van Armanskij stond. Hij vroeg zich af wat voor greep ze op de algemeen directeur van Milton had, of dat die oude snoeperd haar misschien in het geheim neukte. Niemand bij Milton was erg gecharmeerd van Lisbeth Salander, maar voor Armanskij had het personeel des te meer respect en ze accepteerden om die reden haar eigenaardige aanwezigheid. Hij had het opgevat als een immense opluchting dat ze steeds meer naar de periferie was verdwenen en uiteindelijk bij Milton was gestopt.

Nu zag hij een mogelijkheid om het haar betaald te zetten. Dit was eindelijk zonder risico. Ze kon hem overal van beschuldigen, niemand zou haar geloven. Zelfs Armanskij zou een pathologisch zieke moordenaar niet geloven.

Inspecteur Bublanski zag Hans Faste samen met Bohman en Eriksson van Milton Security de lift uit komen. Faste had de nieuwe medewerkers in de veiligheidssluis mogen ophalen. Bublanski was niet onverdeeld blij met de gedachte buitenstaanders toegang te moeten verschaffen tot een moordonderzoek, maar de beslissing was door zijn superieuren genomen. En ach, Bohman was in elk geval een echte diender met veel ervaring. En Eriksson had de politieacademie gedaan, en kon dus ook geen volstrekte idioot zijn. Bublanski wees op de vergaderkamer.

De jacht op Lisbeth Salander was de zesde dag ingegaan en het was tijd voor een evaluatie. Officier Ekström was niet aanwezig. De groep bestond uit de inspecteurs Sonja Modig, Hans Faste, Curt Svensson en Jerker Holmberg, versterkt door vier collega's van de opsporingseenheid van de rijksrecherche. Bublanski begon met het voorstellen van de nieuwe medewerkers van Milton Security en vroeg of een van hen iets wilde zeggen. Bohman schraapte zijn keel.

'Het is alweer een tijdje geleden dat ik hier voor het laatst was, maar sommigen van jullie kennen mij en weten dat ik jarenlang bij de politie heb gewerkt voordat ik naar het bedrijfsleven ben overgestapt. De reden dat wij hier zijn, is dat Salander gedurende een aantal jaren voor ons heeft gewerkt en wij een zekere verantwoordelijkheid voelen. Onze taakomschrijving is om op alle mogelijke manieren te proberen ertoe bij te dragen dat Salander zo snel mogelijk wordt opgepakt. Wij beschikken over enige persoonskennis over haar. We zijn hier dus niet om het onderzoek te bemoeilijken of om jullie te hinderen bij je werk.'

'Hoe was ze om mee te werken?' vroeg Faste.

'Ze was niet bepaald iemand die je in je hart sloot,' antwoordde Niklas Eriksson. Hij zweeg toen Bublanski zijn hand opstak.

'We zullen de details tijdens de vergadering nog uitgebreid doornemen. Maar laten we de zaken in de juiste volgorde bespreken, zodat we grip krijgen op waar we nu staan. Na deze vergadering moeten jullie twee naar officier van justitie Ekström om een verklaring van geheimhouding te ondertekenen. Maar we beginnen bij Sonja.'

'Het is frustrerend. Een paar uur na de moord was er al een doorbraak en konden we Salander identificeren. We hebben haar woning gevonden, dat wil zeggen, wat we dachten dat haar woning was. Daarna, geen spoor. We hebben zo'n dertig meldingen gekregen dat ze gezien is, maar tot nu toe zijn die allemaal vals gebleken. Ze lijkt in rook te zijn opgegaan.'

'Dat is onbegrijpelijk,' zei Curt Svensson. 'Ze heeft een specifiek uiterlijk en tatoeages, en zou dus niet zo lastig te vinden moeten zijn.'

'De politie in Uppsala is gisteren met getrokken wapens uitgerukt na een tip. Ze hebben een veertienjarige jongen, die als twee druppels water op Salander leek, omsingeld en hem de stuipen op het lijf gejaagd. Zijn ouders waren diep geschokt.'

'Het zit ons tegen dat we jacht maken op iemand die eruitziet als een veertienjarige. Ze kan met groepen jongeren versmelten.'

'Maar met alle aandacht in de media zou iemand toch iets gezien moeten hebben,' zei Svensson. 'Ze komt deze week in *Opsporing verzocht*, dus we moeten maar afwachten of dat tot iets nieuws leidt.'

'Dat denk ik niet, aangezien ze al op de voorpagina van alle Zweedse kranten heeft gestaan,' zei Hans Faste.

'Dat betekent dat we wellicht in andere richtingen moeten gaan denken,' zei Bublanski.

'Ze kan naar het buitenland zijn vertrokken, maar het meest waarschijnlijke is dat ze zich ergens schuilhoudt.'

Bohman stak zijn hand op. Bublanski knikte hem toe.

'Het beeld dat we van haar hebben, is dat ze geen suïcidale neigingen vertoont. Ze is een strateeg en plant haar zetten. Ze doet niets zonder de consequenties te analyseren. Dat is in elk geval de mening van Dragan Armanskij.'

'Dat is ook de beoordeling die haar vroegere psychiater heeft gegeven. Maar we wachten nog even met de karakteristiek,' zei Bublanski.

'Vroeg of laat moet ze zich toch bewegen. Jerker, wat heb jij gevonden?'

'Nu zal ik jullie eens wat laten horen,' zei Jerker Holmberg. 'Ze heeft al jaren een bankrekening bij de Handelsbank. Dat is het geld dat ze opgeeft aan de belastingdienst. Of liever gezegd, wat advocaat Bjurman opgaf aan de belastingdienst. Een jaar geleden stond er ruim 100.000 kronen op die rekening. In het najaar van 2003 heeft ze het hele bedrag opgenomen.'

'Toen had ze contant geld nodig. Volgens Armanskij is ze toen gestopt bij Milton Security,' zei Bohman.

'Kan zijn. De rekening stond ruim twee weken op nul. Maar daarna heeft ze het geld weer op die rekening teruggestort.'

'Ze dacht dat ze het geld ergens voor nodig zou hebben, maar heeft het niet gebruikt en heeft het weer teruggestort?'

'Dat klinkt redelijk. In december 2003 heeft ze de rekening gebruikt voor het betalen van een aantal rekeningen, onder andere de huur voor een jaar vooruit. Het totaal slonk tot 70.000 kronen. Daarna is de rekening niet aangeraakt, afgezien van een storting van ruim 9.000 kronen. Ik heb het gecheckt, dat was de erfenis van haar moeder.'

'Oké.'

'In maart heeft ze die erfenis opgenomen, het exacte bedrag was 9.312 kronen. Dat is de enige keer dat ze die rekening heeft aangeraakt.'

'Maar waar leeft ze dan van?'

'Luister. In januari heeft ze een nieuwe rekening geopend. Nu bij de SEB-bank. Ze heeft een bedrag ingelegd van twee miljoen kronen.'

'Hè?'

'Waar kwam dat geld vandaan?' vroeg Modig.

'Het geld werd naar haar rekening overgeboekt door een bank op de Kanaaleilanden.'

Alle aanwezigen zwegen.

'Ik begrijp er niets van,' zei Sonja Modig na een tijdje.

'Dat is dus geld dat ze niet opgeeft?' vroeg Bublanski.

'Inderdaad, maar dat hoeft ze technisch gezien ook niet te doen vóór volgend jaar. Het vreemde is alleen dat dat bedrag niet in de boeken van Bjurman voorkomt. Hij brengt maandelijks verslag uit van haar economische situatie.'

'Dus, óf hij wist er niets van, óf ze speelden onder één hoedje. Jerker, wat staat er in het technisch rapport?'

'Ik heb gisteravond verslag uitgebracht aan de vooronderzoeksleider. Dit is wat we weten. Eén. We kunnen Salander binden aan beide moordplaatsen. We hebben haar vingerafdrukken gevonden op het moordwapen in Enskede en op de scherven van een kapot koffiekopje. We wachten nog op antwoord van DNA-proeven die zijn genomen, maar er is geen twijfel over mogelijk dat zij in die flat is geweest.'

'Goed.'

'Twee. We hebben haar vingerafdrukken op de doos van het wapen in de flat van advocaat Bjurman gevonden.'

'Goed.'

'Drie. We hebben eindelijk een getuige die haar aan de plek van de moord in Enskede bindt. Een sigarenboer heeft laten weten dat Lisbeth Salander op de avond van de moord in zijn winkel is geweest en een pakje Marlboro Light heeft gekocht.'

'En daar komt hij nu mee, dagen nadat we het publiek om informatie hebben gevraagd?'

'Hij was weg met Pasen, net als alle anderen. Hoe dan ook,' Jerker Holmberg wees op een kaart, 'die sigarenwinkel ligt hier op de hoek, ruim 190 meter van de plaats des onheils. Ze kwam vlak voor sluitingstijd binnen, om 22.00 uur. Hij kon een perfecte beschrijving van haar geven.'

'Tatoeage op haar hals?' vroeg Curt Svensson.

'Dat wist hij niet zeker. Hij meent dat hij een tatoeage heeft gezien. Maar hij heeft absoluut opgemerkt dat ze een piercing in haar wenkbrauw had.'

'Wat nog meer?'

'Niet zoveel meer qua technisch bewijs. Maar hier komen we een heel eind mee.'

'Faste, die flat op de Lundagatan.'

'We hebben haar vingerafdrukken, maar ik geloof niet dat ze daar woont. We hebben alles ondersteboven gehaald, maar alles lijkt eigendom te zijn van Miriam Wu. Zij is pas in februari van dit jaar in het contract bijgeschreven.'

'Wat weten we over haar?'

'Ze heeft een blanco strafblad. Beruchte lesbienne. Ze treedt op in shows en dergelijke op de Gay Pride. Doet alsof ze sociologie studeert en is mede-eigenaar van een pornowinkel op de Tegnérgatan. Domino Fashion.'

'Pornowinkel?' vroeg Sonja Modig met gefronste wenkbrauwen.

Ze had tot grote vreugde van haar man eens een sexy lingeriesetje bij Domino Fashion gekocht. Wat ze onder geen enkele voorwaarde van plan was aan die kerels in de vergaderkamer te vertellen.

'Tja, ze verkopen handboeien en hoerenkleding en dergelijke. Heb je nog een zweepje nodig?'

'Dat is dus geen pornowinkel, maar een modezaak voor mensen die van spannend ondergoed houden,' zei ze.

'Eén pot nat.'

'Ga door,' zei Bublanski geïrriteerd. 'We hebben geen spoor van Miriam Wu?'

'Geen enkel.'

'Ze kan het weekend weg zijn,' opperde Sonja Modig.

'Of Salander heeft haar ook om zeep geholpen,' bedacht Faste. 'Misschien wil ze schoon schip maken onder haar kennissen.'

'Miriam Wu is dus lesbisch. Moeten we de conclusie trekken dat Salander en zij een stel zijn?'

'Ik denk dat we vrij stellig de conclusie kunnen trekken dat er een seksuele relatie is,' zei Curt Svensson. 'Ik baseer die bewering op diverse feiten. Ten eerste hebben we Salanders vingerafdrukken in en om het bed in de flat aan de Lundagatan aangetroffen. We hebben haar vingerafdrukken ook gevonden op een stel handboeien, dat blijkbaar als seksspeeltje is gebruikt.'

'Dan kan ze de handboeien die ik voor haar in petto heb vast ook wel waarderen,' zei Hans Faste.

Sonja Modig kreunde.

'Ga door,' zei Bublanski.

'We hebben een tip binnengekregen dat Miriam Wu bij Kvarnen stond te flikflooien met een meisje met Salanders signalement. Dat was ruim twee weken geleden. De tipgever beweert dat hij weet wie Salander is en dat hij haar eerder bij Kvarnen is tegengekomen, maar dat ze daar het laatste jaar niet is geweest. Ik heb het nog niet kunnen checken met het personeel. Zal ik vanmiddag doen.'

'In haar dossier van de sociale zorginstellingen staat niets over dat ze lesbisch zou zijn. Als tiener smeerde ze hem vaak bij haar pleegouders en versierde ze kerels in de kroeg. Ze is diverse malen opgepakt in gezelschap van oudere mannen.'

'Dat zegt niets als ze de hoer speelde,' zei Hans Faste.

'Wat weten we over haar kennissenkring? Curt?'

'Haast niets. Ze is sinds haar achttiende niet in contact geweest met de politie. Ze kent Dragan Armanskij en Mikael Blomkvist, dat weten we. Ze kent Miriam Wu natuurlijk ook. Dezelfde bron die tipte dat zij en Wu bij Kvarnen waren gesignaleerd, zegt ook dat ze daar vroeger

vaak was met een groep meiden genaamd Evil Fingers.'
'Evil Fingers? En wat is dat?' vroeg Bublanski.
'Iets occults. Schoolden samen en hingen de beest uit.'
'Zeg niet dat Salander ook nog zo'n verdomde sataniste is,' zei Bublanski. 'De media gaan uit hun dak.'
'Een groep lesbische satanisten,' stelde Faste behulpzaam voor.
'Hans, jouw visie op vrouwen stamt uit de middeleeuwen,' zei Sonja Modig. 'Zelfs ík heb van de Evil Fingers gehoord.'
'O ja?' vroeg Bublanski verrast.
'Dat was een meidenrockband eind jaren negentig. Geen supersterren, maar ze waren een tijdje een beetje bekend.'
'Dus hardrockende, lesbische satanisten,' zei Hans Faste.
'Oké, nou ophouden met dat gezeur,' zei Bublanski. 'Hans, Curt en jij gaan uitzoeken wie er lid waren van die Evil Fingers en gaan met ze praten. Heeft Salander meer kennissen?'
'Niet veel, afgezien van haar vroegere voogd, Holger Palmgren. Maar die ligt in een verpleeghuis na een beroerte en is er blijkbaar slecht aan toe. Ik kan in alle eerlijkheid zeggen dat ik geen kennissenkring heb gevonden. Nu weten we niet waar Salander echt woont, dus we hebben ook geen adresboek, maar ze lijkt weinig vrienden te hebben.'
'Geen mens kan als een spook rondlopen zonder sporen in de maatschappij achter te laten. Wat denken we van Mikael Blomkvist?'
'We hebben hem niet direct in de gaten gehouden, maar we hebben hem gedurende het weekend een paar keer gebeld,' zei Faste. 'Voor het geval Salander zou opduiken. Hij is van zijn werk naar huis gegaan en is in het weekend schijnbaar niet buiten geweest.'
'Ik geloof niet dat hij wat met die moord te maken heeft,' zei Sonja Modig. 'Zijn verhaal houdt stand en hij kan alles wat hij die avond heeft gedaan verantwoorden.'
'Maar hij kent Salander. Hij is de link tussen haar en het paar in Enskede. En bovendien hebben we zijn getuigenverklaring dat twee mannen Salander een week voor die moorden zouden hebben overvallen, dat wil zeggen, een overvaller en een chauffeur. Wat moeten we daarvan denken?' vroeg Bublanski.
'Buiten Blomkvist is er geen enkele getuige van die overval ... als die al heeft plaatsgevonden,' zei Faste.
'Jij denkt dat Blomkvist fantaseert of liegt?'
'Geen idee. Maar het hele verhaal komt vrij onwaarschijnlijk over. Een volwassen kerel zou dus niet op kunnen tegen een meisje van zo'n veertig kilo.'

'Waarom zou Blomkvist liegen?'

'Misschien om de aandacht van Salander af te leiden.'

'Maar er klopt iets niet. Blomkvist heeft immers de theorie gelanceerd dat dat stel in Enskede is vermoord vanwege dat boek waar Dag Svensson mee bezig was.'

'Gelul,' zei Faste. 'Het is Salander. Waarom zou iemand haar toezichthouder vermoorden om Dag Svensson de mond te snoeren? En wie ... een politieman?'

'Als Blomkvist met zijn theorie naar buiten treedt, zullen we dat politiespoor te pas en te onpas tegenkomen,' zei Curt Svensson.

Ze knikten.

'Goed,' zei Sonja Modig. 'Waarom heeft ze Bjurman doodgeschoten?'

'En wat betekent die tatoeage?' vroeg Bublanski en hij wees op de foto van Bjurmans buik.

IK BEN EEN SADISTISCH VARKEN, EEN KLOOTZAK EN EEN VERKRACHTER.

De groep zweeg even.

'Wat zeggen de artsen?' vroeg Bohman.

'Die tatoeage is tussen de een en de drie jaar oud. Het heeft iets te maken met de mate van doorbloeding van de huid,' zei Sonja Modig.

'We kunnen wel aannemen dat Bjurman die tatoeage niet vrijwillig heeft laten zetten.'

'Nee, je hebt er wel gekken tussen, maar dit zal toch geen standaardmotief onder tatoeage-enthousiastelingen zijn.'

Sonja Modig zwaaide met haar wijsvinger.

'De patholoog zegt dat die tatoeage er verschrikkelijk uitziet, en dat heb ik ook kunnen constateren. Hij is dus uitgevoerd door een amateur. De naald is niet op alle punten even diep ingebracht en het is een enorm grote tatoeage op een zeer gevoelig deel van het lichaam. Het moet een bijzonder pijnlijke procedure zijn geweest, die haast kan worden gelijkgesteld met grove mishandeling.'

'Bjurman heeft nooit aangifte gedaan bij de politie,' zei Faste.

'Als iemand zo'n boodschap op mijn buik had aangebracht, zou ik ook niet naar de politie gaan,' zei Curt Svensson.

'En dan nog iets,' zei Sonja Modig. 'Dat zou eventueel de boodschap in de tatoeage kunnen versterken, dat Bjurman een sadistisch varken was.'

Ze deed een map met uitgeprinte foto's open en deelde er een paar rond.

'Ik heb alleen een staalkaart geprint. Maar dit vond ik in een map op Bjurmans harde schijf. Het zijn foto's die zijn gedownload van internet. De computer bevat ruim tweeduizend van dergelijke foto's.'

Faste floot en hield een foto omhoog van een vrouw die in een zeer oncomfortabele houding was vastgebonden.

'Dat is misschien iets voor Domino Fashion of Evil Fingers,' zei hij.

Bublanski gebaarde geïrriteerd dat Faste zijn mond moest houden.

'Hoe moeten we dit zien?' vroeg Bohman.

'Die tatoeage is ruim twee jaar oud,' zei Bublanski. 'Dat is de tijd dat Bjurman plotseling ziek werd. De patholoog heeft niet aangegeven dat Bjurman iets ernstigers had dan hoge bloeddruk en ook uit zijn dossier blijkt niets anders. We kunnen dus aannemen dat er een verband bestaat.'

'Salander is dat jaar veranderd,' zei Bohman. 'Ze stopte plotseling met werken voor Milton en verdween naar het buitenland.'

'Moeten we aannemen dat er daar ook een verband ligt? Als de boodschap op Bjurmans buik correct is, had Bjurman dus iemand verkracht. Salander ligt erg voor de hand. Dat zou in dat geval een goed motief voor moord kunnen zijn.'

'Er zijn natuurlijk ook andere manieren om dat te interpreteren,' zei Hans Faste. 'Ik kan me een scenario voorstellen waarbij Salander en die Chinese een soort escortservice met bdsm-inslag aanbieden. Bjurman kan zo'n gek zijn geweest die erop geilde slaag te krijgen van kleine meisjes. Hij kan in een soort onderdanige positie tot Salander hebben gestaan, waarbij er wat mis is gegaan.'

'Maar dat verklaart niet waarom ze naar Enskede is gegaan.'

'Als Dag Svensson en Mia Bergman van plan waren de sekshandel te ontmaskeren, zouden ze over Salander en Wu kunnen zijn gestruikeld. Er kunnen voor Salander motieven zijn geweest om de moorden te plegen.'

'Dat zijn alleen maar speculaties,' zei Sonja Modig.

Ze spraken nog een uur met elkaar en bespraken in die tijd ook het feit dat Dag Svenssons laptop ontbrak. Toen ze pauzeerden voor de lunch was iedereen gefrustreerd. Het onderzoek werd gekenmerkt door meer vraagtekens dan ooit.

Erika Berger belde Magnus Borgsjö, bestuursvoorzitter van *Svenska Morgon-Posten*, zo gauw ze dinsdagmorgen op de redactie kwam.

'Ik ben geïnteresseerd,' zei ze.

'Dat dacht ik wel.'

'Ik was van plan om het meteen na Pasen mee te delen. Maar zoals je begrijpt, heerst er hier op de redactie nu een grote chaos.'

'De moord op Dag Svensson. Gecondoleerd. Een vreselijk bericht.'

'Dus je begrijpt dat ik mijn vertrek op dit moment niet kan aankondigen.'

Hij zweeg even.

'We hebben een probleem,' zei Borgsjö.

'En dat is?'

'De vorige keer dat we elkaar spraken, hebben we gezegd dat je op 1 augustus zou beginnen. Maar feit is dat hoofdredacteur Håkan Morander, die je zult opvolgen, een zeer slechte gezondheid heeft. Hij heeft problemen met zijn hart en moet rustiger aan doen. Hij heeft een paar dagen geleden met zijn arts gesproken en ik heb het weekend te horen gekregen dat hij per 1 juli van plan is te stoppen. Het idee was dat hij tot het najaar zou aanblijven en dat jij in augustus en september met hem zou meelopen. Maar zoals de situatie nu is, is het crisis. Erika, we hebben je vanaf 1 mei nodig, uiterlijk 15 mei.'

'Jezus, dat is al over een paar weken.'

'Heb je nog steeds belangstelling?'

'Jawel ... maar dat betekent dat ik maar een maand heb om de boel hier bij *Millennium* op te ruimen.'

'Ik weet het. Het spijt me, Erika, maar ik moet je onder druk zetten. Maar een maand moet toch voldoende zijn om de zaken af te handelen bij een blad met maar zes werknemers?'

'Maar dan moet ik ze in een chaos achterlaten.'

'Je moet ze sowieso achterlaten. Alles wat we doen, is het tijdstip een paar weken naar voren halen.'

'Ik heb een paar voorwaarden.'

'Laat horen.'

'Ik blijf in het bestuur van *Millennium*.'

'Dat is misschien niet zo'n succes. *Millennium* is weliswaar aanzienlijk kleiner en is bovendien een maandblad, maar puur technisch gezien zijn we concurrenten.'

'Niets aan te doen. Ik zal geen bemoeienis hebben met het redactionele werk van *Millennium*, maar ik ben niet van plan mijn aandeel te verkopen. Dus blijf ik in het bestuur.'

'Oké. Dat kunnen we wel oplossen.'

Ze spraken af het bestuur de eerste week van april te ontmoeten om de details te bespreken en het contract te ondertekenen.

Mikael Blomkvist kreeg een déjà vu-gevoel toen hij de lijst met verdachten bestudeerde die Malin en hij tijdens het weekend hadden samengesteld. Het overzicht bestond uit zevenendertig personen tegen wie Dag Svensson in zijn boek hard in de aanval ging. Eenentwintig ervan waren door hem geïdentificeerde hoerenlopers.

Mikael herinnerde zich plotseling hoe hij twee jaar geleden in Hedestad op zoek was gegaan naar een moordenaar en een lijst van verdachten had gehad van maar liefst vijftig personen. Het was geen doen geweest te speculeren over wie eventueel schuldig kon zijn.

Dinsdagmorgen tegen tienen gebaarde hij Malin Eriksson naar zijn kamer op de redactie te komen. Hij deed de deur dicht en vroeg haar te gaan zitten.

Ze zaten een tijdje zwijgend koffie te drinken. Daarna schoof hij de lijst met de zevenendertig namen die ze het weekend samen hadden opgesteld naar haar toe.

'Hoe gaan we het aanpakken?'

'We gaan die lijst over tien minuten eerst met Erika doornemen. Daarna moeten we ze een voor een proberen af te vinken. Het zou kunnen dat iemand op deze lijst met de moorden van doen heeft.'

'En hoe gaan we ze afvinken?'

'Ik wil me gaan richten op die eenentwintig hoerenlopers die bij name worden genoemd. Zij hebben meer te verliezen dan de anderen. Ik ben van plan in Dags voetspoor te treden en ze een voor een te bezoeken.'

'Oké.'

'Ik heb twee klussen voor jou. Ten eerste zijn er zeven namen die niet zijn geïdentificeerd; twee hoerenlopers en vijf profiteurs. Het wordt jouw taak om ze de komende dagen te proberen te identificeren. Sommige namen komen voor in Mia's proefschrift; misschien zijn er referenties waardoor we kunnen uitzoeken hoe ze heten.'

'Oké.'

'Ten tweede weten we ontzettend weinig over Nils Bjurman, Lisbeths curator. Er heeft een overzichtelijk cv in de kranten gestaan, maar ik schat in dat de helft onjuist is.'

'Dus ik moet zijn achtergrond opgraven.'

'Precies. Alles wat je kunt vinden.'

Om vijf uur 's middags belde Harriët Vanger naar Mikael Blomkvist.

'Heb je tijd?'

'Even.'
'Dat meisje dat wordt gezocht ... dat is toch hetzelfde meisje dat jou heeft geholpen om mij op te sporen, hè?'
Harriët Vanger en Lisbeth Salander hadden elkaar nooit ontmoet.
'Ja,' antwoordde Mikael. 'Sorry dat ik geen tijd heb gehad om je bij te praten. Maar dat klopt.'
'Wat betekent dat?'
'Voor jou? Niets, hoop ik.'
'Maar zij weet alles over mij en wat er twee jaar geleden is gebeurd.'
'Ja, ze weet alles.'
Harriët Vanger zweeg aan de andere kant van de lijn.
'Harriët ... ik geloof niet dat zij het heeft gedaan. Ik moet ervan uitgaan dat ze onschuldig is. Ik vertrouw op Lisbeth Salander.'
'Als je moet geloven wat er in de kranten staat, dan ...'
'Je moet niet alles geloven wat er in de krant staat. Zo simpel is dat. Ze heeft haar woord gegeven dat ze zal zwijgen en ik denk dat ze dat de rest van haar leven ook zal doen. Volgens mij is ze ontzettend principieel.'
'En als ze dat niet doet?'
'Ik weet het niet, Harriët. Ik doe er alles aan om uit te zoeken wat er eigenlijk is gebeurd.'
'Oké.'
'Maak je niet ongerust.'
'Ik maak me niet ongerust. Maar ik wil op het ergste zijn voorbereid. Hoe voel je je, Mikael?'
'Niet om over naar huis te schrijven. We zijn al sinds die moorden zijn gepleegd in touw.'
Harriët Vanger was even stil.
'Mikael ... ik ben op dit moment in Stockholm. Ik vlieg morgen naar Australië en blijf een maand weg.'
'Zo.'
'Ik zit in hetzelfde hotel.'
'Ik weet het niet. Ik voel me extreem verdeeld. Ik moet vannacht werken en zou geen leuk gezelschap zijn.'
'Je hoeft ook geen leuk gezelschap te zijn. Kom hierheen, dan kun je je even ontspannen.'

Mikael kwam om een uur 's nachts thuis. Hij was moe en zou het liefst meteen naar bed gaan. Toch startte hij zijn computer op om zijn e-mail te checken. Er was niets interessants binnengekomen.

Hij klikte de map 'Lisbeth Salander' open en ontdekte een volstrekt nieuw document. Het document heette 'Aan MikBlom' en stond naast het document met de naam 'Aan Sally'.

Het was bijna een schok om het document plotseling in zijn computer te zien. *Ze is hier. Lisbeth Salander is in mijn computer geweest. Misschien is ze nu zelfs wel online.* Hij dubbelklikte.

Hij wist niet zeker wat hij had verwacht. Een brief. Een antwoord. Een verzekering van haar onschuld. Een verklaring. Lisbeth Salanders antwoord aan Mikael Blomkvist was frustrerend kort. Het hele bericht bestond uit één woord. Vier letters.

Zala.

Mikael staarde naar de naam.

Dag Svensson had het in zijn laatste telefoongesprek, twee uur voordat hij werd vermoord, ook over Zala gehad.

Wat wil ze hiermee zeggen? Zou Zala de link zijn tussen Bjurman en Dag en Mia? Hoe? Waarom? Wie is hij? En hoe wist Lisbeth Salander dat? Op welke wijze is zij erbij betrokken?

Hij keek onder eigenschappen in het document en constateerde dat de tekst minder dan een kwartier geleden was gemaakt. Toen moest hij opeens lachen. Het document had *Mikael Blomkvist* als auteur. Ze had het document in zijn computer gemaakt en met zijn eigen geregistreerde programma. Dat was beter dan e-mail en liet geen IP-nummer achter dat kon worden achterhaald, hoewel Mikael er vrij zeker van was dat Lisbeth Salander sowieso niet via internet zou kunnen worden opgespoord. En het bewees onbetwist dat Lisbeth Salander een *Hostile Take-over* – de uitdrukking die ze zelf gebruikte – van zijn computer had gemaakt.

Hij ging bij het raam staan en keek uit over het stadhuis. Hij kon zich niet losmaken van het gevoel dat Lisbeth Salander op dit moment naar hem keek, bijna alsof ze in de kamer was en hem door het beeldscherm van zijn iBook kon zien. Ze kon in de praktijk overal ter wereld zijn, maar hij verdacht haar ervan aanzienlijk dichterbij te zijn. Ergens op Södermalm. Binnen een straal van 1 kilometer van de plaats waar hij stond.

Hij dacht even na, ging zitten en maakte een nieuw Word-document aan dat hij 'Sally-2' noemde en op het bureaublad plaatste. Hij schreef een kernachtige boodschap.

Lisbeth,
Wat ben je toch een lastig mens. Wie is Zala, verdomme? Is hij de schakel? Weet jij wie Dag en Mia heeft vermoord – vertel het me. In dat geval kunnen we deze ellende oplossen en rustig gaan slapen. Mikael.

Ze zat in Mikael Blomkvists iBook. Het antwoord kwam binnen een minuut. Er verscheen een nieuw document in de map op zijn bureaublad, deze keer met de documentnaam 'kalle blomkvist'.

Jij bent de journalist. Zoek dat maar uit.

Mikael fronste zijn wenkbrauwen. Ze stak haar middelvinger naar hem op en gebruikte de bijnaam waarvan ze wist dat hij daar een hekel aan had. En ze gaf niet de minste leidraad. Hij klikte het document 'Sally-3' aan en zette het op het bureaublad.

Lisbeth,
Een journalist zoekt zaken uit door mensen die het weten vragen te stellen. Ik vraag jou daarom: weet jij waarom Dag en Mia zijn vermoord en wie hen heeft vermoord? Zeg het me in dat geval. Geef me iets om op af te gaan. Mikael.

Hij zat urenlang moedeloos op een volgend antwoord te wachten. Om vier uur gaf hij het op en ging hij naar bed.

19
WOENSDAG 30 MAART – VRIJDAG 1 APRIL

Op woensdag gebeurde er niets opzienbarends. Mikael gebruikte de dag om Dag Svenssons materiaal uit te vlooien op alle referenties met de naam Zala. Net als Lisbeth Salander eerder had gedaan, ontdekte hij de map 'Zala' in Dag Svenssons computer en las hij de drie documenten 'Irina P.', 'Sandström' en 'Zala' door. En evenals Lisbeth ontdekte Mikael dat Dag Svensson een politiebron genaamd Gulbrandsen had gehad. Hij slaagde erin hem bij de recherche in Södertälje op te sporen, maar toen hij belde, kreeg hij te horen dat Gulbrandsen op zakenreis was en pas maandag terug zou zijn.

Hij constateerde dat Dag Svensson behoorlijk veel tijd aan Irina P. had besteed. Hij las het sectierapport en constateerde dat de vrouw op langzame en brute wijze was vermoord. De moord had eind februari plaatsgevonden. De politie had geen aanwijzingen wie de dader was, maar omdat ze prostituee was, waren ze ervan uitgegaan dat de moordenaar onder haar klanten te vinden zou zijn.

Mikael vroeg zich af waarom Dag Svensson het document over Irina P. in de map 'Zala' had gestopt. Dat gaf aan dat hij Zala aan Irina P. koppelde, maar daar waren in de tekst geen referenties voor. Dag Svensson had met andere woorden die koppeling gemaakt in zijn hoofd.

Het document 'Zala' was zo kort dat het er eerder uitzag als wat verspreide aantekeningen. Mikael constateerde dat Zala, als hij al bestond, wel een fantoom in de criminele wereld leek. Het voelde vrij onrealistisch aan en de tekst bevatte geen bronverwijzingen.

Hij sloot het document en krabde op zijn hoofd. Het onderzoek naar de moord op Dag en Mia was aanzienlijk gecompliceerder dan hij zich had voorgesteld. En hij twijfelde voortdurend. Het probleem was dat hij eigenlijk niets had wat er eenduidig op wees dat Lisbeth níét met de moorden te maken had. Het enige waar hij op af kon gaan, was zijn eigen gevoel dat het onredelijk was dat ze naar Enskede zou zijn gegaan om twee van zijn vrienden te vermoorden.

Hij wist dat ze middelen genoeg had; ze had haar talenten als hacker benut om een astronomisch bedrag van een paar miljard kronen te stelen. Zelfs Lisbeth wist niet dat hij dat wist. Buiten het feit dat hij, met haar goedkeuring, haar talenten op computergebied aan Erika uit de doeken had moeten doen, had hij haar geheimen nooit aan een buitenstaander onthuld.

Hij wilde niet geloven dat Lisbeth Salander schuldig was aan de moorden. Hij stond bij haar zo diep in de schuld dat hij dat nooit zou kunnen terugbetalen. Ze had niet alleen zijn leven gered toen Martin Vanger op het punt stond hem te vermoorden, ze had ook zijn professionele carrière gered en vermoedelijk ook het magazine *Millennium*, door het hoofd van financieel-expert Hans Wennerström op een presenteerblaadje aan te leveren.

Zoiets schept verplichtingen. Hij voelde een grote loyaliteit ten aanzien van Lisbeth Salander. Of ze nu schuldig was of niet, hij wilde alles doen wat in zijn macht lag om haar te helpen als ze vroeg of laat zou worden opgepakt.

Maar hij moest ook toegeven dat hij niets van haar wist. De breedsprakige uitspraken over haar geestestoestand, het feit dat ze gedwongen was opgenomen in een van de meest gerenommeerde psychiatrische inrichtingen van Zweden en dat ze zelfs onder curatele was gesteld, waren zeer belastende indicaties dat er iets niet helemaal met haar in orde was. Afdelingshoofd Peter Teleborian van de psychiatrische kliniek St. Stefans in Uppsala had veel aandacht gekregen in de media. Vanwege zijn geheimhoudingsplicht had hij zich niet specifiek over Lisbeth Salander kunnen uitlaten, maar hij had wel de instorting van de zorg voor geesteszieken besproken. Hij was niet alleen een gerenommeerde autoriteit in Zweden, maar werd tevens internationaal gerespecteerd als vooraanstaand expert op het gebied van zenuwziekten. Hij was zeer overtuigend geweest en was erin geslaagd zijn sympathie met de slachtoffers en hun families over te brengen, terwijl hij eveneens duidelijk had laten doorschemeren dat Lisbeths welbevinden hem ook kon schelen.

Mikael vroeg zich af of hij contact met Peter Teleborian zou moeten opnemen en of hij hem zou kunnen overhalen hen op enige wijze te helpen. Maar hij zag ervan af. Hij nam aan dat Peter Teleborian Lisbeth nog genoeg zou kunnen helpen als ze eenmaal achter gesloten deuren zat.

Ten slotte ging hij naar de pantry en haalde hij koffie in een mok met het logo van de conservatieve politieke partij, waarna hij bij Erika Berger binnenliep.

'Ik heb een lange lijst met hoerenlopers en pooiers die ik moet interviewen,' zei hij.

Ze knikte bezorgd.

'Het zal zeker een of twee weken in beslag nemen om ze allemaal af te werken. Ze zitten overal, van Strängnäs tot Norrköping. Ik heb eigenlijk een auto nodig.'

Ze deed haar handtas open en pakte de sleutels van haar BMW.

'Is dat oké?'

'Natuurlijk. Ik ga net zo vaak met het openbaar vervoer naar hier als met de auto. En als het nodig is, kan ik altijd Gregers auto pakken.'

'Bedankt.'

'Er is één voorwaarde.'

'En die is?'

'Sommige van die figuren zijn echte rouwdouwers. Als je pooiers gaat aanklagen voor de moord op Dag en Mia, wil ik dat je dit meeneemt en altijd in de zak van je colbert hebt.'

Ze legde een busje traangas op haar bureau.

'Hoe kom je daaraan?'

'Vorig jaar gekocht in de VS. Als je daar als ongewapende vrouw 's nachts alleen rondloopt ...'

'Het zal een ongelooflijk gezeur worden als ik dat gebruik en word opgepakt voor illegaal wapenbezit.'

'Liever dat dan dat ik een necrologie over je moet schrijven. Mikael ... ik weet niet of je het doorhebt, maar soms ben ik best ongerust over je.'

'O.'

'Je neemt bepaalde risico's en bent zo stijfkoppig dat je nooit terug kunt als je een stommiteit hebt begaan.'

Mikael lachte en legde het busje traangas terug op Erika's bureau.

'Bedankt voor je bezorgdheid. Maar ik heb dat niet nodig.'

'Micke, ik sta erop.'

'Ja, ja. Maar ik heb me al voorbereid.'

Hij stak zijn hand in de zak van zijn colbert en hield een busje omhoog. Dat was het traangaspatroon dat hij in Lisbeth Salanders tas had gevonden en sindsdien bij zich droeg.

Bublanski klopte op de deur van Sonja Modigs kamer en ging op de bezoekersstoel bij haar bureau zitten.

'Dag Svenssons laptop,' zei hij.

'Heb ik ook aan zitten denken,' antwoordde ze. 'Ik heb toch dat overzicht van de laatste dag in het leven van Svensson en Bergman gemaakt. Er zijn nog steeds een paar hiaten, maar Dag Svensson is die dag niet op de redactie van *Millennium* geweest. Hij is in de stad geweest en kwam om vier uur 's middags een oude studiegenoot tegen. Dat was een toevallige ontmoeting in een café aan de Drottninggatan. De studiegenoot heeft gezegd dat Dag Svensson met zekerheid een laptop in zijn rugzak had. Hij heeft hem gezien en er zelfs nog iets over gezegd.'

'En tegen elven 's avonds, nadat hij is doodgeschoten, ontbreekt de laptop uit zijn woning.'

'Correct.'

'Wat moeten we daar voor conclusies uit trekken?'

'Hij kan ergens anders zijn geweest en om de een of andere reden zijn laptop daar hebben achtergelaten of zijn vergeten.'

'Hoe waarschijnlijk is dat?'

'Niet erg. Maar hij kan hem hebben weggebracht voor onderhoud of reparatie. En dan bestaat ook de mogelijkheid dat hij nog op een andere plek werkt die wij niet kennen. Hij heeft eerder bijvoorbeeld een bureau gehuurd bij een freelancebureau bij het St. Eriksplan.'

'Goed.'

'En dan zou het natuurlijk kunnen dat de moordenaar de laptop heeft meegenomen.'

'Volgens Armanskij is Salander erg goed met computers.'

'Ja,' knikte Sonja Modig.

'Hm. Blomkvists theorie is dat Dag Svensson en Mia Bergman zijn vermoord op basis van de research waar Svensson aan werkte. En dat zou dus in die laptop zitten.'

'We lopen wat achter. Drie moordslachtoffers leveren zoveel losse draden op die we moeten checken dat we het niet helemaal kunnen bijbenen, maar we hebben Dag Svenssons bureau bij *Millennium* nog niet echt aan een grondig onderzoek onderworpen.'

'Ik heb vanochtend met Erika Berger gesproken. Zij zegt dat ze verbaasd zijn dat we nog niet naar zijn nalatenschap zijn wezen kijken.'

'We hebben ons te veel gericht op het vinden van Salander, maar we weten nog steeds te weinig over het motief. Zou jij ...?'

'Ik heb met Berger afgesproken dat ik morgen bij *Millennium* langsga.'

'Bedankt.'

Op donderdag zat Mikael aan zijn bureau met Malin Eriksson te praten toen hij binnen op de redactie een telefoon hoorde gaan. Hij zag Henry Cortez door de openstaande deur en maakte zich niet druk om het gerinkel. Toen registreerde hij ergens in zijn achterhoofd dat het de telefoon op Dag Svenssons bureau was. Hij onderbrak zichzelf midden in een zin en vloog op.

'Stop, raak die telefoon niet aan!' brulde hij.

Henry Cortez had zijn hand net op de hoorn gelegd. Mikael rende het kantoor door. *Hoe had hij dat bureau ook alweer genoemd ...?*

'Indigo Marktonderzoek, met Mikael. Waarmee kan ik u van dienst zijn?'

'Eh ... hallo, u spreekt met Gunnar Björck. Ik heb een brief gekregen dat ik een mobiele telefoon heb gewonnen.'

'Gefeliciteerd,' zei Mikael Blomkvist. 'Het is het nieuwste model Sony Ericsson.'

'En hij kost niets?'

'Hij is helemaal gratis. Maar om hem te krijgen, moet u meedoen aan een interview. Wij doen marktonderzoeken en diepteanalyses voor verschillende bedrijven. Het onderzoek zal ongeveer een uur in beslag nemen. Als u meedoet, gaat u naar de volgende ronde en kunt u zelfs 100.000 kronen winnen.'

'Ik begrijp het. Kan dat telefonisch?'

'Helaas. Een van de onderdelen van het onderzoek is het bekijken van bepaalde bedrijfslogo's en het identificeren ervan. We zullen u ook vragen welke reclamefoto's u aanspreken en verschillende alternatieven tonen. We moeten een van onze medewerkers sturen.'

'Aha. Hoe komt het eigenlijk dat ik ben uitverkoren?'

'We doen dit soort onderzoeken een paar keer per jaar. Op dit moment richten we ons op een aantal gesettelde mannen in uw leeftijdsgroep. De persoonsnummers zijn willekeurig gekozen.'

Uiteindelijk ging Gunnar Björck ermee akkoord een medewerker van Indigo Marktonderzoek te ontvangen. Hij vertelde dat hij in de ziektewet zat en dat hij zich in een zomerhuisje op Smådalarö bevond. Hij gaf een routebeschrijving. Ze spraken af voor vrijdagochtend.

'YES!' riep Mikael toen hij had opgehangen. Hij zwaaide met zijn vuist door de lucht. Malin Eriksson en Henry Cortez keken elkaar verbaasd aan.

Paolo Roberto landde donderdagochtend om halftwaalf op Arlanda. Hij had het grootste gedeelte van de vlucht uit New York geslapen en had voor de verandering geen jetlag.

Hij had een maand in de VS doorgebracht met het praten over boksen, het kijken naar demonstratiewedstrijden en het zoeken naar impulsen voor een productie die hij aan Strix Television wilde verkopen. Hij constateerde weemoedig dat hij zijn beroepscarrière in de ijskast had gezet, na zachte dwang van zijn gezin en omdat hij gewoon te oud begon te worden. Daar was niet veel aan te doen buiten in vorm zien te blijven, wat hij deed door minstens eenmaal per week intensief te trainen. Hij was nog steeds iemand binnen de bokswereld en hij nam aan dat hij de rest van zijn leven ook wel op de een of andere manier iets met de sport zou blijven doen.

Hij haalde zijn koffer van de bagageband. Bij de douane werd hij tegengehouden en moest hij bijna zijn koffer openmaken, tot een van de douanebeambten hem herkende.

'Hallo, Paolo. Je hebt zeker alleen bokshandschoenen in je koffer, hè?'

Paolo verzekerde hem dat hij niet de minste smokkelwaar bij zich had en werd het land binnengelaten.

Hij liep naar de aankomsthal en was net op weg naar de trap naar de Arlanda Express toen hij stokstijf bleef staan en in het gezicht van Lisbeth Salander op de voorpagina's van de avondkranten staarde. Eerst begreep hij niet wat hij zag. Hij vroeg zich af of hij ondanks alles toch een jetlag had. Toen las hij de ene kop opnieuw.

DE JACHT OP LISBETH SALANDER

Hij verplaatste zijn blik naar de andere voorpagina.

EXTRA: PSYCHOPAAT OPGEJAAGD WEGENS DRIEVOUDIGE MOORD

Hij liep aarzelend de kiosk binnen en kocht beide avondkranten en de ochtendkranten. Daarna ging hij naar een cafetaria. Hij las met stijgende verbazing.

Mikael Blomkvist kwam die donderdagavond om elf uur thuis en hij voelde zich moe en neerslachtig. Hij had vroeg naar bed willen gaan om wat van zijn slaaptekort in te halen, maar kon de verleiding niet weerstaan om in te loggen op internet en zijn e-mail te checken.

Hij had niets ontvangen van enig belang, maar klikte voor de zekerheid de map 'Lisbeth Salander' open. Zijn hart ging meteen sneller kloppen toen hij een nieuw document zag getiteld 'MB2'. Hij dubbelklikte.

Officier E. lekt informatie naar de media. Vraag hem waarom hij dat bij het oude politieonderzoek niet heeft gedaan.

Mikael dacht ontsteld na over de cryptische boodschap. Wat bedoelde ze? Welk oude politieonderzoek? Hij begreep niet waar ze het over had. Dat lastige mens! Waarom moest ze elke boodschap formuleren als rebus? Na een tijdje maakte hij een nieuw document aan dat hij 'Cryptisch' noemde.

Hoi Sally. Ik ben bekaf en ben sinds die moorden constant in touw. Ik heb geen zin in raadspelletjes. Het kan zijn dat het je niets kan schelen of dat je dit niet serieus neemt. Maar ik wil weten wie mijn vrienden heeft vermoord. M.

Hij wachtte voor het scherm. Het antwoord 'Cryptisch 2' kwam een minuut later.

Wat doe je als ik het gedaan heb?

Hij antwoordde met 'Cryptisch 3'.

Lisbeth, als het inderdaad zo is dat je helemaal gek bent geworden, kan alleen Peter Teleborian je vermoedelijk helpen. Maar ik denk niet dat jij Dag en Mia hebt vermoord. Ik hoop en bid dat ik daarin gelijk heb.
Dag en Mia wilden de sekshandel ontmaskeren. Mijn hypothese is dat dat op de een of andere manier het motief voor de moorden is geweest. Maar ik heb geen enkel bewijs.
Ik weet niet wat er tussen ons is misgegaan, maar weet je nog dat we een keer over vriendschap hebben gesproken? Ik heb toen gezegd dat vriendschap is gebaseerd op twee dingen: respect en vertrouwen. Ook al vind jij mij niet aardig, je kunt me nog steeds vertrouwen en op me rekenen. Ik heb je geheimen nooit verraden. Zelfs niet wat er met Wennerströms miljarden is gebeurd. Vertrouw me. Ik ben geen vijand. M.

Het antwoord duurde zo lang dat Mikael de hoop al had opgegeven. Maar bijna vijftig minuten later werd 'Cryptisch 4' toch nog gematerialiseerd.

Ik zal erover nadenken.

Mikael ademde uit. Opeens voelde hij een sprankje hoop. Het antwoord hield precies in wat er stond. Ze zou erover nadenken. Het was voor de eerste keer sinds ze plotseling uit zijn leven was verdwenen, dat ze überhaupt met hem communiceerde. Dat ze erover zou nadenken, hield in dat ze in elk geval zou overwegen of ze met hem wilde praten. Hij schreef 'Cryptisch 5'.

Oké. Ik wacht op je. Maar wacht niet te lang.

Inspecteur Hans Faste kreeg het gesprek vrijdagochtend op zijn mobiel binnen, net op het moment dat hij zich op de Långholmsgatan bij de Västerbrug bevond op weg naar zijn werk. De politie had geen middelen om de flat aan de Lundagatan permanent te bewaken en had daarom een buurman, een gepensioneerde politieman, gevraagd een oogje in het zeil te houden.

'Die Chinese is net de portiek binnengegaan,' zei de buurman.

Hans Faste had nauwelijks een gunstiger uitgangspunt kunnen hebben. Hij maakte, hoewel dat verboden was, een bocht langs het bushokje, de Heleneborgsgatan in, net voor de brug, en reed via de Högalidsgatan naar de Lundagatan. Hij parkeerde daar minder dan twee minuten nadat het gesprek was binnengekomen en rende de straat over, de portiek in.

Miriam Wu stond nog steeds voor de deur van haar flat en staarde naar het stukgeboorde slot en de stroken tape over de deur en de sponning toen ze stappen op de trap hoorde. Ze draaide zich om en zag een goedgetrainde, stevig gebouwde man met een intens starende blik. Ze ervoer hem als vijandig, liet haar tas op de grond vallen en maakte zich op voor een demonstratie thaiboksen indien nodig.

'Miriam Wu?' vroeg hij.

Tot haar verbazing hield hij een politielegitimatie omhoog.

'Ja,' antwoordde Mimmi. 'Wat is er aan de hand?'

'Waar ben je de laatste week geweest?'

'Op reis. Wat is er gebeurd? Is er ingebroken?'

Faste staarde haar aan.

'Ik moet je vragen mee te komen naar het bureau,' zei hij en hij legde een hand op Miriam Wu's schouder.

Bublanski en Modig zagen Faste een tamelijk geïrriteerde Miriam Wu naar de verhoorkamer escorteren.

'Gaat u zitten. Ik ben inspecteur Jan Bublanski en dit is mijn collega Sonja Modig. Het spijt me dat we u op deze wijze hebben moeten ophalen, maar we hebben een aantal vragen waar we antwoord op moeten hebben.'

'O. En waarom dan wel? Hij was niet erg spraakzaam.'

Mimmi wees met haar duim naar Faste.

'We zijn al meer dan een week naar u op zoek. Kunt u vertellen waar u geweest bent?'

'Ja, dat kan ik wel. Maar daar heb ik weinig zin in en voor zover ik weet, gaat dat u ook niets aan.'

Bublanski fronste zijn wenkbrauwen.

'Ik kom thuis en vind mijn deur opengebroken met politietape over de deurpost en vervolgens word ik door een kerel die stijf staat van de anabole steroïden hierheen gesleept. Kan ik een verklaring krijgen?'

'Hou je niet van kerels?' vroeg Hans Faste.

Miriam Wu staarde hem ontzet aan. Bublanski en Modig wierpen hem ieder een scherpe blik toe.

'Moet ik dit interpreteren alsof u de laatste week geen kranten hebt gelezen? Bent u in het buitenland geweest?'

Miriam Wu voelde zich van haar stuk gebracht en werd onzeker.

'Nee, ik heb geen kranten gelezen. Ik ben twee weken in Parijs geweest, bij mijn ouders. Ik kom net van het station.'

'Bent u met de trein gegaan?'

'Ik hou niet van vliegen.'

'En u hebt vandaag de krantenkoppen niet gezien?'

'Ik ben net uit de nachttrein gestapt en ben met de metro naar huis gegaan.'

Agent Bubbel dacht na. Er had vanochtend niets over Salander op de voorpagina's gestaan. Hij stond op en verliet de kamer. Na een minuut kwam hij terug met de paaseditie van *Aftonbladet*, met de pasfoto van Lisbeth Salander op de voorpagina.

Miriam Wu viel bijna flauw.

Mikael Blomkvist volgde de routebeschrijving die Gunnar Björck, 62, hem naar het huisje op Smådalarö had gegeven. Hij parkeerde en constateerde dat het 'huisje' een moderne villa was die het hele jaar door te bewonen was. Het huis keek uit op het water van de Jungfrufjärden. Hij liep langs een grindpad omhoog en belde aan. Gunnar Björck leek op de pasfoto die Dag Svensson had opgevraagd.

'Goedemorgen,' zei Mikael.

'Mooi, u hebt het kunnen vinden.'

'Geen probleem.'

'Kom binnen. We kunnen in de keuken zitten.'

'Prima.'

Gunnar Björck leek in goede gezondheid te verkeren, maar hinkte een beetje.

'Ik zit in de ziektewet,' zei hij.

'Niets ernstigs, hoop ik?' vroeg Mikael.

'Ik wacht op een hernia-operatie. Wilt u koffie?'

'Nee, dank u,' zei Mikael. Hij ging aan de keukentafel zitten, deed zijn tas open en haalde er een map uit. Björck ging tegenover hem zitten.

'U komt me zo bekend voor. Hebben we elkaar eerder ontmoet?'

'Nee,' antwoordde Mikael.

'U komt me toch ontzettend bekend voor.'

'Misschien hebt u mij in de krant gezien.'

'Hoe was uw naam?'

'Mikael Blomkvist. Ik ben journalist en werk bij het tijdschrift *Millennium*.'

Gunnar Björck leek van zijn stuk gebracht. Toen viel het kwartje. *Kalle Blomkvist. De Wennerström-affaire.* Maar hij had nog niet ingezien wat dat inhield.

'*Millennium*. Ik wist niet dat jullie ook marktonderzoek deden.'

'Alleen in uitzonderingsgevallen. Ik wil dat u naar drie foto's kijkt en aangeeft welk model u het meest bevalt.'

Mikael legde geprinte foto's van drie meisjes op tafel. Eentje was gedownload van een pornosite op internet. De twee andere waren vergrote kleurenpasfoto's.

Gunnar Björck werd plotseling lijkbleek.

'Ik begrijp het niet.'

'O, nee? Dit is Lidia Komarova, 16 jaar, uit Minsk in Wit-Rusland. De vrouw daarnaast is Myang So Chin, bekend als Jo-Jo uit Thailand. Zij is 25 jaar. En de laatste is Jelena Barasowa, 19 jaar, uit Tallinn. U hebt seksuele handelingen van deze drie vrouwen afgenomen en ik vraag u wie van de drie u het meest beviel. Zie het als een marktonderzoek.'

Bublanski keek Miriam bedenkelijk aan. Ze staarde woest terug.

'Als ik het samenvat, beweert u dat u Lisbeth Salander ruim drie jaar kent. Ze heeft in het voorjaar zonder enige vergoeding haar appartement op uw naam gezet en is ergens anders naartoe verhuisd. U hebt af en toe seks met haar, als ze wat van zich laat horen, maar u weet niet waar ze woont, wat ze doet of hoe ze in haar onderhoud voorziet. Moet ik dat geloven?'

'Geloof wat u wilt. Ik heb niets onwettigs gedaan en hoe ik mijn leven leid en met wie ik seks heb, gaat niemand iets aan, ook u niet.'

Bublanski zuchtte. Hij had het nieuws dat Miriam Wu was opgedoken die ochtend met een gevoel van bevrijding in ontvangst genomen. *Eindelijk een doorbraak.* Maar de informatie die hij van haar had gekregen, was allesbehalve verhelderend. Eerder extreem eigenaardig. Het probleem was alleen dat hij Miriam Wu geloofde. Ze gaf duidelijk en zonder voorbehoud antwoord. Ze kon informatie geven over plaatsen en tijdstippen waarop ze Salander had ontmoet en ze gaf een zó gedetailleerde beschrijving van hoe het was gegaan toen ze naar de Lundagatan was verhuisd, dat Bublanski en Modig allebei de conclusie trokken dat zo'n bizar verhaal niet anders dan waar kon zijn.

Hans Faste had het verhoor met Miriam Wu met een stijgend gevoel van irritatie aangehoord, maar had zijn mond weten te houden. Hij vond dat Bublanski veel te slap was met *die Chinese*, die zo arrogant was en veel woorden gebruikte om geen antwoord te hoeven geven op de enige vraag die van belang was. Namelijk waar die verdomde hoer van een Lisbeth Salander zich schuilhield.

Maar Miriam Wu wist niet waar Lisbeth Salander was. Ze wist niet wat Salander voor werk deed. Ze had nog nooit van Milton Security gehoord. Ze had nooit van Dag Svensson of Mia Bergman gehoord en kon dus op geen enkele belangrijke vraag antwoord geven. Ze had er geen idee van dat Salander onder curatele stond, dat ze in haar jeugd af en toe opgenomen was geweest en dat ze een rijk psychiatrisch verleden had.

Ze kon daarentegen bevestigen dat Lisbeth Salander en zij Kvarnen hadden bezocht, elkaar daar hadden staan zoenen en daarna naar de Lundagatan waren gegaan en de volgende ochtend vroeg uit elkaar waren gegaan. Een paar dagen later had Miriam Wu de trein naar Parijs genomen en zodoende het voorpaginanieuws van alle Zweedse kranten gemist. Afgezien van een kort bezoek om de autosleutels af te geven, had ze Lisbeth sinds die avond bij Kvarnen niet gezien.

'Autosleutels?' vroeg Bublanski. 'Salander heeft geen auto.'

Miriam Wu verklaarde dat Lisbeth een bordeauxrode Honda had gekocht die voor de flat geparkeerd stond. Bublanski stond op en keek naar Sonja Modig.

'Kun jij het verhoor overnemen?' vroeg hij, waarna hij de kamer verliet.

Hij moest Jerker Holmberg opsporen en hem vragen een technisch onderzoek naar een bordeauxrode Honda te doen. En hij moest alleen zijn om na te denken.

De zieke Gunnar Björck, plaatsvervangend chef van de afdeling buitenland van de Zweedse veiligheidsdienst, zat als een asgrauw spook in zijn keuken met het prachtige uitzicht op het water. Mikael keek hem met een geduldige, neutrale blik aan. Hij was er inmiddels van overtuigd dat Björck niets met de moorden in Enskede te maken had. Omdat Dag Svensson er niet meer in was geslaagd een confrontatie met hem te realiseren, had Björck er daarom geen idee van dat zijn naam en foto binnenkort zouden worden gepubliceerd in een onthullende reportage over de hoerenlopers van de sekshandel.

Björck had één interessant detail genoemd. Het bleek dat hij advocaat Nils Bjurman kende. Ze hadden elkaar ontmoet bij de schietvereniging van de politie, waarin Björck achtentwintig jaar actief was geweest. Hij had zelfs een tijdje samen met Bjurman in het bestuur gezeten. Het was geen diepere vriendschap, maar ze hadden elkaar in hun vrije tijd weleens ontmoet en samen een hapje gegeten.

Nee, hij had Bjurman al maanden niet gezien. Voor zover hij zich kon herinneren, was de laatste keer eind vorige zomer geweest, toen ze samen op een terras een biertje hadden gedronken. Het speet hem dat Bjurman door die psychopaat was vermoord, maar hij was niet van plan naar de begrafenis te gaan.

Mikael zat te piekeren over die samenloop van omstandigheden, maar had zo langzamerhand geen vragen meer. Bjurman moest in zijn verenigings- en beroepsleven honderden mensen hebben gekend. Dat hij iemand kende die toevallig ook in Dag Svenssons materiaal voorkwam, was niet onwaarschijnlijk en al evenmin statistisch opmerkelijk. Mikael had ontdekt dat hij zelf ook een vage kennis was van een journalist die in Dag Svenssons materiaal werd genoemd.

Het was tijd om de zaak af te ronden. Björck had alle verwachte fasen doorlopen. Eerst ontkenning, daarna – toen Mikael een gedeelte van de documentatie had getoond – woede, bedreigingen, pogingen tot omkoping en uiteindelijk bidden en smeken. Mikael had alle uitbarstingen genegeerd.

'Begrijpt u dat jullie mijn leven verwoesten als jullie dit publiceren?' vroeg Björck uiteindelijk.

'Ja,' antwoordde Mikael.

'En toch gaat u dat doen?'

'Absoluut.'

'Waarom? Hebt u geen mededogen? Ik ben ziek.'

'Interessant dat u mededogen aankaart als argument.'

'Een beetje menselijkheid kost niets.'

'Daar hebt u gelijk in. Maar terwijl u zit te jeremiëren dat ik uw leven verwoest, hebt u meegewerkt aan het verwoesten van het leven van een aantal jonge vrouwen. Dat is een misdrijf. We kunnen er drie documenteren. God mag weten met hoeveel anderen u het nog meer hebt gedaan. Waar was uw humanisme toen?'

Hij stond op, verzamelde zijn documentatie en stopte deze terug in zijn computertas.

'Ik kom er zelf wel uit.'

Hij liep naar de deur maar bedacht zich en richtte zich nogmaals tot Björck.

'Hebt u gehoord van een man die Zala heet?' vroeg hij.

Björck staarde hem aan. Hij was nog steeds zo geschokt dat hij Mikaels woorden amper hoorde. De naam Zala betekende niets voor hem. Daarna sperde hij zijn ogen wijd open.

Zala!

Dat kan niet.

Bjurman!

Zou dat kunnen?

Mikael merkte de verandering en deed een stap terug naar de keukentafel.

'Waarom vraagt u naar Zala?' vroeg Björck. Hij zag er zeer geschokt uit.

'Omdat hij me interesseert,' zei Mikael.

In de keuken ontstond een compacte stilte. Mikael kon de tandwieltjes in Björcks hoofd haast horen knarsen. Uiteindelijk pakte Björck een pakje sigaretten van de vensterbank. Het was de eerste sigaret die hij opstak sinds Mikael er was.

'Als ik iets over Zala weet ... wat is dat u dan waard?'

'Dat ligt eraan wat u weet.'

Björck dacht na. Gevoelens en gedachten tuimelden in zijn hoofd over elkaar heen.

Hoe kon Mikael Blomkvist in hemelsnaam iets van Zalachenko weten?

'Dat is een naam die ik lang niet heb gehoord,' zei Björck ten slotte.

'U weet dus wie hij is?' vroeg Mikael.

'Dat heb ik niet gezegd. Waar bent u naar op zoek?'

Mikael aarzelde even.

'Hij is een van de namen op de lijst van personen in wie Dag Svensson aan het wroeten was.'

'Wat is het waard?'

'Wat is wát waard?'

'Als ik u naar Zala kan leiden ... Kunt u zich dan voorstellen mij uit te sluiten van uw reportage?'

Mikael ging voorzichtig zitten. Na Hedestad had hij gezworen nooit van zijn leven meer te onderhandelen over een story. Hij was niet van plan met Björck te marchanderen, wat er ook gebeurde; Björck ging hoe dan ook met de billen bloot. Maar Mikael had ook ingezien dat hij dermate gewetenloos was dat hij zonder moeite een dubbelspel kon spelen en een overeenkomst met Björck kon sluiten. Björck was een politieman die een misdrijf had gepleegd. Als hij de naam van een mogelijke moordenaar kende, dan was het zijn taak in te grijpen, niet om die informatie te gebruiken voor onderhandelingen over zijn eigen hachje. Daarom mocht Björck best hopen dat hij een uitweg had als hij informatie over een andere crimineel zou leveren. Mikael stak zijn hand in de zak van zijn colbert en zette de cassetterecorder weer aan die hij had uitgezet toen hij van tafel was opgestaan.

'Vertel,' zei hij.

Sonja Modig was woest op Hans Faste, maar liet op geen enkele manier blijken wat ze van hem vond. Het verdere verhoor met Miriam Wu, nadat Bublanski de kamer had verlaten, was allesbehalve stringent geweest en Faste had haar woedende blikken volledig genegeerd.

Modig was ook verbaasd. Ze had Hans Faste en zijn machostijl nooit gemogen, maar ze had hem ervaren als een bekwaam politieman. Die bekwaamheid schitterde vandaag echter door afwezigheid. Het was duidelijk dat Faste zich geprovoceerd voelde door die mooie, intelligente en uitgesproken lesbische vrouw. Het was al net zo duidelijk dat Miriam Wu een vermoeden had van Fastes irritatie en deze rücksichtslos voerde.

'Dus je hebt die dildo in mijn la gevonden. Waar fantaseerde je toen over?'

Miriam Wu glimlachte nieuwsgierig. Faste stond op ontploffen.

'Hou je bek en geef antwoord op mijn vraag,' zei Faste.

'Je vroeg of ik Lisbeth Salander daarmee neukte. En ik zeg dat je daar geen ruk mee te maken hebt.'

Sonja Modig stak haar hand op.

'Het verhoor met Miriam Wu wordt om 11.12 uur onderbroken voor een pauze.'

Modig zette de cassetterecorder uit.

'Kunt u even blijven zitten? Faste, kan ik je even spreken?'

Miriam Wu lachte zo lief dat Faste haar een woedende blik toewierp en achter Modig aan sjokte, de gang op. Modig draaide zich abrupt om en ging met haar gezicht vlak tegen dat van Faste staan.

'Bublanski heeft mij de taak gegeven het verhoor met haar over te nemen. Jij voegt geen snars toe.'

'Ja, hoor eens. Die stomme kut kronkelt zich als een slang.'

'Zit er een soort freudiaanse symboliek in de keuze van die vergelijking?'

'Hè?'

'Laat maar. Ga Curt Svensson opzoeken en daag hem uit voor een partijtje boter, kaas en eieren, ga pistoolschieten in de clubruimte of ga iets anders doen. Maar blijf weg bij dit verhoor.'

'Waarom doe je zo, Modig?'

'Je saboteert mijn verhoor.'

'Geil je zo op haar, dat je haar alléén wilt verhoren?'

Voordat Sonja Modig het wist, schoot haar hand uit en gaf ze Hans Faste een lel. Ze had er op hetzelfde moment spijt van, maar toen was het al te laat. Ze keek om zich heen en constateerde dat er godzijdank geen getuigen waren.

Hans Faste keek eerst stomverbaasd. Toen grijnsde hij alleen maar, hing zijn jack over zijn schouder en vertrok. Sonja Modig wilde hem eerst achterna roepen en zich verontschuldigen, maar besloot niets te zeggen. Ze wachtte een minuutje om weer tot bedaren te komen. Toen haalde ze twee bekertjes koffie uit de automaat en ging ze weer terug naar Miriam Wu.

Ze zaten een tijdje zwijgend tegenover elkaar. Uiteindelijk keek Modig Miriam Wu aan.

'Het spijt me. Dit is een van de slechtste verhoren in de geschiedenis van dit bureau.'

'Lekker figuur om mee te werken. Als ik het zo inschat, is hij hetero, gescheiden en heeft hij in de kantine het hoogste woord bij het vertellen van homomoppen.'

'Hij is ... een relikwie van iets. Dat is alles wat ik kan zeggen.'

'Maar dat ben jij niet?'

'Ik ben in elk geval geen homofoob.'

'Oké.'

'Miriam, ik ... wij, allemaal, zijn nu al tien dagen dag en nacht in touw. We zijn moe en geïrriteerd. We proberen een verschrikkelijke dubbele moord in Enskede op te lossen en een al even vreselijke moord bij het Odenplan. Je vriendin is aan beide plaatsen delict gebonden. We hebben technisch bewijs en er is een landelijk opsporingsbericht uitgegaan. Begrijp je dat we haar tot elke prijs te pakken moeten zien te krijgen voordat ze nog iemand anders of misschien zichzelf wat aandoet?'

'Ik ken Lisbeth Salander ... Ik kan niet geloven dat ze iemand heeft vermoord.'

'Kún je het niet geloven of wíl je het niet geloven? Miriam, we gaan niet met een landelijk opsporingsbericht naar buiten als we daarvoor geen goede redenen hebben. Maar ik kan je wel zeggen dat mijn chef, inspecteur Bublanski, er ook niet helemaal van is overtuigd dat ze schuldig is. We bekijken ook de mogelijkheid dat ze een medeplichtige heeft gehad of dat ze hier op een of andere manier bij betrokken is geraakt. Maar we moeten haar te pakken zien te krijgen. Jij denkt dat ze onschuldig is, Miriam. Maar wat gebeurt er als je het mis hebt? Je zegt zelf dat je niet erg veel over Lisbeth Salander weet.'

'Ik weet niet wat ik moet geloven.'

'Help ons dan de waarheid te vinden.'

'Ben ik ergens voor opgepakt?'

'Nee.'

'Kan ik vertrekken wanneer ik dat wil?'

'Technisch gezien, ja.'

'En a-technisch gezien?'

'Je zult in onze ogen een vraagteken blijven.'

Miriam Wu overwoog haar woorden. 'Oké. Vraag maar. Als je vragen me gaan irriteren, geef ik geen antwoord.'

Sonja Modig zette de cassetterecorder weer aan.

20
VRIJDAG 1 APRIL – ZONDAG 3 APRIL

Miriam Wu bracht een uur met Sonja Modig door. Aan het eind van het verhoor kwam Bublanski de verhoorkamer binnen. Hij ging rustig zitten luisteren zonder iets te zeggen. Miriam Wu groette hem beleefd, maar bleef het gesprek met Sonja voeren.

Ten slotte keek Modig Bublanski aan en vroeg ze of hij nog vragen had. Bublanski schudde zijn hoofd.

'Dan verklaar ik het verhoor met Miriam Wu beëindigd. Het is 13.09 uur.'

Ze zette de cassetterecorder uit.

'Ik heb begrepen dat er wat problemen waren met inspecteur Faste,' zei Bublanski.

'Hij was ongeconcentreerd,' zei Sonja Modig neutraal.

'Hij is een idioot,' zei Miriam Wu ter verduidelijking.

'Inspecteur Faste heeft vele merites, maar hij is niet de meest geschikte persoon voor het verhoren van een jonge vrouw,' zei Bublanski, terwijl hij Miriam Wu in de ogen keek. 'Ik had hem die opdracht niet moeten geven. Het spijt me.'

Miriam Wu keek verbaasd.

'Akkoord. Ik was in het begin ook wat dwars.'

Dat wuifde Bublanski weg. Hij keek Miriam Wu aan.

'Mag ik een paar dingen vragen, zo aan het eind. Met de cassetterecorder uit?'

'Ga uw gang.'

'Hoe meer ik over Lisbeth Salander hoor, hoe onthutster ik raak. Het beeld dat ik krijg van de mensen die haar kennen, is onverenigbaar met het beeld dat naar voren komt uit de papieren van de sociale instanties en de gerechtelijk-geneeskundige documenten.'

'O.'

'Kun je mij je mening geven?'
'Goed.'
'In het psychiatrisch onderzoek dat is gedaan toen Lisbeth Salander achttien was, staat dat ze achterlijk en verstandelijk gehandicapt is.'
'Nonsens. Lisbeth is vermoedelijk slimmer dan u en ik samen.'
'Ze heeft haar school niet afgemaakt en het is niet eens bewezen dat ze kan lezen en schrijven.'
'Lisbeth Salander leest en schrijft aanzienlijk beter dan ik. Ze zit soms wiskundige formules neer te kalken. Pure algebra. Ik heb helemaal geen verstand van zulke dingen.'
'Wiskunde?'
'Dat is een hobby van haar.'
Bublanski en Modig zwegen.
'Hobby?' vroeg Bublanski na een tijdje.
'Een bepaald soort vergelijkingen. Ik weet niet eens wat die tekens betekenen.'
Bublanski zuchtte.
'Toen Lisbeth op haar zeventiende in Tantolunden was opgepakt in gezelschap van een oudere man, heeft de sociale zorginstelling een rapport geschreven. Daarin werd gesuggereerd dat ze in haar onderhoud voorzag als prostituee.'
'Lisbeth als hoer? Gelul. Ik weet niet wat voor werk ze doet, maar het verbaast me totaal niet dat ze bij Milton Security heeft gewerkt.'
'Hoe komt ze aan geld?'
'Geen idee.'
'Is ze lesbisch?'
'Nee. Lisbeth heeft seks met mij, maar dat is niet hetzelfde als een pot zijn. Ik geloof dat ze zelf niet weet wat voor seksuele geaardheid ze heeft. Ik denk dat ze bi is.'
'Het feit dat jullie handboeien en zo gebruiken ... vertoont Lisbeth Salander sadistische neigingen of hoe zou je haar willen omschrijven?'
'Ik geloof niet dat u er veel van snapt. Dat we soms handboeien gebruiken, is een rollenspel en heeft niets met sadisme of geweld of aanranding te maken. Het is een spel.'
'Is ze ooit gewelddadig tegen je geweest?'
'Nee. Ik ben eerder de dominante partij in onze spelletjes.' Miriam Wu glimlachte lieftallig.

De vergadering om drie uur 's middags resulteerde in de eerste serieuze ruzie. Bublanski vatte de stand van zaken van het onderzoek samen en verklaarde daarna dat hij de behoefte voelde de naspeuringen te verbreden.

'We hebben vanaf het eerste moment al onze energie besteed aan het vinden van Lisbeth Salander. Zij is op zakelijke gronden in hoge mate verdacht, maar het beeld dat we van haar hebben, stuit op hardnekkige weerstand van alle personen die haar kennen. Armanskij, Blomkvist en nu dan Miriam Wu ervaren haar geen van allen als een psychotische moordenaar. Daarom wil ik dat we ons denkpatroon wat uitbreiden en gaan nadenken over alternatieve daders en de mogelijkheid dat Salander een helper kan hebben gehad of toevallig aanwezig was toen de schoten vielen.'

Bublanski's opmerking maakte een heftig debat los, waarin hij op felle weerstand stuitte van Hans Faste en Sonny Bohman van Milton Security. Beiden hielden vast aan het feit dat de eenvoudigste verklaring vaak de juiste was en dat de gedachte aan een alternatieve dader overkwam als een complottheorie.

'Het kan wel zijn dat Salander niet alleen was, maar we hebben geen enkel spoor van een medeplichtige.'

'We kunnen altijd het politiespoor van Blomkvist nog volgen,' zei Hans Faste zuur.

In het debat kreeg Bublanski slechts steun van Sonja Modig. Curt Svensson en Jerker Holmberg plaatsten alleen een paar losse opmerkingen. Niklas Eriksson van Milton deed er tijdens de hele discussie het zwijgen toe. Uiteindelijk stak officier Ekström zijn hand op.

'Bublanski, ik begrijp dat je Salander in elk geval niet van het onderzoek wilt afvoeren.'

'Nee, natuurlijk niet. We hebben haar vingerafdrukken. Maar tot nu toe piekeren we ons suf over een motief dat we niet vinden. Ik wil dat we het langs andere paden zoeken. Kunnen er meerdere personen betrokken zijn geweest? Kan het ondanks alles te maken hebben met dat boek over de sekshandel waar Dag Svensson mee bezig was? Blomkvist heeft gelijk dat meerdere mensen in het boek een motief hebben om een moord te plegen.'

'Hoe wil je het aanpakken?' vroeg Ekström.

'Ik wil dat twee personen naar alternatieve moordenaars gaan zoeken. Sonja. En Niklas kan haar helpen.'

'Ik?' vroeg Niklas Eriksson verbaasd.

Bublanski had hem gekozen omdat hij de jongste van het stel was en degene die het meest geschikt was om onorthodox te denken.

'Je werkt samen met Modig. Neem alles wat we tot nu toe weten door en probeer iets te vinden wat we hebben vergeten. Faste, Curt Svensson, Bohman en jij werken verder aan het vinden van Salander. Dat heeft de hoogste prioriteit.'

'Wat moet ik doen?' vroeg Jerker Holmberg.

'Richt je op advocaat Bjurman. Onderzoek zijn appartement nogmaals. Kijk of we iets hebben gemist. Vragen?'

Niemand had vragen.

'Goed. We houden het feit dat Miriam Wu is opgedoken binnenskamers. Ze kan meer te vertellen hebben en ik wil niet dat de media zich op haar storten.'

Officier van justitie Ekström besloot dat ze volgens Bublanski's plan verder zouden gaan.

'Tja,' zei Niklas Eriksson terwijl hij Sonja Modig aankeek. 'Jij bent de politievrouw, dus jij mag beslissen wat we gaan doen.'

'Ik denk dat we nog maar eens een babbeltje gaan maken met Mikael Blomkvist,' zei ze. 'Maar ik moet nu eerst met Bublanski praten. Het is vrijdagmiddag en ik ben zaterdag en zondag vrij. Dat betekent dat we pas maandag op gang komen. Gebruik het weekend om over het materiaal na te denken.'

Ze zeiden elkaar gedag. Sonja Modig liep bij Bublanski binnen. Hij nam net afscheid van officier Ekström.

'Eén minuut.'

'Ga zitten.'

'Ik was zo kwaad op Faste dat ik mezelf niet in de hand had.'

'Hij zegt dat je hem hebt aangevlogen. Ik begreep dat er iets was gebeurd. Daarom ben ik binnengekomen en heb ik mijn verontschuldigingen aangeboden.'

'Hij beweerde dat ik met Miriam Wu alleen wilde zijn omdat ik op haar geilde.'

'Ik geloof niet dat ik dat heb gehoord. Maar dat kan worden gekwalificeerd als ongewenst gedrag. Wil je aangifte doen?'

'Ik heb hem een lel verkocht. Dat is genoeg.'

'Oké, ik zie het dan alsof je extreem door hem werd geprovoceerd.'

'Inderdaad.'

'Hans Faste heeft problemen met sterke vrouwen.'

'Dat heb ik gemerkt.'

'Je bent een sterke vrouw én een ontzettend goede rechercheur.'

'Bedankt.'

'Maar ik zou het op prijs stellen als je mijn medewerkers niet in elkaar slaat.'

'Het zal niet weer gebeuren. Het is er vandaag niet van gekomen om Dag Svenssons bureau bij *Millennium* te onderzoeken.'

'We lopen toch al achter. Ga naar huis en rust een beetje uit, we gaan maandag met hernieuwde kracht verder.'

Niklas Eriksson stopte bij het Centraal Station en dronk een kop koffie bij George. Hij voelde zich terneergeslagen. De hele week had hij verwacht dat Lisbeth Salander elk moment kon worden opgepakt. Als ze weerstand zou bieden, zou met een beetje geluk een welwillende politieman haar hebben neergeschoten.

Dat was een aangename fantasie.

Maar Salander was nog op vrije voeten. En dat niet alleen, Bublanski begon nu zelfs te denken over alternatieve daders. Dat was geen positieve ontwikkeling.

Onder Sonny Bohman vallen was al erg – die vent was een van de saaiste en meest fantasieloze personen bij Milton – maar nu had hij bovendien Sonja Modig boven zich gekregen.

Zij was degene die het Salander-spoor nog het meest in twijfel trok en vermoedelijk degene door wie Bublanski aan het twijfelen was geraakt. Hij vroeg zich af of agent Bubbel iets met dat stomme wijf had. Zou hem niet verbazen. Hij zat bij haar onder de plak. Van alle politiemensen in het onderzoek was alleen Faste mans genoeg om te zeggen wat hij vond.

Niklas Eriksson dacht na.

Die ochtend hadden Bohman en hij een korte ontmoeting gehad met Armanskij en Fräklund bij Milton. Een week speurwerk had niets opgeleverd en Armanskij was gefrustreerd dat niemand een verklaring voor de moorden gevonden leek te hebben. Fräklund had gezegd dat Milton Security moest nadenken over zijn betrokkenheid – er lagen andere taken te wachten op Bohman en Eriksson dan het gratis bijstand verlenen aan de politie.

Armanskij had een tijdje nagedacht en toen besloten dat Bohman en Eriksson nog een week door zouden gaan. Als er dan geen resultaat was geboekt, zou het project worden beëindigd.

Niklas Eriksson had met andere woorden een week respijt voordat de deur van het onderzoek weer dicht zou vallen. Hij wist niet precies wat hij moest doen.

Na een tijdje pakte hij zijn mobiel en belde hij Tony Scala, een freelancejournalist die flauwekul schreef voor een mannenblad en die hij een paar keer had ontmoet. Eriksson begroette hem en zei dat hij informatie had over het onderzoek naar de moorden in Enskede. Hij legde uit hoe het kwam dat hij plotseling midden in het heftigste politieonderzoek van de laatste jaren verzeild was geraakt. Scala hapte zoals verwacht meteen, omdat het wellicht een extra zakcentje bij een groter blad zou kunnen opleveren. Ze spraken over een uurtje af om een bakje te gaan doen bij Aveny op de Kungsgatan.

Het meest opvallende van Tony Scala was dat hij dik was. Ontzettend dik.

'Als je informatie van me wilt, moet je twee dingen doen.'

'*Shoot.*'

'Ten eerste mag de naam Milton Security niet in de tekst voorkomen. Onze rol is alleen adviserend en als Milton wordt genoemd, kan iemand op het idee komen dat ik informatie lek.'

'Maar het is wel nieuws dat Salander bij Milton heeft gewerkt.'

'Schoonmaken en zo,' poeierde Eriksson hem af. 'Dat is geen nieuws.'

'Oké.'

'Ten tweede moet je de tekst zo formuleren dat het lijkt alsof je de informatie van een vrouw hebt.'

'Waarom?'

'Om de verdenkingen van mij af te leiden.'

'Oké. Vertel maar op?'

'Salanders lesbische vriendin is vandaag opgedoken.'

'Wauw. Is dat die meid die op de Lundagatan staat ingeschreven en spoorloos verdwenen was?'

'Miriam Wu. Is dat iets waard?'

'Nou en of. Waar heeft ze gezeten?'

'In het buitenland. Ze beweert dat ze niet eens over die moorden heeft gehoord.'

'Wordt ze ergens van verdacht?'

'Nee, op dit moment niet. Ze is vandaag verhoord en is drie uur geleden vrijgelaten.'

'En, geloof je haar verhaal?'

'Ik denk dat ze de hele boel zit voor te liegen. Ze weet iets.'

'Oké.'

'En dan haar achtergrond! Het is een griet die zich samen met Salander bezighoudt met sadomasochistische seks.'

'En dat weet jij?'

'Ze heeft dat tijdens het verhoor toegegeven. We hebben bij de huiszoeking handboeien, leren stoeipakjes, zweepjes en dergelijke gevonden.'

Dat met die zweepjes was wat overdreven. Nou ja, het was feitelijk een puur verzinsel, maar die Chinese kuttenkop had vast ook wel met zweepjes gespeeld.

'Maak je een geintje?' vroeg Tony Scala.

Paolo Roberto behoorde tot de laatste bezoekers toen de bibliotheek dichtging. Hij had de hele middag besteed aan het lezen van elke regel die over de jacht op Lisbeth Salander was geschreven.

Hij liep de Sveavägen op en voelde zich mistroostig en verward. En hij had trek. Hij ging bij McDonald's naar binnen, bestelde een hamburger en ging in een hoekje zitten.

Lisbeth Salander als drievoudige moordenaar. Hij kon het gewoon niet geloven. Niet dat gekke, kleine, lastige grietje! De vraag was of hij er iets aan moest doen. En zo ja, wát?

Miriam Wu had een taxi terug genomen naar de Lundagatan en aanschouwde nu de verwoesting in haar pas opgeknapte appartement. Kasten, dozen en lades waren omgekeerd en de inhoud was gesorteerd. Er zat plakkerig vingerafdrukkenpoeder over de hele flat. Haar hoogstpersoonlijke seksspeeltjes lagen in een stapel op het bed. Voor zover ze kon zien, ontbrak er niets.

Het eerste wat ze deed, was een slotenmaker bellen om een nieuw deurslot te laten installeren. De slotenmaker van *Södermalms Lås-Jour* zou binnen een uur komen.

Ze zette het koffiezetapparaat aan en schudde haar hoofd. *Lisbeth, Lisbeth, waar ben je in verstrikt geraakt?*

Ze pakte haar gsm en belde Lisbeths nummer, maar kreeg te horen dat de abonnee niet te bereiken was. Ze zat lang aan de keukentafel en probeerde de boel op een rijtje te krijgen. De Lisbeth Salander die ze kende, was geen psychisch gestoorde moordenaar, maar aan de andere kant kende Miriam haar ook niet erg goed. Lisbeth was dan wel heet in bed, maar kon ook een koude kikker zijn als ze in een slecht humeur was.

Ze besloot niet te beslissen wat ze zou geloven voordat ze Lisbeth gesproken had en een verklaring had gekregen. Het huilen stond haar opeens nader dan het lachen en ze besteedde de uren daarna aan het opruimen van de rommel.

Om zeven uur ’s avonds had ze een nieuw slot en was het appartement weer een beetje bewoonbaar. Ze ging douchen en was net weer in de keuken gaan zitten, gekleed in een zwart met goudkleurige ochtendjas van oosterse zijde, toen de bel ging. Toen ze opendeed, stond er een exceptioneel dikke, ongeschoren man voor de deur.

‘Dag Miriam, mijn naam is Tony Scala en ik ben journalist. Zou je een paar vragen willen beantwoorden?’

Hij had een fotograaf bij zich die in haar gezicht flitste.

Miriam Wu dacht er even over na of ze hem een dropkick zou geven en haar ellebogen zou gebruiken om zijn neuswortel te bewerken, maar had voldoende tegenwoordigheid van geest om in te zien dat dat alleen nóg smakelijker foto’s zou opleveren.

‘Ben je met Lisbeth Salander in het buitenland geweest? Weet je waar ze is?’

Miriam Wu deed de deur dicht en op het zojuist geïnstalleerde slot. Tony Scala peuterde de brievenbus open.

‘Miriam, je zult vroeg of laat toch met de media moeten praten. Ik kan je helpen.’

Ze vormde haar hand tot een hamer en ramde de brievenbus dicht. Ze hoorde een schreeuw van pijn toen Tony Scala’s vinger ertussen kwam. Vervolgens deed ze de binnendeur dicht, ging ze op bed liggen en sloot haar ogen. *Lisbeth, ik wurg je als ik je te pakken krijg.*

Na zijn bezoek aan Smådalarö had Mikael de middag doorgebracht met het bezoeken van een andere hoerenloper die Dag Svensson had willen ontmaskeren. Hij had daarmee die week zes van de zevenendertig namen afgewerkt. De laatstgenoemde man was een gepensioneerde rechter die in Tumba woonde, en die diverse keren vonnissen in prostitutiezaken had uitgesproken. Verfrissend genoeg had de rechter niets ontkend, niet gedreigd en niet om genade gesmeekt. Hij had juist zonder omhaal erkend dat hij inderdaad ‘kutjes uit het Oosten’ had geneukt. Nee, hij had geen spijt. Prostitutie was een eerzaam beroep en hij vond dat hij de meisjes een dienst bewees door klant bij ze te zijn.

Mikael bevond zich ter hoogte van Liljeholmen toen Malin Eriksson hem rond tienen ’s avonds belde.

‘Hoi,’ zei Malin. ‘Heb je de interneteditie van de ochtenddraak gezien?’

‘Nee, wat dan?’

‘Lisbeth Salanders vriendin is zojuist thuisgekomen.’

'Wat? Wie?'

'Een lesbo genaamd Miriam Wu die in Salanders flat aan de Lundagatan woont.'

Wu, dacht Mikael. *Salander-Wu op de deur.*

'Bedankt. Ik ben al onderweg.'

Miriam Wu had uiteindelijk de telefoonstekker eruit getrokken en haar mobiel uitgezet. Het nieuws was om halfacht 's avonds in de interneteditie van een van de ochtendbladen verschenen. Kort daarop had *Aftonbladet* gebeld voor een commentaar en drie minuten later *Expressen. Aktuellt* meldde het nieuws zonder haar bij name te noemen, maar om negen uur hadden niet minder dan zestien verslaggevers van verschillende media geprobeerd haar een reactie te ontfutselen.

Er was twee keer aangebeld. Miriam Wu had niet opengedaan en ze had alle lampen in huis gedoofd. Ze had zin om het neusbeen van de volgende journalist die haar lastigviel te verbrijzelen. Ten langen leste zette ze haar mobiel aan en belde ze een vriendin die op loopafstand bij Hornstull woonde en vroeg ze of ze bij haar kon overnachten.

Ze sloop minder dan vijf minuten voordat Mikael Blomkvist parkeerde en tevergeefs bij haar aanbelde de voordeur van de Lundagatan uit.

Bublanski belde Sonja Modig zaterdagmorgen even na tienen. Ze had tot negen uur geslapen en daarna een tijdje met de kinderen gestoeid voordat haar man ze mee naar buiten had genomen voor een wandelingetje.

'Heb je de krant al gelezen?'

'Nee. Ik ben pas een uur wakker en ben bezig geweest met de kinderen. Is er iets gebeurd?'

'Iemand in het onderzoek lekt informatie naar de pers.'

'Dat hebben we de hele tijd geweten. Iemand heeft een paar dagen geleden Salanders gerechtelijk-geneeskundige rapport doorgespeeld.'

'Dat was officier Ekström.'

'O, ja?'

'Ja. Natuurlijk. Hoewel hij dat nooit zal toegeven. Hij probeert de belangstelling wat op te drijven, want dat is gunstig voor hem. Maar dit niet. Een journalist genaamd Tony Scala heeft met iemand van de politie gesproken die een heleboel informatie over Miriam Wu heeft losgelaten. Onder andere details van wat er gisteren in het verhoor is gezegd. En dat was iets waar we niet mee naar buiten wilden treden, dus Ekström is woest.'

'Shit.'

'De journalist noemt niemand bij name. De bron wordt beschreven als 'iemand met een centrale positie in het onderzoek'.'

'Kut.'

'De bron wordt eenmaal in het artikel beschreven als "zij".'

Sonja Modig zweeg twintig seconden terwijl de betekenis van Bublanski's woorden tot haar doordrong. Zij was de enige vrouw in het onderzoek.

'Bublanski ... ik heb geen woord gezegd tegen een journalist. Ik heb het onderzoek met niemand besproken. Zelfs niet met mijn man.'

'Ik geloof je. En ik geloof geen seconde dat jij informatie lekt. Maar officier Ekström helaas wel. En Hans Faste heeft weekenddienst en voedt dat ook nog lekker.'

Sonja Modig klapte opeens helemaal dicht.

'Wat gebeurt er nu?'

'Ekström eist dat jij van het onderzoek wordt afgehaald terwijl de aanklacht wordt uitgezocht.'

'Dit is niet normaal. Hoe kan ik bewijzen ...?'

'Je hoeft niets te bewijzen. Dat is de taak van de onderzoeker.'

'Dat weet ik, maar ... shit. Hoe lang duurt dat onderzoek?'

'Het onderzoek heeft al plaatsgevonden.'

'Hè?'

'Ik heb het je gevraagd. En jij hebt gerept dat je geen informatie hebt gelekt. Dus is het onderzoek afgerond en hoef ik alleen maar een rapport te schrijven. We zien elkaar maandag om negen uur op de kamer van Ekström om de vragen door te nemen.'

'Bedankt, Bublanski.'

'Graag gedaan.'

'Maar er is één probleem.'

'Ik weet het.'

'Als ík die informatie niet heb gelekt, moet iemand anders in de groep dat hebben gedaan.'

'Heb je een voorstel?'

'Spontaan is het erg verleidelijk om Faste te zeggen, maar dat geloof ik eigenlijk niet.'

'Ik ben geneigd om het met je eens te zijn. Maar hij kan ook een ontzettende klootzak zijn en hij was gisteren echt verontwaardigd.'

Bublanski liep graag als hij tijd had en het goed weer was. Dat was een van de weinige vormen van beweging waar hij aan deed. Hij woonde op de Katarina Bangata in de wijk Södermalm, niet ver van de redactie van *Millennium* en van Milton Security, waar Lisbeth Salander had gewerkt, en van de Lundagatan, waar ze had gewoond. Bovendien was het op loopafstand van de synagoge op de St. Paulsgatan. Deze zaterdagmiddag wandelde hij naar al deze plaatsen.

Tijdens het eerste gedeelte van de wandeling had hij gezelschap van zijn vrouw Agnes. Ze waren al drieëntwintig jaar getrouwd en hij was haar al die jaren zonder uitzondering trouw geweest.

Ze bleven een tijdje in de synagoge en spraken met de rabbijn. Bublanski was een Poolse jood en de familie van Agnes, de brokstukken die Auschwitz hadden overleefd, was afkomstig uit Hongarije.

Na de synagoge gingen ze ieder een andere kant op – Agnes ging boodschappen doen terwijl haar man nog wat verder wilde wandelen. Hij had er behoefte aan om even alleen te zijn en over het lastige onderzoek na te denken. Hij dacht na over de maatregelen die hij had genomen sinds het onderzoek op de ochtend van Witte Donderdag op zijn bureau was beland, en kon maar weinig slordigheidsfouten vinden.

Het was stom geweest dat hij niet meteen iemand had gestuurd om Dag Svenssons bureau op de redactie van *Millennium* te inspecteren. Toen hij daar eindelijk aan had gedacht, hij had het zelf gedaan, had Mikael Blomkvist al alle mogelijke spullen geëlimineerd.

Een andere fout in het onderzoek was dat ze hadden gemist dat Lisbeth Salander een auto had. Jerker Holmberg had echter gerapporteerd dat de auto niets interessants had bevat. Afgezien van die misser met de auto was het onderzoek zo netjes als je maar kon verwachten.

Hij stopte bij een kiosk bij Zinkensdamm en bekeek nadenkend een krantenkop. De pasfoto van Lisbeth Salander was gekrompen tot een klein, maar gemakkelijk herkenbaar vignet in de bovenhoek en de focus was nu verplaatst naar meer gangbaar nieuws.

POLITIE BRENGT LESBISCHE SATANISTENLIGA IN KAART

Hij kocht de krant en bladerde naar de dubbele pagina die werd gedomineerd door een foto van vijf meiden van rond de twintig, in het zwart gekleed, leren jacks met popnagels, gescheurde spijkerbroeken en extreem strakke T-shirts. Een van de meiden hield een vlag met een pentagram omhoog en een andere stak haar wijsvinger en haar pink in de lucht. Hij las de tekst onder de foto. *Lisbeth Salander onderhield destijds contacten met een death metal band die in kleine clubs speelde. In 1996 was de groep aanhanger geweest van the Church of Satan en hadden ze een hit gescoord met de song* Etiquette of Evil.

De naam Evil Fingers werd niet genoemd en hun gezichten waren bedekt. Maar bekenden van leden van de rockgroep zouden de meiden zonder probleem herkennen.

Op de volgende dubbele pagina lag de focus op Miriam Wu. Het betoog werd geïllustreerd met een foto die afkomstig was van een show bij Berns waaraan ze had meegewerkt. Ze werd geportretteerd met ontbloot bovenlijf en een Russische officiersmuts op. De foto was van onderen genomen. Net als bij de meiden van Evil Fingers waren haar ogen afgedekt. Ze werd omschreven als 'de eenendertigjarige vrouw'.

> Salanders vriendin schreef over 'lesbische bdsm-seks'.
> De eenendertigjarige vrouw is bekend in de Stockholmse uitgaanswereld. Ze maakt er geen geheim van dat ze vrouwen versiert en haar partner graag wil domineren.

De verslaggever had zelfs een meisje gevonden dat Sara werd genoemd en dat naar eigen zeggen onderwerp was geweest van de versierpogingen van de eenendertigjarige vrouw. Haar vriend was hier zeer ontstemd over geweest. Het artikel stelde vast dat het om een vage en elitair-feministische variant in de periferie van de homobeweging ging, die onder andere tot uitdrukking kwam in een 'bondageworkshop' op de Gay Pride. Verder was de tekst gebaseerd op een citaat van een zes jaar oude en mogelijk provocerende tekst van Miriam Wu uit een feministisch fanzine dat een verslaggever te pakken had gekregen. Bublanski keek de tekst door en gooide het avondblad daarna in de prullenbak.

Hij liep een tijdje te piekeren over Hans Faste en Sonja Modig. Twee competente onderzoekers. Maar Faste was een probleem. Hij werkte mensen op de zenuwen. Bublanski zag in dat hij met Faste moest praten, maar had moeite te geloven dat hij de bron van het lek binnen het onderzoek was.

Toen Bublanski weer opkeek, stond hij op de Lundagatan naar Lisbeth Salanders portiek te kijken. Het was geen bewuste beslissing geweest om die kant op te lopen. Hij kon gewoon geen hoogte van haar krijgen.

Hij liep de trap op naar het hoger gelegen gedeelte van de straat, waar hij een behoorlijke tijd bleef staan en nadacht over Mikael Blomkvists verhaal dat Salander zou zijn overvallen. Ook dat verhaal leidde tot niets. Er was geen aangifte gedaan, ze hadden geen namen van personen en geen goed signalement. Blomkvist beweerde dat hij het kenteken van de bestelauto die was weggereden niet had kunnen zien.

Als het überhaupt was gebeurd.

Met andere woorden nóg een doodlopende weg.

Bublanski keek omlaag naar de bordeauxrode Honda die daar nog steeds stond geparkeerd. Plotseling zag hij Mikael Blomkvist naar de portiekdeur lopen.

Miriam Wu werd laat wakker. Ze lag verstrikt in het laken, ging rechtop zitten en keek in de vreemde kamer om zich heen.

Ze had de plotselinge media-aandacht gebruikt als excuus om een vriendin te bellen om daar te mogen slapen. Maar ze was ook gevlucht, zag ze nu in, omdat ze bang was dat Lisbeth Salander opeens voor de deur zou staan.

Het verhoor van de politie en de publicaties in de kranten hadden haar meer aangegrepen dan ze had gedacht. Hoewel ze besloten had te wachten met het trekken van haar conclusie tot Lisbeth een kans had gehad om uit te leggen wat er was gebeurd, begon ze toch steeds meer te twijfelen aan Lisbeths onschuld.

Ze keek opzij naar Viktoria Viktorsson, 37 jaar. Ook wel VV genoemd en honderd procent lesbo. Ze lag op haar rug te mompelen in haar slaap. Miriam Wu sloop naar de badkamer en ging onder de douche staan. Daarna ging ze naar buiten om brood te halen. Pas bij de kassa in de buurtsuper bij Kafé Cinnamon op de Verkstadsgatan viel haar blik op de voorpagina's van de kranten. Ze vluchtte gauw terug naar de flat van VV.

Mikael Blomkvist liep langs de bordeauxrode Honda naar de ingang van Lisbeth Salanders portiek, toetste de code in en verdween. Hij bleef twee minuten weg. Niemand thuis? Blomkvist keek langs de straat, ogenschijnlijk besluiteloos. Bublanski keek nadenkend naar Blomkvist.

Wat Bublanski verontrustte, was dat als Blomkvist over de overval op de Lundagatan zou hebben gelogen, dat zou betekenen dat hij een spelletje speelde dat in het ergste geval kon betekenen dat hij op een of andere manier bij de moorden betrokken was. Maar als hij de waarheid sprak, en er was nog geen aanleiding om dat in twijfel te trekken, was er een verborgen onbekende in het hele drama. Dat zou betekenen dat er meer acteurs waren dan de zichtbare spelers en dat de moord veel gecompliceerder kon zijn dan dat een pathologisch gestoord meisje een aanval van waanzin had gehad.

Toen Blomkvist in de richting van Zinkensdamm liep, riep Bublanski hem na. Blomkvist bleef staan, ontdekte de politieman en liep hem daarna tegemoet. Ze ontmoetten elkaar precies onder aan de trap.

'Hallo, Blomkvist. Zoek je Lisbeth Salander?'

'Nee, eigenlijk niet. Ik zoek Miriam Wu.'

'Ze is niet thuis. Iemand heeft naar de media gelekt dat ze is opgedoken.'

'Wat had ze te vertellen?'

Bublanski keek Mikael Blomkvist onderzoekend aan. *Kalle Blomkvist.*

'Loop een stukje met me op,' spoorde Bublanski hem aan. 'Ik ben toe aan een kop koffie.'

Ze liepen zonder wat te zeggen langs de Högalidskerk. Bublanski nam hem mee naar Café Lillasyster bij de Liljeholmsbrug, waar Bublanski een dubbele espresso met een eetlepel koude melk bestelde, Mikael een koffie verkeerd en ze gingen in de rookafdeling zitten.

'Het is lang geleden dat ik zo'n frustrerende zaak heb gehad,' zei Bublanski. 'Hoeveel kan ik met je bespreken zonder dat ik het morgen in *Expressen* moet lezen?'

'Ik werk niet voor *Expressen*.'

'Je begrijpt best wat ik bedoel.'

'Bublanski, ik geloof niet dat Lisbeth schuldig is.'

'En nu ben je met je eigen onderzoek begonnen? Noemen ze je daarom Kalle Blomkvist?'

Mikael moest plotseling lachen.

'Ik heb begrepen dat ze u Agent Bubbel noemen.'

Bublanski lachte als een boer met kiespijn.

'Waarom denk je dat Salander onschuldig is?'

'Ik weet helemaal niets over haar curator, maar ze had gewoon geen enkele reden om Dag en Mia te vermoorden. Zeker Mia niet. Lisbeth heeft een hekel aan mannen die vrouwen haten en Mia stond op het punt een heel stel hoerenlopers te ontmaskeren. Wat Mia deed, was geheel in lijn met wat Lisbeth zelf zou hebben gedaan. Ze heeft moraal.'

'Ik kan het plaatje van haar niet compleet krijgen. Een achterlijke geesteszieke of een competente onderzoekster.'

'Lisbeth is anders. Ze is ontzettend asociaal, maar er is absoluut niets mis met haar intelligentie. Integendeel, ze is vermoedelijk begaafder dan u en ik samen.'

Bublanski zuchtte. Mikael Blomkvist maakte dezelfde inschatting als Miriam Wu.

'Hoe dan ook, ze moet worden opgepakt. Ik kan niet ingaan op details, maar we hebben technisch bewijs dat ze op de plaatsen delict aanwezig was en ze is persoonlijk gelinkt aan het moordwapen.'

Mikael knikte.

'Ik neem aan dat dat betekent dat jullie haar vingerafdrukken daar hebben gevonden. Maar dat betekent niet dat zij degene was die heeft geschoten.'

Bublanski knikte.

'Dragan Armanskij twijfelt ook. Hij is te voorzichtig om het hardop te zeggen, maar hij zoekt ook ondersteunend bewijs voor haar onschuld.'

'En u? Wat denkt u?'

'Ik ben politieman. Ik pak mensen op en verhoor ze. Op dit moment ziet het er somber uit voor Lisbeth Salander. We hebben moordenaars veroordeeld op aanmerkelijk zwakkere indicaties.'

'U geeft geen antwoord op mijn vraag.'

'Ik weet het niet. Als ze onschuldig zou zijn ... wie zou er volgens jou belang bij hebben om haar curator en jouw twee vrienden te vermoorden?'

Mikael haalde een pakje sigaretten tevoorschijn en hield het Bublanski voor, die zijn hoofd schudde. Hij wilde niet liegen tegenover de politie en nam aan dat hij iets zou moeten zeggen over zijn bedenkingen over de man die Zala werd genoemd. En hij zou moeten vertellen over commissaris Gunnar Björck van de veiligheidsdienst.

Maar Bublanski en zijn collega's hadden ook toegang tot Dag Svenssons materiaal, dat dezelfde map met de titel 'Zala' bevatte. Alles wat ze hoefden te doen, was goed lezen. In plaats daarvan rukten ze op als een stoomwals en vertelden ze alle intieme details over Lisbeth Salander aan de pers.

Hij had een idee maar hij wist niet waar dat toe zou leiden. Hij wilde Björck niet bij name noemen voor hij zeker was van zijn zaak. *Zalachenko.* Daar was de link tussen Bjurman en Dag en Mia. Het probleem was alleen dat Björck niets had verteld.

'Laat me nog een beetje graven, dan kom ik met een alternatieve theorie.'

'Geen politiespoor, hoop ik?'

Mikael grijnsde.

'Nee. Nog niet. Wat zei Miriam Wu?'

'Ongeveer hetzelfde als jij. Ze hadden een relatie.'

Hij keek Mikael van opzij aan.

'Mijn zaak niet,' zei Mikael.

'Miriam Wu en Salander kennen elkaar drie jaar. Ze wist niets van Salanders achtergrond en wist niet eens waar ze werkte. Moeilijk te vatten. Maar ik geloof dat ze de waarheid spreekt.'

'Lisbeth is erg op zichzelf,' zei Mikael.

Ze zaten een tijdje zwijgend tegenover elkaar.

'Hebt u het nummer van Miriam Wu?'

'Ja.'

'Kan ik dat krijgen?'

'Nee.'

'Waarom niet?'

'Mikael, dit is een zaak van de politie. We hebben geen behoefte aan privédetectives met wilde theorieën.'

'Ik heb nog geen theorieën. Maar ik denk dat het antwoord op het raadsel te vinden is in het materiaal van Dag Svensson.'

'Als je je inspant, kun je Miriam Wu vermoedelijk vrij gemakkelijk te pakken zien te krijgen.'

'Vermoedelijk. Maar de eenvoudigste manier is om het aan iemand te vragen die het nummer al heeft.'

Bublanski zuchtte. Mikael ergerde zich opeens enorm aan de man tegenover zich.

'Zijn politiemensen meer getalenteerd dan gewone mensen die u privédetectives noemt?' vroeg hij.

'Nee, dat geloof ik niet. Maar de politie heeft een opleiding genoten en heeft het oplossen van misdrijven als taak.'

'Particulieren hebben ook een opleiding genoten,' zei Mikael langzaam. 'En soms is een privédetective veel beter in het doen van onderzoek dan een echte politieman of -vrouw.'

'Dat denk je maar.'

'Dat wéét ik. Neem het geval Joy Rahman. Een aantal politiemensen heeft vijf jaar op hun reet gezeten en hun ogen gesloten terwijl Rahman onschuldig vastzat voor poging tot moord op een oude vrouw. Hij zou nog steeds achter de tralies hebben gezeten als een lerares niet jaren bezig was geweest aan een serieus onderzoek. Ze deed dat zonder alle middelen waarover u kunt beschikken. Ze bewees niet alleen dat hij onschuldig was, ze kon ook iemand aanwijzen die met grote waarschijnlijkheid de echte moordenaar was.'

'De zaak Rahman was een prestigekwestie. De officier van justitie weigerde te luisteren naar feiten.'

Mikael Blomkvist keek Bublanski aan.

'Bublanski, ik zal u één ding vertellen. Vanaf nu is de Salander-zaak ook een prestigekwestie. Ik beweer dat ze Dag en Mia niet heeft vermoord. En ik zal het bewijzen ook. Ik zal u een alternatieve moordenaar geven, en als dat gebeurt, zal ik een artikel schrijven waar u en uw collega's niet erg gecharmeerd van zullen zijn.'

Op weg naar huis naar de Katarina Bangata, voelde Bublanski de behoefte om met God over de zaak te spreken, maar in plaats van naar de synagoge te gaan, ging hij naar de katholieke kerk bij de Folkungagatan. Hij nam plaats op een van de achterste banken en zat daar meer dan een uur doodstil. Als jood had hij technisch gezien niets in de katholieke kerk te zoeken, maar het was een vredige plaats die hij regelmatig bezocht als hij de behoefte voelde om zijn gedachten te ordenen. Jan Bublanski meende dat de katholieke kerk een even goede plaats was om na te denken als een synagoge en hij was ervan overtuigd dat God dat niet erg zou vinden. Bovendien was er een groot verschil tussen het katholicisme en het jodendom. Naar de synagoge ging hij als hij gezelschap en saamhorigheid met andere mensen zocht. Katholieken gingen naar de kerk omdat ze samen met God rust probeerden te vinden. De hele kerk nodigde uit tot serene stilte en gebood bezoekers met rust te laten.

Hij dacht na over Lisbeth Salander en Miriam Wu. En hij zat te piekeren over wat Erika Berger en Mikael Blomkvist voor hem verborgen hadden gehouden. Hij was ervan overtuigd dat zij iets over Salander wisten wat ze niet hadden verteld. Hij vroeg zich af wat voor 'research' Lisbeth Salander voor Mikael Blomkvist had gedaan. Hij vroeg zich even af of Salander vlak voordat Blomkvist met zijn onthullingen over de Wennerström-affaire naar buiten kwam wellicht voor hem had gewerkt, maar na enige bezinning wuifde hij die mogelijkheid weg. Lisbeth Salander had gewoon geen link naar dat soort dramatiek en het leek niet reëel dat ze met iets van waarde zou kunnen hebben bijgedragen. Hoe een goede persoonsonderzoekster ze ook was.

Bublanski was bezorgd.

Hij ergerde zich aan Mikael Blomkvists zelfverzekerde overtuigdheid van Salanders onschuld. Dat hij zelf als politieman zijn twijfels had, dat bracht zijn beroep met zich mee. Maar dat Mikael Blomkvist de uitdaging als privédetective aanging, was iets heel anders.

Hij hield niet van privédetectives. Privédetectives waren vaak hetzelfde als samenzweringstheorieën. Die leverden weliswaar grote koppen in de kranten op, maar hielden vaak ook volstrekt onnodig veel meerwerk in voor de politie.

Dit had zich ontwikkeld tot het meest absurde moordonderzoek waarbij hij ooit betrokken was geweest. Op de een of andere manier was hij de kern kwijtgeraakt. Bij een moordonderzoek moet altijd een reeks logische consequenties worden gevolgd.

Als een zeventienjarige jongen op het Mariatorget met messteken om het leven wordt gebracht, is het zaak in kaart te brengen welke skinheadgroeperingen of jeugdbendes er een uur daarvoor bij station Zuid hadden rondgehangen. Er zijn altijd vrienden, kennissen en getuigen, en al vrij snel verdachten.

Als een tweeënveertigjarige man tijdens een cafébezoek in Skärholmen met drie schoten om het leven wordt gebracht en vervolgens blijkt dat hij een loopjongen voor de Joegoslavische maffia was, gaat het erom uit te zoeken welke parvenu's bezig zijn te proberen de controle over de sigarettensmokkel over te nemen.

Als een gesettelde, zesentwintigjarige vrouw uit een goed nest gewurgd in haar flat wordt aangetroffen, is het een kwestie van nagaan wie haar vriend was of wie ze tijdens haar cafébezoek de avond ervoor als laatste heeft gesproken.

Bublanski had zo veel van dat soort onderzoeken gedaan dat hij ze kon dromen.

Het huidige onderzoek was zo veelbelovend begonnen. Ze hadden binnen een paar uur al een hoofdverdachte gevonden. Lisbeth Salander was geknipt voor die rol – een duidelijk psychiatrisch geval dat al haar hele leven gewelddadige neigingen en oncontroleerbare uitbarstingen had gehad. In de praktijk was het alleen een kwestie geweest van haar oppakken en haar laten bekennen of, afhankelijk van de omstandigheden, haar naar een psychiater sturen. Daarna was alles misgegaan wat er maar mis kón gaan.

Salander woonde niet waar ze woonde. Ze had vrienden als Dragan Armanskij en Mikael Blomkvist. Ze had een relatie met een beruchte lesbienne die aan seks met handboeien deed en de media in een reeds geïnfecteerde situatie het hoofd op hol had gebracht. Ze had 2,5 miljoen kronen op de bank en geen bekende werkplek. En dan komt Blomkvist met theorieën over trafficking en complotten – en als bekende journalist had hij daadwerkelijk politieke macht om met één goed geplaatst artikel volledige chaos in het onderzoek te veroorzaken.

De hoofdverdachte leek vooral onmogelijk te vinden, hoewel ze drie turven hoog was en een specifiek uiterlijk en tatoeages over haar hele lichaam had. De moorden waren bijna twee weken oud en ze hadden werkelijk geen flauw idee waar ze zich bevond.

Gunnar Björck, de plaatsvervangend chef van de Zweedse veiligheidsdienst, die in de ziektewet liep vanwege een hernia, had een miserabel etmaal doorgemaakt sinds Mikael Blomkvist hem met een bezoek had vereerd. Hij had een voortdurende, zeurende pijn in zijn rug. Hij had constant in zijn geleende woning heen en weer gelopen, niet in staat zich te ontspannen en enig initiatief te tonen. Hij had geprobeerd na te denken, maar de puzzelstukjes wilden niet op hun plaats vallen.

Hij kon niet begrijpen hoe de vork in de steel stak.

Toen hij het nieuws over de moord op Nils Bjurman had gehoord, de dag nadat de advocaat dood was aangetroffen, had hij het uitgeschreeuwd van vreugde. Maar hij was niet verbaasd geweest toen Lisbeth Salander bijna onmiddellijk als hoofdverdachte was aangewezen en de klopjacht op haar was begonnen. Hij had waakzaam elk woord dat op tv werd gezegd gevolgd en alle kranten gekocht die hij kon bemachtigen, en elk woord dat werd geschreven aandachtig gelezen.

Dat Lisbeth Salander geestesziek was en in staat om te doden, daaraan twijfelde hij geen seconde. Hij had geen reden om haar schuld of de conclusies van het politieonderzoek in twijfel te trekken. Integendeel, al zijn kennis over Lisbeth Salander gaf aan dat ze echt een psychotische gek was. Hij had op het punt gestaan om de politie te bellen om het onderzoek bij te staan met goed advies of om ten minste te controleren of de zaak op de juiste wijze werd aangepakt. Maar hij was uiteindelijk tot de conclusie gekomen dat de zaak hem feitelijk niet langer aanging. Het was zijn pakkie-an niet meer en er waren vakbekwame mensen die dit konden oplossen. Bovendien kon een gesprek van zijn kant resulteren in de ongewenste aandacht die hij juist wilde vermijden. Hij had zich daarom ontspannen en de nieuwsberichten alleen met verstrooide interesse gevolgd.

Het bezoek van Mikael Blomkvist had die rust volledig verstoord. Het was nooit bij Björck opgekomen dat Salanders moordorgie hem persoonlijk zou kunnen aangaan, dat een van haar slachtoffers een journalistenklootzak was, die van plan was hem voor heel Zweden te schande te maken.

Het was nog minder bij hem opgekomen dat de naam Zala als een ontgrendelde handgranaat in de geschiedenis zou opduiken en al helemáál niet dat Mikael Blomkvist die naam zou kennen. Dat was zo onwaarschijnlijk dat het alle verstand te boven ging.

De dag na Mikaels bezoek had hij de telefoon gepakt en zijn voormalige chef gebeld, die inmiddels achtenzeventig jaar oud was en in Laholm woonde. Hij moest op de een of andere manier het verband zien te vinden zonder te laten blijken dat hij om andere redenen belde dan uit louter nieuwsgierigheid en professionele ongerustheid. Het was een relatief kort gesprek geworden.

'Met Björck. Ik neem aan dat je de kranten hebt gelezen?'

'Ja. Ze is weer in beeld.'

'En ze is niet noemenswaardig veranderd.'

'Het is mijn zaak niet meer.'

'Je denkt niet dat ...?'

'Nee, dat geloof ik niet. Dat is allemaal dood en begraven. Er is geen verband.'

'Maar Bjurman *of all people*. Ik neem aan dat het geen toeval was dat hij haar curator werd.'

Het was even stil aan de andere kant van de lijn.

'Nee, dat was geen toeval. Drie jaar geleden leek het een goed idee. Wie had dit kunnen bevroeden?'

'Hoeveel wist Bjurman?'

Zijn voormalige chef grinnikte opeens in de hoorn.

'Je weet heel goed hoe Bjurman was. Niet de meest snuggere.'

'Ik bedoel ... kende hij het verband? Kan er iets in zijn nalatenschap zitten dat verder kan leiden tot ...?'

'Nee, natuurlijk niet. Ik begrijp wat je vraagt, maar maak je niet ongerust. Salander is in dit verhaal altijd een risico geweest. We hadden het zo geregeld dat Bjurman de opdracht kreeg, maar dat was alleen maar opdat haar toezichthouder iemand zou zijn die wij in de gaten konden houden. Liever dat, dan een volstrekt onbekend iemand. Als ze ergens over was gaan kletsen, was hij naar ons toe gekomen. Het komt wel goed.'

'Hoe bedoel je?'

'Tja, hierna zal Salander voor geruime tijd de kliniek in gaan.'

'Oké.'

'Maak je niet bezorgd. Neem je rust. Je bent immers ziek.'

Maar dat was juist wat Gunnar Björck niet kon. Daar had Mikael Blomkvist wel voor gezorgd. Hij ging aan de keukentafel zitten en keek uit over het water terwijl hij zijn eigen situatie probeerde samen te vatten. De dreiging kwam van twee kanten.

Mikael Blomkvist zou hem ontmaskeren als hoerenloper. De kans was groot dat hij zijn politiële carrière zou eindigen met een veroordeling vanwege overtreding van de sekskoopwet.

Maar het ernstige was dat Mikael Blomkvist achter Zalachenko aan zat. Hij was op de een of andere manier betrokken bij het verhaal. Wat rechtstreeks naar Gunnar Björcks voordeur zou leiden.

Zijn vroegere chef was er zeker van dat er niets in Bjurmans nalatenschap was waaruit iets te herleiden viel. Maar dat was niet waar. Het onderzoek uit 1991. En dat had Bjurman gekregen van Gunnar Björck.

Hij probeerde zich de ontmoeting met Bjurman meer dan negen maanden daarvoor voor de geest te halen. Ze hadden elkaar ontmoet in Gamla Stan. Bjurman had hem op een middag op het werk gebeld en voorgesteld een biertje te gaan drinken. Ze hadden het over pistoolschieten en over allerlei andere dingen gehad, maar Bjurman had om een speciale reden contact met hem gezocht. Björck moest hem een dienst bewijzen. Bjurman had naar Zalachenko gevraagd ...

Björck stond op en liep naar het keukenraam. Hij was een beetje aangeschoten geweest. Behoorlijk aangeschoten zelfs. Wat had Bjurman gevraagd?

'*Trouwens ... ik ben bezig met een zaak waarin een oude bekende is opgedoken ...*'

'O, ja, wie dan?'

'Alexander Zalachenko. Weet je nog wie dat is?'

'Maar al te goed. Die vergeet je niet zo gauw.'

'Waar is hij destijds gebleven?'

Technisch gezien ging dat Bjurman niets aan. Er waren zelfs aannemelijke redenen om Bjurman onder de loep te nemen alleen al omdat hij dat vroeg ... ware het niet omwille van het feit dat hij Lisbeth Salanders toezichthouder was. Hij zei dat hij het oude onderzoek nodig had. *En dat heb ik hem gegeven.*

Björck had een dramatische misstap begaan. Hij was ervan uitgegaan dat Bjurman al was geïnformeerd – al het andere had ondenkbaar geleken. En Bjurman had de zaak voorgespiegeld alsof hij alleen een sluipweg door de trage bureaucratische jungle zocht, met de vele stempels en de geheimzinnigdoenerij. Zeker in een zaak die betrekking had op Zalachenko.

Ik heb hem het onderzoek gegeven. Dat was nog steeds geheim, maar Bjurman had een redelijke en begrijpelijke reden, bovendien was hij niet iemand die zijn mond voorbijpraatte. Hij was onnozel, maar hij was niet loslippig. Dat kon toch geen kwaad ... het was immers al zo lang geleden.

Bjurman had hem besodemieterd. Hij had de indruk gewekt dat het om formaliteiten en bureaucratie ging. Hoe meer hij erover nadacht, hoe meer hij ervan overtuigd raakte dat Bjurman zijn woorden zeer exact en zeer voorzichtig had gekozen.

Maar waar was Bjurman verdomme op uit geweest? En waarom had Salander hem vermoord?

Mikael Blomkvist bezocht die zaterdag de Lundagatan nog vier keer in de hoop Miriam Wu daar aan te treffen, maar ze schitterde door afwezigheid.

Hij bracht een groot deel van de dag door met zijn iBook in de Koffiebar aan de Hornsgatan, waar hij opnieuw de e-mails die Dag Svensson op zijn millennium.se-adres had ontvangen en de inhoud van de map 'Zala' doorlas. De laatste weken voor de moorden had Dag Svensson steeds meer tijd aan onderzoek naar Zala besteed.

Mikael wilde dat hij Dag Svensson had kunnen bellen om te vragen waarom het document over Irina P. in de map over Zala zat. De enige redelijke conclusie die Mikael kon trekken, was dat Dag Zala had verdacht van de moord op Irina P.

Tegen vijven 's middags had Bublanski hem plotseling gebeld en hem het telefoonnummer van Miriam Wu gegeven. Hij begreep niet wat de politieman ertoe had gebracht van mening te veranderen, maar zo gauw hij het nummer gekregen had, belde hij ongeveer eens per halfuur. Pas tegen elven 's avonds had Miriam haar gsm aangezet en opgenomen. Het werd een kort gesprek.

'Dag Miriam. Mijn naam is Mikael Blomkvist.'

'Wat moet je, verdomme?'

'Ik ben journalist en werk bij een magazine dat *Millennium* heet.'

Miriam Wu drukte haar gevoelens op kernachtige wijze uit.

'Aha. Die Blomkvist. Loop naar de hel, klotejournalist.'

Daarna had ze de verbinding verbroken voordat Mikael ook maar de kans had gehad om de reden van zijn gesprek uit de doeken te doen. Hij dacht slechte dingen over Tony Scala en probeerde opnieuw te bellen. Ze nam niet op. Uiteindelijk stuurde hij haar een sms'je.

Alsjeblieft, bel me. Het is belangrijk.

Ze had hem niet gebeld.

Zaterdagavond laat zette Mikael zijn computer uit, kleedde zich uit en kroop in bed. Hij voelde zich gefrustreerd en wilde dat hij gezelschap had gehad van Erika Berger.

DEEL 4

TERMINATOR MODE

24 maart tot 8 april

Een wortel van een vergelijking is een waarde van de onbekende in de vergelijking waarvoor aan die vergelijking wordt voldaan. Voor het oplossen van een vergelijking moeten alle wortels worden gevonden. Een vergelijking die uitkomt met alle mogelijke waarden van de onbekende, wordt een identiteit genoemd.

$(a+b)2=a2+2ab+b2$

21
WITTE DONDERDAG 24 MAART – MAANDAG 4 APRIL

Lisbeth Salander bracht de eerste week van de politiejacht ver van alle dramatiek door. Ze bevond zich in alle rust in haar appartement aan de Fiskargatan bij Mosebacke. Haar mobiel stond uit en ze had de simkaart eruit gehaald. Ze was niet van plan die mobiele telefoon ooit nog te gebruiken. Ze volgde met steeds grotere ogen de koppen in de internetedities van de kranten en de nieuwsuitzendingen op tv.

Ze bekeek geïrriteerd de pasfoto van zichzelf, die eerst op internet werd gelanceerd en vervolgens alle voorpagina's van de kranten haalde en de vignetten in de tv-journaals domineerde. Ze zag er idioot uit.

Ondanks haar jarenlange streven naar anonimiteit was ze een van de meest veelbesproken personen van het land geworden. Met lichte verbazing begon ze in te zien dat het opsporingsbericht van de kleine vrouw die werd verdacht van een drievoudige moord een van de grootste nieuwsgebeurtenissen van het land was. Het had ongeveer hetzelfde niveau als de Knutby-zaak. Ze volgde de commentaren en verklaringen in de media nadenkend en met gefronste wenkbrauwen, gefascineerd over het feit dat informatie over haar geestelijke tekortkomingen, die onder de geheimhoudingsplicht viel, gewoon open en bloot op elke krantenredactie leek te liggen. Eén kop wekte begraven herinneringen tot leven.

OPGEPAKT VOOR MISHANDELING IN GAMLA STAN

Een rechtbankverslaggever bij het Zweedse persbureau overtrof zijn concurrenten doordat hij een kopie had weten te bemachtigen van het gerechtelijk-geneeskundige onderzoek dat had plaatsgevonden toen Lisbeth was opgepakt nadat ze een passagier in het metrostation van Gamla Stan in het gezicht had geschopt.

Lisbeth kon zich de gebeurtenis in de metro nog goed herinneren. Ze was bij het Odenplan geweest en was op weg naar haar tijdelijke thuis bij haar pleegouders in Hägersten. Bij de Rådmansgatan was een onbekende en ogenschijnlijk nuchtere man ingestapt die onmiddellijk op haar had ingezoomd. Ze had later gehoord dat hij Karl Evert Blomgren heette en een werkloze, tweeënvijftigjarige voormalige bandyspeler uit Gävle was. Hoewel de wagon halfleeg was, was hij naast haar komen zitten en was hij handtastelijk geworden. Hij had zijn hand op haar knie gelegd en geprobeerd een conversatie te beginnen van het type 'je krijgt 200 kronen als je met mij mee naar huis gaat'. Toen ze hem negeerde, bleef hij aanhouden en begon hij haar uit te schelden voor kutwijf. Het feit dat ze geen antwoord gaf en bovendien op T-centralen overstapte, had hem niet afgeschrikt.

Toen ze Gamla Stan naderden, had hij zijn armen van achteren om haar heen geslagen en zijn handen onder haar trui gewurmd terwijl hij in haar oor fluisterde dat ze een hoer was. Lisbeth Salander vond het niet prettig om door een wildvreemd iemand in de metro hoer te worden genoemd. Ze had geantwoord door hem een elleboogstoot in zijn oog te geven en had daarna een paal vastgepakt, zich opgetrokken en hem met beide hakken boven zijn neuswortel geschopt. Er was een zeker bloedvergieten ontstaan.

Ze had op het perron de metro uit weten te glippen, maar omdat ze was gekleed volgens de laatste punkmode en blauwgeverfd haar had, had een grappenmaker van de ordedienst zich over haar heen geworpen en haar tegen de grond gedrukt gehouden tot de politie was gearriveerd.

Ze had haar geslacht en haar lichaamsbouw vervloekt. Als ze een jongen was geweest, zou niemand zich over haar heen hebben durven werpen.

Ze had nooit geprobeerd uit te leggen waarom ze Karl Evert Blomgren in zijn gezicht had geschopt. Ze meende dat het geen zin had om überhaupt te proberen iets aan een geüniformeerde overheidsinstantie uit te leggen. Om principiële redenen had ze ook geweigerd antwoord op vragen te geven toen psychologen hadden geprobeerd haar mentale toestand te beoordelen. Gelukkig waren er diverse getuigen van het voorval geweest, onder wie een pittige tante uit Härnösand die parlementslid van de Centrumpartij bleek te zijn. De vrouw had ter plaatse een getuigenverklaring afgelegd dat Blomgren Salander voorafgaand aan de geweldsuitbarsting had betast. Toen later bleek dat Blomgren al twee keer was veroordeeld voor zedenmisdrijven, besloot de officier van justitie de zaak te seponeren. Dat betekende echter niet dat het sociale onderzoek naar Salander werd afgebroken. En dat resulteerde er korte tijd later in dat de rechtbank besloot Lisbeth Salander onder curatele te stellen. Ze was daarna eerst onder Holger Palmgrens toezicht gekomen en later onder dat van Nils Bjurman.

Nu stonden al deze intieme en vertrouwelijke details publiekelijk toegankelijk op het internet. Haar cv werd gecompleteerd met kleurrijke beschrijvingen van hoe ze al sinds de kleuterschool met haar omgeving in conflict was gekomen en dat ze haar eerste tienerjaren in een kinderpsychiatrische kliniek had doorgebracht.

De diagnose die de media van Lisbeth Salander stelden, varieerde afhankelijk van de oplage en de krant. Soms werd ze beschreven als psychotisch en andere keren als schizofreen met ernstige trekken van achtervolgingswaanzin. Alle kranten beschreven haar als verstandelijk gehandicapt; ze had zich niet eens de lesstof van de basisschool eigen kunnen maken en had haar school zonder einddiploma verlaten. Dat ze onevenwichtig en gewelddadig was, daaraan hoefde het publiek niet te twijfelen.

Toen de media ontdekten dat Lisbeth Salander de bekende lesbienne Miriam Wu kende, brak in diverse kranten een regelrechte *feeding frenzy* uit. Miriam Wu had opgetreden in Benita Costa's performance show op de Gay Pride, een provocerende toneelshow waarbij Mimmi was gefotografeerd met naakt bovenlijf, slechts gekleed in een leren broek met bretels en leren laarzen met hoge hakken. Ze had bovendien artikelen geschreven in een homoblad, die ijverig in de media werden geciteerd en ze was een paar keer geïnterviewd in verband met optredens in verschillende shows. De combinatie van een mogelijke lesbische massamoordenaar en prikkelende bdsm-seks zorgde blijkbaar voor onklopbare oplagerecords.

Omdat Miriam Wu de eerste hectische week niet was aangetroffen, deden er wisselende speculaties de ronde dat zij ook het slachtoffer was geworden van Salanders geweld of dat Miriam Wu wellicht medeplichtig was.

Deze speculaties beperkten zich echter hoofdzakelijk tot de onnozele chatsite Exilen op internet en kwamen verder vrijwel nergens voor. Maar omdat bekend was geworden dat Mia Bergmans proefschrift over de sekshandel ging, speculeerden meerdere kranten over de mogelijkheid dat dat Lisbeth Salanders motief voor de moorden moest zijn geweest, omdat ze volgens de sociale instellingen prostituee was.

Aan het eind van de week ontdekten de media dat Salander ook banden had met een stel jonge vrouwen die flirtten met het satanisme. De groep werd Evil Fingers genoemd en bracht een oudere, mannelijke cultuurjournalist ertoe een tekst te schrijven over de ontheemdheid van de jeugd en de gevaren die schuilden in alles van skinheadcultuur tot hiphop.

Tegen die tijd was het publiek vrijwel verzadigd voor wat betreft informatie over Lisbeth Salander. Als alle beweringen in de verschillende media bij elkaar werden opgeteld, was de politie op jacht naar een psychotische, lesbische vrouw die deel uitmaakte van een liga sadomasochistische satanisten die bdsm-seks propageerde en de maatschappij in het algemeen haatte en mannen in het bijzonder. Omdat Lisbeth Salander zich het jaar ervoor in het buitenland had bevonden, bestonden er wellicht ook enkele internationale banden.

Slechts eenmaal reageerde Lisbeth met iets grotere emotie op wat er in het mediageruis naar voren kwam. Eén kop wekte haar belangstelling.

> 'WE WAREN BANG VOOR HAAR'
> 'Ze dreigde ons te doden,' zeggen leraren en klasgenoten

Degene die aan het woord was, was een voormalige lerares genaamd Birgitta Miåås. De vrouw was tegenwoordig textielkunstenares. Ze vertelde dat Lisbeth Salander haar klasgenootjes had bedreigd en dat ook docenten bang voor haar waren geweest.

Lisbeth kende Miåås inderdaad. Het was echter geen glaszuiver treffen geweest.

Ze beet op haar onderlip en constateerde dat ze destijds elf jaar moest zijn geweest. Ze herinnerde zich Miåås als een onaangename invalster wiskunde, die keer op keer had geprobeerd haar een vraag te laten beantwoorden die ze al correct had beantwoord, maar waarbij het antwoordenboek van de lerares beweerde dat ze het fout had. Maar het antwoordenboek had het mis. Dat zou volgens Lisbeth voor iedereen zo klaar als een klontje moeten zijn. Maar Miåås was steeds volhardender geweest en Lisbeth steeds minder bereid de kwestie te bespreken. Ten slotte had ze met haar mond in een rechte streep en haar onderlip naar voren gezeten totdat Miåås haar uit pure frustratie bij haar schouders had gepakt en haar door elkaar had gerammeld om haar aandacht te trekken. Lisbeth had haar leerboek naar Miåås' hoofd gesmeten, wat een zeker tumult teweeg had gebracht. Ze had gespuugd en geblazen, en wild om zich heen geschopt toen haar klasgenoten hadden geprobeerd haar vast te houden.

Het artikel besloeg een dubbele pagina in een avondblad en er was ook ruimte voor enkele beschouwingen. In één ervan poseerde een van haar vroegere klasgenoten voor de ingang van hun oude school. De betreffende klasgenoot heette David Gustavsson en betitelde zichzelf tegenwoordig als administratief medewerker. Hij beweerde dat de leerlingen bang voor Lisbeth Salander waren geweest 'omdat ze een keer had gedreigd hen te vermoorden'. Lisbeth herinnerde zich David Gustavsson als een van haar voornaamste kwelgeesten op school. Een enorm beest met het IQ van een snoek, die zelden een gelegenheid onbenut liet om haar te beledigen en haar op de gang te duwen. Op een keer had hij haar tijdens de pauze achter de gymzaal overvallen. Ze had zoals gewoonlijk teruggeslagen. Lichamelijk gezien was ze kansloos geweest, maar ze was van mening dat de dood beter was dan overgave. Het incident was uit de hand gelopen toen een groot aantal klasgenoten om hen heen was komen staan. Ze kwamen kijken hoe David Gustavsson Lisbeth Salander telkens tegen de grond werkte. Het was een tijdje zeer vermakelijk geweest, maar dat domme kind gaf niet op, ze begon niet eens te huilen of om genade te smeken.

Na een tijdje was het ook voor de klasgenoten te veel geworden. Het was zo duidelijk dat David de overhand had en Lisbeth kansloos was, dat David minpunten ging verzamelen. Ten slotte had hij Lisbeth twee rake klappen verkocht. Haar lip was gebarsten en ze had geen lucht meer kunnen krijgen. De klasgenoten hadden haar als een ellendig hoopje achter de gymzaal laten liggen en waren lachend de hoek om verdwenen.

Lisbeth Salander was naar huis gegaan en had haar wonden gelikt. Twee dagen later was ze teruggekomen met een kastieknuppel. Ze had David midden op het schoolplein in elkaar geslagen. Toen hij geschokt op de grond lag, had ze de kastieknuppel tegen zijn strot geduwd, zich voorovergebogen en in zijn oor gefluisterd dat als hij haar ooit nog een keer zou aanraken, ze hem zou doodslaan. Toen het schoolpersoneel in de gaten kreeg wat er aan de hand was, was David naar de schoolverpleegkundige gebracht terwijl Lisbeth was meegenomen naar de rector voor bestraffing, dossieraantekeningen en verder sociaal onderzoek.

Lisbeth had al vijftien jaar niet nagedacht over het bestaansrecht van Miåås of Gustavsson. Ze maakte een aantekening in haar hoofd dat ze als ze tijd over had, wilde controleren waar zij zich momenteel mee bezighielden.

Het effect van al dat geschrijf was dat Lisbeth Salander bij het hele Zweedse volk beroemd en berucht was geworden. Haar achtergrond werd tot in het kleinste detail in kaart gebracht, uitgevlooid en gepubliceerd; vanaf de uitbarstingen op de kleuterschool tot het verblijf in de kinderpsychiatrische kliniek St. Stefans buiten Uppsala, waar ze meer dan twee jaar had doorgebracht.

Ze spitste haar oren toen afdelingshoofd Peter Teleborian op tv werd geïnterviewd. Hij was acht jaar ouder dan toen Lisbeth hem voor de laatste keer had gezien. Dat was tijdens de onderhandelingen bij de rechtbank over haar ondertoezichtstelling. Hij had een diepe frons in zijn voorhoofd en krabde in een dun baardje toen hij zich bezorgd tot de studioverslaggever wendde en verklaarde dat hij zwijgplicht had en zich daardoor niet over een individuele patiënte kon uitspreken. Alles wat hij kon zeggen, was dat Lisbeth Salander een zeer gecompliceerd geval was dat gekwalificeerde zorg nodig had en dat de rechtbank tegen zijn aanbevelingen in had besloten haar onder toezicht te stellen in plaats van haar de institutionele zorg te geven die ze nodig had. Het was een schandaal, beweerde Teleborian. Hij zei dat het hem speet dat er nu drie mensen het leven hadden gelaten als resultaat van deze foutieve inschatting en maakte van de gelegenheid gebruik om een paar sneren uit te delen over de bezuinigingen binnen de psychiatrische zorg, die de regering de laatste decennia had doorgedrukt.

Lisbeth merkte op dat geen van de kranten onthulde wat de meest gebruikelijke vorm van zorg was op de gesloten kinderpsychiatrische afdeling waar dr. Teleborian voor verantwoordelijk was. Namelijk dat 'onrustige en onhandelbare patiënten' in een ruimte werden geplaatst die 'prikkelvrij' werd genoemd. De inrichting van de ruimte bestond uit een brits met een spanriem. Het academische voorwendsel was dat onrustige kinderen geen 'prikkels' moesten krijgen omdat die een uitbarsting teweeg konden brengen.

Toen ze ouder werd, had ze ontdekt dat hier een andere term voor bestond. *Sensory deprivation.* Gevangenen blootstellen aan sensory deprivation werd volgens de Conventie van Genève geclassificeerd als onmenselijk. Het was een veelvoorkomend onderdeel bij de experimenten met hersenspoelingen, waar diverse dictatuurregimes zich mee bezig hadden gehouden. En er was documentatie waaruit bleek dat de politieke gevangen die in de jaren dertig tijdens de schijnprocessen van Moskou allerhande absurde misdaden hadden bekend, aan een dergelijke behandeling blootgesteld waren geweest.

Toen Lisbeth Peter Teleborians gezicht op tv bekeek, werd haar hart een klompje ijs. Ze vroeg zich af of hij nog steeds dezelfde walgelijke aftershave gebruikte. Hij was verantwoordelijk geweest voor wat theoretisch werd gedefinieerd als haar 'verpleging'. Ze had nooit begrepen wat er verder van haar werd verwacht dan dat ze op de een of andere manier moest worden behandeld en diende te beseffen wat ze had gedaan. Lisbeth was al snel tot het inzicht gekomen dat een 'onrustige en onhandelbare patiënt' hetzelfde was als een patiënt die Teleborians redeneringen en kennis in twijfel trok.

Om die reden had Lisbeth Salander ontdekt dat de psychiatrische behandelingsmethode die in de zestiende eeuw veelvuldig werd gebruikt op de drempel van de eenentwintigste eeuw bij St. Stefans nog steeds in praktijk werd gebracht.

Ze had ongeveer de helft van haar tijd bij St. Stefans vastgespannen op een brits in de 'prikkelvrije' ruimte doorgebracht. Dat was blijkbaar een soort record.

Teleborian had haar nooit seksueel betast. Hij had haar hoogstens eens zeer onschuldig aangeraakt. Hij had ook een keer vermanend zijn hand op haar schouder gelegd toen ze vastgebonden in de isoleercel lag.

Ze vroeg zich af of de afdrukken van haar tanden nog steeds in het tweede kootje van zijn pink zichtbaar waren.

Het geheel had zich ontwikkeld tot een duel waarbij Teleborian alle troeven in handen had gehad. Haar tegenzet was geweest dat ze zich totaal had afgeschermd en hem volledig had genegeerd.

Ze was twaalf toen ze door twee vrouwelijke agenten naar St. Stefans was getransporteerd. Dat was een paar weken nadat Al Het Slechte was gebeurd. Ze kon zich elk detail nog herinneren. Eerst had ze nog gedacht dat het allemaal goed zou komen. Ze had geprobeerd háár versie uit te leggen aan de politie, maatschappelijk werkers, het ziekenhuispersoneel, verpleegkundigen, artsen, psychologen en zelfs aan een dominee die wilde dat ze samen met hem zou bidden. Toen ze op de achterbank van de politieauto zat en ze het Wenner-Gren Centrum in noordelijke richting passeerden op weg naar Uppsala, wist ze nog niet waar ze naar op weg was. Niemand had haar geïnformeerd. Maar op dat moment was ze gaan vermoeden dat het helemaal niet goed zou komen.

Ze had het geprobeerd uit te leggen aan Peter Teleborian.

Het resultaat van al deze inspanningen was dat ze de nacht dat ze dertien jaar werd, vastgegespt op de brits lag.

Peter Teleborian was zonder vergelijking de ergste en meest onaangename sadist die Lisbeth Salander ooit was tegengekomen. Hij lag straatlengten voor op Bjurman. Bjurman was een onbeschofte klootzak geweest die ze had kunnen hanteren. Maar Peter Teleborian ging schuil achter een gordijn van papieren, evaluaties, academische merites en psychiatrisch geneuzel. Niet een van zijn daden kon ooit worden gerapporteerd of berispt.

Het was zijn taak om in opdracht van de rijksoverheid ongehoorzame meisjes vast te gespen.

En elke keer dat Lisbeth Salander geboeid op haar rug lag, hij het tuig strakker trok en ze hem in de ogen keek, kon ze zijn opwinding aflezen. Ze wist het. En hij wist dat zij het wist. De boodschap was overgekomen.

Daarom besloot ze de nacht dat ze dertien werd dat ze nooit meer een woord met Peter Teleborian, een andere psychiater of een neuroloog zou wisselen. Dat was haar verjaarscadeau aan zichzelf. Ze had haar belofte gehouden. En ze wist dat dat Peter Teleborian gefrustreerd had gemaakt en dat het er misschien méér dan wat dan ook toe had bijgedragen dat ze nacht na nacht in het tuig werd vastgegespt. Dat was een prijs die ze bereid was te betalen.

Ze leerde zichzelf alles over zelfbeheersing. Ze kreeg geen uitbarstingen meer en gooide de dagen dat ze uit de isoleercel mocht geen spullen meer om zich heen.

Maar ze sprak niet met de artsen.

Ze sprak daarentegen beleefd en zonder voorbehoud met verpleegsters, keukenpersoneel en schoonmakers. Dat werd opgemerkt. Een vriendelijke zuster, Carolina genaamd, tot wie Lisbeth tot op zekere hoogte haar toevlucht had genomen, had haar op een dag gevraagd waarom ze zo deed. Lisbeth had haar vragend aangekeken.

Waarom praat je niet met de artsen?

Omdat ze niet naar me luisteren.

Dat antwoord was niet spontaan. Het was haar manier om toch met de artsen te communiceren. Ze was zich ervan bewust dat dergelijke opmerkingen werden opgenomen in haar dossier en dat ze documenteerden dat haar zwijgen een volstrekt rationele beslissing was.

Het laatste jaar bij St. Stefans was het steeds ongebruikelijker geweest dat Lisbeth in de isoleercel zat. De keren dat dat gebeurde, waren altijd als ze op de een of andere manier Peter Teleborian had geïrriteerd. Wat op zich al het geval leek te zijn zo gauw hij haar zag. Hij had telkens weer geprobeerd haar halsstarrige zwijgen te doorbreken en haar te dwingen zijn bestaan te erkennen.

Teleborian had een bepaalde periode gemeend dat Lisbeth een specifiek soort psychofarmaca moest slikken. Maar hiervan kreeg ze moeite met ademen en denken, wat op zijn beurt weer angst had gecreëerd. Vanaf dat moment had ze geweigerd haar medicijnen in te nemen, wat ertoe leidde dat ze driemaal per dag onder dwang een tablet kreeg toegediend.

Haar tegenstand was zo heftig geweest dat het personeel haar met geweld had moeten vasthouden, haar mond had moeten forceren en haar vervolgens had moeten dwingen te slikken. De eerste keer had Lisbeth onmiddellijk haar vinger in haar keel gestoken en haar lunch over de dichtstbijzijnde keukenhulp uitgekotst. Dat had tot gevolg gehad dat de tabletinname daarna plaatsvond als ze lag vastgegespt. Lisbeth had geantwoord door zichzelf aan te leren te spugen zonder dat ze haar vinger in haar keel hoefde te steken. Haar gewelddadige weigeren en het meerwerk dat het voor het personeel betekende, hadden ertoe geleid dat de proef was afgebroken.

Ze was net vijftien geworden toen ze plotseling werd teruggebracht naar Stockholm en vervolgens naar een pleeggezin. Die verhuizing kwam voor haar als een volslagen verrassing. In die tijd was Teleborian echter niet het afdelingshoofd bij St. Stefans en Lisbeth Salander was ervan overtuigd dat dat de enige reden was dat ze plotseling was uitgeschreven. Als Teleborian alléén had mogen beslissen, zou ze nog steeds vastgespannen op de brits in de isoleercel hebben gelegen.

Nu zag ze hem op tv. Ze vroeg zich af of hij nog steeds fantaseerde dat ze weer onder zijn hoede zou komen of dat ze te oud was geworden om zijn fantasieën te bevredigen. Zijn aanval tegen de beslissing van de rechtbank om haar niet te laten opnemen was effectief en riep verontwaardiging op bij de studioverslaggeefster die hem interviewde, maar die blijkbaar geen idee had welke vragen ze moest stellen. Er was niemand die Peter Teleborian kon tegenspreken. Het vorige afdelingshoofd van St. Stefans was overleden. De rechter die bij de zaak Salander zitting had gehad, en die nu gedeeltelijk de rol van boef in het drama op zich moest nemen, was met pensioen. Hij weigerde zich tegenover de pers uit te laten.

Een van de meest verbluffende teksten vond Lisbeth in de internet-editie van een regionale krant uit midden-Zweden. Ze las de tekst drie keer door voordat ze de computer uitzette en een sigaret opstak. Ze ging op een IKEA kussen in de vensterbank zitten en keek gelaten naar de nachtverlichting buiten.

> 'ZE IS BISEKSUEEL,' ZEGT JEUGDVRIENDIN
> De zesentwintigjarige vrouw die wordt gezocht wegens moord wordt beschreven als een introverte eenling met grote aanpassingsproblemen op school. Ondanks diverse pogingen haar bij de groep te betrekken, bleef ze een buitenbeentje.
> 'Ze had duidelijke problemen met haar seksuele identiteit,' herinnert Johanna zich, een van haar weinige goede vriendinnen op school.
> 'Het was vrij snel duidelijk dat ze anders was en dat ze biseksueel was. We maakten ons zorgen om haar.'

De tekst ging nog even door en beschreef enkele episodes die Johanna zich herinnerde. Lisbeth fronste haar wenkbrauwen. Ze kon zich de episodes absoluut niet herinneren en al evenmin dat ze een goede vriendin had gehad die Johanna heette. Ze kon zich überhaupt niet herinneren dat er ooit een persoon was geweest die als goede vriendin kon worden bestempeld en die had geprobeerd haar bij de groep te betrekken toen ze op school zat.

De tekst gaf geen uitsluitsel over de vraag wanneer deze episodes zich zouden hebben afgespeeld, maar ze had de school zo ongeveer verlaten toen ze twaalf was. Dat betekende dat haar ongeruste jeugdvriendin haar biseksualiteit al vroeg had ontdekt.

Van de bijna uitzinnige vloedgolf aan absurde teksten van de afgelopen week, was het interview met Johanna dat wat haar het meest trof. Het was zo overduidelijk gekunsteld. Of de verslaggever was ten prooi gevallen aan een complete mythomaan óf hij had zelf een verhaal in elkaar geflanst. Ze prentte de naam van de verslaggever in haar geheugen en zette hem op de lijst met toekomstige studieobjecten.

Zelfs de verzachtende maatschappijkritische reportages met koppen als 'De maatschappij is gebarsten' of 'Ze heeft nooit de hulp gekregen die ze nodig had' konden haar rol als staatsvijand nummer één niet verkleinen – een massamoordenaar die in een uitbarsting van gekte drie eerzame burgers had geëxecuteerd.

Lisbeth las de interpretaties van haar leven met zekere fascinatie en merkte een duidelijke lacune in de publieke kennis. Ondanks een ogenschijnlijk onbeperkte toegang tot de meest vertrouwelijke en intieme details over haar leven hadden de media Al Het Slechte, dat had plaatsgevonden vlak voordat ze dertien werd, volledig gemist. De kennis over haar leven strekte zich uit van de voorschool tot ze elf was en werd weer opgepakt toen ze op vijftienjarige leeftijd weg mocht bij kinderpsychiatrie en in een pleeggezin werd geplaatst.

Het leek erop of iemand binnen het politieonderzoek de media van informatie voorzag maar die, om redenen die Lisbeth Salander niet kende, had besloten het hoofdstuk over Al Het Slechte te verduisteren. Dat verbaasde haar. Als de politie haar voorliefde voor bruut geweld wilde onderstrepen, was juist dát onderzoek de zwaarste belasting in haar curriculum. Het liet alle onbenulligheden op het schoolplein – de directe oorzaak dat ze naar Uppsala was getransporteerd en in St. Stefans was opgenomen – ver achter zich.

Op eerste paasdag begon Lisbeth het politieonderzoek in kaart te brengen. Uit gegevens in de media kreeg ze een goed beeld van de deelnemers. Ze noteerde dat officier van justitie Richard Ekström vooronderzoeksleider was en degene die gewoonlijk op persconferenties het woord voerde. Het feitelijke onderzoek werd gedaan door inspecteur Jan Bublanski, een enigszins te zware man in een slechtzittend colbert, die Ekström bij enkele van de persconferenties flankeerde.

Na een aantal dagen had ze Sonja Modig geïdentificeerd als de enige vrouw van de groep en degene die advocaat Bjurman had gevonden. Ze noteerde de namen Hans Faste en Curt Svensson, maar miste Jerker Holmberg volledig omdat hij in geen enkele reportage voorkwam. Ze maakte in haar computer voor ieder individu een bestand aan en begon deze vol te tanken met informatie.

Gegevens over de mate waarin het politieonderzoek vorderde, zouden natuurlijk te vinden zijn in de computers van het onderzoeksteam van de politie. De database van die computers stond op de server van het hoofdbureau van politie. Lisbeth Salander wist dat het exceptioneel lastig zou zijn om in te breken in het intranet van de politie, maar dat het niet onmogelijk was. Ze had het eerder gedaan.

Ze had vier jaar geleden in verband met een opdracht voor Dragan Armanskij de structuur van het politienetwerk in kaart gebracht en de mogelijkheden bekeken om in het centrale strafregister in te breken om eigen speurwerk te doen. Ze was vreselijk mislukt in haar inbraakpogingen van buitenaf – daarvoor waren de firewalls van de politie te geavanceerd en voorzien van alle mogelijke hinderlagen die tot onaangename aandacht konden leiden.

Het intranet van de politie was opgebouwd volgens alle regelen der kunst, met een eigen kabelnet, afgeschermd van externe koppelingen en internet. Wat nodig was, was met andere woorden een fysieke politiefunctionaris die aan haar opdracht werkte en die toegang had tot het netwerk óf, het op één na beste, dat het intranet van de politie zou denken dat Lisbeth Salander bevoegd was. In dat opzicht hadden de veiligheidsexperts van de politie gelukkig een gigantische steek laten vallen. Er waren diverse politiebureaus in het land die toegang hadden tot het netwerk. De meeste daarvan waren kleine, lokale eenheden die 's nachts onbemand waren en die meestal geen inbraakalarm of bewaking hadden. Het politiebureau van de wijkpolitie in Långvik buiten Västerås was zo'n bureau. Het besloeg 130 vierkante meter en was gevestigd in hetzelfde gebouw als de plaatselijke bibliotheek en de centrale sociale verzekeringsinstantie. Overdag was het bureau door drie politieagenten bemand.

Lisbeth Salander was er niet in geslaagd om voor het onderzoek waar ze toen mee bezig was in het netwerk in te breken, maar had besloten dat het wellicht nuttig kon zijn om wat tijd en energie te steken in het verschaffen van toegang voor toekomstig gebruik. Ze had haar mogelijkheden bekeken en vervolgens een vakantiebaantje als schoonmaakster bij de bibliotheek van Långvik gezocht. Naast het gezwabber en gedweil had het haar tien minuten gekost om bij het kadaster de lokalen tot in detail in kaart te brengen. Ze had sleutels van het gebouw, maar niet van de lokalen van de politie. Ze had echter ontdekt dat ze zonder problemen via een badkamerraam op de tweede verdieping, dat 's nachts vanwege de zomerhitte op een kier bleef staan, naar binnen kon glippen. Het politiebureau werd uitsluitend bewaakt door iemand van Securitas die elke nacht een paar rondjes maakte. Bespottelijk.

Het had haar ongeveer vijftien minuten gekost om een username en password te vinden; die stonden genoteerd op een briefje dat onder de bureaulegger van de plaatselijke opper-bromsnor lag. Het kostte haar ongeveer een nacht experimenteren om de structuur van het netwerk te begrijpen en uit te zoeken welke mate van toegang hij had en welke zaken ook voor hem verborgen bleven. Als bonus kreeg ze ook de gebruikersnamen en passwords van de twee andere agenten. Een van hen was de tweeëndertigjarige Maria Ottosson, in wier computer ze informatie vond dat Ottosson op een functie als onderzoeker bij de afdeling Fraude van de Stockholmse politie had gesolliciteerd en dat ze die baan ook had gekregen. Lisbeth bofte helemaal, want Ottosson had haar Dell-laptop in een onafgesloten bureaulade laten liggen. Maria Ottosson was blijkbaar een politievrouw met een privécomputer die ze op het werk gebruikte. Perfect. Lisbeth startte de computer op en stopte de cd met het programma Asphyxia 1.0 erin, de allereerste versie van haar spionageprogramma.

Ze installeerde de software op twee plaatsen. Als een actief geïntegreerd onderdeel van Microsoft Explorer en als back-up in Ottossons adresboek. Lisbeth ging ervan uit dat als Ottosson een nieuwe computer zou kopen, ze haar adresboek over zou zetten. De kans was bovendien groot dat ze haar adresboek zou kopiëren naar de computer op haar nieuwe werkplek bij Fraude in Stockholm, waar ze een paar weken later in dienst zou treden.

Lisbeth had ook software in de desktopcomputers van de politiemensen geplaatst waardoor ze van buitenaf informatie kon downloaden. En door gewoonweg hun identiteiten te stelen, kon ze dingen in het centrale strafregister opzoeken. Ze moest wel zo voorzichtig te werk gaan dat haar inbreuk niet te zien was. Bij de veiligheidsafdeling van de politie ging namelijk automatisch een alarm af wanneer een lokale politiebeambte buiten werktijd inlogde of wanneer het aantal zoekopdrachten opeens zeer sterk toenam. En als ze naar informatie zocht in onderzoeken waarbij de lokale politie redelijkerwijs niet betrokken was, ging er ook een alarm af.

Ze werkte het jaar erna nauw samen met haar hackercollega Plague om controle over het computernetwerk van de politie te krijgen. Dat bleek gepaard te gaan met zulke gigantische moeilijkheden dat ze het project op een gegeven moment beëindigden. Maar ondertussen hadden ze wel bijna honderd bestaande politie-identiteiten verzameld, die ze naar behoefte konden lenen.

Plague had een doorbraak toen hij erin slaagde de computer van de chef van de databeveiligingsafdeling van de politie te kraken. De man was een civiel aangestelde econoom zonder diepere computerkennis, maar met een schat aan informatie op zijn laptop thuis. Lisbeth en Plague hadden weliswaar niet de mogelijkheid om het computernetwerk van de politie te kraken, ze konden het met kwaadwillige virussen en dergelijke wél volledig vernielen. Maar dat was een activiteit waar ze geen van beiden belang bij hadden. Ze waren hackers, geen saboteurs. Ze wilden toegang tot netwerken hebben, niet ze kapotmaken.

Lisbeth Salander controleerde haar lijst en constateerde dat geen van de personen van wie ze de identiteit gestolen had, aan het onderzoek naar de drievoudige moord werkte. Dat zou ook te veel van het goede zijn. Maar ze kon zonder problemen de details van het landelijke opsporingsbericht lezen, inclusief geüpdate gegevens over haarzelf. Ze ontdekte dat ze in onder andere Uppsala, Norrköping, Göteborg, Malmö, Hässleholm en Kalmar was gesignaleerd en opgejaagd, en dat er een geheime computergrafiek was rondgestuurd die een beter beeld van haar uiterlijk gaf.

Een van de weinige voordelen bij al die aandacht die Lisbeth in de media kreeg, was dat er zo weinig foto's van haar bestonden. Buiten een vier jaar oude pasfoto die ook op haar rijbewijs zat en een foto in het opsporingsregister van de politie van toen ze achttien jaar – en volstrekt onherkenbaar – was, waren er alleen een paar foto's afkomstig uit oude schoolalbums en foto's die waren genomen door een leraar tijdens een schoolreisje in het Nacka-reservaat toen ze twaalf was. De foto's van het uitstapje toonden een wazige figuur die helemaal alleen een stukje bij de anderen vandaan zat.

Het nadeel was dat de foto uit het paspoortenregister haar portretteerde met een starende blik, haar mond in een smalle streep en haar hoofd wat voorover. Dat bevestigde het beeld van een achterlijke, asociale moordenaar, en de media verveelvoudigden de boodschap met verve. Het enige positieve van die foto was dat die zo weinig op haar leek dat maar weinig mensen haar in het echt zouden herkennen.

Ze volgde met belangstelling de profilering van de drie slachtoffers. Op dinsdag begonnen de media te watertrappen en bij gebrek aan nieuwe, dramatische onthullingen in de jacht op Lisbeth Salander werd de focus gericht op de slachtoffers. Dag Svensson, Mia Bergman en Nils Bjurman werden in een van de avondkranten in een lange achtergrondtekst geportretteerd. De boodschap was dat drie eerzame burgers om onbegrijpelijke redenen waren afgeslacht.

Nils Bjurman werd afgeschilderd als een gerespecteerde en sociaal geïnteresseerde advocaat die lid was van Greenpeace en 'betrokken was bij de jeugd'. Er werd een column gewijd aan Bjurmans goede vriend en collega Jan Håkansson, die kantoor hield in hetzelfde pand als Bjurman. Håkansson bevestigde het beeld van Bjurman als een man die vocht voor de rechten van de kleine luiden. Een ambtenaar bij de Raad van Toezicht inzake Voogdijschap beschreef Bjurman als oprecht betrokken bij zijn beschermelinge Lisbeth Salander.

Lisbeth Salander lachte het eerste scheve lachje van die dag.

Er werd veel aandacht besteed aan Mia Bergman, het enige vrouwelijke slachtoffer in het drama. Ze werd beschreven als een knappe en zeer intelligente jonge vrouw met een nu al imposante staat van dienst en een stralende carrière voor zich. Geschokte vrienden, studiegenoten en een co-promotor werden geciteerd. De gebruikelijke vraag was 'waarom'. Er werden foto's van bloemen en brandende kaarsen voor de flat in Enskede gepubliceerd.

Dag Svensson kreeg in verhouding vrij weinig ruimte. Hij werd beschreven als een scherpe verslaggever die niet bang was, maar zijn vriendin kreeg de meeste aandacht.

Lisbeth merkte met lichte verbazing op dat het nog tot eerste paasdag duurde voordat iemand ontdekte dat Dag Svensson aan een grote reportage voor het blad *Millennium* bezig was geweest. Haar verbazing steeg, toen ze ontdekte dat uit de rapportage niet naar voren kwam wáár hij zich precies mee bezig had gehouden.

Ze las nooit het citaat van Mikael Blomkvist in de interneteditie van *Aftonbladet*. Pas dinsdagavond laat, toen het citaat werd genoemd in een nieuwsuitzending op tv, ontdekte ze dat Blomkvist zeer misleidende informatie had verstrekt. Mikael beweerde dat Dag Svensson bezig was geweest met een reportage over 'computerveiligheid en computercriminaliteit'.

Lisbeth Salander fronste haar wenkbrauwen. Ze wist dat die bewering onjuist was en vroeg zich af welk spel *Millennium* eigenlijk speelde. Toen begreep ze de boodschap en lachte ze haar tweede scheve lachje van die dag. Ze logde in op de server in Nederland en dubbelklikte op de icoon die ze *MikBlom/laptop* had gedoopt. Ze vond de map 'Lisbeth Salander' en het document 'Aan Sally' volledig in het zicht op het bureaublad. Ze dubbelklikte en las.

Daarna zat ze geruime tijd roerloos voor Mikaels brief. Ze worstelde met gemengde gevoelens. Tot nu toe was het 'zij tegen de rest van Zweden' geweest, wat in zijn eenvoud een vrij nette en overzichtelijke vergelijking was. Nu had ze plotseling een geallieerde gekregen, of althans een potentiële geallieerde, die beweerde dat hij geloofde dat ze onschuldig was. En dat was uitgerekend de enige man in Zweden die ze onder geen beding wilde ontmoeten. Ze zuchtte. Mikael Blomkvist was zoals altijd een ontzettend naïeve *do-gooder*. Lisbeth Salander was al sinds haar tiende niet onschuldig.

Er zijn geen onschuldigen. Er zijn daarentegen verschillende graden van verantwoordelijkheid.

Nils Bjurman was dood omdat hij ervoor had gekozen het spel te spelen volgens andere regels dan die zij had opgesteld. Hij had alle kansen gehad, maar had toch een of andere opgefokte alfahaan ingehuurd om haar pijn te doen. Dat was niet háár schuld.

Maar Kalle Blomkvists optreden in het spektakel moest niet worden onderschat. Hij kon bruikbaar zijn.

Hij was goed in raadsels en doortastend als een pitbull. Dat had ze in Hedestad wel geleerd. Als hij ergens zijn tanden in zette, ging hij door tot hij erbij neerviel. Hij was echt naïef. Maar hij kon zich bewegen waar zij niet kon worden gezien. Hij kon van pas komen tot zij in alle rust het land kon verlaten. En ze nam aan dat dat binnenkort het geval zou zijn.

Helaas kon Mikael Blomkvist niet worden gestúúrd. Hij moest het zelf willen. En hij had een moreel excuus nodig om in actie te komen.

Hij was met andere woorden vrij voorspelbaar. Ze dacht even na en maakte daarna een nieuw document aan dat ze 'Aan MikBlom' noemde en waarin ze één woord typte.

> Zala.

Dat zou hem iets geven om over na te denken.

Ze zat nog steeds te piekeren toen ze opeens zag dat Mikael Blomkvist zijn computer had aangezet. Zijn repliek kwam kort nadat hij haar antwoord had gelezen.

> Lisbeth,
> Wat ben je toch een lastig mens. Wie is Zala, verdomme? Is hij de schakel? Weet jij wie Dag en Mia heeft vermoord – vertel het me. In dat geval kunnen we deze ellende oplossen en rustig gaan slapen. Mikael.

Oké. Tijd om actie te ondernemen.

Ze maakte nog een document aan en noemde dat 'Aan Kalle Blomkvist'. Ze wist dat dat hem zou irriteren. Vervolgens schreef ze het korte bericht.

> Jij bent de journalist. Zoek dat maar uit.

Zoals verwacht antwoordde hij onmiddellijk met een verzoek aan haar dat ze haar verstand moest gebruiken en probeerde hij in te spelen op haar gevoelens. Ze grijnsde en sloot zijn harde schijf af.

Nu ze toch aan het snuffelen was, ging ze verder met Dragan Armanskij's harde schijf. Ze las nadenkend het rapport dat hij op tweede paasdag over haar had opgesteld. Het was niet duidelijk voor wie het bedoeld was, maar ze ging ervan uit dat Armanskij redelijkerwijs samenwerkte met de politie, zodat zij kon worden opgepakt.

Ze besteedde wat tijd aan het doornemen van Armanskij's e-mail maar vond niets interessants. Net toen ze de harde schijf wilde afsluiten, struikelde ze over het mailtje aan het hoofd van de technische afdeling van Milton Security. Armanskij gaf instructies voor de installatie van een verborgen bewakingscamera op zijn werkkamer.

Oeps.

Ze keek naar de datering en constateerde dat die mail een uur na haar vriendschappelijke bezoek eind januari was verstuurd.

Dat betekende dat ze bepaalde routines in het automatische bewakingssysteem moest aanpassen voordat ze een nieuw bezoek aan Armanskij's kamer bracht.

22
DINSDAG 29 MAART – ZONDAG 3 APRIL

Op dinsdagochtend logde Lisbeth Salander in op het centrale strafregister van de rijksrecherche en gaf ze een zoekopdracht voor Alexander Zalachenko. Hij bestond niet volgens het register, wat op zich niet zo gek was omdat hij, voor zover zij wist, in Zweden nooit was veroordeeld voor een misdrijf en niet eens in het Zweedse bevolkingsregister te vinden was.

Om in het centrale strafregister te komen, gebruikte ze de identiteit van commissaris Douglas Skiöld, vijfenvijftig jaar, en afkomstig uit politiedistrict Malmö. Ze kreeg een lichte schok toen haar computer plotseling 'pling' zei en er een icoontje in de menuregel begon te knipperen als teken dat iemand haar zocht in het chatprogramma ICQ.

Ze aarzelde even. Haar eerste impuls was om de stekker eruit te trekken en uit te loggen. Toen dacht ze na. Skiöld had het programma ICQ niet op zijn computer gehad. Weinig oudere mensen hadden het op hun computer omdat het een programma was dat vooral werd gebruikt door jongeren en door ervaren computergebruikers die met elkaar wilden chatten.

Dat impliceerde dat iemand naar háár op zoek was. En dan waren er niet zoveel alternatieven. Ze logde in op ICQ en typte de woorden:

–Wat wil je, Plague?
–Wasp. Je bent lastig te vinden. Check jij je mail nooit?
– Hoe heb je me gevonden?
– Skiöld. Ik heb dezelfde lijst. Ik nam aan dat je een van de identiteiten met de hoogste bevoegdheid zou gebruiken.
–Wat wil je?
–Wie is die Zalachenko naar wie je op zoek bent?
– MYOB.

– ?
– *Mind Your Own Business.*
– Wat gebeurt er allemaal?
– *Fuck off*, Plague.
– Ik dacht dat ík een sociale handicap had, zoals jij altijd beweert. Maar als ik de kranten moet geloven, ben ik vergeleken met jou doodnormaal.
– '|'
Steek die middelvinger maar op naar jezelf. Heb je hulp nodig?

Lisbeth aarzelde even. Eerst Blomkvist en nu Plague. Er kwam geen eind aan de reeks mensen die haar te hulp wilden schieten. Het probleem met Plague was dat hij een honderdzestig kilo zware kluizenaar was die haast alleen maar met de buitenwereld communiceerde via internet en met wie Lisbeth vergeleken een mirakel van sociale vaardigheden was. Toen ze geen antwoord gaf, tikte Plague nog een regel in.

– Ben je er nog? Hulp nodig het land uit te komen?
– Nee.
– Waarom heb je geschoten?
– *Piss off.*
– Ben je van plan meer mensen dood te schieten en moet ik in dat geval ongerust zijn? Ik ben vast de enige die jou op kan sporen.
– Bemoei je met je eigen zaken, dan hoef je niet ongerust te zijn.
– Ik ben niet ongerust. Je kunt me vinden op hotmail als je iets nodig hebt. Wapen. Nieuw paspoort.
– Je bent een sociopaat.
– Vergeleken met jou?

Lisbeth verliet het chatprogramma en ging op de bank zitten nadenken. Na tien minuten deed ze haar laptop weer open en mailde ze naar Plagues Hotmail-adres.

Officier van justitie Richard Ekström, die de leider van het vooronderzoek is, woont in Täby. Hij is getrouwd, heeft twee kinderen en beschikt thuis over breedband. Ik zou toegang willen hebben tot zijn laptop of zijn computer thuis. Ik moet hem in realtime kunnen lezen. Hostile takeover met gespiegelde harde schijf.

Ze wist dat Plague zelf zijn flat in Sundbyberg zelden verliet, dus hoopte ze dat hij een of andere puisterige tiener kon strikken die het veldwerk kon doen. Ze ondertekende het mailtje niet. Dat was overbodig. Ze kreeg antwoord toen ICQ vijftien minuten later weer 'pling' zei.

Wat levert het op?
10.000 naar jouw rekening + onkosten en 5.000 voor je helper.
Je hoort van me.

Op donderdagochtend kreeg ze een mailtje van Plague. Alles wat erin stond was een FTP-adres. Lisbeth was stomverbaasd. Ze had pas op zijn vroegst over twee weken resultaat verwacht. Een *hostile takeover* was, zelfs met behulp van Plagues geniale programma's en speciaal ontwikkelde hardware, een moeizaam proces dat veronderstelde dat kleine stukjes informatie kilobyte-bij-kilobyte in een computer werden gesmokkeld totdat er een eenvoudige software was ontstaan. Hoe snel het proces ging, hing af van de frequentie waarmee Ekström zijn computer gebruikte en daarna kostte het nog een paar dagen om alle informatie over te zetten op een gespiegelde harde schijf. Achtenveertig uur was niet alleen ongekend maar ook theoretisch onmogelijk. Lisbeth was diep onder de indruk. Ze zocht contact met Plagues ICQ.

– Hoe heb je dat geflikt?
– Er zijn daar vier computers in huis. En wat denk je? Ze hebben geen firewall. Nul komma nul veiligheid. Alleen een kwestie van kabeltje inpluggen en uploaden. Ik heb 6.000 kronen aan onkosten. Lukt dat?
– Absoluut. Plus een snelheidsbonus.

Ze aarzelde even en boekte daarna via internet 30.000 kronen over op de rekening van Plague. Ze wilde hem niet verwennen met overdreven bedragen. Daarna ging ze op haar IKEA stoel model VERKSAM zitten en kraakte ze de laptop van vooronderzoeksleider Ekström.

Binnen een uur had ze alle rapporten gelezen die inspecteur Jan Bublanski naar de leider van het vooronderzoek had gestuurd. Lisbeth vermoedde dat dergelijke rapporten reglementair het hoofdbureau niet mochten verlaten, maar dat Ekström die bepalingen gewoon aan zijn laars had gelapt toen hij die gegevens mee naar huis had genomen; naar een particuliere internetverbinding zonder firewall.

Dat bevestigde weer eens de stelling dat geen veiligheidssysteem beter was dan de meest naïeve medewerker. Door Ekströms computer kreeg ze de beschikking over allerlei essentiële informatie.

Ze ontdekte allereerst dat Dragan Armanskij kosteloos twee medewerkers aan Bublanski's opsporingsteam had toegevoegd, wat in de praktijk betekende dat Milton Security de politiejacht op haar sponsorde. Hun taak was op alle manieren ertoe bij te dragen dat Lisbeth Salander werd opgepakt. *Bedankt, Armanskij. Dat zal ik onthouden.* Ze werd sip toen ze ontdekte wie die medewerkers waren. Ze had Bohman ervaren als bonkig maar voornamelijk correct in zijn houding tegenover haar. Niklas Eriksson daarentegen was een corrupte nul die zijn positie bij Milton Security had benut om een van de cliënten van het bedrijf te belazeren.

Lisbeth had een selectieve moraal. Ze was helemaal niet tegen het belazeren van klanten van een bedrijf, vooropgesteld dat het verdiend was, maar ze zou dat nooit doen als ze een baan had geaccepteerd die gepaard ging met zwijgplicht.

Lisbeth ontdekte al spoedig dat de persoon die informatie naar de media lekte vooronderzoeksleider Ekström zelf was. Dat bleek uit e-mails waarin hij vervolgvragen beantwoordde over het gerechtelijk-geneeskundige onderzoek van Lisbeth Salander en de relatie tussen haar en Miriam Wu.

Het derde stukje belangrijke informatie was het inzicht dat het team van Bublanski geen enkel idee had waar ze Lisbeth Salander moesten zoeken. Ze las met belangstelling een rapport waarin stond welke maatregelen er genomen waren en welke adressen onder sporadische bewaking waren gezet. Dat was een kort lijstje. De Lundagatan uiteraard, maar ook Mikael Blomkvists adres, Miriam Wu's oude adres aan het St. Eriksplan, evenals Kvarnen, waar ze was gesignaleerd. *Shit, waarom moest ik me zo nodig zo aanstellen met Mimmi? Wat een idiote inval.*

Op vrijdag hadden de speurders van Ekström ook het spoor naar de Evil Fingers gevonden. Ze vermoedde dat dat ertoe zou leiden dat er nog meer adressen zouden worden bezocht. Ze fronste haar wenkbrauwen. Tja, daarmee zouden de meiden van de groep vermoedelijk uit haar kennissenkring verdwijnen, ook al had ze met geen van hen contact gehad sinds ze naar Zweden was teruggekeerd.

Hoe meer ze erover nadacht, hoe meer ze in verwarring werd gebracht. Officier Ekström lekte alle mogelijke shit over haar naar de media. Ze had geen enkel probleem om het doel van Ekström te begrijpen; hij verdiende aan de publiciteit en effende de weg voor de dag dat hij een klacht tegen haar kon indienen.

Maar waarom had hij het politieonderzoek uit 1991 dan niet gelekt? Dat was de directe aanleiding voor haar opsluiting in St. Stefans geweest. Waarom hield hij die geschiedenis verborgen?

Ze ging naar Ekströms computer en besteedde een uur aan het screenen van zijn documenten. Toen ze klaar was, stak ze een sigaret op. Ze had geen enkele referentie naar de gebeurtenissen van 1991 in zijn computer gevonden. Dat leidde tot een bizarre conclusie. Hij wist niets van het politieonderzoek af.

Ze wist even niet wat ze moest doen. Toen keek ze naar haar PowerBook. Dat was echt iets voor die verdomde Kalle Blomkvist om zijn tanden in te zetten. Ze startte haar computer weer op en ging naar zijn harde schijf, waar ze het document 'MB 2' aanmaakte.

> Officier E. lekt informatie naar de media. Vraag hem waarom hij dat bij het oude politieonderzoek niet heeft gedaan.

Dat zou voldoende moeten zijn om hem aan het werk te zetten. Ze zat twee uur geduldig te wachten totdat Mikael online kwam. Hij bekeek eerst zijn e-mail en het duurde een kwartier voordat hij haar document ontdekte en nog vijf minuten voordat hij antwoord gaf met het document 'Cryptisch'. Hij hapte niet. In plaats daarvan zat hij te zeuren dat hij wilde weten wie zijn vrienden had vermoord.

Dat was een argument dat Lisbeth kon begrijpen. Ze ontdooide een beetje en antwoordde met 'Cryptisch 2'.

> Wat doe je als ik het gedaan heb?

Wat op zich was bedoeld als persoonlijke vraag. Hij antwoordde met 'Cryptisch 3'. Dat greep haar aan.

> Ik denk niet dat jij Dag en Mia hebt vermoord. Ik hoop en bid dat ik daarin gelijk heb.

Mikaels verwijzing naar Peter Teleborian maakte haar eerst razend. Toen zag ze in dat Mikael helemaal geen ruzie wilde maken. Hij had geen idee wie Teleborian was en had hem vermoedelijk alleen maar gezien op tv, waar hij overkwam als een verantwoordelijke en internationaal gerespecteerde expert op het gebied van de kinderpsychiatrie.

Maar wat haar écht aangreep, was de verwijzing naar Wennerströms miljarden. Ze had er geen idee van hoe hij daarachter was gekomen. Ze was ervan overtuigd dat ze geen fouten had gemaakt en dat niemand ter wereld wist wat ze had gedaan.

Ze las de brief diverse keren door.

De passage over vriendschap gaf haar een ongemakkelijk gevoel. Ze wist niet wat ze moest antwoorden.

Uiteindelijk maakte ze 'Cryptisch 4'.

Ik zal erover nadenken.

Ze logde uit en ging in de nis bij het raam zitten.

Pas vrijdagavond tegen elven, negen dagen na de moorden, verliet Lisbeth Salander haar appartement bij Mosebacke. Haar voorraad Billys Pan Pizza en andere etenswaren, zoals de laatste broodkruimel en kaaskorst, waren al dagenlang op. De laatste drie dagen had ze zich in leven gehouden met een pak havermout dat ze een keer in een impuls had gekocht met de achterliggende gedachte dat ze gezonder moest eten. Ze had ontdekt dat een deciliter havermout met wat rozijnen en twee deciliter water na een minuutje in de magnetron een eetbare havermoutpap werd.

Maar het was niet alleen het gebrek aan voedsel waardoor ze op de been kwam. Ze moest ergens achteraan. Helaas kon ze die ambitie niet verwezenlijken als ze in een flat bij het Mosebacke torg opgesloten bleef zitten. Ze ging naar haar kleerkast, haalde de blonde pruik tevoorschijn en bewapende zich met de Noorse pas op naam van Irene Nesser.

Irene Nesser bestond echt. Ze leek als twee druppels water op Lisbeth Salander en was haar paspoort drie jaar geleden kwijtgeraakt. Dat was door toedoen van Plague in handen van Lisbeth gekomen en ze had al bijna achttien maanden haar eigen identiteit naar behoefte afgewisseld met die van Irene Nesser.

Lisbeth haalde het ringetje uit haar wenkbrauw en maakte zich voor de badkamerspiegel op. Ze trok een donkere spijkerbroek aan, een eenvoudige, maar warme, bruine trui met geel stiksel en laarzen met een hak waar ze goed op kon lopen. Ze had een kleine voorraad traangaspatronen in een doos en haalde er een uit. Ze pakte tevens een elektrisch pistool dat ze al een jaar niet had gebruikt en zette dat aan de lader. Ze stopte een set kleren in een nylon tas. Ze verliet haar appartement 's avonds laat. Ze wandelde eerst naar de McDonald's op de Hornsgatan. Ze koos die vestiging omdat het minder waarschijnlijk was dat een van haar voormalige collega's van Milton Security haar daar zou zien dan bij de McDonald's in de buurt van Slussen of Medborgarplatsen. Ze at een Big Mac en dronk een grote cola.

Na haar maaltijd nam ze bus 4 over de Västerbrug naar het St. Eriksplan. Ze wandelde naar het Odenplan en bevond zich even na middernacht voor de deur van het pand van wijlen advocaat Bjurman aan de Upplandsgatan. Ze verwachtte niet dat het appartement onder bewaking zou staan, maar ze merkte op dat er bij de buren op zijn verdieping licht brandde en maakte daarom een wandeling naar het Vanadisplan. Toen ze een uur later terugkwam, was het donker bij de buren.

Lisbeth nam geruisloos en zonder het licht in het trappenhuis aan te doen de trap naar de etage van Bjurman. Met behulp van een tapijtmes sneed ze voorzichtig de politietape, waarmee de flat was verzegeld, los. Ze maakte geluidloos de deur open.

Ze deed de lamp in de hal aan, want ze wist dat die van buitenaf niet te zien was, voordat ze een penlight zaklamp aandeed en naar de slaapkamer liep. De jaloezieën waren dicht. Ze liet de lichtbundel over het nog steeds bebloede bed schijnen. Ze constateerde dat ze zelf in dat bed op het randje van de dood had gezweefd en ervoer opeens een gevoel van diepe bevrediging dat Bjurman eindelijk uit haar leven was verdwenen.

Het doel van haar bezoek aan de plaats delict was antwoord te krijgen op twee vragen. Ten eerste begreep ze het verband tussen Bjurman en Zala niet. Dat die koppeling moest bestaan, daarvan was ze overtuigd, maar ze had die door het screenen van de inhoud van Bjurmans computer niet kunnen aantonen.

Ten tweede was er een kwestie die door haar hoofd bleef spoken. Tijdens haar nachtelijke bezoek een paar weken terug had ze gezien dat Bjurman documentatie uit de ordner had gehaald waarin hij al het materiaal over Lisbeth Salander verzamelde. De pagina's die ontbraken, waren het deel van zijn opdrachtbeschrijving van de Raad van Toezicht waarin de psychische toestand van Lisbeth Salander zeer summier werd samengevat. Bjurman had deze pagina's niet nodig gehad en het kon zijn dat hij die ordner gewoon wat had opgeruimd en die pagina's had weggegooid. Maar advocaten gooien nooit documentatie weg over een lopende zaak. De papieren waren dan misschien wel overbodig, het was volstrekt onlogisch dat hij ze zou hebben weggedaan. Toch zaten ze niet meer in de ordner, en ze had ze ook nergens anders op of rond zijn bureau aangetroffen.

Ze constateerde dat de politie de ordners over Lisbeth Salander en andere documentatie had afgevoerd. Ze besteedde twee uur aan het zorgvuldig doorzoeken van de flat om te kijken of de politie iets had gemist, maar moest uiteindelijk licht gefrustreerd constateren dat dat blijkbaar niet het geval was.

In de keuken vond ze een doosje met allerlei sleutels. Ze vond autosleutels en een sleutelpaar dat bestond uit een garagesleutel en een sleutel voor een hangslot. Ze maakte een geluidloos uitstapje naar de zolder, waar ze alle hangsloten uitprobeerde tot ze de berging van Bjurman vond. Daar stonden oude meubels, een kast met kleren, ski's, een accu van een auto, dozen met boeken en andere rommel. Ze vond niets van belang en gebruikte de andere sleutel om naar de garage te gaan. Ze vond zijn Mercedes en kon na korte tijd constateren dat die niets van waarde bevatte.

Ze ging niet meer naar zijn kantoor. Daar was ze een paar weken eerder geweest in verband met haar vorige nachtelijke bezoek aan Bjurmans flat, en ze wist dat hij het kantoor al twee jaar niet had gebruikt. Daar waren alleen maar stofnesten.

Lisbeth keerde terug naar de flat en ging op de bank zitten nadenken. Na een paar minuten stond ze op en ging ze terug naar de doos met sleutels in de keuken. Ze bekeek de sleutels een voor een. Eén set sleutels ging naar patentsloten en veiligheidssloten en één sleutel was verroest en ouderwets. Ze fronste haar wenkbrauwen. Toen ze opkeek, zag ze op de keukenbank naast het aanrecht een twintigtal zakjes zaad liggen. Ze pakte ze op en constateerde dat het zaadjes voor een kruidentuin waren.

Hij heeft een zomerhuisje. Of een volkstuin ergens. Dat ik daar niet aan heb gedacht.

Binnen drie minuten had ze in Bjurmans boekhouding een zes jaar oud bonnetje gevonden van een betaling aan een aannemer die grondwerkzaamheden op zijn oprit had verricht, en na nog een minuut had ze de verzekeringspapieren gevonden van een huisje in de buurt van Stallarholmen, buiten Mariefred.

Om vijf uur 's morgens stopte ze bij de 7-Eleven op de Hantverkargatan bij het Fridhemsplan die open was. Ze kocht een aanzienlijke hoeveelheid Billys Pan Pizza, melk, brood, kaas en andere basislevensmiddelen. Ze kocht ook een ochtendkrant doordat een van de koppen haar fascineerde.

GEZOCHTE VROUW IN HET BUITENLAND?

Deze ochtendkrant had, om redenen die Lisbeth niet kende, ervoor gekozen haar niet bij name te noemen. Ze werd omschreven als de 'zesentwintigjarige vrouw'. Uit de tekst bleek dat een bron binnen de politie had beweerd dat ze wellicht naar het buitenland was gevlucht en zich in Berlijn bevond. Waarom ze juist naar Berlijn zou vluchten, werd niet vermeld, maar volgens de gegevens waren er tips binnengekomen dat ze was gezien in een 'anarcho-feministische club' in Kreutzberg. De club werd beschreven als geliefde verblijfplaats van jongeren die veel ophadden met wat varieerde van politiek terrorisme tot antiglobalisering en satanisme.

Ze nam bus 4 terug naar Södermalm, waar ze bij de Rosenlundsgatan uitstapte en naar Mosebacke wandelde. Ze zette koffie en at een paar boterhammen voordat ze in bed kroop.

Lisbeth sliep tot laat in de middag. Toen ze wakker werd, snoof ze nadenkend aan de lakens en constateerde ze dat het hoog tijd was om het beddengoed te verschonen. Ze besteedde de zaterdagavond aan het schoonmaken van haar appartement. Ze bracht vuilnis weg en verzamelde oude kranten in twee vuilniszakken, die ze in een kleedkamer in de hal zette. Ze draaide een was met ondergoed en T-shirts en daarna een was met spijkerbroeken. Ze sorteerde de vaat, zette de vaatwasser aan en eindigde met het stofzuigen en dweilen van de vloer.

Het was negen uur 's avonds en ze was helemaal bezweet. Ze liet het bad vollopen en goot er behoorlijk wat badschuim in. Ze ging in bad liggen, sloot haar ogen en dacht na. Toen ze wakker werd, was het middernacht en was het water ijskoud. Ze kwam geïrriteerd overeind, droogde zich af en kroop in bed. Ze sliep bijna onmiddellijk weer verder.

Toen Lisbeth Salander op zondagochtend haar PowerBook opstartte, werd ze woedend toen ze alle onzin las die over Miriam Wu werd geschreven. Ze voelde zich ellendig en had een slecht geweten. Ze had niet ingezien hoe hard Mimmi zou worden aangepakt. En de enige misdaad die Mimmi had begaan, was dat ze een kennis ... een vriendin of ... de minnares van Lisbeth was.

Ze wist niet precies welke woorden ze moest gebruiken om haar relatie met Mimmi te beschrijven, maar ze zag in dat hoe die relatie ook was geweest, deze nu hoogstwaarschijnlijk voorbij zou zijn. Ze zou Mimmi's naam ook van de reeds korte lijst met bekenden moeten schrappen. Na al het geschrijf in de media betwijfelde ze of Mimmi ooit nog met de psychisch gestoorde Lisbeth Salander te maken zou willen hebben.

Het maakte haar woedend.

Ze memoreerde de naam Tony Scala, de journalist die de drijfjacht in gang had gezet. Daarom besloot ze op zoek te gaan naar een onaangename columnist met een gestreept colbert, die in een grappige beschouwing in een avondkrant ijverig gebruik had gemaakt van het epitheton 'die bdsm-lesbo'.

De lijst met personen die Lisbeth in behandeling wilde nemen, begon wel lang te worden.

Maar eerst moest ze Zala zien te vinden.

Wat er precies zou gebeuren als ze Zala vond, wist ze nog niet.

Mikael werd zondagochtend om halfacht wakker van de telefoon. Hij stak slaperig zijn hand uit en nam op.

'Goeiemorgen,' zei Erika Berger.

'Mmmm,' antwoordde Mikael.

'Ben je alleen?'

'Helaas wel.'

'Dan stel ik voor dat je gaat douchen en koffie gaat zetten. Je krijgt over een kwartier bezoek.'

'O, ja?'

'Paolo Roberto.'

'Die bokser? De Koning van Kungsträdgården?'

'Die, ja. Hij belde me en we hebben een halfuur zitten kletsen.'

'Waarom?'

'Waarom hij mij belde? Tja, we kennen elkaar zo goed dat we elkaar gedag zeggen als we elkaar tegenkomen. Ik heb ooit een lang interview met hem gehouden toen hij meedeed in die film met regisseur Staffan Hildebrand en we zijn elkaar in de jaren daarna regelmatig tegengekomen.'

'Dat wist ik niet. Maar de vraag was waarom hij langskomt.'

'Omdat eh ... ach, ik denk dat het beter is als hij dat zelf uitlegt.'

Mikael was koud onder de douche vandaan en had net een broek aangeschoten toen Paolo Roberto aanbelde. Mikael deed open en vroeg de bokser aan de eettafel plaats te nemen terwijl hij een schoon overhemd zocht en twee dubbele espresso's maakte die hij serveerde met een theelepel melk. Paolo Roberto keek geïmponeerd naar de koffie.

'Je wilde mij spreken?'

'Dat was het voorstel van Erika Berger.'

'Oké, steek maar van wal.'

'Ik ken Lisbeth Salander.'

Mikael fronste zijn wenkbrauwen.

'Ja, en?'

'Ik was heel verbaasd toen Erika Berger vertelde dat jij haar ook kent.'

'Misschien kun je het best bij het begin beginnen.'

'Goed. Het zit zo. Ik ben eergisteren teruggekomen na een maand New York en zag Lisbeths gezicht op verdomme elke voorpagina. De kranten schrijven verdomme een hoop shit over haar. En niemand lijkt verdomme een goed woord voor haar over te hebben.'

'Je hebt drie keer het woord 'verdomme' gebruikt.'

Paolo lachte.

'Sorry, maar ik ben kwaad. Ik had Erika gebeld omdat ik behoefte had om met iemand te praten en ik niet precies wist met wie. Omdat die journalist in Enskede voor *Millennium* werkte en omdat ik Erika Berger ken, belde ik haar.'

'Oké.'

'Ook al zou Salander gek zijn geworden en alles hebben gedaan wat de politie beweert, dan moet ze in elk geval een eerlijke kans krijgen. We hebben rechtszekerheid in dit land en niemand mag zonder verhoor worden veroordeeld.'

'Dat ben ik helemaal met je eens,' zei Mikael.

'Dat begreep ik al van Erika. Toen ik haar belde, dacht ik dat jullie bij *Millennium* ook haar kop zouden willen zien rollen, omdat die journalist Dag Svensson voor jullie werkte. Maar Erika zei dat jij meende dat ze onschuldig was.'

'Ik ken Lisbeth Salander. Ik heb moeite om haar te zien als een gestoorde moordenaar.'

Paolo moest lachen.

'Ze is een verdomd gestoord grietje ... maar ze is een van de goeden. Ik mag haar wel.'

'Hoe ken jij haar?'

'Ik boks al met haar sinds haar zeventiende.'

Mikael Blomkvist sloot tien seconden zijn ogen voordat hij Paolo Roberto weer aankeek. Lisbeth Salander zat zoals altijd vol verrassingen.

'Uiteraard. Lisbeth Salander bokst met Paolo Roberto. Jullie zitten in dezelfde gewichtsklasse.'

'Ik maak geen geintje.'

'Ik geloof je. Lisbeth heeft een keer verteld dat ze weleens met "de jongens" in een boksclub sparde.'

'Laat me vertellen hoe het zit. Tien jaar geleden begon ik als extra trainer voor junioren die in de club van Zinkensdamm wilden gaan boksen. Ik was toen al een gevestigd bokser en de juniorleider van de club meende dat ik een trekpleister zou zijn, dus kwam ik 's middags met de jongens sparren.'

'Aha.'

'Ik ben toen de hele zomer gebleven en ook nog een stukje van het najaar. Ze hadden een campagne met affiches en zo, waarmee ze jongeren wilden lokken om te komen boksen. En er kwamen inderdaad vrij veel jongens van vijftien, zestien jaar en ouder. Heel veel allochtonen. Boksen werd een goed alternatief voor rondhangen op straat en de boel vernielen. Ik weet er alles van!'

'Oké.'

'En op een dag, midden in de zomer, duikt dat magere grietje uit het niets op. Je weet hoe ze eruitziet? Ze kwam het clublokaal binnen en zei dat ze wilde leren boksen.'

'Ik kan me daar wat bij voorstellen.'

'Ze werd vierkant uitgelachen door een stel van die opgeschoten knullen die ongeveer twee keer zo zwaar waren als zij en aanzienlijk groter. Ik was ook een van degenen die haar stond uit te lachen. Het was niet serieus, maar we hebben haar wel een beetje gepest. We hebben ook een meidengroep en ik zei iets naïefs zoals dat kleine meisjes alleen maar op donderdag mochten boksen, of zoiets.'

'En daar moest ze niet om lachen, neem ik aan.'

'Nee. Dat viel niet in goede aarde. Ze keek mij met die zwarte kijkers aan. Toen pakte ze een paar bokshandschoenen die iemand daar had neergelegd. Ze waren niet vastgesjord en veel te groot voor haar. Dus wij moesten nog harder lachen. Dat snap je.'

'Dat klinkt niet best.'

Paolo Roberto moest weer lachen.

'Omdat ik de leider was, ging ik naar haar toe en deed ik alsof ik een beetje met haar aan het stoten was.'

'Oeps.'

'Dat kun je wel zeggen. Plotseling gaf ze me een poeier, recht in mijn porem.'

Hij lachte nogmaals.

'Ik stond daar de pias met haar uit te hangen en was totaal onvoorbereid. Ze wist me drie keer te raken voordat ik op het idee kwam te pareren. Ze had geen enkele spiersterkte en die klappen waren alsof je door een veertje werd getroffen. Maar toen ik ging pareren, wisselde ze van tactiek. Ze bokste instinctief en wist me nog meer klappen te verkopen. Dus ik begon serieus te pareren en ontdekte dat ze sneller was dan een reptiel. Als ze groter en sterker zou zijn geweest dan ik, zou ik vast hebben verloren, als je begrijpt wat ik bedoel.'

'Ja, ik begrijp het.'

'En toen veranderde ze weer van tactiek en ramde ze me verdomme in mijn kruis. Dat kwam hard aan!'

Mikael knikte.

'Dus toen sloeg ik terug en raakte ik haar in haar gezicht. Ik bedoel, het was geen harde klap of zo, meer *poff*. Toen schopte ze me tegen mijn knie. Het was volkomen gestoord. Ik was drie keer zo groot en zo zwaar als zij en ze was volkomen kansloos, maar ze ramde erop los alsof haar leven ervan afhing.'

'Je had haar geërgerd.'

'Dat begreep ik later ook. En ik schaamde me. Ik bedoel ... we hadden posters opgehangen en probeerden jongeren naar de club te trekken en dan komt zij en vraagt bloedserieus of ze mag leren boksen en dan staat daar zo'n stel knullen de spot met haar te drijven. Ik zou waanzinnig zijn geworden als iemand me op die manier zou behandelen.'

Mikael knikte.

'Het duurde een paar minuten. Uiteindelijk heb ik haar vastgepakt en haar tegen de grond gewerkt, en haar vastgehouden totdat ze stopte met spartelen. Ze had verdomme tranen in haar ogen en keek me met zo'n woedende blik aan dat ... tja.'

'Dus je bent met haar gaan boksen?'

'Toen ze weer tot bedaren was gekomen, trok ik haar overeind en vroeg ik haar of ze het serieus meende dat ze wilde leren boksen. Ze gooide die handschoenen naar me toe en liep naar de uitgang. Dus ik ben achter haar aan gerend en ben pal voor haar gaan staan. Ik heb mijn excuus aangeboden en heb gezegd dat als ze het serieus meende, ik het haar zou leren en dat ze in dat geval de volgende dag om vijf uur terug moest komen.'

Hij zweeg even en keek in de verte.

'De volgende avond hadden we meidenclub en ze kwam inderdaad. Ik heb haar met een meisje in de ring gezet, Jennie Karlsson. Die was achttien en bokste al een jaar. Het probleem was immers dat we niemand in Lisbeths gewichtsklasse hadden die ouder dan een jaar of twaalf was. En ik had Jennie geïnstrueerd dat, omdat Salander helemaal nieuw was, ze voorzichtig te werk moest gaan.'

'Hoe liep dat af?'

'Eerlijk gezegd ... Jennie had al na tien seconden haar tand door haar lip. Salander wist haar een hele ronde lang telkens te raken, terwijl ze zelf elke keer aan Jennie wist te ontkomen, wát Jennie ook probeerde. En dan hebben we het over een meid die nooit eerder een voet in de ring had gezet. In de tweede ronde was Jennie zó woest dat ze serieus te werk ging, maar niet één keer raak sloeg. Ik stond volkomen perplex. Ik had nooit eerder een serieuze bokser zich zo snel zien bewegen. Als ik half zo snel als Salander was, zou ik een gelukkig mens zijn.'

Mikael knikte.

'Salanders probleem was alleen dat haar slagen volstrekt waardeloos waren. Ik begon met haar te trainen. Ik had haar een paar weken in de meidengroep en ze verloor diverse partijen omdat iemand haar vroeg of laat toch altijd wel wist te raken en dan moesten we de partij afbreken en haar naar de kleedkamer dragen, omdat ze dan zo woest werd dat ze ging trappen, bijten en slaan.

'Dat klinkt als Lisbeth.'

'Ze gaf nooit op. Maar ze had uiteindelijk zo veel meiden tegen zich in het harnas gejaagd dat hun trainer haar eruit heeft geschopt.'

'O?'

'Ja, het was onmogelijk om met haar te boksen. Ze had maar één methode die we de *Terminator Mode* noemden, en dat was de tegenstander een dreun geven. Het maakte daarbij niet uit of het gewoon de warming-up was of vriendschappelijke sparring. Die meiden gingen vrij vaak met schrammen naar huis als ze weer iemand had geschopt. Toen kreeg ik een idee. Ik had problemen met een knul die Samir heette. Hij was zeventien en kwam uit Syrië. Hij was een goede bokser, stevig gebouwd en met wodka in zijn slag ... maar hij kon zich niet bewegen. Hij stond de hele tijd stil.'

'Oké.'

'Dus ik vroeg Salander op een middag dat ik hem zou trainen om naar de club te komen. Ze moest zich omkleden en toen heb ik haar met hem in de ring gezet, hoofdbescherming, tandbescherming, de hele mikmak. Eerst weigerde Samir met haar te sparren want 'dat was maar een wijf' en van dat soort machopraat. Dus toen heb ik luid en duidelijk tegen hem gezegd, zodat iedereen het kon horen, dat het hier niet om sparring ging en dat ik er 500 kronen om zou verwedden dat zij hem op zijn bek zou timmeren. Tegen Salander zei ik dat dit geen training was en dat Samir haar bloedserieus knock-out zou slaan. Ze keek me met die wantrouwige blik aan. Samir stond nog steeds te zaniken toen de gong ging. Lisbeth zette alles op alles en gaf hem een keiharde dreun zodat hij binnen *no time* op zijn achterste lag. Ik had haar toen al een hele zomer getraind en ze had wat spierkracht opgebouwd en deelde zwaardere klappen uit.'

'Ze had vrienden gemaakt door Samir, begrijp ik?'

'Nou, ze hebben op de club nog maanden over die training gesproken. Samir had er gewoon van langs gekregen. Ze had punten gescoord. Als ze meer kracht had gehad, zou ze hem hebben bezeerd. Na een tijdje was Samir zó gefrustreerd dat hij haar de volle laag gaf. Ik was doodsbang dat hij haar zou raken, want dan hadden we een ambulance moeten bellen. Ze liep een paar blauwe plekken op toen ze een keer met haar schouders pareerde, en hij slaagde erin haar tegen het touw te smijten omdat ze de kracht in zijn slagen niet kon weerstaan. Maar hij heeft haar nooit echt kunnen raken.'

'Jezus, dat had ik wel willen zien.'

'Vanaf die dag hadden de jongens van de club respect voor Salander. En Samir zéker. Daarna heb ik haar telkens met aanzienlijk grotere en zwaardere jongens laten sparren. Ze was mijn geheime wapen en dat was een verdomd goede training. Tijdens de trainingen had Lisbeth als taak vijf verschillende punten op het lichaam te raken, kaak, voorhoofd, buik enzovoorts. En de jongens tegen wie ze bokste, hadden als taak zich te verdedigen en zich op die punten te beschermen. Het werd gewoon prestige als je met Lisbeth Salander had gebokst. Het was net als het vechten met een hoornaar, zo'n grote wesp. We noemden haar ook 'de wesp' en ze werd de mascotte van de club. Ik geloof dat ze dat wel leuk vond, want op een dag kwam ze langs en had ze een wesp op haar hals laten tatoeëren.'

Mikael glimlachte. Hij herinnerde zich haar wesp maar al te goed. Die maakte tevens deel uit van het signalement in haar opsporingsbericht.

'Hoe lang heeft dat geduurd?'

'Eén avond in de week, ruim drie jaar. Ik was daar alleen die zomer maar fulltime en daarna slechts sporadisch. Degene die met Salander oefende, was juniortrainer Putte Karlsson. Toen ging Salander aan het werk en had ze niet zo veel tijd meer, maar tot vorig jaar kwam ze wel een of twee keer in de maand trainen. Ik zag haar een paar keer per jaar en ging dan met haar sparren. Dat was een goede training, je was na afloop doorweekt. Ze sprak bijna nooit met iemand. Als er geen sparring was, kon ze zonder probleem twee uur lang intensief op de zandzak staan rammen, alsof het een doodsvijand was.'

23
ZONDAG 3 APRIL – MAANDAG 4 APRIL

Mikael maakte twee nieuwe espresso's. Hij verontschuldigde zich toen hij een sigaret opstak. Paolo Roberto haalde zijn schouders op. Mikael keek hem nadenkend aan.

Paolo Roberto had het imago dat hij een vlotte prater was en geen blad voor de mond nam. Mikael zag al snel in dat hij privé net zo'n vlotte prater was, maar dat hij ook een intelligent en bescheiden iemand was. Hij herinnerde zich dat Paolo Roberto politieke ambities had gehad als parlementskandidaat voor de sociaaldemocraten. Hij kwam steeds meer over als iemand met hersenen. Mikael betrapte zich erop dat hij hem wel mocht.

'Waarom kom je naar mij toe met dit verhaal?'

'Salander zit behoorlijk in de problemen. Ik weet niet wat ik kan doen, maar ze heeft een vriend nodig die aan haar kant staat.'

Mikael knikte.

'Waarom denk jij dat ze onschuldig is?' vroeg Paolo Roberto.

'Dat is moeilijk uit te leggen. Lisbeth is een zeer onverzoenlijk iemand, maar ik geloof gewoon dat verhaal dat ze Dag en Mia zou hebben doodgeschoten niet. Zeker Mia niet. Ze heeft ten eerste geen motief ...'

'Geen motief dat wij kennen.'

'Oké, Lisbeth zou er geen moeite mee hebben om geweld te gebruiken tegen iemand die dat verdiend heeft. Maar ik weet het niet. Ik heb Bublanski uitgedaagd, die politieman die het onderzoek leidt. Ik geloof dat er een reden was dat Dag en Mia zijn vermoord. En ik geloof dat die reden te vinden is in de reportage waar Dag mee bezig was.'

'Als je gelijk hebt, heeft Salander niet alleen iemand nodig die haar handje vasthoudt als ze wordt gepakt. Dan heeft ze een heel ander soort steun in de rug nodig.'

'Ik weet het.'

Paolo Roberto kreeg een gevaarlijke blik in zijn ogen.

'Als ze onschuldig is, is ze slachtoffer van een van de ergste juridische schandalen in de geschiedenis. Ze is door de media en de politie aangewezen als moordenaar. En al die shit die er is geschreven ...'

'Ik weet het.'

'Dus wat kunnen we doen? Kan ik op de een of andere manier ergens mee helpen?'

Mikael dacht even na.

'Het beste wat we kunnen doen, is natuurlijk met een alternatieve dader komen. Daar ben ik al mee bezig. De op één na beste hulp die we haar kunnen bieden, is haar te pakken zien te krijgen voordat iemand van de politie haar doodschiet. Want Lisbeth is niet iemand die zich vrijwillig zou overgeven.'

Paolo Roberto knikte.

'En hoe gaan we haar vinden?'

'Geen idee. Maar er is één ding dat je kunt doen. Puur praktisch, als je tijd en zin hebt.'

'Mijn vrouw is komende week op reis. Ik heb tijd en zin.'

'Mooi, ik zit te denken aan het feit dat je bokser bent ...'

'Ja?'

'Lisbeth heeft een vriendin, Miriam Wu, dat heb je vast wel gelezen.'

'Beter bekend als 'die bdsm-lesbo' ... Ja, ik heb over haar gelezen.'

'Ik heb haar mobiele nummer en heb geprobeerd haar te pakken te krijgen. Maar ze hangt op zo gauw ze hoort dat er een journalist aan de lijn is.'

'Daar kan ik inkomen.'

'Ik heb geen tijd om achter Miriam Wu aan te gaan. Maar ik las dat ze aan kickboksen doet. Ik dacht, als een bekende bokser nou contact met haar opneemt ...'

'Ik begrijp het. En jij hoopt dat zij ons naar Salander kan leiden.'

'Toen de politie met haar sprak, zei ze dat ze geen idee had waar Lisbeth uithing. Maar het is het proberen waard.'

'Geef me haar nummer. Ik zal haar proberen te vinden.'

Mikael gaf hem het mobiele nummer en het adres op de Lundagatan.

Gunnar Björck had tijdens het weekend zijn situatie zitten analyseren. Zijn toekomst hing aan een zijden draadje en het was zaak zijn slechte kaarten goed te spelen.

Mikael Blomkvist was een vuile rat. De vraag was alleen of hij hem zou kunnen overhalen te zwijgen over ... het feit dat hij gebruik had gemaakt van de diensten van die verdomde hoertjes. Wat hij had gedaan, was strafbaar en hij twijfelde er niet aan dat hij zou worden ontslagen als dat bekend werd. De kranten zouden hem vierendelen. Een veiligheidsagent die tienerhoertjes uitbuit ... als die kutwijven maar niet zo jong waren geweest.

Maar niets doen was je lot bezegelen. Björck had godzijdank niets tegen Mikael Blomkvist gezegd. Hij had Blomkvists gezicht gelezen en zijn reactie geregistreerd. Blomkvist had pijn moeten lijden. Hij wilde informatie. Maar dan zou hij moeten betalen. Zijn zwijgen was de prijs. Dat was de enige uitweg.

Zala had een volstrekt nieuwe vergelijking in het moordonderzoek tot stand gebracht.

Dag Svensson was naar Zala op jacht geweest.

Bjurman had Zala gezocht.

En commissaris Gunnar Björck was de enige die wist dat er een verband was tussen Zala en Bjurman, wat impliceerde dat Zala een koppeling naar zowel Enskede als het Odenplan was.

Wat een volgend dramatisch probleem voor het toekomstige welbevinden van Gunnar Björck betekende. Hij was degene die Bjurman informatie over Zalachenko had verstrekt – in alle vriendschappelijkheid en zonder erbij na te denken dat die informatie nog steeds geheim was. Dat was een bagatel, maar het hield in dat hij zich schuldig had gemaakt aan een strafbaar feit.

Bovendien had hij zich sinds het bezoek van Mikael Blomkvist afgelopen vrijdag schuldig gemaakt aan nóg een misdrijf. Hij was politieman en als hij informatie over een moordonderzoek had, was het zijn plicht om de politie onmiddellijk van deze informatie op de hoogte te stellen. Maar als hij de informatie aan Bublanski of officier Ekström verstrekte, bezegelde hij zijn eigen lot. Het zou openbaar worden. Niet dat van die hoeren, maar het hele Zalachenko-verhaal.

Zaterdag had hij een haastig bezoek aan zijn werkplek bij de veiligheidsdienst op Kungsholmen gebracht. Hij had alle oude papieren over Zalachenko gepakt en het materiaal doorgelezen. Hij had die rapporten zelf geschreven, maar dat was jaren geleden. De alleroudste papieren waren bijna dertig jaar oud. Het laatste document dateerde van tien jaar terug.

Zalachenko.

Een gladjanus.

Zala.

Gunnar Björck had die bijnaam zelf in het onderzoek genoteerd, maar hij kon zich niet herinneren dat hij hem ooit had gebruikt.

Maar de koppeling was overduidelijk. Naar Enskede. Naar Bjurman. En naar Salander.

Gunnar Björck pijnigde zijn hersenen. Hij begreep nog niet hoe alle puzzelstukjes in elkaar staken, maar hij meende dat hij begreep waarom Lisbeth Salander naar Enskede was afgereisd. Hij kon zich ook vrij eenvoudig voorstellen dat Lisbeth Salander een woedeaanval had gekregen en dat ze Dag Svensson en Mia Bergman had vermoord. Omdat ze hadden geweigerd samen te werken of omdat ze haar hadden geprovoceerd. Ze had een motief dat misschien alleen Gunnar Björck en twee of drie andere personen in het hele land kenden.

Ze is volkomen krankzinnig. Ik hoop in godsnaam dat iemand van de politie haar doodschiet als ze wordt gepakt. Zij weet het. Ze kan die hele geschiedenis doen barsten als ze haar mond opendoet.

Maar hoe Gunnar Björck ook redeneerde, feit was dat Mikael Blomkvist de enige uitweg was die er voor hem persoonlijk mogelijk was – en dat was in Gunnar Björcks huidige situatie de enige vraag die van belang was. Hij voelde een stijgende wanhoop. Blomkvist moest worden overgehaald om Björck als een geheime bron te behandelen en zijn mond houden over diens ... pikante slippertjes met die verdomde hoertjes. *Shit, kon Salander Blomkvists kop er maar af knallen.*

Hij keek naar Zalachenko's telefoonnummer en woog de voordelen af tegen de nadelen van contact met hem op te nemen. Hij kon niet beslissen.

Mikael had het tot een deugd gemaakt om zijn graafwerkzaamheden voortdurend samen te vatten. Toen Paolo Roberto vertrokken was, besteedde hij daar een uur aan. Het was een journaal geworden, bijna in dagboekvorm, waarin hij zijn gedachten de vrije loop liet terwijl hij alle gesprekken, vergaderingen en alle research die hij deed zorgvuldig documenteerde. Hij codeerde het document dagelijks met PGP en mailde kopieën naar Erika Berger en Malin Eriksson, zodat zijn medewerksters helemaal op de hoogte waren.

Dag Svensson had zich de laatste weken voor zijn dood gericht op Zala. Die naam was ook voorgekomen in het laatste gesprek met Mikael, slechts twee uur voordat Dag werd vermoord. Gunnar Björck beweerde dat hij iets over Zala wist.

Mikael besteedde een kwartier aan het samenvatten van wat hij over

Björck had weten te vinden. Wat vrij weinig was.

Gunnar Björck was tweeënzestig jaar oud, ongehuwd en geboren in Falun. Hij werkte sinds zijn eenentwintigste bij de politie. Eerst als agent op straat, maar na afronding van zijn rechtenstudie was hij op zijn zesentwintigste of mogelijk zevenentwintigste al bij de geheime dienst gekomen. Dat was in 1969 of 1970 geweest, net aan het eind van Per Gunnar Vinges tijd als hoofd van de Zweedse binnenlandse veiligheidsdienst.

Vinge werd ontslagen nadat hij in een gesprek met gouverneur Ragnar Lassinanti van de provincie Norrbotten had beweerd dat Olof Palme spion voor de Russen was geweest. Toen was de IB-affaire gekomen en Holmér en de Postbode en de Palme-moord en het ene schandaal na het andere. Mikael had er geen idee van welke rol Gunnar Björck de afgelopen dertig jaar in het drama van de veiligheidsdienst had gespeeld, áls hij er al een rol in had gespeeld.

De carrière van Björck tussen 1970 en 1985 was grotendeels onbekend, iets wat niet zo gek was als het de veiligheidsdienst betrof omdat alles wat daarmee te maken had geheim was. Hij kon punten hebben zitten slijpen in een magazijn of geheim agent in China zijn geweest. Dat laatste was echter onwaarschijnlijk.

In oktober 1985 was Björck verhuisd naar Washington, waar hij twee jaar op de Zweedse ambassade had gewerkt. In 1988 was hij weer teruggekeerd naar de veiligheidsdienst in Stockholm. In 1996 was hij een publieke figuur geworden in die zin dat hij werd benoemd tot vicebureauchef van de afdeling buitenland. Wat hij precies had gedaan, wist Mikael niet. Na 1996 had Björck zich een aantal keren in de media uitgesproken vanwege de uitwijzing van de een of andere verdachte Arabier. In 1998 was hij opgemerkt in verband met de uitwijzing van diverse Iraakse diplomaten.

Wat heeft dit alles met Lisbeth Salander en de moorden op Dag en Mia te maken? Vermoedelijk geen reet.

Maar Gunnar Björck weet iets over Zala.

En daardoor moet er een verband zijn.

Erika Berger had niemand verteld, zelfs haar man niet – voor wie ze nog nooit geheimen had gehad – dat ze naar De Grote Draak, *Svenska Morgon-Posten,* zou gaan. Ze had nog ongeveer een maand bij *Millennium.* Ze was bang. Ze wist dat de dagen om zouden vliegen en dat haar laatste dag als hoofdredacteur opeens zou zijn aangebroken.

Ze voelde ook een knagende ongerustheid over Mikael. Ze had zijn laatste mails met een angstig gevoel gelezen. Ze herkende de signalen. Het was dezelfde koppigheid als die waarmee hij zich twee jaar geleden in Hedestad had vastgebeten, en dezelfde bezetenheid als die waarmee hij Wennerström had aangepakt. Sinds Witte Donderdag bestond er voor hem niets anders dan erachter zien te komen wie Dag en Mia had vermoord en Lisbeth Salander op de een of andere manier vrij te spreken.

Ook al sympathiseerde ze volledig met zijn ambitie – Dag en Mia waren ook háár vrienden geweest – toch had Mikael een kant waar ze zich wat ongemakkelijk bij voelde. Hij had de neiging tot meedogenloosheid als hij bloed rook.

Op hetzelfde moment dat hij haar de dag ervoor had gebeld en had verteld hoe hij Bublanski had uitgedaagd om zich als een soort machocowboy met hem te meten, had ze geweten dat de jacht op Lisbeth Salander hem in de nabije toekomst zou opslokken. Ze wist uit ervaring dat je maar beter niet met hem van doen kon hebben voordat hij het probleem had opgelost. Hij zou heen en weer worden geslingerd tussen egocentrisme en depressie. En ergens in die vergelijking zou hij ook risico's nemen die vermoedelijk totaal onnodig waren.

En Lisbeth Salander. Erika had haar maar één keer ontmoet en wist te weinig over dat lastige meisje om Mikaels overtuiging dat ze onschuldig was te kunnen delen. Stel dat Bublanski gelijk had? Stel dat ze schuldig was? Stel dat Mikael erin slaagde haar te vinden en een gestoorde idioot aantrof die gewapend was?

Paolo Roberto's verrassende gesprek van die morgen had haar al evenmin gerustgesteld. Het was natuurlijk goed dat Mikael niet de enige was die aan Salanders kant stond, maar Paolo Roberto was ook een ontzettende macho.

Bovendien moest ze een opvolgster voor zichzelf zien te vinden die het roer bij *Millennium* kon overnemen. Er was haast bij. Ze overwoog Christer Malm te bellen en de zaak met hem te bespreken, maar bedacht dat ze hem niet kon informeren als ze nog niets tegen Mikael had gezegd.

Mikael was een geweldige verslaggever, maar zou een catastrofe zijn als hoofdredacteur. In dat geval zaten Christer en zij meer op één lijn, maar ze wist niet zeker of Christer het aanbod zou accepteren. Malin was te jong en te onzeker. Monika Nilsson was te egocentrisch. Henry Cortez was een goede verslaggever maar hij was veel te jong en te onervaren. Lottie Karim was te lief. En ze wist niet of Christer en

Mikael wel zo blij zouden zijn met iemand van buitenaf.

Wat een toestand.

Zo wilde ze haar jaren bij *Millennium* niet beëindigen.

Zondagavond opende Lisbeth Salander opnieuw Asphyxia 1.3 en ging ze naar de gespiegelde harde schijf van *MikBlom/laptop*. Ze constateerde dat hij momenteel niet online was en besteedde daarna een tijdje aan het doorlezen van het nieuws dat er de laatste twee dagen was bij gekomen.

Ze las Mikaels researchjournaal en vroeg zich af of hij het wellicht voor haar zo gedetailleerd opschreef en zo ja, wat hij daarmee wilde zeggen. Hij wist natuurlijk dat ze in zijn computer zat en daarom was de meest natuurlijke conclusie dat hij wilde dat ze zou lezen wat hij schreef. De vraag was alleen wat hij níét schreef. Omdat hij wist dat zij in zijn computer zat, kon hij de kennisstroom manipuleren. Ze merkte in het voorbijgaan op dat hij blijkbaar nog niet veel verder was gekomen dan dat hij Bublanski voor een duel had uitgedaagd om haar onschuld te bewijzen. Dat irriteerde haar op de een of andere manier. Mikael Blomkvist baseerde zijn conclusies niet op feiten, maar op gevoelens. *Naïeveling.*

Maar hij had ook ingezoomd op Zala. *Goed zo, Kalle Blomkvist.* Ze vroeg zich af of hij zich überhaupt voor Zala zou hebben geïnteresseerd als zij die naam niet had doorgespeeld.

Daarna noteerde ze met milde verbazing dat Paolo Roberto plotseling ten tonele was verschenen. Dat was een aardig nieuwtje. Ze grijnsde opeens. Ze mocht die stoere bink wel. Hij was een ontzettende macho. Hij gaf haar er behoorlijk van langs als ze in de ring stonden. De keren dat hij haar raakte, welteverstaan.

Vervolgens ging ze rechtop in haar stoel zitten toen ze Mikael Blomkvists laatste mailtje aan Erika Berger decodeerde en doorlas.

> Gunnar Björck, veiligheidsdienst, heeft info over Zala.
> Gunnar Björck kent Bjurman.

Lisbeths blik werd troebel toen ze een driehoek in haar hoofd schetste. Zala. Bjurman. Björck. *Yes, that makes sense.* Ze had het probleem nooit eerder vanuit die hoek bekeken. Mikael Blomkvist was misschien toch niet zo naïef. Maar hij begreep het verband natuurlijk niet. Dat begreep ze zelf niet eens, hoewel ze veel meer inzicht had dan hij. Ze moest even aan Bjurman denken en werd zich ervan bewust dat Bjurman, doordat hij Björck kende, een wat grotere adder onder het gras werd dan ze aanvankelijk had gedacht.

Ze constateerde dat ze vermoedelijk een bezoek aan Smådalarö zou moeten brengen.

Daarna ging ze naar Mikaels harde schijf en maakte ze een nieuw document in de map 'Lisbeth Salander' aan dat ze 'De hoek van de boksring' noemde. Dat zou hij de eerstvolgende keer zien als hij zijn iBook opstartte.

> 1. Blijf bij Teleborian uit de buurt. Hij is een slecht mens.
> 2. Miriam Wu heeft absoluut niets met deze kwestie van doen.
> 3. Het is goed dat je je concentreert op Zala. Hij is de sleutel. Maar je zult hem in geen enkel bestand tegenkomen.
> 4. Er bestaat een verband tussen Bjurman en Zala. Ik weet niet hoe, maar daar werk ik aan. Björck?
> 5. Belangrijk. Er bestaat een belastend politieonderzoek over mij uit februari 1991. Ik ken het dossiernummer niet en kan het ook niet vinden. Waarom heeft Ekström dat niet aan de media gegeven? Antwoord: Het zit niet in zijn computer. Conclusie: Hij weet niet van het bestaan af. Hoe kan dat?

Ze dacht even na en voegde toen nog een stukje toe.

> PS Mikael, ik ben niet onschuldig. Maar ik heb Dag en Mia niet doodgeschoten en heb niets met de moord op hen te maken. Ik heb hen die avond ontmoet vlak voor de moorden werden gepleegd, maar was al weg toen het gebeurde. Bedankt dat je me vertrouwt. Zeg maar tegen Paolo dat hij een onbenullige linkse hoek heeft.

Ze dacht nog even na en zag in dat onzekerheid voor een informatiejunk van haar kaliber onuitstaanbaar was. Ze schreef een laatste regeltje.

> PS2 Hoe weet je dat van Wennerström?

Mikael Blomkvist vond Lisbeths document ruim drie uur later. Hij las de brief regel voor regel minstens vijf keer door. Ze had voor het eerst een duidelijk statement gemaakt dat ze Dag en Mia niet had vermoord. Hij geloofde haar en voelde een enorme opluchting. En ze sprak eindelijk met hem, zij het net zo cryptisch als altijd.

Hij merkte ook op dat ze alleen de moorden op Dag en Mia ontkende, maar niets over Bjurman zei. Mikael nam aan dat dat kwam doordat hij alleen Dag en Mia in zijn mailtje had genoemd. Na een tijdje denken, maakte hij 'De hoek van de boksring 2' aan.

> Hoi Sally,
> Bedankt dat je eindelijk hebt aangegeven dat je onschuldig bent. Ik heb je de hele tijd geloofd, maar ook ik werd beïnvloed door de media en heb mijn twijfels gehad. Sorry. Het is fijn om het rechtstreeks van jouw toetsenbord te horen. Nu moet alleen de daadwerkelijke moordenaar nog worden gevonden. Dat hebben jij en ik eerder gedaan. Het zou makkelijker zijn als je niet zo cryptisch was. Ik neem aan dat je mijn researchkalender leest. Dan weet je ongeveer wat ik doe en hoe ik denk. Ik denk dat Björck wat weet en ga de komende dagen nogmaals met hem praten. Zit ik op een verkeerd spoor als ik die hoerenlopers afwerk?
> Dat met dat politieonderzoek verbaast me. Ik zal mijn medewerkster Malin erop zetten. Jij was toen iets van twaalf, dertien jaar? Waar ging dat onderzoek over?
> Je houding ten aanzien van Teleborian is genoteerd.
> M
>
> PS Je hebt één fout gemaakt in de Wennerström-coup. Ik wist tijdens dat kerstweekend in Sandhamn al wat je had gedaan, maar heb er niet naar gevraagd omdat je niets zei. En ik ben niet van plan je te vertellen welke vergissing je hebt gemaakt voordat we samen een kop koffie gaan drinken.

Het antwoord kwam ruim drie uur later.

> Vergeet die hoerenlopers. Richt je op Zala. En een blonde reus. Maar dat politieonderzoek is interessant omdat iemand iets schijnt te willen verdonkeremanen. Dat kan geen toeval zijn.

Officier van justitie Ekström was in een slecht humeur toen hij de groep van Bublanski op maandagochtend voor een briefing bijeenriep. Meer dan een week speurwerk naar een met naam en toenaam genoemde verdachte met een specifiek uiterlijk had niets opgeleverd.

Ekströms humeur werd er niet beter op toen Curt Svensson, die weekenddienst had gehad, hen over de laatste gebeurtenissen informeerde.

'Insluiping?' vroeg Ekström met stomheid geslagen.

'De buurman belde zondagavond nadat hij had opgemerkt dat het afzetband op Bjurmans deur was verbroken. Ik ben erheen gegaan om te kijken.

'En?'

'De tape was op drie plaatsen doorgesneden. Vermoedelijk met een scheermesje of een tapijtmes. Netjes gedaan. Het was lastig te zien.'

'Diefstal? Er zijn gasten die zich hebben gespecialiseerd in overledenen ...'

'Geen diefstal. Ik ben de hele flat door geweest. Alle normale voorwerpen van waarde, video enzo, waren er nog. Daarentegen lag Bjurmans autosleutel op de keukentafel.'

'Autosleutel?' vroeg Ekström.

'Jerker Holmberg is woensdag in de flat geweest voor een laatste check. Hij heeft onder andere de auto bekeken. Hij zweert dat er geen autosleutel op de keukentafel lag toen hij de flat verliet en de tape aanbracht.'

'Kan hij die autosleutel daar niet vergeten zijn? Niemand is onfeilbaar.'

'Holmberg heeft die sleutel nooit gebruikt. Hij heeft de reservesleutel gebruikt die aan Bjurmans sleutelbos zat en die we al in bewaring hadden genomen.'

Bublanski wreef over zijn kin.

'Dus geen gewone inbraak?'

'Insluiping. Iemand is Bjurmans flat binnengedrongen om rond te snuffelen. Dat moet tussen woensdag en zondagavond zijn geweest, toen de buurman opmerkte dat de verzegeling was verbroken.'

'Met andere woorden, iemand is ergens naar op zoek geweest ... Jerker?'

'Er is daar niets wat we nog niet in bewaring hebben genomen.'

'Voor zover wij weten althans. Het motief voor de moorden is nog vrij onduidelijk. We zijn ervan uitgegaan dat Salander een psychopaat is, maar ook psychopaten hebben een motief nodig.'

'Dus wat is je voorstel?'

'Ik heb geen idee. Iemand besteedt tijd aan het doorzoeken van Bjurmans appartement. Dan moeten er twee vragen worden beantwoord. Ten eerste: Wie? En ten tweede: Waarom? Wat hebben we gemist?'

Niemand zei wat.

'Jerker ...'

Jerker Holmberg zuchtte gelaten.

'Oké. Ik ga naar Bjurman om die flat nogmaals uit te kammen. Met een pincet.'

Lisbeth Salander werd maandagochtend om elf uur wakker. Ze bleef nog een halfuurtje liggen voordat ze opstond, het koffiezetapparaat aanzette en een douche nam. Toen ze daarmee klaar was, smeerde ze twee boterhammen en ging ze aan haar PowerBook zitten om zich op de hoogte te stellen van de laatste vorderingen in de computer van officier Ekström en om de internetversies van de diverse dagbladen te lezen. Ze merkte op dat de belangstelling voor de moorden in Enskede was afgenomen. Daarna opende ze Dag Svenssons researchmap en las ze zorgvuldig zijn aantekeningen van de confrontatie met journalist Per-Åke Sandström, de hoerenloper die boodschappenjongen was voor de seksmaffia en die iets over Zala wist. Toen ze klaar was met lezen, schonk ze meer koffie in en ging ze in de nis voor het raam zitten nadenken.

Tegen vieren was ze uitgedacht.

Ze had geld nodig. Ze had drie creditcards. Een ervan stond op naam van Lisbeth Salander en was praktisch onbruikbaar. Eentje stond op naam van Irene Nesser, maar Lisbeth vermeed die te gebruiken, omdat ze zich dan met het paspoort van Irene Nesser zou moeten legitimeren, wat een zeker risico met zich meebracht. De derde stond op naam van Wasp Enterprises en was gekoppeld aan een rekening waar ruim tien miljoen kronen op stond en die door middel van overboekingen via internet kon worden opgeladen. Iedereen zou die creditcard in principe kunnen gebruiken, maar moest zich natuurlijk wel legitimeren.

Ze liep naar de keuken, maakte een koektrommel open en haalde er een stapel bankbiljetten uit. Ze had 950 kronen aan contanten, dat was niet veel. Gelukkig had ze ook nog 1.800 Amerikaanse dollar, die maar in de weg lagen sinds ze naar Zweden was teruggekeerd en die ze anoniem bij elk wisselkantoor kon inwisselen. Dat verbeterde de situatie aanzienlijk.

Ze zette Irene Nessers pruik op, kleedde zich netjes aan en nam andere kleren en een toilettasje met theaterschmink in een rugzak mee. Daarna begon ze haar tweede expeditie vanaf Mosebacke. Ze liep naar de Folkungagatan en van daaruit door naar de Erstagatan, waar ze vlak voor sluitingstijd de Watski-winkel voor scheepsbenodigdheden binnenliep en isolatieband, een katrol en talie met 8 meter katoenen ankerlijn kocht.

Ze nam bus 66 terug. Bij Medborgarplatsen zag ze een vrouw op de bus staan wachten. Ze herkende haar eerst niet, maar ergens in haar achterhoofd ging een alarmbel rinkelen en toen ze nogmaals keek, kon ze de vrouw identificeren als Irene Flemström, assistent-boekhouder bij Milton Security. Ze had een nieuw, modern kapsel. Lisbeth stapte discreet uit terwijl Flemström instapte. Ze keek goed om zich heen en speurde voortdurend naar gezichten die haar bekend voorkwamen. Ze wandelde langs 'de Boog van Bofill' naar station Zuid waar ze de forensentrein naar het noorden nam.

Inspecteur Sonja Modig schudde Erika Berger de hand. Berger bood meteen koffie aan. Toen ze de koffie in de pantry haalden, zag Modig dat alle bekers waren voorzien van reclame voor verschillende politieke partijen, vakbondsorganisaties en bedrijven.

'Bekers van diverse verkiezingsavonden en interviews,' verklaarde Erika Berger terwijl ze Sonja Modig een beker overhandigde met het logo van LUF, de jonge liberalen.

Sonja Modig bracht drie uur aan het bureau van Dag Svensson door. Ze kreeg assistentie van redactiesecretaris Malin Eriksson; aan de ene kant om te begrijpen waar het boek en de artikelen van Dag Svensson over gingen en aan de andere kant om in het onderzoeksmateriaal te navigeren. Sonja Modig was verbaasd over de omvang ervan. Het feit dat Dag Svenssons computer was verdwenen en zijn werk daarmee onbereikbaar leek, had het onderzoek behoorlijk gefrustreerd. Maar van het meeste materiaal bleek nu voortdurend een back-up op de computer bij *Millennium* aanwezig te zijn geweest.

Mikael Blomkvist was niet op de redactie, maar Erika Berger gaf Sonja Modig een overzicht van de materialen die hij van Dag Svenssons bureau had verwijderd; het ging daarbij uitsluitend om de identiteit van bronnen. Ten slotte belde Modig Bublanski om de stand van zaken door te geven. Er werd besloten dat al het materiaal op Dag Svenssons bureau, inclusief de computer van *Millennium* om onderzoekstechnische redenen in beslag zou worden genomen en dat de vooronderzoeksleider maar moest beslissen of het nodig was dat het door Mikael verwijderde materiaal moest worden opgeëist. Sonja Modig schreef daarna een beslagprotocol en kreeg hulp van Henry Cortez om alle voorwerpen naar haar auto te dragen.

Op maandagavond voelde Mikael zich hevig gefrustreerd. Hij had sinds de week ervoor in totaal tien van de namen afgewerkt die Dag

Svensson had willen onthullen. Hij had elke keer ongeruste, opgewonden en geschokte mannen aangetroffen. Hij constateerde dat het gemiddelde inkomen van deze personen circa 400.000 kronen per jaar was. Het was een pathetische verzameling bange mannen.

Hij had echter geen enkele keer het idee gehad dat ze iets te verbergen hadden gehad in verband met de moorden op Dag Svensson en Mia Bergman. Integendeel, meerdere mannen met wie hij had gesproken, waren van mening geweest dat in de heksenjacht die ze in de media verwachtten hun situatie alleen maar zou verergeren als hun namen gekoppeld zouden worden aan moord.

Mikael deed zijn iBook open en controleerde of hij nieuwe berichten van Lisbeth had ontvangen. Dat was niet het geval. Ze had daarentegen in haar vorige mail beweerd dat de hoerenlopers oninteressant waren en dat hij zijn tijd daaraan verspilde. Hij vervloekte haar met een woordenreeks die Erika Berger zou hebben betiteld als seksistisch én innovatief. Hij had trek maar had geen zin om te koken. Bovendien had hij al in twee weken geen boodschappen gedaan, buiten een liter melk in de buurtsuper. Hij trok zijn colbert aan en ging naar de Griekse taveerne op de Hornsgatan en bestelde een lamsgrill.

Lisbeth Salander had eerst een bezoek gebracht aan het trappenhuis en had in de schemering twee discrete rondjes om de meest nabijgelegen gebouwen gemaakt. Het waren lage flats die vermoedelijk gehorig waren en nauwelijks ideaal te noemen waren voor haar bedoelingen. Journalist Per-Åke Sandström woonde in een hoekappartement op de derde verdieping, die tevens de bovenste verdieping was. Het trappenhuis eindigde in een zolderdeur. Dat was te doen.

Het probleem was alleen dat het overal in het appartement donker was, wat betekende dat de bewoners niet thuis waren.

Ze wandelde een paar blokken verder naar een pizzeria, waar ze een pizza Hawaii bestelde en in een hoekje de avondkranten ging zitten lezen. Even voor negenen kocht ze een koffie verkeerd bij een kiosk en keerde ze terug naar het flatgebouw. Het was nog steeds donker in het appartement. Ze ging het trappenhuis binnen en ging op de trap naar de zolder zitten van waaruit ze zicht had op de voordeur van Per-Åke Sandström, een halve verdieping lager. Ze dronk haar koffie terwijl ze wachtte.

Inspecteur Hans Faste was er uiteindelijk in geslaagd Cilla Norén op te sporen, 28 jaar, en leider van de satanistengroep Evil Fingers. Ze bevond zich in de studio Recent Trash Records in een industriepand in Älvsjö. Het werd een cultuurschok van ongeveer hetzelfde kaliber als toen de Portugezen voor het eerst Caribië-Indianen zagen.

Faste had Cilla Norén na diverse mislukte pogingen bij haar ouders uiteindelijk via haar zus in de studio weten op te sporen, waar ze naar eigen zeggen 'een bijdrage leverde' aan de productie van een cd van de band Cold Wax uit Borlänge. Faste had nog nooit van die band gehoord en constateerde dat deze leek te bestaan uit jongens van in de twintig. Al toen hij de gang voor de studio in liep, kwam hem een geluidsniveau tegemoet dat hem de adem benam. Hij bekeek Cold Wax door een glazen raam en wachtte totdat er een gaatje in de herrie kwam.

Cilla Norén had ravenzwart, lang haar met rode en groene strengen en droeg zwarte make-up. Ze was vrij mollig en gekleed in een kort truitje, dat een buik met een gepiercete navel toonde. Om haar heupen zat een riem met klinknagels en ze zag eruit als iets uit een Franse horrorfilm.

Faste hield zijn legitimatie omhoog en vroeg of hij haar even kon spreken. Ze kauwde op kauwgom en keek hem sceptisch aan. Uiteindelijk wees ze op een deur en leidde hem naar een soort kantine, waar hij bijna struikelde over een vuilniszak die precies bij de ingang was achtergelaten. Cilla Norén schonk water in een lege petfles, dronk ongeveer de helft op, ging aan een tafel zitten en stak een sigaret op. Ze keek Hans Faste met helderblauwe ogen aan. Faste wist plotseling niet waar hij moest beginnen.

'Wat is Recent Trash Records?'

Ze keek verveeld.

'Dat is een platenmaatschappij die nieuwe, jonge bands produceert.'

'Wat is jouw rol hier?'

'Ik ben geluidstechnicus.'

Faste keek haar aan.

'Ben je daarvoor opgeleid?'

'Nee. Heb ik mezelf geleerd.'

'Kun je daarvan leven?'

'Waarom vraag je dat?'

'Zomaar. Ik neem aan dat je de laatste tijd hebt gelezen over Lisbeth Salander?'

Ze knikte.

'Wij beschikken over gegevens dat jij haar zou kennen. Klopt dat?'

'Misschien.'

'Klopt dat, ja of nee?'
'Dat ligt eraan wat je wil.'
'Ik ben op zoek naar een krankzinnige, drievoudige moordenaar. Ik wil informatie over Lisbeth Salander hebben.'
'Ik heb al sinds vorig jaar niets van Lisbeth gehoord.'
'Wanneer heb je haar voor het laatst gezien?'
'Twee jaar geleden in het najaar een keer. Bij Kvarnen. Ze kwam daar weleens naartoe, maar op een gegeven moment kwam ze niet meer.'
'Heb je geprobeerd contact met haar op te nemen?'
'Ik heb haar mobiel een paar keer gebeld, maar dat nummer was buiten gebruik.'
'En je weet niet waar ik haar te pakken kan krijgen?'
'Nee.'
'Wat is Evil Fingers?'
Cilla Norén keek geamuseerd.
'Lees je geen kranten?'
'Pardon?'
'Daarin staat immers dat wij een groep satanisten zijn.'
'En is dat zo?'
'Zie ik eruit als een satanist?'
'Hoe ziet een satanist eruit?'
'Aha, ik weet niet wie er het meest naïef is, de politie of de kranten.'
'Luister eens, jongedame, dit is een serieuze vraag.'
'Of wij satanisten zijn?'
'Geef antwoord op mijn vraag in plaats van zo moeilijk te doen.'
'En hoe luidt de vraag?'
Hans Faste deed zijn ogen even dicht en moest denken aan het studiebezoek dat hij een paar jaar geleden tijdens een vakantiereisje aan de politie in Griekenland had gebracht. De politie daar had ondanks alle problemen één groot voordeel in vergelijking met de Zweedse politie. Als Cilla Norén in Griekenland dezelfde houding had aangenomen, zou hij haar hebben geboeid en drie tikken met de wapenstok hebben gegeven. Hij keek haar aan.
'Was Lisbeth Salander onderdeel van Evil Fingers?'
'Dacht het niet.'
'Hoe bedoel je?'
'Lisbeth is vermoedelijk de meest a-muzikale persoon die ik ooit heb ontmoet.'
'A-muzikaal.'

'Ze kan onderscheid maken tussen een trompet en een trommel, maar dat is het wel zo ongeveer.'

'Ik bedoel of ze lid was van de groep Evil Fingers.'

'En ik heb net antwoord gegeven op die vraag. Wat denk je verdomme dat Evil Fingers voor iets was?'

'Vertel.'

'Je bent bezig met een politieonderzoek door naïeve krantenartikelen te lezen.'

'Geef antwoord op mijn vraag.'

'Evil Fingers was een rockgroep. We waren medio jaren negentig een stel meiden die van hardrock hielden en een beetje voor de lol op een gitaar aan het pingelen waren. We lanceerden ons met pentagrammen en wat *sympathy for the Devil*. Later zijn we met die band gestopt en ik ben de enige van ons die nog wat met muziek doet.'

'En Lisbeth Salander was geen lid van die groep.'

'Zoals ik al zei.'

'Waarom beweren bronnen dat Salander onderdeel uitmaakte van die groep?'

'Omdat jouw bronnen ongeveer net zo naïef zijn als de kranten.'

'Leg uit.'

'We waren met vijf meiden in die groep en zagen elkaar daarna ook nog af en toe. Vroeger ontmoetten we elkaar eenmaal per week in Kvarnen. Nu nog ongeveer eenmaal per maand. Maar we houden contact.'

'En wat doen jullie als jullie elkaar zien?'

'Wat denk je dat we bij Kvarnen doen?'

Hans Faste zuchtte.

'Dus jullie ontmoeten elkaar om te drinken.'

'We drinken bier en ouwehoeren met elkaar. Wat doe jij als je je vrienden ziet?'

'En wanneer komt Lisbeth Salander in beeld?'

'Ik ontmoette haar toen ik achttien was en naar het volwassenenonderwijs ging. Ze kwam toen af en toe een biertje met ons drinken bij Kvarnen.'

'Dus Evil Fingers kan niet worden gezien als organisatie?'

Cilla Norén keek hem aan met een blik alsof hij van een andere planeet kwam.

'Zijn jullie lesbisch?'

'Wil je een klap op je bek?'

'Geef antwoord op mijn vraag.'

‘Dat gaat je geen reet aan.’

‘Schei uit. Je kunt mij niet provoceren.’

‘Hallo? De politie beweert dat Lisbeth Salander drie mensen heeft vermoord en jullie komen mij naar mijn seksuele voorkeur vragen. Loop naar de hel.’

‘Luister eens even, ik kan je laten oppakken.’

‘O ja, en waarvoor dan wel? Trouwens, ik ben vergeten te vertellen dat ik al drie jaar rechten studeer en dat mijn vader Ulf Norén van advocatenkantoor Norén en Knape is. *See you in court.*’

‘Ik dacht dat je je met muziek bezighield.’

‘Ja, omdat dat leuk is. Maar denk je dat ik hiervan kan leven?’

‘Ik heb geen idee waar jij van leeft.’

‘Ik voorzie niet in mijn onderhoud als lesbische sataniste, als dat is wat je denkt. En als dat het uitgangspunt van de politie is in de jacht op Lisbeth Salander begrijp ik best waarom jullie er niet in slagen haar op te pakken.’

‘Weet jij waar ze is?’

Cilla Norén begon met haar bovenlichaam heen en weer te wiegen en liet haar handen voor zich omhoog glijden.

‘Ik voel dat ze dichtbij is ... wacht, dan zal ik mijn telepathische vermogen aanspreken.’

‘Schei daarmee uit.’

‘Luister eens, ik heb al gezegd dat ik al bijna twee jaar niets van haar heb gehoord. Ik heb geen idee waar ze uithangt. Was er verder nog wat?’

Sonja Modig had de computer van Dag Svensson aangesloten en de avond besteed aan het catalogiseren van de inhoud op de harde schijf en de meegeleverde zipschijven. Ze zat tot elf uur ’s avonds Dag Svenssons boek te lezen.

Ze kwam tot twee inzichten. Ten eerste zag ze in dat Dag Svensson een fantastische auteur was die de mechanismen van de sekshandel met meeslepende zakelijkheid beschreef. Ze wilde dat hij als spreker op de politieacademie had kunnen optreden – zijn kennis zou een broodnodige aanvulling op het onderwijs zijn geweest. Figuren als Hans Faste zouden bijvoorbeeld veel van Svenssons beschouwingen kunnen leren.

Modigs tweede inzicht was dat ze Mikael Blomkvists standpunt, dat de research van Dag het motief voor de moorden kon vormen, plotseling ook begreep. Het bekendmaken van hoerenlopers, zoals

Dag Svensson van plan was geweest, zou niet alleen een paar personen treffen. Het zou veel meer impact hebben. Sommige betrokkenen, die beroepsmatig veroordelingen inzake zedenmisdrijven hadden uitgesproken of die hadden deelgenomen aan het publieke debat, zouden volledig met de grond gelijk worden gemaakt. Mikael Blomkvist had het bij het juiste eind. Het boek bevatte een motief voor moord.

Maar ook al was er misschien een hoerenloper die met de billen bloot moest en daarom besloten had Dag Svensson te vermoorden, het probleem was dat er geen enkel verband was met advocaat Nils Bjurman. Bjurman kwam überhaupt niet in het materiaal van Dag Svensson voor, wat niet alleen de kracht van Mikael Blomkvists argumentatie aanzienlijk verminderde, maar het beeld van Lisbeth Salander als enig mogelijke verdachte alleen maar versterkte.

Ook al was het motief voor de moord op Dag Svensson en Mia Bergman onduidelijk, Lisbeth Salander was wél verbonden aan de plaats van de moord en het moordwapen. Zulke duidelijke indicaties konden moeilijk verkeerd worden geïnterpreteerd. Ze duidden erop dat Salander degene was die de dodelijke schoten in de flat in Enskede had afgevuurd.

Het wapen vormde bovendien een directe link naar de moord op advocaat Bjurman. In dat geval was er geen twijfel over mogelijk dat er een persoonlijke band bestond en bovendien een mogelijk motief – te oordelen naar de kunstzinnige versiering op Bjurmans buik kon er sprake zijn geweest van enige vorm van seksuele intimidatie of een soort sadomasochistische relatie tussen die twee. Je kon je maar moeilijk voorstellen dat Bjurman zich vrijwillig op deze bizarre wijze had laten tatoeëren, wat veronderstelde dat hij óf een soort bevrediging in die vernedering had gevonden óf dat Salander – als zij degene was die de tatoeage had aangebracht – hem in een onmachtige situatie had geplaatst. Hoe dat in zijn werk was gegaan, daarover wilde Modig niet speculeren.

Daarentegen had Peter Teleborian bevestigd dat Lisbeth Salander haar geweld richtte tegen personen die ze om verschillende redenen als bedreigend ervoer of die haar intimideerden.

Sonja Modig zat een tijdje na te denken over wat Peter Teleborian over Lisbeth Salander had gezegd. Hij was oprecht beschermend overgekomen en wilde niet dat zijn vroegere patiënte wat zou overkomen. Tegelijkertijd was het onderzoek in hoge mate gebaseerd op zijn analyse van Salander – een sociopaat op de rand van een psychose.

Maar Mikael Blomkvists theorie was emotioneel aantrekkelijk.

Ze beet voorzichtig op haar onderlip terwijl ze zich een ander scenario probeerde voor te stellen dan Lisbeth Salander als enige moordenaar. Uiteindelijk pakte ze een bic-pen en schreef ze aarzelend een zin op het notitieblok voor zich.

Twee volledig van elkaar gescheiden motieven? Twee moordenaars? Eén moordwapen!

Ze had een vage gedachte die ze niet echt kon formuleren, maar het was een vraag die ze tijdens de ochtendbriefing van Bublanski wilde stellen. Ze kon niet precies uitleggen waarom ze zich plotseling zo ongemakkelijk voelde bij de gedachte aan Lisbeth Salander in de rol van enige moordenaar.

Daarna maakte ze er voor die dag een eind aan door de computer resoluut uit te zetten en de schijven in de bureaulade te stoppen en deze af te sluiten. Ze trok haar jack aan, deed de bureaulamp uit en wilde net de deur naar haar kamer op slot doen toen ze wat verder op de gang iets hoorde. Ze fronste haar wenkbrauwen. Ze had gedacht dat ze alleen op de afdeling was en liep door de gang naar de kamer van Hans Faste. Zijn deur stond op een kier en ze hoorde dat hij aan het bellen was.

'Dat is een onmiskenbaar verband,' hoorde ze hem zeggen.

Ze bleef even besluiteloos voor de deur staan voordat ze diep ademhaalde en op de deurpost klopte. Hans Faste keek haar verbaasd aan. Ze zwaaide door haar vingers twee keer te spreiden.

'Modig is nog in huis,' zei Faste in de hoorn. Hij luisterde en knikte zonder Sonja Modig los te laten met zijn blik. 'Oké. Ik zal haar informeren.' Hij hing op.

'Bubbel,' zei hij verklarend. 'Wat wil je?'

'Wat is een onmiskenbaar verband?' vroeg ze.

Hij keek haar onderzoekend aan.

'Heb je aan de deur staan luisteren?'

'Nee, maar de deur stond open en je zei dat net toen ik aanklopte.'

Faste haalde zijn schouders op.

'Ik belde Bubbel om hem te informeren over het feit dat het gerechtelijk lab eindelijk met iets bruikbaars is gekomen.'

'Aha.'

'Dag Svensson had een mobiele telefoon met een prepaidkaart van Comviq. Ze hebben eindelijk een gesprekkenlijst. Die bevestigt het gesprek naar Mikael Blomkvist om 20.12 uur. Toen Blomkvist zich dus op dat etentje bij zijn zus bevond.'

'Mooi. Maar ik geloof niet dat Blomkvist iets met die moorden te maken heeft.'

'Ik ook niet. Maar Dag Svensson heeft die avond nóg een gesprek gevoerd. Om 21.34 uur. Het gesprek heeft drie minuten geduurd.'

'En?'

'Hij heeft advocaat Nils Bjurman gebeld, thuis. Er bestaat met andere woorden dus een link tussen die twee moorden.'

Sonja Modig ging langzaam op Hans Fastes bezoekersstoel zitten.

'Natuurlijk. Doe of je thuis bent.'

Ze negeerde hem.

'Goed. Hoe ziet het tijdschema eruit? Even na achten belt Dag Svensson Mikael Blomkvist en maakt een afspraak voor later die avond. Om halftien belt Svensson Bjurman. Even voor sluitingstijd, om 22.00 uur, koopt Salander sigaretten in een tabakszaak in Enskede. Even na elven komen Mikael Blomkvist en zijn zus in Enskede aan en om 23.11 uur belt hij de alarmcentrale.'

'Dat lijkt te kloppen, miss Marple.'

'Maar dat klopt helemáál niet. Volgens de patholoog is Bjurman tussen 22.00 en 23.00 uur 's avonds om het leven gebracht. Toen bevond Salander zich al in Enskede. We zijn er altijd van uitgegaan dat Salander eerst Bjurman heeft doodgeschoten en daarna het paar in Enskede.'

'Dat betekent niets. Ik heb nogmaals met de patholoog gesproken. We hebben Bjurman pas de volgende avond gevonden, bijna vierentwintig uur later. De patholoog zegt dat het tijdstip van zijn dood tot maximaal een uur kan afwijken.'

'Maar Bjurman moet het eerste slachtoffer zijn geweest omdat we het moordwapen in Enskede hebben aangetroffen. Dat zou betekenen dat ze Bjurman ergens na 21.34 uur heeft doodgeschoten en daarna onmiddellijk naar Enskede is gegaan om in die sigarenwinkel inkopen te doen. Kun je in die tijd wel van het Odenplan naar Enskede komen?'

'Ja, want ze is niet met het openbaar vervoer gegaan, zoals we eerst dachten. Ze had immers een auto. Sonny Bohman en ik hebben dat stukje net gereden en dat ging prima.'

'Maar vervolgens wacht ze een uur voordat ze Dag Svensson en Mia Bergman doodschiet. Wat heeft ze in de tussentijd gedaan?'

'Koffie met ze gedronken. Haar vingerafdrukken staan immers op een kopje.'

Hij keek haar triomfantelijk aan. Sonja Modig zuchtte en zat een minuut stil zonder wat te zeggen.

'Hans, jij ziet dit als een soort prestigekwestie. Je kunt een ongelofelijke klootzak zijn en mensen woedend maken, maar ik klopte bij je aan om je mijn excuses aan te bieden voor die klap. Dat was niet gerechtvaardigd.'

Hij keek haar geruime tijd aan.

'Modig, jij vindt me misschien een klootzak. Ik vind jou erg onprofessioneel en vind dat jij niets bij de politie te zoeken hebt. Althans niet op dit niveau.'

Sonja Modig overwoog verschillende antwoorden, maar haalde uiteindelijk haar schouders op en stond op.

'Oké. Dan weten we wat we van elkaar vinden,' zei ze.

'We weten wat we van elkaar vinden. En geloof me, jij zult hier niet lang meer zijn.'

Sonja Modig deed de deur harder achter zich dicht dan de bedoeling was geweest. *Laat je niet door die klootzak opnaaien.* Ze ging naar de ondergrondse parkeergarage en haalde haar auto op. Hans Faste grijnsde voldaan naar de dichte deur.

Mikael Blomkvist was net thuis toen zijn mobiel ging.

'Hoi. Met Malin. Heb je even?'

'Tuurlijk.'

'Ik moest gisteren ergens aan denken.'

'Vertel.'

'Ik zat al die knipsels die we op de redactie hebben over de jacht op Salander door te lezen en kwam die dubbele pagina tegen over haar achtergrond binnen de psychiatrie.'

'Ja?'

'Misschien is het vergezocht, maar ik vroeg me af waarom er zo'n gat in haar biografie zit.'

'Gat?'

'Ja. Er is een overdaad aan details over alle ruzies waar ze bij betrokken was toen ze op school zat. Met docenten en klasgenoten en zo.'

'Ja, dat herinner ik me ook. Er was een lerares die zei dat ze bang was voor Lisbeth toen ze in de tussenbouw zat.'

'Birgitta Miåås.'

'Ja, die.'

'En er zijn een heleboel details over Lisbeth bij kinderpsychiatrie. Plus een hele hoop finesses over haar leven in pleeggezinnen in haar tienertijd en die mishandeling in Gamla Stan en dergelijke.'

'Ja. En wat is je punt?'

'Ze wordt vlak voordat ze dertien wordt opgenomen.'

'Ja.'

'Maar er wordt met geen woord over gerept waaróm ze bij kinderpsychiatrie wordt opgenomen.'

Mikael zweeg even.

'Je bedoelt dat ...'

'Ik bedoel dat als een twaalfjarige wordt opgenomen er iets moet zijn gebeurd. En in Lisbeths geval zou dat een gigantische uitbarsting moeten zijn geweest die in haar biografie terug te vinden zou moeten zijn. Maar er is helemaal geen verklaring.'

Mikael fronste zijn wenkbrauwen.

'Malin, ik weet van een betrouwbare bron dat er een politieonderzoek over Lisbeth moet zijn gedateerd februari 1991, toen ze twaalf was. Het zit niet in de archieven. Ik had jou net willen vragen het op te graven.'

'Als er een onderzoek is, moet dat natuurlijk in de archieven zijn opgenomen, iets anders is onwettig. Heb je het echt gecheckt?'

'Nee, maar mijn bron zegt dat het er niet in zit.'

Malin zweeg even.

'En hoe goed is jouw bron?'

'Heel goed.'

Malin zweeg weer even. Mikael en zij kwamen tegelijkertijd tot dezelfde conclusie.

'De veiligheidsdienst,' zei Malin.

'Björck,' zei Mikael.

24
DINSDAG 5 APRIL

Per-Åke Sandström, 47 jaar en freelancejournalist, kwam even na middernacht thuis in zijn flat in Solna. Hij was lichtelijk aangeschoten en voelde de paniek sluimeren in zijn onderbuik. Hij had de dag doorgebracht met wanhopig nietsdoen. Per-Åke Sandström was gewoon doodsbang.

Het was bijna twee weken geleden dat Dag Svensson in Enskede was doodgeschoten. Sandström had die avond ontsteld naar het nieuws gekeken. Hij had een golf van opluchting en hoop gevoeld – Svensson was dood en daarmee was het boek over trafficking, waarin hij Sandström wilde ontmaskeren als zedendelinquent, wellicht van de baan. *Shit, één hoer te veel en hij was de lul.*

Hij haatte Dag Svensson. Hij had gebeden en gesmeekt, hij had voor dat verdomde varken gekrópen.

Op de dag van de moord was hij te euforisch geweest om helder te denken. Pas de dag erna was hij gaan nadenken. Als Dag Svensson aan een boek werkte waarin hij zou worden afgeschilderd als verkrachter met pedofiele neigingen, was het niet onwaarschijnlijk dat de politie in zijn misstapjes zou gaan graven. *Jezus, hij zou kunnen worden verdacht van die moorden.*

De paniek was enigszins getemperd toen het gezicht van Lisbeth Salander op elke voorpagina in het land was verschenen. *Wie was Lisbeth Salander in godsnaam?* Hij had nog nooit van haar gehoord. Maar de politie was blijkbaar van mening dat zij de hoofdverdachte was en volgens een officier van justitie die zich had uitgesproken, konden de moorden op korte termijn worden opgehelderd. Het zou kunnen dat er helemaal geen belangstelling voor zijn persoontje zou ontstaan. Maar hij wist uit eigen ervaring hoe journalisten documentatie en aantekeningen bewaarden. *Millennium. Een kutblaadje met een onverdiend goede naam. Ze waren net als alle anderen. Groeven en zeurden en berokkenden mensen schade.*

Hij wist niet hoe ver Svensson met dat boek was gevorderd. Hij wist niet wat ze wisten. Hij kon het niemand vragen. Hij had het gevoel dat hij zich in een vacuüm bevond.

In de week die volgde, was hij heen en weer geslingerd tussen paniek en dronkenschap. De politie was nog niet naar hem op zoek geweest. Misschien, als hij ontzettende mazzel had, kon hij het vege lijf redden. Als hij pech had, was zijn leven einde oefening.

Hij stak de sleutel in de buitendeur en draaide het slot om. Toen hij de deur openmaakte, hoorde hij plotseling een geritsel achter zich en voelde hij een verlammende pijn in zijn onderrug.

Gunnar Björck was nog niet in slaap toen de telefoon ging. Hij was gekleed in zijn pyjama en ochtendjas, maar zat in het donker in de keuken over zijn dilemma te piekeren. Hij had zich in zijn jarenlange carrière nooit eerder in zo'n hachelijke situatie bevonden.

Hij had de telefoon eerst niet willen opnemen. Hij keek op zijn horloge en constateerde dat het na twaalven was. Maar de telefoon ging maar door en na het tiende signaal kon hij hem niet weerstaan. Het kon belangrijk zijn.

'Met Mikael Blomkvist,' hoorde hij aan de andere kant van de lijn.

Shit.

'Het is na middernacht. Ik sliep al.'

'Het spijt me. Maar ik denk dat u wel belangstelling hebt voor wat ik te vertellen heb.'

'Wat wilt u?'

'Ik beleg morgenochtend om tien uur een persconferentie naar aanleiding van de moorden op Dag Svensson en Mia Bergman.'

Gunnar Björck slikte.

'Ik zal details bekendmaken uit het boek over de sekshandel dat Dag Svensson aan het afronden was. De enige hoerenloper die ik zal bekendmaken, bent u.'

'U had beloofd me tijd te geven ...'

Hij hoorde de paniek in zijn eigen stem en hield zich in.

'Er zijn meerdere dagen verstreken. U had beloofd mij na het weekend te bellen. Morgen is het dinsdag. Of u gaat praten óf ik roep morgen die persconferentie bijeen.'

'Als u die persconferentie houdt, zult u nooit iets te weten komen over Zala.'

'Dat zou kunnen. Maar dat is dan niet langer mijn probleem. Dan mag u praten met de politie. En met de rest van de landelijke media natuurlijk.'

Er was geen onderhandelingsruimte.

Björck ging akkoord met een ontmoeting met Mikael Blomkvist, maar slaagde erin die ontmoeting tot woensdag uit te stellen. Nog een korte periode van respijt. Maar hij was er klaar voor.

Nu was het buigen of barsten.

Sandström wist niet hoe lang hij buiten bewustzijn was geweest, maar toen hij bijkwam, lag hij op de vloer in de woonkamer. Hij had pijn in zijn hele lichaam en kon zich niet bewegen. Het duurde even voordat hij doorhad dat zijn handen op zijn rug zaten en waren geboeid met iets wat aanvoelde als isolatieband en dat zijn voeten waren vastgebonden. Hij had een breed stuk tape over zijn mond. De verlichting in de kamer was aan en de jaloezieën waren omlaag. Hij was niet in staat te begrijpen wat er was gebeurd.

Hij werd zich bewust van een geluid dat uit zijn werkkamer leek te komen. Hij lag stil te luisteren en hoorde hoe een la open en dicht werd geschoven. *Een beroving?* Hij hoorde het geluid van papier en hoe iemand in zijn lades rondwroette.

Pas een eeuwigheid later hoorde hij stappen achter zich. Hij probeerde zijn hoofd om te draaien, maar kon niemand zien. Hij probeerde kalm te blijven.

Plotseling werd er een lus van een stevig katoenen touw over zijn hoofd getrokken. De strop om zijn hals werd aangetrokken. Door de paniek had hij bijna zijn darmen geleegd. Hij keek omhoog en zag het touw naar een katrol lopen, die was bevestigd aan de haak waar de hanglamp in de woonkamer normaliter aan hing. Toen liep zijn vijand om en verscheen in zijn gezichtsveld. Het eerste wat hij zag, waren een paar kleine zwarte laarzen.

Hij wist niet wat hij had verwacht, maar toen hij opkeek kon de schok niet groter zijn geweest. Eerst herkende hij de gestoorde psychopate, wier pasfoto sinds Pasen alle voorpagina's had gesierd, niet. Ze had zwart, kortgeknipt haar en leek absoluut niet op die pasfoto. Ze was helemaal in het zwart gekleed – spijkerbroek, een kort, open katoenen jack, een T-shirt en zwarte handschoenen.

Maar wat hem het meest beangstigde, was haar gezicht. Ze was beschilderd. Ze droeg zwarte lippenstift, eyeliner en een vulgaire, dramatisch-opvallende, groenzwarte ogenschaduw. De rest van haar gezicht was wit geschminkt. Schuin over haar gezicht, van de linkerkant van haar voorhoofd, over haar neus en omlaag naar de rechterkant van haar kin, was een brede rode streep geschilderd.

Het was een grotesk masker. Ze zag er volkomen waanzinnig uit.

Zijn hersenen boden weerstand. Dit was onwerkelijk.

Lisbeth Salander pakte het uiteinde van het touw beet en trok eraan. Hij voelde het touw in zijn hals snijden en kreeg een paar seconden geen adem. Toen vocht hij om zijn voeten onder zich te krijgen. Met de katrol en de talie hoefde ze amper moeite te doen om hem op de been te krijgen. Toen hij rechtop stond, stopte ze met hijsen en zette ze het touw met een paar slagen rond een radiatorbuis vast. Ze eindigde met een mastworp.

Daarna liep ze weg en verdween ze uit zijn gezichtsveld. Ze bleef meer dan een kwartier weg. Toen ze terugkwam, trok ze een stoel bij en ging ze vlak voor hem zitten. Hij probeerde niet naar haar beschilderde gezicht te kijken, maar kon het niet laten. Ze legde een pistool op de salontafel. *Zijn pistool. Dat had ze gevonden in de schoenendoos in de kast.* Een Colt 1911 Government. Een klein, illegaal wapen dat hij al jaren had en dat hij een keer voor de lol had gekocht toen een kennis ervanaf wilde, maar dat hij nog niet had uitgeprobeerd. Ze maakte het magazijn voor zijn ogen open en vulde het met patronen. Ze drukte het magazijn erin en zette het pistool op scherp. Per-Åke Sandström viel zowat flauw van schrik. Hij dwong zichzelf haar aan te kijken.

'Ik begrijp niet waarom mannen hun perversies altijd moeten documenteren,' zei ze.

Ze had een rustige, maar ijskoude stem. Ze sprak zacht maar duidelijk. Ze hield een foto omhoog die ze van zijn harde schijf had geprint.

'Ik neem aan dat dit het Estlandse meisje Ines Hammujärvi is, 17 jaar en afkomstig uit het dorpje Riepalu buiten Narva? Heb je lol met haar gehad?'

De vraag was retorisch. Per-Åke Sandström kon geen antwoord geven. Zijn mond zat nog steeds dichtgeplakt en zijn hersenen waren niet in staat een antwoord te formuleren. De foto toonde ... *Jezus, waarom heb ik die foto's in godsnaam bewaard?*

'Je weet wie ik ben? Knikken.'

Per-Åke Sandström knikte.

'Jij bent een sadistisch varken, een klootzak en een verkrachter.'

Hij bewoog zich niet.

'Knikken.'

Hij knikte. Hij had plotseling tranen in zijn ogen.

'Laten we de regels even duidelijk stellen,' zei Lisbeth Salander. 'Ik ben van mening dat je onmiddellijk dient te worden afgemaakt. Of je de nacht overleeft, laat me koud. Snap je dat?'

Hij knikte.

'Het zal je zo langzamerhand duidelijk zijn dat ik een gek ben die dol is op het vermoorden van mensen. Vooral mannen.'

Ze wees op de avondkranten van de laatste dagen die op de salontafel lagen.

'Ik zal de tape over je mond verwijderen. Als je gaat schreeuwen of je stem verheft, zal ik je hiermee zappen.'

Ze hield een elektrisch pistool omhoog.

'Dit gemene ding schiet met 75.000 volt. En de keer erna met ongeveer 60.000 volt, omdat ik hem dan al een keer heb gebruikt en tussentijds niet heb opgeladen. Begrijp je wat ik zeg?'

Hij keek aarzelend.

'Dat betekent dat je spieren niet meer werken. Dat was wat je bij de deur hebt ervaren, toen je thuiskwam.'

Ze glimlachte naar hem.

'Dat betekent dat je benen je niet meer zullen dragen en dat je jezelf ophangt. En nadat ik je heb gezapt, sta ik gewoon op en wandel ik de flat uit.'

Hij knikte. *Jezus, ze is inderdaad een gestoorde moordenaar.* Hij kon het niet helpen, maar de tranen stroomden opeens ongecontroleerd over zijn wangen. Hij haalde zijn neus op.

Ze stond op en trok de tape weg. Haar groteske gezicht was slechts een paar centimeter bij het zijne vandaan.

'Zwijg,' zei ze. 'Je zegt geen woord. Als je zonder toestemming praat, zal ik je zappen.'

Ze wachtte tot hij uitgesnoven was en haar aankeek.

'Je hebt één mogelijkheid om deze nacht te overleven,' zei ze. 'Eén kans, geen twee. Ik zal je een aantal vragen stellen. Als je daar antwoord op geeft, zal ik je laten leven. Knik als je het begrijpt.'

Hij knikte.

'Als je weigert antwoord te geven op een vraag, zal ik je zappen. Begrijp je?'

'Als je liegt of ontwijkend antwoord geeft, zal ik je zappen.'

Hij knikte.

'Ik ga niet met je onderhandelen. Ik ga je geen tweede kans geven. Of je geeft onmiddellijk antwoord op mijn vragen, óf je gaat eraan.

Als je bevredigend antwoord geeft, zul je het overleven. Zo simpel is het.'

Hij knikte. Hij geloofde haar. Hij had geen keus.

'Alsjeblieft,' zei hij. 'Ik wil niet dood ...'

Ze keek hem ernstig aan.

'Dat beslis je zelf. Maar je hebt net met mijn eerste regel gebroken. Je zou niet zonder mijn toestemming praten.'

Hij beet zijn tanden op elkaar. *Jezus, ze is écht gestoord.*

Mikael Blomkvist voelde zich zo gefrustreerd en rusteloos dat hij niet wist wat hij moest doen. Uiteindelijk trok hij zijn jas aan, deed een sjaal om en wandelde doelloos naar station Zuid, langs 'de Boog van Bofill', voordat hij uiteindelijk op de redactie aan de Götgatan belandde. Daar was het donker en stil. Hij deed het licht niet aan, maar zette het koffiezetapparaat aan en ging voor het raam naar buiten staan kijken terwijl hij wachtte tot de koffie was doorgelopen. Hij probeerde zijn gedachten op een rijtje te krijgen. Hij ervoer het alsof het hele onderzoek rond de moord op Dag Svensson en Mia Bergman een gebarsten mozaïek was waarin sommige stukjes zichtbaar waren terwijl andere volledig ontbraken. Ergens in het mozaïek was een patroon te ontdekken. Hij kon het patroon vermoeden, maar kon het niet zien. Er ontbraken te veel scherven.

Hij werd overmand door twijfel. *Ze is geen gestoorde moordenaar*, herinnerde hij zichzelf. Ze had geschreven dat ze Dag en Mia niet had doodgeschoten. Hij geloofde haar. Maar ze was toch op onbegrijpelijke wijze nauw bij het moordraadsel betrokken.

Hij begon langzaam de theorie die hij had bepleit sinds hij de flat in Enskede binnen was gegaan te herwaarderen. Hij was er als vanzelfsprekend van uitgegaan dat Dag Svenssons reportage over trafficking het enige redelijke motief voor de moorden op Dag en Mia was. Nu begon hij Bublanski's bewering te accepteren dat dat de moord op Bjurman niet kon verklaren.

Salander had geschreven dat hij die hoerenlopers moest laten voor wat ze waren, maar zich op Zala moest richten. *Maar hoe?* Wat bedoelde ze? Lastig mens. Waarom kon ze nooit eens iets begrijpelijks zeggen?

Mikael liep naar de pantry en schonk koffie in een mok met het logo van Jong Links. Hij nam plaats op een van de banken in het midden van de redactieruimte, legde zijn voeten op de salontafel en stak een verboden sigaret op.

Björck was de lijst met hoerenlopers. Bjurman was Salander. Was het toeval dat Bjurman en Björck elkaar kenden? En dan was er nog dat verdwenen politieonderzoek over Lisbeth Salander.

Kon er meer dan één motief zijn?

Hij probeerde die gedachte te vangen. Keer het perspectief om!

Kon Lisbeth Salander het motief zijn?

Mikael bleef zitten met een gedachte die hij niet onder woorden kon brengen. Er was iets onontgonnens, maar hij kon niet echt voor zichzelf verklaren wat hij bedoelde met het idee dat Lisbeth Salander persoonlijk het motief voor de moorden zou kunnen vormen. Hij ervoer een vaag aha-gevoel.

Toen besefte hij dat hij te moe was. Hij gooide de koffie weg, wandelde naar huis en ging naar bed. In het donker in bed nam hij de draad weer op en lag hij twee uur te woelen terwijl hij probeerde te begrijpen wat hij bedoelde.

Lisbeth Salander stak een sigaret op en leunde in de stoel voor hem gemakkelijk achterover. Ze legde haar rechterbeen over het linker en fixeerde hem met haar blik. Per-Åke Sandström had nog nooit zo'n intensieve blik gezien. Ze sprak nog steeds met zachte stem.

'In januari 2003 heb je Ines Hammujärvi voor het eerst bezocht in haar flat in Norsborg. Ze was toen net zestien. Waarom ging je naar haar toe?'

Per-Åke Sandström wist niet wat hij moest antwoorden. Hij kon niet eens uitleggen hoe het was begonnen en waarom hij ... Ze hield het elektrische pistool omhoog.

'Ik ... ik weet het niet. Ik wilde haar hebben. Ze was zo mooi.'

'Mooi?'

'Ja. Ze was mooi.'

'En jij meende dat je het recht had om haar in bed vast te binden en haar te neuken.'

'Ze had ermee ingestemd. Ik zweer het. Zij wilde het zelf ook.'

'Heb je haar betaald?'

Per-Åke Sandström beet op zijn tong.

'Nee.'

'Waarom niet? Ze was een hoer. Hoeren krijgen altijd betaald.'

'Ze was een ... ze was een cadeautje.'

'Cadeautje?' vroeg Lisbeth Salander. Haar stem had plotseling een gevaarlijke toon gekregen.

'Ik kreeg haar aangeboden als wederdienst voor iets wat ik voor iemand anders had gedaan.'

'Per-Åke,' zei Lisbeth Salander op redelijke toon. 'Het is toch niet zo dat je probeert mijn vraag te ontwijken, hè?'

'Ik zweer het. Ik zal antwoord geven op al je vragen. Ik zal niet liegen.'

'Mooi. Welke dienst en welke persoon?'

'Ik had anabole steroïden het land binnen gesmokkeld. Tijdens een reportagereis naar Estland. Ik reisde met een paar kennissen en had die pillen in mijn auto gestopt. Degene met wie ik reisde, was een man genaamd Harry Ranta. Maar hij ging niet mee met de auto.'

'Hoe heb je Harry Ranta ontmoet?'

'Die ken ik al jaren. Al sinds de jaren tachtig. Hij is gewoon een kameraad. We gingen weleens naar de kroeg.'

'En die Harry Ranta had jou Ines Hammujärvi aangeboden als ... cadeautje?'

'Ja ... nee, sorry, dat was later hier in Stockholm. Dat was zijn broer, Atho Ranta.'

'Dus jij wilt zeggen dat die Atho Ranta gewoon bij je aanklopte en vroeg of je zin had om mee te gaan naar Norsborg om met Ines te neuken?'

'Nee ... ik was op ... we hadden een feest in ... shit, ik weet niet meer waar we waren ...'

Hij begon plotseling oncontroleerbaar te trillen en voelde hoe zijn knieën slap werden. Hij moest zich schrap zetten om stevig te blijven staan.

'Geef rustig en beheerst antwoord,' zei Lisbeth Salander. 'Ik hang je echt niet op omdat je tijd nodig hebt om na te denken. Maar zo gauw ik voel dat je je in allerlei bochten gaat wringen ... *poff*.'

Ze fronste haar wenkbrauwen en zag er plotseling engelachtig uit. Zo engelachtig als een mens er achter een grotesk masker tenminste uit kon zien.

Per-Åke Sandström knikte. Hij slikte. Hij had dorst, zijn mond was kurkdroog en hij voelde hoe het touw rond zijn hals spande.

'Waar je aan het zuipen was, doet er niet toe. Hoe kwam het dat Atho Ranta jou Ines aanbood?'

'We hadden het erover ... we ... ik vertelde dat ik ...' Hij begon te huilen.

'Jij zei dat je een van zijn hoeren wilde.'

Hij knikte.

'Ik was bezopen. Hij zei dat ze moest worden ...'

'Moest worden wát?'
'Atho zei dat ze bestraft moest worden. Ze was lastig. Ze deed niet wat hij wilde.'
'En wat wilde hij dat ze zou doen?'
'De hoer voor hem spelen. Hij bood mij aan om ... Ik was dronken en wist niet wat ik deed. Ik wilde haar niet ... Sorry.'
Hij haalde zijn neus op.
'Je hoeft tegen mij geen sorry te zeggen. Dus jij bood aan Atho te helpen Ines te bestraffen en jullie gingen naar haar huis.'
'Nee, zo is het niet gegaan.'
'Vertel dan hoe het wél was. Waarom ben je met Atho meegegaan naar het huis van Ines?'
Ze balanceerde met het elektrische pistool op haar knie. Hij begon weer te trillen.
'Ik ben naar het huis van Ines gegaan omdat ik haar wilde hebben. Ze was daar en ze was te koop. Ines logeerde bij een vriendin van Harry Ranta. Ik weet niet meer hoe die heet. Atho bond Ines in bed vast en ik ... ik had seks met haar. Atho keek toe.'
'Nee ... je had geen seks met haar. Je verkrachtte haar.'
Hij gaf geen antwoord.
'Nietwaar?'
Hij knikte.
'Wat zei Ines?'
'Ze zei niets.'
'Protesteerde ze?'
Hij schudde zijn hoofd.
'Zij vond het dus wel leuk dat een vijftigjarige klootzak haar vastbond en haar neukte.'
'Ze was dronken. Het kon haar niets schelen.'
Lisbeth Salander zuchtte ontmoedigd.
'Oké. En daarna bleef je Ines bezoeken.'
'Ze was zo ... ze wilde mij hebben.'
'Gelul.'
Hij keek Lisbeth Salander vertwijfeld aan. Toen knikte hij.
'Ik ... verkrachtte haar. Harry en Atho hadden toestemming gegeven. Ze wilden dat ze ... dat ze eraan gewend zou raken.'
'Heb je hen betaald?'
Hij knikte.
'Hoeveel?'
'Een vriendenprijs. Ik had ze geholpen met die smokkel.'

'Hoeveel?'
'In totaal een paar duizend kronen.'
'Op een van de foto's bevindt Ines zich hier, in jouw flat.'
'Harry had haar hierheen gereden.'
Hij haalde nogmaals zijn neus op.
'Dus voor een paar duizend kronen kreeg je een meisje met wie je kon doen wat je wilde. Hoe vaak heb je haar verkracht?'
'Geen idee ... een paar keer.'
'Oké. Wie is de baas van die liga?'
'Ze vermoorden me als ik klik.'
'Wat kan mij dat schelen. Ik ben op dit moment een aanzienlijk groter probleem voor jou dan de gebroeders Ranta.'
Ze hield het elektrische pistool omhoog.
'Atho. Hij is de oudste. Harry is degene die de boel regelt.'
'Wie zitten er nog meer bij?'
'Ik ken alleen Harry en Atho. Atho's vriendin hoort er ook bij. En een vent die ... ik weet niet meer hoe hij wordt genoemd. Pelle nog wat. Hij is een Zweed. Ik weet niet hoe hij verder heet. Dat is een junk die klusjes doet.'
'De vriendin van Atho?'
'Silvia. Dat is een hoer.'
Lisbeth dacht een tijdje na zonder wat te zeggen. Toen hief ze haar blik op.
'Wie is Zala?'
Per-Åke Sandström verbleekte. Dezelfde vraag waarover Dag Svensson had zitten zeuren. Hij zweeg zó lang dat hij merkte dat het gestoorde meisje geïrriteerd ging kijken.
'Ik weet het niet,' zei hij. 'Ik weet niet wie hij is.'
Lisbeth Salanders gezicht betrok.
'Je hebt je tot nu toe goed gedragen. Verspeel je kans niet,' zei ze.
'Ik zweer je dat ik niet weet wie hij is. Die journalist die je hebt doodgeschoten ...'
Hij zweeg, zich er plotseling van bewust dat het misschien geen goed idee was om haar moordorgie in Enskede ter sprake te brengen.
'Ja?'
'Hij vroeg hetzelfde. Maar ik weet het niet. Als ik het wist, zou ik het vertellen. Ik zweer het. Het is iemand die Atho kent.'
'Je hebt met hem gesproken.'
'Een minuut over de telefoon. Ik heb met iemand gesproken die zei dat hij Zala heette. Of liever gezegd, hij sprak met mij.'

'Waarover?'

Per-Åke Sandström knipperde met zijn ogen. Er liepen zweetdruppels over zijn gezicht en hij voelde snot langs zijn kin glijden.

'Ik ... ze wilden dat ik hen weer een dienst zou bewijzen.'

'Nu gaat het verhaal wel irritant langzaam,' waarschuwde Lisbeth Salander.

'Ze wilden dat ik opnieuw een reisje naar Tallinn zou maken en een auto mee terug zou nemen die helemaal was geprepareerd. Amfetamine. Ik wilde niet.'

'Waarom wilde je niet?'

'Het was te veel. Het waren enorme gangsters. Ik wilde me terugtrekken. Ik had ook nog een gewone baan.'

'Dus je bedoelt dat je alleen maar een vrijetijdsgangster was.'

'Ik ben eigenlijk helemaal niet zo,' zei hij ongelukkig.

'Nee, natuurlijk niet.'

In haar stem klonk zo'n verachting door dat Per-Åke Sandström zijn ogen sloot.

'Ga door. Hoe kwam Zala in beeld?'

'Dat was een nachtmerrie.'

Hij zweeg en plotseling begonnen de tranen weer te stromen. Hij beet zo hard op zijn lip dat deze barstte en begon te bloeden.

'Te traag,' zei Lisbeth Salander kil.

'Atho bleef maar zeuren. Harry waarschuwde me en zei dat Atho boos op mij begon te worden en dat hij niet wist was er dan zou gebeuren. Uiteindelijk ben ik akkoord gegaan met een ontmoeting met Atho. Dat was vorig jaar augustus. Ik ben met Harry naar Norsborg gereden ...'

Zijn mond bleef zich bewegen, maar de woorden verdwenen. De ogen van Lisbeth Salander versmalden zich. Hij kreeg zijn stem weer terug.

'Atho was als een bezetene. Hij is wreed. Je kunt je niet voorstellen hoe wreed hij is. Hij zei dat het te laat voor mij was om me terug te trekken en dat als ik niet deed wat hij zei, ik het niet zou overleven. Ik zou een demonstratie krijgen.'

'Ja?'

'Ze dwongen me met hen mee te gaan. We reden richting Södertälje. Atho zei dat ik een kap moest opzetten. Dat was een zak die hij over mijn hoofd trok. Ik was doodsbang.'

'Dus jij bent met een zak over je hoofd met hen meegereden. Wat gebeurde er toen?'

'De auto stopte. Ik weet niet waar ik was.'
'Waar hebben ze je die zak opgezet?'
'Vlak voor Södertälje.'
'En hoe lang duurde het voordat jullie er waren?'
'Misschien ... misschien iets meer dan een halfuur. Ze haalden me uit de auto. We waren bij een soort magazijn.'
'Wat gebeurde er?'
'Harry en Atho brachten me naar binnen. Het was daar licht. Het eerste wat ik zag was een zielenpoot die op een cementen vloer lag. Hij was vastgebonden. Hij was helemaal verrot geslagen.'
'Wie was dat?'
'Hij heette Kenneth Gustafsson. Maar daar kwam ik pas later achter. Ze hebben nooit gezegd hoe hij heette.'
'Wat gebeurde er?'
'Er was daar een man. De grootste man die ik ooit heb gezien. Hij was enorm. Eén bonk spieren.'
'Hoe zag hij eruit?'
'Blond. Hij zag eruit als de duivel in hoogst eigen persoon.'
'Naam?'
'Hij heeft zijn naam nooit gezegd.'
'Oké. Een blonde reus. Wie waren er nog meer?'
'Er was nog een andere man. Hij zag er getergd uit. Blond. Zijn haar in een paardenstaart.'
Magge Lundin.
'Nog meer?'
'Alleen Harry, Atho en ik.'
'Ga door.'
'Die blonde ... die reus dus, zette een stoel voor mij neer. Hij heeft geen woord tegen me gezegd. Atho deed het woord. Hij zei dat die vent op de grond een verrader was. Hij wilde dat ik zou zien wat er met luitjes zou gebeuren die moeilijk deden.'
Per-Åke Sandström moest onbedaarlijk huilen.
'Traag,' zei Lisbeth Salander nogmaals.
'De blonde reus tilde die man van de grond op en zette hem op een andere stoel tegenover mij. We zaten een meter van elkaar af. Ik keek hem in de ogen. De reus ging achter hem staan en legde zijn handen om zijn hals ... Hij ... hij ...'
'Wurgde hem?' vroeg Lisbeth behulpzaam.
'Ja ... nee ... hij kneép hem dood. Ik geloof dat hij gewoon met zijn blote handen zijn nek brak. Ik hoorde het kraken en hij stierf voor mijn ogen.'

Per-Åke Sandström stond te zwaaien aan het touw. De tranen stroomden ongecontroleerd over zijn gezicht. Hij had het nooit eerder verteld. Lisbeth gaf hem een minuut om weer bij te komen.

'En toen?'

'Die andere man, die met die paardenstaart, pakte een motorzaag en zaagde zijn hoofd en zijn handen eraf. Toen hij klaar was, kwam die reus naar mij toe. Hij legde zijn handen om mijn hals. Ik probeerde zijn handen los te rukken. Ik trok zo hard ik kon, maar kwam geen millimeter verder. Maar hij wurgde me niet, hij hield zijn handen daar gewoon een hele tijd. In de tussentijd pakte Atho zijn mobiel en voerde hij een gesprek. Hij sprak in het Russisch. Opeens zei hij dat Zala met mij wilde praten en hield de hoorn tegen mijn oor.'

'Wat zei Zala?'

'Hij zei alleen dat hij verwachtte dat ik de klus zou uitvoeren waar Atho mij om had gevraagd. Hij vroeg of ik me nog steeds wilde terugtrekken. Ik beloofde naar Tallinn af te reizen en die auto met amfetamine te halen. Wat moest ik anders?'

Lisbeth zweeg geruime tijd. Ze keek nadenkend naar de snuivende journalist aan het touw en leek ergens over na te denken.

'Beschrijf zijn stem.'

'Ik ... ik heb geen idee. Hij klonk heel normaal.'

'Diepe stem, lichte stem?'

'Diep. Alledaags. Ruw.'

'Welke taal spraken jullie?'

'Zweeds.'

'Accent?'

'Tja ... misschien een beetje. Maar hij sprak goed Zweeds. Atho en hij spraken Russisch.'

'Kun jij Russisch verstaan?'

'Een beetje. Niet goed. Een klein beetje.'

'Wat zei Atho tegen hem?'

'Hij zei alleen dat de demonstratie klaar was. Verder niets.'

'Heb je dit aan iemand anders verteld?'

'Nee.'

'Dag Svensson?'

'Nee ... nee.'

'Dag Svensson is hier geweest.'

Sandström knikte.

'Ik hoor niet wat je zegt.'

'Ja.'

'Waarom?'
'Hij wist dat ik ... die hoeren.'
'Wat vroeg hij?'
'Hij wilde weten ...'
'Ja?'
'Zala. Hij vroeg naar Zala. Dat was bij het tweede bezoek.'
'Tweede bezoek?'
'Hij nam twee weken voordat hij stierf contact met me op. Dat was het eerste bezoek. Toen kwam hij twee dagen voordat jij ... hij ...'
'Voordat ik hem doodschoot?'
'Ja, toen kwam hij nog een keer.'
'En toen vroeg hij naar Zala.'
'Ja.'
'Wat heb je verteld?'
'Niets. Ik kon niets vertellen. Ik heb toegegeven dat ik hem had gesproken door de telefoon. Dat was alles. Ik heb niets over die blonde duivel gezegd of wat ze met Gustafsson hadden gedaan.'
'Oké. En wat vroeg Dag Svensson exact?'
'Ik ... hij vroeg alleen naar Zala. Dat was alles.'
'En je hebt niets verteld?'
'Niets van waarde. Ik weet immers niets.'
Lisbeth Salander zweeg even. *Hij hield iets achter.* Ze beet nadenkend op haar onderlip. *Natuurlijk.*
'Wie heb je over Dag Svenssons bezoek verteld?'
Sandström verbleekte.
Lisbeth zat te wippen met het elektrische pistool.
'Ik heb Harry Ranta gebeld.'
'Wanneer?'
Hij slikte.
'Dezelfde avond dat Dag Svensson hier de eerste keer was geweest.'
Ze ging nog een halfuur door met vragen stellen maar constateerde na verloop van tijd dat hij verviel in herhalingen en met maar heel weinig nieuwe details kwam. Uiteindelijk stond ze op en legde ze haar hand op het touw.
'Jij bent vermoedelijk een van de meest armzalige klootzakken die ik ooit heb ontmoet,' zei Lisbeth Salander. 'Wat je met Ines hebt gedaan, verdient de doodsstraf. Maar ik had je beloofd dat je mocht blijven leven als je antwoord gaf op mijn vragen. En ik kom mijn beloften altijd na.'
Ze boog voorover en maakte de knoop los. Per-Åke Sandström

stortte als een ellendig hoopje op de grond. Hij voelde een bijna euforische opluchting. Vanaf de vloer zag hij haar een krukje op de salontafel zetten waar ze op klom en waarna ze de katrol verwijderde. Ze verzamelde het touw en stopte het in een rugzak. Ze verdween naar de badkamer en bleef tien minuten weg. Hij hoorde water spoelen. Toen ze terugkwam, had ze de schmink verwijderd.

Haar gezicht zag er naakt en schoongeboend uit.

'Je mag jezelf losmaken.'

Ze liet een keukenmes op de grond vallen.

Hij hoorde haar een hele tijd in de hal ritselen. Het klonk alsof ze zich aan het verkleden was. Toen hoorde hij de buitendeur open- en dichtgaan. Pas na een halfuur slaagde hij erin het isolatieband door te snijden. En toen hij op de bank ging zitten, ontdekte hij dat ze zijn Colt 1911 Government had meegenomen.

Lisbeth Salander kwam pas om vijf uur 's ochtends thuis. Ze zette Irene Nessers pruik af en ging onmiddellijk naar bed, zonder haar computer op te starten en te controleren of Mikael Blomkvist het raadsel van het verdwenen politieonderzoek had opgelost.

Ze werd al om negen uur wakker en besteedde de hele dinsdag aan het achterhalen van informatie over de gebroeders Atho en Harry Ranta.

Atho Ranta bleek een gigantisch strafblad te hebben. Hij was Fins staatsburger maar stamde af van een Estlandse familie en was in 1971 naar Zweden gekomen. Tussen 1972 en 1978 had hij als timmerman bij de Skånska Cementgieterij gewerkt. Hij was ontslagen toen hij tijdens een diefstal op een bouwplaats op heterdaad werd betrapt en was veroordeeld tot zeven maanden gevangenisstraf. Tussen 1980 en 1982 had hij voor een aanzienlijk kleinere bouwfirma gewerkt. Hij werd ontslagen nadat hij herhaaldelijk dronken op het werk was verschenen. De resterende tijd van de jaren tachtig had hij in zijn onderhoud voorzien als portier, technicus bij een bedrijf dat oliegestookte verwarmingsketels onderhield, afwasser en conciërge op een school. Hij was overal ontslagen, hetzij doordat hij stomdronken had opgetreden, dan wel doordat hij bij allerlei vechtpartijen betrokken was geweest. Zijn baan als conciërge was al na een paar maanden beëindigd, nadat een lerares aangifte had gedaan van ernstige seksuele intimidatie en bedreigend gedrag.

In 1987 was hij veroordeeld tot een boete en een maand gevangenisstraf wegens autodiefstal, rijden onder invloed en heling. Het jaar daarop was hij veroordeeld tot het betalen van een boete wegens illegaal wapenbezit. In 1990 was hij veroordeeld voor een zedendelict. Uit het uittreksel van het centrale strafregister bleek echter niet wat de aard daarvan was geweest. In 1991 was hij aangeklaagd voor bedreiging, maar vrijgesproken. Al hetzelfde jaar was hij veroordeeld tot het betalen van een boete en een voorwaardelijke gevangenisstraf wegens dranksmokkel. In 1992 zat hij drie maanden vast voor de mishandeling van een vriendin en de bedreiging van haar zus. Daarna hield hij zich koest tot 1997, toen hij werd veroordeeld voor heling en grove mishandeling. Die keer kreeg hij tien maanden gevangenisstraf.

Zijn jongere broer Harry Ranta kwam in 1982 naar Zweden en werkte in de jaren tachtig geruime tijd als magazijnmedewerker. Uit zijn strafblad bleek dat hij drie keer was veroordeeld. In 1990 werd hij veroordeeld voor verzekeringsfraude. Dat werd in 1992 gevolgd door twee jaar gevangenisstraf wegens grove mishandeling, heling, diefstal, diefstal met verzwarende omstandigheden en verkrachting. Hij werd uitgewezen naar Finland, maar was al in 1996 weer terug in Zweden, waar hij opnieuw werd veroordeeld tot tien maanden gevangenisstraf voor grove mishandeling en verkrachting. Hij ging tegen dat vonnis in beroep en het gerechtshof gaf Harry Ranta deels gelijk en hij werd vrijgesproken voor wat betreft de verkrachting. Maar de veroordeling wegens mishandeling bleef gehandhaafd en hij zat zes maanden vast. In 2000 was opnieuw aangifte tegen Harry Ranta gedaan wegens bedreiging en verkrachting; de aangifte werd echter ingetrokken en de zaak werd geseponeerd.

Lisbeth spoorde hun laatst bekende adressen op en kwam erachter dat Atho Ranta in Norsborg woonde en Harry Ranta in Alby.

Paolo Roberto voelde zich gefrustreerd toen hij voor de vijftigste keer het nummer van Miriam Wu intoetste en alleen het opgenomen bericht hoorde dat de abonnee niet bereikbaar was. Nadat hij de taak op zich had genomen haar te vinden, had hij het adres aan de Lundagatan diverse keren per dag bezocht. Maar de deur van haar flat bleef gesloten.

Hij keek hoe laat het was. Dinsdagavond even na achten. Ze moest toch een kéér thuiskomen. Hij kon volkomen begrijpen dat Miriam Wu zich schuilhield, maar de ergste hetze in de media was bedaard. Hij vond dat hij net zo goed voor haar flat kon gaan bivakkeren voor het geval ze opdook – al was het maar om schone kleren of zo te halen – in plaats van voortdurend heen en weer te rijden. Hij vulde een thermosfles met koffie en smeerde wat boterhammen. Voordat hij zijn flat verliet, sloeg hij een kruis voor het beeld met de madonna.

Hij parkeerde zo'n 30 meter van de portiekdeur aan de Lundagatan en zette zijn stoel helemaal naar achteren zodat hij wat meer beenruimte kreeg. Hij had de radio zachtjes aan en had een foto van Miriam Wu, die hij uit een avondkrant had geknipt, met plakband vastgeplakt. Ze zag er lekker uit, constateerde hij. Hij bekeek geduldig de weinige mensen die langsstruinden. Miriam Wu zat daar niet bij.

Hij probeerde haar elke tien minuten te bellen. Hij gaf die pogingen tegen negenen op, toen zijn mobiel begon te piepen als teken dat de batterij bijna leeg was.

Per-Åke Sandström bracht de dinsdag door in een toestand die bijna kon worden getypeerd als apathisch. Hij had de nacht op de bank in de woonkamer gelegen, niet in staat om naar bed te gaan en niet in staat de plotselinge huilbuien die hem op gezette tijden overvielen, te stoppen. Op dinsdagmorgen was hij naar de slijter in het winkelcentrum van Solna gegaan en had hij een flesje aquavit gekocht, waarna hij weer op de bank was gekropen en ongeveer de helft van de inhoud soldaat had gemaakt.

Pas 's avonds was hij zich bewust geworden van zijn toestand en was hij zich gaan afvragen wat hij zou kunnen doen. Hij zou willen dat hij nooit van de gebroeders Atho en Harry Ranta en hun hoeren had gehoord. Hij kon niet begrijpen hoe hij zo stom had kunnen zijn zich te laten verleiden mee te gaan naar de flat in Norsborg, waar Atho de zeventienjarige Ines Hammujärvi, die zo stoned was als wat, met gespreide benen had vastgebonden en hem had uitgedaagd te bewijzen wie van hen tweeën de meest potente was. Ze hadden elkaar afgewisseld en hij had de wedstrijd gewonnen door die avond en nacht een groter aantal seksuele prestaties van wisselende aard te leveren dan Atho.

Ines Hammujärvi was één keer wakker geworden uit haar roes en was gaan protesteren. Daarna was Atho een halfuur bezig geweest met haar afwisselend te slaan en haar vol te gieten met drank, waarna ze voldoende gepacificeerd was en hij Per-Åke had uitgenodigd de oefening voort te zetten.

Verdomde hoer.

Hoe had hij zo stom kunnen zijn?

Hij kon geen genade van *Millennium* verwachten. Zij leefden van dit soort schandalen.

Hij was doodsbang voor die gestoorde Salander.

Om nog maar te zwijgen over dat blonde monster.

Hij kon niet naar de politie gaan.

Hij kon het niet zelf oplossen. Het was een illusie om te denken dat de problemen vanzelf zouden verdwijnen.

Er bestond slechts één schamel alternatief waar hij een sprankje sympathie zou kunnen vinden. En mogelijk een soort oplossing. Hij zag in dat het een laatste strohalm was.

Maar het was zijn enige alternatief.

Die middag vatte hij moed en belde hij Harry Ranta's mobiel. Hij kreeg geen gehoor, maar bleef Harry Ranta bellen tot hij om tien uur 's avonds de moed opgaf. Nadat hij een hele tijd over de zaak had nagedacht – en zich had gesterkt met de rest van de drank – belde hij Atho Ranta. Atho's vriendin, Silvia, nam op. Hij kreeg te horen dat de gebroeders Ranta op vakantie waren in Tallinn. Nee, Silvia wist niet hoe ze te bereiken waren. En nee, ze had geen idee wanneer de gebroeders Ranta van plan waren terug te keren; ze waren voor onbepaalde tijd in Estland.

Silvia klonk content.

Per-Åke Sandström zonk achterover op de bank. Hij wist niet zeker of hij terneergeslagen of opgelucht moest zijn over het feit dat Atho Ranta niet thuis was en hij de zaak daardoor niet aan hem kon uitleggen. Maar de onderliggende boodschap was duidelijk. De gebroeders Ranta moesten om verschillende redenen op hun tellen passen en hadden besloten voorlopig vakantie te houden in Tallinn. Maar dit maakte Per-Åke Sandström er niet geruster op.

25
DINSDAG 5 APRIL – WOENSDAG 6 APRIL

Paolo Roberto had niet geslapen, maar zat zo diep in zijn eigen gedachten verzonken dat het even duurde voordat hij de vrouw, die tegen elven 's avonds van de Högalidskerk aan kwam lopen, ontdekte. Hij zag haar in de achteruitkijkspiegel. Pas toen ze onder een straatlantaarn door liep, ongeveer 70 meter achter hem, keerde hij abrupt zijn hoofd om en herkende hij Miriam Wu onmiddellijk.

Hij ging rechtop zitten. Zijn eerste impuls was uit te stappen. Maar hij zag vervolgens in dat hij haar daardoor af kon schrikken en dat het beter was om te wachten tot ze bij de portiek was.

Op hetzelfde moment dat hij dat dacht, zag hij hoe een donkere bestelwagen verderop aan kwam rijden en precies naast Miriam Wu afremde. Paolo Roberto keek verbaasd toe toen een man – een gigantisch blond beest – uit de schuifdeur sprong en Miriam Wu beetpakte. Het meisje was blijkbaar volslagen verrast. Ze probeerde zich los te rukken door achteruit te lopen, maar de blonde reus hield haar pols in een stevige greep.

Paolo Roberto's mond viel open toen hij Miriam Wu's rechterbeen in een snelle boog omhoog zag komen. *Ze deed immers aan kickboksen.* Ze richtte een trap tegen het hoofd van de blonde reus. De schop leek hem niet te deren. De blonde reus hief zijn hand op en gaf Miriam Wu een klap. Paolo Roberto kon het geluid van de dreun op 60 meter afstand horen. Miriam Wu ging tegen de vlakte alsof ze door de bliksem was getroffen. De blonde reus boog zich voorover, pakte haar met één hand op en smeet haar letterlijk in het voertuig. Pas toen sloot Paolo Roberto zijn mond en kwam hij tot leven. Hij gooide zijn portier open en rende in de richting van de bestelauto.

Al na een paar stappen zag hij in dat dat zinloos was. De auto waar Miriam Wu als een zak aardappels in was gegooid, maakte zachtjes een U-bocht en was al op de rijbaan voordat Paolo ook maar vaart had kunnen zetten. De auto verdween in de richting van de Högalidskerk. Paolo Roberto maakte rechtsomkeert, rende naar zijn auto en sprong achter het stuur. Hij startte met plankgas en maakte eveneens een U-bocht. Toen hij bij de kruising kwam, was de auto al verdwenen. Hij remde, keek de Högalidsgatan af en nam daarna de gok door links af te slaan in de richting van de Hornsgatan.

Toen hij bij de Hornsgatan kwam, stond het licht op rood maar er was geen verkeer te zien, dus hij reed door en keek om zich heen. De enige achterlichten die hij kon zien, sloegen net bij de Långholmsgatan links af, de Liljeholmsbrug op. Hij kon niet zien of het de bestelwagen was, maar het was de enige auto die hij zag en Paolo Roberto gaf plankgas. Bij de Långholmsgatan kwam hij weer voor het rode licht te staan en moest hij het verkeer van Kungsholmen wel voor laten gaan terwijl de seconden doortikten. Toen de kruising weer leeg was, drukte hij het gas helemaal in en reed hij door rood. Hij hoopte innig dat hij niet op dit moment zou worden aangehouden door de politie.

Hij reed ver boven de toegestane snelheid over de Liljeholmsbrug en verhoogde zijn snelheid toen hij Liljeholmen passeerde. Hij wist nog steeds niet of het de bestelwagen was die hij had gezien en zo ja, of die er al niet bij Gröndal of Årsta af was gegaan. Maar hij nam de gok en drukte het gaspedaal helemaal in. Hij reed 150 kilometer per uur en sjeesde langs het langzame verkeer dat zich aan de toegestane snelheid hield, en nam aan dat zijn kenteken al door een paar bestuurders was genoteerd.

Ter hoogte van Bredäng zag hij de auto weer. Hij reed er met hoge snelheid op af tot hij er ruim 50 meter achter zat en zich ervan kon vergewissen dat dit het juiste voertuig was. Hij remde af tot een snelheid van iets meer dan 90 kilometer per uur en ging er ongeveer 200 meter achter zitten. Pas nu begon hij weer adem te halen.

Miriam Wu voelde op het moment dat ze op de laadvloer van de bestelauto belandde bloed langs haar hals lopen. Ze had een bloedneus. Hij had haar onderlip stukgeslagen en vermoedelijk haar neusbeen verbrijzeld. De aanval was als een donderslag bij heldere hemel gekomen en al haar weerstand was in minder dan een seconde gebroken. Ze voelde hoe hij startte voor haar aanvaller de schuifdeur goed en wel had dichtgedaan. Op dat moment, toen hij de auto keerde, was de blonde reus in onbalans.

Miriam Wu keerde zich om en zette zich met haar heup af tegen de vloer. Toen de blonde reus zich omkeerde, gaf ze een trap. Ze raakte hem aan de zijkant van zijn hoofd. Ze zag de plek waar haar hak hem had geraakt. Dat was een schop die hij gevoeld moest hebben.

Hij had haar verbaasd aangekeken. Toen had hij gegrijnsd.

Jezus, wat is dit voor monster?

Ze schopte nogmaals, maar hij ving haar been op en draaide haar voet zo hard om dat ze het uitschreeuwde van de pijn en op haar buik moest gaan liggen.

Vervolgens boog hij zich over haar heen en gaf hij haar met zijn handpalm een mep. Hij raakte haar aan de zijkant van haar hoofd. Miriam Wu zag sterretjes. Ze had het gevoel of ze door een voorhamer was geraakt. Hij ging razendsnel op haar rug zitten. Ze probeerde hem op te duwen, maar hij was zo zwaar dat er geen millimeter beweging in kwam. Hij draaide haar armen op haar rug en zette ze met handboeien vast. Ze was hulpeloos. Miriam Wu voelde plotseling een verlammende angst.

Mikael Blomkvist passeerde de Globe-arena vanuit Tyresö op weg naar huis. Hij was de hele middag en avond bezig geweest om drie namen van de hoerenloperslijst te bezoeken. Het had niets opgeleverd. Hij had paniekerige figuren ontmoet, die al door Dag Svensson waren geconfronteerd en die alleen maar wachtten tot het mes van de guillotine zou vallen. Ze hadden gebeden en gesmeekt. Hij had ze alle drie van zijn eigen lijst van verdachte moordenaars geschrapt.

Toen hij over de brug bij Skanstull reed, pakte hij zijn mobiel en belde hij Erika Berger. Ze nam niet op. Hij probeerde Malin Eriksson. Die nam ook niet op. *Shit.* Het was laat. Hij wilde met iemand praten.

Hij vroeg zich af of Paolo Roberto al enig succes met Miriam Wu had geboekt en toetste zijn nummer. De telefoon ging vijf keer over voordat hij opnam.

'Paolo.'

'Hoi. Met Blomkvist. Ik vroeg me af hoe het ging ...'

'Blomkvist, ik ben *kkrrr kkrrrr* in een auto met Miriam.'

'Ik hoor niet wat je zegt.'

'*Kkrrr kkrrrr.*'

'Je verdwijnt. Ik hoor je niet.'

Toen stopte het gesprek.

Paolo Roberto vloekte. De batterij van zijn mobiel nokte er net mee toen hij Fittja passeerde. Hij drukte op de ON-toets en wist de telefoon weer tot leven te brengen. Hij toetste 112, maar op het moment dat er werd opgenomen, stopte zijn mobiel er weer mee.

Verdomme.

Hij had een oplader die in de sigarettenaansteker paste. Maar die lag op de ladekast in de hal thuis. Hij gooide zijn gsm op de passagiersstoel en concentreerde zich op de achterlichten van de bestelwagen. Hij reed in een BMW met een volle tank en de bestelwagen had geen schijn van kans om weg te komen. Maar hij wilde geen aandacht trekken en liet de afstand tot een paar honderd meter oplopen.

Een of ander steroïdenmonster slaat voor mijn ogen een meid in elkaar. Die klootzak wil ik pakken.

Als Erika Berger erbij was geweest, zou ze hem een machocowboy hebben genoemd. Paolo Roberto noemde het 'zich kwaad maken'.

Mikael Blomkvist nam de route langs de Lundagatan, maar constateerde dat het bij Miriam Wu donker was. Hij ondernam een nieuwe poging om Paolo Roberto te bellen, maar kreeg te horen dat de abonnee niet bereikbaar was. Hij mopperde wat, ging naar huis, zette koffie en smeerde een broodje.

De autorit duurde langer dan Paolo Roberto had verwacht. De reis ging naar Södertälje en vandaar via de E20 naar Strängnäs. Pas na Nykvarn sloeg de bestelauto links af en ging de tocht verder over smallere wegen op het Södermanlandse platteland.

Daarmee nam de kans dat hij de aandacht trok en zou worden opgemerkt toe. Paolo Roberto haalde zijn voet van het gaspedaal en liet de afstand tussen hem en de bestelauto nog verder oplopen.

Paolo wist niet zeker waar hij was, maar voor zover hij kon zien, reden ze aan de linkerkant van het meer Yngern. Hij verloor de bestelwagen uit het oog en verhoogde zijn snelheid. Hij kwam op een lang, recht stuk en remde.

De bestelauto was verdwenen. Er waren voldoende zijweggetjes in het gebied. Hij was hem kwijtgeraakt.

Miriam Wu had pijn in haar nek en in haar gezicht, maar ze had de paniek en de angst over haar hulpeloosheid weten te beheersen. Hij had haar niet weer geslagen. Ze had rechtop mogen gaan zitten en leunde tegen de achterkant van de bestuurdersstoel. Haar handen zaten geboeid op haar rug en er zat een brede strook tape over haar mond. Haar ene neusgat zat vol bloed en ze had moeite met ademen.

Ze keerde haar hoofd om en keek naar de blonde reus. Sinds hij haar mond had dichtgeplakt, had hij geen woord meer gezegd en haar volkomen genegeerd. Ze keek naar de plek waar ze hem had geschopt. Het was een schop die behoorlijk wat schade had moeten aanrichten. Maar hij leek het nauwelijks te hebben gemerkt. Dat was abnormaal.

Hij was groot en enorm goedgebouwd. Hij had spieren die aangaven dat hij elke week urenlang in de sportschool verbleef. Maar hij was geen bodybuilder. Zijn spieren leken volkomen natuurlijk. Zijn handen waren net massieve koekenpannen. Ze begreep nu waarom het had gevoeld of ze met een voorhamer werd geslagen toen hij haar een mep had gegeven.

De bestelauto stuiterde voort op een hobbelige weg.

Ze had geen idee waar ze was, maar ze meende dat ze een behoorlijke tijd de E4 in zuidelijke richting hadden gevolgd voordat ze op smallere wegen waren gekomen.

Ze wist dat ze, ook al had ze haar handen vrij gehad, geen schijn van kans had gehad tegen de blonde reus. Ze voelde zich totaal hulpeloos.

Malin Eriksson belde Mikael Blomkvist even na elven toen hij net thuis was, het koffiezetapparaat aan had gezet en in de keuken een boterham afsneed.

'Sorry dat ik zo laat nog bel. Ik probeer je al uren te bereiken maar je neemt je mobiel niet op.'

'Het spijt me. Ik had hem vandaag uit staan. Ik heb een aantal hoerenlopers geconfronteerd.'

'Ik heb iets gevonden wat van belang kan zijn,' zei Malin.

'Laat horen.'

'Bjurman. Ik moest toch in zijn achtergrond gaan graven?'

'Ja.'

'Hij is geboren in 1950 en is in 1970 rechten gaan studeren. In 1976 was hij klaar. Hij is in 1978 bij advocatenkantoor Klang en Reine gaan werken en is in 1989 voor zichzelf begonnen.'

'Oké.'

'Bovendien heeft hij een hele korte periode, een paar weken, als griffier gewerkt. Dat was vlak nadat hij examen had gedaan. Van 1976 tot 1978 heeft hij twee jaar bij het KLPD gewerkt als jurist.'

'Aha.'

'Ik heb gekeken wat voor werk hij heeft gedaan. Daar was nog niet zo eenvoudig achter te komen. Maar hij was contactambtenaar voor juridische aangelegenheden bij de veiligheidsdienst. Hij werkte bij de afdeling buitenland.'

'Jezus, wat zeg je me nou?'

'Hij heeft daar met andere woorden dus gelijktijdig met die Björck gewerkt.'

'Wat een klootzak, Björck. Hij heeft er met geen woord over gerept dat hij met Bjurman heeft samengewerkt.'

De bestelwagen moest in de buurt zijn. Paolo Roberto had er zo ver achter gezeten dat hij de auto af en toe uit het oog was verloren, maar hij had hem een paar minuten voordat hij hem was kwijtgeraakt nog vluchtig gezien. Hij keerde in de berm en reed terug in noordelijke richting. Hij reed langzaam en speurde naar zijweggetjes.

Na nog geen 150 meter zag hij plotseling een lichtbundel in de smalle strook bos. Hij zag een bosweggetje aan de andere kant van de weg en draaide zijn stuur om. Hij reed er een meter of tien in en parkeerde vervolgens. Hij sloot de auto verder niet af. Hij rende terug over de weg en sprong over een sloot. Hij wenste dat hij een zaklamp had gehad en slingerde zich door het struikgewas en de bomen voort.

Het bos bleek slechts een smalle strook naar de weg te zijn en plotseling kwam hij op een zanderig erf dat was verhard met grind. Hij ontwaarde een paar lage, donkere gebouwen en liep ernaartoe toen de verlichting boven een laaddeur plotseling aanging.

Paolo ging op zijn hurken zitten en hield zich stil. Een seconde later ging de verlichting in het gebouw aan. Het leek een ruim 30 meter lang magazijn met een smalle rij ramen vrij hoog boven de gevel. Het erf stond vol containers en rechts van hem stond een gele achterlader geparkeerd. Naast de achterlader zag hij een witte Volvo staan. In het schijnsel van de buitenverlichting ontdekte hij plotseling de geparkeerde bestelwagen op slechts 25 meter voor hem.

Toen ging een deur in de laaddeur in de gevel recht voor hem open. Een man met blond haar en een bierbuik kwam het magazijn uit en stak een sigaret op. Toen hij zijn hoofd omdraaide, zag Paolo tegen het licht van de deuropening dat hij een paardenstaart had.

Paolo zat doodstil met zijn ene knie op de grond. Hij was volledig zichtbaar en zat op minder dan 20 meter voor de man, maar het licht van de aansteker had zijn nachtzicht uitgeschakeld. Toen hoorden Paolo en de man met de paardenstaart een half onderdrukte kreet uit de bestelauto. Toen de paardenstaart in de richting van de bestelauto liep, ging Paolo langzaam plat op de grond liggen.

Hij hoorde hoe de schuifdeur van de bestelwagen ratelend openging en zag de blonde reus eruit springen. Daarna boog hij zich voorover en trok hij Miriam Wu eruit. Met één arm tilde hij haar op en hield haar in een stevige greep geklemd terwijl ze wild spartelde. De twee mannen leken een paar woorden te wisselen maar Paolo kon niet horen wat ze zeiden. Toen deed de man met de paardenstaart het portier aan de bestuurderskant open en sprong hij in de bestelwagen. Hij startte en keerde op het erf in een krappe bocht. De lichtbundel van de koplampen passeerde Paolo op slechts een paar meter afstand. De bestelauto verdween via een oprit en Paolo hoorde het geluid van de motor wegsterven.

De blonde reus droeg Miriam Wu door de deur in de laaddeur naar binnen. Paolo zag een schaduw door de hoge ramen. Het leek alsof de schaduw zich naar de achterste regionen van het gebouw bewoog.

Hij kwam afwachtend overeind. Zijn kleren waren vochtig. Hij was opgelucht, maar tevens ongerust. Opgelucht over het feit dat hij erin was geslaagd de bestelauto op te sporen en dat Miriam Wu binnen handbereik was. Maar hij was tegelijkertijd niet gerust op de blonde reus die haar had opgetild alsof ze een boodschappentasje van de Konsum was. Wat Paolo van hem had gezien, was dat hij enorm groot was uitgevallen en een zeer potente indruk maakte. Hij dwong respect af.

Het meest redelijke zou zijn om zich terug te trekken en de politie te waarschuwen. Maar zijn mobiele telefoon was morsdood. Bovendien had hij slechts een vaag idee van waar hij zich bevond en kon hij geen goede routebeschrijving geven. En hij had er ook geen idee van wat er met Miriam Wu in het pand gebeurde.

Hij maakte langzaam een halve cirkel rond het gebouw en constateerde dat er maar één ingang leek te zijn. Na twee minuten was hij weer terug waar hij was begonnen en moest hij een beslissing nemen. Paolo twijfelde er niet aan dat de blonde reus een *bad guy* was. Hij had Miriam Wu mishandeld en gekidnapt. Paolo was echter niet bang uitgevallen; hij had een groot zelfvertrouwen en wist dat hij van zich af kon bijten als het tot een handgemeen kwam. De vraag was alleen of de man in het gebouw gewapend was en of er binnen nog meer mensen waren. Hij aarzelde. Waarschijnlijk waren er niet meer mensen dan Miriam Wu en de blonde reus.

De laaddeur was groot genoeg om er zonder problemen met de achterlader door te kunnen, maar er zat ook een gewone deur in de poort. Paolo liep erheen, drukte de klink omlaag en deed de deur open. Hij kwam in een groot, verlicht magazijn vol planken, kapotte dozen en andere troep.

Miriam Wu voelde de tranen langs haar wangen lopen. Ze huilde niet zozeer van de pijn als wel van hulpeloosheid. De reus had tijdens de rit gedaan of ze lucht was. Hij had de tape over haar mond weggerukt toen de auto tot stilstand was gekomen. Hij had haar opgetild en haar zonder pardon naar binnen gedragen, en haar zonder zich iets van haar smeekbeden of protesten aan te trekken op de cementvloer gedumpt. Toen hij haar aankeek, waren zijn ogen ijskoud.

Miriam Wu wist plotseling dat ze in het magazijn zou sterven.

Hij keerde haar de rug toe en liep naar een tafel, waar hij een fles mineraalwater openmaakte, die hij met grote slokken leegdronk. Hij had haar benen niet vastgebonden en Miriam Wu probeerde overeind te komen.

Hij keerde zich grijnzend naar haar om. Hij bevond zich dichter bij de deur dan zij. Ze zou geen schijn van kans maken om langs hem heen te glippen. Ze ging berustend op haar knieën zitten en werd razend op zichzelf. *Ik mag het niet zonder slag of stoot opgeven.* Ze ging weer rechtop staan en beet haar tanden op elkaar. *Kom op, vetzak.*

Ze voelde zich lomp en in onbalans met haar handen geboeid op haar rug, maar toen hij naar haar toe liep, cirkelde ze rond en begon ze een zwakke plek te zoeken. Ze trapte bliksemsnel tegen zijn ribben, draaide rond en schopte nogmaals – in zijn kruis. Ze kwam tegen zijn heup aan, ging een meter naar achteren en wisselde van been voor de volgende trap. Met haar handen op haar rug had ze niet voldoende balans om zijn gezicht te raken, maar ze gaf een zware trap tegen zijn borstbeen.

Hij stak zijn hand uit, greep haar bij haar schouder en draaide haar rond alsof ze van papier was. Hij sloeg eenmaal met zijn vuist, en niet eens erg hard, tegen haar nieren. Miriam Wu schreeuwde het uit toen een verlammende pijn door haar middenrif trok. Ze zakte weer op haar knieën. Hij gaf haar nog een dreun en ze viel om. Hij tilde zijn voet op en schopte haar in haar zij. Ze kon bijna geen adem meer halen en hoorde ribben breken.

Paolo Roberto zag niets van de mishandeling, maar hoorde Miriam Wu plotseling brullen van de pijn; een scherpe, schelle schreeuw die onmiddellijk verstomde. Hij draaide zijn hoofd in de richting van het geluid en beet zijn tanden op elkaar. Er was nog een ruimte achter een scheidingswand. Hij liep geluidloos door het lokaal en keek voorzichtig door de deuropening naar binnen, net op het moment dat de blonde reus Miriam Wu op haar rug draaide. De reus verdween een paar seconden uit zijn blikveld en kwam plotseling terug met een motorzaag, die hij op de vloer voor haar zette. Paolo Roberto fronste zijn wenkbrauwen.

'Ik wil antwoord op een eenvoudige vraag.'

Hij had een opvallend lichte stem, net alsof hij de baard nog niet helemaal in de keel had. Paolo merkte een accent op.

'Waar is Lisbeth Salander?'

'Dat weet ik niet,' mompelde Miriam Wu.

'Dat antwoord is fout. Je hebt nog één kans voordat ik deze aanzet.'

Hij ging op zijn hurken zitten en beklopte de motorzaag.

'Waar verstopt Lisbeth Salander zich?'

Miriam Wu schudde haar hoofd.

Paolo aarzelde. Maar toen de blonde reus zijn hand naar de motorzaag uitstak, deed Paolo Roberto drie resolute stappen de ruimte in en sloeg hij een harde rechtse hoek tegen de nieren van de reus.

Paolo Roberto was niet wereldberoemd geworden doordat hij een lafaard was in de ring. Hij had in zijn profcarrière drieëndertig wedstrijden gespeeld en er achtentwintig van gewonnen. Toen hij toesloeg, verwachtte hij een reactie. Bijvoorbeeld dat zijn tegenstander zou gaan zitten en ergens pijn had. Maar Paolo ervoer het alsof hij met volle kracht zijn hand tegen een betonnen muur had geslagen. Een dergelijk gevoel had hij in al die jaren in de boksring nog nooit meegemaakt. Hij keek verbijsterd naar de kolos voor zich.

De blonde reus keerde zich om en keek al net zo verbijsterd naar de bokser.

'Wat zou je ervan zeggen om iemand van je eigen gewichtsklasse te nemen,' zei Paolo Roberto.

Hij sloeg een serie rechtse-linkse-rechtse tegen zijn middenrif en gebruikte de nodige spierkracht. Het waren zware klappen. Maar het enige effect was dat de reus een halve stap naar achteren deed, meer van verbazing dan als effect van de slagen. Hij grijnsde opeens.

'Jij bent Paolo Roberto,' zei de blonde reus.

Paolo bleef verbaasd staan. Hij had net vier flinke klappen uitgedeeld die er volgens het boekje toe hadden moeten leiden dat de blonde reus op de vloer had gelegen en hijzelf op weg naar zijn hoek van de boksring was geweest terwijl de scheidsrechter aan het aftellen was. Geen van zijn slagen leek ook maar het minste effect te hebben gehad.

Godallemachtig. Dit is niet normaal.

Toen zag hij bijna in slow motion de rechtse hoek van de blonde door de lucht aankomen. Hij was langzaam en kondigde zijn slag van tevoren aan. Paolo boog naar opzij en pareerde gedeeltelijk met zijn linkerschouder. Het leek alsof hij werd getroffen door een slag met een ijzeren buis.

Paolo Roberto deed twee stappen naar achteren, vol herwonnen respect voor zijn tegenstander.

Er is iets niet in orde met hem. Niemand kan zo hard slaan.

Als vanzelf pareerde hij een linkse hoek met zijn onderarm en voelde dadelijk een hevige pijn. Hij kon de rechtse hoek, die uit het niets leek te komen, niet pareren, en die raakte hem op zijn voorhoofd.

Paolo Roberto tuimelde achterover de deur door. Hij landde met een bons tegen een stapel houten pallets en schudde zijn hoofd. Hij voelde onmiddellijk bloed langs zijn gezicht sijpelen. *Hij heeft mijn wenkbrauw stukgeslagen. Die moet worden gehecht. Alweer.*

Op het volgende moment kwam de reus in zijn blikveld en Paolo Roberto wierp zich instinctief naar opzij. Hij ontweek een nieuwe mokerslag van die enorme vuisten op een haar na. Hij deed snel drie, vier stappen naar achteren en hief zijn armen op in de verdedigingspositie. Paolo Roberto was gewond.

De blonde reus keek hem met nieuwsgierige en haast geamuseerde ogen aan. Toen nam hij dezelfde verdedigingspositie aan als Paolo Roberto. *Die man is een bokser.* Ze begonnen langzaam om elkaar heen te draaien.

Het was de meest bizarre wedstrijd, in de honderdtachtig seconden die volgden, die Paolo Roberto ooit had uitgevochten. Touw en handschoenen ontbraken. Seconden en scheidsrechter bestonden niet. Er was geen gong die de wedstrijd onderbrak en de partijen naar hun eigen hoek van de ring verwees, en er was al evenmin een pauze van een paar seconden met water en vlugzout, en een handdoek om het bloed uit je ogen te vegen.

Paolo Roberto zag opeens in dat dit een kwestie van leven of dood was. Al het trainen, al het beuken op zandzakken, al het sparren en al zijn ervaring van al die wedstrijden werden samengevoegd in de energie die hij opeens ontwikkelde toen de adrenaline pompte op een manier die hij nooit eerder had meegemaakt.

Nu hield hij zich niet langer in. Zijn slagen volgden elkaar op in een uitwisseling waarbij Paolo al zijn kracht en al zijn spieren gebruikte.

Links, rechts, links. Weer een linkse en een lel met rechts tegen zijn gezicht, bukken voor een linkse hoek, een stap achteruit, een aanval met rechts. Elke slag die Paolo Roberto leverde, was raak.

Dit was de belangrijkste wedstrijd van zijn leven. Hij sloeg evenveel met zijn verstand als met zijn vuisten. Hij slaagde erin te bukken en elke slag die de reus uitdeelde te ontwijken.

Hij raakte zijn tegenstander met een loepzuivere rechtse hoek tegen diens kaak. Het voelde aan alsof hij een bot in zijn vuist kapotsloeg. Zijn tegenstander zou als een ellendig hoopje in elkaar moeten zakken. Hij wierp een blik op zijn knokkels en zag dat ze bloederig waren. Hij noteerde rode plekken en zwellingen in het gezicht van de blonde reus. Maar Paolo's tegenstander leek de klappen amper te merken.

Paolo liep achteruit en laste een pauze in terwijl hij zijn tegenstander inschatte. *Hij is geen bokser. Hij beweegt zich als een bokser, maar hij is geen cent waard in de ring. Hij doet maar alsof. Hij kan niet pareren. Hij kondigt zijn slagen aan. En hij is ontzettend langzaam.*

Het volgende ogenblik sloeg de reus een linkse hoek tegen de zijkant van Paolo's borstkas. Dat was de tweede keer dat hij Paolo goed raakte. Paolo voelde de pijn in zijn hele lichaam toen hij een rib brak. Hij probeerde achteruit te lopen, maar struikelde over iets wat op de grond lag en viel achterover. In een seconde zag hij de reus boven zich, maar hij wist opzij te rollen en kwam draaierig weer op de been.

Hij liep achteruit en probeerde kracht te verzamelen.

De reus hing weer boven hem en Paolo nam een verdedigende houding aan. Hij bukte, bukte nogmaals en wist zich terug te trekken. Telkens wanneer hij een slag met zijn schouder pareerde, voelde hij de pijn.

Toen kwam het ogenblik dat iedere bokser ooit met angst en beven heeft meegemaakt. Het gevoel dat zich tijdens een wedstrijd kon voordoen. Het gevoel niet toereikend te zijn. Het inzicht van *shit, dit ga ik verliezen.*

Dat is het beslissende moment in bijna elke bokswedstrijd.

Dat is het moment dat je krachten opeens afnemen en je zó stijf staat van de adrenaline dat het een verlammende belasting wordt, en dat een berustende capitulatie als een spook langs de ring staat. Dat is het moment dat de amateur van de prof onderscheidt en de winnaar van de verliezer. Weinig boksers die plotseling aan die afgrond staan, hebben genoeg puf om de wedstrijd te keren en een uitgemaakte nederlaag om te zetten in een winst.

Dat inzicht trof Paolo Roberto. Hij voelde een suizing in zijn hoofd die hem duizelig maakte en hij ervoer het ogenblik alsof hij de scène van buitenaf meemaakte; alsof hij de blonde reus door de lens van een camera zag. Dit was het beslissende moment: winnen of de aftocht blazen.

Paolo Roberto trok zich in een wijde halve cirkel terug om kracht te verzamelen en tijd te winnen. De reus volgde hem doelbewust maar langzaam, net alsof hij wist dat de strijd al beslist was, maar hij de ronde toch wilde rekken. *Hij bokst, maar kan niet boksen. Hij weet wie ik ben. Hij is een wannabe. Maar hij heeft een slagkracht die bijna niet te vatten is en lijkt volstrekt ongevoelig voor elke klap.*

De gedachten duizelden in Paolo's hoofd terwijl hij de situatie probeerde in te schatten en te beslissen wat hij moest doen.

Plotseling ervoer hij de nacht in Mariehamn van twee jaar geleden opnieuw. Zijn carrière als prof was op grove wijze beëindigd toen hij de Argentijn Sebastián Luján had getroffen. Of liever gezegd, toen Sebastián Luján hém had getroffen. Hij had de eerste knock-out van zijn leven meegemaakt en was vijftien seconden buiten westen geweest.

Hij had er vaak over lopen denken wat er mis was gegaan. Hij was in topvorm geweest. Hij was geconcentreerd geweest. Sebastián Luján was niet beter dan hij. Maar de Argentijn had hem ongenadig hard geraakt en plotseling was de ronde veranderd in een stoelendans.

Op de video achteraf had hij gezien hoe hij weerloos was omgekukeld, als een soort Donald Duck. De knock kwam drieëntwintig seconden later.

Sebastián Luján was niet beter of beter getraind geweest dan hij. De marges waren zo klein dat de wedstrijd net zo goed andersom had kunnen eindigen.

Het enige verschil dat hij achteraf had kunnen bedenken, was dat Sebastián Luján gretiger was geweest dan Paolo Roberto. Toen Paolo in Mariehamn de ring in was gegaan, was hij erop ingesteld geweest te winnen, maar hij was niet begerig geweest. Het was niet langer een kwestie van leven of dood. Een verlies was geen ramp.

Anderhalf jaar later was hij nog steeds bokser. Hij was niet langer prof en hij deed alleen mee aan vriendschappelijke sparringwedstrijden. Maar hij trainde. Hij was niet aangekomen en had ook geen slappe taille gekregen. Hij was natuurlijk niet in zo'n topconditie als voor een titelwedstrijd waarbij zijn lichaam maandenlang was gedrild, maar hij was *Paolo Roberto* en had heel wat in zijn mars. En in tegenstelling tot Mariehamn was de wedstrijd in het magazijn ten zuiden van Nykvarn letterlijk een kwestie van leven of dood.

Paolo Roberto nam een beslissing. Hij bleef plotseling staan en liet de blonde reus dichterbij komen. Hij maakte een schijnbeweging met links en gaf toen zo hard als hij kon een rechtse hoek. Hij sloeg voor wat hij waard was en gaf zijn tegenstander pijlsnel een klap op zijn mond en neus. Zijn aanval kwam volkomen onverwachts, nadat hij lange tijd op de terugtocht was geweest. Eindelijk hoorde hij dat er iets stukging. Hij vervolgde met een linkse-rechtse-linkse en trof alle drie de slagen in het gezicht.

De blonde reus bokste als in slow motion en sloeg terug met een rechtse. Paolo zag hem de slag ver van tevoren aankondigen en bukte onder de geweldige vuist door. Hij zag hem op zijn andere been gaan staan en wist dat de reus met links verder wilde gaan. In plaats van te pareren, leunde Paolo achterover en liet de linkse hoek aan zijn neus voorbijgaan. Hij antwoordde met een machtige klap aan de buitenkant van het lichaam, vlak onder zijn ribben. Toen de reus zich omkeerde om de aanval te beantwoorden, schoot Paolo's linkse hoek omhoog en raakte hem weer precies boven zijn neus.

Hij voelde plotseling dat wat hij deed juist was en dat hij de wedstrijd perfect onder controle had. Eindelijk deed de vijand een paar stappen achteruit. Hij had een bloedneus. Hij lachte niet langer.

Toen schopte de blonde reus.

Zijn voet schoot omhoog en dat kwam als een volslagen verrassing voor Paolo Roberto. Hij was uit gewoonte uitgegaan van de regels van het boksen en had geen schop verwacht. Het voelde aan alsof een voorhamer de onderkant van zijn dij trof, vlak boven de knie en er schoot een felle pijn door zijn been. *Nee.* Hij deed een stap naar achteren, maar zijn rechterbeen klapte dubbel en hij struikelde over een plank.

De reus keek op hem neer. Even ontmoetten hun ogen elkaar. De boodschap was niet mis te verstaan. *De wedstrijd was over.*

Toen verwijdden de ogen van de reus zich. Miriam Wu schopte hem van achteren in zijn kruis.

Elke spier in het lichaam van Miriam Wu deed pijn, maar ze was er op de een of andere manier in geslaagd haar geboeide handen onder haar zitvlak door te wurmen, zodat haar armen aan de voorkant van haar lichaam kwamen. In haar toestand was dat een acrobatisch hoogstandje.

Ze had pijn in haar ribben, nek, rug en nieren en had moeite om op de been te komen. Uiteindelijk wankelde ze naar de deur en zag ze met opengesperde ogen hoe Paolo Roberto – *waar kwam hij in godsnaam vandaan?* – de blonde reus met een rechtse hoek raakte en een serie klappen tegen zijn gezicht verkocht, voordat hij zelf omver werd geschopt.

Miriam Wu zag in dat de vraag over het hoe en waarom van Paolo Roberto's aanwezigheid totaal niet relevant was. Hij was een van *the good guys*. Voor het eerst in haar leven voelde ze een moorddadige lust om een ander pijn te doen. Ze liep snel op het tweetal af en mobiliseerde elke gram energie die ze had en de spieren die nog intact waren. Ze benaderde de reus van achteren en schopte hem in zijn kruis. Dat was niet bepaald elegant thaiboksen, maar de schop had het gewenste effect.

Miriam Wu knikte verstandig bij zichzelf. Kerels kunnen dan wel zo groot zijn als een huis en gemaakt zijn van graniet, hun ballen zitten altijd op dezelfde plek. En haar schop was zó loepzuiver dat hij eigenlijk in het *Guinness Book of Records* zou moeten komen.

De blonde reus zag er voor het eerst geschokt uit. Hij kreunde, greep in zijn kruis en ging op een knie zitten.

Miriam stond een seconde besluiteloos voordat ze inzag dat ze nu wat moest doen en het geheel moest zien af te ronden. Ze wilde hem in zijn gezicht schoppen, maar tot haar verrassing wist hij dat met zijn arm af te weren. *Hoe had hij zich zo snel kunnen herstellen?* Ze had het gevoel of ze tegen een boomstam schopte. Hij pakte plotseling haar voet beet, trok haar omver en begon haar naar zich toe te trekken. Ze zag hem een vuist optillen, kronkelde zich wanhopig en trapte met haar vrije been. Ze raakte hem boven zijn oor op hetzelfde moment dat zijn klap haar aan de zijkant van haar slaap trof. Miriam Wu had het gevoel of ze met volle kracht met haar hoofd tegen een muur was geknald. Het bliksemde voor haar ogen en zag dan weer zwart.

De blonde reus kwam langzaam weer op de been.

Op dat moment sloeg Paolo Roberto hem met de plank waarover hij was gestruikeld op zijn achterhoofd. De blonde reus viel voorover en landde met een bons op de vloer.

Paolo Roberto keek met een onwerkelijk gevoel om zich heen. De blonde reus lag te kronkelen op het cement. Miriam Wu had een glazige blik en leek volstrekt uitgerangeerd. Hun gezamenlijke inspanning had hen een korte adempauze gegeven.

Paolo Roberto kon amper op zijn gewonde been staan en hij vermoedde dat er vlak boven zijn knie een spier was gescheurd. Hij hinkte naar Miriam Wu toe en trok haar overeind. Ze begon zich weer te bewegen, maar staarde hem nietsziend aan. Zonder iets te zeggen, gooide hij haar over zijn schouder en begon hij naar de uitgang te hinken. De pijn in zijn rechterknie was zo fel dat hij zich soms op één been voortbewoog.

Het voelde als een bevrijding om in de koude, donkere buitenlucht te komen. Maar hij had geen tijd om te blijven staan. Hij navigeerde over het erf, het gordijn van bos in. Dezelfde weg als hij gekomen was. Zo gauw hij tussen de bomen was, struikelde hij over een boomstronk en kon hij zijn evenwicht niet meer bewaren. Miriam Wu steunde en hij hoorde de deur van het magazijn met een klap openslaan.

De blonde reus was een monumentaal silhouet in de lichte rechthoek van de deuropening. Paolo legde zijn hand op Miriam Wu's mond. Hij boog zich voorover en fluisterde in haar oor dat ze doodstil moest blijven liggen.

Vervolgens tastte hij de grond onder de boomstronk af en vond hij een steen die groter was dan zijn vuist. Hij sloeg een kruis. Paolo Roberto was voor het eerst in zijn zondige leven bereid om, indien nodig, een ander mens te doden. Hij was zó uitgeschakeld en mishandeld dat hij wist dat hij een volgende ronde niet zou overleven. Maar niemand, zelfs een blond monster dat een foutje van de natuur was, kon vechten met een gespleten schedel. Hij omhelsde de steen en voelde dat hij ovaalvormig was en een scherpe rand had.

De blonde reus liep naar de hoek van het gebouw en maakte vervolgens een ronde over het erf. Hij bleef staan op minder dan tien stappen van de plaats waar Paolo zijn adem inhield. De reus luisterde en speurde, maar hij kon niet weten in welke richting ze in het donker waren verdwenen. Na een paar minuten speuren leek hij ook het zinloze van zijn zoekactie in te zien. Hij verdween besluitvaardig weer naar binnen en bleef een minuutje weg. Hij deed het licht uit, kwam naar buiten met een tas en liep naar de witte Volvo. Hij ging er met plankgas vandoor en verdween via de uitrit. Paolo luisterde zwijgend tot het motorgeluid was weggeëbd. Toen hij omlaag keek, zag hij Miriams ogen glinsteren in het donker.

'Dag Miriam,' zei hij. 'Ik heet Paolo en je hoeft niet bang voor me te zijn.'

'Weet ik.'

Haar stem was zwak. Hij leunde uitgeput tegen de boomstronk en voelde de adrenaline teruglopen tot het nulpunt.

'Ik weet niet hoe ik overeind moet komen,' zei Paolo Roberto. 'Maar mijn auto staat aan de andere kant van de weg. Ongeveer 150 meter hiervandaan.'

De blonde reus remde en reed even ten oosten van Nykvarn een parkeerplaats op. Hij was geschokt en van zijn stuk gebracht, en had een vreemd gevoel in zijn hoofd.

Voor het eerst in zijn leven was hij verslagen. En degene die die bestraffing had uitgedeeld, was niemand minder dan Paolo Roberto ... de bokser. Het voelde als een absurde droom van het soort dat hij tijdens onrustige nachten weleens droomde. Hij kon niet begrijpen waar Paolo Roberto vandaan was gekomen. Hij had daar opeens in het magazijn gestaan.

Dit was niet normaal.

De klappen van Paolo Roberto had hij niet gevoeld. Dat verbaasde hem niet. Maar de trap in zijn kruis had hij wél gevoeld. En na die vreselijke klap op zijn hoofd was het zwart geworden voor zijn ogen. Hij tastte met zijn vingers in zijn nek en voelde een enorme buil. Hij drukte erop, maar kon geen pijn voelen. Toch voelde hij zich suf en duizelig. Hij voelde met zijn tong dat hij, tot zijn verbazing, linksboven in zijn kaak een tand was kwijtgeraakt. Hij had een bloedsmaak in zijn mond. Hij pakte zijn neus tussen duim en wijsvinger beet en boog hem voorzichtig omhoog. Hij hoorde een krakend geluid in zijn hoofd en constateerde dat zijn neus was gebroken.

Hij had er juist aan gedaan door zijn tas te pakken en het magazijn te verlaten voordat de politie kwam. Maar hij had een kolossale fout begaan. Op *Discovery* had hij gezien hoe onderzoekers van de politie op een plaats delict grote hoeveelheden *forensic evidence* konden vinden. Bloed. Haren. DNA.

Hij had absoluut geen zin om terug te gaan naar het magazijn, maar hij had geen keus. Hij zou moeten opruimen. Hij maakte een U-bocht en begon aan de rit terug. Vlak voor Nykvarn kwam hem een auto tegemoet, maar daar besteedde hij verder geen aandacht aan.

De rit terug naar Stockholm was een nachtmerrie. Paolo Roberto had bloed in zijn ogen en was zo gemolesteerd dat zijn hele lijf pijn deed. Hij reed stuntelig en voelde dat hij over de weg heen en weer slingerde. Hij veegde met zijn ene hand zijn ogen af en voelde voorzichtig aan zijn neus. Dat deed behoorlijk pijn en hij kon alleen maar door zijn mond ademen. Hij speurde onophoudelijk naar een witte Volvo en meende er bij Nykvarn een tegen te komen.

Toen hij op de E20 kwam, ging het rijden wat beter. Hij dacht er even over om in Södertälje te stoppen, maar hij had geen idee waar hij heen moest. Hij wierp een blik op Miriam Wu, nog steeds geboeid, die zonder veiligheidsgordel gevloerd op de achterbank lag. Hij had haar naar de auto moeten dragen en zo gauw ze op de achterbank lag, was ze in katzwijm gevallen. Hij wist niet of ze door haar verwondingen was flauwgevallen of dat het kaarsje gewoon door uitputting was uitgegaan. Hij aarzelde. Uiteindelijk reed hij de E4 op richting Stockholm.

Mikael Blomkvist had pas een paar uur geslapen toen de telefoon begon te rinkelen. Hij keek met half dichtgeknepen ogen hoe laat het was en constateerde dat het even na vieren was. Hij rekte zich slaapdronken uit naar de hoorn. Het was Erika Berger. Hij begreep eerst niet wat ze zei.

'Paolo Roberto is wáár?'

'In het Zuiderziekenhuis met Miriam Wu. Hij heeft geprobeerd je te bellen, maar je neemt je mobiel niet op en hij heeft je nummer thuis niet.'

'Ik heb mijn mobiel uit staan. Maar wat doet hij in het ziekenhuis?'

Erika Bergers stem klonk geduldig maar beslist.

'Mikael. Neem een taxi en probeer daarachter te komen. Hij klonk nogal verward en had het over een motorzaag en een huis in het bos en een monster dat niet kon boksen.'

Mikael knipperde niet-begrijpend met zijn ogen. Vervolgens schudde hij zijn hoofd en strekte hij zijn arm uit naar zijn broek.

Paolo Roberto zag er ellendig uit zoals hij daar in zijn boxershort op een brits lag. Mikael had meer dan een uur gewacht om hem te mogen zien. Paolo's neus was verstopt onder de steunpleisters. Zijn linkeroog zat dichtgemetseld en zijn wenkbrauw was bedekt met chirurgisch tape en was met vijf hechtingen gehecht. Hij had een bandage om zijn ribben en bloeduitstortingen en schaafwonden over zijn hele lichaam. Zijn linkerknie was stevig verbonden.

Mikael Blomkvist gaf hem koffie in een papieren bekertje uit de Selecta-machine op de gang en monsterde kritisch zijn gezicht.

'Je ziet eruit alsof je een auto-ongeluk hebt gehad. Vertel, wat is er gebeurd?'

Paolo Roberto schudde zijn hoofd en ontmoette Mikaels blik.

'Een gigantisch monster,' antwoordde hij.

'Wat is er gebeurd?'

Paolo Roberto schudde opnieuw zijn hoofd en inspecteerde zijn vuisten. De knokkels waren zó kapot dat hij moeite had het bekertje vast te houden. Hij had steunpleisters. Zijn vrouw had een haat-liefdeverhouding ten aanzien van boksen en zou razend worden.

'Ik ben bokser,' zei hij. 'Ik bedoel, toen ik actief was, ging ik op iedere tegenstander in de ring af. Ik heb er weleens van langs gehad en ik kan geven en nemen. Maar als ik iemand een dreun verkoop, is het de bedoeling dat diegene gaat zitten en pijn heeft.'

'Maar deze vent niet?'

Paolo Roberto schudde voor de derde keer zijn hoofd. Hij vertelde rustig en gedetailleerd wat er zich die nacht had afgespeeld.

'Ik heb hem minstens dertig keer geraakt. Zo'n veertien, vijftien keer tegen zijn hoofd. Vier keer op zijn kaak. In het begin hield ik me een beetje in; ik wilde hem immers niet doodslaan, me alleen verdedigen. Maar tegen het eind heb ik alles gegeven. Eén van die slagen moet zijn kaakbeen hebben gebroken. Maar dat verdomde monster schudde alleen een beetje met zijn hoofd en blééf komen. Het was geen normaal mens.'

'Hoe zag hij eruit?'

'Hij was gebouwd als een anti-pantserraket. Ik overdrijf niet. Hij was meer dan 2 meter lang en woog rond de honderddertig, honderdveertig kilo. Ik maak geen grapje als ik zeg dat hij alleen maar uit spieren en een gewapend skelet bestond. Een blonde reus die gewoon geen pijn voelde.'

'Je had hem nooit eerder gezien?'

'Nooit. Hij was geen bokser. Maar op de een of andere manier toch wel.'

'Hoe bedoel je?'

Paolo Roberto dacht even na.

'Hij had er geen idee van hoe je moest boksen. Ik kon een schijnbeweging maken en hem uit zijn dekking lokken. Hij wist niet hoe je moet bewegen om te voorkomen dat je wordt geraakt. Hij was totaal hulpeloos. Maar hij probeerde zich wél te bewegen als een bokser. Hij hield zijn armen op de juiste manier omhoog en stelde zich voortdurend in de uitgangssituatie op, net als een echte bokser. Het was net alsof hij aan bokstraining had gedaan, maar geen woord had gehoord van wat de trainer had gezegd.'

'Oké.'

'Wat mijn leven en dat van Miriam heeft gered, was dus dat hij zich zo langzaam bewoog. Hij maakte maaiende vuistslagen die je een maand van tevoren zag aankomen en dan kon ik bukken of pareren. Hij heeft me twee keer geraakt; eerst een klap in mijn gezicht en je ziet wat dat voor gevolgen heeft gehad, en toen tegen mijn lijf, waarmee hij een rib heeft gebroken. Maar het waren allebei maar halve slagen. Als hij me volgens de regelen der kunst had geraakt, zou hij mijn schedel eraf hebben gerukt.'

Paolo Roberto moest plotseling lachen. Het was een bubbelende lach.

'Waar lach je om?'

'Ik heb gewonnen. Die gek probeerde me te vermoorden en ik heb gewonnen. Ik ben erin geslaagd hem te vloeren. Maar ik moest verdomme een plank gebruiken om hem tegen de vlakte te krijgen, zodat de scheids kon gaan aftellen.'

Hij werd weer serieus.

'Als Miriam Wu hem niet precies op het juiste moment in zijn kruis had geschopt, weet ik bij god niet hoe het zou zijn afgelopen.'

'Paolo, ik ben héél, héél erg blij dat je hebt gewonnen. Miriam Wu zal hetzelfde zeggen als ze wakker wordt. Heb je nog gehoord hoe het met haar is?'

'Ze ziet er ongeveer net zo uit zoals ik. Ze heeft een hersenschudding, meerdere ribben gebroken, een verbrijzeld neusbeen en letsel aan haar nieren.'

Mikael boog zich voorover en legde zijn hand op Paolo Roberto's knie.

'Als ik je ooit een dienst kan bewijzen ...' zei Mikael.

Paolo Roberto knikte en glimlachte kalm.

'Blomkvist, als je weer iets van me nodig hebt ...'

'Ja?'

'... stuur dan Sebastián Luján.'

26
WOENSDAG 6 APRIL

Inspecteur Jan Bublanski was in een miserabel humeur toen hij Sonja Modig even voor zevenen op de parkeerplaats voor het Zuiderziekenhuis ontmoette. Mikael Blomkvist had hem uit bed gebeld. Het was hem langzaamaan duidelijk geworden dat er zich die nacht iets dramatisch had afgespeeld en hij had op zijn beurt Modig wakker gebeld. Ze ontmoetten Blomkvist bij de ingang en liepen gezamenlijk naar de kamer van Paolo Roberto.

Bublanski had moeite alle details tot zich te nemen, maar accepteerde uiteindelijk dat Miriam Wu was gekidnapt en dat Paolo Roberto de kidnapper ervanlangs had gegeven. Nu ja, na bestudering van het gezicht van de voormalige profbokser, was het niet vanzelfsprekend wie wie ervanlangs had gegeven. Voor wat Bublanski betrof, hadden de gebeurtenissen van die nacht het onderzoek naar Lisbeth Salander naar een nieuw niveau van complexiteit gebracht. Niets in deze verdraaide zaak leek normaal te zijn.

Sonja Modig stelde de eerste relevante vraag: hoe Paolo Roberto bij de gebeurtenissen betrokken was geraakt.

'Ik ben een goede vriend van Lisbeth Salander.'

Bublanski en Modig keken elkaar vragend aan.

'En hoe kent u haar?'

'Salander sparde altijd tegen mij op de trainingen.'

Bublanski vestigde zijn blik ergens op de muur achter Paolo Roberto. Sonja Modig giechelde opeens ongepast. Zoals gezegd, niets in deze zaak leek normaal, eenvoudig en ongecompliceerd te zijn. Uiteindelijk hadden ze alle relevante feiten genoteerd.

'Ik wil nu een aantal opmerkingen plaatsen,' zei Mikael Blomkvist droog.

Ze keken hem aan.

'Ten eerste. Het signalement van de man die met de bestelwagen bij dat magazijn wegreed, komt overeen met het signalement dat ik heb gegeven van de persoon die Lisbeth Salander op precies dezelfde plaats op de Lundagatan had overvallen. Een grote, blonde kerel met een paardenstaart en een bierbuik. Oké?'

Bublanski knikte.

'Ten tweede. Het doel van de kidnapping was om Miriam Wu te dwingen te bekennen waar Lisbeth Salander zich verstopt houdt. Deze twee blonde kerels maken dus al sinds ruim een week vóór de moorden jacht op Salander. Duidelijk?'

Modig knikte.

'Ten derde. Als er meer medespelers in dit verhaal zijn, is Lisbeth Salander niet die 'gestoorde, zelfstandig opererende dader', zoals ze wordt afgeschilderd.'

Bublanski en Modig zeiden geen van beiden iets.

'Ik kan me niet indenken dat die vent met die paardenstaart lid is van een lesbische satanistenliga.'

Modigs mond vertrok.

'En ten slotte, vier. Ik geloof dat deze geschiedenis iets te maken heeft met een man die Zala wordt genoemd. Dag Svensson had zich zijn laatste twee weken op hem gefocust. Alle relevante informatie zit in zijn computer. Dag Svensson had die Zala gekoppeld aan de moord op een prostituee in Södertälje genaamd Irina Petrova. Sectie heeft aangetoond dat ze is blootgesteld aan gewelddadige mishandeling. Zo gewelddadig dat drie van de verwondingen afzonderlijk dodelijk waren. Het sectierapport is onduidelijk voor wat betreft het gereedschap dat is gebruikt om haar dood te slaan, maar het letsel doet sterk denken aan de mishandelingen waaraan Miriam Wu en Paolo zijn blootgesteld. Het gereedschap kan in dat geval de handen van een blonde reus zijn geweest.'

'En Bjurman?' vroeg Bublanski. 'Oké, er was misschien iemand die reden had om Dag Svensson tot zwijgen te brengen. Maar wie kan reden hebben gehad om de curator van Lisbeth Salander te vermoorden?'

'Geen idee. Niet alle puzzelstukjes liggen al op hun plaats, maar er is ergens een koppeling tussen Bjurman en Zala. Dat is het enige redelijke. Wordt het niet eens tijd om met een ander scenario rekening te houden? Als Lisbeth Salander niet de moordenaar is, betekent dat dat iemand anders die moorden heeft gepleegd. Ik geloof dat deze misdrijven op de een of andere manier te maken hebben met de sekshandel. En Salander zou liever sterven dan bij zoiets te worden betrokken. Ik heb toch gezegd dat ze een moraliste is.'

'Wat is haar rol in dat geval?'

'Geen idee. Getuige? Tegenstander? Misschien dook ze in Enskede op om Dag en Mia te waarschuwen dat hun leven in gevaar was. Vergeet niet dat ze een exceptioneel goede researcher is.'

Bublanski zette de machinerie in werking. Hij belde de politie van Södertälje en gaf de routebeschrijving die hij van Paolo Roberto had gekregen, en vroeg hen een vervallen magazijn op te sporen even ten zuidoosten van het meer Yngern. Daarna belde hij inspecteur Jerker Holmberg – hij woonde in Flemingsberg en was dus het dichtst bij Södertälje in de buurt – en vroeg hem zich als de sodemieter aan te sluiten bij de politie van Södertälje en ze bij te staan bij het onderzoek van de plaats delict.

Jerker Holmberg belde een uur later terug. Hij was net ter plaatse aangekomen. De politie van Södertälje had geen enkele moeite gehad de betreffende loods te vinden. Die loods en twee kleinere, naastgelegen magazijnen waren kort daarvoor afgebrand en de brandweer was druk doende met nablussen. Dat het brandstichting was, was duidelijk doordat er twee jerrycans waren gevonden waarin benzine had gezeten.

Bublanski voelde een aan razernij grenzende frustratie.

Wat was er in godsnaam aan de hand? Wie was die blonde reus? Wie was Lisbeth Salander eigenlijk? En waarom leek het onmogelijk haar op te sporen?

De situatie werd er niet beter op toen officier van justitie Richard Ekström tijdens de bespreking van negen uur kwam binnenvallen. Bublanski deed verslag van de dramatische ontwikkelingen van die ochtend en stelde voor de naspeuringen anders te prioriteren, aangezien er diverse raadselachtige gebeurtenissen hadden plaatsgevonden die onduidelijkheid creëerden in het scenario dat ze bij het onderzoek als werkhypothese gebruikten.

Het verhaal van Paolo Roberto versterkte het relaas van Mikael Blomkvist over de overval op Lisbeth Salander op de Lundagatan aanzienlijk. Om die reden verminderde de kracht van de veronderstelling dat de moorden een waanzinnige daad van een psychisch gestoorde vrouw waren, die zelfstandig opereerde. Dat betekende niet dat de verdenkingen tegen Lisbeth Salander konden worden afgeschreven – eerst moest er een redelijke verklaring voor haar vingerafdrukken op het moordwapen worden gevonden, maar het betekende wel dat het onderzoek zich nu serieus moest richten op de mogelijkheid van een alternatieve dader. In dat geval was er slechts één actuele hypothese – de theorie van Mikael Blomkvist dat de moorden te maken hadden met Dag Svenssons voorgenomen onthullingen over de sekshandel. Bublanski onderscheidde drie belangrijke punten.

De belangrijkste taak van dit moment was het identificeren van de groot uitgevallen blonde man en zijn kompaan met de paardenstaart, die Miriam Wu hadden gekidnapt en mishandeld. De grote blonde man had een zo specifiek uiterlijk, dat hij niet zo moeilijk te vinden moest zijn.

Curt Svensson merkte nuchter op dat Lisbeth Salander ook een specifiek uiterlijk had en dat de politie er na bijna drie weken speuren nog geen idee van had waar ze zich bevond.

De tweede taak bestond eruit dat er een groep moest worden gevormd die zich nu actief zou gaan richten op de zogenaamde hoerenloperslijst uit de computer van Dag Svensson. Dat bracht meteen een logistiek probleem met zich mee. De onderzoeksgroep beschikte weliswaar over Dag Svenssons leencomputer van *Millennium* en de zipschijven die de back-up vormden van zijn verdwenen laptop, maar deze bevatten de verzamelde research van jaren en letterlijk duizenden pagina's, waardoor het lang zou duren voordat alles was gecatalogiseerd en men zich enigszins had ingelezen. De groep had versterking nodig en Bublanski stelde terstond Sonja Modig aan om die klus te leiden.

De derde taak bestond uit het zich richten op een onbekende persoon genaamd Zala. In dat verband zou de onderzoeksgroep hulp vragen aan de 'Speciale onderzoeksgroep voor georganiseerde misdaad', die die naam volgens de gegevens een paar keer zou zijn tegengekomen. Die taak legde hij neer bij Hans Faste.

Ten slotte zou Curt Svensson het verdere speurwerk naar Lisbeth Salander leiden.

Bublanski's uiteenzetting duurde slechts zes minuten maar bracht een urenlange woordenwisseling teweeg. Hans Faste verzette zich sterk tegen het feit dat Bublanski de leiding van het onderzoek had en deed geen moeite zijn houding onder stoelen of banken te steken. Dat verbaasde Bublanski. Hij had Faste weliswaar nooit gemogen, maar had hem toch altijd beschouwd als een competente politieman.

Hans Faste meende dat de focus van het onderzoek, ongeacht alle neveninformatie, op Lisbeth Salander moest liggen. Hij vond dat alle indicaties tegen Salander zo sterk waren, dat het onredelijk was om op dit moment zelfs maar met alternatieve daders te gaan experimenteren.

'Kortom, dit is gezeur. We hebben een gewelddadig psychiatrisch geval dat zichzelf in de loop der jaren onomstotelijk heeft bewezen. Denk je nou echt dat al die onderzoeken van die psychiaters en gerechtsartsen flauwekul zijn? Salander kan in verband worden gebracht met de plaatsen delict. We hebben aanwijzingen dat ze de hoer speelt en dat ze een grote som zwart geld op haar rekening heeft staan.'

'Ik ben me van al deze zaken bewust.'

'Ze maakt deel uit van een of andere lesbische sekscultus. En ik durf er wat om te verwedden dat die pot Cilla Norén meer weet dan ze doet voorkomen.'

Bublanski sprak met stemverheffing.

'Faste. Stop daarmee. Je bent helemaal bezeten van dat homogedoe. Dat is onprofessioneel.'

Hij had onmiddellijk spijt dat hij zich ten overstaan van de hele groep had uitgesproken en het niet onder vier ogen met Faste had opgenomen. Officier Ekström onderbrak de verhitte discussie. Hij leek niet te weten welke lijn hij moest volgen. Uiteindelijk koos hij partij voor Bublanski; had hij dat niet gedaan, dan was het alsof hij hem als opsporingsleider had uitgeschakeld.

'We doen zoals Bublanski heeft beslist.'

Bublanski keek met een schuine blik naar Sonny Bohman en Niklas Eriksson van Milton Security.

'Ik heb begrepen dat we jullie nog maar drie dagen hebben, dus moeten we er het beste van maken. Bohman, kun jij Curt Svensson bijstaan in de jacht op Salander? Eriksson, jij kunt samen met Modig verdergaan.'

Ekström dacht even na en stak zijn hand op toen iedereen wilde opstaan.

'Eén ding nog. Dat met Paolo Roberto houden we binnenskamers. De media worden hysterisch als er nog een bekende Zweed in het onderzoek opduikt. Dus buiten deze vier muren mondje dicht.'

Sonja Modig klampte Bublanski onmiddellijk na de bijeenkomst aan.

'Ik had het helemaal gehad met Faste. Dat was onprofessioneel,' zei Bublanski.

'Ik weet hoe dat voelt,' glimlachte ze. 'Ik ben trouwens maandag al met Svenssons computer begonnen.'

'Dat weet ik. Hoe ver ben je gekomen?'

'Hij had wel tien versies van het manuscript, enorme hoeveelheden researchmateriaal. Ik kan moeilijk beoordelen wat belangrijk is en wat niet. Alleen al het openen en doorkijken van alle documenten zal dagen in beslag nemen.'

'Niklas Eriksson?'

Sonja Modig aarzelde. Toen keerde ze zich om en deed ze de deur van Bublanski's kamer dicht.

'Eerlijk gezegd ... ik wil niks onaardigs over hem zeggen, maar ik heb niet veel aan hem.'

Bublanski fronste zijn wenkbrauwen.

'Voor de draad ermee.'

'Ik weet het niet, hij is geen echte politieman zoals Bohman was. Hij kraamt een hoop onzin uit. Hij heeft ongeveer dezelfde houding ten aanzien van Miriam Wu als Hans Faste en is absoluut niet geïnteresseerd in zijn taak. Ik weet niet precies wat er is, maar hij heeft een probleem met Lisbeth Salander.'

'Hoezo?'

'Ik heb het gevoel dat er oud zeer ligt.'

Bublanski knikte langzaam.

'Dat is vervelend om te horen. Bohman is oké, maar ik vind het eigenlijk maar niks dat er buitenstaanders bij het onderzoek betrokken zijn.'

Sonja Modig knikte.

'Wat zullen we doen?'

'Je moet het deze week nog met hem zien uit te houden. Armanskij heeft gezegd dat ze ermee stoppen als het geen resultaat oplevert. Ga aan de slag en reken erop dat je het werk zelf moet doen.'

Het graafwerk van Sonja Modig werd al na drie kwartier afgebroken doordat ze van het onderzoek werd gehaald. Ze werd plotseling bij officier van justitie Ekström ontboden, waar Bublanski ook al zat. Beide mannen waren rood aangelopen. De freelancejournalist Tony Scala was zojuist met de scoop gekomen dat Paolo Roberto de bdsmlesbo Miriam Wu uit handen van een kidnapper had gered. De tekst bevatte diverse details die alleen binnen het onderzoek bekend konden zijn. Het stuk was zo geformuleerd dat de politie blijkbaar de mogelijkheid onderzocht om een aanklacht tegen Roberto in te dienen wegens mishandeling.

Ekström had al diverse telefoontjes gehad van journalisten die informatie over de rol van de bokser wilden. Hij was bijna buiten zichzelf toen hij Sonja Modig ervan beschuldigde het verhaal te hebben gelekt. Modig verwees de beschuldiging onmiddellijk van de hand, maar tevergeefs. Bublanski was razend en koos resoluut partij voor Modig.

'Sonja zegt dat ze niets heeft doorgespeeld. Dat is voor mij voldoende. Het is idioterie om een ervaren onderzoeker die in de zaak is ingewerkt van het onderzoek af te halen.'

Ekström sprak een open wantrouwen uit ten aanzien van Sonja Modig. Hij ging mokkend achter zijn bureau zitten. Aan zijn besluit viel niet te tornen.

'Modig. Ik kan niet bewijzen dat je informatie naar de pers lekt, maar ik heb geen vertrouwen in je wat betreft het onderzoek. Je wordt onmiddellijk van het onderzoek gehaald. Neem de rest van de week vrij. Je krijgt maandag andere taken.'

Modig had geen keuze. Ze knikte en liep naar de deur. Bublanski hield haar tegen.

'Sonja. *For the record.* Ik geloof geen reet van deze aanklacht en je hebt mijn volste vertrouwen. Maar ik ben niet degene die beslist. Kom even bij me langs voordat je naar huis gaat.'

Ze knikte. Ekström keek woest. Bublanski's gezicht had een onrustbarende kleur aangenomen.

Sonja Modig ging terug naar haar kamer, waar Niklas Eriksson en zij aan Dag Svenssons computer werkten. Ze was kwaad en het huilen stond haar nader dan het lachen. Eriksson keek haar van opzij aan en noteerde dat er wat mis was, maar hij zei niets en ze negeerde hem. Ze ging achter haar bureau zitten en staarde voor zich uit. Er ontstond een bedrukte stilte in de kamer.

Uiteindelijk verontschuldigde Eriksson zich. Hij zei dat hij naar de wc moest en vroeg of hij koffie mee kon nemen. Ze schudde haar hoofd.

Toen hij weg was, stond ze op en trok ze haar jas aan. Ze pakte haar schoudertas en ging naar de kamer van Bublanski. Hij wees op de bezoekersstoel.

'Sonja, ik accepteer dit niet. Ekström zal mij ook van het onderzoek af moeten halen. Ik ben van plan er een rechtszaak van te maken. Tot die tijd blijf je op mijn order aan het onderzoek verbonden. Begrepen?'

Ze knikte.

'Je gaat niet naar huis en neemt de rest van de week ook niet vrij, zoals Ekström heeft gezegd. Ik beveel je af te reizen naar de redactie van *Millennium* voor een nieuw gesprek met Mikael Blomkvist. En daarna vraag je hem gewoon om je door de harde schijf van Dag Svensson heen te leiden. We kunnen veel tijd besparen als we iemand hebben die al bekend is met het materiaal en dingen kan uitsorteren die onbelangrijk zijn.'

Sonja Modig was wat opgeluchter.

'Ik heb niets tegen Niklas Eriksson gezegd.'

'Dat handel ik wel af. Hij mag zich aansluiten bij Curt Svensson. Heb jij Hans Faste gezien?'

'Nee. Hij is meteen na de ochtendbriefing de deur uit gegaan.'

Bublanski zuchtte.

Mikael Blomkvist was tegen achten 's ochtends van het Zuiderziekenhuis naar huis gegaan. Hij zag in dat hij veel te weinig slaap had gehad en hij moest scherp zijn voor zijn ontmoeting met Gunnar Björck op Smådalarö die middag. Hij kleedde zich uit, zette de wekker op halfelf en kreeg ruim twee uur welverdiende slaap. Nu had hij gedoucht, zich geschoren en een schoon overhemd aangetrokken. Hij reed net langs Gullmarsplan toen Sonja Modig hem belde op zijn mobiel. Ze wilde hem spreken. Mikael legde uit dat hij onderweg was en geen gelegenheid had om haar te ontmoeten. Ze vertelde wat ze wilde en hij verwees haar naar Erika Berger.

Sonja Modig reed naar de redactie van *Millennium*. Ze monsterde Erika Berger en constateerde dat ze deze zelfverzekerde en enigszins dominante vrouw met kuiltjes in haar wangen en een korte, blonde lok wel mocht. Ze zag eruit als een wat oudere versie van Laura Palmer uit *Twin Peaks*. Ze vroeg zich enigszins niet ter zake doend af of Berger ook lesbisch was, omdat alle vrouwen in dit onderzoek volgens Hans Faste dat soort seksuele voorkeuren leken te hebben, maar ze herinnerde zich dat ze ergens had gelezen dat Berger met de kunstenaar Greger Backman was getrouwd. Erika luisterde naar haar verzoek om hulp bij het onderzoeken van Dag Svenssons harde schijf. Ze keek bezorgd.

'Er is een probleem,' zei Erika Berger.

'En dat is?' vroeg Sonja Modig.

'Het is niet zo dat we die moorden niet willen oplossen of de politie niet willen helpen. Jullie hebben het materiaal bovendien al in bezit, in Dag Svenssons computer. Het probleem is een ethisch dilemma. Media en politie gaan niet goed samen.'

'Geloof me. Dat heb ik vanochtend wel begrepen,' glimlachte Sonja Modig.

'Hoezo?'

'O, niets. Een persoonlijke beschouwing.'

'Goed. Om hun geloofwaardigheid te behouden moeten de media duidelijk afstand bewaren ten opzichte van overheidsinstanties. Journalisten die op het politiebureau rondhangen en samenwerken bij politieonderzoeken worden uiteindelijk loopjongens voor de politie.'

'Ik ken er wel een paar,' zei Modig. 'Maar als ik het goed begrijp, gebeurt het tegenovergestelde ook weleens. Dat politiemensen stukjes aanleveren voor de krant.'

Erika Berger lachte.

'Dat is waar. Helaas moet ik zeggen dat *Millennium* het zich gewoon niet kan veroorloven zich met dat soort journalistiek bezig te houden. Het gaat er hier niet om dat u een van de medewerkers van *Millennium* wilt verhoren – daar zouden we zonder meer aan meewerken – maar om een formeel verzoek om het politieonderzoek actief bij te staan door ons journalistieke materiaal ter beschikking te stellen.'

Sonja Modig knikte.

'Dan zijn er twee standpunten. Ten eerste gaat het om de moord op een medewerker van ons blad. Vanuit dat oogpunt helpen we natuurlijk graag mee. Maar het tweede punt is dat er dingen zijn die we niet aan de politie kunnen geven. Het gaat daarbij om onze bronnen.'

'Ik kan flexibel zijn. Ik kan zorgen dat jullie bronnen worden beschermd. Ik heb geen belang bij die bronnen.'

'Het gaat niet om uw goede bedoelingen of ons vertrouwen in u. Het gaat erom dat we geen bronnen vrijgeven, ongeacht de omstandigheden.'

'Oké.'

'En dan is er nog het feit dat *Millennium* bezig is met een eigen onderzoek naar de moorden, wat dus te beschouwen valt als journalistiek werk. Ik ben bereid om informatie aan de politie te verstrekken als wij iets klaar hebben wat we kunnen publiceren, maar eerder niet.'

Erika Berger trok een diepe frons in haar voorhoofd en dacht na. Uiteindelijk knikte ze bij zichzelf.

'Ik moet ook met mezelf kunnen leven. We doen het als volgt ... U kunt met onze medewerkster Malin Eriksson aan de slag. Zij is helemaal ingewerkt in het materiaal en is prima in staat te bepalen waar de grens loopt. Zij krijgt als taak u door het boek van Dag Svensson heen te loodsen, u hebt daar al een kopie van. Het doel is het maken van een begrijpelijk overzicht van de mensen die potentieel als verdacht kunnen worden aangemerkt.'

Irene Nesser was zich totaal niet bewust van de dramatiek van die nacht toen ze de forensentrein van station Zuid naar Södertälje nam. Ze was gekleed in een halflang, zwartleren jack, een donkere pantalon en een keurige, gebreide rode trui. Ze had een bril, die ze over haar voorhoofd omhoog had geschoven.

In Södertälje pakte ze de bus naar Strängnäs en kocht een kaartje tot Stallarholmen. Ze stapte even na elven een behoorlijk stuk ten zuiden van Stallarholmen uit. Ze bevond zich bij een bushalte waar verder geen gebouwen in de buurt te zien waren. Ze visualiseerde de kaart in haar hoofd. Het meer Mälaren lag een paar kilometer ten noordoosten en de omgeving daar stond vol vakantiehuisjes en particuliere huizen die het hele jaar werden bewoond. Het huisje van advocaat Nils Bjurman lag in een gebied met zomerhuisjes, bijna 3 kilometer van de bushalte. Ze nam een slok water uit een petfles en begon aan haar wandeling. Ruim drie kwartier later had ze haar bestemming bereikt.

Ze maakte eerst een rondje over het terrein en bestudeerde de huizen van de buren. Rechts zat er ongeveer 150 meter tussen. Bij de buren was niemand thuis. Links lag een ravijn. Ze passeerde twee zomerhuisjes tot ze bij een klein bungalowpark kwam, waar ze een levensteken zag in de vorm van een open raam en geluid van een radio. Maar van daaruit was het 300 meter naar het huis van Bjurman. Ze kon zodoende relatief ongestoord haar gang gaan.

Ze had de sleutels uit zijn appartement meegenomen en kwam zonder problemen binnen. Haar eerste maatregel was het losschroeven van een luik voor een raam aan de achterkant van het huis, wat haar een nooduitgang zou geven voor het geval er zich aan de voorkant enig ongerief zou voordoen. Het ongerief waar ze aan dacht, was dat er bijvoorbeeld een politieagent bij het huisje zou verschijnen.

Het zomerhuis van Bjurman was een ouder en vrij klein pand met een grote kamer, een klein woonvertrekje en een kleine pantry met stromend water. De plee was een droog closet buiten. Ze besteedde twintig minuten aan het doorzoeken van voorraadkasten, kleerkasten en ladekasten. Ze vond geen snipper van een papier dat iets met Lisbeth Salander of Zala te maken kon hebben.

Ten slotte ging ze naar de tuin en onderzocht ze de plee en een houtschuur. Daar was niets van waarde en geen documentatie. De reis was blijkbaar tevergeefs geweest.

Ze ging op de trap buiten zitten en dronk water en at een appel.

Toen ze naar binnen ging om het luik weer dicht te doen, viel haar oog in de hal op een metershoge aluminium ladder. Ze ging weer naar de grote kamer en inspecteerde het met planken beklede plafond. De opening naar de vliering tussen twee nokbalken was bijna onzichtbaar. Ze haalde de ladder, schoof het luik open en vond onmiddellijk vijf A4-mappen.

De blonde reus was bezorgd. De zaken waren helemaal in het honderd gelopen en de catastrofes volgden elkaar op.

Sandström had contact opgenomen met de gebroeders Ranta. Hij was volslagen in paniek geweest en had gerapporteerd dat Dag Svensson een onthullende reportage over zijn hoerenaffaires en over de gebroeders Ranta had gepland. Tot zover was het geen probleem geweest. Dat de media Sandström aan de schandpaal wilden nagelen, kon de blonde reus niet schelen, en de gebroeders Ranta konden zich een tijdje koest houden. De gebroeders Ranta hadden derhalve de Baltic Star over de Oostzee genomen voor een vakantie. Het was niet waarschijnlijk dat dat geneuzel tot een rechtszaak zou leiden, maar mocht dat wel het geval zijn, dan hadden ze eerder met dat bijltje gehakt. Dat was onderdeel van hun taakomschrijving.

Maar Lisbeth Salander had aan Magge Lundin weten te ontkomen. Dat was onbegrijpelijk, want Salander was vergeleken met Lundin maar een klein poppetje en het enige wat hij had hoeven doen was haar in een auto stoppen en haar naar het magazijn ten zuiden van Nykvarn brengen.

Toen had Sandström opnieuw bezoek gehad en die keer was Dag Svensson op zoek geweest naar informatie over Zala. Daardoor was alles in een heel nieuw daglicht komen te staan. Tussen Bjurmans paniek en Dag Svenssons aanhoudende gewroet, was een potentieel gevaarlijke situatie ontstaan.

Een amateur is een gangster die niet bereid is de consequenties te dragen. Bjurman was een amateur. De blonde reus had Zala aangeraden zich afzijdig te houden van Bjurman, maar voor Zala was de naam Lisbeth Salander onweerstaanbaar geweest. Hij haatte Salander. Het was volkomen irrationeel. Het was alsof je een knop omdraaide.

Het was puur toeval geweest dat de blonde reus bij Bjurman was geweest toen Dag Svensson had opgebeld. Diezelfde verdomde journalist die al problemen had veroorzaakt met Sandström en de gebroeders Ranta. De reus was naar Bjurman toe gegaan om de advocaat vanwege de mislukte kidnapping van Lisbeth Salander naar behoefte te kalmeren of te bedreigen. Maar door het telefoongesprek van Svensson was Bjurman volledig in paniek geraakt. Hij was onredelijk naïef geweest. Hij had zich opeens willen terugtrekken.

Tot overmaat van ramp had Bjurman zijn cowboypistool gehaald om hem te bedreigen. De blonde reus had Bjurman ontsteld aangekeken en hem de revolver afgepakt. Hij had al handschoenen aan, dus de vingerafdrukken waren geen probleem. Hij had eigenlijk geen alternatief gehad toen Bjurman eenmaal was doorgeslagen.

Bjurman kende Zala natuurlijk. Daardoor was hij een belasting. De blonde reus kon niet echt uitleggen waarom hij Bjurman had gedwongen zich uit te kleden, behalve dat hij een grondige hekel aan Bjurman had gehad en dat wilde markeren. Hij was bijna niet meer bijgekomen toen hij de tatoeage op Bjurmans buik had gezien: IK BEN EEN SADISTISCH VARKEN, EEN KLOOTZAK EN EEN VERKRACHTER.

Even had hij iets van medelijden met Bjurman gevoeld. Hij was een complete idioot. Maar de blonde reus bevond zich in een branche waar het praktische werk niet mocht worden gestoord door dergelijke irrelevante gevoelens. Hij had hem daarom naar de slaapkamer geleid, hem op zijn knieën gedwongen en een kussen als geluiddemper gebruikt.

Hij had vijf minuten besteed aan het doorzoeken van Bjurmans appartement, maar geen enkel verband met Zala kunnen ontdekken. Het enige wat hij had gevonden, was het telefoonnummer naar zijn eigen mobiel. Hij had Bjurmans mobiele telefoon voor de zekerheid meegenomen.

Dag Svensson was het volgende probleem. Als Bjurman dood zou worden aangetroffen, zou Dag Svensson natuurlijk de politie bellen. Hij zou dan kunnen vertellen dat Bjurman een paar minuten nadat hij hem had gebeld en naar Zala had gevraagd, was doodgeschoten. Er was niet veel fantasie voor nodig om in te zien dat Zala daardoor onderwerp zou worden van dubieuze speculaties.

De blonde reus beschouwde zichzelf als slim, maar hij had een enorm respect voor Zala's bijna griezelig strategische talent.

Ze werkten al ruim twaalf jaar samen. Het was een succesvol decennium geweest en de blonde reus had veel ontzag voor Zala. Hij zag hem haast als een mentor. Hij kon uren naar hem zitten luisteren als Zala vertelde over de menselijke natuur en haar zwakheden, en hoe je daarvan kon profiteren.

Maar plotseling waren hun zakelijke aangelegenheden op losse schroeven komen te staan. De zaak liep helemaal uit de hand.

Hij was rechtstreeks van Bjurman naar Enskede gereden en had de witte Volvo twee blokken verderop geparkeerd. Gelukkig had de portiekdeur niet helemaal goed in het slot gezeten. Hij was naar boven gegaan en had bij de deur met de naam Svensson-Bergman aangebeld. Hij had geen tijd gehad om de flat te doorzoeken of papieren mee te nemen. Hij had twee schoten gelost – er was ook een vrouw in het appartement aanwezig geweest. Toen had hij Dag Svenssons laptop meegenomen die op tafel in de woonkamer stond, had rechtsomkeert gemaakt, was de trap afgelopen naar zijn auto en had Enskede verlaten. De enige misser was dat hij het wapen op de trap had laten vallen toen hij had geprobeerd met de computer te balanceren en tegelijkertijd zijn autosleutels uit zijn zak te vissen om tijd te besparen. Hij had een tiende van een seconde stilgestaan, maar de revolver was de keldertrap af gekletterd en hij was van mening geweest dat het te veel tijd zou kosten om terug te gaan en hem op te halen. Hij was zich ervan bewust dat hij een uiterlijk had dat mensen zich gemakkelijk herinnerden en het was belangrijk om van de plaats des onheils te verdwijnen voordat iemand hem zou zien.

De verloren revolver was een bron van kritiek van Zala geweest totdat de implicaties duidelijk werden. Ze waren nog nooit zo verbaasd geweest als toen de politie opeens een klopjacht naar Lisbeth Salander was begonnen. Het verloren wapen was daarmee veranderd in een onbegrijpelijk gelukkig toeval.

Helaas leverde dat ook een geheel nieuw probleem op. Salander was de enig resterende zwakke schakel. Zij kende Bjurman en ze kende Zala. Ze kon één en één optellen. Toen Zala en hij de zaak hadden doorgesproken, waren ze het erover eens geweest. Ze moesten Salander vinden en haar ergens begraven. Het zou perfect zijn als ze nooit werd gevonden. Uiteindelijk zou het moordonderzoek dan worden gearchiveerd en stof gaan verzamelen.

Ze hadden erop gegokt dat Miriam Wu hen naar Salander zou kunnen leiden. Maar plotseling was het wéér misgegaan. *Paolo Roberto. Of all people.* Uit het niets. En volgens de kranten was hij bovendien bevriend met Lisbeth Salander.

De blonde reus was sprakeloos.

Na Nykvarn was hij naar het huis van Magge Lundin in Svavelsjö gereden, op slechts een paar honderd meter van het hoofdkwartier van de Svavelsjö MC. Dat was geen ideale schuilplaats, maar hij had niet zo veel alternatieven gehad en hij moest een plek vinden waar hij zich een tijdje schuil kon houden tot de blauwe plekken in zijn gezicht afnamen en hij de regio Stockholm discreet kon verlaten. Hij voelde aan zijn verbrijzelde neusbeen en aan de buil in zijn nek. De zwelling begon af te nemen.

Het was een slimme zet geweest om terug te rijden en de hele zaak in de hens te steken. Het was een kwestie van de rotzooi achter je kont opruimen.

Toen werd hij plotseling ijskoud.

Bjurman. Hij had Bjurman begin februari een keer vluchtig ontmoet in diens zomerhuisje buiten Stallarholmen, toen Zala de klus had geaccepteerd om zich over Salander te ontfermen. Bjurman had een map gehad over Salander waarin hij had zitten bladeren. Hoe had hij dat verdomme kunnen missen? Die kon hem naar Zala leiden.

Hij ging naar beneden naar de keuken en legde aan Magge Lundin uit waarom hij als de sodemieter naar Stallarholmen moest rijden om een nieuw kampvuur aan te leggen.

Inspecteur Bublanski probeerde tijdens de lunchpauze orde op zaken te stellen in het onderzoek dat hem boven het hoofd begon te groeien. Hij overlegde een hele tijd met Curt Svensson en Sonny Bohman om de jacht op Lisbeth Salander te coördineren. Er waren nieuwe tips binnengekomen uit onder andere Göteborg en Norrköping. Göteborg kon vrijwel onmiddellijk worden afgeschreven, maar Norrköping had een vaag potentieel. Ze informeerden de collega's daar en lieten discreet een adres in de gaten houden waar een meisje was gezien dat op Salander leek.

Hij probeerde een diplomatiek gesprek met Hans Faste tot stand te brengen, maar Faste was niet in huis en nam zijn mobiel niet op. Na de stormachtige ochtendmeeting was Faste als een donderwolk verdwenen.

Daarna ging Bublanski naar de leider van het vooronderzoek, Richard Ekström, in een poging de problematiek rond Sonja Modig op te lossen. Hij besteedde vrij veel tijd aan het aandragen van zakelijke argumenten waarom hij van mening was dat de beslissing om haar van het onderzoek te halen onbezonnen was. Maar Ekström weigerde te luisteren en Bublanski besloot af te wachten tot na het weekend voordat hij werk ging maken van de idiote situatie. De verhouding tussen de opsporingsleider en de vooronderzoeksleider begon onhoudbaar te worden.

Even na drieën 's middags liep hij de gang op en zag hij Niklas Eriksson net uit de kamer van Sonja Modig komen. Hij was daar nog steeds bezig met het doornemen van de inhoud van Dag Svenssons harddisk. Wat, meende Bublanski, een zinloze bezigheid was nu er geen echte politiefunctionaris over zijn schouder meekeek of hij niets miste. Hij besloot Niklas Eriksson voor de rest van de week over te plaatsen naar Curt Svensson.

Voordat hij iets kon zeggen, verdween Eriksson in het toilet aan het eind van de gang. Bublanski peuterde in zijn oor en liep naar de kamer van Sonja Modig om daar te wachten tot Eriksson terugkwam. Vanuit de deuropening bekeek hij Sonja Modigs lege stoel.

Toen viel zijn blik op Niklas Erikssons mobiele telefoon die in de boekenkast achter zijn bureaustoel lag.

Bublanski aarzelde even en keek naar de nog steeds gesloten toiletdeur. Toen stapte hij in een impuls de kamer binnen, stopte Erikssons mobiel in zijn zak, ging met rasse schreden terug naar zijn kamer en sloot de deur. Hij klikte op de gesprekkenlijst.

Om 09.57 uur, vijf minuten nadat de stormachtige ochtendbriefing was afgerond, had Niklas Eriksson een mobiel nummer gebeld. Bublanski nam de hoorn van zijn eigen telefoon op het bureau en toetste het nummer. Journalist Tony Scala nam op.

Hij hing op en staarde naar Erikssons mobiel. Toen stond hij met een onnozele uitdrukking op zijn gezicht op. Hij had twee passen naar de deur gedaan op het moment dat de telefoon op zijn bureau ging. Hij liep terug en blafte zijn naam in de hoorn.

'Met Jerker. Ik ben nog bij dat magazijn buiten Nykvarn.'

'Aha.'

'De brand is geblust. We zijn de afgelopen twee uur bezig geweest met sporenonderzoek. De politie van Södertälje had een lijkhond meegenomen om het gebied af te speuren, voor het geval er iemand in de ruïnes lag.'

'En?'

'Dat was niet het geval. Maar we hadden een pauze ingelast zodat die hond zijn neus even rust kon geven. De hondengeleider zegt dat zoiets nodig is omdat er op de plek van een brand erg sterke geuren hangen.'

'Terzake.'

'Hij maakte een wandeling en liet de hond een stukje verderop los. Het beest sloeg in het bos aan, 75 meter achter het magazijn, ten teken dat er een lijk lag. Tien minuten geleden hebben we een mensenbeen met voet en een schoen eraan opgegraven. Het lijkt een mannenschoen. De restanten lagen vrij dicht aan de oppervlakte.'

'Shit, Jerker, je moet ...'

'Ik heb het bevel over de vindplaats al overgenomen en de opgravingen afgebroken. Ik wil een lijkschouwer en goede technisch rechercheurs hier hebben voor we verdergaan.'

'Heel goed werk, Jerker.'

'Dat is nog niet alles. Vijf minuten geleden heeft de hond opnieuw aangeslagen, ongeveer 80 meter van de eerste vindplaats.'

Lisbeth Salander had op Bjurmans kookplaat koffiegezet en had nog een appel gegeten. Ze was twee uur bezig geweest met het doorlezen van Bjurmans research over haar. Ze was onder de indruk. Hij had er ontzettend veel tijd en energie in gestoken en de informatie gesystematiseerd alsof het een gepassioneerde hobby van hem was. Hij had materiaal over haar gevonden waarvan ze het bestaan niet eens kende.

Ze las Holger Palmgrens verslag met gemengde gevoelens door. Het waren twee ingebonden, zwarte opschrijfboekjes. Hij was een dagboek over haar gaan bijhouden toen ze vijftien was en net bij haar tweede paar pleegouders was weggelopen, een ouder stel uit Sigtuna. Hij was socioloog en zij kinderboekenschrijfster. Lisbeth was twaalf dagen bij ze geweest en had constant moeten aanhoren dat die mensen apetrots waren dat ze zich door zich over haar te ontfermen inzetten voor de maatschappij. En dat ze van haar verwachtten dat ze haar dankbaarheid uitvoerig zou laten blijken. Voor Lisbeth was de maat vol geweest toen haar zeer tijdelijke pleegmoeder zichzelf luidkeels tegenover de buurvrouw een schouderklopje had gegeven en had verteld hoe belangrijk het was dat iemand zich ontfermde over jongeren die problemen hadden. *Ik ben verdomme geen sociaal project*, had ze telkens willen schreeuwen als haar pleegmoeder haar aan haar kennissen had voorgesteld. Op de twaalfde dag had ze 100 kronen uit de huishoudpot gepikt en de bus naar Upplands-Väsby en de forensentrein naar Stockholm Centraal genomen. De politie had haar zes weken later gevonden, toen ze bij een zevenenzestigjarige man in Haninge inwoonde.

Hij had ermee door gekund. Hij voorzag haar van eten en onderdak. Ze had er vrij weinig voor terug hoeven doen. Hij wilde naar haar gluren als ze naakt was. Maar hij zat nooit aan haar. Ze wist dat hij per definitie moest worden bestempeld als pedofiel, maar ze had hem nooit als bedreigend ervaren. Ze zag hem als een introvert en sociaal gehandicapt iemand en ze voelde een soort vreemde verwantschap als ze aan hem dacht. Ze stonden allebei buiten de maatschappij.

Een buurman had haar uiteindelijk ontdekt en de politie gewaarschuwd. Een maatschappelijk werkster had veel moeite gedaan om haar te overreden hem aan te geven wegens seksuele intimidatie. Ze had hardnekkig geweigerd toe te geven dat er iets onoorbaars was gebeurd. En bovendien was ze vijftien en seksueel mondig. *Fuck you.* Daarna had Holger Palmgren ingegrepen en getekend voor ontvangst. Palmgren was een dagboek over haar gaan schrijven in een gefrustreerde poging om zijn eigen twijfel te beteugelen. De eerste zinnen waren in december 1993 geformuleerd.

Ik krijg steeds meer de indruk dat L. het meest onhandelbare kind is dat ik ooit heb meegemaakt. Het is maar de vraag of ik er goed aan doe me ertegen te verzetten dat ze wordt teruggebracht naar St. Stefans. Ze heeft in drie maanden tijd twee pleeggezinnen afgewerkt en de kans is groot dat het tijdens haar uitstapjes slecht voor haar zal aflopen. Ik moet op korte termijn een beslissing nemen of ik de opdracht teruggeef en ga eisen dat ze door echte experts wordt behandeld. Ik weet niet wat goed of slecht is. Vandaag heb ik een serieus gesprek met haar gehad.

Lisbeth herinnerde zich nog elk woord dat hij tijdens dat serieuze gesprek had gezegd. Dat was op 23 december geweest. Holger Palmgren had haar met zich mee naar huis genomen en haar in zijn logeerkamer ingekwartierd. Hij had spaghetti met gehaktsaus gemaakt en haar na het eten op de bank in de woonkamer geparkeerd en zich in een fauteuil tegenover haar gezet. Ze had zich vaag afgevraagd of Palmgren haar ook naakt wilde zien. Maar hij had tegen haar gesproken alsof ze volwassen was.

Het was een twee uur durende monoloog geweest. Ze had amper geantwoord als haar wat werd gevraagd. Hij had de realiteit van het leven uitgelegd, die eruit bestond dat ze nu kon kiezen terug te gaan naar St. Stefans óf in een pleeggezin te wonen. Hij beloofde dat hij een enigszins acceptabel gezin zou zoeken, en hij eiste dat ze zijn keuze zou goedkeuren. Ze hadden besloten dat ze de kerst bij hem zou doorbrengen, zodat ze tijd zou krijgen om over haar toekomst na te denken. Het zou haar eigen keuze zijn, maar hij wilde uiterlijk op tweede kerstdag een duidelijk antwoord en een belofte van haar hebben. Ze zou moeten beloven dat ze zich tot hém zou wenden als ze problemen had in plaats van weg te lopen. Daarna had hij haar naar bed gestuurd en was hij blijkbaar aan de eerste regels van zijn privéverslag over Lisbeth Salander begonnen.

De dreiging – het alternatief om tussen kerst en oud en nieuw terug te worden gestuurd naar St. Stefans – beangstigde haar meer dan Holger Palmgren had kunnen vermoeden. Ze bracht een ongelukkige kerst door en registreerde angstvallig elke beweging die Palmgren maakte. Op tweede kerstdag had hij nog steeds niet aan haar zitten frunniken en had hij ook geen tekenen vertoond dat hij stiekem naar haar wilde gluren. Hij was juist extreem geïrriteerd geraakt toen ze hem had geprovoceerd door naakt van de logeerkamer naar de badkamer te lopen. Hij had de badkamerdeur met een klap dichtgegooid. Uiteindelijk had ze de beloften gedaan die hij had geëist. Ze had woord gehouden. Nou ja, min of meer.

In zijn dagboek gaf Palmgren methodisch commentaar op elke ontmoeting die hij met haar had gehad. Soms waren het drie regels, soms vulde hij bladzijde na bladzijde met overpeinzingen. Ze verbaasde zich soms. Palmgren had van beter inzicht getuigd dan ze had gedacht. Hij had soms kleine details genoteerd over hoe ze had geprobeerd hem voor de gek te houden en hij haar had doorzien.

Toen sloeg ze het politieonderzoek van 1991 open.

Plotseling vielen de puzzelstukjes op hun plaats. Ze ervoer het alsof de grond onder haar begon te deinen.

Ze las het gerechtelijk-geneeskundige rapport dat door een dr. Jesper H. Löderman was opgesteld en waar een zekere dr. Peter Teleborian een van de belangrijkste referenties was. Löderman was de troefkaart van de officier van justitie geweest toen hij haar bij de onderhandelingen toen ze achttien was, had geprobeerd te laten opnemen.

Vervolgens vond ze een envelop met correspondentie tussen Peter Teleborian en Gunnar Björck. De brieven waren gedateerd in 1991, vlak nadat Al Het Slechte was gebeurd.

Er werd in de correspondentie niets ronduit gezegd, maar plotseling werd er een valluik onder Lisbeth Salander opengezet. Het duurde een paar minuten voordat ze doorhad wat dat impliceerde. Gunnar Björck refereerde naar wat een mondeling gesprek moest zijn geweest. Hij formuleerde onberispelijk, maar tussen de regels door zei Björck dat het zeer goed zou uitkomen als Lisbeth Salander voor de rest van haar leven opgesloten zou zitten in het gekkenhuis.

Het is belangrijk dat het kind afstand krijgt tot de huidige situatie. Ik kan haar geestelijke toestand niet beoordelen en evenmin haar behoefte aan zorg, maar hoe langer ze opgenomen kan blijven, hoe kleiner de kans is dat ze onbedoeld problemen in de betreffende zaak zal veroorzaken.

In de betreffende zaak.

Lisbeth Salander proefde even aan die uitdrukking.

Peter Teleborian was verantwoordelijk geweest voor haar verpleging in St. Stefans. Dat was geen toeval geweest. Al door de persoonlijke toon in de correspondentie kon ze de conclusie trekken dat dit brieven waren die het daglicht niet konden verdragen.

Peter Teleborian kende Gunnar Björck.

Lisbeth Salander beet op haar onderlip terwijl ze nadacht. Ze had nooit onderzoek gedaan naar Teleborian, maar hij was begonnen bij forensische geneeskunde. En de veiligheidsdienst had natuurlijk ook af en toe behoefte om gerechtsartsen of psychiaters in verschillende onderzoeken te raadplegen. Ze begreep plotseling dat ze, als ze zou gaan graven, een verband zou vinden. Ergens in hun vroege carrière hadden de wegen van Teleborian en Björck elkaar gekruist. Toen Björck iemand nodig had die Lisbeth Salander kon 'begraven', had hij zich tot Teleborian gewend.

Zo was het gegaan. Wat eerder puur toeval had geleken, kreeg plotseling een nieuwe dimensie.

Ze zat een hele tijd doodstil voor zich uit te staren. *Er zijn geen onschuldigen. Er zijn daarentegen verschillende graden van verantwoordelijkheid.* En er was iemand verantwoordelijk voor Lisbeth Salander. Ze zou absoluut een bezoek aan Smådalarö moeten brengen. Ze nam aan dat niemand anders van de overheidsbetweters zin had om het onderwerp met haar te bespreken en bij gebrek aan beter, moest een gesprek met Gunnar Björck maar afdoende zijn.

Ze keek uit naar dat gesprek.

Ze hoefde niet alle mappen mee te nemen. Ze had ze gelezen, en daarom zaten ze voor altijd in haar geheugen gegrift. Ze nam alleen de twee dagboeken van Holger Palmgren, het politieonderzoek van Björck uit 1991, het gerechtelijk-geneeskundige onderzoek uit 1996 – toen ze onder curatele werd gesteld – en de correspondentie tussen Peter Teleborian en Gunnar Björck mee. Toen zat de rugzak vol.

Ze deed de deur dicht, maar had hem nog niet op slot kunnen doen toen ze het geluid van motorfietsen achter zich hoorde. Ze keek om zich heen. Het was te laat om te proberen zich te verstoppen en ze wist dat ze geen schijn van kans had om te ontkomen aan twee bikers op een Harley-Davidson. Ze liep afwachtend het trappetje af en wachtte ze midden op het erf op.

Bublanski marcheerde woedend door de gang en constateerde dat Eriksson nog niet naar de kamer van Sonja Modig was teruggekeerd. Het toilet was daarentegen leeg. Hij liep verder de gang door en zag hem plotseling met een plastic bekertje uit de koffieautomaat in zijn hand bij Curt Svensson en Sonny Bohman binnen staan.

Bublanski keerde zich ongezien in de deuropening weer om en liep een verdieping naar boven naar de kamer van officier Ekström. Hij rukte de deur zonder te kloppen open en onderbrak Ekström midden in een telefoongesprek.

'Kom,' zei hij.

'Pardon?' zei Ekström.

'Hang op en kom mee.'

Bublanski's gezichtsuitdrukking was dusdanig dat Ekström deed wat hem werd opgedragen. Het was nu duidelijk waarom de collega's Bublanski agent Bubbel noemden. Zijn gezicht leek wel een hoogrode sperballon. Ze liepen de trap af naar het gezellige koffiekransje in de kamer van Curt Svensson. Bublanski marcheerde op Eriksson af, pakte hem stevig bij zijn haardos en keerde hem naar Ekström toe.

'Au! Wat doe je in godsnaam? Ben je niet goed snik?'

'Bublanski!' riep Ekström verschrikt.

Ekström keek angstig. Curt Svensson en Sonny Bohman staarden met open mond.

'Is die van jou?' vroeg Bublanski en hij hield de Sony Ericsson-telefoon omhoog.'

'Laat me los!'

'Is dit jouw mobiele telefoon?'

'Ja, verdomme. Laat me los.'

'Nog niet. Dat is het nou net.'

'Hè?'

'Je wordt aangehouden wegens schending van de geheimhoudingsplicht en voor het tegenwerken van een politieonderzoek.' Hij wendde zich tot Eriksson. 'Of kun je ons een redelijke verklaring geven waarom jij volgens de gesprekkenlijst vanochtend om 09.57 uur een journalist met de naam Tony Scala hebt gebeld, onmiddellijk na onze ochtendbriefing en vlak voordat Scala naar buiten kwam met informatie die we zojuist hadden besloten geheim te houden?'

Magge Lundin geloofde gewoon zijn ogen niet toen hij Lisbeth Salander op het erf voor het zomerhuisje van Bjurman zag staan. Hij had een kaart bestudeerd en een uitvoerige routebeschrijving van de blonde reus gekregen. Nadat hij opdracht had gekregen om naar Stallarholmen te rijden om een huisje in de as te leggen, was hij naar het clubhuis in de opgedoekte drukkerij aan de buitenkant van Svavelsjö gelopen en had hij Sonny Nieminen meegenomen. Het was warm buiten en het was perfect weer om de motoren voor de eerste keer na de winterstop weer naar buiten te rollen. Ze hadden hun leren pakken aangetrokken en het stuk van Svavelsjö naar Stallarholmen in een rustig gangetje afgelegd.

En daar stond Lisbeth Salander ze doodleuk op te wachten. Dat was een bonus die de blonde reus verbaasd zou doen staan.

Ze stuurden op haar af en parkeerden op 2 meter bij haar vandaan, ieder aan een kant. Toen ze hun motoren uitzetten, werd het doodstil in het bos. Magge Lundin wist niet precies wat hij moest zeggen. Uiteindelijk nam hij het woord.

'Kijk eens aan. We zijn al een tijdje naar je op zoek, Salander.'

Hij grijnsde plotseling. Lisbeth Salander keek Lundin met uitdrukkingsloze ogen aan. Ze merkte op dat hij nog steeds een felrode, pas genezen wond op zijn kaak had, op de plaats waar ze hem met haar sleutelbos had opengereten. Ze keek omhoog naar de boomtoppen boven zich. Toen keek ze weer omlaag. Haar ogen waren onrustbarend pikzwart.

'Ik heb een kloteweek gehad en ben in een bar slecht humeur. En weet je wat het ergste is? Elke keer dat ik me omkeer, staat er zo'n klootzak met een bierbuik in de weg. Nu ben ik van plan ervandoor te gaan. Ga eens opzij.'

Magge Lundin staarde haar met open mond aan. Eerst dacht hij dat hij het verkeerd had gehoord. Toen begon hij onbedoeld te lachen. De situatie was kostelijk. Daar stond een scharminkelig grietje dat in zijn borstzak paste een grote mond te geven tegen twee volwassen kerels met leren kleding waaruit bleek dat ze tot de Svavelsjö MC behoorden, en daarmee de gevaarlijksten van de gevaarlijken waren. Die spoedig volwaardige leden van de Hell's Angels zouden zijn. Ze konden haar zonder veel moeite een kopje kleiner maken en in een koektrommel stoppen. En zij stond daar een grote bek te geven.

Maar ook al was dat meisje gestoord – wat ze blijkbaar was als hij de kranten moest geloven en naar wat hij nu meemaakte –, dan zou hun uitmonstering respect moeten afdwingen. En daar bleek helemaal niets van. Dat kon niet worden getolereerd, hoe vermakelijk de situatie ook was. Hij gluurde naar Sonny Nieminen.

'Ik geloof dat die pot wat pik nodig heeft,' zei hij terwijl hij afstapte en zijn HD op de standaard zette. Hij liep langzaam op Lisbeth Salander af en keek op haar neer. Ze bewoog zich niet. Magge Lundin schudde zijn hoofd en zuchtte diep. Toen sloeg hij een backhand met dezelfde kracht die Mikael Blomkvist tijdens het gebeuren op de Lundagatan had ervaren.

Hij sloeg door de lucht. Maar op het moment dat zijn hand haar gezicht had moeten raken, deed ze gewoon een stap naar achteren en bleef ze precies buiten zijn bereik stilstaan.

Sonny Nieminen leunde over het stuur van zijn HD en bekeek zijn clubgenoot geamuseerd. Lundin werd rood en liep vlug op haar af. Ze deed weer een stap achteruit. Lundin verhoogde zijn tempo.

Lisbeth Salander bleef plotseling stokstijf staan en spoot de halve inhoud van het traangaspatroon in zijn gezicht leeg. Zijn ogen begonnen te branden als vuur. De hak van haar laars schoot met volle kracht omhoog en werd omgezet in kinetische energie in zijn kruis, met een druk van ongeveer 120 kilopond per vierkante centimeter. Magge Lundin viel ademloos op zijn knieën en kwam daarmee op comfortabeler hoogte voor Lisbeth Salander. Ze nam een aanloop en schopte hem in zijn gezicht, net of ze een hoekschop nam bij het voetballen. Er klonk een onaangenaam gekraak voordat Magge Lundin als een zak aardappels geluidloos in elkaar zakte.

Het duurde een paar seconden voordat Sonny Nieminen in de gaten had dat er zich voor zijn ogen iets onwaarschijnlijks afspeelde. Hij begon de standaard van zijn HD uit te klappen, miste en moest even goed kijken. Toen nam hij het zekere voor het onzekere en tastte hij naar het pistool dat in de binnenzak van zijn jack zat. Toen hij de rits omlaag wilde trekken, zag hij vanuit zijn ooghoek een beweging.

Toen hij opkeek, zag hij Lisbeth Salander als een kanonskogel op hem afkomen. Ze sprong met beide voeten tegelijk en raakte hem met volle kracht op zijn heup, wat niet voldoende was om hem te verwonden, maar wel genoeg om hem én de motorfiets te doen omvallen. Het scheelde maar een haartje of hij was met zijn been onder de motor beklemd geraakt. Hij wankelde een paar stappen naar achteren voordat hij zijn evenwicht hervond.

Toen hij haar weer in zijn gezichtsveld kreeg, zag hij haar arm bewegen en slingerde er een vuistgrote steen door de lucht. Hij bukte instinctief. De steen miste zijn hoofd op een paar centimeter.

Hij slaagde er eindelijk in zijn pistool op te vissen en probeerde het wapen te ontgrendelen, maar toen hij voor de derde keer opkeek, was Lisbeth Salander bij hem. Hij las de kwaadaardigheid in haar blik en voelde voor het eerst een ontstelde angst.

'Slaap lekker,' zei Lisbeth Salander.

Ze drukte het elektrische pistool in zijn kruis en vuurde 75.000 volt af. Ze hield de elektroden minstens twintig seconden tegen zijn lichaam gedrukt. Sonny Nieminen veranderde in een willoos kasplantje.

Lisbeth hoorde geluid achter zich. Ze keerde zich om en keek naar Magge Lundin. Hij was moeizaam op zijn knieën gekrabbeld en was bezig overeind te komen. Ze keek hem met gefronste wenkbrauwen aan. Hij werkte op de tast, door de brandende mist van het traangas.

'Ik zal je vermoorden!' brulde hij plotseling.

Hij lalde bedenkelijk en tastte om zich heen in een poging Lisbeth Salander te vinden. Ze hield haar hoofd schuin en keek hem nadenkend aan. Toen brulde hij opnieuw.

'Kuthoer.'

Lisbeth Salander boog zich voorover en pakte Sonny Nieminens pistool en constateerde dat het een Poolse P-83 Wanad was.

Ze opende het magazijn en controleerde of het was geladen met de verwachte munitie: kaliber 9 mm Makarov. Daarna drukte ze het magazijn erin en zette het wapen op scherp. Ze stapte over Sonny Nieminen heen en liep naar Magge Lundin toe, richtte en schoot hem in zijn voet. Hij schreeuwde het uit van de schrik en stortte weer in elkaar.

Ze keek naar Magge Lundin en aarzelde of ze moeite zou doen hem een aantal vragen te stellen over de identiteit van de blonde reus met wie ze hem in Blombergs konditori had gezien en die volgens journalist Per-Åke Sandström samen met Magge Lundin iemand in een magazijn had vermoord. Hm. Ze had misschien moeten wachten met afvuren totdat ze vragen had kunnen stellen.

Maar het zag er niet naar uit dat Magge Lundin in staat was tot een redelijk gesprek en bovendien kon iemand het schot hebben gehoord. Ze moest daarom onmiddellijk weg. Ze kon Magge Lundin altijd later nog opzoeken en het hem onder rustiger omstandigheden vragen. Ze vergrendelde het wapen, stopte het in de zak van haar jack en pakte haar rugzak.

Ze had ongeveer 10 meter gelopen toen ze bleef staan en zich omkeerde. Ze liep langzaam terug en bestudeerde de motorfiets van Magge Lundin.

'Een Harley,' zei ze. 'Cool.'

27
WOENSDAG 6 APRIL

Het was een stralende lentedag toen Mikael in de auto van Erika Berger over de Nynäsvägen in zuidelijke richting reed. De zwarte velden kregen al een enigszins groene nuance en de lucht voelde al echt warm aan. Het was eigenlijk perfect weer om alle problemen te vergeten en een paar dagen naar zijn huisje in Sandhamn te gaan.

Hij had met Gunnar Björck afgesproken dat hij om één uur zou komen, maar hij was vroeg en stopte in Dalarö om koffie te drinken en de avondkranten door te nemen. Hij bereidde zich niet op de ontmoeting voor. Björck had wat te vertellen en Mikael was vastbesloten dat hij Smådalarö niet zou verlaten voordat hij wat over Zala te weten zou zijn gekomen. Iets wat hem verder kon helpen.

Björck kwam hem buiten tegemoet. Hij zag er zelfverzekerder uit dan twee dagen daarvoor. *Wat voer je in je schild?* Mikael gaf hem een hand.

'Ik kan je informatie over Zala geven,' zei Gunnar Björck. 'Maar ik heb voorwaarden.'

'Laat horen.'

'Ik word in de reportage van *Millennium* niet genoemd.'

'Oké.'

Björck keek verrast. Blomkvist had lichtzinnig en zonder discussie het punt geaccepteerd waarop Björck zich langdurig had voorbereid. Dat was zijn enige troef. Informatie over de moorden tegen anonimiteit. En Blomkvist was er zonder meer mee akkoord gegaan om datgene te schrappen wat ongetwijfeld een grote kop in het magazine zou zijn.

'Ik meen het serieus,' zei Björck wantrouwig. 'Ik wil het zwart op wit.'

'U kunt het schriftelijk krijgen als u dat wilt, maar zo'n papiertje betekent niets. U hebt een misdrijf gepleegd waar ik kennis van heb en waarvan ik eigenlijk aangifte zou moeten doen bij de politie. U beschikt over kennis die ik wil hebben en u gebruikt uw positie om mijn zwijgen te kopen. Ik heb de zaak overdacht en ga ermee akkoord. Ik maak het voor u gemakkelijker door me te verplichten uw naam niet in *Millennium* te noemen. U vertrouwt me of u doet dat niet.'

Björck dacht na.

'Ik heb ook voorwaarden,' zei Mikael. 'De prijs voor mijn zwijgen is dat u alles vertelt wat u weet. Als ik erachter kom dat u iets achterhoudt, zijn alle overeenkomsten opgeheven. Dan zal ik zorgen dat u op de voorpagina van elke Zweedse krant komt, net als ik bij Wennerström heb gedaan.'

Björck rilde bij die gedachte.

'Oké,' zei hij. 'Ik heb geen keus. Jij belooft dat mijn naam niet in *Millennium* zal worden genoemd. Ik zal je vertellen wie Zala is. En in dat verband wil ik bronbescherming.'

Hij stak zijn hand uit. Mikael schudde deze. Hij had er zojuist aan meegewerkt een misdrijf in de doofpot te stoppen, maar dat kon hem geen steek schelen. Hij had alleen maar beloofd dat hijzelf en het magazine *Millennium* niet over Björck zouden schrijven. Dag Svensson had het hele verhaal over Björck al in zijn boek opgenomen. En het boek van Dag Svensson zou verschijnen. Daar zou Mikael vastbesloten op toezien.

De melding kwam om 15.18 uur bij de politie van Strängnäs binnen. Direct op de centrale van de politie, en niet via de alarmcentrale. Ene Öberg, eigenaar van een zomerhuisje ten oosten van Stallarholmen, meldde dat hij een schot had gehoord en erop af was gegaan om de zaak te onderzoeken. Hij had twee ernstig gewonde mannen aangetroffen. Nou ja, een van de mannen was misschien niet zo zwaar gewond, maar had wel veel pijn. En inderdaad, dat huisje was van Nils Bjurman. De overleden advocaat Nils Bjurman, waar de laatste tijd zoveel over was geschreven.

De politie van Strängnäs had een drukke ochtend gehad met een al veel eerder geplande verkeerscontrole binnen de gemeente. 's Middags was de verkeerscontrole beëindigd nadat er een melding was binnengekomen dat een zevenenvijftigjarige vrouw door haar vriend in hun huis in Finninge om het leven was gebracht. Bijna tegelijkertijd was er een brand met dodelijke slachtoffers ontstaan in een pand in Storgärdet, en als klap op de vuurpijl waren ter hoogte van Vargholmen op de Enköpingsvägen twee auto's frontaal op elkaar gebotst. De meldingen waren in de loop van een paar minuten binnengekomen en om die reden waren de middelen van de politie van Strängnäs grotendeels uitgeput.

De wachtcommandant had de ontwikkelingen in Nykvarn van die ochtend echter gevolgd en had opgevangen dat dit wellicht iets met de gezochte Lisbeth Salander van doen had. Omdat Nils Bjurman onderdeel was van het onderzoek, had ze twee en twee bij elkaar opgeteld. Ze nam drie maatregelen. Ze detacheerde de enige ME-bus die deze drukke dag in Strängnäs beschikbaar was om zich onmiddellijk naar Stallarholmen te begeven. Ze belde de collega's in Södertälje en vroeg om assistentie. De politie van Södertälje was niet minder druk omdat een groot deel van de bezetting was geconcentreerd op de opgravingen rond een afgebrand magazijn ten zuiden van Nykvarn, maar de mogelijke link tussen Nykvarn en Stallarholmen maakte dat de wachtcommandant in Södertälje twee auto's naar Stallarholmen stuurde om de ME van Strängnäs bij te staan. En ten slotte greep de wachtcommandant in Strängnäs de telefoon om met inspecteur Jan Bublanski in Stockholm te spreken. Ze kreeg hem te pakken op zijn mobiel.

Bublanski bevond zich op dat moment bij Milton Security voor een slechtnieuwsgesprek met algemeen directeur Dragan Armanskij en de twee medewerkers Fräklund en Bohman. Medewerker Niklas Eriksson schitterde door afwezigheid.

Bublanski reageerde door Curt Svensson te sommeren onmiddellijk naar het zomerhuisje van Bjurman af te reizen. Hij zou Hans Faste meenemen wanneer die te vinden was. Kort daarop belde Bublanski ook Jerker Holmberg, die al aanzienlijk dichterbij was, ten zuiden van Nykvarn. Holmberg had bovendien nieuws.

'Ik wilde je net bellen. We hebben zojuist dat lijk in die kuil geïdentificeerd.'

'Dat kan niet. Niet zo snel.'

'Alles is mogelijk als dooien zo vriendelijk zijn om hun portefeuille en geplastificeerde legitimatiebewijs bij zich te dragen.'

'Goed. Wie is het?'

'Een bekende. Kenneth Gustafsson, 44 jaar en afkomstig uit Eskilstuna. Ook wel bekend als "de Zwerver". Gaat er een belletje rinkelen?'

'Nou en of. Oké. De Zwerver ligt dus in een kuil in Nykvarn. Ik heb die kwajongens bij Sergels torg verder niet meer gevolgd, maar hij was in de jaren negentig vrij opvallend. Behoorde tot de clientèle van helers, kruimeldieven en junks.'

'Precies, die. Althans, zijn legitimatie zit in de portefeuille. Het forensisch lab doet de uiteindelijke identificatie. Dat wordt nog een aardige puzzel. De Zwerver is in vijf of zes stukken gehakt.'

'Hm. Paolo Roberto vertelde dat die blonde kerel met wie hij heeft gevochten Miriam Wu met een motorzaag bedreigde.'

'De Zwerver kan zeer zeker met een motorzaag zijn bewerkt, maar daar heb ik niet zo goed naar gekeken. We zijn net begonnen met het uitgraven van de tweede vindplaats. Ze zijn bezig de tent op te zetten.'

'Goed werk. Jerker, ik weet dat het een lange dag is geweest, maar zou jij vanavond kunnen blijven?'

'Ja hoor. Geen probleem. Dan ga ik nu eerst naar Stallarholmen.'

Bublanski beëindigde het gesprek en wreef in zijn ogen.

De ME uit Strängnäs arriveerde om 15.44 uur bij het zomerhuisje van Bjurman. Bij de inrit botsten ze letterlijk op een man die zwabberend op een Harley-Davidson probeerde weg te komen, en die hij met een klap frontaal tegen de voorkant van de bus parkeerde. Er was geen sprake van een ernstige botsing. De politie stapte uit en herkende Sonny Nieminen, zevenendertig jaar, een bekende doodslagpleger van halverwege de jaren negentig. Nieminen scheen in slechte vorm te zijn en werd in de boeien geslagen. Toen de politie de handboeien wilde omdoen, ontdekten ze ontsteld dat het achterpand van zijn leren jack kapot was. Er ontbrak een vierkant stuk van circa twee keer twee decimeter. Het zag er vreemd uit. Sonny Nieminen was niet beschikbaar voor commentaar.

Daarna reden ze nog ongeveer 200 meter door naar het huisje. Daar troffen ze een gepensioneerde, voormalige havenarbeider genaamd Öberg aan, die bezig was een verband aan te leggen om de voet van ene Carl-Magnus Lundin, zesendertig jaar en voorzitter van de niet geheel onbekende boevenbende Svavelsjö MC.

De bevelhebber van de ME was inspecteur Nils-Henrik Johansson. Hij stapte uit, deed zijn riem goed en keek naar het droevige wezen op de grond. Hij uitte de klassieke politiefrase: 'En wat is hier aan de hand?'

De gepensioneerde zeeman onderbrak het verbinden van Magge Lundins voet en keek Johansson laconiek aan.

'Ik ben degene die heeft gebeld.'

'U hebt een schietincident gerapporteerd.'

'Ik heb gemeld dat ik een schot had gehoord en toen ben ik gaan kijken wat er was gebeurd en vond ik deze figuren. Die hier is in zijn voet geschoten en heeft er behoorlijk van langs gehad. Volgens mij heeft hij een ambulance nodig.'

Öberg gluurde met een schuine blik naar de ME.

'Aha, jullie hebben die andere rakker ook te pakken gekregen. Hij was helemaal uitgeteld toen ik hier kwam, maar leek ongedeerd. Na een tijdje kwam hij weer een beetje bij zijn positieven, maar hij wilde niet blijven.'

Jerker Holmberg arriveerde tegelijkertijd met de politie van Södertälje, op het moment dat de ambulance vertrok. Hij kreeg een korte briefing van de waarnemingen van de ME. Lundin en Nieminen hadden geen van beiden willen verklaren waarom ze daar aanwezig waren geweest. Lundin was überhaupt niet in staat wat te zeggen.

'Dus twee motorboys in een leren pak, één Harley-Davidson, een schotwond en geen wapen. Begrijp ik dat goed?'

Bevelhebber Johansson knikte. Holmberg dacht even na.

'Zullen we veronderstellen dat een van die jongens hier niet op een buddyseat naartoe is gekomen?'

'Ik denk dat dat in hun kringen niet mannelijk is,' zei Johansson.

'In dat geval ontbreekt er een motorfiets. Omdat het wapen ook ontbreekt, kunnen we dus de conclusie trekken dat een derde persoon reeds verdwenen is.'

'Dat klinkt redelijk.'

'Wat een logisch probleem oplevert. Als deze twee heren uit Svavelsjö ieder op een motor zijn gekomen, ontbreekt ook het voertuig waarmee de derde persoon is gearriveerd. De derde persoon kan moeilijk zowel in zijn eigen voertuig als op een motorfiets zijn verdwenen. En het is vrij ver om van de Strängnäsvägen te komen lopen.'

'Als de derde partij niet in het huisje woonde.'

'Hm,' zei Jerker Holmberg. 'Maar dat huisje is eigendom van de overleden advocaat Bjurman, die hier momenteel beslist niet meer woont.'

'Er kan ook een vierde persoon zijn die er met een auto vandoor is.'

'Maar waarom zijn ze dan niet sámen vertrokken? Ik ga ervan uit dat het hierbij niet om diefstal van een Harley-Davidson gaat, hoe gewild die misschien ook zijn.'

Hij dacht even na en vroeg daarna de mobiele eenheid twee geüniformeerden de omgeving af te laten speuren naar een verlaten voertuig op een van de nabijgelegen bosweggetjes en buurtonderzoek te doen in de omgeving en te vragen of iemand iets ongebruikelijks had opgemerkt.

'In deze tijd van het jaar zijn weinig huisjes bewoond,' zei de bevelvoerder, maar hij beloofde zijn best te doen.

Daarna maakte Holmberg de deur van het huisje open, die nog op slot zat. Hij zag onmiddellijk de resterende ordners van Bjurmans onderzoek naar Lisbeth Salander op de keukentafel liggen. Hij ging zitten en begon ontsteld te bladeren.

Jerker Holmberg had geluk. Al dertig minuten nadat het buurtonderzoek onder de dunbevolkte huisjes was begonnen, werd de tweeënzeventigjarige Anna Viktoria Hansson aangetroffen, die deze voorjaarsdag had doorgebracht met het opknappen van haar tuin aan de toegangsweg naar het zomerhuizencomplex. Jazeker, ze zag nog prima. Inderdaad, ze had een jonge vrouw, klein van stuk in een donker leren jack zo tegen lunchtijd langs zien lopen. Tegen drieën waren twee personen op een motorfiets langs geknetterd. Die maakten een ontzettende herrie. Daarna was dat meisje op een van die motorfietsen de andere kant op gegaan. En vervolgens kwamen die politieauto's.

Op het moment dat Jerker Holmberg het rapport kreeg, kwam Curt Svensson bij het huisje aan.

'Wat is er aan de hand?' vroeg hij.

Jerker Holmberg keek zijn collega somber aan.

'Ik weet niet precies hoe ik het moet uitleggen,' zei hij.

'Jerker, probeer je me nu wijs te maken dat Lisbeth Salander bij het huis van Bjurman is verschenen en in haar eentje de hoogste leiding van de Svavelsjö MC ervanlangs heeft gegeven?' vroeg Bublanski door de telefoon. Zijn stem klonk geforceerd.

'Tja, ze is immers getraind door Paolo Roberto ...'

'Jerker. Zwijg.'

'Dit is de stand van zaken. Magnus Lundin heeft een schotwond in zijn voet. Hij loopt kans in de toekomst mank te gaan lopen. De kogel is er aan de achterkant van zijn hiel weer uit gegaan.'

'Ze heeft hem in elk geval niet door zijn hoofd geschoten.'

'Dat was blijkbaar niet nodig. Naar wat ik van de ME begrijp, had Lundin ernstig letsel in zijn gezicht met een gebroken kaakbeen en twee uitgeslagen tanden. De ambulance vermoedde een hersenschudding. Behalve de schotwond in zijn voet had hij bovendien hevige pijn in zijn onderlichaam.'

'Hoe is Nieminen eraantoe?'

'Hij lijkt ongedeerd. Maar volgens die man die alarm heeft geslagen, was hij bewusteloos toen hij hier aankwam. Er viel niet met hem te communiceren, maar na een tijdje leek hij bij te komen en probeerde hij hem te smeren, net toen de ME uit Strängnäs arriveerde.'

Bublanski was voor het eerst in lange tijd volkomen sprakeloos.

'Een geheimzinnig detail ...' zei Jerker Holmberg.

'Wat nou weer?'

'Ik weet niet hoe ik het moet beschrijven. Het leren jack van Nieminen ... hij was hier op de motor gekomen.'

'Ja?'

'Dat was kapot.'

'Hoezo kapot?'

'Er ontbreekt een stuk. Er is een stuk van ongeveer 2 bij 2 decimeter uit het rugpand geknipt of gesneden. Precies waar het logo van de Svavelsjö MC hoort te zitten.'

Bublanski fronste zijn wenkbrauwen.

'Waarom zou Lisbeth Salander een stuk uit zijn jack snijden? Trofee?'

'Geen idee. Maar ik moest ergens aan denken,' zei Jerker Holmberg.

'Wat dan?'

'Magnus Lundin heeft een flinke airbag en heeft blond haar met een paardenstaart. Een van die knullen die betrokken was bij de kidnapping van Salanders vriendin Miriam Wu was blond en had een bierbuik en een paardenstaart.'

Lisbeth Salander had een dergelijk duizelingwekkend gevoel niet ervaren sinds ze jaren geleden pretpark *Gröna Lund* had bezocht en in de Vrije Val had gezeten. Ze was drie keer geweest en had nog wel drie keer gewild als haar geld niet op was geweest.

Ze constateerde dat het besturen van een 125 cc Kawasaki, wat eigenlijk een zwaar opgevoerde brommer was, één ding was, maar dat een Harley-Davidson van 1.450 cc onder controle houden iets héél anders was. De eerste 300 meter op Bjurmans slecht onderhouden bosweg waren net een achtbaan geweest waarbij ze zich een levende gyroscoop voelde. Twee keer was ze bijna van de weg geraakt en had ze het voertuig op het laatste moment in bedwang kunnen houden. Het was alsof ze op een eland reed die in paniek was.

Bovendien zakte de helm voortdurend over haar ogen, hoewel ze hem extra had opgevuld met een stuk leer dat ze uit Sonny Nieminens gewatteerde jack had gesneden.

Ze wilde niet stoppen om de helm goed te doen uit angst dat ze de zware motor niet zou kunnen houden. Ze was te klein om goed bij de grond te kunnen en was bang dat de HD dan zou omvallen. Als dat gebeurde, zou ze hem nooit weer overeind krijgen.

Het ging al beter toen ze op de bredere grindweg kwam die naar het zomerhuisjescomplex leidde. Toen ze een paar minuten later de Strängnäsvägen op draaide, durfde ze het stuur met haar ene hand los te laten en de helm goed te doen. Toen zette ze het gas open. Ze werkte het stuk naar Södertälje in recordtempo af en zat de hele weg uitgelaten te grijnzen. Vlak voor Södertälje kwam ze twee beschilderde auto's met loeiende sirenes tegen.

Het zou natuurlijk het verstandigst zijn geweest om de HD al in Södertälje te dumpen en Irene Nesser de trein naar Stockholm te laten nemen, maar Lisbeth Salander kon de verleiding niet weerstaan. Ze scheurde de E4 op en accelereerde. Ze lette er goed op dat ze de snelheidsbeperkingen niet overschreed, nou ja, tenminste niet al te veel, maar ze had toch het gevoel alsof ze zich in een vrije val bevond. Pas ter hoogte van Älvsjö ging ze de snelweg af, reed ze naar het jaarbeursterrein en slaagde ze erin te parkeren zonder dat het beest omviel. Ze liet het scheurijzer en de helm met daarin het stuk leer met het logo van Sonny Nieminens jack met pijn in haar hart achter en wandelde naar het station. Ze was behoorlijk onderkoeld geraakt. Ze nam één halte naar station Zuid, liep naar Mosebacke en ging in bad liggen.

'Zijn naam is Alexander Zalachenko,' zei Gunnar Björck. 'Maar eigenlijk bestaat hij niet. Je zult hem niet in het bevolkingsregister tegenkomen.'

Zala. Alexander Zalachenko. Eindelijk een naam.

'Wie is hij en hoe vind ik hem?'

'Hij is niet iemand die je wílt vinden.'

'Geloof me, ik wil hem bijzonder graag ontmoeten.'

'Wat ik je nu ga vertellen, is staatsgeheim. Als naar buiten komt dat ik dit aan jou heb verteld, zal ik daarvoor worden veroordeeld. Het is een van de grootste geheimen die we binnen de Zweedse staat hebben. Je moet begrijpen waarom het zo belangrijk is dat je mij bronbescherming garandeert.'

'Dat heb ik al begrepen.'

'Je bent oud genoeg om je de Koude Oorlog te herinneren.'

Mikael knikte. *Kom ter zake.*

'Alexander Zalachenko werd in 1940 in Stalingrad, in de Oekraïne – in de toenmalige Sovjet-Unie – geboren. Toen hij een jaar oud was, werd Operatie Barbarossa ingeleid en begon het Duitse offensief aan het oostfront. Zalachenko's beide ouders kwamen in de oorlog om. Dat is althans wat Zalachenko denkt. Hij weet zelf niet wat er tijdens de oorlog is gebeurd. Zijn vroegste herinneringen zijn uit een kindertehuis in het Oeral-gebergte.'

Mikael knikte als teken dat hij het kon volgen.

'Het kindertehuis stond in een garnizoensstad en werd gesponsord door het Rode Leger. Je zou kunnen zeggen dat Zalachenko al heel vroeg militair werd geschoold. Dit gebeuren speelt zich immers af tijdens de heftigste jaren van het stalinisme. Toen de Sovjet-Unie viel, zijn er een heleboel documenten boven water gekomen waaruit blijkt dat er onder weeskinderen die door de staat werden opgevoed verschillende experimenten gaande waren voor het kweken van een kader bijzonder goedgetrainde elitesoldaten. Zalachenko was zo'n kind.'

Mikael knikte nogmaals.

'Om een lange biografie kort te maken: toen hij vijf was, kwam hij op een legerschool. Het bleek dat hij zeer talentvol was. Toen hij vijftien was, in 1955, werd hij overgeplaatst naar een militaire school in Novosibirsk, waar hij samen met tweeduizend andere leerlingen gedurende drie jaar een training volgde, vergelijkbaar met de Spetsnaz, de Russische elitetroepen.'

'Oké. Hij was een dappere kindsoldaat.'

'In 1958, hij was toen achttien, werd hij overgeplaatst naar Minsk en kwam hij op de specialistenopleiding van de GRU. Weet je wat de GRU is?'

'Ja.'

'Het staat om precies te zijn voor *Glavnoje razvedyvatelnoje upravlenije*, de militaire inlichtingendienst, die rechtstreeks onder het hoogste militaire gezag van het leger valt. De GRU moet niet worden verward met de KGB, dat was de civiele geheime politie.'

'Dat is mij bekend.'

'In James Bond-films worden medewerkers van de KGB vaak afgeschilderd als de belangrijkste spionnen in het buitenland. Maar in werkelijkheid was de KGB dus voornamelijk de binnenlandse veiligheidsdienst van het regime, die gevangenkampen in Siberië leidde en oppositionelen in de kelder van de Lubjanka-gevangenis met een nekschot om het leven bracht. De organisatie die over het algemeen verantwoordelijk was voor de spionage en de operaties in het buitenland, was de GRU.'

'Dit neigt naar een college geschiedenis. Ga door.'

'Toen Alexander Zalachenko twintig was, kreeg hij zijn eerste stationering in het buitenland. Hij reisde naar Cuba. Dat was een trainingsperiode en hij was nog steeds slechts iets wat je kunt vergelijken met vaandrig, tweede luitenant. Maar hij bleef daar twee jaar en maakte de Cuba-crisis en de invasie in de Varkensbaai mee.'

'Oké.'

'In 1963 was hij terug in Minsk voor zijn verdere opleiding. Daarna werd hij eerst gestationeerd in Bulgarije en vervolgens in Hongarije. In 1965 werd hij bevorderd tot luitenant en kreeg hij zijn eerste stationering in West-Europa, in Rome, waar hij twaalf maanden werkte. Dat was zijn eerste undercoveropdracht. Hij was dus civiel met een vals paspoort en zonder contacten met de ambassade.'

Mikael knikte. Tegen zijn wil begon hij gefascineerd te raken.

'In 1967 werd hij overgeplaatst naar Londen. Daar organiseerde hij de executie van een overgelopen KGB-agent. In de tien jaar daarna was hij een van de topagenten van de GRU. Hij behoorde tot de werkelijke elite van toegewijde politieke soldaten. Hij was van kindsbeen af getraind. Hij spreekt ten minste zes talen vloeiend. Hij deed zich voor als journalist, fotograaf, reclameman, zeeman ... wat dan ook. Hij was een overlevingskunstenaar en expert in camouflage en misleidende manoeuvres. Hij controleerde eigen agenten en organiseerde of voerde eigen operaties uit. Diverse van deze operaties waren dus moordopdrachten, waarvan een groot aantal in de derde wereld, maar het ging ook om afpersing, bedreigingen of andere zaken die zijn superieuren wilden hebben uitgevoerd. In 1969 werd hij kapitein, in 1972 werd hij bevorderd tot majoor en in 1975 tot luitenant-kolonel.'

'Hoe is hij in Zweden verzeild geraakt?'

'Daar kom ik zo op. In de loop der jaren was hij geregeld gecorrumpeerd en had hij hier en daar wat geld weggezet. Hij dronk buitensporig veel en had te veel affaires met vrouwen. Dat werd allemaal door zijn superieuren opgemerkt, maar hij was nog steeds een favoriet en ze zagen die dingen door de vingers. In 1976 werd hij voor een opdracht naar Spanje gestuurd. We hoeven niet op de details in te gaan, maar hij werd dronken en beging een blunder. De opdracht flopte en plotseling viel hij in ongenade en werd hij teruggefloten naar Rusland. Hij koos ervoor het bevel te negeren en belandde daardoor in een nóg penibeler situatie. De GRU beval toen een militaire attaché van de ambassade in Madrid om hem op te zoeken en hem toe te spreken. Er is tijdens dat gesprek iets goed misgegaan en Zalachenko heeft die man van de ambassade omgebracht. En plotseling had hij geen keus. Hij had alle schepen achter zich verbrand en koos ervoor hals over kop over te lopen.'

'Aha.'

'Hij was toen dus in Spanje en zette een spoor uit dat naar Portugal leek te leiden en eventueel naar een bootramp. Hij had ook een spoor uitgezet dat erop wees dat hij naar de VS was gevlucht. Maar hij week uit naar het meest onwaarschijnlijke land van Europa. Hij kwam naar Zweden, waar hij contact opnam met de Zweedse Binnenlandse Veiligheidsdienst en asiel aanvroeg. Wat op zich nogal slim bedacht was omdat het vrij onwaarschijnlijk was dat een doodseskader van de KGB of de GRU hem hier zou zoeken.'

Gunnar Björck zweeg.

'En?'

'Wat moet een regering doen als een van de echte topspionnen van de Sovjet-Unie uitwijkt en in Zweden politiek asiel aanvraagt? Dat gebeurde toen we net een niet-socialistische regering hadden. Het was zelfs een van de eerste zaken voor de net aangetreden premier. Die politieke angsthazen probeerden natuurlijk zo snel mogelijk van hem af te komen, maar ze konden hem moeilijk terugsturen naar de Sovjet-Unie, dat zou een ongekend schandaal worden. Ze probeerden hem daarentegen naar de VS of Engeland te sturen, maar Zalachenko weigerde. Hij vond de VS maar niets en hij meende dat Engeland een van de landen was waar de Sovjet-Unie op het allerhoogste niveau binnen de inlichtingendienst agenten had. Hij wilde niet naar Israël, want hij hield niet van Joden. Hij had dus besloten om zich in Zweden te vestigen.'

Dit klonk zo onwaarschijnlijk dat Mikael zich vaag afvroeg of Gunnar Björck de spot met hem dreef.

'Dus hij bleef in Zweden?'

'Precies.'

'En dat is nooit uitgelekt?'

'Het is jarenlang een van de best bewaard gebleven militaire geheimen van Zweden geweest. Feit was immers dat we enorm profijt van Zalachenko hadden. In de periode eind jaren zeventig en begin jaren tachtig was hij het neusje van de zalm van de overlopers, ook als je het internationaal vergeleek. Nooit eerder was een dienstdoende chef van een van de elitecommando's van de GRU overgelopen.'

'Hij kon dus informatie verkopen?'

'Inderdaad. Hij speelde zijn kaarten goed en verdeelde de informatie in porties zoals het hem het best uitkwam. Voldoende informatie opdat we een agent in het hoofdkwartier van de NAVO in Brussel konden ontmaskeren. Een illegale agent in Rome. Een contactman voor een spionagenetwerk in Berlijn. De namen van huurmoordenaars die hij in Ankara of Athene in de arm had genomen. Hij wist niet zoveel over Zweden, maar hij had daarentegen informatie over operaties in het buitenland die wij op onze beurt in porties konden verdelen en waar we weer wederdiensten voor konden krijgen. Hij was een goudmijn.'

'Jullie gingen met andere woorden met hem samenwerken.'

'We hebben hem een nieuwe identiteit gegeven. Alles wat we hoefden te doen, was hem een paspoort en wat geld geven, dan redde hij zich verder zelf. Dat was precies waarvoor hij was opgeleid.'

Mikael liet de informatie even zwijgend op zich inwerken. Vervolgens keek hij Björck aan.

'De vorige keer dat ik hier was, hebt u tegen mij gelogen.'

'O, ja?'

'U beweerde dat u Bjurman in de jaren tachtig had ontmoet bij de schietclub van de politie. Maar u kende hem al veel langer.'

Gunnar Björck knikte nadenkend.

'Dat was een automatische reactie. Dat valt onder de geheimhoudingsplicht en ik had geen reden om erop in te gaan hoe ik Bjurman had leren kennen. Pas toen jij naar Zala vroeg, heb ik het verband gelegd.'

'Vertel wat er is gebeurd.'

'Ik was drieëndertig en werkte al drie jaar bij de veiligheidsdienst. Bjurman was zesentwintig en net afgestudeerd. Hij had een baan bij ons gekregen als contactambtenaar voor juridische aangelegenheden. Het was eigenlijk een stageplek. Bjurman kwam uit Karlskrona en zijn vader werkte bij de militaire inlichtingendienst.'

'En?'

'Bjurman en ik waren allebei eigenlijk totaal ongekwalificeerd om iemand als Zalachenko onder onze hoede te nemen, maar hij nam contact op tijdens de verkiezingsdag van 1976. Er was bijna niemand op kantoor. Of ze waren vrij, óf ze hadden ergens een bewakingsopdracht of iets dergelijks.

En op dat moment stapte Zalachenko het politiebureau van Norrmalm binnen en verklaarde hij dat hij politiek asiel wilde aanvragen en dat hij met iemand van de veiligheidsdienst wilde spreken. Hij zei zijn naam niet. Ik had dienst en dacht dat het om een gewone vluchtelingenzaak ging, dus ik nam Bjurman mee als contactambtenaar. We ontmoetten Zalachenko op het politiebureau van Norrmalm.'

Björck wreef in zijn ogen.

'Daar zat hij dan. Hij vertelde rustig en zakelijk hoe hij heette, wie hij was en wat voor werk hij had gedaan. Bjurman maakte aantekeningen. Na een tijdje zag ik in wat ik voor me had en viel ik bijna flauw van angst. Dus ik onderbrak het gesprek en voerde Zalachenko en Bjurman snel uit het politiebureau af. Ik wist niet wat ik moest doen, dus ik boekte een kamer bij Hotel Continental tegenover het station, waar ik hem onderbracht. Ik liet Bjurman babysitten terwijl ik naar beneden ging naar de receptie om mijn chef te bellen.' Hij moest plotseling lachen. 'Ik heb er vaak aan moeten denken hoe amateuristisch we waren. Maar zo was het nu eenmaal.'

'Wie was uw chef?'

'Dat doet er niet toe. Ik ben niet van plan meer personen bij name te noemen.'

Mikael haalde zijn schouders op en liet de zaak zonder argumentatie varen.

'Mijn chef en ik zagen in dat dit een zaak van de grootst mogelijke geheimhouding was en dat er zo weinig mogelijk mensen bij betrokken moesten worden. Met name Bjurman zou er nooit bij betrokken moeten zijn geraakt – het was ver boven zijn niveau – maar omdat hij het geheim al kende, was het beter om hem te houden dan om een nieuw iemand in te wijden. En ik denk dat voor mij als junior hetzelfde argument gold. In totaal waren er zeven personen met een koppeling naar de veiligheidsdienst die van het bestaan van Zalachenko af wisten.'

'Hoeveel mensen kennen dit verhaal?'

'Tussen 1976 en 1991 ... in totaal misschien twintig mensen binnen de regering, de hoogste militaire leiding en binnen de veiligheidsdienst.'

'En na 1991?'

Björck haalde zijn schouders op.

'Op het moment dat de Sovjet-Unie viel, werd hij oninteressant.'

'Maar wat gebeurde er nadat Zalachenko naar Zweden was gekomen?'

Björck zweeg zo lang dat Mikael onrustig op zijn stoel heen en weer begon te draaien.

'Als ik eerlijk moet zijn ... Zalachenko werd een succes en de ingewijden hebben hun carrières aan hem te danken. Begrijp me niet verkeerd, dat was een fulltimebaan. Ik werd aangewezen als Zalachenko's mentor in Zweden en in de eerste tien jaar zagen we elkaar misschien niet dagelijks, maar toch wel een paar keer per week. In die eerste, belangrijke jaren zat hij nog vol verse informatie. Maar het was ook zaak om hem in de gaten te houden.'

'Hoe bedoelt u?'

'Zalachenko was een gladde jongen. Hij kon ontzettend charmant zijn, maar hij kon ook volstrekt paranoïde en gestoord raken. Hij dronk bepaalde periodes te veel en dan werd hij gewelddadig. Ik heb meer dan eens 's nachts in actie moeten komen omdat hij weer ergens in verzeild was geraakt.'

'Zoals wat?'

'Dan ging hij bijvoorbeeld naar de kroeg, kreeg het met iemand aan de stok en viel dan twee uitsmijters aan die hem probeerden te kalmeren. Hij was een klein, gespierd mannetje, maar hij was natuurlijk uitstekend getraind in gevechten van man tegen man en demonstreerde dat ongelukkigerwijs helaas weleens. Ik heb hem zelfs een keer op moeten halen op het politiebureau.'

'Het klinkt alsof hij gestoord was. Hij riskeerde immers de aandacht op zich te vestigen. Het klinkt niet erg professioneel.'

'Maar zo was hij nu eenmaal. Hij had geen misdrijf gepleegd in Zweden en was nooit opgepakt of gearresteerd. Wij voorzagen hem van een Zweeds paspoort, een Zweeds identiteitsbewijs en een Zweedse naam. En hij had een woning in een voorstad van Stockholm die door de veiligheidsdienst werd betaald. Hij kreeg ook een salaris van de veiligheidsdienst om altijd ter beschikking te staan. Maar we konden hem moeilijk verbieden om naar de kroeg te gaan of het aan te leggen met de vrouwtjes. We konden alleen de rotzooi achter zijn kont opruimen. Dat was mijn taak tot 1985. Daarna kreeg ik een andere functie en nam een opvolger de rol van contactman over.'

'En de rol van Bjurman?'

'Eerlijk gezegd was Bjurman een belasting. Hij was niet bijster intelligent en was de verkeerde man op de verkeerde plek. Het was puur toeval dat hij bij de Zalachenko-zaak betrokken was geraakt. Hij was alleen de eerste tijd betrokken en later slechts af en toe als we bepaalde juridische formaliteiten moesten afhandelen. Mijn chef heeft het probleem met Bjurman opgelost.'

'Hoe?'

'Op de eenvoudigst denkbare manier. Hij kreeg een baan buiten de politie, bij een advocatenkantoor dat zogezegd gelieerd was ...'

'Klang en Reine.'

Gunnar Björck keek Mikael scherp aan. Toen knikte hij.

'Bjurman was niet overgetalenteerd, maar hij heeft het goed gedaan. Hij kreeg door de jaren heen regelmatig opdrachten, kleine onderzoeken en dergelijke van de veiligheidsdienst. Hij heeft zijn carrière ook in zekere zin aan Zalachenko te danken.'

'En waar is Zala momenteel?'

Björck aarzelde even.

'Ik weet het niet. Mijn contacten met hem zijn na 1985 verminderd en ik heb hem al bijna twaalf jaar niet gezien. Het laatste wat ik over hem heb gehoord, is dat hij Zweden in 1992 heeft verlaten.'

'Hij is blijkbaar terug. Zijn naam wordt genoemd in verband met wapens, drugs en trafficking.'

'Dat verbaast me niets,' zuchtte Björck. 'Maar je weet niet met zekerheid of we het over dezelfde Zala hebben.'

'De waarschijnlijkheid dat er twee Zala's in dit verhaal voorkomen, lijkt me microscopisch klein. Wat is zijn Zweedse naam?'

Björck keek Mikael aan.

'Dat vertel ik niet.'

'U zou meewerken.'

'Je wilde weten wie Zala was. Dat heb ik verteld. Maar ik ben niet van plan om je dat laatste puzzelstukje te geven voordat ik zeker weet dat jij je aan jouw deel van de afspraak houdt.'

'Zala heeft vermoedelijk drie moorden gepleegd en de politie jaagt op de verkeerde persoon. En als u denkt dat ik hier genoegen mee neem, dan hebt u het mis.'

'Hoe weet je dat Lisbeth Salander niet de moordenaar is?'

'Dat weet ik.'

Gunnar Björck glimlachte. Hij voelde zich plotseling veel zekerder.

'Ik denk dat Zala de moordenaar is,' zei Mikael.

'Fout. Zala heeft niemand doodgeschoten.'

'Hoe weet u dat?'

'Omdat Zala vijfenzestig is en zwaar gehandicapt. Zijn ene voet is geamputeerd en hij loopt moeilijk. Hij heeft niet bij Odenplan en Enskede rondgescharreld om iemand neer te schieten. Als hij iemand wil vermoorden, moet hij eerst een rolstoeltaxi bellen.'

Malin Eriksson lachte beleefd naar Sonja Modig.

'Dat moet u Mikael vragen.'

'Oké.'

'Ik kan zijn research niet met u bespreken.'

'Maar als de man die Zala wordt genoemd een alternatieve dader is ...'

'U moet dit met Mikael opnemen,' herhaalde Malin. 'Ik kan u helpen met informatie over waar Dag Svensson mee bezig was, maar niet met zaken over onze eigen research.'

Sonja Modig zuchtte.

'Ik begrijp het principe. Wat kun je vertellen over de personen die op deze lijst staan?'

'Alleen dat wat Dag Svensson schrijft, niets over zijn bronnen. Maar ik kan wel zo veel zeggen dat Mikael ongeveer een twaalftal personen van deze lijst heeft afgewerkt en heeft afgevoerd. Misschien helpt dat.'

Sonja Modig knikte aarzelend. *Nee, dat zou niet helpen. De politie zou in elk geval formele verhoren moeten houden. Een rechter. Drie advocaten. Diverse politici en journalisten ... en collega's. Het zou een fraaie vertoning worden.* Sonja Modig zag in dat de politie die lijst de dag na de moorden al had moeten afwerken.

Haar blik viel op een naam op de lijst. Gunnar Björck.

'Er staat geen adres bij deze man.'

'Nee.'

'Waarom niet?'

'Hij werkt bij de veiligheidsdienst en heeft een geheim adres. Hoewel hij momenteel in de ziektewet zit. Dag Svensson is er nooit in geslaagd hem op te sporen.'

'En zijn jullie daarin geslaagd?' glimlachte Sonja Modig.

'Dat moet u Mikael vragen.'

Sonja Modig keek naar de muur boven Dag Svenssons bureau. Ze dacht na.

'Mag ik een persoonlijke vraag stellen?'

'Ga uw gang.'

'Door wie denken jullie dat jullie vrienden en advocaat Bjurman zijn vermoord?'

Malin Eriksson zweeg. Ze wilde dat Mikael Blomkvist aanwezig was geweest om de vragen te beantwoorden. Het was onaangenaam om door de politie te worden ondervraagd, hoe onschuldig ze ook was. En het was nóg onbehaaglijker om niet exact te kunnen vertellen tot welk resultaat *Millennium* was gekomen. Toen hoorde ze Erika Bergers stem achter zich.

'Ons uitgangspunt is dat de moorden zijn gepleegd om een van de onthullingen waar Dag Svensson mee bezig was te verhinderen. Maar we weten niet wie er heeft geschoten. Mikael richt zich op de onbekende persoon die Zala wordt genoemd.'

Sonja Modig keerde zich om en keek de hoofdredacteur van *Millennium* aan. Erika Berger reikte Malin en Sonja ieder een beker koffie. De ene mok was versierd met het logo van een vakbond en de andere met dat van de christendemocraten. Erika Berger glimlachte beleefd. Daarna ging ze naar haar kamer.

Ze kwam drie minuten later weer naar buiten.

'Uw chef heeft net gebeld. Uw mobiel staat uit. Of u hem wilt terugbellen.'

De gebeurtenis bij het zomerhuisje van Bjurman gaf die middag aanzet tot een koortsachtige activiteit. Er ging een provinciaal alarm uit met de informatie dat Lisbeth Salander eindelijk weer aan de oppervlakte was verschenen. In het bericht werd genoemd dat ze zich vermoedelijk voortbewoog op de Harley-Davidson van Magge Lundin. Het alarm bevatte tevens de waarschuwing dat Salander gewapend was en dat ze een persoon bij een zomerhuisje in de buurt van Stallarholmen had neergeschoten.

De politie plaatste wegversperringen bij de invalswegen naar Strängnäs en Mariefred, en bij alle invalswegen naar Södertälje. De treinen tussen Södertälje en Stockholm werden 's avonds urenlang doorzocht. Een jonge vrouw, klein van stuk, met of zonder Harley-Davidson, werd echter niet gevonden.

Pas tegen zevenen 's avonds observeerde een politieauto een in de steek gelaten HD die voor het jaarbeursgebouw in Älvsjö stond geparkeerd, wat de focus voor het speurwerk van Södertälje naar Stockholm verplaatste. Uit Älvsjö kon tevens worden gerapporteerd dat er een stuk uit een leren jack met het logo van de Svavelsjö MC was gevonden. De vondst maakte dat inspecteur Bublanski zijn bril op zijn voorhoofd schoof en chagrijnig naar buiten keek, de duisternis in.

De dag was somber geëindigd. Eerst de kidnapping van Salanders vriendin, toen de inmenging van Paolo Roberto, daarna brandstichting en begraven gespuis in de bossen bij Södertälje, en ten slotte een onbegrijpelijke chaos in Stallarholmen.

Bublanski ging naar de grote werkkamer en keek op de kaart van Stockholm en omgeving. Zijn blik ging achtereenvolgens van Stallarholmen naar Nykvarn, naar Svavelsjö en uiteindelijk naar Älvsjö, de vier plaatsen die om uiteenlopende redenen opeens actueel waren geworden. Hij verplaatste zijn blik naar Enskede en zuchtte. Hij had het onaangename gevoel dat de politie kilometers achter de feiten aan liep. Hij begreep er niets van. Wat de motieven van de Enskede-moorden ook waren, ze waren aanzienlijk gecompliceerder dan de politie aanvankelijk had gedacht.

Mikael Blomkvist wist niets van de dramatiek bij Stallarholmen. Hij verliet Smådalarö tegen drieën 's middags. Hij stopte bij een benzinepomp, dronk koffie en probeerde grip op het verhaal te krijgen.

Mikael was diep gefrustreerd. Hij had verbazingwekkend veel details van Björck gekregen, maar Björck had ook hardnekkig geweigerd hem het laatste puzzelstukje over Zalachenko's Zweedse identiteit te geven. Hij voelde zich bedrogen. Opeens was het verhaal opgehouden en Björck had mordicus geweigerd de ontknoping te vertellen.

'We hebben een afspraak,' drong Mikael aan.

'En ik heb me aan mijn deel van de afspraak gehouden. Ik heb verteld wie Zalachenko is. Als je andere informatie wilt, moeten we een nieuwe overeenkomst formuleren. Ik moet garanties hebben dat mijn naam volledig uit beeld blijft en dat ik niet opeens achteraf een rekening gepresenteerd krijg.'

'Hoe kan ik zulke garanties geven? Ik ga niet over het politieonderzoek, en ze zullen vroeg of laat bij u uitkomen.'

'Ik ben niet bang voor dat politieonderzoek. Ik wil garanties dat je mijn naam nooit zult noemen in verband met die hoeren.'

Mikael merkte op dat er Björck meer aan gelegen was dat zijn link met de sekshandel gecamoufleerd zou blijven dan aan het feit dat hij staatsgeheimen had onthuld. Dat zei iets over zijn persoonlijkheid.

'Ik heb al beloofd dat ik in dat verband niets over u zal schrijven.'

'Maar nu moet ik garanties hebben dat je überhaupt niet over mij zult schrijven in verband met het Zalachenko-verhaal.'

Zulke garanties was Mikael niet van plan te geven. Hij kon zo ver gaan dat hij Björck bij het achtergrondverhaal als anonieme bron behandelde, maar hij kon geen volledige anonimiteit garanderen. Uiteindelijk hadden ze afgesproken er een nachtje over te slapen voordat ze het gesprek weer zouden oppakken.

Toen Mikael bij de benzinepomp koffie uit een papieren bekertje zat te drinken, voelde hij dat er wat anders was. Het was zo dichtbij dat hij het bijna kon grijpen, maar hij kon het beeld niet scherp krijgen. Toen bedacht hij dat er nóg iemand was die wellicht licht op de zaak kon werpen. Hij bevond zich vrij dicht in de buurt van de revalidatiekliniek van Ersta. Hij keek op zijn horloge, stond snel op en reed weg om Holger Palmgren te bezoeken.

Gunnar Björck was bezorgd. Na zijn ontmoeting met Mikael Blomkvist was hij totaal uitgeput. Zijn rug deed meer pijn dan ooit. Hij nam drie pijnstillers en moest op de bank in de woonkamer gaan liggen. De gedachten maalden door zijn hoofd. Na een uur stond hij op, zette water op en pakte Lipton-theezakjes. Hij ging aan de keukentafel zitten piekeren.

Kon hij Mikael Blomkvist vertrouwen? Hij had zijn kaarten uitgespeeld en was nu overgeleverd aan Blomkvists goeddunken. Maar hij had de belangrijkste informatie achtergehouden. Zala's identiteit en daadwerkelijke rol in dit verband. Een beslissende kaart die hij nog uit zijn mouw kon toveren.

Hoe was hij hier in godsnaam in verzeild geraakt? Hij was geen misdadiger. Het enige wat hij had gedaan, was een paar hoeren betalen. Hij was vrijgezel. Die verdomde zestienjarige had niet eens gedaan of ze hem leuk vond. Ze had hem met walging aangekeken.

Kutgriet. Als ze maar niet zo jong was geweest. Als ze ten minste boven de twintig was geweest, had het er minder erg uitgezien. De media zouden hem afslachten als het ooit zou uitlekken. Blomkvist verafschuwde hem ook. Hij probeerde het niet eens te verbergen.

Zalachenko.

Een pooier. Wat een ironie. Hij had geneukt met hoeren die van Zalachenko waren. Hoewel Zalachenko slim genoeg was om zich op de achtergrond te houden.

Bjurman en Salander.

En Blomkvist.

Eén uitweg.

Na een uur piekeren, ging hij naar zijn werkkamer en zocht hij het papiertje op met het telefoonnummer dat hij tijdens het bezoek aan zijn werkplek eerder die week had meegenomen. Dat was niet het enige wat hij voor Mikael Blomkvist had achtergehouden. Hij wist precies waar Zalachenko zich bevond, maar had al twaalf jaar niet met hem gesproken. Hij had geen zin om dat ooit weer te doen.

Maar Zalachenko was een gladde jongen. Hij zou de problematiek begrijpen. Hij zou van de aardbodem kunnen verdwijnen. Naar het buitenland vertrekken, met pensioen gaan. Het zou pas echt een catastrofe worden als hij zou worden gepakt. Dan barstte de bom.

Hij aarzelde geruime tijd voordat hij de hoorn oppakte en het nummer intoetste.

'Hallo. Met Sven Jansson,' zei hij. Een schuilnaam die hij heel lang niet had gebruikt. Zalachenko wist precies wie hij was.

28
WOENSDAG 6 APRIL – DONDERDAG 7 APRIL

Bublanski ontmoette Sonja Modig om acht uur 's avonds onder het genot van een kop koffie en een broodje bij Wayne's op de Vasagatan. Ze had haar chef nooit eerder zo somber gezien. Hij informeerde haar over alles wat er die dag was gebeurd. Ze zweeg geruime tijd. Uiteindelijk stak ze haar hand uit en legde die op Bublanski's knuist. Het was de eerste keer dat ze hem aanraakte en het had geen andere bijbedoeling dan uit vriendschap. Hij glimlachte bedroefd en beklopte haar hand al even vriendschappelijk.

'Misschien moet ik met pensioen gaan,' zei hij.

Ze keek hem begrijpend aan.

'Dit onderzoek dreigt in stukken uiteen te vallen,' vervolgde hij. 'Het is al in stukjes uiteengevallen. Ik heb Ekström alles verteld wat er vandaag is gebeurd en de enige instructie die hij gaf, was: 'Doe wat jij het beste vindt.' Hij lijkt niet tot handelen in staat.'

'Ik wil niets onaardigs over mijn superieuren zeggen, maar wat mij betreft, kan Ekström de boom in.'

Bublanski knikte.

'Je bent formeel terug in het onderzoek. Maar ik denk niet dat hij zijn excuses zal aanbieden.'

Ze haalde haar schouders op.

'Ik heb op dit moment het gevoel dat het hele onderzoek uit jou en mij bestaat,' zei Bublanski. 'Faste is vanochtend kwaad naar buiten gestormd en heeft zijn mobiel de hele dag uit gehad. Als hij morgen niet komt opdagen, moet ik hem laten opsporen.'

'Laat Faste zich maar bij het onderzoek weghouden. Wat gebeurt er met Niklas Eriksson?'

'Niets. Ik wilde hem oppakken en laten vervolgen, maar Ekström durfde niet. We hebben hem ontslagen en ik heb een ernstig gesprek met Dragan Armanskij gehad. We hebben de samenwerking met Milton beëindigd, wat helaas ook betekent dat we Sonny Bohman kwijt zijn. Dat is jammer. Hij was een bekwaam politieman.'

'Hoe nam Armanskij het op?'

'Hij was gebroken. Het interessante is ...'

'Ja?'

'Armanskij zei dat Lisbeth Salander Eriksson nooit had gemogen. Hij herinnerde zich dat ze een paar jaar geleden tegen hem had gezegd dat hij hem moest ontslaan. Ze had gezegd dat hij een klootzak was, maar had niet willen zeggen waarom. Armanskij heeft niet gedaan wat ze zei.'

'Oké.'

'Curt is nog steeds in Södertälje. Ze gaan straks huiszoeking doen bij Carl-Magnus Lundin. Jerker heeft zijn handen vol aan het stukje bij beetje opgraven van draaideurcrimineel Kenneth "de Zwerver" Gustafsson, daar bij Nykvarn. En vlak voordat ik hierheen kwam, belde hij weer en zei hij dat er ook iemand in dat andere graf ligt. Aan de kleding te zien, is het een vrouw. Ze lijkt daar al langer te liggen.'

'Een kerkhof in het bos. Jan, dit is een veel luguberder geschiedenis dan we dachten toen we eraan begonnen. Ik neem aan dat we Salander niet verdenken van de moorden in Nykvarn?'

Bublanski lachte voor het eerst in uren.

'Nee. Daar heeft ze vermoedelijk niets mee te maken. Maar ze is absoluut gewapend en heeft Lundin beschoten.'

'Ik noteer dat ze hem in zijn voet heeft geschoten en niet in zijn hoofd. In het geval van Magge Lundin is dat wellicht niet zo'n groot verschil, maar we zijn ervan uitgegaan dat degene die de moorden in Enskede heeft gepleegd een uitstekende schutter was.'

'Sonja ... dit is volkomen gestoord. Magge Lundin en Sonny Nieminen zijn twee brute geweldplegers met een gigantisch strafblad. Lundin is een paar kilo aangekomen en is niet in topvorm, maar hij is gevaarlijk. En Nieminen is een brutale vlegel waar grote, stoere jongens bang voor zijn. Ik kan gewoon niet begrijpen hoe een mager grietje als Salander ze op die manier kan hebben afgeranseld. Lundin is ernstig gewond.'

'Hm.'

'Niet dat hij geen pak slaag verdient. Maar ik kan gewoon niet begrijpen hoe het in zijn werk is gegaan.'

'Dat moeten we haar dan maar vragen als we haar vinden. Het is immers bekend dat ze gewelddadig is.'

'Ik kan me in elk geval geen voorstelling maken van wat er in dat zomerhuisje is gebeurd. Het zijn twee kerels waar Curt Svensson apart niet eens mee in gevecht had willen komen. En Curt Svensson is bepaald geen watje.'

'De vraag is of ze reden had om Lundin en Nieminen een aframmeling te geven.'

'Een meisje alleen met twee psychopaten en volbloedidioten in een verlaten zomerhuisje. Ik kan me daar wel iets bij voorstellen,' zei Bublanski.

'Kan ze hulp van iemand anders hebben gehad? Kunnen er méér mensen zijn geweest?'

'Er is niets in het technisch onderzoek wat daarop wijst. Salander is in het huisje geweest. Er stond een koffiekopje op tafel. En bovendien hebben we de tweeënzeventigjarige Anna Viktoria Hansson die de poortwachter van het complex is en die alles opmerkt wat beweegt. Ze zweert dat Salander en de twee heren uit Svavelsjö de enigen zijn geweest die zijn langsgekomen.'

'Hoe is ze binnengekomen?'

'Met een sleutel. Ik denk dat ze die in Bjurmans appartement heeft opgehaald. Herinner je je ...'

' ... die doorgesneden tape? Ja. De jongedame is actief.'

Sonja Modig trommelde een paar seconden met haar vingers op tafel en pakte toen een nieuwe draad op.

'Is al bewezen dat Lundin betrokken was bij de kidnapping van Miriam Wu?'

Bublanski knikte.

'Paolo Roberto heeft een map met tientallen motorboys doorgekeken. Hij pikte hem er meteen en zonder aarzelen uit. Hij zegt dat dat de man is die hij bij het magazijn in Nykvarn heeft gezien.'

'En Mikael Blomkvist?'

'Die heb ik niet te pakken gekregen. Hij neemt zijn mobiel niet op.'

'Oké. Maar Lundin komt overeen met het signalement van de overval op de Lundagatan. We kunnen er dus van uitgaan dat de Svavelsjö MC al een tijdje op jacht is naar Salander. Waarom?'

Bublanski spreidde zijn armen uiteen.

'Heeft Salander in Bjurmans zomerhuisje gezeten in de tijd dat ze werd gezocht?' vroeg Sonja Modig.

'Daar heb ik ook aan zitten denken. Maar Jerker meent van niet. Het ziet er niet naar uit dat het huisje onlangs nog bewoond is geweest en we hebben een getuige die beweert dat Salander daar eerder vandaag is aangekomen.'

'Waarom is ze daarnaartoe gegaan? Ik kan me niet voorstellen dat ze met Lundin had afgesproken.'

'Niet echt, nee. Ze moet erheen zijn gegaan om iets te zoeken. En het enige wat we daar hebben gevonden, waren een paar ordners met Bjurmans eigen persoonsonderzoek over Lisbeth Salander. Allerlei materiaal over Salander van sociale instanties, de Voogdijraad en oude schoolaantekeningen. Maar er missen ordners. Ze zijn op de rug genummerd. We hebben de mappen één, vier en vijf.'

'Twee en drie ontbreken.'

'En wellicht meer met een hoger nummer.'

'Dat brengt een vraag met zich mee. Waarom zou Salander naar informatie over zichzelf zoeken?'

'Ik kan me twee redenen indenken. Of ze wil iets verbergen waarvan ze weet dat Bjurman dat over haar heeft geschreven óf ze wil ergens achter zien te komen. Maar er is nóg een vraag.'

'En die is?'

'Waarom zou Bjurman een uitgebreid persoonsonderzoek over haar samenstellen en dat in zijn zomerhuisje verstoppen? Salander lijkt het op de zolder van het huisje te hebben gevonden. Hij was haar curator en had als taak haar financiën te beheren en zo. Maar de ordners geven de indruk dat hij er bijna bezeten van was haar leven in kaart te brengen.'

'Bjurman komt steeds meer over als een louche figuur. Ik zat daar vandaag aan te denken toen ik die hoerenloperslijst bij *Millennium* door zat te nemen. Ik verwachtte opeens hem daarop tegen te komen.'

'Geen gekke gedachte. Bjurman had immers een grote verzameling gewelddadige pornografie, die jij in zijn computer hebt aangetroffen. Ben jij nog iets te weten gekomen?'

'Ik weet het niet precies. Mikael Blomkvist is bezig die lijst af te werken, maar volgens dat meisje bij *Millennium*, Malin Eriksson, heeft hij niets interessants gevonden. Jan ... ik moet je iets bekennen.'

'Wat dan?'

'Ik geloof niet dat Salander het heeft gedaan. Enskede en Odenplan, bedoel ik. Ik was er toen we begonnen net zo zeker van als alle anderen, maar ik geloof er niet meer in. En ik kan niet precies uitleggen waarom.'

Bublanski knikte. Hij zag in dat hij het met Sonja Modig eens was.

De blonde reus liep onrustig in het huis van Magge Lundin in Svavelsjö heen en weer. Hij bleef bij het keukenraam staan en speurde de weg af. Ze zouden nu wel terug moeten zijn. Hij had een onrustig gevoel in zijn middenrif. Er was iets niet pluis.

Bovendien vond hij het niet prettig om alleen bij Magge Lundin thuis te zijn. Het was een onbekend huis. Er was een niet-geïsoleerde zolder naast zijn kamer op de bovenverdieping en daar hoorde hij voortdurend angstaanjagend gekraak. Hij probeerde het ongenoegen van zich af te schudden. De blonde reus wist dat het onzin was, maar hij had er nooit van gehouden alleen te zijn. Hij was totaal niet bang voor mensen van vlees en bloed, maar hij vond lege huizen op het platteland iets onaangenaams hebben. De vele geluiden zetten zijn fantasie in beweging. Hij kon zich niet losmaken van het gevoel dat hem iets duisters en onheilspellends door een kier van een deur stond aan te kijken. Soms meende hij een ademhaling te kunnen horen.

Toen hij jonger was, was hij gepest omdat hij bang was in het donker. Dat wil zeggen, hij was gepest tot hij op resolute wijze zijn even oude en soms aanzienlijk oudere kameraden, die genoegen vonden in dergelijk vermaak, had terechtgewezen. Hij was goed in terechtwijzen.

Maar het was gênant. Hij had een hekel aan duisternis en eenzaamheid. Hij haatte de wezens die het donker en de afzondering bevolkten. Hij wenste dat Lundin thuis zou komen. Lundins aanwezigheid zou de balans herstellen, ook al wisselden ze geen woord met elkaar of bevonden ze zich ieder in een andere kamer. Hij zou echte geluiden en bewegingen horen, en hij zou weten dat er mensen in de buurt waren.

Hij probeerde het onbehagen van zich af te schudden door cd's af te spelen op de stereo en hij trachtte rusteloos in Lundins boekenkast iets te lezen te vinden. Helaas liet Lundins intellectuele ader een deel te wensen over en moest hij genoegen nemen met een stapel motorbladen, mannenbladen en beduimelde pocketdetectives van het soort dat hem nooit had geboeid. De eenzaamheid voelde steeds meer claustrofobisch. Hij besteedde een tijdje aan het schoonmaken en invetten van het handvuurwapen dat hij in zijn tas bewaarde, wat een tijdelijke therapeutisch-rustgevende werking had.

Ten slotte kon hij niet langer binnen blijven. Hij maakte een korte wandeling over het erf om wat frisse lucht te krijgen. Hij bleef uit het zicht van de buren, maar bleef zo staan dat hij de verlichte ramen kon zien waar mensen waren. Als hij helemaal stilstond, kon hij ver weg het geluid van muziek horen.

Toen hij het houten huis van Lundin weer binnen wilde gaan, voelde hij een extreem groot ongenoegen en stond hij een hele tijd met hartkloppingen op de trap voordat hij het onbehagen van zich af schudde en de deur resoluut openrukte.

Om zeven uur ging hij naar beneden en zette hij de tv aan voor het nieuws op TV 4. Hij luisterde ontsteld naar de items en daarna naar een beschrijving van het vuurgevecht bij het zomerhuisje in Stallarholmen. Het was het eerste item.

Hij rende de trap op naar de logeerkamer op de bovenverdieping en propte al zijn persoonlijke bezittingen in een tas. Hij vloog twee minuten later door de buitendeur naar buiten en startte de witte Volvo met plankgas.

Dat was op het nippertje. Een paar kilometer buiten Svavelsjö kwam hij twee politieauto's met blauw zwaailicht tegen, die op weg waren naar het dorp.

Mikael Blomkvist kreeg Holger Palmgren die woensdagavond tegen zessen na veel moeite te spreken. De moeite bestond uit het overhalen van het personeel om hem binnen te laten. Hij drong zo hevig aan dat een verantwoordelijk verpleegkundige ene dr. A. Sivarnandan belde, die blijkbaar in de buurt van het verpleeghuis woonde. Sivarnandan arriveerde al na een kwartier en nam het probleem met de volhardende journalist over. Hij was eerst totaal afwijzend. De laatste twee weken hadden diverse journalisten Holger Palmgren opgespoord en met behulp van haast wanhopige methodes geprobeerd hem een uitspraak te ontfutselen. Holger Palmgren had volhardend geweigerd dergelijk bezoek te ontvangen en het personeel had opdracht niemand binnen te laten.

Sivarnandan had de ontwikkelingen ook met de grootst mogelijke zorg gevolgd. Hij was verschrikt over de koppen die Lisbeth Salander in de media teweeg had gebracht en hij had opgemerkt dat zijn patiënt in een diepe depressie was geraakt die, zo meende Sivarnandan, een resultaat was van Palmgrens onvermogen om op andere wijze te reageren. Palmgren had zijn revalidatie afgebroken en bracht de dagen door met het lezen van de dagbladen en het volgen van de jacht op Lisbeth Salander op tv. Verder zat hij op zijn kamer te piekeren.

Mikael bleef koppig bij het bureau van Sivarnandan staan en verklaarde dat hij Holger Palmgren onder geen enkel beding wilde blootstellen aan enig onbehagen en dat het niet zijn bedoeling was hem bepaalde uitspraken te ontlokken. Hij legde uit dat hij een goede vriend van de gezochte Lisbeth Salander was, dat hij twijfelde aan haar schuld en dat hij wanhopig op zoek was naar informatie die licht kon werpen op sommige zaken uit haar verleden.

Dr. Sivarnandan was moeilijk te overreden. Mikael moest er wel bij gaan zitten en zijn rol in het drama uitvoerig uitleggen. Pas na een discussie van meer dan een halfuur zwichtte Sivarnandan. Hij vroeg Mikael te wachten terwijl hij naar Holger Palmgren ging om te vragen of hij bezoek wilde ontvangen.

Sivarnandan kwam na tien minuten terug.

'Hij accepteert je bezoek. Als hij je niet mag, gooit hij je eruit. Je mag hem niet interviewen of iets in de media publiceren over het bezoek.'

'Ik verzeker u dat ik er geen regel over zal schrijven.'

Holger Palmgren had een kleine kamer, bestaande uit een bed, een ladekast, een tafel en een paar stoelen. Hij was een witharige, magere vogelverschrikker met duidelijke evenwichtsproblemen, maar hij kwam toch overeind toen Mikael de kamer werd binnengeleid. Hij stak zijn hand niet uit, maar wees op een van de stoelen bij het tafeltje. Mikael ging zitten. Dr. Sivarnandan bleef er ook bij. Mikael had eerst moeite om te verstaan wat Holger Palmgren zei, aangezien hij nogal onduidelijk sprak.

'Wie bent u? U zegt dat u een vriend van Lisbeth Salander bent. Wat wilt u?'

Mikael leunde achterover. Hij dacht even na.

'U hoeft niets tegen mij te zeggen. Maar ik zou graag willen dat u luistert naar wat ik te zeggen heb voordat u besluit me eruit te gooien.'

Palmgren knikte kort en schuifelde naar de stoel tegenover Mikael.

'Ik heb Lisbeth Salander ongeveer twee jaar geleden voor het eerst ontmoet. Ik had haar in de arm genomen om research voor mij te verrichten voor iets waar ik nu niet verder op in kan gaan. Ze kwam naar me toe op de plaats waar ik op dat moment verbleef en we hebben wekenlang samengewerkt.'

Hij vroeg zich af hoeveel hij aan Palmgren zou uitleggen. Hij besloot zo dicht mogelijk bij de waarheid te blijven.

'Er zijn in die tijd twee dingen gebeurd. Het ene was dat Lisbeth mijn leven heeft gered. Het tweede was dat we een tijdje heel intieme vrienden waren. Ik leerde haar kennen en mocht haar bijzonder graag.'

Zonder op de details in te gaan, vertelde Mikael over zijn relatie met

Lisbeth en hoe die na de kerst een jaar daarvoor plotseling was geëindigd, toen Lisbeth naar het buitenland was vertrokken.

Daarna vertelde hij over zijn werk bij *Millennium* en over hoe Dag Svensson en Mia Bergman waren vermoord en hij plotseling bij de jacht op een moordenaar betrokken was geraakt.

'Ik heb begrepen dat u de laatste tijd lastig bent gevallen door journalisten en dat de kranten voortdurend allerlei onzin publiceren. Alles wat ik nu kan doen, is u ervan verzekeren dat ik hier niet ben om materiaal te verzamelen voor nóg een artikel. Ik ben hier voor Lisbeth, als vriend. Ik ben vermoedelijk een van de weinige personen in het land die nu vastberaden en zonder bijbedoelingen aan haar kant staat. Ik denk dat ze onschuldig is. Ik denk dat een man genaamd Zalachenko achter de moorden zit.'

Mikael pauzeerde even. Hij zag een vonkje in Palmgrens ogen oplichten toen hij de naam Zalachenko noemde.

'Als u op de een of andere manier kunt bijdragen door licht op haar verleden te werpen, dan is dit het juiste moment. Als u haar niet wilt helpen, verdoe ik mijn tijd en dan weet ik wat ik aan u heb.'

Holger Palmgren had tijdens zijn uitleg geen woord gezegd. Bij de laatste opmerking zag Mikael weer een vonkje in zijn ogen. Maar Palmgren glimlachte. Hij sprak zo langzaam en duidelijk als hij maar kon.

'Je wilt haar inderdaad helpen.'

Mikael knikte.

Holger Palmgren leunde voorover.

'Beschrijf de bank in haar woonkamer.'

Mikael glimlachte terug.

'De keren dat ik bij haar ben geweest, had ze een versleten, afschuwelijk lelijk geval met zekere curiositeitswaarde. Ik schat vroege jaren vijftig. Hij heeft twee vormeloze kussens met bruine stof en een geel dessin. De stof is op diverse plaatsen kapot en de vulling piept eruit.'

Holger Palmgren barstte opeens in lachen uit. Het klonk meer als gerochel. Hij keek dr. Sivarnandan aan.

'Hij is in elk geval bij haar thuis geweest. Denkt u dat ik mijn gast een kopje koffie zou kunnen aanbieden?'

'Natuurlijk.' Dr. Sivarnandan stond op en verliet de kamer. In de deuropening bleef hij staan; hij knikte Mikael toe.

'Alexander Zalachenko,' zei Holger Palmgren zo gauw de deur dicht was.

Mikael sperde zijn ogen open.

'Kent u die naam?'

Holger Palmgren knikte.

'Lisbeth heeft verteld hoe hij heette. Ik denk dat het belangrijk is dat ik dit verhaal aan iemand vertel ... voor als ik plotseling zou komen te overlijden, wat niet geheel ondenkbaar is.'

'Lisbeth? Hoe wist zij überhaupt iets over zijn bestaan?'

'Hij is haar vader.'

Mikael had eerst moeite te verstaan wat Holger Palmgren zei. Toen drongen de woorden tot hem door.

'Wat zegt u nu?'

'Zalachenko is in de jaren zeventig naar Zweden gekomen. Hij was een soort politiek vluchteling. Ik heb dat nooit helemaal begrepen en Lisbeth was altijd erg summier met informatie. Dit was iets waar ze absoluut niet over wilde praten.'

Haar geboortebewijs. Vader onbekend.

'Zalachenko is Lisbeths vader,' herhaalde Mikael.

'Ze heeft in al die jaren dat ik haar ken één keer verteld wat er is gebeurd. Dat was ongeveer een maand voordat ik mijn beroerte kreeg. Maar ik heb het als volgt begrepen: Zalachenko is medio jaren zeventig naar Zweden gekomen. Hij ontmoette de moeder van Lisbeth in 1977, ze werden een stel en het resultaat zijn twee kinderen.'

'Twee?'

'Lisbeth en haar zus Camilla. Het is een tweeling.'

'Mijn god, u wilt toch niet zeggen dat er twéé van haar zijn?'

'Ze lijken geen steek op elkaar. Maar dat is een ander verhaal. Lisbeths moeder heette eigenlijk Agneta Sofia Sjölander. Ze was zeventien toen ze Alexander Zalachenko ontmoette. Ik weet niet precies hoe ze elkaar hebben leren kennen, maar ik kan me zo voorstellen dat ze een vrij onzelfstandig, jong meisje was en een gemakkelijke prooi voor een oudere en meer ervaren man. Ze was geïmponeerd door hem en vermoedelijk tot over haar oren verliefd.'

'Ik begrijp het.'

'Zalachenko bleek allesbehalve sympathiek te zijn. Hij was veel ouder dan zij. Ik neem aan dat hij uit was op een gewillig vrouwtje, maar niet veel meer dan dat.'

'Ik denk dat u gelijk hebt.'

'Zij fantaseerde natuurlijk over een geborgen toekomst met hem, maar hij was allerminst geïnteresseerd in een huwelijk. Ze zijn nooit getrouwd, maar in 1979 heeft zij haar naam gewijzigd van Sjölander in Salander. Dat was vermoedelijk haar manier om aan te geven dat ze bij elkaar hoorden.'

'Hoe bedoelt u?'

'Zala. *Salander*.'

'Allemachtig,' zei Mikael.

'Ik ben dat gaan checken vlak voordat ik ziek werd. Ze had het recht om die naam aan te nemen omdat haar moeder, Lisbeths oma dus, Salander heette. Wat er daarna gebeurde, was dat Zalachenko een steeds grotere psychopaat bleek. Hij zoop en mishandelde Agneta op brute wijze. Voor zover ik het heb begrepen, ging dat mishandelen toen de kinderen klein waren onophoudelijk door. Zo lang Lisbeth zich kan herinneren, kwam Zalachenko regelmatig langs. Soms was hij een lange periode afwezig, maar dan verscheen hij opeens weer op de Lundagatan. En het was elke keer hetzelfde liedje. Zalachenko kwam voor de seks en om te zuipen, en het eindigde ermee dat hij Agneta Salander op verschillende manieren aftuigde. Lisbeth heeft details verteld waaruit blijkt dat het meer dan alleen lichamelijk geweld was. Hij was gewapend en bedreigde haar, er was ook sprake van sadisme en psychisch geweld. Wat ik ervan heb begrepen, werd het in de loop der jaren alleen maar erger. De moeder van Lisbeth heeft de jaren tachtig grotendeels in angst geleefd.'

'Sloeg hij de kinderen ook?'

'Nee. Hij was blijkbaar totaal ongeïnteresseerd in zijn dochters. Hij groette ze amper. Hun moeder stuurde ze meestal naar het kleine kamertje als Zalachenko kwam, en ze mochten er niet zonder toestemming uitkomen. Hij heeft Lisbeth of haar zus weleens een klap verkocht, maar dat was dan omdat ze stoorden of in de weg liepen of zo. Al het geweld was op de moeder gericht.'

'Jezus. Arme Lisbeth.'

Holger Palmgren knikte.

'Lisbeth heeft me dit ongeveer een maand voordat ik mijn hersenbloeding kreeg, verteld. Het was voor het eerst dat ze openlijk sprak over wat er was gebeurd. Ik had net besloten dat het uit moest zijn met die onzin van die ondertoezichtstelling en dergelijke. Lisbeth is net zo slim als jij en ik, en ik was me aan het voorbereiden om de zaak weer voor te laten komen bij de rechtbank. Toen kwam die *stroke* ... en toen ik bijkwam, zat ik hier.'

Hij spreidde zijn armen uiteen. Een verpleegkundige klopte aan en serveerde koffie. Palmgren zweeg tot ze de kamer weer had verlaten.

'Er zijn dingen in het verhaal die ik niet begrijp. Agneta Salander moet tientallen keren naar het ziekenhuis zijn geweest. Ik heb haar dossier gelezen. Het was duidelijk dat ze werd blootgesteld aan grove mishandeling en er had iemand moeten ingrijpen. Maar er gebeurde niets. Lisbeth en Camilla werden opgevangen in de tijd dat hun moeder in het ziekenhuis lag, maar zo gauw ze werd uitgeschreven, gingen ze allemaal weer naar huis in afwachting van de volgende ronde. Ik kan het alleen maar zo interpreteren dat het sociale vangnet heeft gefaald en dat Agneta veel te bang was en niets anders kon doen dan wachten op haar martelaar. Maar toen is er iets gebeurd. Lisbeth noemt het "Al Het Slechte".'

'Wat dan?'

'Zalachenko was maanden onzichtbaar geweest. Lisbeth was inmiddels twaalf. Ze was bijna gaan geloven dat hij voorgoed was verdwenen. Maar dat was natuurlijk niet zo. Op een dag was hij terug. Eerst stuurde Agneta Lisbeth en haar zus naar het kleine kamertje. Daarna had ze seks met Zalachenko. Toen begon hij haar te mishandelen. Hij genoot ervan iemand pijn te doen. Maar de kinderen waren inmiddels niet zo klein meer ... Ze reageerden totaal verschillend. Camilla was panisch bang dat iemand erachter zou komen wat er bij hen thuis gebeurde. Ze verdrong alles en deed net of het niet waar was dat haar moeder werd geslagen. Als de mishandeling voorbij was, gaf Camilla haar vader altijd een knuffel en deed ze alsof er niets was gebeurd.'

'Haar manier om zich te beschermen.'

'Ja. Maar Lisbeth was uit ander hout gesneden. Deze keer onderbrak ze de mishandeling. Ze ging naar de keuken, haalde een mes en stak Zalachenko in zijn schouder. Ze wist hem vijf keer te raken voordat hij erin slaagde haar het mes afhandig te maken en haar een opdonder te geven. Het waren geen diepe wonden, maar hij bloedde als een rund en vertrok.'

'Dat klinkt als Lisbeth.'

Palmgren moest opeens lachen.

'Ja, je moet het niet met Lisbeth Salander aan de stok krijgen. Haar houding ten aanzien van haar omgeving is dat als iemand haar bedreigt met een pistool ze een groter pistool aanschaft. Dat is wat me momenteel zo bang maakt.'

'Dat was "Al het slechte"?'

'Nee. Er gebeurden twee dingen. Ik kan het niet begrijpen. Zalachenko was dusdanig gewond dat hij naar het ziekenhuis moest. Er is naar alle waarschijnlijkheid een politieonderzoek ingesteld.'

'Maar?'

'Maar voor zover ik heb kunnen ontdekken, gebeurde er niets. Lisbeth beweert dat er een man op bezoek kwam die met Agneta sprak. Ze weet niet wat er is gezegd of wie hij was. Maar na afloop vertelde haar moeder Lisbeth dat Zalachenko alles had vergeven.'

'Vergéven?'

'Dat was de uitdrukking die ze gebruikte.'

Plotseling begreep Mikael het.

Björck. Of een collega van Björck. Ze moesten de rotzooi achter Zalachenko's kont opruimen. De klootzak. Mikael sloot even zijn ogen.

'Hè?' vroeg Palmgren.

'Ik denk dat ik weet wat er is gebeurd. En dit zal iemand op zijn bordje krijgen. Maar ga door.'

'Zalachenko was weer maandenlang onzichtbaar. Lisbeth bereidde zich voor op zijn komst. Ze spijbelde heel vaak van school en bewaakte haar moeder. Ze was doodsbenauwd dat Zalachenko haar wat zou aandoen. Lisbeth was twaalf en voelde zich verantwoordelijk voor haar moeder, die niet naar de politie durfde en die niet kon breken met Zalachenko. Of die misschien de ernst van de situatie gewoon niet inzag. Maar de dag dat Zalachenko verscheen, was Lisbeth op school. Ze kwam net thuis toen hij vertrok. Lisbeth ging naar binnen en trof haar moeder buiten bewustzijn op de keukenvloer aan.'

'Maar Zalachenko raakte Lisbeth niet aan?'

'Nee. Ze rende hem achterna en haalde hem in toen hij net in zijn auto was gestapt. Hij draaide het raampje omlaag, vermoedelijk om iets te zeggen. Lisbeth had zich voorbereid. Ze gooide een melkpak naar binnen dat ze had gevuld met benzine. En toen gooide ze er een brandende lucifer achteraan.'

'O, nee!'

'Ze heeft dus twee keer geprobeerd haar vader te vermoorden. En deze keer had het consequenties. Het bleef immers niet onopgemerkt dat er een man in een auto in de Lundagatan zat die brandde als een tierelier.'

'Hij heeft het overleefd.'

'Zalachenko was er zeer slecht aan toe en had zware brandwonden. Er moest een voet bij hem worden geamputeerd. Hij had ernstige verbrandingen in zijn gezicht en op andere plaatsen. En Lisbeth belandde in de kinderpsychiatrische kliniek St. Stefans.'

Hoewel ze elk woord kon opdreunen, las Lisbeth Salander het materiaal over zichzelf, dat ze in het zomerhuisje van Bjurman had aangetroffen, aandachtig door. Daarna ging ze in de nis zitten en maakte ze de sigarettenkoker die ze van Miriam Wu had gekregen open. Ze stak een sigaret op en keek uit over het eiland Djurgården, aan de overkant van het water. Ze had een paar details over haar leven ontdekt die ze nooit had geweten.

Er vielen zoveel puzzelstukjes op hun plaats, dat ze er koud van werd. Ze was met name geïnteresseerd in het politieonderzoek dat in februari 1991 door Gunnar Björck was opgesteld. Ze wist niet precies wíé in de reeks volwassenen die met haar hadden gesproken Björck was geweest, maar ze dacht dat ze wist wie het was. Hij had zich onder een andere naam voorgesteld. *Sven Jansson.* Ze herinnerde zich elke nuance in zijn gezicht, elk woord dat er was gezegd en elke beweging die hij had gemaakt tijdens de drie keer dat ze hem had ontmoet.

Het was een chaos geweest.

Zalachenko had in de auto gebrand als een fakkel. Hij was erin geslaagd de deur open te gooien en op de grond te rollen, maar was midden in de vuurzee met zijn been in de gordel blijven haken. Er waren mensen aan komen rennen om het vuur te doven. De brandweer was gekomen en die had de autobrand geblust. Er was een ambulance gekomen en ze had geprobeerd het ambulancepersoneel ervan te overtuigen dat ze zich niet om Zalachenko moesten bekommeren, maar dat ze haar moeder moesten halen. Maar ze hadden haar opzij geduwd. Er was politie gekomen en er waren getuigen die haar hadden aangewezen. Ze had geprobeerd uit te leggen wat er was gebeurd, maar ze had het gevoel dat er niemand naar haar had geluisterd. En opeens zat ze op de achterbank in een politieauto en had het minuten, minuten, minuten, bijna een uur geduurd voordat de politie de flat binnen was gegaan en haar moeder had gevonden.

Haar moeder, Agneta Sofia Salander, was bewusteloos geweest. Ze had hersenletsel opgelopen. De eerste in een lange reeks hersenbloedinkjes, veroorzaakt door die mishandeling. Ze zou nooit meer de oude worden.

Lisbeth begreep plotseling waarom niemand het politieonderzoek had gelezen, waarom Holger Palmgren er niet in was geslaagd het op te vragen en waarom officier van justitie Richard Ekström – die momenteel de klopjacht op haar leidde – er geen toegang toe had. Het was niet opgesteld door de gewone politie. Het was gemaakt door een smeerlap bij de veiligheidsdienst. En het was voorzien van allerlei stempels die verklaarden dat het onderzoek in verband met de staatsveiligheid geheim was.

Alexander Zalachenko had voor de Zweedse veiligheidsdienst gewerkt.

Het was geen onderzoek. Het was een doofpotkwestie. Zalachenko was belangrijker dan Agneta Salander. Hij mocht niet worden geïdentificeerd en zijn geheim mocht niet worden onthuld. Zalachenko bestond niet.

Zalachenko was het probleem niet, dat was Lisbeth Salander, dat gestoorde wicht dat dreigde een van de belangrijkste staatsgeheimen openbaar te maken.

Een geheim waar ze geen weet van had gehad. Ze zat te piekeren. Zalachenko had haar moeder vrijwel onmiddellijk nadat hij naar Zweden was gekomen ontmoet. Hij had zich onder zijn echte naam voorgesteld. Hij had nog geen schuilnaam of Zweedse identiteit gekregen. Dat verklaarde waarom ze zijn naam in al die jaren nooit in een openbaar bestand was tegengekomen. Ze wist hoe hij eigenlijk heette. Maar hij had van de Zweedse staat een nieuwe naam gekregen.

Ze begreep de clou. Als Zalachenko zou worden aangeklaagd wegens zware mishandeling, zou Agneta Salanders advocaat in zijn verleden zijn gaan spitten. *Waar werkt u, meneer Zalachenko? Hoe heet u nou eigenlijk?*

Als Lisbeth Salander bij de sociale zorginstellingen zou komen, zou iemand misschien gaan graven. Ze was te jong om te worden aangeklaagd, maar als de aanslag met de benzinebom te gedetailleerd zou worden onderzocht, zou hetzelfde gebeuren. Ze zag de krantenkoppen al voor zich. Het onderzoek moest dus door een betrouwbaar iemand worden uitgevoerd. En daarna worden voorzien van allerlei stempels en zo diep worden begraven dat niemand het zou vinden. En Lisbeth Salander moest zodoende ook zo diep worden begraven dat niemand haar kon vinden.

Gunnar Björck.

St. Stefans.

Peter Teleborian.

Die verklaring maakte haar razend.

Lieve staat ... ik wil een gesprek met je, als ik er ooit in slaag iemand te vinden met wie ik kan praten.

Ze vroeg zich vluchtig af wat de minister van Sociale Zaken zou vinden van een molotovcocktail door de ingang van het departement. Maar bij gebrek aan verantwoordelijke personen was Peter Teleborian een goede vervanger. Ze maakte een aantekening in haar hoofd dat ze serieus met hem aan de slag moest als ze klaar was met de rest.

Maar ze begreep nog steeds niet het hele verband. Zalachenko was na al die jaren plotseling weer opgedoken. Hij riskeerde door Dag Svensson te worden ontmaskerd. *Twee schoten. Dag Svensson en Mia Bergman.* Een wapen met haar vingerafdrukken erop ...

Zalachenko, of wie hij nu voor de afrekening had gestuurd, kon natuurlijk niet hebben geweten dat zij de revolver in de doos in de bureaula van Bjurman had aangetroffen en had vastgehouden. Het was puur toeval geweest, maar voor haar was het vanaf het begin duidelijk geweest dat er een verband tussen Bjurman en Zala moest zijn.

Maar het verhaal klopte nog steeds niet. Ze dacht na en testte de puzzelstukjes één voor één uit.

Er was maar één redelijk antwoord.

Bjurman.

Bjurman had het persoonsonderzoek naar haar gedaan. Hij had het verband tussen haar en Zalachenko gelegd. Hij had zich tot Zalachenko gewend.

Zij had een film die aantoonde hoe Bjurman haar had verkracht. Dat was haar zwaard van Damocles boven Bjurmans hoofd. Bjurman moest erover hebben gefantaseerd dat Zalachenko Lisbeth had kunnen dwingen te onthullen waar die film was.

Ze sprong uit de nis, trok de lade van haar bureau open en pakte de cd. Ze had er met viltstift *Bjurman* op geschreven. Ze had hem niet eens in een beschermhoesje gedaan. Ze had hem na de vertoning aan Bjurman twee jaar geleden niet meer bekeken. Ze woog hem in haar hand en legde hem terug in de la.

Bjurman was een idioot. Als hij gewoon zijn ding had gedaan, als hij had gezorgd dat haar ondertoezichtstelling was opgeheven, zou ze hem hebben laten lopen. Zalachenko zou hem nooit hebben laten lopen. Bjurman had voor eeuwig het schoothondje van Zalachenko moeten blijven. Wat op zich een passende straf zou zijn geweest.

Het netwerk van Zalachenko. Een van de tentakels ging naar de Svavelsjö MC.

De blonde reus.

Hij was de sleutel.

Ze moest hem vinden en hem dwingen te onthullen waar Zalachenko was.

Ze stak een nieuwe sigaret op en keek naar het kasteel bij Skeppsholmen. Ze verplaatste haar blik naar de achtbaan in Gröna Lund. Ze praatte plotseling hardop in zichzelf. Ze imiteerde een stem die ze een keer in een film op tv had gehoord.

'Daaaaddyyyyy, I'm coming to get yoooou.'

Als iemand haar had gehoord, zouden ze de conclusie hebben getrokken dat ze gestoord was. Om halfacht zette ze de tv aan om de laatste ontwikkelingen in de jacht op Lisbeth Salander te horen. Ze kreeg de schok van haar leven.

Bublanski kreeg Hans Faste even na halfacht 's avonds op zijn mobiel te pakken. Er werden geen beleefdheden uitgewisseld. Bublanski vroeg niet waar Faste was geweest, maar informeerde hem koel over de ontwikkelingen van de dag.

Faste was geschokt.

Hij had genoeg van het circus gehad en had iets gedaan wat hij nooit eerder in diensttijd had gedaan. Hij was uit woede naar de stad gegaan. Hij had zijn gsm uitgezet en was naar het café in het Centraal Station gegaan, waar hij kokend van woede twee biertjes had gedronken.

Toen was hij naar huis gegaan, had gedoucht en was in slaap gevallen.

Hij had slaap nodig.

Hij was tegen het journaal wakker geworden en zijn ogen waren bijna uit hun kassen gerold toen hij de items had gevolgd. Een begraafplaats in Nykvarn. Lisbeth Salander die een leider van de Svavelsjö MC had neergeschoten. Een klopjacht door de zuidelijke voorsteden. Het net sloot zich.

Hij had zijn mobiel aangezet.

Die klootzak van een Bublanski had bijna onmiddellijk gebeld en hem geïnformeerd dat ze nu officieel op zoek waren naar een alternatieve dader en dat Faste Jerker Holmberg moest aflossen bij het onderzoek van de plaats delict in Nykvarn. Tijdens de ontknoping van het Salander-mysterie zou Faste zijn tijd dus aan het verdoen zijn met het rapen van sigarettenpeuken in het bos. Anderen zouden de jacht op Salander vervolgen.

Wat had de Svavelsjö MC hier verdomme mee te maken?

Stel dat er toch iets in de redenering van die stomme pot Modig zat.

Dat was onmogelijk.

Het móést Salander zijn.

Hij wilde degene zijn die haar zou oppakken. Hij wilde haar zó graag oppakken dat zijn handen haast pijn deden toen hij zijn mobiele telefoon zowat fijn kneep.

Holger Palmgren keek kalm naar Mikael Blomkvist, die in diens ziekenkamertje voor het raam heen en weer liep. Het was bijna halfacht

’s avonds en ze hadden haast een uur aan één stuk met elkaar gesproken. Uiteindelijk tikte Palmgren op tafel om Mikaels aandacht te trekken.

‘Ga zitten, voordat je schoenen versleten zijn,’ zei hij.

Mikael nam plaats.

‘Al die geheimen,’ zei hij. ‘Ik had de samenhang niet begrepen voordat u me over de achtergrond van Zalachenko vertelde. Alles wat ik heb gezien, zijn al die rapporten over Lisbeth, waarin wordt vastgesteld dat ze geestelijk gestoord is.’

‘Peter Teleborian.’

‘Hij moet een soort afspraak met Björck hebben gehad. Het moet een of ander samenwerkingsverband zijn geweest.’

Mikael knikte nadenkend. Wat er ook gebeurde, Peter Teleborian zou onderwerp worden van een diepgaand journalistiek onderzoek.

‘Lisbeth zei dat ik bij hem uit de buurt moest blijven. Dat hij slecht was.’

Holger Palmgren keek hem scherp aan.

‘Wanneer heeft ze dat gezegd?’

Mikael zweeg. Toen keek hij Palmgren glimlachend aan.

‘Nog meer geheimen. Verdikkeme. Ik heb ondertussen wat met haar gecommuniceerd. Dat loopt via mijn computer. Korte, cryptische mededelingen van haar kant, maar ze leidt me steeds de goede kant op.’

Holger Palmgren zuchtte.

‘En dat heb je natuurlijk niet aan de politie verteld,’ zei hij.

‘Nee. Niet bepaald.’

‘Officieel heb je het ook niet aan mij verteld. Maar ze is een kei met computers.’

Je weet niet half hóé goed.

‘Ik heb er een groot vertrouwen in dat ze op haar pootjes terecht zal komen. Ze zal het misschien niet breed hebben, maar ze is een taaie.’

Niet breed. Ze heeft bijna 3 miljard kronen gestolen. Ze hoeft geen honger te lijden. Ze heeft een hele kist met goud, net als Pippi Langkous.

‘Wat ik niet helemaal begrijp,’ zei Mikael, ‘is waarom u in al die jaren niet hebt ingegrepen.’

Holger Palmgren zuchtte opnieuw. Hij voelde zich ontzettend somber.

‘Het is me niet gelukt,’ zei hij. ‘Toen ik haar curator werd, was zij er slechts één in een rij van lastige tieners met problemen. Ik heb tientallen jongelui onder mijn hoede gehad. Ik kreeg de opdracht van Stefan Brådhensjö, hij was destijds hoofd van de sociale zorgvoorziening. Lisbeth zat toen al in St. Stefans en ik heb haar dat eerste jaar niet eens ontmoet. Ik heb een paar keer met Teleborian gesproken en hij verklaarde dat ze psychotisch was en dat ze de beste zorg kreeg die er was. Ik geloofde hem natuurlijk. Maar ik heb ook gesproken met Jonas Beringer, die in die tijd afdelingshoofd was. Ik geloof niet dat hij wat met dit verhaal van doen heeft. Hij had op mijn verzoek een evaluatie gemaakt en we spraken af dat we zouden proberen om haar via een pleeggezin weer de maatschappij in te sluizen. Ze was toen vijftien jaar.'

'En u hebt haar door de jaren heen ondersteund.'

'Onvoldoende. Ik heb het voor haar opgenomen na die episode in de metro. Toen had ik haar leren kennen. Ik mocht haar erg graag. Ze had ruggengraat. Ik heb voorkomen dat ze werd opgenomen. Het compromis was dat ze ontoerekeningsvatbaar zou worden verklaard en dat ik haar curator zou worden.'

'Het kan bijna niet zo zijn geweest dat Björck de rechtbank voorschreef wat die moest beslissen. Dat zou de aandacht hebben getrokken. Hij wilde dat ze opgesloten zou blijven en probeerde haar zwart te maken door met psychiatrische onderzoeken van onder andere Teleborian te komen. Zo hoopte hij dat de rechtbank die logische beslissing zou nemen. Maar ze volgden uw lijn.'

'Ik ben nooit van mening geweest dat Lisbeth onder curatele moest staan. Maar als ik eerlijk ben, heb ik ook niet veel ondernomen om die beslissing op te heffen. Ik had krachtiger en eerder moeten optreden. Maar ik was erg gek op Lisbeth en ... schoof het telkens voor me uit. Ik had te veel ijzers in het vuur. En toen werd ik ziek.'

Mikael knikte.

'Ik vind niet dat u uzelf de schuld moet geven. U bent een van de weinige personen die door de jaren heen aan haar kant heeft gestaan.'

'Maar het probleem is dat ik nooit heb geweten dát ik wat moest doen. Lisbeth was mijn cliënte, maar ze had nooit wat gezegd over Zalachenko. Toen ze uit St. Stefans kwam, duurde het een paar jaar voordat ze ook maar enig vertrouwen in mij kreeg. Ik had pas na die rechtszaak het gevoel dat ze langzaam over meer dan de noodzakelijke formaliteiten met me ging communiceren.'

'Hoe kwam het dat ze over Zalachenko ging vertellen?'

'Ik neem aan dat ze ondanks alles vertrouwen in me had gekregen. Bovendien was ik er diverse malen over begonnen dat ik die ondertoezichtstelling opgeheven wilde hebben. Ze heeft daar maandenlang over nagedacht. Toen belde ze op een dag dat ze me wilde zien. Ze was uitgedacht. En toen vertelde ze dat hele verhaal over Zalachenko en wat zij meende dat er was gebeurd.'

'Ik begrijp het.'

'Je moet ook begrijpen dat ik een heleboel te verstouwen kreeg. Toen ben ik in dat verhaal gaan graven. Zalachenko was in geen enkel bestand in Zweden te vinden. Soms kon ik maar moeilijk bepalen of ze de boel had verzonnen of niet.'

'En toen u uw hersenbloeding kreeg, werd Bjurman haar curator. Dat kan geen toeval zijn geweest.'

'Nee. Ik weet niet of we dat ooit kunnen bewijzen, maar ik denk dat als we diep genoeg graven, we ... degene vinden die Björck heeft opgevolgd en zich bezighoudt met de naweeën van de Zalachenko-affaire.'

'Ik kan Lisbeths totale weigering om met psychologen of overheidsinstanties te praten goed begrijpen,' zei Mikael. 'Telkens als ze dat probeerde, werd het erger. Ze heeft aan diverse volwassenen geprobeerd uit te leggen wat er was gebeurd, maar er was niemand die luisterde. Ze heeft in haar eentje geprobeerd het leven van haar moeder te redden en haar te verdedigen tegen een psychopaat. Uiteindelijk deed ze het enige wat ze kon doen. En in plaats van dat ze zeiden "goed gedaan" en "flinke meid" werd ze opgesloten in een gesticht.'

'Zo simpel is het niet. Ik hoop dat je begrijpt dat er iets mis is met Lisbeth,' zei Palmgren scherp.

'Hoe bedoelt u?'

'Je bent je ervan bewust dat ze een heleboel gedoe heeft gehad in haar jeugd, problemen op school en zo?'

'Dat heeft in elke krant gestaan. Ik zou ook een lastige leerling zijn geweest als ik dat allemaal had meegemaakt.'

'Haar problemen gaan veel verder dan de problemen die ze thuis had. Ik heb alle psychiatrische onderzoeken over haar gelezen en er is nooit een diagnose gesteld. Maar ik geloof dat we het erover eens kunnen zijn dat Lisbeth Salander anders is dan normale mensen. Heb je weleens met haar geschaakt?'

'Nee.'

'Ze heeft een fotografisch geheugen.'

'Dat weet ik. Dat heb ik gemerkt toen ik met haar samenwerkte.'

'Oké. Ze houdt van raadsels. Toen ze een keer bij me was voor een kerstdiner, heb ik haar uitgedaagd een paar problemen uit een IQ-test van Mensa op te lossen. Het was zo'n test waarbij je vijf soortgelijke symbolen ziet en je moet zeggen hoe het zesde eruitziet.'

'Aha.'

'Ik had het zelf ook geprobeerd en had de helft goed. Maar ik was er twee avonden mee bezig geweest. Ze wierp een blik op het papier en beantwoordde elke vraag goed.'

'Tja,' zei Mikael. 'Lisbeth is heel speciaal.'

'Ze heeft extreem veel moeite om relaties met andere mensen aan te gaan. Ik gok op een vorm van het Syndroom van Asperger of iets dergelijks. Als je de klinische beschrijvingen van patiënten met de diagnose Asperger leest, zijn er dingen die heel goed op Lisbeth van toepassing zijn, hoewel er tegelijkertijd evenveel punten zijn waarbij het niet klopt.'

Hij zweeg even.

'Ze is absoluut niet gevaarlijk voor mensen die haar met rust laten en met respect behandelen.'

Mikael knikte.

'Maar ze is zeer gewelddadig,' zei Palmgren zachtjes. 'Als ze wordt geprovoceerd of blootgesteld aan dreiging kan ze met extreem geweld terugslaan.'

Mikael knikte opnieuw.

'De vraag is wat we nu moeten doen,' zei Holger Palmgren.

'Op zoek gaan naar Zalachenko,' antwoordde Mikael.

Op dat moment klopte dr. Sivarnandan op de deur.

'Sorry dat ik stoor. Maar als jullie geïnteresseerd zijn in Lisbeth Salander moeten jullie de tv aanzetten en naar het nieuws kijken.'

29
WOENSDAG 6 APRIL – DONDERDAG 7 APRIL

Lisbeth zat te trillen van woede. Die ochtend was ze in alle rust naar het zomerhuisje van Bjurman afgereisd. Ze had haar computer sinds de avond ervoor niet aangehad en overdag had ze het te druk gehad om naar het nieuws te luisteren. Ze was erop voorbereid dat het tumult in Stallarholmen nogal wat stof zou doen opwaaien, maar ze was totaal onvoorbereid op de storm die haar nu in het nieuws op tv trof.

Miriam Wu lag in het Zuiderziekenhuis, in elkaar geslagen door een blonde reus die haar voor haar flat aan de Lundagatan had gekidnapt. Haar toestand was ernstig.

Paolo Roberto had haar gered. Hoe hij bij het magazijn in Nykvarn was gekomen, was onbegrijpelijk. Hij werd geïnterviewd toen hij het ziekenhuis verliet, maar wilde geen commentaar geven. Zijn gezicht zag eruit of hij tien rondes in de boksring met zijn handen geboeid op zijn rug had gemaakt.

In het bosgebied waar Miriam Wu naartoe was gebracht, waren in de grond de stoffelijke overschotten van twee mensen aangetroffen. 's Avonds werd gemeld dat de politie een derde plaats had aangemerkt die zou worden uitgegraven. Misschien waren er nog meer graven op het terrein.

En dan de jacht op Lisbeth Salander.

Het net om haar heen sloot zich steeds verder. De politie had haar die dag omsingeld in een zomerhuisjescomplex in de buurt van Stallarholmen. Ze was gewapend en gevaarlijk. Ze had een Hell's Angel neergeschoten, mogelijk twee. Het vuurgevecht had plaatsgevonden bij het zomerhuisje van Nils Bjurman. 's Avonds meende de politie dat ze er wellicht in was geslaagd door het net te glippen en het gebied te verlaten.

De leider van het vooronderzoek Richard Ekström hield een persconferentie. Hij gaf ontwijkend antwoord. Nee, hij kon geen antwoord geven op de vraag of Lisbeth Salander zakendeed met de Hell's Angels. Nee, hij kon niet bevestigen dat Lisbeth Salander bij het magazijn in Nykvarn was gezien. Nee, er was niets wat erop duidde dat het een afrekening in het criminele circuit was. Nee, het was niet vastgesteld dat Lisbeth Salander de enige dader in de Enskede-moorden was. De politie, hield Ekström vol, had nooit beweerd dat zij de moordenaar was, en had uitsluitend een opsporingsbevel uit doen gaan om haar te kunnen ondervragen over die moorden.

Lisbeth Salander fronste haar wenkbrauwen. Er was blijkbaar iets binnen het politieonderzoek gebeurd.

Ze logde in op internet en las eerst de verslaggeving van de kranten en nam daarna achtereenvolgens de harde schijven door van officier Ekström, Dragan Armanskij en Mikael Blomkvist.

Ekströms mailbox bevatte diverse interessante mailtjes, in elk geval eentje van inspecteur Jan Bublanski van 17.22 uur. Het bericht was kort en bevatte vernietigende kritiek op de wijze waarop Ekström het vooronderzoek leidde. Het mailtje eindigde met wat bijna kon worden beschouwd als een ultimatum. De mail van Bublanski was puntsgewijs opgesteld. Hij eiste dat (a) inspecteur Sonja Modig met onmiddellijke ingang weer deel zou uitmaken van het onderzoeksteam, (b) dat de focus voor het onderzoek werd gewijzigd zodat er alternatieve daders voor de moorden in Enskede werden gezocht, en (c) dat er een fatsoenlijk onderzoek op gang zou komen naar de onbekende figuur die bekend was onder de naam Zala.

De aantijgingen tegen Lisbeth Salander zijn gebaseerd op één zwaarwegende indicatie: haar vingerafdrukken op het moordwapen. Dat is, zoals je heel goed weet, een bewijs voor het feit dat ze het wapen in handen heeft gehad, maar geen bewijs dat ze het heeft afgevuurd en al helemaal niet dat ze het op de slachtoffers heeft gericht.
We bevinden ons nu in de situatie dat we weten dat er anderen bij dit drama betrokken zijn, dat de politie van Södertälje twee lijken in de grond heeft aangetroffen en dat er nu nóg een plaats is aangemerkt die moet worden onderzocht. Het magazijn is eigendom van een neef van Carl-Magnus Lundin. Het zou duidelijk moeten zijn dat Lisbeth Salander, hoe geweldda-

dig ze ook is en welk psychologisch profiel ook bij haar past, hier weinig mee van doen heeft.

Bublanski eindigde met de constatering dat als zijn eisen niet werden ingewilligd, hij uit het onderzoek zou moeten stappen, en dat hij niet van plan was dat in stilte te doen. Ekström had geantwoord dat Bublanski moest doen wat hij het best vond.

Lisbeth kreeg meer, maar tegelijk onthutsender, informatie op de harde schijf van Dragan Armanskij. In een korte mailwisseling met het salariskantoor van Milton werd vastgesteld dat Niklas Eriksson het bedrijf met onmiddellijke ingang zou verlaten. Zijn vakantiegeld en drie maanden ontslagpremie moesten worden uitbetaald. Een mail naar de bewaking bevatte een order dat als Eriksson bij het gebouw zou verschijnen, hij naar zijn bureau moest worden begeleid om zijn persoonlijke bezittingen te halen, waarna hij de werkplek diende te verlaten. In een mail naar de technische afdeling stond dat Erikssons toegangspasje moest worden geblokkeerd.

Maar het interessantst was een korte mailwisseling tussen Dragan Armanskij en de advocaat van Milton Security, Frank Alenius. Dragan stelde de vraag hoe Lisbeth Salander het best vertegenwoordigd kon worden in het geval ze zou worden opgepakt. Alenius antwoordde eerst dat er voor Milton geen redenen waren om zich te interesseren voor een vroegere medewerkster die een moord had gepleegd; het zou niet goed zijn voor de beeldvorming van Milton Security als het bedrijf daarmee in verband zou worden gebracht. Armanskij had boos geantwoord dat de bewering dat Lisbeth Salander een moord had gepleegd nog steeds een open vraag was en dat het hier zaak was steun te geven aan een ex-medewerkster die volgens Dragan Armanskij onschuldig was.

Lisbeth ging naar de harde schijf van Mikael Blomkvist en constateerde dat hij niets had geschreven en sinds de vorige dag vroeg niet meer in zijn computer was geweest. Er was geen nieuws.

Sonny Bohman legde de map op de vergadertafel in de kamer van Dragan Armanskij. Hij ging moeizaam zitten. Fräklund pakte de map, deed hem open en begon te lezen. Dragan Armanskij stond bij het raam en keek uit over Gamla Stan.

'Ik vrees dat dit het laatste is wat ik kan leveren. Ik ben per vandaag van het onderzoek geschopt,' zei Bohman.

'Niet jouw fout,' zei Fräklund.

'Nee, niet jouw fout,' zei Armanskij instemmend terwijl hij plaatsnam. Hij had al het materiaal waarvan Bohman hem bijna twee weken lang had voorzien in een stapel op de vergadertafel gelegd.

'Je hebt goed werk verricht, Sonny. Ik heb met Bublanski gesproken. Hij beklaagde zich er zelfs over dat je weg was, maar hij had geen keus in verband met Eriksson.'

'Het is wel goed. Ik heb ontdekt dat ik het hier bij Milton veel beter naar mijn zin heb dan op Kungsholmen.'

'Kun je de zaak samenvatten?'

'Tja, als het doel was het vinden van Lisbeth Salander, dan zijn we daar geen van allen in geslaagd. Het is een ontzettend rommelig onderzoek met veel eigen willetjes en Bublanski heeft de zaak ook niet altijd helemaal in de hand.'

'Hans Faste ...'

'Hans Faste is een zakkenwasser. Maar het probleem is niet alleen Faste en een rommelig onderzoek. Bublanski heeft alle ideeën uitvoerig onderzocht. Feit is dat Salander een kei is in het uitwissen van sporen.'

'Maar jouw werk was niet alleen het oppakken van Salander,' zei Armanskij.

'Nee, en ik ben blij dat we Niklas Eriksson niet over mijn andere taak hebben geïnformeerd toen we begonnen. Mijn opdracht was ook om op te treden als jouw informant en mol, en ervoor te waken dat Salander niet onschuldig zou worden opgehangen.'

'En wat is jouw mening nu?'

'Toen we begonnen, was ik er vrij zeker van dat ze schuldig was. Maar nu weet ik dat niet meer zo zeker. Er zijn zoveel tegenstrijdige puzzelstukjes ...'

'Ja?'

'... dat ik haar niet langer als hoofdverdachte zou willen bestempelen. Ik begin steeds meer te denken dat er iets in die bewering van Mikael Blomkvist zit.'

'Dat betekent dat we alternatieve daders moeten zien te vinden. Zullen we het hele onderzoek vanaf het begin nog eens doornemen?' vroeg Armanskij terwijl hij voor alle aanwezigen koffie inschonk.

Lisbeth Salander beleefde een van de ergste avonden ooit. Ze moest denken aan het moment dat ze die brandbom door het raampje van Zalachenko's auto had gegooid. Vanaf die tijd waren de nachtmerries gestopt en had ze een grote innerlijke rust gevoeld. Ze had door de jaren heen andere problemen gehad, maar die hadden altijd betrekking gehad op haarzelf en ze had ze kunnen hanteren. Nu ging het om Mimmi.

Mimmi lag in elkaar geslagen in het Zuiderziekenhuis. Mimmi was onschuldig. Zij had er niets mee te maken. Haar enige misdaad was dat ze Lisbeth Salander kende.

Lisbeth vervloekte zichzelf. Het was háár fout. Ze kreeg last van schuldgevoelens. Ze had haar eigen adres geheimgehouden en er angstvallig voor gewaakt dat ze zelf op alle manieren ingedekt was. En toen had ze Mimmi overgehaald om op het adres te gaan wonen dat iedereen kende.

Hoe had ze zo onbedachtzaam kunnen zijn?

Dan had ze haar net zo goed zelf in elkaar kunnen slaan.

Ze was zó ongelukkig dat ze tranen in haar ogen kreeg. Maar Lisbeth Salander huilde nooit. Ze veegde de tranen weg.

Om halfelf was ze zo rusteloos dat ze niet binnen kon blijven. Ze trok haar jas aan en sloop naar buiten. Ze liep door de kleine straatjes tot ze bij de Ringweg en de oprit naar het Zuiderziekenhuis kwam. Ze wilde naar de kamer van Mimmi gaan, haar wakker maken en uitleggen dat alles goed zou komen. Toen zag ze een blauw zwaailicht van een politieauto bij Zinkensdamm. Ze liep een dwarsstraat in voordat ze herkend zou worden.

Ze was even na middernacht weer bij Mosebacke. Ze was onderkoeld en kroop in haar IKEA bed. Ze kon niet slapen. Om één uur stond ze op en liep naakt door de donkere flat. Ze ging naar de logeerkamer, waar ze een bed en een ladekast had neergezet, maar waar ze daarna nooit meer een voet had gezet. Ze ging op de grond zitten, met haar rug tegen de muur, en staarde in het donker.

Lisbeth Salander met een logeerkamer. Wat een giller.

Ze bleef tot twee uur zitten. Toen had ze het zó koud gekregen dat ze helemaal zat te trillen. Ze begon te huilen. Ze kon zich niet herinneren dat dat ooit eerder was voorgekomen.

Om halfdrie had Lisbeth Salander gedoucht en zich aangekleed. Ze zette het koffiezetapparaat aan, smeerde een paar boterhammen en deed de computer aan. Ze ging naar Mikael Blomkvists harde schijf. Het verbaasde haar dat hij zijn researchjournaal niet had bijgewerkt, maar ze had die nacht geen puf meer gehad om daarover na te denken.

Het researchjournaal was nog steeds onaangeroerd en ze klikte de map 'Lisbeth Salander' open. Het eerste wat ze zag, was een nieuw document getiteld 'Lisbeth – BELANGRIJK'. Ze klikte op 'eigenschappen' en zag dat het document om 00.52 uur was aangemaakt. Toen dubbelklikte ze en las ze het bericht.

Lisbeth, neem onmiddellijk contact met me op. Deze geschiedenis is erger dan ik me had kunnen voorstellen. Ik weet wie Zalachenko is en ik denk dat ik weet wat er is gebeurd. Ik heb met Holger Palmgren gesproken. Ik heb de rol van Teleborian begrepen en waarom het zo belangrijk was om jou bij kinderpsychiatrie op te sluiten. Ik denk dat ik weet wie Dag en Mia heeft vermoord. Ik geloof ook dat ik weet waarom, maar ik mis een paar essentiële puzzelstukjes. Ik begrijp Bjurmans rol niet. Bel me. Neem onmiddellijk contact met me op. We kunnen dit oplossen. Mikael

Lisbeth las het document twee keer door. Kalle Blomkvist was ijverig geweest. *Grote jongen.* Hij meende nog steeds dat de zaak kon worden opgelost.

Hij was van goede wil. Hij wilde helpen.

Hij begreep niet dat, wat er ook gebeurde, haar leven voorbij was.

Dat was al voor haar dertiende afgelopen geweest.

Er was maar één oplossing.

Ze opende een nieuw document en probeerde een antwoord aan Mikael Blomkvist te formuleren, maar haar gedachten duizelden en er was zoveel dat ze tegen hem wilde zeggen.

Lisbeth Salander verliefd. Wat een grap.

Hij zou het nooit te weten komen. Ze zou het hem nooit gunnen hem deelgenoot te maken van haar gevoelens.

Ze gooide het document weg en staarde naar het lege scherm. Maar hij verdiende meer dan een volledig stilzwijgen van haar kant. Hij had trouw in haar hoek van de ring gestaan, als een standvastige tinnen soldaat. Ze maakte een nieuw document aan en schreef één regel.

Bedankt dat je mijn vriend wilde zijn.

Eerst moest ze een aantal logistieke beslissingen nemen. Ze had een vervoermiddel nodig. Het was verleidelijk om de bordeauxrode Honda op de Lundagatan te gebruiken, maar dat was uitgesloten. Er was niets in de laptop van officier Ekström waaruit bleek dat iemand in het politieonderzoek had ontdekt dat zij een auto had gekocht, wat eventueel kon komen doordat dat pas zo kort geleden was gebeurd dat ze het registratiebewijs en de verzekeringspapieren nog niet had opgestuurd. Maar ze kon er niet op gokken dat Mimmi niets over de auto had gezegd toen zij door de politie werd verhoord, en ze wist dat de Lundagatan af en toe onder bewaking stond.

De politie wist dat ze een motorfiets had, en het zou nóg gecompliceerder zijn om hem uit de berging aan de Lundagatan te halen. Bovendien hadden ze na een paar bijna zomers warme dagen onbestendig weer beloofd en ze had geen zin om met een motorfiets over spekgladde wegen te rijden.

Een alternatief was natuurlijk om een auto te huren op naam van Irene Nesser, maar dat bracht ook risico's met zich mee. Er was altijd een mogelijkheid dat iemand haar zou herkennen en dat de naam Irene Nesser daarmee onbruikbaar zou worden. Wat een ramp zou zijn, omdat het haar achterdeur naar het buitenland was.

Toen lachte ze een scheef lachje. Er was natuurlijk nóg een mogelijkheid. Ze opende haar computer en logde in op het netwerk van Milton Security en navigeerde naar de autopool, die door een secretaresse van de receptie werd bijgehouden. Milton Security beschikte over vijfennegentig auto's. Het merendeel daarvan waren de beschilderde bewakingsauto's van de firma waarvan de meeste in parkeergarages over de stad verspreid stonden. Maar er waren ook een paar gewone, particuliere auto's die indien nodig voor zakenreizen konden worden gebruikt. Die stonden in de garage van het hoofdkantoor van Milton bij Slussen. Praktisch om de hoek.

Ze screende de personeelsbestanden en koos medewerker Marcus Collander, die net twee weken op vakantie was. Hij had een telefoonnummer achtergelaten van een hotel op de Canarische eilanden. Ze wijzigde de naam van het hotel en gooide de cijfers in het telefoonnummer waar hij bereikbaar was om. Toen voegde ze een opmerking toe dat Collander voordat hij op vakantie was gegaan een van de particuliere auto's naar de garage had gebracht omdat hij een slepend geluid vanonder de motorkap had gehoord. Ze koos een Toyota Corolla met automaat die ze eerder had gebruikt, en noteerde dat deze een week later weer terug zou zijn.

Als laatste logde ze in op het systeem om de bewakingscamera's waar ze langs moest te herprogrammeren. Tussen 04.30 en 05.00 uur zouden ze een herhaling laten zien van wat er het halfuur daarvoor was gebeurd, maar met een andere tijdcode.

Even voor vieren 's morgens had ze haar rugzak gepakt. Ze had twee stel kleding, twee traangaspatronen en het opgeladen elektrische pistool bij zich. Ze keek naar de twee wapens die ze had verzameld. Ze wees Sandströms Colt 1911 Government af en koos Sonny Nieminens Poolse P-83 Wanad, waaruit één patroon ontbrak. Dat was smaller en lag beter in de hand. Ze stopte het in de zak van haar jack.

Lisbeth sloot de klep van haar PowerBook, maar liet de computer op het bureau staan. Ze had de inhoud van de harde schijf overgebracht naar een gecodeerde back-up op internet en daarna de hele harddisk gewist met een programma dat ze zelf had geschreven, en dat garandeerde dat zelfs zij de inhoud niet zou kunnen reconstrueren. Ze verwachtte haar PowerBook niet nodig te hebben, dat was alleen maar gesleep. Maar ze nam haar Palm Tungsten handcomputer wél mee.

Ze keek in haar werkkamer om zich heen. Ze had het gevoel dat ze niet terug zou keren naar haar appartement bij Mosebacke en constateerde dat ze geheimen achterliet die ze misschien zou moeten vernietigen. Ze wierp een blik op haar horloge en zag in dat ze in tijdnood zou komen. Voor de laatste keer keek ze om zich heen en daarna deed ze de bureaulamp uit.

Ze liep naar Milton Security, waar ze door de garage naar binnen ging en de lift nam naar de administratie. Ze kwam in de lege gangen niemand tegen en kon de autosleutel zonder probleem uit de onafgesloten wandkast bij de receptie halen.

Dertig seconden later was ze terug in de garage en bliepte ze het veiligheidsslot van de Corolla open. Ze dumpte de rugzak op de passagiersstoel en stelde de bestuurdersstoel en de achteruitkijkspiegel in. Ze gebruikte haar oude toegangspasje om de garagedeur open te maken.

Even voor halfvijf 's morgens reed ze vanaf het Söder Mälarstrand de brug op. Het begon net licht te worden.

Mikael Blomkvist werd om halfzeven 's morgens wakker. Hij had de wekker niet gezet en maar drie uur geslapen. Hij stond op, startte zijn iBook en opende de map 'Lisbeth Salander'. Hij zag haar korte antwoord onmiddellijk.

Bedankt dat je mijn vriend wilde zijn.

Mikael voelde een koude rilling langs zijn ruggengraat omhoog kruipen. Dit was niet het antwoord waarop hij had gehoopt. Het klonk als een afscheid. Lisbeth Salander in haar eentje tegen de rest van de wereld. Hij ging naar de keuken, zette het koffiezetapparaat aan en liep door naar de badkamer. Hij trok een versleten spijkerbroek aan en zag in dat hij de afgelopen weken geen tijd had gehad om te wassen en dat hij geen enkel schoon shirt meer had. Hij trok een bordeauxrode sweater aan onder zijn grijze colbert.

Toen hij in de keuken een boterham smeerde, ving hij plotseling een glimp op van metaal, op het aanrecht tussen de magnetron en de muur. Hij fronste zijn wenkbrauwen en gebruikte een vork uit de besteklade om een sleutelbos tevoorschijn te peuteren.

De sleutels van Lisbeth Salander. Hij had ze gevonden na de overval op de Lundagatan en ze samen met haar schoudertas op de magnetron gelegd. Ze moesten erachter zijn gevallen. Hij had ze vergeten aan Sonja Modig te geven toen ze de tas kwam ophalen.

Hij staarde naar de sleutelbos. Drie grote en drie kleine sleutels. De drie grote waren typisch van het slot van een portiekdeur, een appartementsdeur en een veiligheidsslot. *Haar flat.* Ze pasten niet op de Lundagatan. Waar zou ze toch wonen?

Hij bekeek de drie kleine sleutels beter. Eén sleutel was van het slot van haar Kawasaki. Eentje was typisch een sleutel van een brand- of archiefkast. Hij hield de derde sleutel omhoog. Daar stond het nummer 24914 in gegraveerd. Hij kwam onmiddellijk tot het inzicht dat Lisbeth een postbus moest hebben.

Een postbus. Lisbeth Salander heeft een postbus.

Hij keek in de telefoongids onder postkantoren op Södermalm. Ze had op de Lundagatan gewoond. Winkelcentrum Ringen was te ver weg. Misschien de Hornsgatan. Of de Rosenlundsgatan.

Hij zette het koffiezetapparaat uit, liet het ontbijt voor wat het was en reed met de BMW van Erika Berger naar de Rosenlundsgatan. De sleutel paste niet. Hij reed verder naar het postkantoor op de Hornsgatan. De sleutel paste perfect op postbus 24914. Hij maakte hem open en trof tweeëntwintig brieven aan die hij in het buitenvak van zijn computertas stopte.

Hij vervolgde de Hornsgatan, parkeerde bij de bioscoop en ontbeet bij Copacabana bij het Bergsunds strand. Terwijl hij op zijn koffie verkeerd wachtte, bekeek hij de brieven een voor een. Ze waren allemaal gericht aan Wasp Enterprises. Negen brieven waren afkomstig uit Zwitserland, acht van de Kaaimaneilanden, een van de Kanaaleilanden en vier uit Gibraltar. Hij sneed ze zonder gewetenswroeging open. De eerste eenentwintig brieven bevatten bankafschriften en overzichten van verschillende rekeningen en fondsen. Mikael Blomkvist constateerde dat Lisbeth Salander stinkend rijk was.

De tweeëntwintigste brief was dikker. Het adres was handgeschreven. De envelop had een bedrukt logo en was afkomstig van een kantoor in het Buchanan House aan de Queensway Quay in Gibraltar. De bijgevoegde brief had een briefhoofd waaruit bleek dat hij was verstuurd door Jeremy S. MacMillan, *Solicitor.* MacMillan had een keurig handschrift.

Jeremy S. MacMillan
Solicitor

Dear Ms Salander,
This is to confirm that the final payment of your property has been concluded as of January 20. As agreed, I'm enclosing copies of all documentation but will keep the original set. I trust this will be to your satisfaction.
Let me add that I hope everything is well with you, my dear. I very much enjoyed the surprise visit you made last summer and, must say, I found your presence refreshing. I'm looking forward to, if needed, be of additional service.
Yours faithfully,
JSM

De brief was gedateerd 24 januari. Lisbeth Salander keek blijkbaar niet zo vaak in haar postbus. Mikael bekeek de bijgevoegde documentatie. Het was de koopakte van een appartement in een pand aan de Fiskargatan 9 bij Mosebacke.

Hij verslikte zich prompt in zijn koffie. De koopsom bedroeg 25 miljoen kronen en was voldaan door middel van twee betalingen met twaalf maanden ertussen.

Lisbeth Salander zag een stevig gebouwde, donkerharige man de zijdeur van Auto-Expert in Eskilstuna openmaken. Het was een garage, werkplaats en autoverhuurbedrijf in één. Een typisch dertien-in-eendozijnbedrijf. Het was tien voor zeven en volgens een handgeschreven papiertje op de voordeur ging de winkel pas om halfacht open. Ze liep de straat over, deed de zijdeur open en liep achter de man aan de winkel in. Hij hoorde haar en keerde zich om.

'Refik Alba?' vroeg ze.

'Ja. Wie ben jij? Ik ben nog niet open.'

Ze hield Sonny Nieminens P-83 Wanad omhoog en richtte de loop met twee handen op zijn gezicht.

'Ik heb geen tijd voor gezeur. Ik wil je bestand van verhuurde auto's zien. Nu. Je hebt tien seconden.'

Refik Alba was tweeënveertig jaar oud. Hij was Koerd, geboren in Diyarbakir en had zijn portie wapens wel gezien. Hij stond als verlamd. Toen bedacht hij dat wanneer er een gestoorde vrouw met een pistool in haar hand zijn kantoor binnenstapte, er niet zo veel te discussiëren viel.

'In de computer,' zei hij.

'Zet aan.'

Hij gehoorzaamde.

'Wat zit er achter die deur?' vroeg ze terwijl de computer op gang kwam en het scherm begon te flikkeren.

'Een kast.'

'Maak open.'

Er hingen een paar overalls.

'Mooi. Als je nu gewoon in die kast gaat staan, overkomt je niets.'

Hij gehoorzaamde haar zonder te protesteren.

'Pak je mobiele telefoon, leg hem op de grond en schop hem naar me toe.'

Hij deed wat er werd gezegd.

'Goed. Doe nu de deur dicht.'

De computer was een antieke pc met Windows 95 en een harde schijf van 280 Mb. Het duurde een eeuwigheid voor het Excel-document met de documentatie over de verhuur geopend was. Ze constateerde dat de witte Volvo, die door de blonde reus was bestuurd, twee keer was gehuurd. Eerst twee weken in januari en daarna op 1 maart. Hij was nog niet teruggebracht. De langetermijnhuur werd automatisch geïncasseerd.

Zijn naam was Ronald Niedermann.

Ze inspecteerde de mappen op de plank boven de computer. Eén ordner droeg de titel LEGITIMATIES; dat stond keurig met blokletters op de rug geschreven. Ze pakte de map en bladerde naar Ronald Niedermann. Toen hij de auto in januari had gehuurd, had hij zich met zijn paspoort gelegitimeerd en Refik Alba had gewoon een kopie gemaakt. Ze herkende de blonde reus onmiddellijk. Hij was volgens zijn pas een Duitser en geboren in Hamburg. Het feit dat Refik Alba een kopie van zijn paspoort had gemaakt, betekende dat Ronald

Niedermann een gewone klant was en geen kennis die de auto toevallig even had geleend.

Helemaal onder aan de kopie had Refik Alba een mobiel nummer en een postbusadres in Göteborg genoteerd.

Lisbeth zette de ordner terug en sloot de computer af. Ze keek om zich heen en zag een rubberen wig op de vloer naast de buitendeur liggen. Ze pakte hem op, liep naar de kast en tikte met de loop van het pistool op de deur.

'Kun je mij horen?'

'Ja.'

'Weet je wie ik ben?'

Geen antwoord.

Hij moet blind zijn als hij mij niet heeft herkend.

'Goed. Je weet wie ik ben. Ben je bang voor me?'

'Ja.'

'Dat is niet nodig. Ik zal je niets doen. Ik ben bijna klaar. Het spijt me dat ik je heb gestoord.'

'Eh ... oké.'

'Heb je genoeg lucht daarbinnen?'

'Ja ... wat wil je eigenlijk?'

'Ik wilde kijken of een bepaalde vrouw hier twee jaar geleden een auto heeft gehuurd,' loog ze. 'Ik heb niet gevonden wat ik zocht. Maar dat is niet jouw fout. Ik ben binnen een paar minuten weg.'

'Oké.'

'Ik zet die rubberen wig onder de kastdeur. De deur is dun genoeg om uit te breken, maar dat zal even duren. Je hoeft de politie niet te bellen. Je zult me nooit weer zien en je kunt gewoon vandaag opengaan en doen alsof er niets is gebeurd.'

Het was vrij onwaarschijnlijk dat hij de politie níét zou bellen, maar het kon geen kwaad om hem een alternatief te bieden om over na te denken. Ze verliet de winkel en wandelde naar haar geleende Toyota Corolla die om de hoek stond en vermomde zich snel als Irene Nesser.

Het ergerde haar dat ze geen echte straatnaam van de blonde reus had gekregen, bijvoorbeeld in de buurt van Stockholm, en dat ze in plaats daarvan een postbus had gevonden aan de andere kant van het land. Maar dat was de enige leidraad die ze had. *Oké. Richting Göteborg.*

Ze navigeerde naar de oprit van de E20 en reed in westelijke richting naar Arboga. Ze zette de radio aan, maar had het nieuws net gemist en kreeg een of andere reclamezender. Ze luisterde naar David

Bowie die *putting out fire with gasoline* zong. Ze had geen idee wie hij was of uit welk nummer dat kwam, maar ze ervoer de woorden als profetisch.

30
DONDERDAG 7 APRIL

Mikael keek naar de portiekdeur van de Fiskargatan 9 bij Mosebacke. Deze markeerde de entree naar een van de meest exclusieve en discrete adressen van Stockholm. Hij stak de sleutel in het sleutelgat. Hij paste perfect. Het bord met de namen van de bewoners leverde niet veel op. Mikael nam aan dat het pand voor het grootste deel uit bedrijfsappartementen bestond, maar er leken ook gewone woonappartementen te zijn. Dat de naam van Lisbeth Salander in het trappenhuis ontbrak, verbaasde hem niets, maar het leek onwaarschijnlijk dat dit haar schuilplaats was.

Hij werkte de verdiepingen een voor een af en las de naambordjes. Er ging geen belletje rinkelen. Toen kwam hij op de bovenste verdieping. Daar stond *V.K. Bont* op de deur.

Hij sloeg met zijn hand tegen zijn voorhoofd en moest plotseling lachen. Hij vermoedde dat de keuze van Lisbeths schuilnaam niet bedoeld was om persoonlijk de spot met hem te drijven, maar dat het meer een eigen, ironische beschouwing was. Maar waar anders dan in Villa Kakelbont zou *Kalle Blomkvist,* de held uit Astrid Lindgrens kinderboeken over superdetective Blomkwist, Lisbeth Salander moeten zoeken?

Hij belde aan en wachtte een minuut. Toen pakte hij de sleutels en deed hij het veiligheidsslot en het onderste deurslot open.

Op hetzelfde moment dat hij de deur openmaakte, ging het inbraakalarm af.

Lisbeth Salanders mobiele telefoon begon te piepen toen ze op de E20 bij Glanshammar even buiten Örebro reed. Ze stond onmiddellijk op haar rem en stuurde naar een parkeerplaats langs de kant van de weg. Ze pakte haar Palm uit haar jaszak en plugde deze in haar telefoon.

Iemand had vijftien seconden daarvoor de deur naar haar appartement opengemaakt. Het alarm was niet doorgeschakeld naar een bewakingsfirma. Het had alleen tot taak haar persoonlijk te waarschuwen dat er iemand had ingebroken of op andere wijze de deur had opengemaakt. Na dertig seconden zou het alarm in werking treden en zou de ongenode gast een onaangename verrassing krijgen in de vorm van een verfbom, die bij de deur was gemonteerd in iets wat op een stopcontact leek. Ze grijnsde vol verwachting en telde de seconden af.

Mikael staarde gefrustreerd naar het alarmdisplay bij de deur. Hij had er niet eens over nagedacht dat er alarm op de flat zou kunnen zitten. Hij zag een digitale secondewijzer aftellen. Het alarm bij *Millennium* trad in werking als niet iemand binnen dertig seconden de juiste viercijferige code intoetste en niet lang daarna stond er dan een stel gespierde kerels van een beveiligingsbedrijf op de stoep.

Zijn eerste impuls was om de deur dicht te doen en hem snel te smeren. Maar hij stond als vastgevroren.

Vier cijfers. Het was onmogelijk om toevallig de juiste code in te toetsen.

25-24-23-22 ...

Die verdomde Pippi Lang...

19-18 ...

Welke code zou jij gebruiken?

15-14-13 ...

Hij voelde de paniek groeien.

10-9-8 ...

Toen hief hij zijn hand op en toetste hij wanhopig het enige cijfer in dat hij kon bedenken. 9277. De cijfers die overeenkwamen met de letters WASP op het toetsenbordje.

Tot Mikaels grote verbazing stopte het aftellen. Hij had nog zes seconden over. Daarna piepte het alarm voor de laatste keer voordat het display werd gereset en er een groen lampje ging branden.

Lisbeth sperde haar ogen wijd open. Ze dacht even dat ze het verkeerd had gezien en schudde de handcomputer heen en weer, maar dat had geen enkele zin; dat zag ze al snel in. Het aftellen was zes seconden voordat de verfbom zou ontploffen gestopt. En op het volgende moment werd het display gereset.

Onmogelijk.

Niemand anders in de hele wereld kende die code. Het alarm was niet eens verbonden met een centrale.

Hoe?

Ze kon zich niet voorstellen hoe dat kon. De politie? Nee. Zala? Uitgesloten.

Ze toetste een telefoonnummer op haar mobiele telefoon in en wachtte tot de bewakingscamera zou worden ingeschakeld en lage resolutiefoto's naar haar telefoon zou gaan versturen. De camera zat verborgen in wat eruitzag als een rookmelder in de hal en nam elke seconde een foto. Ze speelde de sequentie af vanaf nul – het moment waarop de deur openging en het alarm werd geactiveerd. Toen verspreidde zich langzaam een scheef lachje op haar gezicht terwijl ze naar Mikael Blomkvist keek, die gedurende iets minder dan een halve minuut een schokkerige pantomime opvoerde voordat hij uiteindelijk de code intoetste en daarna met een gezichtsuitdrukking alsof hij net aan een hartaanval was ontkomen tegen de deurpost leunde.

Die *Verrekte Kalle Blomkvist* had haar weten op te sporen.

Hij had de sleutels die ze op de Lundagatan was verloren. Hij was snugger genoeg om zich te herinneren dat Wasp haar pseudoniem op internet was. En als hij het appartement had gevonden, had hij misschien ook uitgevist dat het eigendom van Wasp Enterprises was. En terwijl ze keek, begon hij zich schokkerig door de hal te verplaatsen en verdween hij uit het zicht van het objectief.

Shit. Hoe kon ik zo voorspelbaar zijn. En waarom heb ik ... nu lagen al haar geheimen open voor Mikael Blomkvists alziende ogen.

Na een denkpauze van twee minuten bedacht ze dat het niet meer uitmaakte. Ze had haar harde schijf gewist. Dat was het belangrijkste. Het was misschien zelfs een voordeel dat haar schuilplaats was gevonden door Mikael Blomkvist. Hij kende meer geheimen van haar dan wie dan ook. Hij zou doen wat juist was. Hij zou haar niet verraden. Hoopte ze. Ze gaf gas en reed nadenkend richting Göteborg.

Malin Eriksson ontmoette Paolo Roberto in het trappenhuis van de redactie toen ze om halfnegen op haar werk kwam. Ze herkende hem direct, stelde zich voor en liet hem binnen. Hij hinkte bedenkelijk. Ze rook de geur van koffie en constateerde dat Erika Berger al aanwezig was.

'Hallo Berger. Fijn dat je me op zo'n korte termijn kon ontvangen.'

Erika keek geïmponeerd naar de verzameling blauwe plekken en bulten op zijn gezicht voordat ze zich vooroverboog en hem een kus op zijn wang gaf.

'Je ziet er ellendig uit,' zei ze.

'Ach, ik heb mijn neusbeen weleens eerder gebroken. Waar is Blomkvist?'

'Die is ergens buiten detectiefje aan het spelen op zoek naar aanwijzingen. Er valt zoals gewoonlijk niet met hem te communiceren. Afgezien van een wonderlijk mailtje van hem van vannacht, heb ik sinds gisterochtend niets meer van hem vernomen. Bedankt dat je ... tja, bedankt.'

Ze wees op zijn gezicht.

Paolo Roberto lachte.

'Wil je koffie? Je zei dat je wat te vertellen had. Malin, kom erbij zitten.'

Ze namen plaats in het comfortabele zitje op Erika's kamer.

'Ja, die grote, blonde duivel met wie ik heb gevochten. Ik heb Mikael verteld dat zijn boksen niet veel voorstelde. Maar het gekke was dat hij de hele tijd met zijn knuisten een verdedigende positie aannam en rondcirkelde alsof hij een ervaren bokser was. Het leek alsof hij een soort training had gehad.'

'Mikael zei gisteren zoiets door de telefoon,' zei Malin.

'Ik kon dat beeld niet helemaal loslaten en gistermiddag toen ik thuiskwam, heb ik mijn computer aangezet en een e-mail naar alle boksclubs in heel Europa verstuurd. Ik heb beschreven wat er was gebeurd en heb een zo gedetailleerd mogelijke beschrijving van die vent gegeven.'

'Oké.'

'Ik geloof dat ik beet heb.'

Hij legde een gefaxte foto voor Erika en Malin op tafel. Hij leek genomen tijdens een training in een bokshal. Twee boksers stonden naar de instructies van een gezette, oudere man met een leren hoed met een smalle rand en een trainingspak te luisteren. Er hingen diverse mensen om de ring, die ook meeluisterden. Op de achtergrond stond een reusachtige man met een doos in zijn armen. Hij zag eruit als een skinhead, met zijn kaalgeschoren hoofd. Hij was omcirkeld met een viltstift.

'Die foto is zeventien jaar oud. Die vent op de achtergrond heet Ronald Niedermann. Hij was achttien toen die foto werd genomen en zou nu dus rond de vijfendertig moeten zijn. Dat klopt wel met de reus die Miriam Wu heeft gekidnapt. Ik kan niet met honderd procent zekerheid zeggen of hij het is. De foto is wat te oud en is van slechte kwaliteit. Maar ik kan wel zeggen dat hij er erg veel op lijkt.

'Hoe kom je aan die foto?'

'Ik kreeg een reactie van Dynamic in Hamburg. Van een oud-trainer genaamd Hans Münster.'

'Aha.'

'Ronald Niedermann heeft eind jaren tachtig een jaar voor die club gebokst. Of liever gezegd, dat probeerde hij. Ik kreeg dat mailtje vanochtend en heb die Münster gebeld voordat ik hierheen kwam. Om samen te vatten wat Münster zei ... Ronald Niedermann is afkomstig uit Hamburg en onderhield in de jaren tachtig nauwe banden met een groep skinheads. Hij heeft een broer die een paar jaar ouder is dan hij en die is een enorm goede bokser. Door hem is hij bij de club gekomen. Niedermann is ontzettend sterk en heeft een lichamelijke gesteldheid die Münster nog nooit had gezien. Münster zei dat hij nog nooit iemand was tegengekomen die zó hard sloeg, ook niet bij de profs. Ze hebben zijn slagkracht een keer gemeten en hij kwam ongeveer buiten de schaal.'

'Dat klinkt alsof hij carrière had kunnen maken als bokser,' zei Erika.

Paolo Roberto schudde zijn hoofd.

'Volgens Münster was hij onmogelijk in de ring. Om meerdere redenen. Ten eerste kon hij niet leren boksen. Hij stond stil en maaide dan een beetje met zijn armen om zich heen. Hij was ontzettend lomp en dat klopt precies met die kerel met wie ik in Nykvarn een robbertje heb gevochten. Maar wat erger was, hij begreep zelf niet hoe sterk hij was. Hij wist af en toe weleens iemand te raken, en dat veroorzaakte dan een enorme ravage, zelfs bij gewoon sparren. Gebroken neusbenen, kaakbenen, voortdurend onnodig letsel. Ze konden hem daar gewoon niet handhaven.'

'Kon boksen, maar toch ook weer niet,' zei Malin.

'Precies. Maar de directe oorzaak dat hij moest stoppen, was medisch.'

'Hoe bedoel je?'

'Deze vent leek onkwetsbaar. Het maakte niet uit hoeveel slaag hij kreeg, hij schudde even met zijn kop heen en weer en ging dan weer door met meppen. Het bleek dat hij aan een zeer zeldzame aandoening lijdt, die *congenitale analgesie* heet.

'Congenitale .. wát?'

'Analgesie. Ik heb het opgezocht. Dat is een erfelijke genetische fout die inhoudt dat de transmittersubstantie bij de overdracht van zenuwimpulsen niet naar behoren werkt. Hij kan geen pijn voelen.'

'Jezus. Dat klinkt perfect voor een bokser.'

Paolo Roberto schudde zijn hoofd.

'Juist niet. Het is een bijna levensbedreigende ziekte. De meeste mensen met die aandoening sterven op relatief jonge leeftijd; twintig tot vijfentwintig jaar. Pijn is het alarmsysteem van het lichaam. Als je je hand op een gloeiende plaat legt, doet dat pijn en trek je je hand snel terug. Als je deze ziekte hebt, merk je niets voordat je verbrand vlees ruikt.'

Malin en Erika keken elkaar aan.

'Is dit serieus?' vroeg Erika.

'Absoluut. Ronald Niedermann kan helemaal niets voelen en loopt rond alsof hij een permanente plaatselijke verdoving heeft. Hij redt zich doordat hij een andere genetische fout heeft die dat compenseert. Hij heeft een opmerkelijke lichamelijke gesteldheid met een extreem sterk skelet dat hem bijna onkwetsbaar maakt. Hij heeft een kracht die bijna uniek is. En hij moet gewoon goed geneesvlees hebben.'

'Ik begin te begrijpen dat je een interessante bokspartij hebt gehad.'

'Nou, zoiets wil ik nooit meer meemaken. Het enige wat indruk bij hem maakte, was toen Miriam Wu hem in zijn kruis trapte. Hij ging een paar seconden door de knieën. Dat komt waarschijnlijk doordat er een bepaald soort motoriek aan een klap van dat kaliber gekoppeld zit, want hij kan geen pijn voelen. En geloof me, zelf zou ik het niet hebben overleefd als ze mij op die manier had geraakt.'

'Maar hoe kon je überhaupt van hem winnen?'

'Mensen met die ziekte raken net als normale mensen gewond. Niedermann mag dan wel een skelet van beton hebben, maar toen ik hem met die plank op zijn kop ramde, legde hij het loodje. Hij heeft vermoedelijk een hersenschudding opgelopen.'

Erika keek Malin aan.

'Ik bel Mikael meteen,' zei Malin.

Mikael hoorde zijn mobiele telefoon wel, maar was zo verbouwereerd dat hij pas op het vijfde signaal opnam.

'Met Malin. Paolo Roberto denkt dat hij de blonde reus heeft geïdentificeerd.'

'Mooi,' zei Mikael afwezig.

'Waar ben je?'

'Moeilijk uit te leggen.'

'Je klinkt vreemd.'

'Sorry. Wat zei je?'

Malin vatte Paolo's verhaal samen.

'Goed,' zei Mikael. 'Ga daarmee verder en kijk of je hem in een of ander bestand kunt vinden. Ik denk dat er haast bij is. Bel me mobiel.'

Tot Malins grote verbijstering brak Mikael het gesprek zonder gedag te zeggen af.

Mikael stond op dat moment voor het raam en had een fantastisch uitzicht dat zich uitstrekte van Gamla Stan tot ver over het Saltsjön. Hij voelde zich verdoofd en bijna geschokt. Hij had een ronde door Lisbeth Salanders appartement gemaakt. De keuken zat rechts van de hal, na de voordeur. Daarna kwamen de woonkamer, de werkkamer, de slaapkamer en ten slotte een kleine logeerkamer die ongebruikt leek. De matras zat nog in plastic en er was geen beddengoed. Alle meubels waren spiksplinternieuw, alles kwam rechtstreeks van IKEA.

Dat was niet het probleem.

Wat Mikael schokte, was dat Lisbeth Salander Percy Barneviks oude logeeroptrekje had gekocht, waarde 25 miljoen kronen. Het hele appartement had een oppervlakte van 350 vierkante meter.

Mikael liep door doodse en bijna spookachtig lege gangen en balzalen met fraai gelegde parketvloeren van verschillende houtsoorten en Tricia Guild-behang van het soort waarover Erika Berger enthousiast kon mompelen. In het midden van het appartement was een schitterende, lichte salon met open haarden die Lisbeth nooit gebruikt scheen te hebben. Er was een enorm balkon met een fantastisch uitzicht. Er waren een wasruimte, een sauna, een fitnessruimte, bergingen en een badkamer met een bad van kingsizeklasse. Er was zelfs een wijnkelder, die op een ongeopende fles port Quinta do Noval – *Nacional!* – uit 1976 na, leeg was. Mikael kon zich Lisbeth Salander maar moeilijk met een glas port in haar hand voorstellen. Een kaartje gaf aan dat het een gedistingeerd verhuisgeschenk van de makelaar was.

De keuken bevatte alle mogelijke apparatuur rond een blinkend schoon, Frans gourmetfornuis met gasoven, een Corradi Chateau 120, waar Mikael nog nooit van had gehoord en waar Lisbeth Salander mogelijk theewater op had gekookt.

Daarentegen bekeek hij met respect haar espressoapparaat, dat op een apart werkblad stond. Ze had een machine van het merk Jura Impressa X7 met een loshangende melkkoeler. De machine leek ook ongebruikt en had vermoedelijk in de keuken gezeten toen ze het appartement kocht. Mikael wist dat een Jura de Rolls Royce onder de espressomachines was – een professioneel apparaat voor thuisgebruik, dat ruim 70.000 kronen kostte. Zelf had hij een espressoapparaat van een aanzienlijk eenvoudiger merk, dat hij bij John Wall had gekocht, en dat ruim 3.500 kronen kostte – een van de weinige extravagante investeringen die hij ooit voor zijn eigen huishouden had gedaan.

De koelkast bevatte een ongeopend pak melk, kaas, boter, kaviaar en een halflege pot zure bommen. In de voorraadkast stonden vier halflege potten vitaminepillen, theezakjes, koffie voor een doodgewoon koffiezetapparaat op het aanrecht, twee broden en een pak beschuit. Op de keukentafel stond een mand met appels. De vriezer bevatte een visschotel en drie hartige taarten met bacon. Dat was de totale hoeveelheid voedsel die Mikael in de flat aantrof. In de vuilnisbak onder het aanrecht naast het gourmetfornuis vond hij diverse lege verpakkingen Billys Pan Pizza.

Het arrangement ging alle proporties te buiten. Lisbeth had een paar miljard achterovergedrukt en een appartement gekocht met plaats voor een hele hofhouding. Maar ze had alleen de kamers nodig gehad die ze had ingericht. De overige kamers stonden leeg.

Mikael eindigde zijn rondwandeling in Lisbeths werkkamer. In het hele appartement was geen plant te zien. Schilderijen of posters ontbraken. Er waren geen tapijten of wandkleden. Hij kon in de hele flat geen enkel siervoorwerp, geen kaarsenstandaard of prulletje vinden dat iets huiselijks gaf of dat om sentimentele redenen was bewaard.

Mikael had het gevoel of iemand zijn hart raakte. Hij voelde dat hij Lisbeth Salander graag zou willen vinden en zijn armen om haar heen wilde slaan.

Hoewel ze hem vermoedelijk zou bijten als hij een poging zou doen.

Die verdomde Zalachenko.

Toen ging hij aan haar bureau zitten en maakte hij de map met het onderzoek van Björck uit 1991 open. Hij las niet al het materiaal, maar keek het door en probeerde het samen te vatten.

Hij zette haar PowerBook met 17' scherm en een harde schijf van 200 GB en 1000 Mb RAM aan. Die was helemaal leeg. Ze had schoon schip gemaakt. Dat was onheilspellend.

Hij opende de lades van haar bureau en vond onmiddellijk de 9 mm Colt 1911 Government single action en een volgeladen magazijn met zeven patronen. Dat was het pistool dat Lisbeth Salander van journalist Per-Åke Sandström had overgenomen, waar Mikael geen weet van had. Hij was nog niet bij de letter S op de hoerenloperslijst.

Daarna vond hij de cd gemerkt 'Bjurman'.

Hij stopte hem in zijn iBook en nam met ontzetting kennis van de inhoud ervan. Hij was helemaal geschokt toen hij Lisbeth Salander mishandeld, verkracht en bijna vermoord zag. Het was duidelijk dat de film met een verborgen camera was opgenomen. Hij bekeek niet de hele film, maar zapte van scène naar scène; de ene was nog erger dan de andere.

Bjurman.

Haar curator had haar verkracht en ze had die gebeurtenis tot in het kleinste detail gedocumenteerd. Een digitale datering toonde aan dat de film twee jaar daarvoor was opgenomen. Dat was voordat hij haar had leren kennen. Er vielen diverse puzzelstukjes op hun plaats.

Björck en Bjurman samen met Zalachenko in de jaren zeventig.

Zalachenko en Lisbeth Salander en een molotovcocktail gemaakt van een melkpak begin jaren negentig.

Daarna Bjurman weer, nu als haar curator en als opvolger van Holger Palmgren. De cirkel was rond. Bjurman had zijn beschermelinge aangevallen. Hij had gedacht dat ze een geestesziek en weerloos meisje was, maar Lisbeth Salander was niet weerloos. Zij was het meisje dat op twaalfjarige leeftijd de strijd was aangegaan met een overgelopen profmoordenaar van de GRU en hem voor de rest van zijn leven gehandicapt had gemaakt.

Lisbeth was de vrouw die mannen haat die vrouwen haten.

Hij dacht terug aan de tijd dat hij haar in Hedestad had leren kennen. Dat moest een paar maanden na die verkrachting zijn geweest. Hij kon zich niet herinneren dat ze er ook maar met één woord over had gerept dat er iets dergelijks was gebeurd. Ze had hem überhaupt niet veel over zichzelf verteld. Mikael kon zich niet voorstellen wat ze met Bjurman had gedaan, maar ze had hem niet gedood. *Opmerkelijk genoeg.* Dan zou Bjurman twee jaar daarvoor al zijn vermoord. Ze moest hem op de een of andere manier hebben gecontroleerd, met een doel dat hij zich niet kon indenken. Toen zag Mikael in dat hij het instrument voor haar controle voor zich had. De cd. Zo lang ze die had, was Bjurman haar hulpeloze slaaf. En Bjurman had zich gewend tot degene van wie hij meende dat het zijn bondgenoot was. Zalachenko. Haar ergste vijand. Haar vader.

Daarna een reeks gebeurtenissen. Bjurman was doodgeschoten en daarna Dag Svensson en Mia Bergman.

Maar hoe ...? Waardoor kon Dag Svensson een dreiging zijn geworden?

En plotseling begreep Mikael wat er in Enskede gebeurd móést zijn.

Op het volgende ogenblik zag Mikael het papier op de vloer onder het raam liggen. Lisbeth had een pagina uitgeprint, er een prop van gemaakt en hem weggegooid. Hij streek het papier glad. Het was een afschrift van de internetversie van *Aftonbladet* over de kidnapping van Miriam Wu.

Mikael wist niet welke rol zij in het drama had gespeeld – áls ze al een rol had gespeeld – maar ze was een van de weinige vrienden van Lisbeth geweest. Misschien haar enige vriendin. Lisbeth had haar haar oude appartement geschonken. Nu lag ze stukgeslagen in het ziekenhuis.

Niedermann en Zalachenko.

Eerst haar moeder. Toen Miriam Wu. Lisbeth moest waanzinnig zijn van woede.

Ze was extreem geprovoceerd.

Nu was ze op jacht.

Tegen lunchtijd kreeg Dragan Armanskij telefoon uit het revalidatiecentrum van Ersta. Hij had een gesprek met Holger Palmgren al veel eerder verwacht, maar hij had zelf vermeden contact met hem op te nemen. Hij had gevreesd rapport te moeten uitbrengen dat Lisbeth Salander inderdaad schuldig was. Nu had hij in elk geval de mogelijkheid om te vertellen dat er twijfels waren gerezen over haar schuld.

'Hoe ver ben je gekomen?' vroeg Palmgren zonder inleidende beleefdheidsfrasen.

'Met wat?' vroeg Armanskij.

'Met je onderzoek naar Salander.'

'Wat maakt dat je denkt dat ik met zo'n onderzoek bezig ben?'

'Verdoe mijn tijd niet.'

Armanskij zuchtte.

'Je hebt gelijk,' zei hij.

'Ik wil dat je langskomt,' zei Palmgren.

'Oké. Ik kan je dit weekend komen opzoeken.'

'Dat is niet voldoende. Ik wil dat je vanavond komt. We hebben veel te bespreken.'

Mikael had in Lisbeths keuken koffie gemaakt en een broodje gesmeerd. Hij hoopte half-en-half dat hij plotseling haar sleutels in de deur zou horen. Maar hij gaf het weinig kans. De lege harddisk in haar PowerBook gaf aan dat ze haar schuilplaats al voorgoed had verlaten.

Hij had haar adres te laat gevonden.

Om halfdrie 's middags zat hij nog steeds aan Lisbeths bureau. Hij had Björcks zogenaamde onderzoek drie keer doorgelezen. Het was opgesteld als een notitie aan een naamloze superieur. De aanbeveling was simpel. Neem een tamme psychiater in de arm die Salander de komende paar jaar bij kinderpsychiatrie weet onder te brengen. Het meisje is hoe dan ook gestoord, zoals uit haar gedrag blijkt.

Mikael was van plan de komende tijd veel aandacht aan Björck en Teleborian te besteden. Daar keek hij naar uit. Zijn mobiel begon te piepen en stoorde hem in zijn gedachten.

'Hallo daar. Met Malin. Ik denk dat ik iets heb.'

'Wat dan?'

'Er komt geen Ronald Niedermann in het Zweedse bevolkingsregister voor. Hij staat ook niet in de telefoongids, bij de belastingdienst, bij de Rijksdienst voor het Wegverkeer of ergens anders vermeld.'

'Oké.'

'Maar luister. In 1998 is er een naamloze vennootschap bij het Patent- en Registratiebureau geregistreerd. Hij heet KAB Import AB en heeft een postbusadres in Göteborg. Het bedrijf importeert elektronica. De bestuursvoorzitter heet Karl Axel Bodin, KAB dus, geboren in 1941.'

'Er gaat nog geen belletje rinkelen.'

'Bij mij ook niet. Het overige bestuur bestaat uit een accountant, die ook voor tientallen andere ondernemingen de jaarrekening opstelt. Zo'n belastingconsulent voor kleine bedrijfjes. Het bedrijf heeft sinds de start overigens nagenoeg geen activiteiten ontplooid.'

'Ja?'

'Het derde bestuurslid is een persoon genaamd R. Niedermann. Er is een geboortejaar, maar er komen daarna geen eindcijfers; hij heeft dus geen Zweeds persoonsnummer. Hij is geboren op 18 januari 1970 en staat genoteerd als de vertegenwoordiger van het bedrijf op de Duitse markt.'

'Mooi, Malin. Heel goed. Hebben we nog een ander adres dan die postbus?'

'Nee, maar ik heb Karl Axel Bodin weten op te sporen. Hij staat ingeschreven in West-Zweden in het plaatsje Gosseberga. Zijn brievenbusnummer daar aan de weg is 192. Ik heb het opgezocht, het adres lijkt een boerderij in de buurt van Nossebro, ten noordoosten van Göteborg.'

'Wat weten we van hem?'

'Hij heeft twee jaar geleden voor 260.000 kronen aangifte inkomstenbelasting gedaan. Volgens onze vriend bij de politie heeft hij geen strafblad. Hij heeft een wapenvergunning voor een elandenjachtgeweer en voor een hagelgeweer. Hij heeft twee auto's, een Ford en een Saab, allebei van een wat ouder model. Geen kredietregistratie. Hij is ongehuwd en staat omschreven als landbouwer.'

'Een anonieme man zonder gedoe met justitie.'

Mikael dacht even na. Hij moest een keuze maken.

'Nog één ding, Dragan Armanskij van Milton Security heeft vandaag al een paar keer voor je gebeld.'

'Oké. Bedankt, Malin. Ik zal hem bellen.'

'Mikael, is alles goed met je?'

'Nee; ik bel nog wel.'

Hij wist dat hij een fout maakte. Als fatsoenlijk burger zou hij nu de telefoon moeten pakken en Bublanski moeten bellen. Maar als hij dat deed, zou hij óf de waarheid over Lisbeth Salander moeten vertellen óf in een lastig parket komen met halve waarheden en achtergehouden hoofdstukken. Al was dat niet het probleem.

Lisbeth Salander was op jacht naar Niedermann en Zalachenko. Mikael wist niet hoe ver ze was gekomen, maar als Malin en hij dat adres in Gosseberga konden vinden, kon Lisbeth Salander dat ook. Het was dus zeer waarschijnlijk dat ze op weg was naar Gosseberga. Dat was de volgende logische stap.

Als Mikael de politie belde om te vertellen waar Niedermann zich schuilhield, zou hij moeten vertellen dat Lisbeth Salander daar vermoedelijk naartoe op weg was. Ze werd gezocht voor drie moorden en een schotenwisseling in Stallarholmen. Dat zou betekenen dat de politie met groot materieel zou uitrukken of dat er zoiets als de lokale groep jagers zou worden ingezet om haar te pakken.

En Lisbeth Salander zou hoogstwaarschijnlijk gewelddadige weerstand bieden.

Mikael pakte papier en pen en maakte een lijstje van dingen die hij niet aan de politie kon of wilde vertellen.

Het eerste wat hij noteerde was: *Lisbeths adres.*

Lisbeth had veel moeite gedaan om een geheim adres te organiseren. Daar had ze haar leven en haar geheimen. Dat was hij niet van plan bekend te maken.

Daarna noteerde hij *Bjurman*, waar hij een vraagteken bij zette.

Hij keek naar de cd op het bureau voor zich. Bjurman had Lisbeth verkracht. Hij had haar bijna vermoord en hij had zijn positie als haar toezichthouder ernstig misbruikt. Daar was geen twijfel over mogelijk. Het mocht best bekend worden wat voor varken hij was geweest. Maar hier was sprake van een ethisch dilemma. Lisbeth had geen aangifte gedaan. Wilde ze in de media worden afgeschilderd door middel van een politieonderzoek waarvan de meest intieme details al binnen een paar uur zouden uitlekken? Ze zou hem nooit vergeven. De cd was bewijsmateriaal en foto's daaruit zouden het in de avondkranten goed doen.

Hij dacht een tijdje na en besloot toen dat het aan Lisbeth was om te beslissen wat ze daarmee wilde. Maar als hij erin was geslaagd haar appartement op te sporen, zou de politie dat vroeg of laat ook kunnen. Hij stopte de cd in een hoesje in zijn tas.

Toen noteerde hij: *onderzoek Björck*. Het rapport uit 1991 was geheim. Het wierp licht op alles wat er was gebeurd. Het gaf Zalachenko een naam en verklaarde de rol van Björck, en in combinatie met de hoerenloperslijst uit de computer van Dag Svensson zouden Björck enkele zweterige uurtjes bij Bublanski te wachten staan. En dankzij de correspondentie zou Peter Teleborian ook in de shit raken.

De ordner zou de politie naar Gosseberga leiden, maar hij zou ten minste een paar uur voorsprong hebben.

Uiteindelijk startte hij Word op en noteerde hij puntsgewijs alle belangrijke feiten die hij de afgelopen vierentwintig uur door gesprekken met Björck en Palmgren, en door het materiaal dat hij bij Lisbeth had gevonden te weten was gekomen. Het kostte hem een uur. Hij brandde het document op een cd, samen met zijn eigen research.

Hij vroeg zich af of hij Dragan Armanskij moest bellen, maar zag daarvan af. Hij had hier zijn handen al aan vol.

Mikael stopte bij de redactie van *Millennium* en sloot zichzelf met Erika Berger op.

'Hij heet Zalachenko,' zei Mikael zonder te groeten. 'Hij is een oude, Russische sluipmoordenaar van de inlichtingendienst. Hij is hem in 1976 gepeerd en kreeg in Zweden een verblijfsvergunning en salaris van de Zweedse veiligheidsdienst. Na de val van de Sovjet-Unie is hij, zoals zoveel anderen, fulltime gangster geworden. Hij houdt zich bezig met trafficking, wapens en narcotica.'

Erika Berger legde haar pen neer.

'Oké. Waarom verbaast het me niet dat de KGB in het gebeuren opduikt?'

'Niet de KGB, de GRU. De militaire inlichtingendienst.'

'Het is dus menens.'

Mikael knikte.

'Je wil dus zeggen dat hij Dag en Mia heeft vermoord?'

'Niet persoonlijk. Hij heeft iemand gestuurd. Ronald Niedermann, dat heeft Malin uitgedokterd.'

'Kun je dat bewijzen?'

'Half-en-half. Er zit wat giswerk bij. Maar Bjurman is vermoord omdat hij Zalachenko om hulp heeft gevraagd om Lisbeth onder handen te nemen.'

Mikael verklaarde wat hij had gezien op de film die Lisbeth in haar bureaulade had.

'Zalachenko is haar vader. Bjurman werkte medio jaren zeventig formeel voor de Zweedse veiligheidsdienst en was een van degenen die Zalachenko opving toen hij in Zweden kwam. Vervolgens werd hij advocaat en fulltime huichelaar. Hij verrichtte diensten voor een beperkte groep binnen de veiligheidsdienst. Ik zou me zo kunnen voorstellen dat er een zeer intern clubje is dat af en toe in de herensauna bij elkaar komt om de wereld te sturen en het geheim over Zalachenko te bewaren. Ik denk dat de rest van de veiligheidsdienst nooit van die vent heeft gehoord. Lisbeth dreigde dat geheim te onthullen. Dus hebben ze haar bij kinderpsychiatrie opgesloten.'

'Dat is niet waar!'

'Toch wel,' zei Mikael. 'Er waren op zich een reeks omstandigheden, en Lisbeth is niet een van de makkelijksten, toen niet en nu niet ... maar ze is sinds haar twaalfde een bedreiging voor de Zweedse staatsveiligheid.'

Hij vatte het gebeuren snel samen.

'Tjonge, dat is niet niks,' zei Erika. 'En Dag en Mia ...'

'Zijn vermoord omdat Dag die link tussen Bjurman en Zalachenko had gelegd.'

'En wat gebeurt er nu? Moeten we dit niet aan de politie vertellen?'

'Jawel, maar niet alles. Ik heb alle belangrijke informatie op deze cd gezet, als back-up voor het geval dat. Lisbeth is op jacht naar Zalachenko. Ik ben van plan te proberen haar te vinden. Niets op die cd mag uitlekken.'

'Mikael, dit bevalt me niks. We kunnen geen informatie in een moordonderzoek achterhouden.'

'Dat doen we ook niet. Ik ga Bublanski bellen. Maar ik denk dat Lisbeth op weg is naar Gosseberga. Ze is een gezochte drievoudige moordenaar en als we de politie bellen, rukken ze uit met alles wat ze hebben. De kans dat ze weerstand biedt, is vrij groot. En dan is alles mogelijk.'

Hij hield zich in en glimlachte vreugdeloos.

'We moeten de politie erbuiten zien te houden voordat het nationale arrestatieteam door haar toedoen wordt gehalveerd. Ik moet haar eerst te pakken zien te krijgen.'

Erika Berger keek aarzelend.

'Ik ben niet van plan Lisbeths geheimen bloot te geven. Die mag Bublanski zelf uitdokteren. Ik wil dat je iets voor me doet. Deze ordner bevat het onderzoek van Björck uit 1991 en een stuk correspondentie tussen Björck en Teleborian. Ik wil dat je een kopie maakt en die per koerier naar Bublanski of Modig stuurt. Zelf vertrek ik over twintig minuten naar Göteborg.'

'Mikael ...'

'Ja, ik weet het. Maar ik ben van plan om in deze strijd tot het eind toe aan Lisbeths zijde te blijven staan.'

Erika Berger kneep haar lippen stijf op elkaar en zei niets. Toen knikte ze. Mikael liep naar de deur.

'Wees voorzichtig,' zei Erika toen hij al weg was.

Ze bedacht dat ze met hem mee had moeten gaan. Dat was het enig juiste. Maar ze had nog steeds niet verteld dat ze van plan was te stoppen bij *Millennium* en dat alles dan toch voorbij was, wat er ook gebeurde. Ze pakte de map en liep naar het kopieerapparaat.

De postbus bevond zich op een postkantoor in een winkelcentrum. Lisbeth kende Göteborg niet en wist niet precies waar ze was, maar ze had het postkantoor gevonden en was in een cafetaria gaan zitten van waaruit ze de postbus precies in de gaten kon houden door een smalle spleet in een raam waar een reclameposter van de Zweedse Kassaservice – de verbeterde Zweedse posterijen – hing.

Irene Nesser had een veel discretere make-up dan Lisbeth Salander. Ze droeg een paar stomme kettinkjes en las *Misdaad en straf*, dat ze in een boekwinkel een blok verderop had gevonden. Ze nam er de tijd voor en keerde op gezette tijden een bladzij om. Ze was rond lunchtijd met de bewaking begonnen en had geen idee wanneer de postbus zou worden geleegd. Of dat dagelijks gebeurde of misschien om de week, of hij misschien vandaag al was geleegd of dat er nog iemand moest komen. Maar het was haar enige spoor en ze dronk koffie verkeerd terwijl ze wachtte.

Ze was bijna met wijd open ogen ingedut toen ze plotseling zag dat de postbus werd geopend. Ze keek op haar horloge. Kwart voor twee. *Geluk is met de dommen.*

Lisbeth kwam snel overeind en liep naar het raam, waar ze een man met een zwartleren jack de postbussenafdeling zag verlaten. Ze haalde hem buiten op straat in. Het was een slanke jongeman van in de twintig. Hij liep de hoek om naar een geparkeerde Renault en stapte in. Lisbeth Salander memoreerde het kenteken en rende terug naar de Corolla, die ze 100 meter verderop in dezelfde straat had geparkeerd. Ze had hem ingehaald toen hij de Linnégatan inreed. Ze volgde hem over de Avenue, richting winkelcentrum Nordstan.

Mikael Blomkvist haalde de X2000 van 17.10 uur op het nippertje. Hij kocht met zijn creditcard in de trein een kaartje en ging naar de lege restauratiewagen, waar hij een late lunch bestelde.

Hij had een bang voorgevoel en vreesde dat hij te laat zou komen. Hij hoopte dat Lisbeth Salander hem zou bellen, maar hij wist dat ze dat niet zou doen.

Ze had in 1991 geprobeerd Zalachenko om het leven te brengen. Nu, na al die jaren, had hij teruggeslagen.

Holger Palmgren had een juiste analyse van haar gemaakt. Lisbeth Salander wist uit – ruime – ervaring dat het geen zin had om met overheidsinstanties te praten.

Mikael keek naar zijn computertas. Hij had de cd die hij in Lisbeths bureaulade had gevonden, meegenomen. Hij wist niet waarom hij dat wapen had meegesleept, maar hij had instinctief aangevoeld dat hij hem niet in de flat moest laten liggen, al moest hij bekennen dat dat geen erg logische redenering was.

Toen de trein over de brug bij Årsta reed, deed hij zijn mobiel open en belde hij Bublanski.

'Wat wil je?' vroeg Bublanski geïrriteerd.

'Afronden,' zei Mikael.

'Wat afronden?'

'Dit hele gedoe. Wilt u weten wie Dag en Mia en Bjurman heeft vermoord?'

'Als je informatie hebt, wil ik daar graag kennis van nemen.'

'De moordenaar heet Ronald Niedermann. Dat is die blonde reus met wie Paolo Roberto heeft gevochten. Hij is Duits staatsburger, 35 jaar en werkt voor een klootzak die Alexander Zalachenko heet, ook wel bekend als Zala.'

Bublanski zweeg geruime tijd. Daarna zuchtte hij hoorbaar. Mikael hoorde hem een papier omdraaien en met een ballpoint klikken.

'En dat weet je zeker?'

'Ja.'

'Oké. En waar zijn Niedermann en die Zalachenko?'

'Dat weet ik nog niet. Maar zo gauw ik dat heb uitgevonden, zal ik het u laten weten. Erika Berger stuurt u op korte termijn, per koerier, een politieonderzoek uit 1991. Dat wil zeggen zo gauw ze klaar is met kopiëren. Daar vindt u alle denkbare informatie over Zalachenko en Lisbeth Salander.'

'Hoe bedoel je?'

'Zalachenko is Lisbeths vader. Hij is een overgelopen Russische sluipmoordenaar uit de Koude Oorlog.'

'Russische sluipmoordenaar,' echode Bublanski met twijfel in zijn stem.

'Een paar sektariërs van de Zweedse veiligheidsdienst hebben hem de hand boven het hoofd gehouden en wisten het te verdoezelen als hij een misdrijf pleegde.'

Mikael hoorde dat Bublanski een stoel bijschoof en ging zitten.

'Ik denk dat het het beste is dat je hier komt voor een formele getuigenverklaring.'

'Sorry. Geen tijd.'

'Pardon?'

'Ik ben momenteel niet in Stockholm. Maar ik laat wat van me horen zo gauw ik Zalachenko heb gevonden.'

'Blomkvist ... Je hoeft niets te bewijzen. Ik heb ook mijn twijfels over Salanders schuld.'

'Mag ik u eraan herinneren dat ik slechts een eenvoudige privédetective ben die niets van politiewerk weet?'

Hij wist dat het kinderachtig was, maar hij brak het gesprek af zonder het te beëindigen. In plaats daarvan belde hij Annika Giannini.

'Hé, zusje.'

'Hoi. Nog nieuws?'

'Ja. Ik heb morgen misschien een goede advocaat nodig.'

Ze zuchtte.

'Wat heb je gedaan?'

'Nog niets ernstigs, maar ik kan worden opgepakt voor het belemmeren van een politieonderzoek en zo. Maar dat was niet waarvoor ik je belde. Jij kunt mij niet vertegenwoordigen.'

'Waarom niet?'

'Omdat ik wil dat jij Lisbeth Salander gaat verdedigen en je kunt niet ons allebei verdedigen.'

Mikael vertelde in het kort waar het om ging. Annika Giannini was onheilspellend stil.

'En daar heb je documentatie van ...?' vroeg ze uiteindelijk.

'Ja.'

'Ik moet erover denken. Lisbeth heeft een strafpleiter nodig ...'

'Jij bent perfect.'

'Mikael ...'

'Luister eens, zusje, wie was er nou chagrijnig omdat ik niet om hulp vroeg toen ik dat nodig had?'

Toen ze waren uitgepraat, zat Mikael een tijdje na te denken. Toen pakte hij zijn telefoon en belde hij Holger Palmgren. Hij had geen specifieke reden om dat te doen, maar hij meende dat de oude baas in het verpleeghuis toch moest weten dat hij bepaalde sporen aan het volgen was en dat hij hoopte dat het verhaal op korte termijn ten einde zou komen.

Het probleem was dat Lisbeth Salander ook haar sporen had.

Lisbeth Salander stak haar hand uit naar een appel in haar rugzak zonder de boerderij uit het oog te verliezen. Ze lag op haar buik aan de rand van een bosje, met de mat van de Corolla als geïmproviseerd grondzeil. Ze had zich verkleed en was gekleed in een groene, winddichte broek met beenzakken, een dikke trui en een warm gevoerd, kort jack.

Gosseberga lag ongeveer 400 meter van de provinciale weg en bestond uit twee gebouwen. Het hoofdgebouw lag ongeveer 120 meter voor haar. Het was een gewoon wit houten huis met een verdieping, een schuurtje en een stal op zo'n 70 meter van het woonhuis. Door een deur in de stal zag ze de voorkant van een witte auto. Ze meende dat het een witte Volvo was, maar de afstand was te groot om het met zekerheid te kunnen zeggen.

Tussen haar en het gebouw lag aan de rechterkant een kleiakker die verderop zo'n 200 meter breed werd en eindigde bij een bosmeertje. De weg liep dwars door de akker heen en verdween in een stuk bos in de richting van de provinciale weg. Bij de weg was nog een gebouw dat leeg leek te staan; er hingen lichte lappen voor de ramen. Ten noorden van het gebouw was een stuk bos als gordijn naar de dichtstbijzijnde buren, een groepje huizen bijna 600 meter daarvandaan. De boerderij vóór haar lag dus vrij geïsoleerd.

Ze bevond zich in de buurt van het meer Anten, in een landschap met heuvelruggen, waar akkers werden afgewisseld door kleine dorpsgemeenschappen en compacte stukken bos. De kaart gaf geen gedetailleerde beschrijving van de omgeving, maar ze was de zwarte Renault vanuit Göteborg over de E20 gevolgd. Vervolgens was hij in westelijke richting gereden, richting Alingsås en Sollebrunn. Na ongeveer veertig minuten was de auto plotseling een bosweg ingeslagen met een bordje 'Gosseberga'. Ze had achter een schuur in een stukje bos ruim 100 meter ten noorden van de afslag geparkeerd en was te voet teruggekeerd.

Ze had nog nooit van Gosseberga gehoord, maar ze vermoedde dat de naam op het woonhuis en de stal voor haar sloeg. Ze was bij de provinciale weg de brievenbus gepasseerd. Nummer 192 – K.A. Bodin. Die naam zei haar niets.

Ze had een halve cirkel rond het gebouw gemaakt en had uiteindelijk met zorg haar uitkijkplaats gekozen. Ze had de avondzon in de rug. Sinds ze rond halfvier 's middags was gearriveerd, was er eigenlijk maar één ding gebeurd. Om vier uur was de bestuurder van de Renault uit het huis naar buiten gekomen. Hij had in de deuropening enkele woorden gewisseld met een persoon die ze niet had kunnen zien. Hij was daarna weggereden en was niet weer teruggekeerd. Verder had ze geen activiteit waargenomen. Ze wachtte geduldig af en bekeek het gebouw door een compacte Minolta-kijker met 8x vergroting.

Mikael Blomkvist trommelde in de restauratiewagen geïrriteerd met zijn vingers op tafel. De X2000 stond in Katrineholm stil. De trein stond daar al bijna een uur met een of andere geheimzinnige storing, die volgens de luidsprekers moest worden verholpen. De spoorwegen verontschuldigden zich voor de vertraging.

Hij zuchtte gefrustreerd en haalde nog een kop koffie. Pas een kwartier later ging de trein met een schok weer verder. Hij keek op zijn horloge. Acht uur.

Hij had het vliegtuig moeten nemen of een auto moeten huren.

Het gevoel dat hij te laat kwam, werd steeds sterker.

Om zes uur had iemand in een kamer op de benedenverdieping het licht aangestoken en kort daarna ging er ook een lamp op de veranda aan. Lisbeth ontwaarde schaduwen in, wat zij aannam, de keuken was – rechts van de ingang – maar ze slaagde er niet in gezichten te ontwaren.

Plotseling ging de buitendeur open en kwam de blonde reus genaamd Ronald Niedermann naar buiten. Hij was gekleed in een donkere broek en een strakke coltrui die zijn spieren benadrukte. Lisbeth knikte bij zichzelf. Dit was eindelijk een bevestiging dat ze goed zat. Ze constateerde nogmaals dat Niedermann een massieve homp vlees was. Maar hij was gewoon van vlees en bloed zoals alle andere mensen, wát Paolo Roberto en Miriam Wu ook hadden ervaren. Niedermann liep om het huis heen en verdween een paar minuten naar de auto in de stal. Hij kwam terug met een polstasje en ging het huis weer in.

Slechts een paar minuten later kwam hij weer naar buiten. Hij was in gezelschap van een tengere, oudere man, klein van stuk. De man hinkte en liep met een kruk. Het was te donker om zijn gezicht te kunnen zien, maar Lisbeth voelde een koude rilling over haar rug lopen.

Daaaaddyyyyy, I'm heeere ...

Ze zag Zalachenko en Niedermann toen ze langs de oprit liepen. Ze bleven bij het schuurtje staan, waar Niedermann hout haalde. Toen keerden ze terug naar het woonhuis en deden de deur achter zich dicht.

Lisbeth Salander bleef nog een paar minuten nadat ze naar binnen waren gegaan doodstil liggen. Toen deed ze haar kijker omlaag en trok ze zich een tiental meters terug tot ze geheel achter de bomen verscholen was. Ze maakte haar rugzak open en pakte een thermosfles, schonk zwarte koffie in en stak een suikerklontje in haar mond, waar ze op zoog. Ze at een broodje kaas uit een plastic verpakking, dat ze eerder die dag bij een benzinepomp op weg naar Göteborg had gekocht. Ze dacht na.

Toen ze klaar was, haalde ze Sonny Nieminens Poolse P-83 Wanad uit haar rugzak. Ze trok het magazijn eruit en controleerde of de grendel of de loop niet werd geblokkeerd. Ze deed alsof ze afvuurde. Er zaten zes patronen kaliber 9 mm Makarov in het magazijn. Dat zou voldoende moeten zijn. Ze duwde het magazijn er weer in en zette het pistool op scherp. Ze vergrendelde het en stak het wapen in de rechterzak van haar jack.

Lisbeth begon de opmars naar het gebouw in een cirkelvormige beweging door het bos. Ze was ongeveer 150 meter gevorderd toen ze plotseling stil bleef staan.

Pierre de Fermat had in de marge van zijn exemplaar van *Arithmetica* de woorden gekrast: *Ik heb waarlijk een spectaculair bewijs voor deze stelling gevonden, maar deze marge is te smal om het te bevatten.*

Het vierkant was omgezet in een kubus, ($x^3+y^3=z^3$), en de wiskundigen waren eeuwen bezig geweest om het antwoord te zoeken op het raadsel van Fermat. Andrew Wiles wist het raadsel in 1993 eindelijk op te lossen, maar had toen al wel tien jaar in de clinch gelegen met de meest geavanceerde computerprogramma's ter wereld.

En plotseling begreep ze het. Het antwoord was zo ontwapenend eenvoudig. Een spel met cijfers die werden opgesomd en opeens in een simpele formule op hun plaats vielen, die nog het meest op een rebus leek.

Fermat had immers geen computer gehad en de oplossing van Andrew Wiles was gebaseerd op een wiskunde die, toen Fermat zijn theorema formuleerde, nog niet eens was uitgevonden. Fermat had het bewijs waar Andrew Wiles mee kwam nooit kunnen produceren. De oplossing van Fermat was natuurlijk heel anders.

Ze was zo verbaasd dat ze even op een boomstronk moest gaan zitten. Ze keek recht voor zich uit terwijl ze de vergelijking controleerde.

Zó moet hij het bedoeld hebben. Geen wonder dat de wiskundigen zich van wanhoop de haren uit het hoofd hebben getrokken.

Toen gniffelde ze.

Een filosoof zou meer kans hebben gehad om het raadsel op te lossen.

Ze had Fermat graag willen leren kennen.

Hij was een enorme opschepper.

Na een tijdje stond ze op en vervolgde ze haar weg door het bos. Ze kwam dichterbij en nu stond de stal tussen haarzelf en het woonhuis in.

31
DONDERDAG 7 APRIL

Lisbeth Salander verschafte zich via de oude mestgoot toegang tot de stal. Er waren geen dieren meer op de boerderij. Ze keek om zich heen en constateerde meteen dat de stal niets anders bevatte dan drie auto's: de witte Volvo van Auto-Expert, een oude Ford en een iets modernere Saab. Iets verder naar achteren stonden een roestige eg en andere machines van wat ooit een landbouwbedrijf was geweest.

Ze hield zich schuil in het donker van de stal en nam het woonhuis in zich op. Het was donker buiten en alle kamers op de benedenverdieping waren verlicht. Ze kon geen beweging waarnemen, maar meende het flakkerende schijnsel van een tv te zien. Ze wierp een blik op haar horloge, 19.30 uur. Het journaal.

Het verbaasde haar dat Zalachenko in zo'n afgelegen huis was gaan wonen. Dat kwam niet overeen met de man die ze zich van zoveel jaren terug herinnerde. Ze had nooit verwacht hem aan te treffen in een klein, wit boerderijtje op het platteland. Hoogstens in een anonieme villawijk in een voorstad of in een vakantieoord in het buitenland. Hij moest in zijn leven meer vijanden hebben gemaakt dan Lisbeth. Het stoorde haar daarom dat de plaats zo onbeschermd leek. Maar ze hield er ernstig rekening mee dat hij wapens in huis had.

Na lang aarzelen glipte ze de schuur uit, de schemering in. Ze liep snel en met lichte tred over het erf en bleef met haar rug tegen de gevel van het woonhuis staan. Plotseling hoorde ze het vage geluid van muziek. Ze liep geluidloos om het huis heen en probeerde door de ramen naar binnen te kijken, maar die zaten te hoog.

Lisbeth vond de opzet van haar plan maar niets. De eerste helft van haar leven had ze in permanente angst geleefd voor de man in dit huis. De tweede helft van haar leven, vanaf het moment dat ze er niet in was geslaagd hem te vermoorden, had ze erop gewacht dat hij weer in haar leven zou terugkeren. Ze was deze keer niet van plan fouten te maken. Zalachenko mocht dan wel een oude, kreupele man zijn, hij was een getrainde moordenaar die meer dan één slagveld had overleefd.

Bovendien had ze rekening te houden met Ronald Niedermann.

Het liefst had ze Zalachenko buiten in de vrije natuur willen verrassen, ergens op het erf, waar hij onbeschut zou zijn. Ze had weinig trek om met hem te praten en zou content zijn geweest als ze een geweer met vizierkijker had gehad. Maar ze had geen geweer en bovendien liep hij beroerd. Het enige wat ze van hem had gezien, was toen hij mee was gelopen naar de houtschuur en het leek onwaarschijnlijk dat hij opeens een avondwandeling zou gaan maken. Dat betekende dat als ze een betere gelegenheid zou willen afwachten, ze zich terug zou moeten trekken en in het bos zou moeten overnachten. Ze had geen slaapzak en ook al was de avond zacht, de nacht zou koud worden. En nu ze hem eindelijk binnen handbereik had, wilde ze niet riskeren dat hij er weer tussenuit zou piepen. Ze dacht aan Miriam Wu en aan haar moeder.

Lisbeth beet op haar onderlip. Ze moest naar binnen, wat het slechtste alternatief was. Ze kon natuurlijk aankloppen en haar wapen afvuren zo gauw er iemand opendeed en zich zo toegang verschaffen in de jacht op die andere smeerlap. Maar dat zou betekenen dat degene die nog binnen was, gewaarschuwd was en bovendien was die persoon vermoedelijk gewapend. *Consequentieanalyse. Wat was het alternatief?*

Plotseling zag ze een glimp van Niedermanns profiel toen hij langs een raam liep, op slechts een paar meter afstand. Hij keek over zijn schouder de kamer in en sprak met iemand.

Ze zijn allebei in de kamer links van de ingang.

Lisbeth nam een besluit. Ze haalde het pistool uit haar zak, ontgrendelde het en liep geluidloos het trapje van de veranda op. Ze hield het wapen in haar linkerhand terwijl ze oneindig langzaam de klink van de buitendeur omlaag drukte. Hij zat niet op slot. Ze fronste haar wenkbrauwen en aarzelde. De deur had dubbele veiligheidssloten.

Zalachenko zou de deur niet open laten. Ze kreeg kippenvel.

Dit voelde niet goed aan.

Het voorportaal was pikdonker. Rechts zag ze vaag een trap naar de bovenverdieping. Rechtdoor waren twee deuren en links was ook een deur. Er sijpelde licht door een spleet boven de deur. Ze stond stil te luisteren. Toen hoorde ze een stem en een schrapend geluid van een stoel uit de kamer links.

Ze deed twee snelle stappen, gooide de deur open en richtte haar wapen op ... *de kamer was leeg.*

Ze hoorde een geritsel van kleren achter zich en draaide zich vliegensvlug om. Op het moment dat ze haar pistool wilde richten, sloot Ronald Niedermanns enorme vuist zich als een ijzeren band om haar hals en sloot zijn andere hand zich om haar hand met het wapen. Hij tilde haar recht omhoog alsof ze een pop was.

Ze spartelde een seconde met haar voeten in het niets. Toen draaide ze zich om en trapte Niedermann in zijn kruis. Ze miste en raakte hem aan de buitenkant van zijn heup. Het was alsof ze tegen een boomstam schopte. Het werd zwart voor haar ogen; hij kneep haar hals dicht en ze voelde hoe ze haar wapen liet vallen.

Verdomme.

Toen gooide Ronald Niedermann haar de kamer in. Ze landde met een klap op een bank en gleed op de grond. Ze voelde het bloed naar haar hoofd stromen en kwam draaierig weer op de been. Ze zag een zware, driehoekige asbak van massief glas op een tafel staan, greep hem beet en zwaaide hem in een backhand. Niedermann ving haar arm halverwege op. Ze stak haar vrije hand in haar linkerbroekzak en trok het elektrische pistool tevoorschijn, draaide zich om en drukte het in Niedermanns kruis.

Ze voelde zelf hoe de krachtige stroomstoot zich voortplantte omdat Niedermann haar arm vasthield. Ze had verwacht dat hij in elkaar zou zakken van de pijn. Maar hij keek haar met een verbaasd gezicht aan. Lisbeth Salanders ogen verwijdden zich in een schok. Het was duidelijk dat het niet prettig voor hem aanvoelde, maar hij negeerde de pijn gewoon. *Hij is niet normaal.*

Niedermann boog zich voorover, pakte het elektrische pistool van haar af en bekeek het nog steeds verbaasd. Toen gaf hij haar met zijn geopende hand een klap. Het leek alsof hij haar met een voorhamer sloeg. Ze stortte op de vloer voor de bank in elkaar. Ze keek op en ontmoette Ronald Niedermanns ogen. Hij keek haar nieuwsgierig aan, alsof hij zich afvroeg wat haar volgende zet zou zijn. Als een kat die zich voorbereidt om met zijn prooi te gaan spelen.

Daarna meende ze een beweging in een deuropening verderop in de kamer te zien. Ze draaide haar hoofd om.

Hij verscheen langzaam in het licht.

Hij leunde op een kruk en ze kon de prothese uit zijn broekspijp zien steken.

Zijn linkerhand was een misvormde klomp waaraan een paar vingers ontbraken.

Ze keek omhoog naar zijn gezicht. De linkerhelft was een lappendeken van littekens van de brandwonden. Zijn oor was een stompje en hij had geen wenkbrauwen. Hij was kaal. Ze herinnerde zich hem als een viriele, atletische man met zwart, golvend haar. Hij was 1 meter 65 en uitgemergeld.

'Dag pa,' zei ze toonloos.

Alexander Zalachenko keek zijn dochter even uitdrukkingsloos aan.

Ronald Niedermann deed de plafondverlichting aan. Hij controleerde of ze niet nog meer wapens had door langs de zijkant van haar lichaam te strijken en vergrendelde daarna haar P-83 Wanad en haalde het magazijn eruit. Zalachenko liep slepend langs haar heen, ging in een fauteuil zitten en pakte een afstandsbediening.

Lisbeths blik viel op het tv-scherm achter hem. Zalachenko klikte en plotseling zag ze een groen flikkerend beeld van de omgeving achter de stal en een stuk van de weg naar het huis. *Camera met nachtoptiek. Ze hadden geweten dat ze eraan kwam.*

'Ik begon al te denken dat je niet dichterbij durfde te komen,' zei Zalachenko. 'We houden je al vanaf vier uur in de gaten. Je hebt bijna elk alarm rond de boerderij geactiveerd.'

'Bewegingsdetectoren,' zei Lisbeth.

'Twee aan de weg en vier op de kaalslag schuin over het weiland. Je had je observatiepost precies ingericht op de plek waar alarm zit. Daar heb je het beste uitzicht op het erf en de boerderij. Meestal zijn het elanden of reeën, en soms een bessenplukker die te dichtbij komt. We zien maar zelden iemand met een wapen in de aanslag komen.'

Hij zweeg even.

'Dacht je nou echt dat Zalachenko zonder enige bescherming in een huisje op het platteland zou gaan zitten?'

Lisbeth masseerde haar nek en wilde overeind komen.

'Blijf zitten,' zei Zalachenko scherp.

Niedermann legde haar afgenomen wapen neer en keek haar kalm aan. Hij fronste een wenkbrauw en glimlachte naar haar. Lisbeth herinnerde zich Paolo Roberto's verbouwde gezicht op tv en besloot dat het een goed idee was om op de grond te blijven zitten. Ze ademde uit en leunde met haar rug tegen de bank.

Zalachenko stak zijn gezonde rechterhand uit. Niedermann trok een wapen uit zijn broeksband, drukte het magazijn erin en gaf het hem. Lisbeth merkte op dat het een Sig Sauer was, het standaardwapen van de politie. Zalachenko knikte. Zonder verdere communicatie keerde Niedermann zich om en trok zijn jack aan. Hij verliet de kamer en Lisbeth hoorde de buitendeur open- en dichtgaan.

'Om te zorgen dat je je niets geks in je hoofd haalt. Op het moment dat je probeert op te staan, schiet ik dwars door je heen.'

Lisbeth ontspande. Hij zou twee, misschien drie voltreffers kunnen afvuren voordat ze bij hem was, en hij gebruikte vermoedelijk van die munitie waarbij ze binnen een paar minuten zou doodbloeden.

'Je ziet er vreselijk uit,' zei Zalachenko en hij wees op het ringetje in haar wenkbrauw. 'Net een hoer.'

Lisbeth keek hem strak aan.

'Maar je hebt mijn ogen,' zei hij.

'Doet dat pijn?' vroeg ze terwijl ze naar zijn prothese knikte.

Zalachenko keek haar lang aan.

'Nee. Niet meer.'

Lisbeth knikte.

'Je wilt me wel heel graag dood hebben, hè?' zei hij.

Ze gaf geen antwoord. Hij lachte plotseling.

'Ik heb de afgelopen jaren vaak aan je gedacht. Ongeveer elke keer dat ik in de spiegel keek.'

'Je had mijn moeder met rust moeten laten.'

Zalachenko lachte.

'Je moeder was een hoer.'

Lisbeths ogen werden pikzwart.

'Ze was geen hoer. Ze werkte achter de kassa van een supermarkt om zo wat geld te verdienen om de eindjes aan elkaar te knopen.'

Zalachenko lachte opnieuw.

'Je mag best fantasieën over haar hebben. Maar ik weet dat ze een hoer was. Ze zorgde dat ze snel zwanger raakte en wilde toen dat ik met haar zou trouwen. Alsof ik met een hoer zou trouwen.'

Lisbeth zei niets. Ze keek in de monding van het pistool en hoopte dat hij zijn concentratie even zou verliezen.

'Die brandbom was geraffineerd. Ik haatte je. Maar dat werd later onbelangrijk. Je was mijn energie niet waard. Als je alles nou maar zo had gelaten, had het mij niet kunnen schelen.'

'Gelul. Je was door Bjurman in de arm genomen om mij om zeep te helpen.'

'Dat was iets heel anders. Een zakelijke overeenkomst. Hij had een film nodig die in jouw bezit is en ik heb een bedrijfje dat zulke dingen regelt.'

'En jij dacht dat ik je die film zou geven?'

'Jazeker, mijn lieve dochter. Ik ben ervan overtuigd dat je dat zou hebben gedaan. Het zal je verbazen hoe coöperatief mensen worden als Ronald Niedermann ergens om vraagt. En zeker als hij zijn motorzaag aanzet en een van je voeten afzaagt. In mijn geval zou dat bovendien een passende vergoeding zijn ... voet om voet.'

Lisbeth dacht aan Miriam Wu in handen van Ronald Niedermann in het magazijn buiten Nykvarn. Zalachenko vatte haar gezichtsuitdrukking verkeerd op.

'Je hoeft niet bang te zijn. We zijn niet van plan je in stukken te snijden.'

Hij keek haar aan.

'Heeft Bjurman je echt verkracht?'

Ze gaf geen antwoord.

'Jezus, wat moet die vent een slechte smaak hebben gehad. Ik lees in de krant dat je een soort pot bent. Dat verbaast me niets. Ik begrijp best dat geen kerel jou wil hebben.'

Lisbeth gaf nog steeds geen antwoord.

'Ik moet Niedermann misschien vragen je een veeg te geven. Je ziet eruit of je dat nodig hebt.'

Hij dacht even na.

'Hoewel Niedermann geen seks met meisjes heeft. Nee, hij is geen flikker. Hij heeft gewoon geen seks.'

'Dan moet jij me maar een veeg geven,' zei Lisbeth provocerend.

Kom dichterbij. Maak een fout.

'Nee, echt niet. Dat zou pervers zijn.'

Ze zwegen allebei.

'Waar wachten we op?' vroeg Lisbeth.

'Mijn compagnon komt zo terug. Hij is alleen je auto even aan het verzetten en moet een boodschapje doen. Waar is je zus?'

Lisbeth haalde haar schouders op.

'Geef antwoord.'

'Ik heb geen idee en eerlijk gezegd kan het me ook geen reet schelen.'

Hij lachte opnieuw.

'Zusterliefde? Camilla had tenminste nog een leuk koppie, jij was een waardeloos vod.'

Lisbeth gaf geen antwoord.

'Maar ik moet bekennen dat het erg bevredigend is om je weer van zo dichtbij te zien.'

'Zalachenko,' zei ze, 'je bent een vermoeiende klootzak. Heeft Niedermann Bjurman doodgeschoten?'

'Uiteraard. Ronald Niedermann is een perfecte soldaat. Hij volgt niet alleen bevelen op. Als het nodig is, toont hij zelf ook initiatief.'

'Waar heb je hem opgedoken?'

Zalachenko keek zijn dochter met een eigenaardige blik aan. Hij deed zijn mond open alsof hij iets wilde zeggen, maar aarzelde en zweeg. Hij tuurde naar de buitendeur en glimlachte plotseling naar Lisbeth.

'Je wilt toch niet zeggen dat je dat nog niet hebt uitgevist,' zei hij. 'Volgens Bjurman was je een uitstekende researcher.'

Toen barstte Zalachenko in lachen uit.

'We hebben elkaar begin jaren negentig leren kennen in Spanje, toen ik nog steeds herstellende was van dat brandbommetje van jou. Hij was tweeëntwintig jaar en werd mijn armen en benen. Hij is niet in dienst ... het is een partnerschap. We hebben een bloeiende business.'

'Trafficking.'

Hij haalde zijn schouders op.

'Je zou kunnen zeggen dat we erg divers zijn en ons bezighouden met het leveren van verschillende goederen en diensten. Onze bedrijfsfilosofie is op de achtergrond blijven en nooit *in the picture* komen. Maar heb je echt niet begrepen wie Ronald Niedermann is?'

Lisbeth zweeg. Ze had eerst niet door waar hij op doelde.

'Hij is je broer,' zei Zalachenko.

'Nee,' zei Lisbeth ademloos.

Zalachenko lachte opnieuw. Maar de pistoolmond wees nog altijd dreigend op haar gezicht.

'Althans, je halfbroer,' verduidelijkte Zalachenko. 'Het resultaat van enig vermaak tijdens een opdracht in 1970 in Duitsland.'

'Je hebt van je zoon een moordenaar gemaakt.'

'O, nee hoor, ik heb hem alleen geholpen zijn potentieel te verwezenlijken. Hij had al ver voordat ik zijn opleiding ter hand nam het vermogen om te doden. En hij zal het familiebedrijf voortzetten, ook na mijn dood.'

'Weet hij dat we halfbroer en -zus zijn?'

'Natuurlijk. Maar als je denkt dat je je kunt beroepen op zijn familiegevoel, dan kom je bedrogen uit. Ík ben zijn familie. Jij bent alleen maar een stoorzender aan de horizon. Ik kan je zeggen dat hij niet je enige halfbroer is. Je hebt zeker nog vier broers en drie zussen in verschillende landen rondlopen. Een van je broers is een idioot, maar een andere heeft potentie. Hij behartigt de belangen van het familiebedrijf in Tallinn. Maar Ronald is de enige van mijn kinderen die zijn Zalachenko-genen benut.'

'Ik neem aan dat er voor mijn zussen geen plaats is in het familiebedrijf?'

Zalachenko keek haar verbluft aan.

'Zalachenko ... je bent gewoon een smeerlap die vrouwen haat. Waarom hebben jullie Bjurman vermoord?'

'Bjurman was een idioot. Hij geloofde zijn ogen niet toen hij ontdekte dat je mijn dochter bent. Hij was immers een van de weinigen in dit land die mijn achtergrond kende. Ik moet bekennen dat ik wat onrustig werd toen hij plotseling contact met mij opnam, maar vervolgens is alles goed afgelopen. Hij stierf en jij kreeg de schuld.'

'Maar waarom hebben jullie hem doodgeschoten?' herhaalde Lisbeth.

'Dat was eigenlijk niet gepland. Ik keek uit naar een jarenlange samenwerking met hem. En het is altijd goed om een achterdeurtje naar de veiligheidsdienst te hebben, ook al was hij een idioot. Maar die journalist in Enskede had op de een of andere manier een link tussen hem en mij gevonden en belde net op het moment dat Ronald bij Bjurman thuis was. Bjurman raakte volledig in paniek en werd onhandelbaar. Ronald moest op staande voet een beslissing nemen. Hij heeft volledig correct gehandeld.'

Lisbeth werd somber toen haar vader vertelde wat ze al had begrepen. *Dag Svensson had een verband gevonden.* Ze had meer dan een uur met Dag en Mia zitten praten. Ze had Mia onmiddellijk gemogen, maar was afstandelijker geweest ten aanzien van Dag Svensson. Hij deed haar ook te veel aan Mikael Blomkvist denken – een onuitstaanbare wereldverbeteraar die meende dat hij door een boek iets zou kunnen veranderen. Maar ze had zijn goede bedoelingen geaccepteerd.

Over het geheel genomen was het bezoek aan Dag en Mia tijdsverspilling geweest. Zij konden haar niet naar Zalachenko leiden. Dag Svensson had zijn naam gevonden en was gaan graven, maar had hem niet kunnen identificeren.

Ze had tijdens haar bezoek echter een fatale misstap begaan. Ze wist dat er een verband tussen Bjurman en Zalachenko moest zijn. Daarom had ze vragen over Bjurman gesteld in een poging uit te vissen of Dag Svensson die naam was tegengekomen. Dat was niet het geval, maar hij had een scherpe neus. Hij had onmiddellijk op de naam Bjurman ingezoomd en haar overstelpt met vragen.

Zonder dat Lisbeth veel had gezegd, had Dag Svensson begrepen dat zij een rol in het drama speelde. Hij had ook ingezien dat hij zelf op informatie zat die zij wilde hebben. Ze hadden afgesproken elkaar na het weekend nogmaals te ontmoeten om de zaak verder te bespreken. Daarna was Lisbeth Salander naar huis en naar bed gegaan. En toen ze wakker werd, had ze op het nieuws gehoord dat er in een flat in Enskede twee personen waren vermoord.

Ze had Dag Svensson tijdens haar bezoek één bruikbaar feit gegeven. De naam Nils Bjurman. Dag Svensson moet Bjurman zo ongeveer op het moment dat zij de flat verliet, hebben gebeld.

Zij was de schakel. Als zij Dag Svensson niet had opgezocht, zouden Mia en hij nog in leven zijn.

Zalachenko lachte.

'Je raadt nooit hoe verbaasd we waren toen de politie na die moorden de jacht op jóú opende.'

Lisbeth beet op haar onderlip. Zalachenko zat naar haar te kijken.

'Hoe heb je mij gevonden?' vroeg hij.

Ze haalde haar schouders op.

'Lisbeth ... Ronald is zo terug. Ik kan hem vragen elk bot in je lichaam te breken tot je antwoord geeft. Bespaar ons die moeite.'

'Die postbus. Ik had Niedermanns auto via de autoverhuur opgespoord en heb gewacht tot die puistenkop die postbus kwam legen.'

'Aha. Zo eenvoudig dus. Bedankt. Ik zal het onthouden.'

Lisbeth dacht even na. De monding van het pistool was nog steeds op haar bovenlichaam gericht.

'Denk je nou echt dat dit over zal waaien?' vroeg Lisbeth. 'Je hebt te veel op je kerfstok, de politie zal je identificeren.'

'Ik weet het,' antwoordde haar vader. 'Björck belde gisteren en vertelde dat een journalist van *Millennium* dat verhaal heeft opgerakeld en dat het alleen nog een kwestie van tijd is. Het kan zijn dat we iets aan die journalist moeten doen.'

'Dat wordt dan een lange lijst,' zei Lisbeth. 'Mikael Blomkvist en hoofdredacteur Erika Berger, en de redactiesecretaris en diverse medewerkers alleen al bij *Millennium*. En dan heb je Dragan Armanskij en een aantal medewerkers bij Milton Security. En die politieman

Bublanski en diverse anderen die betrokken zijn bij het onderzoek. Hoeveel ga je er omleggen om ze tot zwijgen te brengen? Ze zullen je identificeren.'

Zalachenko lachte nogmaals.

'*So what?* Ik heb niemand neergeknald en er is geen enkel technisch bewijs tegen mij. Ze mogen identificeren wie ze willen. Neem van mij aan ... ze kunnen in dit huis zoveel huiszoeking doen als ze willen zonder ook maar één spoortje te vinden van iets wat mij in verband kan brengen met enige criminele activiteit. De veiligheidsdienst heeft jou in het gekkenhuis gestopt, niet ik, en ze zullen niet al te veel moeite doen om al die papieren op tafel te leggen.'

'Niedermann,' zei Lisbeth.

'Ronald gaat morgenochtend vroeg voor een tijdje op vakantie naar het buitenland om het verloop van de gebeurtenissen af te wachten.'

Zalachenko keek Lisbeth triomfantelijk aan.

'Jij blijft de hoofdverdachte van die moorden. Het zou dus goed zijn als je gewoon in stilte zou verdwijnen.'

Het duurde bijna vijftig minuten voordat Ronald Niedermann terugkwam. Hij had laarzen aan.

Lisbeth gluurde naar de man die volgens haar vader haar halfbroer zou zijn. Ze zag geen enkele gelijkenis. Hij was juist haar diametrale tegenovergestelde. Ze had sterk het vermoeden dat er iets mis was met Ronald Niedermann. Zijn lichaamsbouw, het weke gezicht en de stem die niet echt de baard in de keel had gekregen, leken wel een of andere genetische fout.

Hij was totaal ongevoelig geweest voor het elektrische pistool en zijn handen waren enorm. Niets bij Ronald Niedermann leek normaal.

Er zitten blijkbaar nogal wat genetische fouten in de familie Zalachenko, dacht ze bitter.

'Klaar?' vroeg Zalachenko.

Niedermann knikte. Hij stak zijn hand uit naar zijn Sig Sauer.

'Ik ga mee,' zei Zalachenko.

Niedermann aarzelde.

'Het is wel een stukje lopen.'

'Ik ga mee. Haal mijn jack.'

Niedermann haalde zijn schouders op en was hem ter wille. Terwijl Zalachenko zich aankleedde en even naar de aangrenzende kamer ging, hield Niedermann zich bezig met zijn wapen. Lisbeth keek naar

Niedermann terwijl hij er een adapter op schroefde met een zelfgemaakte geluiddemper.

'Dan gaan we maar,' zei Zalachenko vanuit de deuropening.

Niedermann boog zich voorover en trok haar overeind. Lisbeth keek hem aan.

'Ik zal jou ook doden,' zei ze.

'Het ontbreekt je in elk geval niet aan zelfvertrouwen,' zei haar vader.

Niedermann lachte haar mild toe en duwde haar naar de buitendeur en vervolgens naar buiten. Hij hield haar stevig bij haar nekvel. Zijn vingers pasten zonder problemen om haar nek en hals. Hij stuurde haar in de richting van het bos ten noorden van de stal.

De wandeling ging langzaam en Niedermann stopte regelmatig om op Zalachenko te wachten. Ze hadden krachtige zaklampen. Toen ze in het bos kwamen, liet Niedermann haar los. Hij hield de monding van het pistool een paar meter van haar rug.

Ze volgden ruim 400 meter een moeilijk begaanbaar pad. Lisbeth struikelde twee keer, maar werd beide keren weer overeind getrokken.

'Hier naar rechts,' zei Niedermann.

Na een meter of 10 kwamen ze bij een open plek in het bos. Lisbeth zag het gat in de grond. In het schijnsel van Niedermanns lamp zag ze een schop in een berg aarde staan. Plotseling begreep ze Niedermanns missie. Hij duwde haar naar de kuil. Ze struikelde en kwam op handen en voeten in de zandhoop terecht. Ze stond op en keek hem uitdrukkingsloos aan. Zalachenko nam er de tijd voor en Niedermann wachtte rustig tot hij er was, met de pistoolmond constant op Lisbeth gericht.

Zalachenko was buiten adem. Het duurde meer dan een minuut voordat hij wat kon uitbrengen.

'Misschien zou ik iets moeten zeggen, maar ik geloof niet dat ik je wat te zeggen heb,' zei hij.

'Maakt niet uit,' zei Lisbeth. 'Ik heb jou ook niet veel te zeggen.'

Ze schonk hem een scheef lachje.

'Laten we dit afhandelen,' zei Zalachenko.

'Ik ben blij dat ik je uiteindelijk nog wel in de val heb kunnen laten lopen,' zei Lisbeth. 'De politie staat hier vannacht al op de stoep.'

'Gelul. Ik dacht wel dat je daarmee zou bluffen. Je bent hierheen gekomen om mij te doden, nergens anders om. Je hebt met niemand gesproken.'

Lisbeth Salander lachte nog breder. Ze keek plotseling boosaardig.
'Mag ik je iets laten zien, pa?'
Ze stak langzaam haar hand in de zak op haar linker broekspijp en haalde een vierkant voorwerp tevoorschijn. Ronald Niedermann bewaakte elke beweging die ze maakte.
'Elk woord dat je het laatste uur hebt gezegd, is de internetradio op gegaan.'
Ze hield haar Palm Tungsten T3 handcomputer omhoog.
Zalachenko fronste zijn voorhoofd op de plaats waar zijn wenkbrauwen hoorden te zitten.
'Laat kijken,' zei hij en hij stak zijn gezonde hand uit.
Lisbeth gooide de handcomputer naar hem toe. Hij ving hem op in de lucht.
'Gelul,' zei Zalachenko. 'Dat is een gewone Palm.'

Toen Ronald Niedermann vooroverboog om naar haar computer te kijken, gooide Lisbeth Salander een hand zand in zijn ogen. Hij werd onmiddellijk verblind, maar loste automatisch een schot met het geluidgedempte pistool. Lisbeth had al twee stappen opzij gezet en de kogel maakte alleen een gat in de lucht waar ze had gestaan. Ze greep de schop en zwaaide die met de scherpe kant tegen de hand met het pistool. Ze raakte hem met volle kracht boven zijn knokkels en ze zag zijn Sig Sauer in een boog wegslingeren; hij belandde vermoedelijk ergens tussen de bosjes. Ze zag bloed uit een diepe snee in het gewricht boven zijn wijsvinger pompen.
Hij zou het moeten uitschreeuwen van de pijn.
Niedermann tastte met zijn geblesseerde hand voor zich uit terwijl hij vertwijfeld met zijn andere hand in zijn ogen wreef. Haar enige mogelijkheid om de strijd te winnen was door aanzienlijke, onmiddellijke schade aan te richten; als het een lichamelijke strijd werd, zou ze hopeloos verloren zijn. Ze had vijf seconden voorsprong nodig om het bos in te kunnen vluchten. Ze nam een aanloop en zwaaide de schop in een wijde boog over haar schouder. Ze probeerde de handgreep te draaien zodat de scherpe kant hem eerst zou treffen, maar stond er niet goed voor. Ze raakte Niedermann met de brede kant recht in zijn gezicht.
Niedermann gromde toen zijn neusbeen voor de tweede keer binnen een paar dagen werd verbrijzeld. Hij was nog steeds verblind door het zand, maar sloeg zijn rechterarm uit en slaagde erin Salander van zich af te duwen. Ze struikelde naar achteren en trapte schuin op een

boomwortel. Even lag ze weer op de grond, maar ze kwam onmiddellijk weer op de been. Niedermann was voor dit moment onschadelijk gemaakt.

Ik ga het redden.

Ze deed twee stappen in de richting van het struikgewas toen ze vanuit haar ooghoek zag – *klik* – dat Alexander Zalachenko zijn arm omhoog deed.

Die ouwe heeft ook een pistool.

Dat inzicht knalde als een zweepslag door haar hoofd.

Ze veranderde van richting op het moment dat het schot werd gelost. De kogel raakte de buitenkant van haar heup en bracht haar uit balans.

Ze voelde geen pijn.

De tweede kogel raakte haar in haar rug en kwam tot stilstand tegen haar linkerschouderblad. Er sneed een scherpe, verlammende pijn door haar lichaam.

Ze viel op haar knieën. Een paar seconden was ze niet in staat zich te bewegen. Ze was zich ervan bewust dat Zalachenko achter haar stond, ongeveer 6 meter verderop. Met een laatste krachtinspanning kwam ze stijf weer op de been en zette ze een wankelende stap in de richting van het beschermende gordijn van struiken.

Zalachenko had tijd om te richten.

De derde kogel raakte haar ongeveer 2 centimeter achter de bovenkant van haar linkeroor. De kogel penetreerde haar schedel en veroorzaakte daar een stervormig web van barstjes. De loden kogel drong haar hoofd binnen, waar hij op ongeveer 4 centimeter onder de hersenschors bij de grote hersenen in de grijze massa bleef liggen.

Voor Lisbeth Salander was de medische positiebeschrijving academisch. In praktische termen betekende de kogel een onmiddellijk, ernstig trauma. Haar laatste waarneming was een roodgloeiende shock die overging in een wit licht.

Daarna duisternis.

Klik.

Zalachenko probeerde nog een schot af te lossen, maar zijn handen trilden zo hevig dat hij niet kon richten. *Ze was bijna ontkomen.* Ten slotte zag hij in dat ze al dood was. Hij liet zijn wapen zakken en stond helemaal te shaken terwijl de adrenaline door zijn lichaam stroomde. Hij keek omlaag naar zijn wapen. Hij was eerst van plan geweest het pistool thuis te laten, maar was het gaan halen en had het in zijn jaszak gestopt alsof hij behoefte had gehad aan een mascotte. *Een mon-*

ster. Twee volwassen kerels, waarvan eentje Ronald Niedermann was die bovendien was gewapend met zijn Sig Sauer. *En die kuthoer was nog bijna ontkomen.*

Hij wierp een blik op het lichaam van zijn dochter. In het licht van de zaklamp zag ze eruit als een bloederige lappenpop. Hij vergrendelde zijn pistool, stopte het in zijn jaszak en strompelde naar Ronald Niedermann, die daar hulpeloos met de tranen in zijn ogen stond terwijl het bloed uit zijn hand en zijn neus stroomde. Zijn neus was nog niet genezen na het titelgevecht met Paolo Roberto en de brede zijde van de schop had een nieuwe, aanzienlijke verwoesting tot stand gebracht.

'Ik geloof dat mijn neusbeen weer gebroken is,' zei hij.

'Sukkel,' zei Zalachenko. 'Ze was bijna weer ontkomen.'

Niedermann bleef in zijn ogen wrijven. Het deed geen pijn, maar de tranen stroomden en hij was bijna helemaal verblind.

'Ga verdomme rechtop staan.' Zalachenko schudde minachtend zijn hoofd. 'Wat zou je zonder mij moeten.'

Niedermann knipperde vertwijfeld met zijn ogen. Zalachenko strompelde naar het lichaam van zijn dochter en greep haar jack bij de nek beet. Hij tilde haar op en trok haar naar het graf, dat slechts een kuil in de grond was, te klein om rechtuit in te kunnen liggen. Hij tilde het lichaam zo op dat haar voeten als eerste boven de opening rustten en liet haar toen als een zak aardappels vallen. Ze belandde in een zijwaartse foetushouding met haar benen gevouwen onder zich.

'Dichtgooien, dan kunnen we eindelijk naar huis,' commandeerde Zalachenko.

Het duurde even voor de halfblinde Ronald Niedermann de aarde erin had gegooid. De aarde waarvoor geen plaats meer was, verspreidde hij met krachtige scheppen over het terrein.

Zalachenko rookte een sigaret terwijl hij het werk van Niedermann bekeek. Hij trilde nog steeds, maar de adrenaline was uitgewerkt. Hij voelde een plotselinge opluchting dat ze dood was. Hij kon zich nog steeds haar ogen herinneren op het moment dat ze die benzinebom zo veel jaar daarvoor naar binnen had gegooid.

Het was negen uur 's avonds toen Zalachenko om zich heen keek en knikte. Ze slaagden erin Niedermanns Sig Sauer onder de bosjes terug te vinden. Daarna keerden ze terug naar het huis. Zalachenko voelde zich wonderbaarlijk content. Hij verpleegde de hand van Niedermann. De klap met de schop had een diepe vleeswond veroorzaakt en er moesten naald en draad aan te pas komen om de wond te hechten, een kunst die hij als vijftienjarige op de militaire school in Novosibirsk al had geleerd. Hij hoefde in elk geval geen verdoving te geven. Het zou alleen wel kunnen dat de wond zo ernstig was dat Niedermann naar een ziekenhuis zou moeten. Hij spalkte de vinger en legde een verband aan.

Toen hij klaar was, maakte hij een biertje open terwijl Niedermann in de badkamer keer op keer zijn ogen uitspoelde.

32
DONDERDAG 7 APRIL

Mikael Blomkvist kwam even na negenen op het Centraal Station van Göteborg aan. De X2000 had een deel van de verloren tijd ingehaald, maar was nog steeds te laat. Hij had het laatste uur van zijn treinreis besteed aan het bellen van autoverhuurbedrijven. Hij had eerst geprobeerd om in Alingsås een auto te huren, zodat hij daar kon uitstappen, maar dat was zo laat op de avond onmogelijk gebleken. Uiteindelijk gaf hij het op en slaagde hij erin via een hotelboeking in Göteborg een Volkswagen te regelen. Hij kon de auto bij het Järntorget ophalen. Hij liet het verwarrende openbaarvervoersysteem en het onbegrijpelijke kaartjessysteem van Göteborg voor wat het was – je moest minstens raketingenieur zijn om dat te begrijpen – en nam een taxi.

Toen hij uiteindelijk de auto had, bleek dat er geen wegenkaart in het handschoenenkastje zat. Hij reed naar een benzinepomp die open was en kocht er een. Na even nadenken kocht hij ook een zaklamp, een fles Ramlösa en een beker koffie om mee te nemen. Hij zette het kartonnen bekertje in de bekerhouder op het dashboard. Het was inmiddels halfelf 's avonds toen hij Partille passeerde in noordelijke richting. Hij nam de weg naar Alingsås.

Om halftien passeerde een mannetjesvos het graf van Lisbeth Salander. De rekel bleef staan en keek onrustig om zich heen. Hij wist dat er daar iets begraven lag, maar hij oordeelde dat de buit te lastig bereikbaar was en dat het niet de moeite waard was om hem op te graven. Er waren gemakkelijker prooien.

Ergens in de buurt ritselde een onvoorzichtig nachtdier en de vos spitste ogenblikkelijk zijn oren. Hij deed een voorzichtig stapje. Maar voordat hij zijn jacht vervolgde, tilde hij zijn achterpoot op en markeerde hij snel zijn territorium.

Bublanski pleegde 's avonds laat meestal geen zakelijke telefoontjes, maar deze keer kon hij de verleiding niet weerstaan. Hij nam de hoorn van de haak en toetste het nummer van Sonja Modig.

'Sorry dat ik zo laat bel. Ben je nog wakker?'

'Geen probleem.'

'Ik heb net dat onderzoek uit 1991 uitgelezen.'

'Ik kon het ook heel moeilijk loslaten.'

'Sonja ... hoe interpreteer jij wat er nu gebeurt?'

'Ik heb het idee dat Gunnar Björck, een vooraanstaande naam op de hoerenloperslijst, Lisbeth Salander in het gekkenhuis heeft geplaatst nadat ze zichzelf en haar moeder had proberen te beschermen tegen een gestoorde moordenaar die voor de veiligheidsdienst werkte. Hij kreeg daarin bijstand van onder anderen Peter Teleborian. En op diens uitspraken hebben wij op onze beurt onze beoordeling van Salanders geestestoestand voor een groot deel gebaseerd.'

'Dit verandert het hele beeld van haar.'

'Het verklaart een heleboel.'

'Sonja, kun je mij morgen om acht uur oppikken?'

'Tuurlijk.'

'We gaan naar Smådalarö voor een babbeltje met Gunnar Björck. Ik heb hem opgespoord. Hij loopt vanwege een hernia in de ziektewet.'

'Ik verheug me erop.'

'Ik geloof dat we het beeld van Lisbeth Salander geheel moeten bijstellen.'

Greger Backman keek naar zijn vrouw. Erika Bergman stond bij het raam in de woonkamer en keek uit over het water. Ze had haar mobiele telefoon in haar hand en hij wist dat ze op een gesprek van Mikael Blomkvist wachtte. Ze zag er zo ongelukkig uit dat hij naar haar toe liep en zijn arm om haar heen legde.

'Blomkvist is een volwassen vent,' zei hij. 'Maar als je écht zo ongerust bent, moet je de politie bellen.'

Erika Berger zuchtte.

'Dat had ik uren geleden al moeten doen. Maar dat is niet de reden dat ik zo ongelukkig ben.'

'Is het iets wat ik moet weten?' vroeg Greger.

Ze knikte.

'Vertel.'

'Ik heb dit nog aan niemand verteld. Niet aan jou. Niet aan Mikael. En niet aan de anderen op de redactie.'

'Wat dan?'

Ze keerde zich naar haar man toe en vertelde dat ze de baan als hoofdredacteur bij *Svenska Morgon-Posten* had gekregen. Greger Backman fronste zijn wenkbrauwen.

'Maar ik begrijp niet waarom je dat niet hebt verteld,' zei hij. 'Dat is toch fantastisch. Gefeliciteerd.'

'Dat komt denk ik doordat ik me een verrader voel.'

'Mikael zal het begrijpen. Iedereen moet verder als het zijn of haar tijd is. En nu is het jouw tijd.'

'Ik weet het.'

'Heb je echt al besloten?'

'Ja. Ik heb de beslissing genomen. Maar ik heb de moed nog niet gehad om het aan iemand te vertellen. En ik heb het idee dat ik de zaak in een gigantische chaos achterlaat.'

Hij omhelsde zijn vrouw.

Dragan Armanskij wreef in zijn ogen en keek uit het raam van de revalidatiekliniek van Ersta naar buiten, het donker in.

'We moeten Bublanski bellen,' zei hij.

'Nee,' zei Holger Palmgren. 'Er is geen enkele overheidsfunctionaris die ooit een poot voor haar heeft uitgestoken, ook Bublanski niet. Lisbeth kan prima haar eigen boontjes doppen.'

Armanskij keek Lisbeth Salanders vroegere curator aan. Hij was nog steeds verbluft over de onmiskenbare verbetering in de gezondheidstoestand van Palmgren sinds zijn laatste bezoek met kerst. Palmgren sprak nog steeds onduidelijk, maar hij had een geheel nieuwe vitaliteit in zijn ogen. Er was ook een razernij bij Palmgren die hij nooit eerder had gezien. Die avond had Palmgren tot in detail het verhaal verteld dat Mikael Blomkvist bij elkaar had gepuzzeld. Armanskij was geschokt.

'Ze zal proberen haar vader te doden.'

'Dat zou kunnen,' zei Palmgren kalm.

'Of Zalachenko vermoordt háár.'

'Dat zou ook kunnen.'

'En wij gaan zitten afwachten?'

'Dragan ... je bent een beste vent. Maar Lisbeth Salanders doen en laten, of ze het overleeft of niet, is niet jouw verantwoordelijkheid.'

Palmgren sloeg zijn armen uiteen. Plotseling had hij een coördinatievermogen dat hij lang niet had gehad. Het was net alsof het drama van de afgelopen weken zijn zintuigen had verscherpt.

'Ik heb nooit sympathie gevoeld voor mensen die het recht in eigen hand nemen. Aan de andere kant heb ik nog nooit iemand meegemaakt die zulke gegronde motieven had om dat wél te doen. Met het risico om over te komen als cynicus ... wat er vannacht gebeurt, gebeurt toch wel, wat jij en ik er ook van vinden. Dat staat al sinds haar geboorte in de sterren geschreven. En het enige wat wij kunnen doen, is besluiten hoe we ons tegenover Lisbeth opstellen als ze terugkomt.'

Armanskij zuchtte ongelukkig en keek de oude advocaat schuin aan.

'En als ze de komende tien jaar in de vrouwengevangenis van Hinseberg doorbrengt, is dat haar eigen keus. Ik zal haar vriend blijven.'

'Ik heb nooit geweten dat jij zo'n libertaire visie op de mens had.'

'Ikzelf ook niet,' zei Holger Palmgren.

Miriam Wu staarde naar het plafond. Het nachtlichtje was aan en de nachtradio speelde op laag volume *On a Slow Boat to China*. De dag ervoor was ze in het ziekenhuis wakker geworden nadat Paolo Roberto haar daarnaartoe had gebracht. Ze had geslapen, was onrustig wakker geworden en was weer ingeslapen. Ze wist het niet meer precies. De artsen beweerden dat ze een hersenschudding had. Ze had in elk geval rust nodig. Ze had ook een verbrijzeld neusbeen, drie gebroken ribben en blessures over haar hele lichaam. Haar linkerwenkbrauw was zó opgezwollen dat haar oog slechts een smal spleetje in haar ooglid was. Het deed pijn zo gauw ze van houding probeerde te veranderen. Het deed pijn als ze ademhaalde. Ze had pijn in haar nek en had voor de zekerheid een steunkraag gekregen. De artsen hadden haar verzekerd dat ze weer helemaal de oude zou worden.

Toen ze tegen de avond wakker werd, had Paolo Roberto daar gezeten. Hij had naar haar gegrijnsd en gevraagd hoe ze zich voelde. Ze vroeg zich af of zij er net zo ellendig uitzag als hij.

Ze had vragen gehad en hij had een en ander uitgelegd. Om de een of andere reden was het helemaal niet gek dat hij een goede vriend van Lisbeth Salander was. Hij was een vlotte prater. En Lisbeth hield wel van vlotte praters, maar had een hekel aan over het paard getilde figuren. Dat was een haarfijn verschil, maar Paolo Roberto behoorde tot de eerstgenoemde categorie.

Hij had verteld hoe het was gekomen dat hij daar plotseling uit het niets bij het magazijn in Nykvarn was opgedoken. Ze verbaasde zich erover dat hij zich zo halsstarrig in de jacht op die zwarte bestelauto had vastgebeten. En ze werd opgeschrikt door het nieuws dat de politie op het terrein bij het magazijn lijken aan het opgraven was.

'Bedankt,' zei ze. 'Je hebt mijn leven gered.'

Hij schudde zijn hoofd en zweeg geruime tijd.

'Ik heb het aan Blomkvist proberen uit te leggen. Hij begreep het niet helemaal. Ik denk dat jij het wel begrijpt. Jij bokst immers zelf ook.'

Ze wist wat hij bedoelde. Iemand die niet daar in dat magazijn in Nykvarn was geweest, kon zich niet voorstellen hoe het was om tegen een monster te vechten dat geen pijn voelde. Ze dacht eraan hoe hulpeloos ze was geweest.

Ten slotte had ze alleen zijn verbonden hand vastgehouden. Ze hadden niets gezegd. Er viel niets te zeggen. Toen ze weer wakker was geworden, was hij verdwenen. Ze wenste dat Lisbeth Salander wat van zich zou laten horen.

Om háár was het Niedermann immers te doen geweest.

Miriam Wu was bang dat hij haar te pakken zou krijgen.

Lisbeth Salander kon niet ademhalen. Ze was zich niet bewust van de tijd, maar wist dat ze neergeschoten was en zag in – meer uit instinct dan als een rationele gedachte – dat ze begraven was. Haar linkerarm was onbruikbaar. Ze kon geen spier bewegen zonder dat golven van pijn door haar schouder trokken en ze gleed willoos in en uit een mistig bewustzijn. Ze moest lucht krijgen. Haar hoofd barstte van een pulserende pijn die ze nooit eerder had ervaren.

Haar rechterhand was onder haar gezicht terechtgekomen en ze begon instinctief aarde uit haar neus en mond weg te schrapen. De grond was zanderig en relatief droog. Ze slaagde erin voor haar gezicht een kleine, vuistgrote opening te maken.

Ze had er geen idee van hoe lang ze in het graf had gelegen. Maar ze begreep dat haar situatie levensbedreigend was. Ten slotte formuleerde ze een heldere gedachte.

Hij heeft me levend begraven.

Dat inzicht leidde tot paniek. Ze kon niet ademhalen. Ze kon zich niet bewegen. Een ton aarde hield haar aan de oerberg gekluisterd.

Ze probeerde een been te bewegen, maar kon amper haar spieren spannen. Toen maakte ze de fout door te proberen op te staan. Ze drukte met haar hoofd omhoog en onmiddellijk sneed de pijn als een elektrische ontlading door haar slapen. *Ik mag niet overgeven.* Ze zonk terug in een verward bewustzijn.

Toen ze weer kon denken, voelde ze voorzichtig welke delen van haar lichaam bruikbaar waren. Het enige lichaamsdeel dat ze een paar centimeter kon bewegen, was haar rechterhand voor haar gezicht. *Ik moet lucht hebben.* Die lucht was boven haar, boven het graf.

Lisbeth Salander begon te krabbelen. Ze duwde met haar elleboog naar voren en slaagde erin wat bewegingsruimte te krijgen. Met de buitenkant van haar hand vergrootte ze de ruimte voor haar gezicht door aarde van zich af te duwen. *Ik moet graven.*

Uiteindelijk zag ze in dat er een uitholling in de dode hoek onder haar foetushouding en tussen haar benen zat. Daar bevond zich een groot deel van de gebruikte lucht die haar in leven hield. Ze bewoog vertwijfeld haar bovenlichaam heen en weer en voelde hoe de aarde onder haar omlaag viel. De druk op haar borst verminderde enigszins. Ze kon plotseling haar arm een paar centimeter bewegen.

Minuut na minuut werkte ze in een halfbewuste toestand. Ze schraapte zanderige aarde van haar gezicht en duwde handvol na handvol in de holte onder zich. Uiteindelijk slaagde ze erin haar arm zo ver vrij te maken dat ze aarde boven haar hoofd kon weghalen. Centimeter voor centimeter maakte ze haar hoofd vrij. Ze voelde iets hards en hield plotseling een stukje boomwortel of een stokje in haar hand. Ze krabbelde omhoog. De aarde was nog steeds luchtig en niet erg compact.

Even na tienen passeerde de mannetjesvos het graf van Lisbeth Salander opnieuw op weg naar zijn hol. Hij had een woelmuis gegeten en was tevreden met het bestaan. Tot hij plotseling de aanwezigheid van iets of iemand anders opmerkte. Hij bleef stokstijf staan en spitste zijn oren. Zijn snorharen en snuit vibreerden.

Plotseling drongen Lisbeth Salanders vingers als iets onmenselijks vanuit de onderwereld omhoog. Als er een menselijke toeschouwer was geweest, zou die vermoedelijk net zo hebben gereageerd als de rekel. Hij nam de benen.

Lisbeth Salander voelde koude lucht langs haar arm omlaag stromen. Ze kon weer ademhalen.

Het kostte haar nog een halfuur om uit het graf te komen. Ze had geen echt beeld van dat proces. Ze vond het gek dat ze haar linkerhand niet kon gebruiken, maar schraapte mechanisch met haar rechterhand aarde en zand weg.

Ze had iets nodig om mee te graven. Het duurde even voor ze had bedacht wat ze kon gebruiken. Ze stak haar arm in het gat en slaagde erin bij haar borstzakje te komen en de sigarettenkoker te pakken die ze van Miriam Wu had gekregen. Ze deed de koker open en gebruikte hem als schepje. Telkens schraapte ze wat aarde los en wierp dat met een polsbeweging omlaag. Plotseling kon ze haar rechterschouder bewegen en slaagde ze erin hem door de aardlaag naar boven te duwen. Vervolgens schraapte ze zand en aarde weg en lukte het haar haar hoofd omhoog te steken. Daarmee waren haar rechterarm en haar hoofd boven het maaiveld. Toen ze een deel van haar bovenlichaam had vrijgemaakt, kon ze zich centimeter voor centimeter naar boven kronkelen en verloor de aarde plotseling zijn grip om haar benen.

Met gesloten ogen kroop ze weg van het graf en ze stopte niet voor haar schouder tegen een boomstam stootte. Langzaam keerde ze zich om zodat ze de boom als rugsteun kreeg, en ze veegde met de buitenkant van haar hand het vuil uit haar ogen voordat ze ze opendeed. Het was pikdonker om haar heen en de lucht was ijskoud. Ze transpireerde. Ze voelde een doffe pijn in haar hoofd, haar linkerschouder en haar heup, maar had geen fut om daarover na te denken. Ze zat tien minuten stil te ademen. Toen zag ze in dat ze daar niet kon blijven zitten.

Ze vocht om op de been te komen terwijl de wereld draaide.

Ze werd onmiddellijk misselijk en boog zich voorover om over te geven.

Toen begon ze te lopen. Ze had geen idee welke kant ze op ging of waar ze naar op weg was. Ze had moeite haar linkerbeen te bewegen en struikelde regelmatig. Telkens als ze op haar knieën belandde, schoot er een verscheurende pijn door haar hoofd.

Ze wist niet hoe lang ze gelopen had toen ze plotseling licht in haar ooghoek zag. Ze veranderde van richting en struikelde voorover. Pas toen ze bij de schuur aan de rand van het erf stond, zag ze in dat ze rechtstreeks was teruggelopen naar het huis van Zalachenko. Ze bleef staan en zwaaide heen en weer alsof ze dronken was.

Fotocellen langs de weg en op de kaalslag. Ze was van de andere kant gekomen. Ze hadden haar niet ontdekt.

Dat inzicht verwarde haar. Ze zag in dat ze niet in vorm was voor een nieuwe aanvaring met Niedermann en Zalachenko. Ze keek naar het witte huis.

Klik. Hout. *Klik.* Vuur.

Ze had fantasieën over een jerrycan benzine en een lucifer.

Moeizaam keerde ze zich om naar de schuur en zwalkte naar een deur die was vergrendeld met een dwarslat. Ze slaagde erin die omhoog te duwen door haar rechterschouder eronder te zetten. Ze hoorde het lawaai toen de dwarslat op de grond viel en met een klap tegen de zijkant van de deur aan kwam. Ze stapte de donkere schuur binnen en keek om zich heen.

Het was een houtschuur. Hier was geen benzine.

Alexander Zalachenko zat aan de keukentafel en keek op toen hij het geluid van de dwarslat tegen de deur van de schuur hoorde. Hij schoof het keukengordijn opzij en spiedde de duisternis in. Het duurde een paar seconden voor zijn ogen aan het donker waren gewend. Het was steeds harder gaan waaien. Volgens de weersvoorspellingen zou het een stormachtig weekend worden. Toen zag hij dat de deur van de houtschuur op een kier stond.

Hij had eerder die middag samen met Niedermann hout gehaald. Dat was een onnodig uitstapje geweest met als voornaamste doel Lisbeth Salander een bevestiging te geven dat ze op het juiste adres zat en om haar uit haar tent te lokken.

Had Niedermann vergeten de grendel erop te doen? Hij kon soms zo ontzettend onhandig zijn. Hij keek naar de deur van de woonkamer, waar Niedermann op de bank in slaap was gesukkeld. Hij dacht er even over Niedermann wakker te maken, maar constateerde dat hij hem beter kon laten slapen. Hij stond op.

Om benzine te kunnen vinden, zou Lisbeth naar de stal moeten, waar de auto's stonden. Ze leunde tegen een hakblok en ademde moeizaam. Ze moest rusten. Ze had nog maar een minuutje gezeten toen ze de sloffende stappen van Zalachenko's prothese buiten de houtschuur hoorde.

Mikael was in het donker bij Mellby, ten noorden van Sollebrunn verkeerd gereden. In plaats van af te slaan naar Nossebro reed hij in noordelijke richting. Hij zag pas in dat hij fout zat toen hij in Trökörna kwam. Hij stopte en keek op de kaart.

Hij vloekte en reed terug richting Nossebro.

Lisbeth Salander greep een seconde voor Alexander Zalachenko de houtschuur in kwam met haar rechterhand de bijl op het hakblok beet. Ze had onvoldoende kracht om de bijl boven haar hoofd te tillen, maar zwaaide hem met één hand in een boog van onderaf omhoog terwijl ze het gewicht op haar gezonde heup zette en haar lichaam in een halve cirkel draaide.

Op hetzelfde moment dat Zalachenko het lichtknopje omdraaide, raakte de scherpe kant van de bijl hem schuin over de rechterkant van zijn gezicht, verbrijzelde zijn jukbeen en drong een paar millimeter in zijn voorhoofdsbeen. Hij kreeg geen kans om te begrijpen wat er gebeurde, maar de seconde erna registreerden zijn hersenen de pijn en brulde hij het uit.

Ronald Niedermann werd met een schok wakker en ging verward overeind zitten. Hij hoorde een geschreeuw dat hem eerst onmenselijk voorkwam. Het kwam vanbuiten. Toen zag hij in dat het Zalachenko was die zo aan het brullen was. Hij kwam snel op de been.

Lisbeth Salander zette zich af en zwaaide nogmaals met de bijl, maar haar lichaam gehoorzaamde niet. Ze wilde de bijl optillen en in haar vaders hoofd begraven, maar ze had al haar krachten verspild en trof ver van het doel, vlak onder zijn knieschijf. Door de kracht werd de egge echter zo diep begraven dat de bijl vast bleef zitten en uit haar handen werd gerukt toen Zalachenko voorover viel, de houtschuur in. Hij schreeuwde onophoudelijk.

Ze boog omlaag om de bijl weer te pakken. De grond zwaaide heen en weer en het bliksemde in haar hoofd. Ze moest gaan zitten. Ze stak haar hand uit en voelde in de zakken van zijn jas. Het pistool zat nog in zijn rechterzak en ze richtte haar blik erop terwijl de grond deinde.

Een Browning kaliber 22.

Een padvinderspistool.

Dat was de reden dat ze nog leefde. Als ze was geraakt door een kogel uit Niedermanns Sig Sauer of een pistool met grovere munitie zou ze een heel groot gat dwars door haar hoofd hebben gehad.

Op het moment dat ze die gedachte formuleerde, hoorde ze de stappen van een slaapdronken Niedermann, die de deuropening van de schuur volledig vulde. Hij bleef abrupt staan en staarde met nietbegrijpende en wijd opengesperde ogen naar de scène voor zich. Zalachenko lag te schreeuwen als een mager speenvarken. Zijn gezicht was een bebloed masker. Er stak een bijl uit zijn knie. Er zat een bloederige en vieze Lisbeth Salander op de vloer naast hem. Ze zag eruit als iets uit een horrorfilm van het soort waarvan Niedermann er veel te veel had gezien.

Ronald Niedermann, ongevoelig voor pijn en met de bouw van een anti-tankraket, was altijd bang geweest voor het donker. Zo lang als hij zich kon herinneren, had hij duisternis altijd geassocieerd met dreiging.

Hij had met eigen ogen wezens in het donker gezien en er lag altijd een onbeschrijfelijke angst op de loer. En nu had die angst zich gematerialiseerd.

Het meisje op de grond was dood. Daar was geen twijfel over mogelijk.

Hij had haar zelf begraven.

Dus was het wezen op de grond geen meisje, maar iets wat van gene zijde was teruggekeerd en dat niet met menselijke kracht of wapens kon worden uitgeroeid.

De verandering van mens tot geestverschijning was al begonnen. Haar huid was veranderd in het pantser van een hagedis. Haar ontblote tanden waren vlijmscherpe punten die het vlees van de buit zouden scheuren. Haar reptielentong schoot naar buiten en likte om haar mond. Haar bebloede handen hadden decimeterlange, scheermesjesscherpe klauwen. Hij zag haar ogen gloeien. Hij kon haar dof horen grommen en zag haar spieren zich spannen voor een sprong naar zijn keel.

Hij zag plotseling overduidelijk dat ze een staart had die krulde en dreigend tegen de grond begon te zwiepen.

Toen hief ze het pistool op en schoot. De kogel vloog rakelings langs Niedermanns oor, hij kon hem voelen suizen. Hij had het idee dat haar mond vuur naar hem spuwde.

Het werd hem te veel.

Hij stopte met denken.

Hij keerde zich om en rende voor zijn leven. Ze vuurde nog een schot af dat hem volledig miste, maar dat hem wel vleugels gaf. Hij sprong met een elandensprong over een hek en werd op het veld in de richting van de provinciale weg door de duisternis opgeslokt. Hij rende in blinde angst.

Lisbeth Salander keek hem verbaasd na toen hij uit haar gezichtsveld verdween.

Ze strompelde naar de deuropening en speurde het donker in, maar kon hem niet zien. Na een tijdje hield Zalachenko op met schreeuwen. Hij lag in shock te jammeren. Ze maakte het pistool open en constateerde dat er nog één patroon in zat. Ze overwoog Zalachenko in zijn hoofd te schieten, maar herinnerde zich toen dat Niedermann nog steeds buiten in het donker rondliep en dat het beter was om de laatste kogel te bewaren. Als hij haar aanviel, zou ze weliswaar vermoedelijk meer dan één kogel kaliber 22 nodig hebben. Maar iets was beter dan niets.

Ze kwam moeizaam overeind, hinkte de houtschuur uit en sloeg de deur dicht. Het kostte haar vijf minuten om de dwarslat erop te leggen. Ze zwalkte over het erf, naar het huis en vond de telefoon binnen op een ladekast in de keuken. Ze toetste het nummer dat ze al twee jaar niet had gebruikt. Hij was niet thuis. Het antwoordapparaat sloeg aan.

Hallo. Dit is de telefoonbeantwoorder van Mikael Blomkvist. Ik kan de telefoon momenteel niet opnemen, maar laat je naam en telefoonnummer achter, dan bel ik zo snel mogelijk terug.

Pieeep.

'Mir-g-kral,' zei ze en ze hoorde dat haar stem heel vreemd klonk. Ze slikte. 'Mikael. Met Salander.'

Verder wist ze niet wat ze moest zeggen.

Ze legde de hoorn langzaam neer.

Niedermanns Sig Sauer lag uiteengenomen om schoon te maken op de keukentafel voor haar, naast Sonny Nieminens P-83 Wanad. Ze liet Zalachenko's Browning op de vloer vallen, wankelde naar de tafel toe en pakte de Wanad op om het magazijn te controleren. Ze vond ook haar Palm-handcomputer en stopte hem in haar zak. Daarna liep ze op onvaste benen naar het aanrecht en vulde een vies koffiekopje met ijskoud water. Ze dronk vier koppen. Toen ze opkeek, zag ze plotseling haar eigen gezicht in een oude scheerspiegel aan de muur. Ze loste van schrik bijna een schot.

Wat ze zag, deed meer denken aan een dier dan aan een mens. Ze zag een gek met een verwrongen gezicht en een opengesperde mond. Ze was helemaal smerig. Haar gezicht en hals waren een gestolde kliederboel van bloed en klei. Ze vermoedde wat Ronald Niedermann in de houtschuur had gezien.

Ze liep dichter naar de spiegel toe en werd zich er plotseling van bewust dat haar linkerbeen achter haar aan sleepte. Ze had een scherpe pijn in haar heup, op de plek waar Zalachenko's eerste kogel haar had getroffen. Zijn tweede kogel had haar schouder geraakt en haar linkerarm verlamd. Dat deed pijn.

Maar de pijn in haar hoofd was zó scherp dat ze helemaal heen en weer slingerde. Ze deed langzaam haar rechterhand omhoog en tastte over haar achterhoofd. Met haar vingers voelde ze opeens de krater die de kogel had geslagen.

Ze friemelde aan het gat in haar schedel en zag met plotselinge ontsteltenis in dat ze aan haar eigen hersenen zat. Ze besefte dat ze zo ernstig gewond was dat ze stervende was of dat ze misschien al dood zou moeten zijn. Wat ze niet kon begrijpen, was dat ze überhaupt nog op haar benen stond.

Ze werd plotseling overmand door een verdovende moeheid. Ze wist niet zeker of ze bezig was flauw te vallen of in slaap te vallen, maar ze ging op de bank in de keuken zitten en vervolgens voorzichtig liggen, met de onaangedane rechterkant van haar hoofd op een kussen.

Ze moest gaan liggen om krachten te verzamelen, maar wist dat ze niet kon riskeren te gaan slapen terwijl Niedermann nog buiten rondliep. Hij zou vroeg of laat terugkomen. En Zalachenko zou er op een gegeven moment ook in slagen om uit de houtschuur te komen en zichzelf naar binnen te slepen. Maar ze had geen kracht meer om op haar benen te staan. Ze had het koud. Ze ontgrendelde het pistool.

Ronald Niedermann stond besluiteloos op de provinciale weg tussen Sollebrunn en Nossebro. Hij was alleen. Het was donker. Hij was weer rationeel gaan denken en schaamde zich over zijn vlucht. Hij begreep niet hoe het was gegaan, maar hij kwam tot de logische conclusie dat ze het moest hebben overleefd. *Ze moest er op de een of andere manier in zijn geslaagd zichzelf omhoog te werken.*

Zalachenko had hem nodig. Hij zou terug moeten gaan naar het huis en haar de nek om moeten draaien.

Maar Ronald Niedermann had tegelijkertijd het gevoel dat alles voorbij was. Dat gevoel had hij al langer. Vanaf het moment dat Bjurman contact met hen had opgenomen, waren de dingen mis gaan lopen.

Zalachenko was als een blad aan de boom omgedraaid toen hij de naam Lisbeth Salander had gehoord. Alle regels ten aanzien van voorzichtigheid en gematigdheid die Zalachenko hem al die jaren had ingeprent, waren opeens niet meer van kracht.

Niedermann aarzelde.

Zalachenko had medische hulp nodig.

Als ze hem nog niet had vermoord.

Dat zou vragen oproepen.

Hij beet op zijn onderlip.

Hij was jarenlang zijn vaders partner geweest. Het waren succesvolle jaren geweest. Hij had geld weggestopt en wist bovendien waar Zalachenko zijn eigen vermogen had liggen. Hij had de middelen en de kennis die nodig waren om de activiteiten voort te zetten. Het zou het verstandigst zijn om te vertrekken en niet weer om te kijken. Als er íéts was wat Zalachenko hem had ingeprent, dan was het om er altijd voor te zorgen dat je een situatie die uit de hand dreigde te lopen onsentimenteel kon ontvluchten. Dat was de basisregel om te overleven. *Geen poot meer uitsteken naar een zaak die verloren is.*

Ze was niet bovennatuurlijk. Maar ze was *bad news*. Ze was zijn halfzus.

Hij had haar onderschat.

Ronald Niedermann werd heen en weer geslingerd tussen twee kwaden. Een deel van hem wilde teruggaan en haar de nek omdraaien. En een deel van hem wilde de vlucht door de nacht voortzetten.

Hij had zijn paspoort en zijn portefeuille in zijn achterzak. Hij wilde niet terug. Er was niets op de boerderij wat hij nodig had.

Hoogstens een auto.

Hij stond nog steeds te aarzelen toen hij aan de andere kant van een heuvel het schijnsel van koplampen naderbij zag komen. Hij draaide zijn hoofd om. Misschien kon hij op andere wijze vervoer regelen. Alles wat hij nodig had, was een auto om naar Göteborg te komen.

Voor het eerst in haar leven – althans sinds ze haar vroegste kinderjaren had verlaten – was Lisbeth Salander niet in staat het commando over haar eigen situatie te voeren. Ze was door de jaren heen betrokken geraakt bij vechtpartijen, was mishandeld, had te maken gehad met dwangverpleging en verkrachting. Ze had geestelijk en lichamelijk meer klappen te verduren gekregen dan een mens normaliter te verstouwen krijgt.

Maar ze had elke keer in opstand kunnen komen. Ze had geweigerd de vragen van Teleborian te beantwoorden en als ze werd blootgesteld aan enige vorm van lichamelijk geweld had ze kunnen ontkomen en zich terug kunnen trekken.

Een verbrijzeld neusbeen, daar kon ze mee leven.

Maar met een gat in haar hoofd niet.

Ze kon zich deze keer niet naar haar eigen bed slepen, het dekbed over haar hoofd trekken, twee dagen slapen en vervolgens weer overeind komen en overgaan tot de orde van de dag alsof er niets was gebeurd.

Ze was zo ernstig gewond dat ze de situatie niet op eigen houtje kon oplossen. Ze was zo moe dat haar lichaam haar commando's niet gehoorzaamde.

Ik moet even slapen, dacht ze. En plotseling was ze ervan overtuigd dat als ze nu haar greep verloor en haar ogen dichtdeed, het zeer waarschijnlijk was dat ze nooit weer zou ontwaken. Ze analyseerde die conclusie en constateerde dat het haar niet kon schelen. Sterker nog. Ze voelde zich bijna aangetrokken tot die gedachte. *Om te mogen rusten. Om niet meer wakker te hoeven worden.*

Haar laatste gedachten gingen naar Miriam Wu.

Vergeef me, Mimmi.

Ze hield nog steeds het onvergrendelde pistool van Sonny Nieminen in haar hand toen ze haar ogen sloot.

Mikael Blomkvist zag Ronald Niedermann in het schijnsel van de koplampen van verre staan en herkende hem onmiddellijk. Het was moeilijk om een ruim 2 meter lange, blonde reus die was gebouwd als een pantservoertuig over het hoofd te zien. Niedermann zwaaide met zijn armen. Mikael dimde zijn lichten en remde af. Hij stak zijn hand in het buitenvak van de laptoptas en pakte de Colt 1911 Government die hij op het bureau van Lisbeth Salander had gevonden. Hij bleef ruim 5 meter voor Niedermann staan en zette de motor af voor hij het portier opendeed.

'Bedankt dat je bent gestopt,' zei Niedermann buiten adem. Hij had gerend. 'Ik heb eh ... pech. Kun je me een lift geven naar de stad?'

Hij had een opvallend lichte stem.

'Natuurlijk kan ik ervoor zorgen dat je naar de stad komt,' zei Mikael Blomkvist. Hij richtte zijn wapen op Niedermann. 'Ga op de grond liggen.'

Er kwam geen eind aan de beproevingen waaraan Ronald Niedermann deze nacht werd blootgesteld. Hij staarde Mikael aarzelend aan.

Niedermann was absoluut niet bang voor het pistool of degene die het in zijn hand hield. Maar hij had wel respect voor wapens. Hij had zijn hele leven met wapens en geweld geleefd. Hij ging ervan uit dat wanneer iemand een pistool op hem richtte, die persoon wanhopig was en bereid om het te gebruiken. Hij kneep zijn ogen tot spleetjes en probeerde de man achter het pistool in te schatten, maar de koplampen veranderden hem in een donker wezen. *Politie? Het klonk niet als een politieman. Die legitimeren zich eerst. Althans in films.*

Hij beoordeelde zijn kansen. Hij wist dat als hij snel op de man zou afstormen hij het wapen zou kunnen pakken. Maar de man met het pistool leek een kille en stond in de beschutting van het portier. Hij zou door ten minste één, misschien wel twee kogels worden geraakt.

Als hij snel was, zou de man wellicht missen of in elk geval geen vitaal orgaan kunnen raken, maar ook al zou hij het overleven, de kogels zouden zijn vlucht wel bemoeilijken of zelfs onmogelijk maken. Het was beter om een geschikter moment af te wachten.

'GA LIGGEN, NU!' brulde Mikael.

Hij verplaatste de mond van het pistool een paar centimeter en loste een schot in de greppel.

'Het volgende schot is in je knieschijf,' zei Mikael op luide en duidelijke commandotoon.

Ronald Niedermann zakte op zijn knieën, verblind door het licht van de koplampen.

'Wie ben jij?' vroeg hij.

Mikael stak zijn hand uit naar het opbergvak in het portier en pakte de zaklamp die hij bij het tankstation had gekocht. Hij richtte de lichtbundel op Niedermanns gezicht.

'Handen op je rug,' beval Mikael. 'Benen uit elkaar.'

Hij wachtte tot Niedermann met tegenzin de bevelen had opgevolgd.

'Ik weet wie jij bent. Als je iets stoms uithaalt, schiet ik je zonder waarschuwing neer. Ik richt op je longen onder je schouderbladen. Je zult me ongetwijfeld kunnen pakken, maar je betaalt een hoge prijs.'

Hij legde de zaklamp op de grond, deed zijn riem af en vormde hem tot een lus, precies zoals hij twintig jaar geleden in Kiruna in dienst had geleerd. Hij ging tussen de benen van de blonde reus staan en trok de lus over diens armen en trok hem boven de ellebogen aan. Daarmee was de geweldige Niedermann in praktische zin hulpeloos.

En nu? Mikael keek om zich heen. Ze waren absoluut alleen op de pikdonkere weg. Paolo Roberto had niet overdreven toen hij Niedermann had beschreven. Het was een boom van een kerel. De vraag was alleen waarom zo'n beer midden in de nacht aan kwam rennen alsof hij door de duivel zelf achterna werd gezeten.

'Ik zoek Lisbeth Salander. Ik neem aan dat jij haar hebt gezien?'

Niedermann gaf geen antwoord.

'Waar is Lisbeth Salander?' vroeg Mikael.

Niedermann keek hem met een vreemde blik aan. Hij begreep niet wat er deze bizarre nacht gebeurde en hoe alles spaak leek te lopen.

Mikael haalde zijn schouders op. Hij liep terug naar de auto, deed de achterklep open en vond een sleepkabel. Hij kon Niedermann niet midden op de weg achterlaten en keek om zich heen. Dertig meter verderop glinsterde een verkeersbord in het licht van de koplampen. Waarschuwing voor overstekende elanden.

‘Sta op.’

Hij richtte de monding van het wapen op Niedermanns nek, leidde hem naar het waarschuwingsbord en dwong hem de berm in. Hij beval Niedermann met zijn rug tegen de paal te gaan zitten. Niedermann aarzelde.

‘Het is heel simpel,’ zei Mikael. ‘Jij hebt Dag Svensson en Mia Bergman vermoord. Dat waren mijn vrienden. Ik ben niet van plan je te laten gaan, dus óf ik bind je hier vast óf ik schiet je in je knieschijf. Je mag kiezen.’

Niedermann ging zitten. Mikael legde de sleepkabel om Niedermanns hals en fixeerde zijn hoofd. Toen gebruikte hij 18 meter kabel om het bovenlijf en middel van de reus vast te sjorren. Hij liet een stukje kabel over zodat hij diens onderarmen aan de paal kon vastbinden en legde er ten slotte een paar stevige knopen in.

Toen hij klaar was, vroeg Mikael weer waar Lisbeth Salander zich bevond. Hij kreeg geen antwoord, haalde zijn schouders op en liet Niedermann achter. Pas toen hij weer bij zijn auto kwam, voelde hij dat hij stijf stond van de adrenaline en werd hij zich bewust van wat hij zojuist had gedaan. Beelden van Mia Bergmans gezicht flitsten voor zijn ogen.

Mikael stak een sigaret op en dronk Ramlösa uit de petfles. Hij keek naar het wezen in het donker bij het elandenbord. Toen ging hij achter het stuur zitten, raadpleegde de kaart en constateerde dat het nog ruim 1 kilometer naar de zijweg naar Karl Axel Bodins boerderij was. Hij startte en passeerde Niedermann.

Hij reed langzaam langs de zijweg met het bord naar Gosseberga en parkeerde bij een schuur op een bosweg 100 meter verder naar het noorden. Hij nam het pistool en deed de zaklamp aan. Hij ontdekte verse bandensporen in de klei en constateerde dat er hier eerder een andere auto had gestaan, maar besteedde daar verder geen aandacht aan. Hij liep terug naar de zijweg naar Gosseberga en scheen op de brievenbus. 192 – K.A. Bodin. Hij liep de zijweg in.

Het was bijna middernacht toen hij het licht van Bodins boerderij zag. Hij bleef staan luisteren. Hij stond minutenlang stil, maar hoorde niets anders dan gewone nachtgeluiden. In plaats van rechtstreeks naar de boerderij te gaan, liep hij langs de rand van het grasveld en naderde hij het gebouw vanaf de kant van de stal. Hij bleef op het erf staan, zo’n 30 meter van het huis. Hij stond op scherp. Niedermanns spurt langs de weg duidde erop dat er hier iets gaande was.

Mikael was halverwege het erf toen hij een geluid hoorde. Hij draaide zich om, hurkte en hield zijn wapen in de aanslag. Hij had het geluid na een paar seconden gelokaliseerd. Het kwam uit de schuur. Het klonk alsof er iemand kermde. Hij liep snel over het gazon en bleef bij de schuur staan. Toen hij om de hoek keek, kon hij zien dat er binnen licht brandde.

Hij luisterde. Er bewoog zich iemand daarbinnen. Hij deed de dwarslat omhoog, schoof de deur open en keek in een paar doodsbange ogen in een bebloed gezicht. Hij zag de bijl op de vloer.

'*Godallemachtig*,' mompelde hij.

Toen zag hij de prothese.

Zalachenko.

Lisbeth Salander was absoluut op bezoek geweest.

Hij kon zich moeilijk voorstellen wat er was gebeurd. Hij deed de deur snel weer dicht en vergrendelde hem weer met de dwarslat.

Met Zalachenko in de houtschuur en Niedermann vastgebonden aan een paal langs de weg naar Sollebrunn liep Mikael vlug over het erf naar het woonhuis. Het was mogelijk dat er een voor hem onbekende derde persoon was die een gevaar kon opleveren, maar het huis leek verlaten, bijna onbewoond. Hij richtte zijn wapen op de grond en deed voorzichtig de buitendeur open. Hij kwam in een donker voorportaal en zag een rechthoek van licht vanuit de keuken. Het enige geluid dat hij kon horen, was een tikkende wandklok. Toen hij bij de keukendeur kwam, zag hij Lisbeth Salander onmiddellijk op de keukenbank liggen.

Even stond hij als versteend naar haar getergde lichaam te kijken. Hij merkte op dat ze een pistool in haar hand had, die slap langs de rand van de bank hing. Hij liep langzaam naar haar toe en viel op zijn knieën. Hij bedacht hoe hij Dag en Mia had aangetroffen en dacht even dat ze dood was. Toen zag hij een lichte beweging in haar borstkas en hoorde hij een zwak rochelende ademhaling.

Hij stak zijn hand uit en begon voorzichtig het pistool uit haar hand los te maken. Plotseling verhardde haar grip om de kolf. Ze deed haar ogen open tot twee smalle spleetjes en staarde hem een paar lange seconden aan met een ongerichte blik. Toen hoorde hij haar met zo'n zacht stemmetje mompelen dat hij het bijna niet kon verstaan.

'Kalle Blomkvist.'

Ze sloot haar ogen en liet het pistool los. Hij legde het wapen op de grond, pakte zijn mobiele telefoon en toetste 112.